मुंशी प्रेमचंद को आधुनिक हिंदी का पितामह कहा जाता है। मुंशी जी को उपन्यास सम्राट भी कहा जाता है। उनका जन्म 31 जुलाई 1880 को बनारस से थोड़ी दूर लमही नामक गाँव में हुआ था। आपके पिता अजायब राय एक डाकखाने में नौकरी करते थे। प्रेमचंद उस समय मात्र 8 वर्ष के रहे होंगे जब इनकी माँ का देहांत हो गया। बाल्यावस्था में ही इनके ऊपर जिम्मेदारियों का बोझ आ पड़ा। आपका पहला विवाह मात्र 15 वर्ष की आयु में हो गया था। जो सफल नहीं रहा। विवाह के एक वर्ष बाद ही पिता का देहांत हो गया।

उर्दू और हिन्दी से मुंशी जी का विशेष लगाव था। मात्र 13 वर्ष की उम्र में ही उनके साहित्यिक जीवन का आरंभ हो चुका था। उन्होंने कुल 15 उपन्यास, 300 से अधिक कहानियाँ, 3 नाटक, अनुवाद, बाल-पुस्तकें तथा हजारों पृष्ठों के लेख, सम्पादकीय, भाषण, भूमिका, पत्र आदि लिखे।

प्रेमचंद के मुख्य उपन्यास हैं - कर्मभूमि, निर्मला, गोदान, गबन, अलंकार, प्रेमा, प्रेमाश्रम, रंगभूमि, प्रतिज्ञा। 8 अक्टूबर 1936 को सरस्वती का ये पुत्र सदा के लिए इस दुनिया को अलविदा कह गया।

प्रेमचंद

ग़बन

MANJUL
मंजुल पब्लिशिंग हाउस

MANJUL
मंजुल पब्लिशिंग हाउस
कॉरपोरेट एवं संपादकीय कार्यालय
• द्वितीय तल, उषा प्रीत कॉम्प्लेक्स, 42 मालवीय नगर, भोपाल-462 003
विक्रय एवं विपणन कार्यालय
• सी-16, सेक्टर 3, नोएडा, उत्तर प्रदेश, 201301
वेबसाइट : www.manjulindia.com
वितरण केन्द्र
अहमदाबाद, बेंगलुरू, कोच्चि, कोलकाता, चेन्नई,
हैदराबाद, मुम्बई, नई दिल्ली, पुणे

ग़बन

यह संस्करण 2019 में पहली बार प्रकाशित
चतुर्थ आवृत्ति 2026

ISBN 978-93-87383-71-5

मुद्रण व जिल्दसाज़ी : रेप्रो इंडिया लिमिटेड

प्रस्तावना

ग़बन : अन्तर्पाठों की गहन संरचना

प्रेमचन्द ने बनारसीदास चतुर्वेदी को लिखे एक पत्र में अपनी आकांक्षा व्यक्त करते हुए कहा था, "इस समय तो सबसे बड़ी आकांक्षा यही है कि हम स्वराज्य-संग्राम में विजयी हों। धन या यश की लालसा मुझे नहीं रही... हाँ, यह जरूर चाहता हूँ कि दो-चार उच्च कोटि की पुस्तकें लिखूं, पर उनका उद्देश्य भी स्वराज्य-विजय ही हो।" लेकिन, क्या यह स्वराज्य केवल राजनीतिक स्वतंत्रता तक सीमित है? अपने एक प्रसिद्ध निबन्ध 'स्वराज्य के फ़ायदे' में स्वराज के तात्पर्य को स्पष्ट करते हुए वे कहते हैं : 'स्वराज्य पाकर हम अपनी आत्मा को पा जाएँगे," इसलिये यह स्वाभाविक लगता है कि प्रेमचन्द की साहित्य-साधना और उनके कृतित्व को स्वराज्य की उनकी व्याख्या 'अपनी आत्मा को पा लेना' के सन्दर्भ में पढ़ा और देखा-परखा जाना चाहिए। प्रेमचन्द की अपनी आकांक्षा तो कम से कम यही होगी।

क्या 'ग़बन' को भी इस सन्दर्भ में पढ़ा-परखा जा सकता है? सामान्यतः 'ग़बन' को एक नव-विवाहित दम्पति जालपा और रमानाथ के आभूषण-प्रेम तथा फ़ैशनपरस्ती तथा उनके परिणामस्वरूप कर्जदार होते चले जाने और सरकारी धन के दुरुपयोग से घबराकर घर से भाग जाने और एक भयभीत जीवन बिताने की कथा के तौर पर ही समझा जाता रहा है। इसी भय के कारण पुलिस की गिरफ़्त में आने पर वह झूठी गवाही देने के लिए तैयार हो जाता है। पुलिस के संरक्षण में विलासिता की उसकी वृत्ति फिर सर उठाने लगती है और भय तथा लोभ के वशीभूत वह अदालत में झूठी गवाही दे देता है, जिसका परिणाम निर्दोष लोगों को सज़ा मिलना है। अन्त में, अपनी पत्नी जालपा से प्रेरणा पाकर वह सच बोल देता है। 'ग़बन' की केन्द्रीय कथा यही है। लेकिन, प्रेमचन्द ने इस कथा को बहुत सहजता से इस तरह गूँथा है कि प्रेमचन्द के केन्द्रीय सरोकार 'अपनी आत्मा को पा जाने' की सिद्धि पाठकीय मन तक सम्प्रेषित हो जाती है।

यह याद दिलाने की आवश्यकता नहीं होनी चाहिए कि प्रेमचन्द का रचना-काल महात्मा गाँधी के नेतृत्व में किये जा रहे हमारे स्वराज्य संघर्ष का काल भी है। महात्मा गाँधी के लिए 'स्वराज' केवल राजनीतिक स्वाधीनता नहीं था। 1909 ई. में ही 'स्वराज' का तात्पर्य स्पष्ट करते हुए महात्मा गाँधी ने लिखा था कि "अपने मन पर शासन करना" स्वराज है तथा उसकी कुंजी 'सत्याग्रह' ही आत्मबल और करूणा-बल है। वह मानते हैं कि उस बल को आजमाने के लिए 'स्वदेशी को अपनाने' की

जरूरत है। महात्मा गाँधी यह भी मानते हैं कि स्वेच्छापूर्वक कष्ट सहन के माध्यम से ही बंधन मुक्त हो सकते हैं।

इस बात की ओर हिन्दी आलोचना ने कम ध्यान दिया है कि प्रेमचन्द ने अपने कथा संसार में इन सभी आयामों को बहुत कलात्मक विधि से अन्तर्गभित कर दिया है और 'ग़बन' उनकी इस कला का एक उल्लेखनीय उदाहरण है। यदि प्रेमचन्द का प्रयोजन आभूषण-प्रेम और फ़ैशनपरस्ती का विरोध करना ही होता तो कथा जालपा द्वारा सरकारी धन को वापस कर देने के साथ ही समाप्त हो गयी होती - अधिक से अधिक रमानाथ को दो-चार दिन के लिए पुलिस की हिरासत में दिखा दिया जाना पर्याप्त होता। लेकिन, इस कथा में जालपा और अन्ततः रमानाथ के साथ अन्य कई पात्र जोहरा, देवीदीन, जग्गो आदि बन्धन-मुक्त होकर अपनी आत्मा को पा जाते हैं। उसके आभूषण-प्रेम के कारण रमानाथ का कर्ज़दार होना, झूठ बोलना तथा सरकारी धन का दुरूपयोग करने तथा लज्जित होकर भाग जाने के कारण जालपा गहरे अर्न्तदाह से गुज़र कर निखर आती है। उसका यह निखरना उसे उपन्यास 'ग़बन' का केन्द्रीय पात्र बना देता है और यह उपन्यास नायक-प्रधान होने के बजाय नायिका-प्रधान हो जाता है। वह अपने सीमित 'स्व' से उबरकर न केवल रमानाथ को रास्ते पर लाती है बल्कि स्वयं को दुखी लोगों की सेवा में अर्पित कर देती है। इस करुणा में रहना ही 'स्वराज' में रहना है।

जोहरा एक वेश्या है और पुलिस द्वारा रमानाथ को बहलाने के लिए उसे नियुक्त किया गया है लेकिन, जालपा से मिलकर उसे भी अपने काम से ग्लानि होती है तथा अन्ततः वह उससे उबर कर अपने को सत्य के पक्ष में खड़ा करती है तथा अदालत में पुलिस के षड्यंत्र की पोल खोल देती है। अन्त में भी वह डूब रही एक स्त्री और उसके बच्चों को बचाने की कोशिश में अपने प्राणों की बाजी लगा देती है। इससे बड़ा आत्मत्याग क्या हो सकता है? तो क्या हम जितना आत्मत्याग करने को प्रस्तुत होते हैं, उतना ही अधिक अपनी आत्मा को पा जाते हैं!

रमानाथ को झूठी गवाही देने के लिए तैयार करने के प्रकरण में प्रेमचन्द ने पुलिस के हथकंडों को भी बड़ी कुशलता से उजागर कर दिया है। साम, दाम, दण्ड, भेद द्वारा पुलिस किस तरह अपनी उद्देश्य-पूर्ति के लिए निर्दोष लोगों को फंसाती है, इसका यथातथ्य विवरण प्रेमचन्द ने इस उपन्यास में कर दिया है। झूठी गवाही देने के लिए तैयार करने के वास्ते पुलिस रमानाथ को प्रलोभन देती, उसकी विलासप्रियता को बढ़ाती और बीच-बीच में भय का इस्तेमाल कैसे करती है और अन्त में अदालत में पोल खुल जाने पर किस तरह बड़े अधिकारी सारी तोहमत छोटे अधिकारियों के सर मढ़ देते हैं, यह सब भी बड़े प्रभावी ढंग से व्यक्त किया गया है।

उपन्यास में 'स्वदेशी' के प्रकरण को भी बड़ी कुशलता से गूँथ दिया गया है। जब देवीदीन रमानाथ के लिए कपड़े लाता है तो वे विदेशी नहीं बल्कि स्वदेशी वस्त्र

हैं। रमानाथ के यह पूछने पर कि सस्ते मिलने वाले विदेशी कपड़ों के बजाय देवीदीन महंगे स्वदेशी वस्त्र क्यों लाया है, देवीदीन का उत्तर है : "कुछ वेसी दाम लग जाता है, पर रुपया तो देश में ही रह जाता है... जिस देश में रहते हैं, जिसका अन्नजल खाते हैं, उसके लिए इतना भी न करें तो जीने को घृणा है।" उसके दो बेटे इसी स्वदेशी आन्दोलन की बलि चढ़ चुके हैं। यह उपन्यास का मुख्य प्रकरण नहीं है पर मूल पाठ में अन्तर्पाठों को विकसित करने की यह कला प्रेमचन्द को हमारी पौराणिक और लोक-परम्परा दोनों से मिली है क्योंकि ये दोनों ही परम्पराएँ केन्द्रीय कथानक में अन्तर्कथानकों को इस तरह बुन देती है कि एक ओर उनका स्वतंत्र अस्तित्व भी बना रहता है और, दूसरी ओर वे केन्द्रीय कथा और उसके मूल प्रयोजन को आगे बढ़ाती तथा उसे और घना एवं संकेन्द्रित कर देती है। 'स्वदेशी' के प्रकरण को 'ग़बन' की मूल कथा में अन्तयोजित कर प्रेमचन्द ने 'स्वदेशी' के माध्यम से 'स्वराज' के मन्तव्य को ही घना किया है - वह भी अत्यन्त सहजता के साथ नामालूम तरीक़े से। इसी प्रकरण के साथ वह 'स्वराज' की अवधारणा को भी गूँथ देते हैं। देवीदीन के वक्तव्य के माध्यम से प्रेमचन्द मानो आज के भारत के यथार्थ को ही एक भविष्य-दृष्टा की तरह देख रहे हैं। देवीदीन कहता है "साहब, सच बताओ जब तुम सुराज का नाम लेते हो तो उसका कौन-सा रूप तुम्हारी आँखों के सामने आता है? तुम भी बड़ी-बड़ी तलब लोगे, तुम भी अंग्रेजों की तरह बंगलों में रहोगे, पहाड़ों की हवा खाओगे, अंग्रेजी ठाठ बनाये घूमोगे, इस सुराज से देश का क्या कल्याण होगा? तुम्हारी और तुम्हारे भाई बन्दों की ज़िन्दगी भले आराम से गुज़रे पर देश का कोई भला न होगा।"

प्रेमचन्द के उपन्यासकार की एक खूबी यह भी है कि चरित्रों की बहुलता होते हुए भी 'ग़बन' के प्रत्येक चरित्र का अपना वैशिष्ट्य है, कोई भी चरित्र 'टाइप' नहीं लगता और कथा के विकास के साथ-साथ ही उनका विकास होते रहने के कारण पाठक उनके साथ एक स्वाभाविक अन्तरंगता महसूस करने लग जाता है। चरित्रों के अन्तर्द्वन्द्वपूर्ण मनोविज्ञान को भी प्रेमचन्द ने बहुत कुशलता से उकेरा है। जालपा को गहनों से प्रेम है, लेकिन अपनी माँ के भेजे गये चन्द्रहार को स्वीकार करना उसके स्वाभिमान को स्वीकार नहीं होता, क्योंकि वह जानती है कि उसकी माँ ने हार अपनी खुशी से नहीं भेजा है और उसे वापस पाकर उन्हें अच्छा ही लगेगा। माँ के इस हार भेजने को वह 'दान' समझती है क्योंकि वह प्रेम से नहीं बल्कि दिल पर जब्र करके दिया गया है और 'दान' लेना जालपा को मंजूर नहीं है। वह आभूषणों के प्रति अत्यन्त आकर्षित है, लेकिन उसका वास्तविक प्रेम तो अपने पति के प्रति है - इसलिए नहीं कि वह उसे गहने ला देता है। सच कहा जाये तो रमानाथ का जालपा के प्रति प्रेम उसके रूप-लावण्य के कारण है और जालपा भी कहीं यह समझती है क्योंकि रमानाथ उसे अपने अन्तरंग का साझीदार नहीं बनाता। वह कहती भी है : "मुझसे प्रेम होता तो मुझ पर विश्वास भी होता। बिना विश्वास के प्रेम हो ही कैसे

सकता है? जिससे तुम अपनी बुरी से बुरी बात न कह सको, उससे तुम प्रेम नहीं कर सकते। हाँ, उसके साथ विहार कर सकते हो, विलास कर सकते हो। उसी तरह जैसे कोई वेश्या के पास जाता है। वेश्या के पास लोग आनन्द उठाने ही जाते हैं, कोई उससे मन की बात करने नहीं जाता। हमारी भी वही दशा है।" लेकिन, इसके बावजूद जालपा अपने पति के झूठी गवाही देने के पाप का प्रायश्चित करने के लिए उसके कारण दुखी परिवार की सेवा में अपने को अर्पित कर देती और रमानाथ को सत्य के रास्ते पर लाने का प्रयत्न करती है। उसका यही त्याग एक वेश्या जोहरा को भी रूपान्तरित कर देता है। अपने आभूषणों को, जिसके लिए उसे अपार आकर्षण था, नदी में फेंक कर वह इतना 'गर्व और आनन्द' अनुभव करती है, जितना उसे उन्हें पाकर भी नहीं हुआ था। प्रेमचन्द इस घटना पर लेखकीय टिप्पणी करते हैं : "उस असंख्य प्राणियों में जो इस समय स्नान-ध्यान कर रहे थे, कदाचित किसी को अपने अन्तः करण में प्रकाश का ऐसा अनुभव न हुआ होगा। मानो प्रभात की सुनहरी ज्योति उसके रोम-रोम में व्याप्त हो रही थी।" यह ज्योति रूप लावण्य की नहीं, नैतिक अन्तश्चेतना की है, जो जालपा के सम्पूर्ण व्यक्तित्व को रुपान्तरित कर देती है, उसे सत्य और त्याग के पथ का यात्री बना देती है। प्रकारान्तर से यह रमानाथ के प्रति उसके प्रेम की ही अभिव्यक्ति है, जो उसकी झूठी गवाही से नाराज एवं दुखी होने के बावजूद उसके पापों का प्रायश्चित स्वयं कष्ट उठा कर करना चाहती है।

जालपा में एक दृढ़ता प्रारंभ से है, लेकिन, रमानाथ मूलतः एक कमज़ोर चरित्र है, जो बार-बार भय, लोभ और विलासिता में पड़ता है। उसकी अन्तश्चेतना वास्तव में तभी जागती है, जब वह उस जालपा के कष्ट-सहन और त्याग को देखता है, जिसे वह विलासिनी समझता था। वस्तुतः जालपा केवल रमानाथ के किये ग़बन को ही नहीं चुकाती, बल्कि उसकी उस आत्मा को भी पुनर्अर्जित कर लेने में सफल हो जाती है - अपने आत्मबल और प्रेमबल के माध्यम से - जिसका ग़बन रमानाथ के लोभ और भय ने कर लिया था। उपन्यास के अन्य चरित्रों और उन को उद्घाटित करने वाले कथा-प्रसंगों को भी भुला देना, किसी पाठक के लिए संभव नहीं है - चाहे वह चरित्र रतन का हो या जोहरा, देवीदीन और जग्गो का - यहाँ तक कि पुलिस दरोगा का भी।

ग़बन की कथा दिखने में बड़ी सरल है तथा अपने प्रवाह और पठनीयता के साथ-साथ इतने चरित्रों के जीवन, अन्तर्कथाओं और अन्तर्पाठों को बुन देना ही उस औपन्यासिक प्रतिभा का प्रमाण है, जिसे हिन्दी साहित्य 'उपन्यास-सम्राट' कहता है।

— **नन्दकिशोर आचार्य**

बीकानेर

ग़बन

1

बरसात के दिन हैं, सावन का महीना। आकाश में सुनहरी घटाएँ छाई हुई हैं। रह-रहकर रिमझिम वर्षा होने लगती है। अभी तीसरा पहर है, पर ऐसा मालूम हो रहा है जैसे शाम हो गई। आमों के बाग में झूला पड़ा है। लड़कियाँ भी झूल रही हैं और उनकी माताएँ भी। दो-चार झूल रही हैं, दो-चार झुला रही हैं। कोई कजली गाने लगती है, कोई बारहमासा। इस ऋतु में महिलाओं की बाल-स्मृतियाँ भी जाग उठती हैं। ये फुहारें मानो चिंताओं को हृदय से धो डालती हैं। मानो मुरझाए हुए मन को भी हरा कर देती हैं। सबके दिल उमंगों से भरे हुए हैं। धानी साड़ियों ने प्रकृति की हरियाली से नाता जोड़ा है।

इसी समय एक बिसाती आकर झूले के पास खड़ा हो गया। उसे देखते ही झूला बंद हो गया। छोटी-बड़ी सबों ने आकर उसे घेर लिया। बिसाती ने अपना संदूक खोला और चमकती-दमकती चीज़ें निकालकर दिखाने लगा। कच्चे मोतियों के गहने थे, कच्चे लैस और गोटे, रंगीन मोज़े, ख़ूबसूरत गुड़ियाएँ और गुड़ियों के गहने, बच्चों के लट्टू और झुनझुने। किसी ने कोई चीज़ ली, किसी ने कोई चीज़। एक बड़ी-बड़ी आँखोंवाली बालिका ने वह चीज़ पसंद की, जो चमकती हुई चीज़ों में सबसे सुंदर थी। वह फ़िरोज़ी रंग का एक चन्द्रहार था। माँ से बोली - 'अम्मां, मैं यह हार लूँगी।'

माँ ने बिसाती से पूछा - 'बाबा, यह हार कितने का है?'

बिसाती ने हार को रूमाल से पोंछते हुए कहा - 'ख़रीद तो बीस आने की है, मालकिन जो चाहें दे दें।'

माता ने कहा - 'यह तो बड़ा महँगा है। चार दिन में इसकी चमक-दमक जाती रहेगी।' बिसाती ने मार्मिक भाव से सिर हिलाकर कहा - 'बहूजी, चार दिन में तो बिटिया को असली चन्द्रहार मिल जाएगा।'

माता के हृदय पर सहृदयता से भरे हुए शब्दों ने चोट की। हार ले लिया गया।

बालिका के आनंद की सीमा न थी। शायद हीरों के हार से भी उसे इतना आनंद न होता। उसे पहनकर वह सारे गाँव में नाचती फिरी। उसके पास जो बाल-संपत्ति थी, उसमें सबसे मूल्यवान, सबसे प्रिय यही बिल्लौर का हार था।

लड़की का नाम जालपा था, माता का मानकी।

2

महाशय दीनदयाल प्रयाग के एक छोटे से गाँव में रहते थे। वह किसान न थे पर खेती करते थे। वह ज़मींदार न थे पर ज़मींदारी करते थे। थानेदार न थे पर थानेदारी करते थे। वह थे ज़मींदार के मुख़्तार। गाँव पर उन्हीं की धाक थी। उनके पास चार चपरासी थे, एक घोड़ा, कई गायें-भैंसे। वेतन कुल पाँच रुपये पाते थे, जो उनके तंबाकू के ख़र्च को भी काफ़ी न होता था। उनकी आय के और कौन से मार्ग थे, यह कौन जानता है। जालपा उन्हीं की लड़की थी। पहले उसके तीन भाई और थे; पर इस समय वह अकेली थी। उससे कोई पूछता – 'तेरे भाई क्या हुए,' तो वह बड़ी सरलता से कहती – 'बड़ी दूर खेलने गए हैं।' कहते हैं मुख़्तार साहब ने एक ग़रीब आदमी को इतना पिटवाया था कि वह मर गया था। उसके तीन वर्ष के अंदर तीनों लड़के जाते रहे। तब से बेचारे बहुत सँभलकर चलते थे। फूँक-फूँककर पाँव रखते; दूध के जले थे, छाछ भी फूँक-फूँककर पीते थे। माता और पिता के जीवन में और क्या अवलंब!

दीनदयाल जब कभी प्रयाग जाते, तो जालपा के लिए कोई-न-कोई आभूषण ज़रूर लाते। उनकी व्यावहारिक बुद्धि में यह विचार ही न आता था कि जालपा किसी और चीज़ से अधिक प्रसन्न हो सकती है। गुड़ियों और खिलौनों को वह व्यर्थ समझते थे; इसलिए जालपा आभूषणों से ही खेलती थी। यही उसके खिलौने थे। वह बिल्लौर का हार, जो उसने बिसाती से लिया था, अब उसका सबसे प्यारा खिलौना था। असली हार की अभिलाषा अभी उसके मन में उदय ही नहीं हुई थी। गाँव में कोई उत्सव होता, या कोई त्योहार पड़ता तो, वह उसी हार को पहनती। कोई दूसरा गहना उसकी आँखों में जँचता ही न था।

एक दिन दीनदयाल लौटे, तो मानकी के लिए एक चन्द्रहार लाए। मानकी को यह साध बहुत दिनों से थी। यह हार पाकर वह मुग्ध हो गई।

जालपा को अब अपना हार अच्छा न लगता, पिता से बोली – 'बाबूजी, मुझे भी ऐसी ही हार ला दीजिए।'

दीनदयाल ने मुस्कराकर कहा – 'ला दूँगा, बेटी।'

'कब ला दीजिएगा?'

'बहुत जल्द!'

बाप के शब्दों से जालपा का मन न भरा। उसने माता से जाकर कहा – 'अम्मांजी, मुझे भी अपना-सा हार बनवा दो।'

माँ – 'वह तो बहुत रुपयों का बनेगा बेटी।'

जालपा – 'तुमने अपने लिए बनवाया है, मेरे लिए क्यों नहीं बनवातीं?'

माँ ने मुस्कराकर कहा – 'तेरे लिए तेरी ससुराल से आएगा।'

यह हार छः सौ में बना था। इतने रुपये जमा कर लेना, दीनदयाल के लिए आसान न था। ऐसे कौन बड़े ओहदेदार थे। बरसों में कहीं यह हार बनने की नौबत

आई थी। जीवन में फिर कभी इतने रुपये आएँगे, इसमें उन्हें संदेह था।

जालपा लजाकर भाग गई; पर ये शब्द उसके हृदय में अंकित हो गए। ससुराल उसके लिए अब उतनी भयंकर न थी। ससुराल से चन्द्रहार आएगा, वहाँ के लोग उसे माता-पिता से अधिक प्यार करेंगे। तभी तो जो चीज़ ये लोग नहीं बनवा सकते, वह वहाँ से आएगी।

लेकिन ससुराल से न आए तो! उसके सामने तीन लड़कियों के विवाह हो चुके थे, किसी की ससुराल से चन्द्रहार न आया था। कहीं उसकी ससुराल से भी न आया तो? उसने सोचा - तो क्या माताजी अपना हार मुझे दे देंगी? अवश्य दे देंगी।

इस तरह हँसते-खेलते सात वर्ष कट गए। और वह दिन भी आ गया, अब उसकी चिर-संचित अभिलाषा पूरी होगी।

3

मुंशी दीनदयाल की जान-पहचान के आदमियों में एक महाशय दयानाथ थे, बड़े ही सज्जन और सहृदय। कचहरी में नौकरी करते थे और पचास रुपये वेतन पाते थे। दीनदयाल अदालत के कीड़े थे। दयानाथ को उनसे सैकड़ों ही बार काम पड़ चुका था। चाहते, तो हज़ारों वसूल करते; पर कभी एक पैसे के भी रवादार नहीं हुए थे। कुछ दीनदयाल के साथ ही उनका यह सलूक न था - यह उनका स्वभाव था। यह बात भी न थी कि वह बहुत ऊँचे आदर्श के आदमी हों; पर रिश्वत को हराम समझते थे। शायद इसलिए कि वह अपनी आँखों से इसके कुफल देख चुके थे। किसी को जेल जाते देखा था, किसी को संतान से हाथ धोते, किसी को कुव्यसनों के पंजे में फँसते। ऐसी उन्हें कोई मिसाल न मिलती थी, जिसने रिश्वत लेकर चैन किया हो। उनकी यह दृढ़ धारणा हो गई थी कि हराम की कमाई हराम ही में जाती है। यह बात वह कभी नहीं भूलते।

इस ज़माने में पचास रुपये की बकत ही क्या। पाँच आदमियों का पालन बड़ी मुश्किल से होता था। लड़के अच्छे कपड़े को तरसते, स्त्री गहनों को तरसती; पर दयानाथ विचलित न होते थे। बड़ा लड़का दो ही महीने तक कॉलेज में रहने के बाद पढ़ना छोड़ बैठा। पिता ने साफ़ कह दिया - 'मैं तुम्हारी डिग्री के लिए सबको भूखा और नंगा नहीं रख सकता। पढ़ना चाहते हो, तो अपने पुरुषार्थ से पढ़ो। बहुतों ने किया है, तुम भी कर सकते हो।' लेकिन रमानाथ में इतनी लगन न थी। इधर दो साल से वह बिलकुल बेकार था। शतरंज खेलता, सैर सपाटे करता और माँ और छोटे भाइयों पर रोब जमाता। दोस्तों की बदौलत शौक़ पूरा होता रहता था। किसी का चेस्टर माँग लिया और शाम को हवा खाने निकल गये। किसी का पंप-शू पहन लिया, किसी की घड़ी कलाई पर बाँध ली। कभी बनारसी फ़ैशन में निकले, कभी लखनवी फ़ैशन में। दस मित्रों ने एक-एक कपड़ा बनवा लिया, तो दस सूट बदलने का साधन हो गया। सहकारिता का यह बिलकुल

नया उपयोग था इसी युवक को दीनदयाल ने जालपा के लिए पसंद किया। दयानाथ शादी नहीं करना चाहते थे। उनके पास न रुपये थे और न एक नए परिवार का भार उठाने की हिम्मत; पर जागेश्वरी ने त्रिया-हठ से काम लिया और इस शक्ति के सामने पुरुष को झुकना पड़ा। जागेश्वरी बरसों से पुत्र-वधू के लिए तड़प रही थी। जो उसके सामने बहुएँ बनकर आईं, वे आज पोते खिला रही हैं, फिर उस दुखिया को कैसे धैर्य होता। कुछ-कुछ निराश हो चली थी। ईश्वर से मनाती थी कि कहीं से बात आए। दीनदयाल ने संदेश भेजा, तो उसको आँखें सी मिल गईं। अगर कहीं शिकार हाथ से निकल गया, तो फिर न जाने कितने दिनों की राह देखनी पड़े। कोई यहाँ क्यों आने लगा? न धन ही है, न जायदाद। लड़के पर कौन रीझता है। लोग तो धन देखते हैं; इसलिए उसने इस अवसर पर सारी शक्ति लगा दी और उसकी विजय हुई।

दयानाथ ने कहा, 'भाई, तुम जानो तुम्हारा काम जाने। मुझमें समाई नहीं है। जो आदमी अपने पेट की फ़िक्र नहीं कर सकता, उसका विवाह करना मुझे तो अधर्म-सा मालूम होता है। फिर रुपये की भी तो फ़िक्र है। एक हज़ार तो टीमटाम के लिए चाहिए, जोड़े और गहनों के लिए अलग। (कानों पर हाथ रखकर) ना बाबा! यह बोझ मेरे मान का नहीं।' जागेश्वरी पर इन दलीलों का कोई असर न हुआ, बोली - 'वह भी तो कुछ देगा?'

'मैं उससे माँगने तो जाऊँगा नहीं।'

'तुम्हारे माँगने की ज़रूरत ही न पड़ेगी। वह ख़ुद ही देंगे। लड़की के ब्याह में पैसे का मुँह कोई नहीं देखता। हाँ, मकदूर चाहिए, सो दीनदयाल पोढ़े आदमी हैं। और फिर यही एक संतान है; बचाकर रखेंगे, तो किसके लिए?'

दयानाथ को अब कोई बात न सूझी, केवल यही कहा - 'वह चाहे लाख दे दें, चाहे एक न दें, मैं न कहूँगा कि दो, न कहूँगा कि मत दो। क़र्ज़ मैं लेना नहीं चाहता, और लूँ, तो दूँगा किसके घर से।'

जागेश्वरी ने इस बाधा को मानो हवा में उड़ाकर कहा - 'मुझे तो विश्वास है कि वह टीके में एक हज़ार से कम न देंगे। तुम्हारे टीमटाम के लिए इतना बहुत है। गहनों का प्रबंध किसी सर्राफ़ से कर लेना। टीके में एक हज़ार देंगे, तो क्या द्वार पर एक हज़ार भी न देंगे - वही रुपये सर्राफ़ को दे देना। दो-चार सौ बाक़ी रहे, वह धीरे-धीरे चुक जाएँगे। बच्चा के लिए कोई न कोई द्वार खुलेगा ही।'

दयानाथ ने उपेक्षा-भाव से कहा - 'खुल चुका, जिसे शतरंज और सैर-सपाटे से फ़ुरसत न मिले, उसे सभी द्वार बंद मिलेंगे।'

जागेश्वरी को अपने विवाह की बात याद आई। दयानाथ भी तो गुलछर्रे उड़ाते थे लेकिन उसके आते ही उन्हें चार पैसे कमाने की फ़िक्र कैसी सिर पर सवार हो गई थी। साल-भर भी न बीतने पाया था कि नौकर हो गए। बोली - 'बहू आ जाएगी, तो उसकी आँखें भी खुलेंगी, देख लेना। अपनी बात याद करो। जब तक गले में जुआ नहीं पड़ा है, तभी तक यह कुलेलें हैं। जुआ पड़ा और सारा नशा हिरन हुआ। निकम्मों को

राह पर लाने का इससे बढ़कर और कोई उपाय ही नहीं।'

जब दयानाथ परास्त हो जाते थे, तो अख़बार पढ़ने लगते थे। अपनी हार को छिपाने का उनके पास यही साधन था।

4

मुंशी दीनदयाल उन आदमियों में से थे, जो सीधों के साथ सीधे होते हैं, पर टेढ़ों के साथ टेढ़े ही नहीं, शैतान हो जाते हैं। दयानाथ बड़ा-सा मुँह खोलते, हज़ारों की बातचीत करते, तो दीनदयाल उन्हें ऐसा चकमा देते कि वह उम्र-भर याद करते। दयानाथ की सज्जनता ने उन्हें वशीभूत कर लिया। उनका विचार एक हज़ार देने का था, पर एक हज़ार टीके ही में दे आए। मानकी ने कहा - 'जब टीके में एक हज़ार दिया, तो इतना ही घर पर भी देना पड़ेगा। आएगा कहाँ से?'

दीनदयाल चिढ़कर बोले - 'भगवान मालिक है। जब उन लोगों ने उदारता दिखाई और लड़का मुझे सौंप दिया, तो मैं भी दिखा देना चाहता हूँ कि हम भी शरीफ़ हैं और शील का मूल्य पहचानते हैं। अगर उन्होंने हेकड़ी जताई होती, तो अलबत्ता उनकी ख़बर लेता।'

दीनदयाल एक हज़ार तो दे आए, पर दयानाथ का बोझ हल्का करने के बदले और भारी कर दिया। वह क़र्ज़ से कोसों दूर भागते थे। इस शादी में उन्होंने मियाँ की 'जूती मियाँ की चाँद' वाली नीति निभाने की ठानी थी पर दीनदयाल की सहृदयता ने उनका संयम तोड़ दिया। वे सारे टीमटाम, नाच-तमाशे, जिनकी कल्पना का उन्होंने गला घोंट दिया था, वही रूप धारण करके उनके सामने आ गए। बँधा हुआ घोड़ा थान से खुल गया, उसे कौन रोक सकता है। धूमधाम से विवाह करने की ठन गई। पहले जोड़े-गहने को उन्होंने गौण समझ रखा था, अब वही सबसे मुख्य हो गया। ऐसा चढ़ावा हो कि मड़वे वाले देखकर फड़क उठें। सबकी आँखें खुल जाएँ। कोई तीन हज़ार का सामान बनवा डाला। सर्राफ़ को एक हज़ार नगद मिल गए, एक हज़ार के लिए एक सप्ताह का वादा हुआ, तो उसने कोई आपत्ति न की। सोचा - दो हज़ार सीधे हुए जाते हैं, पाँच-सात सौ रुपये रह जाएँगे, वह कहाँ जाते हैं। व्यापारी की लागत निकल आती है, तो नफ़े को तत्काल पाने के लिए आग्रह नहीं करता। फिर भी चन्द्रहार की कसर रह गई। जड़ाऊ चन्द्रहार एक हज़ार से नीचे अच्छा नहीं मिल सकता था। दयानाथ का जी तो लहराया कि लगे हाथ उसे भी ले लो, किसी को नाक सिकोड़ने की ज़गह तो न रहेगी, पर जागेश्वरी इस पर राज़ी न हुई।

बाज़ी पलट चुकी थी।

दयानाथ ने गर्म होकर कहा - 'तुम्हें क्या, तुम तो घर में बैठी रहोगी। मौत तो मेरी होगी, जब उधर के लोग नाक भौं सिकोड़ने लगेंगे।'

जागेश्वरी - 'दोगे कहाँ से, कुछ सोचा है?'

दयानाथ - 'कम-से-कम एक हज़ार तो वहाँ मिल ही जाएँगे।'

जागेश्वरी - 'ख़ून मुँह लग गया क्या?'

दयानाथ ने शरमाकर कहा - 'नहीं-नहीं, मगर आख़िर वहाँ भी तो कुछ मिलेगा?'

जागेश्वरी - 'वहाँ मिलेगा, तो वहाँ ख़र्च भी होगा। नाम जोड़े-गहने से नहीं होता, दान-दक्षिणा से होता है।' इस तरह चन्द्रहार का प्रस्ताव रद्द हो गया।

मगर दयानाथ दिखावे और नुमाइश को चाहे अनावश्यक समझें, रमानाथ उसे परमावश्यक समझता था। बरात ऐसे धूम से जानी चाहिए कि गाँव-भर में शोर मच जाए। पहले दूल्हे के लिए पालकी का विचार था। रमानाथ ने मोटर पर जोर दिया। उसके मित्रों ने इसका अनुमोदन किया, प्रस्ताव स्वीकृत हो गया। दयानाथ एकांतप्रिय जीव थे, न किसी से मित्रता थी, न किसी से मेल-जोल। रमानाथ मिलनसार युवक था, उसके मित्र ही इस समय हर एक काम में अग्रसर हो रहे थे। वे जो काम करते, दिल खोल कर। आतिशबाजियाँ बनवाईं, तो अव्वल दर्जे की। नाच ठीक किया, तो अव्वल दर्जे का; बाजे-गाजे भी अव्वल दर्जे के, दोयम या सोयम का वहाँ ज़िक्र ही न था। दयानाथ उसकी उच्छृंखलता देखकर चिंतित तो हो जाते थे पर कुछ कह न सकते थे। क्या कहते!

5

नाटक उस वक़्त 'पास' होता है, जब रसिक समाज उसे पंसद कर लेता है। बरात का नाटक उस वक़्त पास होता है, जब राह चलते आदमी उसे पसंद कर लेते हैं। नाटक की परीक्षा चार-पाँच घंटे तक होती रहती है, बरात की परीक्षा के लिए केवल इतने ही मिनटों का समय होता है। सारी सजावट, सारी दौड़-धूप और तैयारी का निबटारा पाँच मिनटों में हो जाता है। अगर सबके मुँह से 'वाह-वाह' निकल गया, तो तमाशा पास नहीं तो फ़ेल! रुपया, मेहनत, फ़िक्र, सब अकारथ। दयानाथ का तमाशा पास हो गया। शहर में वह तीसरे दर्जे में आता, गाँव में अव्वल दर्जे में आया। कोई बाजों की धोंधों-पों-पों सुनकर मस्त हो रहा था, कोई मोटर को आँखें फाड़-फाड़कर देख रहा था। कुछ लोग फुलवारियों के तख़्त देखकर लोट-लोट जाते थे। आतिशबाज़ी ही मनोरंजन का केंद्र थी। हवाइयाँ जब सन्न से ऊपर जातीं और आकाश में लाल, हरे, नीले, पीले, कुमकुमे-से बिखर जाते, जब चर्खियां छूटतीं और उनमें नाचते हुए मोर निकल आते, तो लोग मंत्रमुग्ध-से हो जाते थे। वाह, क्या कारीगरी है!

जालपा के लिए इन चीज़ों में लेशमात्र भी आकर्षण न था। हाँ, वह वर को एक आँख देखना चाहती थी, वह भी सबसे छिपाकर; पर उस भीड़-भाड़ में ऐसा अवसर कहाँ। द्वारचार के समय उसकी सखियाँ उसे छत पर खींच ले गईं और उसने रमानाथ को देखा। उसका सारा विराग, सारी उदासीनता, सारी मनोव्यथा मानो छू-मंतर हो गई

थी। मुँह पर हर्ष की लालिमा छा गई। अनुराग स्फूर्ति का भंडार है।

द्वारचार के बाद बरात जनवासे चली गई। भोजन की तैयारियाँ होने लगीं। किसी ने पूरियाँ खाईं, किसी ने उपलों पर खिचड़ी पकाई। देहात के तमाशा देखनेवालों के मनोरंजन के लिए नाच-गाना होने लगा।

दस बजे सहसा फिर बाजे बजने लगे। मालूम हुआ कि चढ़ावा आ रहा है। बरात में हर एक रस्म डंके की चोट पर अदा होती है। दूल्हा कलेवा करने आ रहा है, बाजे बजने लगे। समधी मिलने आ रहा है, बाजे बजने लगे। चढ़ावा ज्योंही पहुँचा, घर में हलचल मच गई। स्त्री-पुरुष, बूढ़े-जवान, सब चढ़ावा देखने के लिए उत्सुक हो उठे। ज्योंही किश्तियाँ मंडप में पहुँचीं, लोग सब काम छोड़कर देखने दौड़े। आपस में धक्कम-धक्का होने लगा। मानकी प्यास से बेहाल हो रही थी, कंठ सूखा जाता था, चढ़ावा आते ही प्यास भाग गई। दीनदयाल मारे भूख-प्यास के निर्जीव-से पड़े थे, यह समाचार सुनते ही सचेत होकर दौड़े। मानकी एक-एक चीज़ को निकाल-निकालकर देखने और दिखाने लगी। वहाँ सभी इस कला के विशेषज्ञ थे। मर्दों ने गहने बनवाए थे, औरतों ने पहने थे, सभी आलोचना करने लगे। चूहेदन्ती कितनी सुंदर है, कोई दस तोले की होगी वाह! साढ़े ग्यारह तोले से रत्ती-भर भी कम निकल जाए, तो कुछ हार जाऊँ! यह शेरदहां तो देखो, क्या हाथ की सफ़ाई है! जी चाहता है कारीगर के हाथ चूम लें। यह भी बारह तोले से कम न होगा। वाह! कभी देखा भी है, सोलह तोले से कम निकल जाए, तो मुँह न दिखाऊँ। हाँ, माल उतना चोखा नहीं है। यह कंगन तो देखो, बिलकुल पक्की जड़ाई है, कितना बारीक काम है कि आँख नहीं ठहरती! कैसा दमक रहा है। सच्चे नगीने हैं। झूठे नगीनों में यह आब कहाँ। चीज़ तो यह गुलूबंद है, कितने ख़ूबसूरत फूल हैं! और उनके बीच के हीरे कैसे चमक रहे हैं! किसी बंगाली सुनार ने बनाया होगा। क्या बंगालियों ने कारीगरी का ठेका ले लिया है, हमारे देश में एक-से-एक कारीगर पड़े हुए हैं। बंगाली सुनार बेचारे उनकी क्या बराबरी करेंगे।

इसी तरह एक-एक चीज़ की आलोचना होती रही। सहसा किसी ने कहा - 'चन्द्रहार नहीं है क्या!'

मानकी ने रोनी सूरत बनाकर कहा - 'नहीं, चन्द्रहार नहीं आया।'

एक महिला बोली - 'अरे, चन्द्रहार नहीं आया?'

दीनदयाल ने गंभीर भाव से कहा - 'और सभी चीज़ें तो हैं, एक चन्द्रहार ही तो नहीं है।'

उसी महिला ने मुँह बनाकर कहा - 'चन्द्रहार की बात ही और है!'

मानकी ने चढ़ावे को सामने से हटाकर कहा - 'बेचारी के भाग में चन्द्रहार लिखा ही नहीं है।'

इस गोलाकार जमघट के पीछे अंधेरे में आशा और आकांक्षा की मूर्ति-सी जालपा भी खड़ी थी। और सब गहनों के नाम कान में आते थे, चन्द्रहार का नाम न आता था। उसकी छाती धक-धक कर रही थी। चन्द्रहार नहीं है क्या? शायद सबके नीचे हो

इस तरह वह मन को समझाती रही। जब मालूम हो गया चन्द्रहार नहीं है तो उसके कलेजे पर चोट-सी लग गई। मालूम हुआ, देह में रक्त की बूंद भी नहीं है। मानो उसे मूर्च्छा आ जाएगी। वह उन्माद की सी दशा में अपने कमरे में आई और फूट-फूटकर रोने लगी। वह लालसा जो आज सात वर्ष हुए, उसके हृदय में अंकुरित हुई थी, जो इस समय पुष्प और पल्लव से लदी खड़ी थी, उस पर वज्रपात हो गया। वह हरा-भरा लहलहाता हुआ पौधा जल गया - केवल उसकी राख रह गई। आज ही के दिन पर तो उसकी समस्त आशाएँ अवलंबित थीं। दुर्दैव ने आज वह अवलंब भी छीन लिया। उस निराशा के आवेश में उसका ऐसा जी चाहने लगा कि अपना मुँह नोच डाले। उसका वश चलता, तो वह चढ़ावे को उठाकर आग में फेंक देती। कमरे में एक आले पर शिव की मूर्ति रखी हुई थी। उसने उसे उठाकर ऐसा पटका कि उसकी आशाओं की भाँति वह भी चूर-चूर हो गई। उसने निश्चय किया, मैं कोई आभूषण न पहनूँगी। आभूषण पहनने से होता ही क्या है। जो रूप-विहीन हों, वे अपने को गहने से सजाएँ, मुझे तो ईश्वर ने यों ही सुंदरी बनाया है, मैं गहने न पहनकर भी बुरी न लगूँगी। सस्ती चीज़ें उठा लाए, जिसमें रुपये ख़र्च होते थे, उसका नाम ही न लिया। अगर गिनती ही गिनानी थी, तो इतने ही दामों में इसके दूने गहने आ जाते!

वह इसी क्रोध में भरी बैठी थी कि उसकी तीन सखियाँ आकर खड़ी हो गईं। उन्होंने समझा था, जालपा को अभी चढ़ाव की कुछ ख़बर नहीं है। जालपा ने उन्हें देखते ही आँखें पोंछ डालीं और मुस्कराने लगी।

राधा मुस्कराकर बोली - 'जालपा-मालूम होता है, तूने बड़ी तपस्या की थी, ऐसा चढ़ाव मैंने आज तक नहीं देखा था। अब तो तेरी सब साध पूरी हो गई।'

जालपा ने अपनी लंबी-लंबी पलकें उठाकर उसकी ओर ऐसे दीन - नेत्रों से देखा, मानो जीवन में अब उसके लिए कोई आशा नहीं है - 'हाँ बहन, सब साध पूरी हो गई।'

इन शब्दों में कितनी अपार मर्मांतक वेदना भरी हुई थी, इसका अनुमान तीनों युवतियों में कोई भी न कर सकी। तीनों कौतूहल से उसकी ओर ताकने लगीं, मानो उसका आशय उनकी समझ में न आया हो।

बासन्ती ने कहा - 'जी चाहता है, कारीगर के हाथ चूम लूँ।'

शहज़ादी बोली - 'चढ़ाव ऐसा ही होना चाहिए, कि देखने वाले फड़क उठें।'

बासन्ती - 'तुम्हारी सास बड़ी चतुर जान पड़ती हैं, कोई चीज़ नहीं छोड़ी।'

जालपा ने मुँह उधरकर कहा - 'ऐसा ही होगा।'

राधा - 'और तो सब कुछ है, केवल चन्द्रहार नहीं है।'

शहज़ादी - 'एक चन्द्रहार के न होने से क्या होता है बहन, उसकी ज़गह गुलूबंद तो है।'

जालपा ने वक्रोक्ति के भाव से कहा - 'हाँ, देह में एक आँख के न होने से क्या होता है और सब अंग होते ही हैं, आँखें हुई तो क्या, न हुई तो क्या!'

बालकों के मुँह से गंभीर बातें सुनकर जैसे हमें हँसी आ जाती है, उसी तरह जालपा के मुँह से यह लालसा से भरी हुई बातें सुनकर राधा और बासन्ती अपनी हँसी न रोक सकीं। हाँ, शहज़ादी को हँसी न आई। यह आभूषण लालसा उसके लिए हँसने की बात नहीं, रोने की बात थी। कृत्रिम सहानुभूति दिखाती हुई बोली - 'सब न-जाने कहाँ के जंगली हैं कि और सब चीज़ें तो लाए, चन्द्रहार न लाए, जो सब गहनों का राजा है। लाला अभी आते हैं तो पूछती हूँ कि तुमने यह कहाँ की रीति निकाली है - ऐसा अनर्थ भी कोई करता है।'

राधा और बासन्ती दिल में काँप रही थीं कि जालपा कहीं ताड़ न जाए। उनका बस चलता तो शहज़ादी का मुँह बंद कर देतीं, बार-बार उसे चुप रहने का इशारा कर रही थीं, मगर जालपा को शहज़ादी का यह व्यंग्य, संवेदना से परिपूर्ण जान पड़ा। सजल नेत्र होकर बोली - 'क्या करोगी पूछकर बहन, जो होना था सो हो गया!'

शहज़ादी - 'तुम पूछने को कहती हो, मैं रुलाकर छोड़ूँगी। मेरे चढ़ाव में कंगन नहीं आया था, उस वक़्त मन ऐसा खट्टा हुआ कि सारे गहनों पर लात मार दूँ। जब तक कंगन न बन गए, मैं नींद भर सोई नहीं।'

राधा - 'तो क्या तुम जानती हो, जालपा का चन्द्रहार न बनेगा?'

शहज़ादी - 'बनेगा तब बनेगा, इस अवसर पर तो नहीं बना। दस-पाँच की चीज़ तो है नहीं, कि जब चाहा बनवा लिया, सैकड़ों का ख़र्च है, फिर कारीगर तो हमेशा अच्छे नहीं मिलते।'

जालपा का भग्न हृदय शहज़ादी की इन बातों से मानो जी उठा, वह रुंधे कंठ से बोली - 'यही तो मैं भी सोचती हूँ बहन, जब आज न मिला, तो फिर क्या मिलेगा!'

राधा और बासन्ती मन-ही-मन शहज़ादी को कोस रही थीं, और थप्पड़ दिखा-दिखाकर धमका रही थीं, पर शहज़ादी को इस वक़्त तमाशे का मज़ा आ रहा था। बोली - 'नहीं, यह बात नहीं है जल्ली; आग्रह करने से सब कुछ हो सकता है, सास-ससुर को बार-बार याद दिलाती रहना। बहनोईजी से दो-चार दिन रूठे रहने से भी बहुत कुछ काम निकल सकता है। बस यही समझ लो कि घरवाले चैन न लेने पाएँ, यह बात हरदम उनके ध्यान में रहे। उन्हें मालूम हो जाए कि बिना चन्द्रहार बनवाए कुशल नहीं। तुम ज़रा भी ढीली पड़ीं और काम बिगड़ा।'

राधा ने हँसी को रोकते हुए कहा - 'इनसे न बने तो तुम्हें बुला लें, क्यों? अब उठोगी कि सारी रात उपदेश ही करती रहोगी!'

शहज़ादी - 'चलती हूँ, ऐसी क्या भागड़ पड़ी है। हाँ, ख़ूब याद आई, क्यों जल्ली, तेरी अम्मांजी के पास बड़ा अच्छा चन्द्रहार है। तुझे न देंगी?'

जालपा ने एक लंबी साँस लेकर कहा - 'क्या कहूँ बहन, मुझे तो आशा नहीं है।'

शहज़ादी - 'एक बार कहकर देखो तो, अब उनके कौन पहनने-ओढ़ने के दिन बैठे हैं।'

जालपा - 'मुझसे तो न कहा जाएगा।'

शहज़ादी – 'मैं कह दूँगी।'

जालपा – 'नहीं-नहीं, तुम्हारे हाथ जोड़ती हूँ। मैं ज़रा उनके मातृस्नेह की परीक्षा लेना चाहती हूँ।'

बासन्ती ने शहज़ादी का हाथ पकड़कर कहा – 'अब उठेगी भी कि यहाँ सारी रात उपदेश ही देती रहेगी।'

शहज़ादी उठी, पर जालपा रास्ता रोककर खड़ी हो गई और बोली – 'नहीं, अभी बैठो बहन, तुम्हारे पैरों पड़ती हूँ।'

शहज़ादी – 'जब यह दोनों चुड़ैलें बैठने भी दें। मैं तो तुम्हें गुर सिखाती हूँ और यह दोनों मुझ पर झल्लाती हैं। सुन नहीं रही हो, मैं भी विष की गाँठ हूँ।'

बासन्ती – 'विष की गाँठ तो तू है ही।'

शहज़ादी – 'तुम भी तो ससुराल से सालभर बाद आई हो, कौन-कौन-सी नई चीज़ें बनवा लाईं।'

बासन्ती – 'और तुमने तीन साल में क्या बनवा लिया?'

शहज़ादी – 'मेरी बात छोड़ो, मेरा खसम तो मेरी बात ही नहीं पूछता।'

राधा – 'प्रेम के सामने गहनों का कोई मूल्य नहीं।'

शहज़ादी – 'तो सूखा प्रेम तुम्हीं को फले।'

इतने में मानकी ने आकर कहा – 'तुम तीनों यहाँ बैठी क्या कर रही हो, चलो वहाँ लोग खाना खाने आ रहे हैं।'

तीनों युवतियाँ चली गईं। जालपा माता के गले में चन्द्रहार की शोभा देखकर मन-ही-मन सोचने लगी – गहनों से इनका जी अब तक नहीं भरा।

6

महाशय दयानाथ जितनी उमंगों से ब्याह करने गए थे, उतने ही वे हतोत्साहित होकर लौटे। दीनदयाल ने खूब दिया, लेकिन वहाँ से जो कुछ भी मिला, वह सब नाच-तमाशे, नेगचार में ख़र्च हो गया। बार-बार अपनी भूल पर पछताते, क्यों दिखावे और तमाशे में इतने रुपये ख़र्च किए। इसकी ज़रूरत ही क्या थी, ज़्यादा-से-ज़्यादा लोग यही तो कहते – महाशय बड़े कृपण हैं। उतना सुन लेने में क्या हानि थी? मैंने गाँव वालों को तमाशा दिखाने का ठेका तो नहीं लिया था। यह सब रमा का दुस्साहस है। उसी ने सारे ख़र्च बढ़ा-बढ़ाकर मेरा दिवाला निकाल दिया। और सब तकाज़े तो दस-पाँच दिन टल भी सकते थे, पर सर्राफ़ किसी तरह न मानता था। शादी के सातवें दिन उसे एक हज़ार रुपये देने का वादा था। सातवें दिन सर्राफ़ आया, मगर यहाँ रुपये कहाँ थे? दयानाथ में लल्लो-चप्पो की आदत न थी, मगर आज उन्होंने उसे चकमा देने की ख़ूब कोशिश की। किस्त बाँधकर सब रुपये छः महीने में अदा कर देने का वादा किया।

फिर तीन महीने पर आए, मगर सर्राफ़ भी एक ही घुटा हुआ आदमी था, उसी वक़्त टला, जब दयानाथ ने तीसरे दिन बाक़ी रक़म की चीज़ें लौटा देने का वादा किया और यह भी उसकी सज्जनता ही थी। वह तीसरा दिन भी आ गया, और अब दयानाथ को अपनी लाज रखने का कोई उपाय न सूझता था। कोई चलता हुआ आदमी शायद इतना व्यग्र न होता, हीले-हवाले करके महाजन को महीनों टालता रहता; लेकिन दयानाथ इस मामले में अनाड़ी थे।

जागेश्वरी ने आकर कहा - 'भोजन कब से बना ठंडा हो रहा है। खाकर तब बैठो।'

दयानाथ ने इस तरह गर्दन उठाई, मानो सिर पर सैकड़ों मन का बोझ लदा हुआ है। बोले - 'तुम लोग जाकर खा लो, मुझे भूख नहीं है।'

जागेश्वरी - 'भूख क्यों नहीं है, रात भी तो कुछ नहीं खाया था! इस तरह दाना-पानी छोड़ देने से महाजन के रुपये थोड़े ही अदा हो जाएँगे।'

दयानाथ - 'मैं सोचता हूँ, उसे आज क्या जवाब दूँगा - मैं तो यह विवाह करके बुरा फँस गया। बहू कुछ गहने लौटा तो देगी।'

जागेश्वरी - 'बहू का हाल तो सुन चुके, फिर भी उससे ऐसी आशा रखते हो। उसकी टेक है कि जब तक चन्द्रहार न बन जाएगा, कोई गहना ही न पहनूँगी। सारे गहने संदूक में बंद कर रखे हैं। बस, वही एक बिल्लौरी हार गले में डाले हुए है। बहुएँ बहुत देखीं, पर ऐसी बहू न देखी थी। फिर कितना बुरा मालूम होता है कि कल की आई बहू, उससे गहने छीन लिए जाएँ।'

दयानाथ ने चिढ़कर कहा - 'तुम तो जले पर नमक छिड़कती हो बुरा मालूम होता है तो लाओ एक हज़ार निकालकर दे दो, महाजन को दे आऊँ, देती हो? बुरा मुझे ख़ुद मालूम होता है, लेकिन उपाय क्या है? गला कैसे छूटेगा?'

जागेश्वरी - 'बेटे का ब्याह किया है कि ठट्ठा है? शादी-ब्याह में सभी क़र्ज़ लेते हैं, तुमने कोई नई बात नहीं की। खाने-पहनने के लिए कौन क़र्ज़ लेता है। धर्मात्मा बनने का कुछ फल मिलना चाहिए या नहीं? तुम्हारे ही दर्जे पर सत्यदेव हैं, पक्का मकान खड़ाकर दिया, ज़मींदारी ख़रीद ली, बेटी के ब्याह में कुछ नहीं तो पाँच हज़ार तो ख़र्च किए ही होंगे।'

दयानाथ - 'जभी दोनों लड़के भी तो चल दिए!'

जागेश्वरी - 'मरना-जीना तो संसार की गति है, लेते हैं, वह भी मरते हैं, नहीं लेते, वह भी मरते हैं। अगर तुम चाहो तो छः महीने में सब रुपये चुका सकते हो।'

दयानाथ ने त्योरी चढ़ाकर कहा - 'जो बात ज़िंदगी भर नहीं की, वह अब आख़िरी वक़्त नहीं कर सकता। बहू से साफ़-साफ़ कह दो, उससे पर्दा रखने की ज़रूरत ही क्या है, और पर्दा रह ही कै दिन सकता है। आज नहीं तो कल सारा हाल मालूम ही हो जाएगा। बस तीन-चार चीज़ें लौटा दे, तो काम बन जाए। तुम उससे एक बार कहो तो।'

जागेश्वरी झुंझलाकर बोली - 'उससे तुम्हीं कहो, मुझसे तो न कहा जाएगा।'

सहसा रमानाथ टेनिस-रैकेट लिए बाहर से आया। सफ़ेद टेनिस शर्ट था, सफ़ेद पतलून, कैनवस का जूता, गोरे रंग और सुंदर मुखाकृति पर इस पहनावे ने रईसों की शान पैदा कर दी थी। रूमाल में बेले के गजरे लिए हुए था। उससे सुगंध उड़ रही थी। माता-पिता की आँखें बचाकर वह जीने पर जाना चाहता था, कि जागेश्वरी ने टोका – 'इन्हीं के तो सब काँटे बोए हुए हैं, इनसे क्यों नहीं सलाह लेते? (रमा से) तुमने नाच-तमाशे में बारह-तेरह सौ रुपये उड़ा दिए, बतलाओ सर्राफ़ को क्या जवाब दिया जाए – बड़ी मुश्किलों से कुछ गहने लौटाने पर राज़ी हुआ, मगर बहू से गहने माँगे कौन – यह सब तुम्हारी ही करतूत है।'

रमानाथ ने इस आक्षेप को अपने ऊपर से हटाते हुए कहा – 'मैंने क्या ख़र्च किया – जो कुछ किया बाबूजी ने किया। हाँ, जो कुछ मुझसे कहा गया, वह मैंने किया।'

रमानाथ के कथन में बहुत कुछ सत्य था। यदि दयानाथ की इच्छा न होती तो रमा क्या कर सकता था? जो कुछ हुआ उन्हीं की अनुमति से हुआ। रमानाथ पर इल्ज़ाम रखने से तो कोई समस्या हल न हो सकती थी। बोले – 'मैं तुम्हें इल्ज़ाम नहीं देता भाई। किया तो मैंने ही, मगर यह बला तो किसी तरह सिर से टालनी चाहिए। सर्राफ़ का तकाजा है। कल उसका आदमी आवेगा। उसे क्या जवाब दिया जाएगा? मेरी समझ में तो यही एक उपाय है कि उतने रुपये के गहने उसे लौटा दिए जाएँ। गहने लौटा देने में भी वह झंझट करेगा, लेकिन दस-बीस रुपये के लोभ में लौटाने पर राज़ी हो जाएगा। तुम्हारी क्या सलाह है?'

रमानाथ ने शरमाते हुए कहा – 'मैं इस विषय में क्या सलाह दे सकता हूँ, मगर मैं इतना कह सकता हूँ कि इस प्रस्ताव को वह ख़ुशी से मंजूर न करेगी। अम्मां तो जानती हैं कि चढ़ावे में चन्द्रहार न जाने से उसे कितना बुरा लगा था। प्रण कर लिया है, जब तक चन्द्रहार न बन जाएगा, कोई गहना न पहनूँगी।'

जागेश्वरी ने अपने पक्ष का समर्थन होते देख, ख़ुश होकर कहा – 'यही तो मैं इनसे कह रही हूँ।'

रमानाथ – 'रोना-धोना मच जाएगा और इसके साथ घर का पर्दा भी खुल जाएगा।'

दयानाथ ने माथा सिकोड़कर कहा – 'उससे पर्दा रखने की ज़रूरत ही क्या! अपनी यथार्थ स्थिति को वह जितनी ही जल्दी समझ ले, उतना ही अच्छा।'

रमानाथ ने जवानों के स्वभाव के अनुसार जालपा से ख़ूब जीट उड़ाई थी। ख़ूब बढ़-बढ़कर बातें की थीं। ज़मींदारी है, उससे कई हज़ार का नफ़ा है। बैंक में रुपये हैं, उनका सूद आता है। जालपा से अब अगर गहने की बात कही गई, तो रमानाथ को वह पूरा लबाड़िया समझेगी। बोला – 'पर्दा तो एक दिन खुल ही जाएगा, पर इतनी जल्दी खोल देने का नतीजा यही होगा कि वह हमें नीच समझने लगेगी। शायद अपने घरवालों को भी लिख भेजे। चारों तरफ़ बदनामी होगी।'

दयानाथ – 'हमने तो दीनदयाल से यह कभी न कहा था कि हम लखपती हैं।'

रमानाथ - 'तो आपने यह भी कब कहा था कि हम उधार के गहने लाए हैं और दो-चार दिन में लौटा देंगे! आख़िर यह सारा स्वांग अपनी धाक बैठाने के लिए ही किया था या कुछ और?'

दयानाथ - 'तो फिर किसी दूसरे बहाने से माँगना पड़ेगा। बिना माँगे काम नहीं चल सकता कल या तो रुपये देने पड़ेंगे, या गहने लौटाने पड़ेंगे। और कोई रास्ता नहीं।'

रमानाथ ने कोई जवाब न दिया। जागेश्वरी बोली - 'और कौन-सा बहाना किया जाएगा - अगर कहा जाए, किसी को मंगनी देना है, तो शायद वह देगी नहीं। देगी भी तो दो-चार दिन में लौटाएँगे कैसे?'

दयानाथ को एक उपाय सूझा। बोले - 'अगर उन गहनों के बदले मुलम्मे के गहने दे दिए जाएँ?' मगर तुरंत ही उन्हें ज्ञात हो गया कि यह लचर बात है, ख़ुद ही उसका विरोध करते हुए कहा - 'हाँ, बाद में मुलम्मा उड़ जाएगा तो फिर लज्जित होना पड़ेगा। अक्ल कुछ काम नहीं करती। मुझे तो यही सूझता है, यह सारी स्थिति उसे समझा दी जाए। ज़रा देर के लिए उसे दुख तो ज़रूर होगा, लेकिन आगे के लिए रास्ता साफ़ हो जाएगा।

संभव था, जैसा दयानाथ का विचार था, कि जालपा रो-धोकर शांत हो जाएगी, पर रमा की इसमें किरकिरी होती थी। फिर वह मुँह न दिखा सकेगा। जब वह उससे कहेगी, तुम्हारी ज़मींदारी क्या हुई? बैंक के रुपये क्या हुए, तो उसे क्या जवाब देगा? विरक्त भाव से बोला - 'इसमें बेइज़्ज़ती के सिवा और कुछ न होगा। आप क्या सर्राफ़ को दो-चार-छः महीने नहीं टाल सकते? आप देना चाहें, तो इतने दिनों में हज़ार-बारह सौ रुपये बड़ी आसानी से दे सकते हैं।'

दयानाथ ने पूछा - 'कैसे?'

रमानाथ - 'उसी तरह जैसे आपके और भाई करते हैं!'

दयानाथ - 'वह मुझसे नहीं हो सकता।'

तीनों कुछ देर तक मौन बैठे रहे। दयानाथ ने अपना फ़ैसला सुना दिया। जागेश्वरी और रमा को यह फ़ैसला मंजूर न था। इसलिए अब इस गुत्थी के सुलझाने का भार उन्हीं दोनों पर था। जागेश्वरी ने भी एक तरह से निश्चय कर लिया था। दयानाथ को झख मारकर अपना नियम तोड़ना पड़ेगा। यह कहाँ की नीति है कि हमारे ऊपर संकट पड़ा हुआ हो और हम अपने नियमों का राग अलापे जाएँ? रमानाथ बुरी तरह फँसा था। वह ख़ूब जानता था कि पिताजी ने जो काम कभी नहीं किया, वह आज न करेंगे। उन्हें जालपा से गहने माँगने में कोई संकोच न होगा और यही वह करना नहीं चाहता था। वह पछता रहा था कि मैंने क्यों जालपा से डींगें मारीं। अब अपने मुँह की लाली रखने का सारा भार उसी पर था। जालपा की अनुपम छवि ने पहले ही दिन उस पर मोहिनी डाल दी थी। वह अपने सौभाग्य पर फूला न समाता था। क्या यह घर ऐसी अनन्य सुंदरी के योग्य था? जालपा के पिता पाँच रुपये के नौकर थे, पर जालपा ने कभी अपने घर में झाड़ू न लगाई थी। कभी अपनी धोती न छांटी थी। अपना बिछावन

न बिछाया था। यहाँ तक कि अपनी धोती की खींच तक न सी थी। दयानाथ पचास रुपये पाते थे, पर यहाँ केवल चौका-बासन करने के लिए महरी थी। बाक़ी सारा काम अपने ही हाथों करना पड़ता था। जालपा शहर और देहात का फ़र्क़ क्या जाने! शहर में रहने का उसे कभी अवसर ही न पड़ा था। वह कई बार पति और सास से साश्चर्य पूछ चुकी थी, क्या यहाँ कोई नौकर नहीं है? जालपा के घर दूध-दही-घी की कमी नहीं थी। यहाँ बच्चों को भी दूध मयस्सर न था। इन सारे अभावों की पूर्ति के लिए रमानाथ के पास मीठी-मीठी बड़ी-बड़ी बातों के सिवा और क्या था। घर का किराया पाँच रुपया था, रमानाथ ने पंद्रह बतलाए थे। लड़कों की शिक्षा का ख़र्च मुश्किल से दस रुपये था, रमानाथ ने चालीस बतलाए थे। उस समय उसे इसकी ज़रा भी शंका न थी, कि एक दिन सारा भंडा फूट जाएगा। मिथ्या दूरदर्शी नहीं होता, लेकिन वह दिन इतनी जल्दी आएगा, यह कौन जानता था। अगर उसने ये डींगें न मारी होतीं, तो जागेश्वरी की तरह वह भी सारा भार दयानाथ पर छोड़कर निश्चिंत हो जाता, लेकिन इस वक़्त वह अपने ही बनाए हुए जाल में फँस गया था। कैसे निकले!

उसने कितने ही उपाय सोचे, लेकिन कोई ऐसा न था, जो आगे चलकर उसे उलझनों में न डाल देता, दलदल में न फँसा देता। एकाएक उसे एक चाल सूझी। उसका दिल उछल पड़ा, पर इस बात को वह मुँह तक न ला सका, ओह! कितनी नीचता है! कितना कपट! कितनी निर्दयता! अपनी प्रेयसी के साथ ऐसी धूर्तता! उसके मन ने उसे धिक्कारा अगर इस वक़्त उसे कोई एक हज़ार रुपया दे देता, तो वह उसका उम्रभर के लिए गुलाम हो जाता।

दयानाथ ने पूछा – 'कोई बात सूझी?'

'मुझे तो कुछ नहीं सूझता।'

'कोई उपाय सोचना ही पड़ेगा।'

'आप ही सोचिए, मुझे तो कुछ नहीं सूझता।'

'क्यों नहीं उससे दो-तीन गहने माँग लेते? तुम चाहो तो ले सकते हो, हमारे लिए मुश्किल है।'

'मुझे शर्म आती है।'

'तुम विचित्र आदमी हो, न खुद माँगोगे न मुझे माँगने दोगे, तो आख़िर यह नाव कैसे चलेगी? मैं एक बार नहीं, हज़ार बार कह चुका कि मुझसे कोई आशा मत रक्खो। मैं अपने आख़िरी दिन जेल में नहीं काट सकता इसमें शर्म की क्या बात है, मेरी समझ में नहीं आता। किसके जीवन में ऐसे कुअवसर नहीं आते? तुम्हीं अपनी माँ से पूछो।'

जागेश्वरी ने अनुमोदन किया – 'मुझसे तो नहीं देखा जाता था कि अपना आदमी चिंता में पड़ा रहे, मैं गहने पहने बैठी रहूँ। नहीं तो आज मेरे पास भी गहने न होते? एक-एक करके सब निकल गए। विवाह में पाँच हज़ार से कम का चढ़ाव नहीं गया था, मगर पाँच ही साल में सब स्वाहा हो गया। तब से एक छल्ला बनवाना भी नसीब न हुआ।'

दयानाथ ज़ोर देकर बोले – 'शर्म करने का यह अवसर नहीं है। इन्हें माँगना पड़ेगा!'

रमानाथ ने झेंपते हुए कहा – 'मैं माँग तो नहीं सकता, कहिए उठा लाऊँ।'

यह कहते-कहते लज्जा, क्षोभ और अपनी नीचता के ज्ञान से उसकी आँखें सजल हो गईं।

दयानाथ ने भौंचक्के होकर कहा – 'उठा लाओगे, उससे छिपाकर?'

रमानाथ ने तीव्र कंठ से कहा – 'और आप क्या समझ रहे हैं?'

दयानाथ ने माथे पर हाथ रख लिया, और एक क्षण के बाद आहत कंठ से बोले – 'नहीं, मैं ऐसा न करने दूँगा। मैंने छल कभी नहीं किया, और न कभी करूँगा। वह भी अपनी बहू के साथ! छिः-छिः, जो काम सीधे से चल सकता है, उसके लिए यह फ़रेब – कहीं उसकी निगाह पड़ गई, तो समझते हो, वह तुम्हें दिल में क्या समझेगी? माँग लेना इससे कहीं अच्छा है।'

रमानाथ – 'आपको इससे क्या मतलब। मुझसे चीज़ें ले लीजिएगा, मगर जब आप जानते थे, यह नौबत आएगी, तो इतने ज़ेवर ले जाने की ज़रूरत ही क्या थी? व्यर्थ की विपत्ति मोल ली। इससे कई लाख गुना अच्छा था कि आसानी से जितना ले जा सकते, उतना ही ले जाते। उस भोजन से क्या लाभ कि पेट में पीड़ा होने लगे? मैं तो समझ रहा था कि आपने कोई मार्ग निकाल लिया होगा। मुझे क्या मालूम था कि आप मेरे सिर यह मुसीबतों की टोकरी पटक देंगे। वरना मैं उन चीज़ों को कभी न ले जाने देता।'

दयानाथ कुछ लज्जित होकर बोले – 'इतने पर भी चन्द्रहार न होने से वहाँ हाय-तोबा मच गई।'

रमानाथ – 'उस हाय-तोबा से हमारी क्या हानि हो सकती थी। जब इतना करने पर भी हाय-तोबा मच गई, तो मतलब भी तो न पूरा हुआ। उधर बदनामी हुई, इधर यह आफ़त सिर पर आई। मैं यह नहीं दिखाना चाहता कि हम इतने फटेहाल हैं। चोरी हो जाने पर तो सब्र करना ही पड़ेगा।'

दयानाथ चुप हो गए। उस आवेश में रमा ने उन्हें ख़ूब खरी-खरी सुनाई और वह चुपचाप सुनते रहे। आख़िर जब न सुना गया, तो उठकर पुस्तकालय चले गए। यह उनका नित्य का नियम था। जब तक दो-चार पत्र-पत्रिकाएँ न पढ़ लें, उन्हें खाना न हजम होता था। उसी सुरक्षित गढ़ी में पहुँचकर घर की चिंताओं और बाधाओं से उनकी जान बचती थी।

रमा भी वहाँ से उठा, पर जालपा के पास न जाकर अपने कमरे में गया। उसका कोई कमरा अलग तो था नहीं, एक ही मर्दाना कमरा था, इसी में दयानाथ अपने दोस्तों से गप-शप करते, दोनों लड़के पढ़ते और रमा मित्रों के साथ शतरंज खेलता। रमा कमरे में पहुँचा, तो दोनों लड़के ताश खेल रहे थे। गोपी का तेरहवाँ साल था, विश्वम्भर का नवाँ। दोनों रमा से थरथर काँपते थे। रमा ख़ुद ख़ूब ताश और शतरंज

खेलता, पर भाइयों को खेलते देखकर हाथ में खुजली होने लगती थी। खुद चाहे दिनभर सैर-सपाटे किया करे, मगर क्या मजाल कि भाई कहीं घूमने निकल जाएँ। दयानाथ खुद लड़कों को कभी न मारते थे। अवसर मिलता, तो उनके साथ खेलते थे। उन्हें कनकौवे उड़ाते देखकर उनकी बाल-प्रकृति सजग हो जाती थी। दो-चार पेंच लड़ा देते। बच्चों के साथ कभी-कभी गुल्ली-डंडा भी खेलते थे। इसलिए लड़के जितना रमा से डरते, उतना ही पिता से प्रेम करते थे।

रमा को देखते ही लड़कों ने ताश को टाट के नीचे छिपा दिया और पढ़ने लगे। सिर झुकाए चपत की प्रतीक्षा कर रहे थे, पर रमानाथ ने चपत नहीं लगाई, मोढ़े पर बैठकर गोपीनाथ से बोला – 'तुमने भंग की दुकान देखी है न, नुक्कड़ पर?'

गोपीनाथ प्रसन्न होकर बोला – 'हाँ, देखी क्यों नहीं।'

'जाकर चार पैसे का माजून ले लो, दौड़े हुए आना। हाँ, हलवाई की दुकान से आधा सेर मिठाई भी लेते आना। यह रुपया लो।'

कोई पंद्रह मिनट में रमा ये दोनों चीज़ें ले, जालपा के कमरे की ओर चला।

7

रात के दस बज गए थे। जालपा खुली हुई छत पर लेटी हुई थी। जेठ की सुनहरी चाँदनी में सामने फैले हुए नगर के कलश, गुंबद और वृक्ष स्वप्न-चित्रों से लगते थे। जालपा की आँखें चन्द्रमा की ओर लगी हुई थीं। उसे ऐसा मालूम हो रहा था, जैसे वह चन्द्रमा की ओर उड़ी जा रही हो। उसे अपनी नाक में खुश्की, आँखों में जलन और सिर में चक्कर मालूम हो रहा था। कोई बात ध्यान में आते ही भूल जाती, और बहुत याद करने पर भी याद न आती थी। एक बार घर की याद आ गई, रोने लगी। एक ही क्षण में सहेलियों की याद आ गई, हँसने लगी। सहसा रमानाथ हाथ में एक पोटली लिए, मुस्कराता हुआ आया और चारपाई पर बैठ गया।

जालपा ने उठकर पूछा – 'पोटली में क्या है?'

रमानाथ – 'बूझ जाओ तो जानूँ।'

जालपा – 'हँसी का गोलगप्पा है!' (यह कहकर हँसने लगी।)

रमानाथ – 'ग़लत?'

जालपा – 'नींद की गठरी होगी!'

रमानाथ – 'ग़लत?'

जालपा – 'तो प्रेम की पिटारी होगी!'

रमानाथ – 'ठीक, आज मैं तुम्हें फूलों की देवी बनाऊँगा।'

जालपा खिल उठी। रमा ने बड़े अनुराग से उसे फूलों के गहने पहनाने शुरू किए, फूलों के शीतल कोमल स्पर्श से जालपा के कोमल शरीर में गुदगुदी-सी होने लगी।

उन्हीं फूलों की भाँति उसका एक-एक रोम प्रफुल्लित हो गया।

रमा ने मुस्कराकर कहा - 'कुछ उपहार?'

जालपा ने कुछ उत्तर न दिया। इस वेश में पति की ओर ताकते हुए भी उसे संकोच हुआ। उसकी बड़ी इच्छा हुई कि ज़रा आईने में अपनी छवि देखे। सामने कमरे में लैंप जल रहा था, वह उठकर कमरे में गई और आईने के सामने खड़ी हो गई। नशे की तरंग में उसे ऐसा मालूम हुआ कि मैं सचमुच फूलों की देवी हूँ। उसने पानदान उठा लिया और बाहर आकर पान बनाने लगी।

रमा को इस समय अपने कपट-व्यवहार पर बड़ी ग्लानि हो रही थी। जालपा ने कमरे से लौटकर प्रेमोल्लसित नज़रों से उसकी ओर देखा, तो उसने मुँह उधर कर लिया। उस सरल विश्वास से भरी हुई आँखों के सामने वह ताक न सका। उसने सोचा - मैं कितना बड़ा कायर हूँ। क्या मैं बाबूजी को साफ़-साफ़ जवाब न दे सकता था? मैंने हामी ही क्यों भरी? क्या जालपा से घर की दशा साफ़-साफ़ कह देना मेरा कर्तव्य न था? उसकी आँखें भर आईं। जाकर मुँडेर के पास खड़ा हो गया। प्रणय के उस निर्मल प्रकाश में उसका मनोविकार किसी भयंकर जंतु की भाँति घूरता हुआ जान पड़ता था। उसे अपने ऊपर इतनी घृणा हुई कि एक बार जी में आया, सारा कपट-व्यवहार खोल दूँ, लेकिन संभल गया। कितना भयंकर परिणाम होगा। जालपा की नज़रों से फिर जाने की कल्पना ही उसके लिए असह्य थी।

जालपा ने प्रेम-सरस नज़रों से देखकर कहा - 'मेरे दादाजी तुम्हें देखकर गए और अम्मांजी से तुम्हारा बखान करने लगे, तो मैं सोचती थी कि तुम कैसे होगे। मेरे मन में तरह-तरह के चित्र आते थे।'

रमानाथ ने एक लंबी साँस खींची। कुछ जवाब न दिया।

जालपा ने फिर कहा - 'मेरी सखियाँ तुम्हें देखकर मुग्ध हो गईं। शहज़ादी तो खिड़की के सामने से हटती ही न थी। तुमसे बातें करने की उसकी बड़ी इच्छा थी। जब तुम अंदर गए थे तो उसी ने तुम्हें पान के बीड़े दिए थे, याद है?'

रमा ने कोई जवाब न दिया।

जालपा - 'अजी, वही जो रंग-रूप में सबसे अच्छी थी, जिसके गाल पर एक तिल था, तुमने उसकी ओर बड़े प्रेम से देखा था, बेचारी लाज के मारे गड़ गई थी। मुझसे कहने लगी, जीजा तो बड़े रसिक जान पड़ते हैं। सखियों ने उसे ख़ूब चिढ़ाया, बेचारी रुआँसी हो गई। याद है?'

रमा ने मानो नदी में डूबते हुए कहा - 'मुझे तो याद नहीं आता।'

जालपा - 'अच्छा, अबकी चलोगे तो दिखा दूँगी। आज तुम बाज़ार की तरफ़ गए थे कि नहीं?'

रमा ने सिर झुकाकर कहा - 'आज तो फुरसत नहीं मिली।'

जालपा - 'जाओ, मैं तुमसे न बोलूँगी! रोज़ हीले-हवाले करते हो अच्छा, कल ला दोगे न?'

रमानाथ का कलेजा मसोस उठा। यह चन्द्रहार के लिए इतनी विकल हो रही है। इसे क्या मालूम कि दुर्भाग्य इसका सर्वस्व लूटने का सामान कर रहा है। जिस सरल बालिका पर उसे अपने प्राणों को न्योछावर करना चाहिए था, उसी का सर्वस्व अपहरण करने पर वह तुला हुआ है! वह इतना व्यग्र हुआ, कि जी में आया, कोठे से कूदकर प्राणों का अंत कर दे।

आधी रात बीत चुकी थी। चन्द्रमा चोर की भाँति एक वृक्ष की आड़ से झाँक रहा था। जालपा पति के गले में हाथ डाले हुए निद्रा में मग्न थी। रमा मन में विकट संकल्प करके धीरे से उठा, पर निद्रा की गोद में सोए हुए पुष्प प्रदीप ने उसे अस्थिर कर दिया। वह एक क्षण खड़ा मुग्ध नज़रों से जालपा के निद्रा-विहसित मुख की ओर देखता रहा। कमरे में जाने का साहस न हुआ। फिर लेट गया।

जालपा ने चौंककर पूछा – 'कहाँ जाते हो, क्या सवेरा हो गया?'

रमानाथ – 'अभी तो बड़ी रात है।'

जालपा – 'तो तुम बैठे क्यों हो?'

रमानाथ – 'कुछ नहीं, ज़रा पानी पीने उठा था।'

जालपा ने प्रेमातुर होकर रमा के गले में बाँहें डाल दीं और उसे सुलाकर कहा – 'तुम इस तरह मुझ पर टोना करोगे, तो मैं भाग जाऊँगी। न जाने किस तरह ताकते हो, क्या करते हो, क्या मंत्र पढ़ते हो कि मेरा मन चंचल हो जाता है। बासन्ती सच कहती थी, पुरुषों की आँख में टोना होता है।'

रमा ने फटे हुए स्वर में कहा – 'टोना नहीं कर रहा हूँ, आँखों की प्यास बुझा रहा हूँ।'

दोनों फिर सोए, एक उल्लास में डूबी हुई, दूसरा चिंता में मग्न।

तीन घंटे और गुज़र गए। द्वादशी के चाँद ने अपना विश्व-दीपक बुझा दिया। प्रभात की शीतल-समीर प्रकृति को मद के प्याले पिलाती फिरती थी। आधी रात तक जागने वाला बाज़ार भी सो गया। केवल रमा अभी तक जाग रहा था। मन में भाँति-भाँति के तर्क-वितर्क उठने के कारण वह बार-बार उठता था और फिर लेट जाता था। आख़िर जब चार बजने की आवाज़ कान में आई, तो घबराकर उठ बैठा और कमरे में जा पहुँचा। गहनों की संदूकची आलमारी में रक्खी हुई थी, रमा ने उसे उठा लिया, और थरथर काँपता हुआ नीचे उतर गया। इस घबराहट में उसे इतना अवकाश न मिला कि वह कुछ गहने छाँटकर निकाल लेता।

दयानाथ नीचे बरामदे में सो रहे थे। रमा ने उन्हें धीरे-से जगाया, उन्होंने हकबकाकर पूछा – 'कौन?'

रमा ने होंठ पर उँगली रखकर कहा – 'मैं हूँ। यह संदूकची लाया हूँ। रख लीजिए।'

दयानाथ सावधान होकर बैठ गए। अभी तक केवल उनकी आँखें जागी थीं, अब चेतना भी जाग्रत हो गई। रमा ने जिस वक़्त उनसे गहने उठा लाने की बात कही थी, उन्होंने समझा था कि यह आवेश में ऐसा कह रहा है। उन्हें इसका विश्वास न आया

था कि रमा जो कुछ कह रहा है, उसे भी पूरा कर दिखाएगा। इन कमीनी चालों से वह अलग ही रहना चाहते थे। ऐसे कुत्सित कार्य में पुत्र से साठ-गाँठ करना उनकी अंतरात्मा को किसी तरह स्वीकार न था। पूछा - 'इसे क्यों उठा लाए?'

रमा ने धृष्टता से कहा - 'आप ही का तो हुक्म था।'

दयानाथ - 'झूठ कहते हो!'

रमानाथ - 'तो क्या फिर रख आऊँ?'

रमा के इस प्रश्न ने दयानाथ को घोर संकट में डाल दिया। झेंपते हुए बोले - 'अब क्या रख आओगे, कहीं देख ले, तो गज़ब ही हो जाए। वही काम करोगे, जिसमें जग-हँसाई हो। खड़े क्या हो, संदूकची मेरे बड़े संदूक में रख आओ और जाकर लेट रहो। कहीं जाग पड़े तो बस!'

बरामदे के पीछे दयानाथ का कमरा था। उसमें एक देवदार का पुराना संदूक रखा था। रमा ने संदूकची उसके अंदर रख दी और बड़ी फुर्ती से ऊपर चला गया। छत पर पहुँचकर उसने आहट ली, जालपा पिछले पहर की सुखद निद्रा में मग्न थी।

रमा ज्योंही चारपाई पर बैठा, जालपा चौंक पड़ी और उससे चिमट गई। रमा ने पूछा - 'क्या है, तुम चौंक क्यों पड़ीं?'

जालपा ने इधर-उधर प्रसन्न नज़रों से ताककर कहा - 'कुछ नहीं, एक स्वप्न देख रही थी। तुम बैठे क्यों हो, कितनी रात है अभी?'

रमा ने लेटते हुए कहा - 'सवेरा हो रहा है, क्या स्वप्न देखती थीं?'

जालपा - 'जैसे कोई चोर मेरे गहनों की संदूकची उठाए लिए जाता हो।'

रमा का हृदय इतने जोर से धक-धक करने लगा, मानो उस पर हथौड़े पड़ रहे हैं। ख़ून सर्द हो गया। परंतु संदेह हुआ, कहीं इसने मुझे देख तो नहीं लिया। वह ज़ोर से चिल्ला पड़ा - 'चोर! चोर!'

नीचे बरामदे में दयानाथ भी चिल्ला उठे - 'चोर! चोर!'

जालपा घबड़ाकर उठी। दौड़ी हुई कमरे में गई, झटके से आलमारी खोली। संदूकची वहाँ न थी। मूर्छित होकर गिर पड़ी।

8

सवेरा होते ही दयानाथ गहने लेकर सर्राफ़ के पास पहुँचे और हिसाब होने लगा। सर्राफ़ के पंद्रह सौ रुपये आते थे, मगर वह केवल पंद्रह सौ रुपये के गहने लेकर संतुष्ट न हुआ। बिके हुए गहनों को वह बट्टे पर ही ले सकता था। बिकी हुई चीज़ कौन वापस लेता है। रोकड़ पर दिए होते, तो दूसरी बात थी। इन चीज़ों का तो सौदा हो चुका था। उसने कुछ ऐसी व्यापारिक सिद्धांत की बातें कीं, दयानाथ को कुछ ऐसा शिकंजे में कसा कि बेचारे को हाँ-हाँ करने के सिवा और कुछ न सूझा। दफ़्तर का बाबू चतुर दुकानदार

से क्या पेश पाता - पंद्रह सौ रुपये में पच्चीस सौ रुपये के गहने भी चले गए, ऊपर से पचास रुपये और बाक़ी रह गए। इस बात पर पिता-पुत्र में कई दिन ख़ूब वाद-विवाद हुआ। दोनों एक दूसरे को दोषी ठहराते रहे। कई दिन आपस में बोलचाल बंद रही, मगर इस चोरी का हाल गुप्त रखा गया। पुलिस को ख़बर हो जाती, तो भंडा फूट जाने का भय था। जालपा से यही कहा गया कि माल तो मिलेगा नहीं, व्यर्थ का झंझट भले ही होगा। जालपा ने भी सोचा, जब माल ही न मिलेगा, तो रपट व्यर्थ क्यों की जाए।

जालपा को गहनों से जितना प्रेम था, उतना कदाचित संसार की और किसी वस्तु से न था, और उसमें आश्चर्य की कौन-सी बात थी। जब वह तीन वर्ष की अबोध बालिका थी, उस वक़्त उसके लिए सोने के चूड़े बनवाए गए थे। दादी जब उसे गोद में खिलाने लगती, तो गहनों की ही चर्चा करती - 'तेरा दूल्हा तेरे लिए बड़े सुंदर गहने लाएगा। ठुमक-ठुमककर चलेगी।'

जालपा पूछती - 'चाँदी के होंगे कि सोने के, दादीजी?'

दादी कहती - 'सोने के होंगे बेटी, चाँदी के क्यों लाएगा - चाँदी के लाए तो तुम उठाकर उसके मुँह पर पटक देना।'

मानकी छेड़कर कहती - 'चाँदी के तो लाएगा ही। सोने के उसे कहाँ मिले जाते हैं!'

जालपा रोने लगती, इस बूढ़ी दादी, मानकी, घर की महरियाँ, पड़ोसिनें और दीनदयाल-सब हँसते। उन लोगों के लिए यह विनोद का अशेष भंडार था।

बालिका जब ज़रा और बड़ी हुई, तो गुड़ियों के ब्याह करने लगी। लड़के की ओर से चढ़ावे जाते, दुलहिन को गहने पहनाती, डोली में बैठाकर विदा करती, कभी-कभी दुलहिन गुड़िया अपने गुड्डे दूल्हे से गहनों के लिए मान करती, गुड्डा बेचारा कहीं-न-कहीं से गहने लाकर स्त्री को प्रसन्न करता था। उन्हीं दिनों बिसाती ने उसे वह चन्द्रहार दिया, जो अब तक उसके पास सुरक्षित था।

ज़रा और बड़ी हुई तो बड़ी-बूढ़ियों में बैठकर गहनों की बातें सुनने लगी। महिलाओं के उस छोटे-से संसार में इसके सिवा और कोई चर्चा ही न थी। किसने कौन-कौन से गहने बनवाए, कितने दाम लगे, ठोस हैं या पोले, जड़ाऊ हैं या सादे, किस लड़की के विवाह में कितने गहने आए? इन्हीं महत्त्वपूर्ण विषयों पर नित्य आलोचना-प्रत्यालोचना, टीका-टिप्पणी होती रहती थी। कोई दूसरा विषय इतना रोचक, इतना ग्राह्य हो ही नहीं सकता था।

इस आभूषण-मंडित संसार में पली हुई जालपा का यह आभूषण-प्रेम स्वाभाविक ही था। महीने-भर से ऊपर हो गया। उसकी दशा ज्यों-की-त्यों ही थी। न कुछ खाती-पीती है, न किसी से हँसती-बोलती है। खाट पर पड़ी हुई शून्य नज़रों से शून्याकाश की ओर ताकती रहती है। सारा घर समझाकर हार गया, पड़ोसिनें समझाकर हार गईं, दीनदयाल आकर समझा गए, पर जालपा ने रोग-शय्या न छोड़ी। उसे अब घर में किसी पर विश्वास नहीं है, यहाँ तक कि रमा से भी उदासीन रहती है। वह समझती है, सारा घर मेरी उपेक्षा कर रहा है। सबके-सब मेरे प्राण के ग्राहक हो रहे हैं। जब इनके पास इतना

धन है, तो फिर मेरे गहने क्यों नहीं बनवाते? जिससे हम सबसे अधिक स्नेह रखते हैं, उसी पर सबसे अधिक रोष भी करते हैं। जालपा को सबसे अधिक क्रोध रमानाथ पर था। अगर वह अपने माता-पिता से जोर देकर कहते, तो कोई इनकी बात न टाल सकता, पर यह कुछ कहें भी - इनके मुँह में तो दही जमा हुआ है। मुझसे प्रेम होता, तो यों निश्चिंत न बैठे रहते। जब तक सारी चीज़ें न बनवा लेते, रात को नींद न आती। मुँह देखे की मुहब्बत है, माँ-बाप से कैसे कहें, जाएँगे तो अपनी ही ओर, मैं कौन हूँ!

वह रमा से केवल खिंची ही न रहती थी, वह कभी कुछ पूछता तो दो-चार जली-कटी सुना देती। बेचारा अपना-सा मुँह लेकर रह जाता! ग़रीब अपनी ही लगाई हुई आग में जला जाता था। अगर वह जानता कि उन डींगों का यह फल होगा, तो वह जबान पर मुहर लगा लेता। चिंता और ग्लानि उसके हृदय को कुचले डालती थी। कहाँ सुबह से शाम तक हँसी-क़हक़हे सैर-सपाटे में कटते थे, कहाँ अब नौकरी की तलाश में ठोकरें खाता फिरता था। सारी मस्ती ग़ायब हो गई। बार-बार अपने पिता पर क्रोध आता, वो चाहते तो दो-चार महीने में सब रुपये अदा हो जाते, मगर इन्हें क्या फ़िक्र! मैं चाहे मर जाऊँ पर यह अपनी टेक न छोड़ेंगे। उसके प्रेम से भरे हुए, निष्कपट हृदय में आग-सी सुलगती रहती थी। जालपा का मुरझाया हुआ मुख देखकर उसके मुँह से ठंडी साँस निकल जाती थी। वह सुखद प्रेम-स्वप्न इतनी जल्द भंग हो गया, क्या वे दिन फिर कभी आएँगे - तीन हज़ार के गहने कैसे बनेंगे - अगर नौकर भी हुआ, तो ऐसा कौन-सा बड़ा ओहदा मिल जाएगा - तीन हज़ार तो शायद तीन जन्म में भी न जमा हों। वह कोई ऐसा उपाय सोच निकालना चाहता था, जिसमें वह जल्द-से-जल्द अतुल संपत्ति का स्वामी हो जाए। कहीं उसके नाम कोई लाटरी निकल आती! फिर तो वह जालपा को आभूषणों से मढ़ देता। सबसे पहले चन्द्रहार बनवाता। उसमें हीरे जड़े होते। अगर इस वक़्त उसे जाली नोट बनाना आ जाता तो अवश्य बनाकर चला देता।

एक दिन वह शाम तक नौकरी की तलाश में मारा-मारा फिरता रहा। शतरंज की बदौलत उसका कितने ही अच्छे-अच्छे आदमियों से परिचय था, लेकिन वह संकोच और डर के कारण किसी से अपनी स्थिति प्रकट न कर सकता था। यह भी जानता था कि यह मान-सम्मान उसी वक़्त तक है, जब तक किसी के समाने मदद के लिए हाथ नहीं फैलाता। यह आन टूटी, फिर कोई बात भी न पूछेगा। कोई ऐसा भलामानुस न दीखता था, जो कुछ बिना कहे ही जान जाए, और उसे कोई अच्छी-सी ज़गह दिला दे। आज उसका चित्त बहुत खिन्न था। मित्रों पर ऐसा क्रोध आ रहा था कि एक-एक को फटकारे और आएँ तो द्वार से दुत्कार दे। अब किसी ने शतरंज खेलने को बुलाया, तो ऐसी फटकार सुनाऊँगा कि बच्चा याद करें, मगर वह ज़रा ग़ौर करता तो उसे मालूम हो जाता कि इस विषय में मित्रों का उतना दोष न था, जितना ख़ुद उसका। कोई ऐसा मित्र न था, जिससे उसने बढ़-बढ़कर बातें न की हों। यह उसकी आदत थी। घर की असली दशा को वह सदैव बदनामी की तरह छिपाता रहा। और यह उसी का फल था कि इतने मित्रों के होते हुए भी वह बेकार था। वह किसी से अपनी मनोव्यथा न कह

सकता था और मनोव्यथा साँस की भाँति अंदर घुटकर असह्य हो जाती है। घर में आकर मुँह लटकाए हुए बैठ गया।

जागेश्वरी ने पानी लाकर रख दिया और पूछा – 'आज तुम दिनभर कहाँ रहे? लो हाथ-मुँह धो डालो।'

रमा ने लोटा उठाया ही था कि जालपा ने आकर उग्र भाव से कहा – 'मुझे मेरे घर पहुँचा दो, इसी वक़्त!'

रमा ने लोटा रख दिया और उसकी ओर इस तरह ताकने लगा, मानो उसकी बात समझ में न आई हो।

जागेश्वरी बोली – 'भला इस तरह कहीं बहू-बेटियाँ विदा होती हैं, कैसी बात कहती हो, बहू?'

जालपा – 'मैं उन बहू-बेटियों में नहीं हूँ। मेरा जिस वक़्त जी चाहेगा, जाऊँगी, जिस वक़्त जी चाहेगा, आऊँगी। मुझे किसी का डर नहीं है। जब यहाँ कोई मेरी बात नहीं पूछता, तो मैं भी किसी को अपना नहीं समझती। सारे दिन अनाथों की तरह पड़ी रहती हूँ। कोई झाँकता तक नहीं। मैं चिड़िया नहीं हूँ, जिसका पिंजड़ा दाना-पानी रखकर बंद कर दिया जाए। मैं भी आदमी हूँ। अब इस घर में मैं क्षण-भर न रुकूँगी। अगर कोई मुझे भेजने न जाएगा, तो अकेली चली जाऊँगी। राह में कोई भेड़िया नहीं बैठा है, जो मुझे उठा ले जाएगा और उठा भी ले जाए, तो क्या ग़म। यहाँ कौन-सा सुख भोग रही हूँ।'

रमा ने सावधान होकर कहा – 'आख़िर कुछ मालूम भी तो हो, क्या बात हुई?'

जालपा – 'बात कुछ नहीं हुई, अपना जी है। यहाँ नहीं रहना चाहती।'

रमानाथ – 'भला इस तरह जाओगी तो तुम्हारे घरवाले क्या कहेंगे, कुछ यह भी तो सोचो!'

जालपा – 'यह सब कुछ सोच चुकी हूँ, और ज़्यादा नहीं सोचना चाहती। मैं जाकर अपने कपड़े बाँधती हूँ और इसी गाड़ी से जाऊँगी।'

यह कहकर जालपा ऊपर चली गई। रमा भी पीछे-पीछे यह सोचता हुआ चला, इसे कैसे शांत करूँ।

जालपा अपने कमरे में जाकर बिस्तर लपेटने लगी कि रमा ने उसका हाथ पकड़ लिया और बोला – 'तुम्हें मेरी क़सम जो इस वक़्त जाने का नाम लो!'

जालपा ने त्योरी चढ़ाकर कहा – 'तुम्हारी क़सम की हमें कुछ परवा नहीं है।'

उसने अपना हाथ छुड़ा लिया और फिर बिछावन लपेटने लगी। रमा खिसियाना-सा होकर एक किनारे खड़ा हो गया। जालपा ने बिस्तरबंद से बिस्तरे को बाँधा और फिर अपने संदूक को साफ़ करने लगी। मगर अब उसमें वह पहले-सी तत्परता न थी, बार-बार संदूक बंद करती और खोलती। वर्षा बंद हो चुकी थी, केवल छत पर रुका हुआ पानी टपक रहा था।

आख़िर वह उसी बिस्तर के बंडल पर बैठ गई और बोली – 'तुमने मुझे क़सम क्यों दिलाई?'

रमा के हृदय में आशा की गुदगुदी हुई। बोला – 'इसके सिवा मेरे पास तुम्हें रोकने का और क्या उपाय था?'

जालपा – 'क्या तुम चाहते हो कि मैं यहीं घुट-घुटकर मर जाऊँ?'

रमानाथ – 'तुम ऐसे मनहूस शब्द क्यों मुँह से निकालती हो? मैं तो चलने को तैयार हूँ, न मानोगी तो पहुँचाना ही पड़ेगा। जाओ, मेरा ईश्वर मालिक है, मगर कम-से-कम बाबूजी और अम्मां से पूछ लो।'

बुझती हुई आग में तेल पड़ गया। जालपा तड़पकर बोली – 'वह मेरे कौन होते हैं, जो उनसे पूछूँ?'

रमानाथ – 'कोई नहीं होते?'

जालपा – 'कोई नहीं! अगर कोई होते, तो मुझे यों न छोड़ देते। रुपये रखते हुए कोई अपने प्रियजनों का कष्ट नहीं देख सकता। ये लोग क्या मेरे आँसू न पोंछ सकते थे? मैं दिन-के-दिन यहाँ पड़ी रहती हूँ, कोई झूठों भी पूछता है? मुहल्ले की स्त्रियाँ मिलने आती हैं, कैसे मिलूँ? यह सूरत तो मुझसे नहीं दिखाई जाती। न कहीं आना न जाना, न किसी से बात न चीत, ऐसे कोई कितने दिन रह सकता है? मुझे इन लोगों से अब कोई आशा नहीं रही। आख़िर दो लड़के और भी तो हैं, उनके लिए भी कुछ जोड़ेंगे कि तुम्हीं को दे दें!'

रमा को बड़ी-बड़ी बातें करने का फिर अवसर मिला। वह ख़ुश था कि इतने दिनों के बाद आज उसे प्रसन्न करने का मौक़ा तो मिला, बोला – 'प्रिये, तुम्हारा ख़याल बहुत ठीक है। ज़रूर यही बात है। नहीं तो ढाई-तीन हज़ार उनके लिए क्या बड़ी बात थी? पचासों हज़ार बैंक में जमा हैं, दफ़्तर तो केवल दिल बहलाने जाते हैं।'

जालपा – 'मगर हैं मक्खीचूस पल्ले सिरे के!'

रमानाथ – 'मक्खीचूस न होते, तो इतनी संपत्ति कहाँ से आती!'

जालपा – 'मुझे तो किसी की परवा नहीं है जी, हमारे घर किस बात की कमी है! दाल-रोटी वहाँ भी मिल जाएगी। दो-चार सखी-सहेलियाँ हैं, खेत-खलिहान हैं, बाग-बगीचे हैं, जी बहलता रहेगा।'

रमानाथ – 'और मेरी क्या दशा होगी, जानती हो? घुल-घुलकर मर जाऊँगा। जब से चोरी हुई, मेरे दिल पर जैसी गुज़रती है, वह दिल ही जानता है। अम्मां और बाबूजी से एक बार नहीं, लाखों बार कहा, ज़ोर देकर कहा कि दो-चार चीज़ें तो बनवा ही दीजिए, पर किसी के कान पर जूँ तक न रेंगी। न जाने क्यों मुझसे आँखें उधर कर लीं।'

जालपा – 'जब तुम्हारी नौकरी कहीं लग जाए, तो मुझे बुला लेना।'

रमानाथ – 'तलाश कर रहा हूँ। बहुत जल्द मिलने वाली है। हज़ारों बड़े-बड़े आदमियों से मुलाक़ात है, नौकरी मिलते क्या देर लगती है, हाँ, ज़रा अच्छी ज़गह चाहता हूँ।'

जालपा – 'मैं इन लोगों का रुख़ समझती हूँ। मैं भी यहाँ अब दावे के साथ रहूँगी। क्यों, किसी से नौकरी के लिए कहते नहीं हो?'

रमानाथ – 'शर्म आती है किसी से कहते हुए।'

जालपा – 'इसमें शर्म की कौन-सी बात है – कहते शर्म आती हो, तो ख़त लिख दो।'

रमा उछल पड़ा, कितना सरल उपाय था और अभी तक यह सीधी-सी बात उसे न सूझी थी। बोला – 'हाँ, यह तुमने बहुत अच्छी तरकीब बतलाई, कल ज़रूर लिखूँगा।'

जालपा – 'मुझे पहुँचाकर आना तो लिखना। कल ही थोड़े लौट आओगे।'

रमानाथ – 'तो क्या तुम सचमुच जाओगी? तब मुझे नौकरी मिल चुकी और मैं ख़त लिख चुका! इस वियोग के दुःख में बैठकर रोऊँगा कि नौकरी ढूँढूगा। नहीं, इस वक़्त जाने का विचार छोड़ो। नहीं, सच कहता हूँ, मैं कहीं भाग जाऊँगा। मकान का हाल देख चुका। तुम्हारे सिवा और कौन बैठा हुआ है, जिसके लिए यहाँ पड़ा-सड़ा करूँ। हटो तो ज़रा मैं बिस्तर खोल दूँ।'

जालपा ने बिस्तर पर से ज़रा खिसककर कहा – 'मैं बहुत जल्द चली आऊँगी। तुम गए और मैं आई।'

रमा ने बिस्तर खोलते हुए कहा – 'जी नहीं, माफ़ कीजिए, इस धोखे में नहीं आता। तुम्हें क्या, तुम तो सहेलियों के साथ विहार करोगी, मेरी ख़बर तक न लोगी, और यहाँ मेरी जान पर बन आवेगी। इस घर में फिर कैसे क़दम रक्खा जाएगा।'

जालपा ने एहसान जताते हुए कहा – 'आपने मेरा बँधा-बँधाया बिस्तर खोल दिया, नहीं तो आज कितने आनंद से घर पहुँच जाती। शहज़ादी सच कहती थी, मर्द बड़े टोनहे होते हैं। मैंने आज पक्का इरादा कर लिया था कि चाहे ब्रह्मा भी उतर आएँ, पर मैं न मानूँगी। पर तुमने दो ही मिनट में मेरे सारे मनसूबे चौपट कर दिए। कल ख़त लिखना ज़रूर। बिना कुछ पैदा किए अब निर्वाह नहीं है।'

रमानाथ – 'कल नहीं, मैं इसी वक़्त जाकर दो-तीन चिट्ठियाँ लिखता हूँ।'

जालपा – 'पान तो खाते जाओ।'

रमानाथ ने पान खाया और मर्दाने कमरे में आकर खत लिखने बैठे। मगर फिर कुछ सोचकर उठ खड़े हुए और एक तरफ़ को चल दिए। स्त्री का सप्रेम आग्रह पुरुष से क्या नहीं करा सकता।

9

रमा के परिचितों में एक रमेश बाबू म्यूनिसिपल बोर्ड में हेड क्लर्क थे। उम्र तो चालीस के ऊपर थी, पर थे बड़े रसिक। शतरंज खेलने बैठ जाते, तो सवेरा कर देते। दफ़्तर भी भूल जाते। न आगे नाथ न पीछे पगहा। जवानी में स्त्री मर गई थी, दूसरा विवाह नहीं किया। उस एकांत जीवन में सिवा विनोद के और क्या अवलंब था। चाहते तो हज़ारों के वारे-न्यारे करते, पर रिश्वत की कौड़ी भी हराम समझते थे। रमा से बड़ा

स्नेह रखते थे। और कौन ऐसा निठल्ला था, जो रात-रात भर उनसे शतरंज खेलता। आज कई दिन से बेचारे बहुत व्याकुल हो रहे थे। शतरंज की एक बाज़ी भी न हुई। अख़बार कहाँ तक पढ़ते। रमा इधर दो-एक बार आया अवश्य, पर बिसात पर न बैठा रमेश बाबू ने मुहरे बिछा दिए। उसको पकड़कर बैठाया, पर वह बैठा नहीं। वह क्यों शतरंज खेलने लगा। बहू आई है, उसका मुँह देखेगा, उससे प्रेमालाप करेगा कि इस बूढ़े के साथ शतरंज खेलेगा! कई बार जी में आया, उसे बुलवाएँ, पर यह सोचकर कि वह क्यों आने लगा, रह गए। कहाँ जाएँ-सिनेमा ही देख आवें-किसी तरह समय तो कटे। सिनेमा से उन्हें बहुत प्रेम न था, पर इस वक़्त उन्हें सिनेमा के सिवा और कुछ न सूझा। कपड़े पहने और जाना ही चाहते थे कि रमा ने कमरे में क़दम रखा।

रमेश उसे देखते ही गेंद की तरह लुढ़ककर द्वार पर जा पहुँचे और उसका हाथ पकड़कर बोले - 'आइए, आइए, बाबू रमानाथ साहब बहादुर! तुम तो इस बुड्ढे को बिलकुल भूल ही गए। हाँ भाई, अब क्यों आओगे? प्रेमिका की रसीली बातों का आनंद यहाँ कहाँ? चोरी का कुछ पता चला?'

रमानाथ - 'कुछ भी नहीं।'

रमेश - 'बहुत अच्छा हुआ, थाने में रपट नहीं लिखाई, नहीं सौ-दो सौ के मत्थे और जाते। बहू को तो बड़ा दुःख हुआ होगा?'

रमानाथ - 'कुछ पूछिए मत, तभी से दाना-पानी छोड़ रक्खा है? मैं तो तंग आ गया। जी में आता है, कहीं भाग जाऊँ। बाबूजी सुनते नहीं।'

रमेश - 'बाबूजी के पास क्या कारू का ख़ज़ाना रक्खा हुआ है? अभी चार-पाँच हज़ार ख़र्च किए हैं, फिर कहाँ से लाकर गहने बनवा दें? दस-बीस हज़ार रुपये होंगे, तो अभी तो बच्चे भी तो सामने हैं और नौकरी का भरोसा ही क्या पचास रुपये होता ही क्या हैं?'

रमानाथ - 'मैं तो मुसीबत में फँस गया। अब मालूम होता है, कहीं नौकरी करनी पड़ेगी। चैन से खाते और मौज उड़ाते थे, नहीं तो बैठे-बैठाए इस मायाजाल में फँसे। अब बतलाइए, है कहीं नौकरी-चाकरी का सहारा?'

रमेश ने ताक पर से मुहरे और बिसात उतारते हुए कहा - 'आओ एक बाज़ी हो जाए, फिर इस मामले को सोचें, इसे जितना आसान समझ रहे हो, उतना आसान नहीं है। अच्छे-अच्छे धक्के खा रहे हैं।'

रमानाथ - 'मेरा तो इस वक़्त खेलने को जी नहीं चाहता। जब तक यह प्रश्न हल न हो जाए, मेरे होश ठिकाने नहीं होंगे।'

रमेश बाबू ने शतरंज के मुहरे बिछाते हुए कहा - 'आओ बैठो। एक बार तो खेल लो, फिर सोचें, क्या हो सकता है।'

रमानाथ - 'ज़रा भी जी नहीं चाहता, अगर मैं जानता कि सिर मुँड़ाते ही ओले पड़ेंगे, तो मैं विवाह के नज़दीक ही न जाता!'

रमेश - 'अजी, दो-चार चालें चलो तो आप-ही-आप जी लग जाएगा। ज़रा अक्ल की गाँठ तो खुले।'

बाज़ी शुरू हुई। कई मामूली चालों के बाद रमेश बाबू ने रमा का रुख़ पीट लिया।

रमानाथ – 'ओह, क्या ग़लती हुई!'

रमेश बाबू की आँखों में नशे की-सी लाली छाने लगी। शतरंज उनके लिए शराब से कम मादक न था। बोले – 'बोहनी तो अच्छी हुई! तुम्हारे लिए मैं एक ज़गह सोच रहा हूँ। मगर वेतन बहुत कम है, केवल तीस रुपये। वह रंगी दाढ़ी वाले खाँ साहब नहीं हैं, उनसे काम नहीं होता। कई बार बचा चुका हूँ। सोचता था, जब तक किसी तरह काम चले, बने रहें। बाल-बच्चे वाले आदमी हैं। वह तो कई बार कह चुके हैं, मुझे छुट्टी दीजिए। तुम्हारे लायक़ तो वह ज़गह नहीं है, चाहो तो कर लो।'

यह कहते-कहते रमा का फ़ीला मार लिया।

रमा ने फ़ीले को फिर उठाने की चेष्टा करके कहा – 'आप मुझे बातों में लगाकर मेरे मुहरे उड़ाते जाते हैं, इसकी सनद नहीं, लाओ मेरा फ़ीला।'

रमेश – 'देखो भाई, बेईमानी मत करो। मैंने तुम्हारा फ़ीला ज़बरदस्ती तो नहीं उठाया। हाँ, तो तुम्हें वह ज़गह मंजूर है?'

रमानाथ – 'वेतन तो तीस है।'

रमेश – 'हाँ, वेतन तो कम है, मगर शायद आगे चलकर बढ़ जाए। मेरी तो राय है, कर लो।'

रमानाथ – 'अच्छी बात है, आपकी सलाह है तो कर लूँगा।'

रमेश – 'ज़गह आमदनी की है। मियाँ ने तो उसी ज़गह पर रहते हुए लड़कों को एम.ए., एल.एल.बी. करा लिया। दो कॉलेज में पढ़ते हैं। लड़कियों की शादियाँ अच्छे घरों में कीं। हाँ, ज़रा समझ-बूझकर काम करने की ज़रूरत है।'

रमानाथ – 'आमदनी की मुझे परवा नहीं, रिश्वत कोई अच्छी चीज़ तो है नहीं।'

रमेश – 'बहुत ख़राब, मगर बाल-बच्चों वाले आदमी क्या करें। तीस रुपयों में गुज़र नहीं हो सकती। मैं अकेला आदमी हूँ। मेरे लिए डेढ़ सौ काफ़ी हैं। कुछ बचा भी लेता हूँ, लेकिन जिस घर में बहुत से आदमी हों, लड़कों की पढ़ाई हो, लड़कियों की शादियाँ हों, वह आदमी क्या कर सकता है। जब तक छोटे-छोटे आदमियों का वेतन इतना न हो जाएगा कि वह भलमनसी के साथ निर्वाह कर सकें, तब तक रिश्वत बंद न होगी। यही रोटी-दाल, घी-दूध तो वह भी खाते हैं। फिर एक को तीस रुपये और दूसरे को तीन सौ रुपये क्यों देते हो?'

रमा का फ़र्जी पिट गया, रमेश बाबू ने बड़े ज़ोर से कहकहा मारा।

रमा ने रोष के साथ कहा – 'अगर आप चुपचाप खेलते हैं तो खेलिए, नहीं मैं जाता हूँ। मुझे बातों में लगाकर सारे मुहरे उड़ा लिए!'

रमेश – 'अच्छा साहब, अब बोलूँ तो ज़बान पकड़ लीजिए। यह लीजिए, शह! तो तुम कल अर्ज़ी दे दो। उम्मीद तो है, तुम्हें यह ज़गह मिल जाएगी, मगर जिस दिन ज़गह मिले, मेरे साथ रात-भर खेलना होगा।'

रमानाथ – 'आप तो दो ही मातों में रोने लगते हैं।'

रमेश – 'अजी वह दिन गए, जब आप मुझे मात दिया करते थे। आजकल चन्द्रमा बलवान हैं। इधर मैंने एक मंत्र सिद्ध किया है। क्या मजाल कि कोई मात दे सके। फिर शह!'

रमानाथ – 'जी तो चाहता है, दूसरी बाज़ी मात देकर जाऊँ, मगर देर होगी।'

रमेश – 'देर क्या होगी। अभी तो नौ बजे हैं। खेल लो, दिल का अरमान निकल जाए। यह शह और मात!'

रमानाथ – 'अच्छा कल की रही। कल ललकार कर पाँच मातें न दी हो तो कहिएगा।'

रमेश – 'अजी जाओ भी, तुम मुझे क्या मात दोगे! हिम्मत हो, तो अभी सही!'

रमानाथ – 'अच्छा आइए, आप भी क्या कहेंगे, मगर मैं पाँच बाज़ियों से कम न खेलूँगा!'

रमेश – 'पाँच नहीं, तुम दस खेलो जी। रात तो अपनी है। तो चलो फिर खाना खा लें। तब निश्चिंत होकर बैठें। तुम्हारे घर कहलाए देता हूँ कि आज यहीं सोएँगे, इंतज़ार न करें।'

दोनों ने भोजन किया और फिर शतरंज पर बैठे पहली बाज़ी में ग्यारह बज गए। रमेश बाबू की जीत रही। दूसरी बाज़ी भी उन्हीं के हाथ रही। तीसरी बाज़ी ख़त्म हुई तो दो बज गए।

रमानाथ – 'अब तो मुझे नींद आ रही है।'

रमेश – 'तो मुँह धो डालो, बरफ़ रक्खी हुई है। मैं पाँच बाज़ियाँ खेले बग़ैर सोने न दूँगा।'

रमेश बाबू को यह विश्वास हो रहा था कि आज मेरा सितारा बुलंद है। नहीं तो रमा को लगातार तीन मात देना आसान न था। वह समझ गए थे, इस वक़्त चाहे जितनी बाज़ियाँ खेलूँ, जीत मेरी ही होगी मगर जब चौथी बाज़ी हार गए, तो यह विश्वास जाता रहा। उलटे यह भय हुआ कि कहीं लगातार हारता न जाऊँ। बोले – 'अब तो सोना चाहिए।'

रमानाथ – 'क्यों, पाँच बाज़ियाँ पूरी न कर लीजिए?'

रमेश – 'कल दफ़्तर भी तो जाना है।'

रमा ने अधिक आग्रह न किया। दोनों सोए।

रमा यों ही आठ बजे से पहले न उठता था, फिर आज तो तीन बजे सोया था। आज तो उसे दस बजे तक सोने का अधिकार था। रमेश नियमानुसार पाँच बजे उठ बैठे, स्नान किया, संध्या की, घूमने गए और आठ बजे लौटे, मगर रमा तब तक सोता ही रहा। आख़िर जब साढ़े नौ बज गए तो उन्होंने उसे जगाया।

रमा ने बिगड़कर कहा – 'नाहक जगा दिया, कैसी मज़े की नींद आ रही थी।'

रमेश – 'अजी वह अर्ज़ी देना है कि नहीं तुमको?'

रमानाथ – 'आप दे दीजिएगा।'

रमेश – 'और जो कहीं साहब ने बुलाया, तो मैं ही चला जाऊँगा?'

रमानाथ – 'ऊंह, जो चाहे कीजिएगा, मैं तो सोता हूँ।'

रमा फिर लेट गया और रमेश ने भोजन किया, कपड़े पहने और दफ़्तर चलने को तैयार हुए। उसी वक़्त रमानाथ हड़बड़ाकर उठा और आँखें मलता हुआ बोला – 'मैं भी चलूँगा।'

रमेश – 'अरे मुँह-हाथ तो धो ले, भले आदमी!'

रमानाथ – 'आप तो चले जा रहे हैं।'

रमेश – 'नहीं, अभी पंद्रह-बीस मिनट तक रुक सकता हूँ, तैयार हो जाओ।'

रमानाथ – 'मैं तैयार हूँ। वहाँ से लौटकर घर भोजन करूँगा।'

रमेश – 'कहता तो हूँ, अभी आधा घंटे तक रुका हुआ हूँ।'

रमा ने एक मिनट में मुँह धोया, पाँच मिनट में भोजन किया और चटपट रमेश के साथ दफ़्तर चला।

रास्ते में रमेश ने मुस्कराकर कहा – 'घर क्या बहाना करोगे, कुछ सोच रक्खा है?'

रमानाथ – 'कह दूँगा, रमेश बाबू ने आने नहीं दिया।'

रमेश – 'मुझे गालियाँ दिलाओगे और क्या फिर कभी न आने पाओगे।'

रमानाथ – 'ऐसा स्त्री-भक्त नहीं हूँ। हाँ, यह तो बताइए, मुझे अर्ज़ी लेकर तो साहब के पास न जाना पड़ेगा?'

रमेश – 'और क्या तुम समझते हो, घर बैठे ज़गह मिल जाएगी? महीनों दौड़ना पड़ेगा, महीनों! बीसियों सिफ़ारिशें लानी पड़ेंगी। सुबह-शाम हाज़िरी देनी पड़ेगी। क्या नौकरी मिलना आसान है?'

रमानाथ – 'तो मैं ऐसी नौकरी से बाज़ आया। मुझे तो अर्ज़ी लेकर जाते ही शर्म आती है। ख़ुशामदें कौन करेगा – पहले मुझे क्लर्कों पर बड़ी हँसी आती थी, मगर वही बला मेरे सिर पड़ी। साहब डाँट-वाँट तो न बताएँगे?

रमेश – 'बुरी तरह डाँटता है, लोग उसके सामने जाते हुए काँपते हैं।'

रमानाथ – 'तो फिर मैं घर जाता हूँ। यह सब मुझसे न बरदाश्त होगा।'

रमेश – 'पहले सब ऐसे ही घबराते हैं, मगर सहते-सहते आदत पड़ जाती है। तुम्हारा दिल धड़क रहा होगा कि न जाने कैसी बीतेगी। जब मैं नौकर हुआ, तो तुम्हारी ही उम्र मेरी भी थी, और शादी हुए तीन ही महीने हुए थे। जिस दिन मेरी पेशी होने वाली थी, ऐसा घबराया हुआ था मानो फाँसी पाने जा रहा हूँ; मगर तुम्हें डरने का कोई कारण नहीं है। मैं सब ठीक कर दूँगा।'

रमानाथ – 'आपको तो बीस-बाईस साल नौकरी करते हो गए होंगे!'

रमेश – 'पूरे पच्चीस हो गए, साहब! बीस बरस तो स्त्री का देहांत हुए हो गए। दस रुपये पर नौकर हुआ था!'

रमानाथ – 'आपने दूसरी शादी क्यों नहीं की – तब तो आपकी उम्र पच्चीस से ज़्यादा न रही होगी।'

रमेश ने हँसकर कहा – 'बरफ़ी खाने के बाद गुड़ खाने को किसका जी चाहता है? महल का सुख भोगने के बाद झोंपड़ा किसे अच्छा लगता है? प्रेम आत्मा को तृप्त कर देता है। तुम तो मुझे जानते हो, अब तो बूढ़ा हो गया हूँ, लेकिन मैं तुमसे सच कहता हूँ, इस विधुर-जीवन में मैंने किसी स्त्री की ओर आँख तक नहीं उठाई। कितनी ही सुंदरियाँ देखीं, कई बार लोगों ने विवाह के लिए घेरा भी, लेकिन कभी इच्छा ही न हुई। उस प्रेम की मधुर स्मृतियों में मेरे लिए प्रेम का सजीव आनंद भरा हुआ है।'

यों बातें करते हुए, दोनों आदमी दफ़्तर पहुँच गए।

10

रमा दफ़्तर से घर पहुँचा, तो चार बज रहे थे। वह दफ़्तर ही में था कि आसमान पर बादल घिर आए। पानी आया ही चाहता था, पर रमा को घर पहुँचने की इतनी बेचैनी हो रही थी कि उससे रुका न गया। हाते के बाहर भी न निकलने पाया था कि जोर की वर्षा होने लगी। आषाढ़ का पहला पानी था, एक ही क्षण में वह लथपथ हो गया। फिर भी वह कहीं रुका नहीं। नौकरी मिल जाने का शुभ समाचार सुनाने का आनंद इस दौंगड़े की क्या परवाह कर सकता था? वेतन तो केवल तीस ही रुपये थे, पर ज़गह आमदनी की थी। उसने मन-ही-मन हिसाब लगा लिया था कि कितना मासिक बचत हो जाने से वह जालपा के लिए चन्द्रहार बनवा सकेगा। अगर पचास-साठ रुपये महीने भी बच जाएँ, तो पाँच साल में जालपा गहनों से लद जाएगी। कौन-सा आभूषण कितने का होगा, इसका भी उसने अनुमान कर लिया था। घर पहुँचकर उसने कपड़े भी न उतारे, लथपथ जालपा के कमरे में पहुँच गया।

जालपा उसे देखते ही बोली – 'यह भीग कहाँ गए, रात कहाँ ग़ायब थे?'

रमानाथ – 'इसी नौकरी की फ़िक्र में पड़ा हुआ हूँ। इस वक़्त दफ़्तर से चला आता हूं। म्युनिसिपैलिटी के दफ़्तर में मुझे एक ज़गह मिल गई।'

जालपा ने उछलकर पूछा – 'सच! कितने की जगह है?'

रमा को ठीक-ठीक बतलाने में संकोच हुआ। तीस की नौकरी बताना अपमान की बात थी। स्त्री के नज़रों में तुच्छ बनना कौन चाहता है। बोला – 'अभी तो चालीस मिलेंगे, पर जल्द तरक़्क़ी होगी। ज़गह आमदनी की है।'

जालपा ने उसके लिए किसी बड़े पद की कल्पना कर रक्खी थी। बोली – 'चालीस में क्या होगा? भला साठ-सत्तर तो होते!'

रमानाथ – 'मिल तो सकती थी सौ रुपये की भी, पर यहाँ रौब है, और आराम है। पचास-साठ रुपये ऊपर से मिल जाएँगे।'

जालपा – 'तो तुम घूस लोगे, ग़रीबों का गला काटोगे?'

रमा ने हँसकर कहा – 'नहीं प्रिये, वह ज़गह ऐसी नहीं कि ग़रीबों का गला काटना पड़े। बड़े-बड़े महाजनों से रक़में मिलेंगी और वह ख़ुशी से गले लगाएँगे। मैं जिसे चाहूँ दिनभर दफ़्तर में खड़ा रखूँ, महाजनों का एक-एक मिनट एक-एक अशरफ़ी के बराबर है। जल्द-से-जल्द अपना काम कराने के लिए वे ख़ुशामद भी करेंगे, पैसे भी देंगे।'

जालपा संतुष्ट हो गई, बोली – 'हाँ, तब ठीक है। ग़रीबों का काम यों ही कर देना।'

रमानाथ – 'वह तो करूँगा ही।'

जालपा – 'अभी अम्मांजी से तो नहीं कहा? जाकर कह आओ। मुझे तो सबसे बड़ी ख़ुशी यही है कि अब मालूम होगा कि यहाँ मेरा भी कोई अधिकार है।'

रमानाथ – 'हाँ, जाता हूँ, मगर उनसे तो मैं बीस ही बतलाऊँगा।'

जालपा ने उल्लसित होकर कहा – 'हाँ जी, बल्कि पंद्रह ही कहना, ऊपर की आमदनी की तो चर्चा ही करना व्यर्थ है। भीतर का हिसाब वे ले सकते हैं। मैं सबसे पहले चन्द्रहार बनवाऊँगी।'

इतने में डाकिए ने पुकारा। रमा ने दरवाज़े पर जाकर देखा, तो उसके नाम एक पार्सल आया था। महाशय दीनदयाल ने भेजा था। लेकर ख़ुश-ख़ुश घर में आए और जालपा के हाथों में रखकर बोले – 'तुम्हारे घर से आया है, देखो इसमें क्या है?'

रमा ने चटपट कैंची निकाली और पार्सल खोला उसमें देवदार की एक डिबिया निकली। उसमें एक चन्द्रहार रक्खा हुआ था। रमा ने उसे निकालकर देखा और हँसकर बोला – 'ईश्वर ने तुम्हारी सुन ली, चीज़ तो बहुत अच्छी मालूम होती है।'

जालपा ने कुंठित स्वर में कहा – 'अम्मांजी को यह क्या सूझी, यह तो उन्हीं का हार है। मैं तो इसे न लूँगी। अभी डाक का वक़्त हो तो लौटा दो।'

रमा ने विस्मित होकर कहा – 'लौटाने की क्या ज़रूरत है, वह नाराज़ न होंगी?'

जालपा ने नाक सिकोड़कर कहा – 'मेरी बला से, रानी रूठेंगी अपना सुहाग लेंगी। मैं उनकी दया के बिना भी जीती रह सकती हूँ। आज इतने दिनों के बाद उन्हें मुझ पर दया आई है। उस वक़्त दया न आई थी, जब मैं उनके घर से विदा हुई थी। उनके गहने उन्हें मुबारक हों। मैं किसी का एहसान नहीं लेना चाहती। अभी उनके ओढ़ने-पहनने के दिन हैं। मैं क्यों बाधक बनूँ। तुम कुशल से रहोगे, तो मुझे बहुत गहने मिल जाएँगे। मैं अम्मांजी को यह दिखाना चाहती हूँ कि जालपा तुम्हारे गहनों की भूखी नहीं है।'

रमा ने संतोष देते हुए कहा – 'मेरी समझ में तो तुम्हें हार रख लेना चाहिए। सोचो, उन्हें कितना दुःख होगा। विदाई के समय यदि न दिया तो, अच्छा ही किया। नहीं तो और गहनों के साथ यह भी चला जाता।'

जालपा – 'मैं इसे लूँगी नहीं, यह निश्चय है।'

रमानाथ – 'आख़िर क्यों?'

जालपा – 'मेरी इच्छा!'

रमानाथ – 'इस इच्छा का कोई कारण भी तो होगा?'

जालपा रुंधे हुए स्वर में बोली – 'कारण यही है कि अम्मांजी इसे ख़ुशी से नहीं दे रही हैं, बहुत संभव है कि इसे भेजते समय वह रोई भी हों और इसमें तो कोई संदेह ही नहीं कि इसे वापस पाकर उन्हें सच्चा आनंद होगा। देने वाले का हृदय देखना चाहिए। प्रेम से यदि वह मुझे एक छल्ला भी दे दें, तो मैं दोनों हाथों से ले लूँ। जब दिल पर जब्र करके दुनिया की लाज से या किसी के धिक्कारने से दिया, तो क्या दिया। दान भिखारिनियों को दिया जाता है। मैं किसी का दान न लूँगी, चाहे वह माता ही क्यों न हों।'

माता के प्रति जालपा का यह द्वेष देखकर रमा और कुछ न कह सका। द्वेष तर्क और प्रमाण नहीं सुनता। रमा ने हार ले लिया और चारपाई से उठता हुआ बोला – 'ज़रा अम्मां और बाबू जी को तो दिखा दूँ। कम-से-कम उनसे पूछ तो लेना ही चाहिए।'

जालपा ने हार उसके हाथ से छीन लिया और बोली – 'वे लोग मेरे कौन होते हैं, जो मैं उनसे पूछूँ – केवल एक घर में रहने का नाता है। जब वह मुझे कुछ नहीं समझते, तो मैं भी उन्हें कुछ नहीं समझती।'

यह कहते हुए उसने हार को उसी डिब्बे में रख दिया, और उस पर कपड़ा लपेटकर सीने लगी। रमा ने एक बार डरते-डरते फिर कहा – 'ऐसी जल्दी क्या है, दस-पाँच दिन में लौटा देना। उन लोगों की भी ख़ातिर हो जाएगी।'

इस पर जालपा ने कठोर नज़रों से देखकर कहा – 'जब तक मैं इसे लौटा न दूँगी, मेरे दिल को चैन न आएगा। मेरे हृदय में काँटा-सा खटकता रहेगा। अभी पार्सल तैयार हुआ जाता है, हाल ही लौटा दो।'

एक क्षण में पार्सल तैयार हो गया और रमा उसे लिए हुए चिंतित भाव से नीचे चला।

11

महाशय दयानाथ को जब रमा के नौकर हो जाने का हाल मालूम हुआ, तो बहुत ख़ुश हुए। विवाह होते ही वह इतनी जल्द चेतेगा इसकी उन्हें आशा न थी। बोले – 'ज़गह तो अच्छी है। ईमानदारी से काम करोगे, तो किसी अच्छे पद पर पहुँच जाओगे। मेरा यही उपदेश है कि पराए पैसे को हराम समझना।'

रमा के जी में आया कि साफ़-साफ़ कह दे अपना उपदेश आप अपने ही लिए रखिए, यह मेरे अनुकूल नहीं है। मगर इतना बेहया न था।

दयानाथ ने फिर कहा – 'यह ज़गह तो तीस रुपये की थी, तुम्हें बीस ही रुपए मिले?'

रमानाथ – 'नए आदमी को पूरा वेतन कैसे देते, शायद साल-छः महीने में बढ़ जाए। काम बहुत है।'

दयानाथ – 'तुम जवान आदमी हो, काम से घबड़ाना नहीं चाहिए।'

रमा ने दूसरे दिन नया सूट बनवाया और फ़ैशन की कितनी ही चीज़ें ख़रीदीं। ससुराल से मिले हुए रुपये कुछ बच रहे थे। कुछ मित्रों से उधार ले लिए। वह साहबी ठाठ बनाकर सारे दफ़्तर पर रोब जमाना चाहता था। कोई उससे वेतन तो पूछेगा नहीं, महाजन लोग उसका ठाठ-बाट देखकर सहम जाएँगे। वह जानता था, अच्छी आमदनी तभी हो सकती है जब अच्छा ठाठ हो, सड़क के चौकीदार के लिए एक पैसा काफ़ी समझा जाता है, लेकिन उसकी ज़गह सार्जंट हो, तो किसी की हिम्मत ही न पड़ेगी कि उसे एक पैसा दिखाए। फटेहाल भिखारी के लिए चुटकी बहुत समझी जाती है, लेकिन गेरुए रेशम धारण करने वाले बाबाजी को लजाते-लजाते भी एक रुपया देना ही पड़ता है। भेख और भीख में सनातन से मित्रता है।

तीसरे दिन रमा कोट-पैंट पहनकर और हैट लगाकर निकला, तो उसकी शान ही कुछ और हो गई। चपरासियों ने झुककर सलाम किए। रमेश बाबू से मिलकर जब वह अपने काम का चार्ज लेने आया, तो देखा एक बरामदे में फटी हुई मैली दरी पर एक मियाँ साहब संदूक पर रजिस्टर फैलाए बैठे हैं और व्यापारी लोग उन्हें चारों तरफ़ से घेरे खड़े हैं। सामने गाड़ियों, ठेलों और इक्कों का बाज़ार लगा हुआ है। सभी अपने-अपने काम की जल्दी मचा रहे हैं। कहीं लोगों में गाली-गलौज हो रही है, कहीं चपरासियों में हँसी-दिल्लगी। सारा काम बड़े ही अव्यवस्थित रूप से हो रहा है। उस फटी हुई दरी पर बैठना रमा को अपमानजनक जान पड़ा। वह सीधे रमेश बाबू से जाकर बोला – 'क्या मुझे भी इसी मैली दरी पर बिठाना चाहते हैं? एक अच्छी-सी मेज़ और कुछ कुर्सियाँ भिजवाइए और चपरासियों को हुक्म दीजिए कि एक आदमी से ज़्यादा मेरे सामने न आने पावे।' रमेश बाबू ने मुस्कराकर मेज़ और कुर्सियाँ भिजवा दीं। रमा शान से कुर्सी पर बैठा बूढ़े मुंशीजी उसकी उच्छृंखलता पर दिल में हँस रहे थे। समझ गए, अभी नया जोश है, नई सनक है। चार्ज दे दिया। चार्ज में था ही क्या, केवल आज की आमदनी का हिसाब समझा देना था। किस जिंस पर किस हिसाब से चुंगी ली जाती है, इसकी छपी हुई तालिका मौजूद थी, रमा आधे घंटे में अपना काम समझ गया। बूढ़े मुंशीजी ने यद्यपि ख़ुद ही यह जगह छोड़ी थी, पर इस वक़्त जाते हुए उन्हें दुःख हो रहा था। इसी जगह वह तीस साल से बराबर बैठते चले आते थे। इसी ज़गह की बदलौत उन्होंने धन और यश दोनों ही कमाया था। उसे छोड़ते हुए क्यों न दुःख होता। चार्ज देकर जब वह विदा होने लगे तो रमा उनके साथ जीने के नीचे तक गया। खाँ साहब उसकी इस नम्रता से प्रसन्न हो गए। मुस्कराकर बोले – 'हर एक बिल्टी पर एक आना बंधा हुआ है, खुली हुई बात है। लोग शौक़ से देते हैं। आप अमीर आदमी हैं, मगर रस्म न बिगाड़िएगा। एक बार कोई रस्म टूट जाती है, तो उसका बंधना मुश्किल हो जाता है। इस एक आने में आधा चपरासियों का हक़ है। जो बड़े बाबू पहले थे, वह पचीस

रुपये महीना लेते थे, मगर यह कुछ नहीं लेते।'

रमा ने अरुचि प्रकट करते हुए कहा - 'गंदा काम है, मैं सफ़ाई से काम करना चाहता हूँ।'

बूढ़े मियाँ ने हँसकर कहा - 'अभी गंदा मालूम होता है, लेकिन फिर इसी में मज़ा आएगा।'

खाँ साहब को विदा करके रमा अपनी कुर्सी पर आ बैठा और एक चपरासी से बोला - 'इन लोगों से कहो, बरामदे के नीचे चले जाएँ। एक-एक करके नंबरवार आवें, एक काग़ज़ पर सबके नाम नंबरवार लिख लिया करो।'

एक बनिया, जो दो घंटे से खड़ा था, ख़ुश होकर बोला - 'हाँ सरकार, यह बहुत अच्छा होगा।'

रमानाथ - 'जो पहले आवे, उसका काम पहले होना चाहिए। बाक़ी लोग अपना नंबर आने तक बाहर रहें। यह नहीं कि सबसे पीछे वाले शोर मचाकर पहले आ जाएँ और पहले वाले खड़े मुँह ताकते रहें।'

कई व्यापारियों ने कहा - 'हाँ बाबूजी, यह इंतज़ाम हो जाए, तो बहुत अच्छा हो भभ्भड़ में बड़ी देर हो जाती है।'

इतना नियंत्रण रमा का रोब जमाने के लिए काफ़ी था। वणिक-समाज में आज ही उसके रंग-ढंग की आलोचना और प्रशंसा होने लगी। किसी बड़े कालेज के प्रोफ़ेसर को इतनी ख्याति उम्रभर में न मिलती।

दो-चार दिन के अनुभव से ही रमा को सारे दाँव-घात मालूम हो गए। ऐसी-ऐसी बातें सूझ गईं जो खाँ साहब को ख़्वाब में भी न सूझी थीं। माल की तौल, गिनती और परख में इतनी धाँधली थी जिसकी कोई हद नहीं। जब इस धाँधली से व्यापारी लोग सैकड़ों की रक़म डकार जाते हैं, तो रमा बिल्टी पर एक आना लेकर ही क्यों संतुष्ट हो जाए, जिसमें आधा आना चपरासियों का है। माल की तौल और परख में दृढ़ता से नियमों का पालन करके वह धन और कीर्ति, दोनों ही कमा सकता है। यह अवसर वह क्यों छोड़ने लगा - विशेषकर जब बड़े बाबू उसके गहरे दोस्त थे। रमेश बाबू इस नए रंगरूट की कार्य-पटुता पर मुग्ध हो गए। उसकी पीठ ठोंककर बोले - 'क़ायदे के अंदर रहो और जो चाहो करो। तुम पर आँच तक न आने पाएगी।'

रमा की आमदनी तेज़ी से बढ़ने लगी। आमदनी के साथ प्रभाव भी बढ़ा। सूखी कलम घिसने वाले दफ़्तर के बाबुओं को जब सिगरेट, पान, चाय या जलपान की इच्छा होती, तो रमा के पास चले आते, उस बहती गंगा में सभी हाथ धो सकते थे। सारे दफ़्तर में रमा की सराहना होने लगी। पैसे को तो वह ठीकरा समझता है! क्या दिल है कि वाह! और जैसा दिल है, वैसी ही ज़बान भी। मालूम होता है, नस-नस में शराफ़त भरी हुई है। बाबुओं का जब यह हाल था, तो चपरासियों और मुहर्रिरों का पूछना ही क्या? सब-के-सब रमा के बिना दामों गुलाम थे। उन गरीबों की आमदनी ही नहीं, प्रतिष्ठा भी ख़ूब बढ़ गई थी। जहाँ गाड़ीवान तक फटकार दिया करते थे,

वहाँ अब अच्छे-अच्छे की गर्दन पकड़कर नीचे ढकेल देते थे। रमानाथ की तूती बोलने लगी।

मगर जालपा की अभिलाषाएँ अभी एक भी पूरी न हुई। नागपंचमी के दिन मुहल्ले की कई युवतियाँ जालपा के साथ कजली खेलने आईं, मगर जालपा अपने कमरे के बाहर नहीं निकली। भादों में जन्माष्टमी का उत्सव आया। पड़ोस ही में एक सेठजी रहते थे, उनके यहाँ बड़ी धूमधाम से उत्सव मनाया जाता था। वहाँ से सास और बहू को बुलावा आया। जागेश्वरी गई, जालपा ने जाने से इंकार किया। इन तीन महीनों में उसने रमा से एक बार भी आभूषण की चर्चा न की, पर उसका यह एकांत-प्रेम, उसके आचरण से उत्तेजक था। इससे ज़्यादा उत्तेजक वह पुराना सूची-पत्र था, जो एक दिन रमा कहीं से उठा लाया था। इसमें भाँति-भाँति के सुंदर आभूषणों के नमूने बने हुए थे। उनके मूल्य भी लिखे हुए थे। जालपा एकांत में इस सूची-पत्र को बड़े ध्यान से देखा करती। रमा को देखते ही वह सूची-पत्र छिपा लेती थी। इस हार्दिक कामना को प्रकट करके वह अपनी हँसी नहीं उड़वाना चाहती थी।

रमा आधी रात के बाद लौटा, तो देखा, जालपा चारपाई पर पड़ी है। हँसकर बोला – 'बड़ा अच्छा गाना हो रहा था। तुम नहीं गईं; बड़ी ग़लती की।'

जालपा ने मुँह उधर कर लिया, कोई उत्तर न दिया।

रमा ने फिर कहा – 'यहाँ अकेले पड़े-पड़े तुम्हारा जी घबराता रहा होगा!'

जालपा ने तीव्र स्वर में कहा – 'तुम कहते हो, मैंने ग़लती की, मैं समझती हूँ, मैंने अच्छा किया। वहाँ किसके मुँह में कालिख लगती।'

जालपा ताना तो न देना चाहती थी, पर रमा की इन बातों ने उसे उत्तेजित कर दिया। रोष का एक कारण यह भी था कि उसे अकेली छोड़कर सारा घर उत्सव देखने चला गया। अगर उन लोगों का हृदय होता, तो क्या वहाँ जाने से इंकार न कर देते?

रमा ने लज्जित होकर कहा – 'कालिख लगने की तो कोई बात न थी, सभी जानते हैं कि चोरी हो गई है, और इस ज़माने में दो-चार हज़ार के गहने बनवा लेना, मुँह का कौर नहीं है।'

चोरी का शब्द ज़बान पर लाते हुए, रमा का हृदय धड़क उठा। जालपा पति की ओर तीव्र दृष्टि से देखकर रह गई। और कुछ बोलने से बात बढ़ जाने का भय था, पर रमा को उसकी दृष्टि से ऐसा भासित हुआ, मानो उसे चोरी का रहस्य मालूम है और वह केवल संकोच के कारण उसे खोलकर नहीं कह रही है। उसे उस स्वप्न की बात भी याद आई, जो जालपा ने चोरी की रात को देखा था। वह दृष्टि बाण के समान उसके हृदय को छेदने लगी; उसने सोचा, शायद मुझे भ्रम हुआ। इस दृष्टि में रोष के सिवा और कोई भाव नहीं है, मगर यह कुछ बोलती क्यों नहीं – चुप क्यों हो गई? उसका चुप हो जाना ही ग़ज़ब था। अपने मन का संशय मिटाने और जालपा के मन की थाह लेने के लिए रमा ने मानो डुब्बी मारी – 'यह कौन जानता था कि डोली से उतरते ही यह विपत्ति तुम्हारा स्वागत करेगी।'

जालपा आँखों में आँसू भरकर बोली - 'तो मैं तुमसे गहनों के लिए रोती तो नहीं हूँ। भाग्य में जो लिखा था, वह हुआ। आगे भी वही होगा, जो लिखा है। जो औरतें गहने नहीं पहनतीं, क्या उनके दिन नहीं कटते?'

इस वाक्य ने रमा का संशय तो मिटा दिया, पर इसमें जो तीव्र वेदना छिपी हुई थी, वह उससे छिपी न रही। इन तीन महीनों में बहुत प्रयत्न करने पर भी वह सौ रुपये से अधिक संग्रह न कर सका था। बाबू लोगों के आदर-सत्कार में उसे बहुत-कुछ गलना पड़ता था; मगर बिना खिलाए-पिलाए काम भी तो नहीं चल सकता था। सभी उसके दुश्मन हो जाते और उसे उखाड़ने की घातें सोचने लगते। मुफ़्त का धन अकेले नहीं हजम होता, यह वह अच्छी तरह जानता था। वह स्वयं एक पैसा भी व्यर्थ ख़र्च न करता। चतुर व्यापारी की भाँति वह जो कुछ ख़र्च करता था, वह केवल कमाने के लिए। आश्वासन देते हुए बोला - 'ईश्वर ने चाहा तो दो-एक महीने में कोई चीज़ बन जाएगी।'

जालपा - 'मैं उन स्त्रियों में नहीं हूँ, जो गहनों पर जान देती हैं। हाँ, इस तरह किसी के घर आते-जाते शर्म आती है।'

रमा का चित्त ग्लानि से व्याकुल हो उठा। जालपा के एक-एक शब्द से निराशा टपक रही थी। इस अपार वेदना का कारण कौन था? क्या यह भी उसी का दोष न था कि इन तीन महीनों में उसने कभी गहनों की चर्चा नहीं की? जालपा यदि संकोच के कारण इसकी चर्चा न करती थी, तो रमा को उसके आँसू पोंछने के लिए, उसका मन रखने के लिए, क्या मौन के सिवा दूसरा उपाय न था? मुहल्ले में रोज़ ही एक-न-एक उत्सव होता रहता है, रोज़ ही पास-पड़ोस की औरतें मिलने आती हैं, बुलावे भी रोज़ आते ही रहते हैं, बेचारी जालपा कब तक इस प्रकार आत्मा का दमन करती रहेगी, अंदर-ही-अंदर कुढ़ती रहेगी। हँसने-बोलने को किसका जी नहीं चाहता, कौन क़ैदियों की तरह अकेला पड़ा रहना पसंद करता है? मेरे ही कारण तो इसे यह भीषण यातना सहनी पड़ रही है।

उसने सोचा, क्या किसी सर्राफ़ से गहने उधार नहीं लिए जा सकते? कई बड़े सर्राफ़ों से उसका परिचय था, लेकिन उनसे वह यह बात कैसे कहता? कहीं वे इंकार कर दें तो? या संभव है, बहाना करके टाल दें। उसने निश्चय किया कि अभी उधार लेना ठीक न होगा। कहीं वादे पर रुपये न दे सका, तो व्यर्थ में थुक्का-फ़जीहत होगी। लज्जित होना पड़ेगा। अभी कुछ दिन और धैर्य से काम लेना चाहिए।

सहसा उसके मन में आया, इस विषय में जालपा की राय लूँ। देखूँ वह क्या कहती है। अगर उसकी इच्छा हो तो किसी सर्राफ़ से वादे पर चीज़ें ले ली जाएँ, मैं इस अपमान और संकोच को सह लूँगा। जालपा को संतुष्ट करने के लिए कि उसके गहनों की उसे कितनी फ़िक्र है! बोला - 'तुमसे एक सलाह करना चाहता हूँ। पूछूँ या न पूछूँ।'

जालपा को नींद आ रही थी, आँखें बंद किए हुए बोली - 'अब सोने दो भई, सवेरे उठना है।'

रमानाथ - 'अगर तुम्हारी राय हो, तो किसी सर्राफ़ से वादे पर गहने बनवा लाऊँ। इसमें कोई हर्ज़ तो है नहीं।'

जालपा की आँखें खुल गईं। कितना कठोर प्रश्न था। किसी मेहमान से पूछना - 'कहिए तो आपके लिए भोजन लाऊँ,' कितनी बड़ी अशिष्टता है। इसका तो यही आशय है कि हम मेहमान को खिलाना नहीं चाहते। रमा को चाहिए था कि चीज़ें लाकर जालपा के सामने रख देता। उसके बार-बार पूछने पर भी यही कहना चाहिए था कि दाम देकर लाया हूँ। तब वह अलबत्ता ख़ुश होती। इस विषय में उसकी सलाह लेना, घाव पर नमक छिड़कना था। रमा की ओर अविश्वास की आँखों से देखकर बोली - 'मैं तो गहनों के लिए इतनी उत्सुक नहीं हूँ।'

रमानाथ - 'नहीं, यह बात नहीं, इसमें क्या हर्ज़ है कि किसी सर्राफ़ से चीज़ें ले लूँ। धीरे-धीरे उसके रुपये चुका दूँगा।'

जालपा ने दृढ़ता से कहा - 'नहीं, मेरे लिए क़र्ज़ लेने की ज़रूरत नहीं। मैं वेश्या नहीं हूँ कि तुम्हें नोच-खसोटकर अपना रास्ता लूँ। मुझे तुम्हारे साथ जीना और मरना है। अगर मुझे सारी उम्र बे-गहनों के रहना पड़े, तो भी मैं कुछ लेने को न कहूँगी। औरतें गहनों की इतनी भूखी नहीं होतीं। घर के प्राणियों को संकट में डालकर गहने पहनने वाली दूसरी होंगी। लेकिन तुमने तो पहले कहा था कि जगह बड़ी आमदनी की है, मुझे तो कोई विशेष बचत दिखाई नहीं देती।'

रमानाथ - 'बचत तो ज़रूर होती और अच्छी होती, लेकिन जब अहलकारों के मारे बचने भी पाए। सब शैतान सिर पर सवार रहते हैं। मुझे पहले न मालूम था कि यहाँ इतने प्रेतों की पूजा करनी होगी।'

जालपा - 'तो अभी कौन-सी जल्दी है, बनते रहेंगे धीरे-धीरे।'

रमानाथ - 'खैर, तुम्हारी सलाह है, तो एक-आधा महीने और चुप रहता हूँ। मैं सबसे पहले कंगन बनवाऊँगा।'

जालपा ने गदगद होकर कहा - 'तुम्हारे पास अभी इतने रुपये कहाँ होंगे?'

रमानाथ - 'इसका उपाय तो मेरे पास है। तुम्हें कैसा कंगन पसंद है?'

जालपा अब अपने कृत्रिम संयम को न निभा सकी। आलमारी में से आभूषण ों का सूची-पत्र निकालकर रमा को दिखाने लगी। इस समय वह इतनी तत्पर थी, मानो सोना लाकर रक्खा हुआ है, सुनार बैठा हुआ है, केवल डिज़ाइन ही पसंद करना बाक़ी है। उसने सूची के दो डिज़ाइन पसंद किए। दोनों वास्तव में बहुत ही सुंदर थे। पर रमा उनका मूल्य देखकर सन्नाटे में आ गया। एक-एक हज़ार का था, दूसरा आठ सौ का।

रमानाथ - 'ऐसी चीज़ें तो शायद यहाँ बन भी न सकें, मगर कल मैं ज़रा सर्राफ़े की सैर करूँगा।'

जालपा ने पुस्तक बंद करते हुए करुण स्वर में कहा - 'इतने रुपये न जाने तुम्हारे पास कब तक होंगे? उंह, बनेंगे-बनेंगे, नहीं कौन कोई गहनों के बिना मरा जाता है।'

रमा को आज इसी उधेड़बुन में बड़ी रात तक नींद न आई। ये जड़ाऊ कंगन इन गोरी-गोरी कलाइयों पर कितने खिलेंगे। यह मोह-स्वप्न देखते-देखते उसे न जाने कब नींद आ गई।

12

दूसरे दिन सवेरे ही रमा ने रमेश बाबू के घर का रास्ता लिया। उनके यहाँ भी जन्माष्टमी में झाँकी होती थी। उन्हें स्वयं तो इससे कोई अनुराग न था, पर उनकी स्त्री उत्सव मनाती थी, उसी की याद में अब तक यह उत्सव मनाते थे। रमा को देखकर बोले - 'आओ जी, रात क्यों नहीं आए? मगर यहाँ ग़रीबों के घर क्यों आते। सेठजी की झाँकी कैसे छोड़ देते। ख़ूब बहार रही होगी!'

रमानाथ - 'आपकी-सी सजावट तो न थी, हाँ और सालों से अच्छी थी। कई कत्थक और वेश्याएँ भी आई थीं। मैं तो चला आया था; मगर सुना रातभर गाना होता रहा।'

रमेश - 'सेठजी ने तो वचन दिया था कि वेश्याएँ न आने पावेंगी, फिर यह क्या किया। इन मूर्खों के हाथों हिन्दू-धर्म का सर्वनाश हो जाएगा। एक तो वेश्याओं का नाम यों भी बुरा, उस पर ठाकुरद्वारे में! छिः-छिः, न जाने इन गधों को कब अक्ल आवेगी।'

रमानाथ - 'वेश्याएँ न हों, तो झाँकी देखने जाए ही कौन - सभी तो आपकी तरह योगी और तपस्वी नहीं हैं।'

रमेश - 'मेरा वश चले, तो मैं क़ानून से यह दुराचार बंद कर दूँ। खैर, फ़ुरसत हो तो आओ एक-आध बाज़ी हो जाए।'

रमानाथ - 'और आया किसलिए हूँ; मगर आज आपको मेरे साथ ज़रा सर्राफ़े तक चलना पड़ेगा। यों कई बड़ी-बड़ी कोठियों से मेरा परिचय है; मगर आपके रहने से कुछ और ही बात होगी।'

रमेश - 'चलने को चला चलूँगा, मगर इस विषय में मैं बिलकुल कोरा हूँ। न कोई चीज़ बनवाई न ख़रीदी। तुम्हें क्या कुछ लेना है?'

रमानाथ - 'लेना-देना क्या है, ज़रा भाव-ताव देखूँगा।'

रमेश - 'मालूम होता है, घर में फटकार पड़ी है।'

रमानाथ - 'जी, बिलकुल नहीं। वह तो ज़ेवरों का नाम तक नहीं लेती। मैं कभी पूछता भी हूँ, तो मना करती है, लेकिन अपना कर्तव्य भी तो कुछ है। जब से गहने चोरी चले गए, एक चीज़ भी नहीं बनी।'

रमेश - 'मालूम होता है, कमाने का ढंग आ गया। क्यों न हो, कायस्थ के बच्चे हो कितने रुपये जोड़ लिए?'

रमानाथ - 'रुपये किसके पास हैं, वादे पर लूँगा।'

रमेश – 'इस ख़ब्त में न पड़ो। जब तक रुपये हाथ में न हों, बाज़ार की तरफ़ जाओ ही मत। गहनों से तो बुड्ढे नई बीवियों का दिल ख़ुश किया करते हैं, उन बेचारों के पास गहनों के सिवा होता ही क्या है। जवानों के लिए और बहुत से लटके हैं। यों मैं चाहूँ, तो दो-चार हज़ार का माल दिलवा सकता हूँ, मगर भई, क़र्ज़ की लत बुरी है।'

रमानाथ – 'मैं दो-तीन महीनों में सब रुपये चुका दूँगा। अगर मुझे इसका विश्वास न होता, तो मैं ज़िक्र ही न करता।'

रमेश – 'तो दो-तीन महीने और सब्र क्यों नहीं कर जाते? क़र्ज़ से बड़ा पाप दूसरा नहीं। न इससे बड़ी विपत्ति दूसरी है। जहाँ एक बार धड़का खुला कि तुम आए दिन सर्राफ़ की दुकान पर खड़े नज़र आओगे। बुरा न मानना। मैं जानता हूँ, तुम्हारी आमदनी अच्छी है, पर भविष्य के भरोसे पर और चाहे जो काम करो, लेकिन क़र्ज़ कभी मत लो। गहनों का मर्ज़ न जाने इस दरिद्र देश में कैसे फैल गया। जिन लोगों के भोजन का ठिकाना नहीं, वे भी गहनों के पीछे प्राण देते हैं। हर साल अरबों रुपये केवल सोना-चाँदी ख़रीदने में व्यय हो जाते हैं। संसार के और किसी देश में इन धातुओं की इतनी खपत नहीं। तो बात क्या है? उन्नत देशों में धन व्यापार में लगता है, जिससे लोगों की परवरिश होती है, और धन बढ़ता है। यहाँ धन! शृंगार में ख़र्च होता है, उसमें उन्नति और उपकार की जो दो महान शक्तियाँ हैं, उन दोनों ही का अंत हो जाता है। बस यही समझ लो कि जिस देश के लोग जितने ही मूर्ख होंगे, वहाँ ज़ेवरों का प्रचार भी उतना ही अधिक होगा। यहाँ तो खैर नाक-कान छिदाकर ही रह जाते हैं, मगर कई ऐसे देश भी हैं, जहाँ होंठ छेदकर लोग गहने पहनते हैं।'

रमा ने कौतूहल से कहा – 'वह कौन सा देश है?'

रमेश – 'इस समय ठीक याद नहीं आता, पर शायद अफ़्रीका हो, हमें यह सुनकर अचंभा होता है, लेकिन अन्य देश वालों के लिए नाक-कान का छिदना कुछ कम अचंभे की बात न होगी। बुरा मरज है, बहुत ही बुरा। वह धन, जो भोजन में ख़र्च होना चाहिए, बाल-बच्चों का पेट काटकर गहनों की भेंट कर दिया जाता है। बच्चों को दूध न मिले न सही। घी की गंध तक उनकी नाक में न पहुँचे, न सही। मेवों और फलों के दर्शन उन्हें न हों, कोई परवा नहीं, पर देवीजी गहने ज़रूर पहनेंगी और स्वामीजी गहने ज़रूर बनवाएँगे। दस-दस, बीस-बीस रुपये पाने वाले क्लर्कों को देखता हूँ, जो सड़ी हुई कोठरियों में पशुओं की भाँति जीवन काटते हैं, जिन्हें सवेरे का जलपान तक मयस्सर नहीं होता, उन पर भी गहनों की सनक सवार रहती है। इस प्रथा से हमारा सर्वनाश होता जा रहा है। मैं तो कहता हूँ, यह गुलामी पराधीनता से कहीं बढ़कर है। इसके कारण हमारा कितना आत्मिक, नैतिक, दैहिक, आर्थिक और धार्मिक पतन हो रहा है, इसका अनुमान ब्रह्मा भी नहीं कर सकते।'

रमानाथ – 'मैं तो समझता हूँ, ऐसा कोई भी देश नहीं, जहाँ स्त्रियाँ गहने न पहनती हों। क्या योरोप में गहनों का रिवाज नहीं है?'

रमेश – 'तो तुम्हारा देश योरोप तो नहीं है। वहाँ के लोग धनी हैं। वह धन लुटाएँ, उन्हें शोभा देता है। हम दरिद्र हैं, हमारी कमाई का एक पैसा भी फ़ज़ूल न ख़र्च होना चाहिए।'

रमेश बाबू इस वाद-विवाद में शतरंज भूल गए। छुट्टी का दिन था, दो-चार मिलने वाले और आ गए, रमानाथ चुपके से खिसक आया। इस बहस में एक बात ऐसी थी, जो उसके दिल में बैठ गई। उधार पर गहने लेने का विचार उसके मन से निकल गया। कहीं वह जल्दी रुपया न चुका सका, तो कितनी बड़ी बदनामी होगी। सर्राफ़े तक गया अवश्य, पर किसी दुकान में जाने का साहस न हुआ। उसने निश्चय किया, अभी तीन-चार महीने तक गहनों का नाम न लूँगा।

वह घर पहुँचा, तो नौ बज गए थे। दयानाथ ने उसे देखा तो पूछा – 'आज सवेरे-सवेरे कहाँ चले गए थे?'

रमानाथ – 'ज़रा बड़े बाबू से मिलने गया था।'

दयानाथ – 'घंटे-आधा घंटे के लिए पुस्तकालय क्यों नहीं चले जाया करते। गप-शप में दिन गंवा देते हो अभी तुम्हारी पढ़ने-लिखने की उम्र है। इम्तहान न सही, अपनी योग्यता तो बढ़ा सकते हो। एक सीधा-सा ख़त लिखना पड़ जाता है, तो बग़लें झाँकने लगते हो। असली शिक्षा स्कूल छोड़ने के बाद शुरू होती है, और वही हमारे जीवन में काम भी आती है। मैंने तुम्हारे विषय में कुछ ऐसी बातें सुनी हैं, जिनसे मुझे बहुत खेद हुआ है और तुम्हें समझा देना मैं अपना धर्म समझता हूँ। मैं यह हरग़िज नहीं चाहता कि मेरे घर में हराम की एक कौड़ी भी आए। मुझे नौकरी करते तीस साल हो गए। चाहता, तो अब तक हज़ारों रुपये जमा कर लेता, लेकिन मैं क़सम खाता हूँ कि कभी एक पैसा भी हराम का नहीं लिया। तुममें यह आदत कहाँ से आ गई, यह मेरी समझ में नहीं आता।'

रमा ने बनावटी क्रोध दिखाकर कहा – 'किसने आपसे कहा है? ज़रा उसका नाम तो बताइए? मूँछें उखाड़ लू उसकी!'

दयानाथ – 'किसी ने भी कहा हो, इससे तुम्हें कोई मतलब नहीं। तुम उसकी मूँछें उखाड़ लोगे, इसलिए बताऊँगा नहीं, लेकिन बात सच है या झूठ, मैं इतना ही पूछना चाहता हूँ।'

रमानाथ – 'बिलकुल झूठ!'

दयानाथ – 'बिलकुल झूठ?'

रमानाथ – 'जी हाँ, बिलकुल झूठ?'

दयानाथ – 'तुम दस्तूरी नहीं लेते?'

रमानाथ – 'दस्तूरी रिश्वत नहीं है, सभी लेते हैं और खुल्लम-खुल्ला लेते हैं। लोग बिना माँगे आप-ही-आप देते हैं, मैं किसी से माँगने नहीं जाता।'

दयानाथ – 'सभी खुल्लम-खुल्ला लेते हैं और लोग बिना माँगे देते हैं, इससे तो रिश्वत की बुराई कम नहीं हो जाती।'

रमानाथ - 'दस्तूरी को बंद कर देना मेरे वश की बात नहीं। मैं ख़ुद न लूँ, लेकिन चपरासी और मुहर्रिर का हाथ तो नहीं पकड़ सकता। आठ-आठ, नौ-नौ पाने वाले नौकर अगर न लें, तो उनका काम ही नहीं चल सकता मैं ख़ुद न लूँ, पर उन्हें नहीं रोक सकता।'

दयानाथ ने उदासीन भाव से कहा - 'मैंने समझा दिया, मानने का अख़्तियार तुम्हें है।'

यह कहते हुए दयानाथ दफ़्तर चले गए। रमा के मन में आया, कि साफ़ कह दे, आपने निस्पृह बनकर क्या कर लिया, जो मुझे दोष दे रहे हैं। हमेशा पैसे-पैसे को मुहताज रहे। लड़कों को पढ़ा तक न सके। जूते-कपड़े तक न पहना सके। यह डींग मारना तब शोभा देता, जब कि नीयत भी साफ़ रहती और जीवन भी सुख से कटता।

रमा घर में गया तो माता ने पूछा - 'आज कहाँ चले गए बेटा, तुम्हारे बाबूजी इसी पर बिगड़ रहे थे।'

रमानाथ - 'इस पर तो नहीं बिगड़ रहे थे, हाँ, उपदेश दे रहे थे कि दस्तूरी मत लिया करो। इससे आत्मा दुर्बल होती है और बदनामी होती है।'

जागेश्वरी - 'तुमने कहा नहीं, आपने बड़ी ईमानदारी की तो कौन-से झंडे गाड़ दिए! सारी ज़िंदगी पेट पालते रहे।'

रमानाथ - 'कहना तो चाहता था, पर चिढ़ जाते। जैसे आप कौड़ी-कौड़ी को मुहताज रहे, वैसे मुझे भी बनाना चाहते हैं। आपको लेने का शऊर तो है नहीं। जब देखा कि यहाँ दाल नहीं गलती, तो भगत बन गए। यहाँ ऐसे घोंघा-बसंत नहीं हैं। बनियों से रुपये ऐंठने के लिए अक्ल चाहिए, दिल्लगी नहीं है! जहाँ किसी ने भगतपन किया और मैं समझ गया, बुद्धू है। लेने की तमीज़ नहीं, क्या करे बेचारा। किसी तरह आँसू तो पोंछे।'

जागेश्वरी - 'बस-बस यही बात है बेटा, जिसे लेना आवेगा, वह ज़रूर लेगा। इन्हें तो बस घर में क़ानून बघारना आता है और किसी के सामने बात तो मुँह से निकलती नहीं। रुपये निकाल लेना तो मुश्किल है।'

रमा दफ़्तर जाते समय ऊपर कपड़े पहनने गया, तो जालपा ने उसे तीन लिफ़ाफ़े डाक में छोड़ने के लिए दिए। इस वक़्त उसने तीनों लिफ़ाफ़े जेब में डाल लिए, लेकिन रास्ते में उन्हें खोलकर चिट्ठियाँ पढ़ने लगा। चिट्ठियाँ क्या थीं, विपत्ति और वेदना का करुण विलाप था, जो उसने अपनी तीनों सहेलियों को सुनाया था। तीनों का विषय एक ही था। केवल भावों का अंतर था - 'ज़िंदगी पहाड़ हो गई है, न रात को नींद आती है न दिन को आराम, पतिदेव को प्रसन्न करने के लिए, कभी-कभी हँस-बोल लेती हूँ पर दिल हमेशा रोया करता है। न किसी के घर जाती हूँ, न किसी को मुँह दिखाती हूँ। ऐसा जान पड़ता है कि यह शोक मेरी जान ही लेकर छोड़ेगा। मुझसे वादे तो रोज़ किए जाते हैं, रुपये जमा हो रहे हैं, सुनार ठीक किया जा रहा है, डिज़ाइन तय किया जा रहा है, पर यह सब धोखा है और कुछ नहीं।'

रमा ने तीनों चिट्ठियाँ जेब में रख लीं। डाकखाना सामने से निकल गया, पर उसने उन्हें छोड़ा नहीं। यह अभी तक यही समझती है कि मैं इसे धोखा दे रहा हूँ? क्या करूँ, कैसे विश्वास दिलाऊँ? अगर अपना वश होता तो इसी वक़्त आभूषणों के टोकरे भर-भर जालपा के सामने रख देता, उसे किसी बड़े सर्राफ़ की दुकान पर ले जाकर कहता, तुम्हें जो-जो चीज़ें लेनी हों, ले लो। कितनी अपार वेदना है, जिसने विश्वास का भी अपहरण कर लिया है। उसको आज उस चोट का सच्चा अनुभव हुआ, जो उसने झूठी मर्यादा की रक्षा में उसे पहुँचाई थी। अगर वह जानता, उस अभिनय का यह फल होगा, तो कदाचित अपनी डींगों का परदा खोल देता। क्या ऐसी दशा में भी, जब जालपा इस शोक-ताप से फुंकी जा रही थी, रमा को क़र्ज़ लेने में संकोच करने की जगह थी? उसका हृदय कातर हो उठा। उसने पहली बार सच्चे हृदय से ईश्वर से याचना की, भगवन, मुझे चाहे दंड देना, पर मेरी जालपा को मुझसे मत छीनना। इससे पहले मेरे प्राण हर लेना। उसके रोम-रोम से आत्मध्वनि-सी निकलने लगी - ईश्वर, ईश्वर! मेरी दीन दशा पर दया करो।

लेकिन इसके साथ ही उसे जालपा पर क्रोध भी आ रहा था। जालपा ने क्यों मुझसे यह बात नहीं कही। मुझसे क्यों परदा रखा और मुझसे परदा रखकर अपनी सहेलियों से यह दुखड़ा रोया?

बरामदे में माल तौला जा रहा था। मेज़ पर रुपये-पैसे रखे जा रहे थे और रमा चिंता में डूबा बैठा हुआ था। किससे सलाह ले, उसने विवाह ही क्यों किया? सारा दोष उसका अपना था। जब वह घर की दशा जानता था, तो क्यों उसने विवाह करने से इंकार नहीं कर दिया? आज उसका मन काम में नहीं लगता था। समय से पहले ही उठकर चला आया।

जालपा ने उसे देखते ही पूछा - 'मेरी चिट्ठियाँ छोड़ तो नहीं दीं?'

रमा ने बहाना किया - 'अरे इनकी तो याद ही नहीं रही। जेब में पड़ी रह गईं।'

जालपा - 'यह बहुत अच्छा हुआ। लाओ, मुझे दे दो, अब न भेजूँगी।'

रमानाथ - 'क्यों, कल भेज दूँगा।'

जालपा - 'नहीं, अब मुझे भेजना ही नहीं है, कुछ ऐसी बातें लिख गई थी, जो मुझे न लिखना चाहिए थीं। अगर तुमने छोड़ दी होती, तो मुझे दुःख होता। मैंने तुम्हारी निंदा की थी।'

यह कहकर वह मुस्कराई।

रमानाथ - 'जो बुरा है, दग़ाबाज है, धूर्त है, उसकी निंदा होनी ही चाहिए।'

जालपा ने व्यग्र होकर पूछा - 'तुमने चिट्ठियाँ पढ़ लीं क्या?'

रमा ने निःसंकोच भाव से कहा - 'हाँ, यह कोई अक्षम्य अपराध है?'

जालपा कातर स्वर में बोली - 'तब तो तुम मुझसे बहुत नाराज़ होगे?'

आँसुओं के आवेग से जालपा की आवाज़ रुक गई। उसका सिर झुक गया और झुकी हुई आँखों से आँसुओं की बूँदें आँचल पर गिरने लगीं। एक क्षण में उसने स्वर

को संभालकर कहा - 'मुझसे बड़ा भारी अपराध हुआ है। जो चाहे सज़ा दो; पर मुझसे अप्रसन्न मत हो। ईश्वर जानते हैं, तुम्हारे जाने के बाद मुझे कितना दुःख हुआ। मेरी क़लम से न जाने कैसे ऐसी बातें निकल गईं।'

जालपा जानती थी कि रमा को आभूषणों की चिंता मुझसे कम नहीं है, लेकिन मित्रों से अपनी व्यथा कहते समय हम बहुधा अपना दुःख बढ़ाकर कहते हैं। जो बातें परदे की समझी जाती हैं, उनकी चर्चा करने से एक तरह का अपनापन ज़ाहिर होता है। हमारे मित्र समझते हैं, हमसे ज़रा भी दुराव नहीं रखता और उन्हें हमसे सहानुभूति हो जाती है। अपनापन दिखाने की यह आदत औरतों में कुछ अधिक होती है।

रमा जालपा के आँसू पोंछते हुए बोला - 'मैं तुमसे अप्रसन्न नहीं हूँ, प्रिये! अप्रसन्न होने की तो कोई बात ही नहीं है। आशा का विलंब ही दुराशा है, क्या मैं इतना नहीं जानता। अगर तुमने मुझे मना न कर दिया होता, तो अब तक मैंने किसी-न-किसी तरह दो-एक चीज़ें अवश्य ही बनवा दी होतीं। मुझसे भूल यही हुई कि तुमसे सलाह ली। यह तो वैसा ही है जैसे मेहमान को पूछ-पूछकर भोजन दिया जाए। उस वक़्त मुझे यह ध्यान न रहा कि संकोच में आदमी इच्छा होने पर भी 'नहीं-नहीं' करता है। ईश्वर ने चाहा तो तुम्हें बहुत दिनों तक इंतज़ार न करना पड़ेगा।'

जालपा ने सचिंत नेत्रों से देखकर कहा - 'तो क्या उधार लाओगे?'

रमानाथ - 'हाँ, उधार लाने में कोई हर्ज़ नहीं है। जब सूद नहीं देना है, तो जैसे नगद वैसे उधार। ऋण से दुनिया का काम चलता है। कौन ऋण नहीं लेता! हाथ में रुपया आ जाने से अलल्ले-तलल्ले ख़र्च हो जाते हैं। क़र्ज़ सिर पर सवार रहेगा, तो उसकी चिंता हाथ रोके रहेगी।'

जालपा - 'मैं तुम्हें चिंता में नहीं डालना चाहती। अब मैं भूलकर भी गहनों का नाम न लूँगी।'

रमानाथ - 'नाम तो तुमने कभी नहीं लिया, लेकिन तुम्हारे नाम न लेने से मेरे कर्तव्य का अंत तो नहीं हो जाता। तुम क़र्ज़ से व्यर्थ इतना डरती हो। रुपये जमा होने के इंतज़ार में बैठा रहूँगा, तो शायद कभी न जमा होंगे। इसी तरह लेते-देते साल में तीन-चार चीज़ें बन जाएँगी।'

जालपा - 'मगर पहले कोई छोटी-सी चीज़ लाना।'

रमानाथ - 'हाँ, ऐसा तो करूँगा ही।'

रमा बाज़ार चला, तो ख़ूब अंधेरा हो गया था। दिन रहते जाता तो संभव था, मित्रों में से किसी की निगाह उस पर पड़ जाती। मुंशी दयानाथ ही देख लेते। वह इस मामले को गुप्त ही रखना चाहता था।

13

सर्राफ़े में गंगू की दुकान मशहूर थी। गंगू था तो ब्राह्मण, पर बड़ा ही व्यापार कुशल! उसकी दुकान पर नित्य ग्राहकों का मेला लगा रहता था। उसकी कर्मनिष्ठा गाहकों में विश्वास पैदा करती थी। और दुकानों पर ठगे जाने का भय था। यहाँ किसी तरह का धोखा न था। गंगू ने रमा को देखते ही मुस्कराकर कहा - 'आइए बाबूजी, ऊपर आइए। बड़ी दया की। मुनीमजी, आपके वास्ते पान मँगवाओ। क्या हुक्म है बाबूजी, आप तो जैसे मुझसे नाराज़ हैं। कभी आते ही नहीं, ग़रीबों पर भी कभी-कभी दया किया कीजिए।'

गंगू की शिष्टता ने रमा की हिम्मत खोल दी। अगर उसने इतने आग्रह से न बुलाया होता तो शायद रमा को दुकान पर जाने का साहस न होता। अपनी साख का उसे अभी तक अनुभव न हुआ था। दुकान पर जाकर बोला - 'यहाँ हम जैसे मजदूरों का कहाँ गुज़र है, महाराज! गाँठ में कुछ हो भी तो!'

गंगू - 'यह आप क्या कहते हैं सरकार, आपकी दुकान है, जो चीज़ चाहिए ले जाइए, दाम आगे-पीछे मिलते रहेंगे। हम लोग आदमी पहचानते हैं बाबू साहब, ऐसी बात नहीं है। धन्य भाग कि आप हमारी दुकान पर आए तो। दिखाऊँ कोई जड़ाऊ चीज़? कोई कंगन, कोई हार? अभी हाल ही में दिल्ली से माल आया है।'

रमानाथ - 'कोई हल्के दामों का हार दिखाइए।'

गंगू - 'यही कोई सात-आठ सौ तक?'

रमानाथ - 'अजी नहीं, हद चार सौ तक।'

गंगू - 'मैं आपको दोनों दिखाए देता हूँ। जो पसंद आवें, ले लीजिएगा। हमारे यहाँ किसी तरह का दगल-फ़सल नहीं बाबू साहब! इसकी आप ज़रा भी चिंता न करें। पाँच बरस का लड़का हो या सौ बरस का बूढ़ा, सबके साथ एक बात रखते हैं। मालिक को भी एक दिन मुँह दिखाना है, बाबू!'

संदूक सामने आया, गंगू ने हार निकाल-निकालकर दिखाने शुरू किए। रमा की आँखें खुल गईं, जी लोट-पोट हो गया। क्या सफ़ाई थी! नगीनों की कितनी सुंदर सजावट! कैसी आब-ताब! उनकी चमक दीपक को मात करती थी। रमा ने सोच रखा था सौ रुपये से ज़्यादा उधार न लगाऊँगा, लेकिन चार सौ वाला हार आँखों में कुछ जँचता न था। और जेब में कुल तीन सौ रुपये थे। सोचा, अगर यह हार ले गया और जालपा ने पसंद न किया, तो फ़ायदा ही क्या? ऐसी चीज़ ले जाऊँ कि वह देखते ही फड़क उठे। यह जड़ाऊ हार उसकी गर्दन में कितनी शोभा देगा। वह हार एक सहस्र मणि-रंजित नज़रों से उसके मन को खींचने लगा। वह अभिभूत होकर उसकी ओर ताक रहा था, पर मुँह से कुछ कहने का साहस न होता था। कहीं गंगू ने तीन सौ रुपये उधार लगाने से इंकार कर दिया, तो उसे कितना लज्जित होना पड़ेगा। गंगू ने उसके मन का संशय ताड़कर कहा - आपके लायक़ तो बाबूजी यही चीज़ है, अंधेरे घर में रख दीजिए, तो उजाला हो जाए।

रमानाथ – 'पसंद तो मुझे भी यही है, लेकिन मेरे पास कुल तीन सौ रुपये हैं, यह समझ लीजिए।'

शर्म से रमा के मुँह पर लाली छा गई। वह धड़कते हुए हृदय से गंगू का मुँह देखने लगा।

गंगू ने निष्कपट भाव से कहा – 'बाबू साहब, रुपये का तो ज़िक्र ही न कीजिए। कहिए दस हज़ार का माल साथ भेज दूँ। दुकान आपकी है, भला कोई बात है? हुक्म हो, तो एक-आध चीज़ और दिखाऊँ? एक शीशफूल अभी बनकर आया है, बस यही मालूम होता है, गुलाब का फूल खिला हुआ है। देखकर जी ख़ुश हो जाएगा। मुनीमजी, ज़रा वह शीशफूल दिखाना तो। और दाम का भी कुछ ऐसा भारी नहीं, आपको ढाई सौ में दे दूँगा।'

रमा ने मुस्कराकर कहा – 'महाराज, बहुत बातें बनाकर कहीं उल्टे छुरे से न मूँड़ लेना, गहनों के मामले में बिलकुल अनाड़ी हूँ।'

गंगू – 'ऐसा न कहो बाबूजी, आप चीज़ ले जाइए, बाज़ार में दिखा लीजिए, अगर कोई ढाई सौ से कौड़ी कम में दे दे, तो मैं मुफ़्त दे दूँगा।'

शीशफूल आया, सचमुच गुलाब का फूल था, जिस पर हीरे की कलियाँ ओस की बूँदों के समान चमक रही थीं। रमा की टकटकी बंध गई, मानो कोई अलौकिक वस्तु सामने आ गई हो ।

गंगू – 'बाबूजी, ढाई सौ रुपये तो कारीगर की सफ़ाई के इनाम हैं। यह एक चीज़ है।'

रमानाथ – 'हाँ, है तो सुंदर, मगर भाई ऐसा न हो, कि कल ही से दाम का तकाजा करने लगो। मैं ख़ुद ही जहाँ तक हो सकेगा, जल्दी दे दूँगा।'

गंगू ने दोनों चीज़ें दो सुंदर मखमली केसों में रखकर रमा को दे दीं। फिर मुनीमजी से नाम टंकवाया और पान खिलाकर विदा किया।

रमा के मनोल्लास की इस समय सीमा न थी, किंतु यह विशुद्ध उल्लास न था, इसमें एक शंका का भी समावेश था। यह उस बालक का आनंद न था जिसने माता से पैसे माँगकर मिठाई ली हो; बल्कि उस बालक का, जिसने पैसे चुराकर ली हो, उसे मिठाइयाँ मीठी तो लगती हैं, पर दिल काँपता रहता है कि कहीं घर चलने पर मार न पड़ने लगे। साढ़े छः सौ रुपये चुका देने की तो उसे विशेष चिंता न थी, घात लग जाए तो वह छः महीने में चुका देगा। भय यही था कि बाबूजी सुनेंगे तो ज़रूर नाराज़ होंगे, लेकिन ज्यों-ज्यों आगे बढ़ता था, जालपा को इन आभूषणों से सुशोभित देखने की उत्कंठा इस शंका पर विजय पाती थी। घर पहुँचने की जल्दी में उसने सड़क छोड़ दी, और एक गली में घुस गया। सघन अंधेरा छाया हुआ था। बादल तो उसी वक़्त छाए हुए थे, जब वह घर से चला था। गली में घुसा ही था, कि पानी की बूँद सिर पर छर्रे की तरह पड़ी। जब तक छतरी खोले, वह लथपथ हो चुका था। उसे शंका हुई, इस अंधकार में कोई आकर दोनों चीज़ें छीन न ले, पानी की झरझर में कोई आवाज़ भी

न सुने। अंधेरी गलियों में ख़ून तक हो जाते हैं। पछताने लगा, नाहक इधर से आया। दो-चार मिनट देर ही में पहुँचता, तो ऐसी कौन-सी आफ़त आ जाती। असामयिक वृष्टि ने उसकी आनंद-कल्पनाओं में बाधा डाल दी। किसी तरह गली का अंत हुआ और सड़क मिली। लालटेनें दिखाई दीं। प्रकाश कितनी विश्वास उत्पन्न करने वाली शक्ति है, आज इसका उसे यथार्थ अनुभव हुआ।

वह घर पहुँचा तो दयानाथ बैठे हुक्का पी रहे थे। वह उस कमरे में न गया। उनकी आँख बचाकर अंदर जाना चाहता था कि उन्होंने टोका – 'इस वक़्त कहाँ गए थे?'

रमा ने उन्हें कुछ जवाब न दिया। कहीं वह अख़बार सुनाने लगे, तो घंटों की ख़बर लेंगे। सीधा अंदर जा पहुँचा। जालपा द्वार पर खड़ी उसकी राह देख रही थी, तुरंत उसके हाथ से छतरी ले ली और बोली – 'तुम तो बिलकुल भीग गए। कहीं ठहर क्यों न गए।'

रमानाथ – 'पानी का क्या ठिकाना, रात-भर बरसता रहे।'

यह कहता हुआ रमा ऊपर चला गया। उसने समझा था, जालपा भी पीछे-पीछे आती होगी, पर वह नीचे बैठी अपने देवरों से बातें कर रही थी, मानो उसे गहनों की याद ही नहीं है। जैसे वह बिलकुल भूल गई है कि रमा सर्राफ़े से आया है।

रमा ने कपड़े बदले और मन में झुंझलाता हुआ नीचे चला आया। उसी समय दयानाथ भोजन करने आ गए। सब लोग भोजन करने बैठ गए। जालपा ने ज़ब्त तो किया था, पर इस उत्कंठा की दशा में आज उससे कुछ खाया न गया। जब वह ऊपर पहुँची, तो रमा चारपाई पर लेटा हुआ था। उसे देखते ही कौतुक से बोला – 'आज सर्राफ़े का जाना तो व्यर्थ ही गया। हार कहीं तैयार ही न था। बनाने को कह आया हूँ।'

जालपा की उत्साह से चमकती हुई मुख-छवि मलिन पड़ गई, बोली – 'वह तो पहले ही जानती थी। बनते-बनते पाँच-छः महीने तो लग ही जाएँगे।'

रमानाथ – 'नहीं जी, बहुत जल्द बना देगा, क़सम खा रहा था।'

जालपा – 'ऊह, जब चाहे दे!'

उत्कंठा की चरम सीमा ही निराशा है। जालपा मुँह उधरकर लेटने जा रही थी, कि रमा ने ज़ोर से क़हक़हा मारा। जालपा चौंक पड़ी। समझ गई, रमा ने शरारत की थी। मुस्कराती हुई बोली – 'तुम भी बड़े नटखट हो। क्या लाए?'

रमानाथ – 'कैसा चकमा दिया?'

जालपा – 'यह तो मरदों की आदत ही है, तुमने नई बात क्या की?'

जालपा दोनों आभूषणों को देखकर निहाल हो गई। हृदय में आनंद की लहरें-सी उठने लगीं। वह मनोभावों को छिपाना चाहती थी कि रमा उसे ओछी न समझे, लेकिन एक-एक अंग खिल जाता था। मुस्कराती हुई आँखें, दमकते हुए कपोल और खिले हुए अधर उसका भरम गंवाए देते थे। उसने हार गले में पहना, शीशफल जूड़े में सजाया और हर्ष से उन्मत्त होकर बोली – 'तुम्हें आशीर्वाद देती हूँ, ईश्वर तुम्हारी सारी मनोकामनाएँ पूरी करे।'

आज जालपा की वह अभिलाषा पूरी हुई, जो बचपन ही से उसकी कल्पनाओं का एक स्वप्न, उसकी आशाओं का क्रीड़ास्थल बनी हुई थी। आज उसकी वह साध पूरी हो गई। यदि मानकी यहाँ होती, तो वह सबसे पहले यह हार उसे दिखाती और कहती – 'तुम्हारा हार तुम्हें मुबारक हो!'

रमा पर घड़ों नशा चढ़ा हुआ था। आज उसे अपना जीवन सफल जान पड़ा। अपने जीवन में आज पहली बार उसे विजय का आनंद प्राप्त हुआ।

जालपा ने पूछा – 'जाकर अम्मांजी को दिखा आऊँ?'

रमा ने नम्रता से कहा – 'अम्मां को क्या दिखाने जाओगी। ऐसी कौन-सी बड़ी चीज़ें हैं।'

जालपा – 'अब मैं तुमसे साल-भर तक और किसी चीज़ के लिए न कहूँगी। इसके रुपये देकर ही मेरे दिल का बोझ हल्का होगा।'

रमा गर्व से बोला – 'रुपये की क्या चिंता! हैं ही कितने!'

जालपा – 'ज़रा अम्मांजी को दिखा आऊँ, देखें क्या कहती हैं!'

रमानाथ – 'मगर यह न कहना, उधार लाए हैं।'

जालपा इस तरह दौड़ी हुई नीचे गई, मानो उसे वहाँ कोई निधि मिल जाएगी।

आधी रात बीत चुकी थी। रमा आनंद की नींद सो रहा था। जालपा ने छत पर आकर एक बार आकाश की ओर देखा। निर्मल चाँदनी छिटकी हुई थी, वह कार्तिक की चाँदनी जिसमें संगीत की शांति हैं, शांति का माधुर्य और माधुर्य का उन्माद। जालपा ने कमरे में आकर अपनी संदूकची खोली और उसमें से वह काँच का चन्द्रहार निकाला जिसे एक दिन पहनकर उसने अपने को धन्य माना था। पर अब इस नए चन्द्रहार के सामने उसकी चमक उसी भाँति मंद पड़ गई थी, जैसे इस निर्मल चन्द्रज्योति के सामने तारों का आलोक। उसने उस नक़ली हार को तोड़ डाला और उसके दानों को नीचे गली में फेंक दिया, उसी भाँति जैसे पूजन समाप्त हो जाने के बाद कोई उपासक मिट्टी की मूर्तियों को जल में विसर्जित कर देता है।

14

उस दिन से जालपा के पति-स्नेह में सेवा-भाव का उदय हुआ। वह स्नान करने जाता, तो उसे अपनी धोती चुनी हुई मिलती। आले पर तेल और साबुन भी रक्खा हुआ पाता। जब दफ़्तर जाने लगता, तो जालपा उसके कपड़े लाकर सामने रख देती। पहले पान माँगने पर मिलते थे, अब ज़बरदस्ती खिलाए जाते थे। जालपा उसका रुख़ देखा करती। उसे कुछ कहने की ज़रूरत न थी। यहाँ तक कि जब वह भोजन करने बैठता, तो वह पंखा झला करती। पहले वह बड़ी अनिच्छा से भोजन बनाने जाती थी और उस पर भी बेगार-सी टालती थी। अब बड़े प्रेम से रसोई में जाती। चीज़ें अब भी वही बनती

थीं, पर उनका स्वाद बढ़ गया था। रमा को इस मधुर स्नेह के सामने वह दो गहने बहुत ही तुच्छ जँचते थे।

उधर जिस दिन रमा ने गंगू की दुकान से गहने ख़रीदे, उसी दिन दूसरे सर्राफ़ों को भी उसके आभूषण-प्रेम की सूचना मिल गई। रमा जब उधर से निकलता, तो दोनों तरफ़ से दुकानदार उठ-उठकर उसे सलाम करते – 'आइए बाबूजी, पान तो खाते जाइए। दो-एक चीज़ें हमारी दुकान से तो देखिए।'

रमा का आत्म-संयम उसकी साख को और भी बढ़ाता था। यहाँ तक कि एक दिन एक दलाल रमा के घर पर आ पहुँचा, और उसके नहीं-नहीं करने पर भी अपनी संदूकची खोल ही दी।

रमा ने उससे पीछा छुड़ाने के लिए कहा – 'भाई, इस वक़्त मुझे कुछ नहीं लेना है। क्यों अपना और मेरा समय नष्ट करोगे।' दलाल ने बड़े विनीत भाव से कहा – 'बाबूजी, देख तो लीजिए। पसंद आए तो लीजिएगा, नहीं तो न लीजिएगा। देख लेने में तो कोई हर्ज़ नहीं है। आख़िर रईसों के पास न जाएँ, तो किसके पास जाएँ। औरों ने आपसे गहरी रक़में मारीं, हमारे भाग्य में भी बदा होगा, तो आपसे चार पैसा पा जाएँगे। बहूजी और माईजी को दिखा लीजिए! मेरा मन तो कहता है कि आज आप ही के हाथों बोहनी होगी।'

रमानाथ – 'औरतों के पसंद की न कहो, चीज़ें अच्छी होंगी ही। पसंद आते क्या देर लगती है, लेकिन भाई, इस वक़्त हाथ ख़ाली है।'

दलाल हँसकर बोला – 'बाबूजी, बस ऐसी बात कह देते हैं कि वाह! आपका हुक्म हो जाए तो हज़ार-पाँच सौ आपके ऊपर निछावर कर दें। हम लोग आदमी का मिज़ाज देखते हैं, बाबूजी! भगवान ने चाहा तो आज मैं सौदा करके ही उठूँगा।'

दलाल ने संदूकची से दो चीज़ें निकालीं, एक तो नए फ़ैशन का जड़ाऊ कंगन था और दूसरा कानों का रिंग। दोनों ही चीज़ें अपूर्व थीं। ऐसी चमक थी मानो दीपक जल रहा हो। दस बजे थे, दयानाथ दफ़्तर जा चुके थे, वह भी भोजन करने जा रहा था। समय बिलकुल न था, लेकिन इन दोनों चीज़ों को देखकर उसे किसी बात की सुध ही न रही। दोनों केस लिए हुए घर में आया। उसके हाथ में केस देखते ही दोनों स्त्रियाँ टूट पड़ीं और उन चीज़ों को निकाल-निकालकर देखने लगीं। उनकी चमक-दमक ने उन्हें ऐसा मोहित कर लिया कि गुण-दोष की विवेचना करने की उनमें शक्ति ही न रही।

जागेश्वरी – 'आजकल की चीज़ों के सामने तो पुरानी चीज़ें कुछ जँचती ही नहीं।'

जालपा – 'मुझे तो उन पुरानी चीज़ों को देखकर कै आने लगती है। न जाने उन दिनों औरतें कैसे पहनती थीं।'

रमा ने मुस्कराकर कहा – 'तो दोनों चीज़ें पसंद हैं न?'

जालपा – 'पसंद क्यों नहीं हैं, अम्मांजी, तुम ले लो।'

जागेश्वरी ने अपनी मनोव्यथा छिपाने के लिए सिर झुका लिया। जिसका सारा जीवन गृहस्थी की चिंताओं में कट गया, वह आज क्या स्वप्न में भी इन गहनों के

पहनने की आशा कर सकती थी! आह! उस दुखिया के जीवन की कोई साध ही न पूरी हुई। पति की आय ही कभी इतनी न हुई कि बाल-बच्चों के पालन-पोषण के उपरांत कुछ बचता। जब से घर की स्वामिनी हुई, तभी से मानो उसकी तपश्चर्या का आरंभ हुआ और सारी लालसाएँ एक-एक करके धूल में मिल गईं। उसने उन आभूषणों की ओर से आँखें हटा लीं। उनमें इतना आकर्षण था कि उनकी ओर ताकते हुए वह डरती थी। कहीं उसकी विरक्ति का परदा न खुल जाए। बोली - 'मैं लेकर क्या करूँगी बेटी, मेरे पहनने-ओढ़ने के दिन तो निकल गए। कौन लाया है बेटा? क्या दाम हैं इनके?'

रमानाथ - 'एक सर्राफ़ दिखाने लाया है, अभी दाम-आम नहीं पूछे, मगर ऊँचे दाम होंगे। लेना तो था ही नहीं, दाम पूछकर क्या करता?'

जालपा - 'लेना ही नहीं था, तो यहाँ लाए क्यों?'

जालपा ने यह शब्द इतने आवेश में आकर कहे कि रमा खिसिया गया। उनमें इतनी उत्तेजना, इतना तिरस्कार भरा हुआ था कि इन गहनों को लौटा ले जाने की उसकी हिम्मत न पड़ी। बोला - 'तो ले लूँ?'

जालपा - 'अम्मां लेने ही नहीं कहतीं तो लेकर क्या करोगे - क्या मुफ़्त में दे रहा है?'

रमानाथ - 'समझ लो मुफ़्त ही मिलते हैं।'

जालपा - 'सुनती हो अम्मांजी, इनकी बातें। आप जाकर लौटा आइए। जब हाथ में रुपये होंगे, तो बहुत गहने मिलेंगे।'

जागेश्वरी ने मोहासक्त स्वर में कहा - 'रुपये अभी तो नहीं माँगता?'

जालपा - 'उधार भी देगा, तो सूद तो लगा ही लेगा?'

रमानाथ - 'तो लौटा दूँ - एक बात चटपट तय कर डालो। लेना हो, ले लो, न लेना हो, तो लौटा दो। मोह और दुविधा में न पड़ो?'

जालपा को यह स्पष्ट बातचीत इस समय बहुत कठोर लगी। रमा के मुँह से उसे ऐसी आशा न थी। इंकार करना उसका काम था, रमा को लेने के लिए आग्रह करना चाहिए था। जागेश्वरी की ओर लालायित नज़रों से देखकर बोली - 'लौटा दो। रात-दिन के तकाज़े कौन सहेगा।'

वह केसों को बंद करने ही वाली थी कि जागेश्वरी ने कंगन उठाकर पहन लिया, मानो एक क्षण-भर पहनने से ही उसकी साध पूरी हो जाएगी। फिर मन में इस ओछेपन पर लज्जित होकर वह उसे उतारना ही चाहती थी कि रमा ने कहा - 'अब तुमने पहन लिया है अम्मां, तो पहने रहो मैं तुम्हें भेंट करता हूँ।' जागेश्वरी की आँखें सजल हो गईं। जो लालसा आज तक न पूरी हो सकी, वह आज रमा की मातृ-भक्ति से पूरी हो रही थी, लेकिन क्या वह अपने प्रिय पुत्र पर ऋण का इतना भारी बोझ रख देगी? अभी वह बेचारा बालक है, उसकी सामर्थ्य ही क्या है? न जाने रुपये जल्द हाथ आएँ या देर में। दाम भी तो नहीं मालूम। अगर ऊँचे दामों का हुआ, तो बेचारा देगा कहाँ से? उसे कितने तकाज़े सहने पड़ेंगे और कितना लज्जित होना पड़ेगा। कातर स्वर में बोली -

'नहीं बेटा, मैंने यों ही पहन लिया था। ले जाओ, लौटा दो।'

माता का उदास मुख देखकर रमा का हृदय मातृ-प्रेम से हिल उठा। क्या ऋण के भय से वह अपनी त्यागमूर्ति माता की इतनी सेवा भी न कर सकेगा? माता के प्रति उसका कुछ कर्तव्य भी तो है? बोला - 'रुपये बहुत मिल जाएँगे अम्मां, तुम इसकी चिंता मत करो।'

जागेश्वरी ने बहू की ओर देखा। मानो कह रही थी कि रमा मुझ पर कितना अत्याचार कर रहा है।

जालपा उदासीन भाव से बैठी थी। कदाचित उसे भय हो रहा था कि माताजी यह कंगन ले न लें। मेरा कंगन पहन लेना बहू को अच्छा नहीं लगा, इसमें जागेश्वरी को संदेह नहीं रहा। उसने तुरंत कंगन उतार डाला, और जालपा की ओर बढ़ाकर बोली - 'मैं अपनी ओर से तुम्हें भेंट करती हूँ, मुझे जो कुछ पहनना-ओढ़ना था, ओढ़-पहन चुकी। अब ज़रा तुम पहनो, देखूँ।'

जालपा को इसमें ज़रा भी संदेह न था कि माताजी के पास रुपये की कमी नहीं। वह समझी, शायद आज वह पसीज गई हैं और कंगन के रुपए दे देंगी। एक क्षण पहले उसने समझा था कि रुपये रमा को देने पड़ेंगे, इसीलिए इच्छा रहने पर भी वह उसे लौटा देना चाहती थी। जब माताजी उसका दाम चुका रही थीं, तो वह क्यों इंकार करती, मगर ऊपरी मन से बोली - 'रुपये न हों, तो रहने दीजिए अम्मांजी, अभी कौन जल्दी है?'

रमा ने कुछ चिढ़कर कहा - 'तो तुम यह कंगन ले रही हो?'

जालपा - 'अम्मांजी नहीं मानतीं, तो मैं क्या करूँ?'

रमानाथ - 'और ये रिंग, इन्हें भी क्यों नहीं रख लेतीं?'

जालपा - 'जाकर दाम तो पूछ आओ।'

रमा ने अधीर होकर कहा - 'तुम इन चीज़ों को ले जाओ, तुम्हें दाम से क्या मतलब!'

रमा ने बाहर आकर दलाल से दाम पूछा तो सन्नाटे में आ गया। कंगन सात सौ के थे, और रिंग डेढ़ सौ की, उसका अनुमान था कि कंगन अधिक-से-अधिक तीन सौ के होंगे और रिंग चालीस-पचास रुपये की, पछताए कि पहले ही दाम क्यों न पूछ लिए, नहीं तो इन चीज़ों को घर में ले जाने की नौबत ही क्यों आती? फेरते हुए शर्म आती थी, मगर कुछ भी हो, फेरना तो पड़ेगा ही। इतना बड़ा बोझ वह सिर पर नहीं ले सकता दलाल से बोला - 'बड़े दाम हैं भाई, मैंने तो तीन-चार सौ के भीतर ही आँका था।' दलाल का नाम चरनदास था। बोला - 'दाम में एक कौड़ी फ़रक पड़ जाए सरकार, तो मुँह न दिखाऊँ। धनीराम की कोठी का तो माल है, आप चलकर पूछ लें। दमड़ी रुपये की दलाली अलबत्ता मेरी है, आपकी मरज़ी हो दीजिए या न दीजिए।'

रमानाथ - 'तो भाई इन दामों की चीज़ें तो इस वक़्त हमें नहीं लेनी हैं।'

चरनदास - 'ऐसी बात न कहिए, बाबूजी! आपके लिए इतने रुपये कौन बड़ी बात है। दो महीने भी माल चल जाए तो उसके दूने हाथ आ जाएँगे। आपसे बढ़कर

कौन शौक़ीन होगा। यह सब रईसों के ही पसंद की चीज़ें हैं। गंवार लोग इनकी क़द्र क्या जानें।'

रमानाथ – 'साढ़े आठ सौ बहुत होते हैं भई!'

चरनदास – 'रुपयों का मुँह न देखिए बाबूजी, जब बहूजी पहनकर बैठेंगी, तो एक निगाह में सारे रुपये तर जाएँगे।'

रमा को विश्वास था कि जालपा गहनों का यह मूल्य सुनकर आप ही बिचक जाएगी। दलाल से और ज़्यादा बातचीत न की। अंदर जाकर बडे ज़ोर से हँसा और बोला – 'आपने इस कंगन का क्या दाम समझा था, मांजी?'

जागेश्वरी कोई जवाब देकर बेवकूफ़ न बनना चाहती थी – 'इन जड़ाऊ चीज़ों में नाप-तौल का तो कुछ हिसाब रहता नहीं जितने में तै हो जाए, वही ठीक है।'

रमानाथ – 'अच्छा, तुम बताओ जालपा, इस कंगन का कितना दाम आंकती हो?'

जालपा – 'छः सौ से कम का नहीं।'

रमा का सारा खेल बिगड़ गया। दाम का भय दिखाकर रमा ने जालपा को डरा देना चाहा था, मगर छः और सात में बहुत थोड़ा ही अंतर था। और संभव है चरनदास इतने ही पर राज़ी हो जाए। कुछ झेंपकर बोला – 'कच्चे नगीने नहीं हैं।'

जालपा – 'कुछ भी हो, छः सौ से ज़्यादा का नहीं।'

रमानाथ – 'और रिंग का?'

जालपा – 'अधिक से अधिक सौ रुपये!'

रमानाथ – 'यहाँ भी चूकीं, डेढ़ सौ माँगता है।'

जालपा – 'जट्टू है कोई, हमें इन दामों में लेना ही नहीं है।'

रमा की चाल उल्टी पड़ी, जालपा को इन चीज़ों के मूल्य के विषय में बहुत धोखा न हुआ था। आख़िर रमा की आर्थिक दशा तो उससे छिपी न थी, फिर वह सात सौ रुपये की चीजों के लिए मुँह खोले बैठी थी। रमा को क्या मालूम था कि जालपा कुछ और ही समझकर कंगन पर लहराई थी। अब तो गला छूटने का एक ही उपाय था और वह यह कि दलाल छः सौ पर राज़ी न हो। बोला – 'वह साढ़े आठ से कौड़ी कम न लेगा।'

जालपा – 'तो लौटा दो।'

रमानाथ – 'मुझे तो लौटाते शर्म आती है। अम्मां, ज़रा आप ही दालान में चलकर कह दें, हमें सात सौ से ज़्यादा नहीं देना है। देना हो तो दे दो, नहीं चले जाओ।'

जागेश्वरी – 'हाँ रे, क्यों नहीं, उस दलाल से मैं बातें करने जाऊँ!'

जालपा – 'तुम्हीं क्यों नहीं कह देते, इसमें तो कोई शर्म की बात नहीं।'

रमानाथ – 'मुझसे साफ़ जवाब न देते बनेगा। दुनिया-भर की ख़ुशामद करेगा। चुनी चुना – आप बड़े आदमी हैं, रईस हैं, राजा हैं। आपके लिए डेढ़ सौ क्या चीज़ है। मैं उसकी बातों में आ जाऊँगा।'

जालपा – 'अच्छा, चलो मैं ही कहे देती हूँ।'

रमानाथ – 'वाह, फिर तो सब काम ही बन गया।'

रमा पीछे दुबक गया। जालपा दालान में आकर बोली – 'ज़रा यहाँ आना जी, ओ सर्राफ़! लूटने आए हो, या माल बेचने आए हो!'

चरनदास बरामदे से उठकर द्वार पर आया और बोला – 'क्या हुक्म है, सरकार?'

जालपा – 'माल बेचने आते हो, या जटने आते हो? सात सौ रुपये कंगन के माँगते हो?'

चरनदास – 'सात सौ तो उसकी कारीगरी के दाम हैं, हूजूर!'

जालपा – 'अच्छा तो जो उस पर सात सौ निछावर कर दे, उसके पास ले जाओ। रिंग के डेढ़ सौ कहते हो, लूट है क्या? मैं तो दोनों चीज़ों के सात सौ से अधिक न दूँगी।'

चरनदास – 'बहूजी, आप तो अंधेर करती हैं। कहाँ साढ़े आठ सौ और कहाँ सात सौ?'

जालपा – 'तुम्हारी ख़ुशी, अपनी चीज़ ले जाओ।'

चरनदास – 'इतने बड़े दरबार में आकर चीज़ लौटा ले जाऊँ? आप यों ही पहनें। दस-पाँच रुपये की बात होती, तो आपकी ज़बान न फेरता। आपसे झूठ नहीं कहता बहूजी, इन चीज़ों पर पैसा रुपया नफ़ा है। उसी एक पैसे में दुकान का भाड़ा, बट्टा-खाता, दस्तूरी, दलाली सब समझिए। एक बात ऐसी समझकर कहिए कि हमें भी चार पैसे मिल जाएँ। सवेरे-सवेरे लौटना न पड़े।'

जालपा – 'कह दिए, वही सात सौ।'

चरनदास ने ऐसा मुँह बनाया, मानो वह किसी धर्म-संकट में पड़ गया है। फिर बोला – 'सरकार, है तो घाटा ही, पर आपकी बात नहीं टालते बनती। रुपये कब मिलेंगे?'

जालपा – 'जल्दी ही मिल जाएँगे।'

जालपा अंदर जाकर बोली – 'आख़िर दिया कि नहीं सात सौ में? डेढ़ सौ साफ़ उड़ाए लिए जाता था। मुझे पछतावा हो रहा है कि कुछ और कम क्यों न कहा। वे लोग इस तरह गाहकों को लूटते हैं।'

रमा इतना भारी बोझ लेते घबरा रहा था, लेकिन परिस्थिति ने कुछ ऐसा रंग पकड़ा कि बोझ उस पर लद ही गया।

जालपा तो ख़ुशी की उमंग में दोनों चीज़ें लिए ऊपर चली गई, पर रमा सिर झुकाए चिंता में डूबा खड़ा था। जालपा ने उसकी दशा जानकर भी इन चीज़ों को क्यों ठुकरा नहीं दिया, क्यों ज़ोर देकर नहीं कहा – 'मैं न लूँगी, क्यों दुविधा में पड़ी रही। साढ़े पाँच सौ भी चुकाना मुश्किल था, इतने और कहाँ से आएँगे। असल में ग़लती मेरी ही है। मुझे दलाल को दरवाज़े से ही दुत्कार देना चाहिए था।'

लेकिन उसने मन को समझाया। यह अपने ही पापों का तो प्रायश्चित है। फिर आदमी इसीलिए तो कमाता है। रोटियों के लाले थोड़े ही थे?

भोजन करके जब रमा ऊपर कपड़े पहनने गया, तो जालपा आईने के सामने खड़ी कानों में रिंग पहन रही थी। उसे देखते ही बोली – 'आज किसी अच्छे का मुँह देखकर उठी थी। दो चीज़ें मुफ़्त हाथ आ गईं।'

रमा ने विस्मय से पूछा – 'मुफ़्त क्यों? रुपये न देने पड़ेंगे?'

जालपा – 'रुपये तो अम्मांजी देंगी?'

रमानाथ – 'क्या कुछ कहती थीं?'

जालपा – 'उन्होंने मुझे भेंट दिए हैं, तो रुपये कौन देगा?'

रमा ने उसके भोलेपन पर मुस्कराकर कहा – 'यही समझकर तुमने यह चीज़ें ले लीं? अम्मां को देना होता तो उसी वक़्त दे देतीं जब गहने चोरी गए थे। क्या उनके पास रुपये न थे?'

जालपा असमंजस में पड़कर बोली – 'तो मुझे क्या मालूम था। अब भी तो लौटा सकते हो कह देना, जिसके लिए लिया था, उसे पसंद नहीं आया।'

यह कहकर उसने तुरंत कानों से रिंग निकाल लिए। कंगन भी उतार डाले और दोनों चीज़ें केस में रखकर उसकी तरफ़ इस तरह बढ़ाई, जैसे कोई बिल्ली चूहे से खेल रही हो वह चूहे को अपनी पकड़ से बाहर नहीं होने देती। उसे छोड़कर भी नहीं छोड़ती। हाथों को फैलाने का साहस नहीं होता था। क्या उसके हृदय की भी यही दशा न थी? उसके मुख पर हवाइयाँ उड़ रही थीं। क्यों वह रमा की ओर न देखकर भूमि की ओर देख रही थी? क्यों सिर ऊपर न उठाती थी? किसी संकट से बच जाने में जो हार्दिक आनंद होता है, वह कहाँ था? उसकी दशा ठीक उस माता की-सी थी, जो अपने बालक को विदेश जाने की अनुमति दे रही हो। वही विवशता, वही कातरता, वही ममता इस समय जालपा के मुख पर उदय हो रही थी।

रमा उसके हाथ से केसों को ले सके, इतना कड़ा संयम उसमें न था। उसे तकाज़े सहना, लज्जित होना, मुँह छिपाए फिरना, चिंता की आग में जलना, सब कुछ सहना मंजूर था। ऐसा काम करना नामंजूर था जिससे जालपा का दिल टूट जाए, वह अपने को अभागिन समझने लगे। उसका सारा ज्ञान, सारी चेष्टा, सारा विवेक इस आघात का विरोध करने लगा। प्रेम और परिस्थितियों के संघर्ष में प्रेम ने विजय पाई।

उसने मुस्कराकर कहा – 'रहने दो, अब ले लिया है, तो क्या लौटाएँ। अम्मांजी भी हँसेंगी।'

जालपा ने बनावटी काँपते हुए कंठ से कहा – 'अपनी चादर देखकर ही पाँव फैलाना चाहिए। एक नई विपत्ति मोल लेने की क्या ज़रूरत है!'

रमा ने मानो जल में डूबते हुए कहा – 'ईश्वर मालिक है।'

और तुरंत नीचे चला गया।

हम क्षणिक मोह और संकोच में पड़कर अपने जीवन के सुख और शांति का कैसे होम कर देते हैं! अगर जालपा मोह के इस झोंके में अपने को स्थिर रख सकती, अगर रमा संकोच के आगे सिर न झुका देता, दोनों के हृदय में प्रेम का सच्चा प्रकाश होता, तो वे पथ-भ्रष्ट होकर सर्वनाश की ओर न जाते।

ग्यारह बज गए थे। दफ़्तर के लिए देर हो रही थी, पर रमा इस तरह जा रहा था, जैसे कोई अपने प्रिय बंधु की दाह-क्रिया करके लौट रहा हो।

15

जालपा अब वह एकांतवासिनी रमणी न थी, जो दिन-भर मुँह लपेटे उदास पड़ी रहती थी। उसे अब घर में बैठना अच्छा नहीं लगता था। अब तक तो वह मजबूर थी, कहीं आ-जा न सकती थी। अब ईश्वर की दया से उसके पास भी गहने हो गए थे। फिर वह क्यों मन मारे घर में पड़ी रहती। वस्त्राभूषण कोई मिठाई तो नहीं जिसका स्वाद एकांत में लिया जा सके। आभूषणों को संदूकची में बंद करके रखने से क्या फ़ायदा। मुहल्ले या बिरादरी में कहीं से बुलावा आता, तो वह सास के साथ अवश्य जाती। कुछ दिनों के बाद सास की ज़रूरत भी न रही। वह अकेली आने-जाने लगी। फिर कार्य-प्रयोजन की क़ैद भी नहीं रही। उसके रूप-लावण्य, वस्त्र-आभूषण और शील-विनय ने मुहल्ले की स्त्रियों में उसे जल्दी ही सम्मान के पद पर पहुँचा दिया। उसके बिना मंडली सूनी रहती थी। उसका कंठ-स्वर इतना कोमल था, भाषण इतना मधुर, छवि इतनी अनुपम कि वह मंडली की रानी मालूम होती थी। उसके आने से मुहल्ले के नारी-जीवन में जान-सी पड़ गई। नित्य ही कहीं-न-कहीं जमाव हो जाता। घंटे-दो घंटे गा-बजाकर या गपशप करके रमणियाँ दिल बहला लिया करतीं। कभी किसी के घर, कभी किसी के घर फागुन में पंद्रह दिन बराबर गाना होता रहा। जालपा ने जैसा रूप पाया था, वैसा ही उदार हृदय भी पाया था। पान-पत्तों का ख़र्च प्रायः उसी के मत्थे पड़ता। कभी-कभी गायनें बुलाई जातीं, उनकी सेवा-सत्कार का भार उसी पर था। कभी-कभी वह स्त्रियों के साथ गंगा-स्नान करने जाती, तांगे का किराया और गंगा-तट पर जलपान का ख़र्च भी उसके मत्थे जाता। इस तरह उसके दो-तीन रुपये रोज़ उड़ जाते थे। रमा आदर्श पति था। जालपा अगर माँगती तो प्राण तक उसके चरणों पर रख देता। रुपये की हैसियत ही क्या थी? उसका मुँह जोहता रहता था। जालपा उससे इन जमघटों की रोज़ चर्चा करती। उसका स्त्री-समाज में कितना आदर-सम्मान है, यह देखकर वह फूला न समाता था।

एक दिन इस मंडली को सिनेमा देखने की धुन सवार हुई। वहाँ की बहार देखकर सब-की-सब मुग्ध हो गईं। फिर तो आए दिन सिनेमा की सैर होने लगी। रमा को अब तक सिनेमा का शौक़ न था। शौक़ होता भी तो क्या करता। अब हाथ में पैसे आने लगे थे, उस पर जालपा का आग्रह, फिर भला वह क्यों न जाता - सिनेमा-गृह में ऐसी कितनी ही रमणियाँ मिलतीं, जो मुँह खोले निसंकोच हँसती-बोलती रहती थीं। उनकी आज़ादी गुप्तरूप से जालपा पर भी जादू डालती जाती थी। वह घर से बाहर निकलते ही मुँह खोल लेती, मगर संकोचवश परदेवाली स्त्रियों के ही स्थान पर बैठती। उसकी कितनी इच्छा होती कि रमा भी उसके साथ बैठता। आख़िर वह उन फ़ैशनेबल औरतों

से किस बात में कम है? रूप-रंग में वह हेठी नहीं। सजधज में किसी से कम नहीं। बातचीत करने में कुशल। फिर वह क्यों परदेवालियों के साथ बैठे। रमा बहुत शिक्षित न होने पर भी देश और काल के प्रभाव से उदार था। पहले तो वह परदे का ऐसा अनन्य भक्त था, कि माता को कभी गंगा-स्नान कराने लिवा जाता, तो पंडों तक से न बोलने देता। कभी माता की हँसी मर्दाने में सुनाई देती, तो आकर बिगड़ता – 'तुमको ज़रा भी शर्म नहीं है अम्मां! बाहर लोग बैठे हुए हैं, और तुम हँस रही हो, माँ लज्जित हो जाती थीं। किंतु अवस्था के साथ रमा का यह लिहाज़ ग़ायब होता जाता था। उस पर जालपा की रूप-छटा उसके साहस को और भी उत्तेजित करती थी। जालपा रूपहीन, काली-कलूटी, फूहड़ होती तो वह ज़बरदस्ती उसको परदे में बैठाता। उसके साथ घूमने या बैठने में उसे शर्म आती। जालपा-जैसी अनन्य सुंदरी के साथ सैर करने में आनंद के साथ गौरव भी तो था। वहाँ के सभ्य समाज की कोई महिला रूप, गठन और शृंगार में जालपा की बराबरी न कर सकती थी। देहात की लड़की होने पर भी शहर के रंग में वह इस तरह रंग गई थी, मानो जन्म से शहर ही में रहती आई है। थोड़ी-सी कमी अंग्रेज़ी शिक्षा की थी, उसे भी रमा पूरी किए देता था।

मगर परदे का यह बंधन टूटे कैसे। भवन में रमा के कितने ही मित्र, कितनी ही जान-पहचान के लोग बैठे नज़र आते थे। वे उसे जालपा के साथ बैठे देखकर कितना हँसेंगे। आख़िर एक दिन उसने समाज के सामने ताल ठोंककर खड़े हो जाने का निश्चय कर ही लिया। जालपा से बोला – 'आज हम-तुम सिनेमाघर में साथ बैठेंगे।'

जालपा के हृदय में गुदगुदी-सी होने लगी। हार्दिक आनंद की आभा चेहरे पर झलक उठी। बोली – 'सच! नहीं भाई, साथवालियाँ जीने न देंगी।'

रमानाथ – 'इस तरह डरने से तो फिर कभी कुछ न होगा। यह क्या स्वांग है कि स्त्रियाँ मुँह छिपाए चिक की आड़ में बैठी रहें।'

इस तरह यह मामला भी तय हो गया। पहले दिन दोनों झेंपते रहे, लेकिन दूसरे दिन से हिम्मत खुल गई। कई दिनों के बाद वह समय भी आया कि रमा और जालपा संध्या समय पार्क में साथ-साथ टहलते दिखाई दिए।

जालपा ने मुस्कराकर कहा – 'कहीं बाबूजी देख लें तो?'

रमानाथ – 'तो क्या, कुछ नहीं।'

जालपा – 'मैं तो मारे शर्म के गड़ जाऊँ।'

रमानाथ – 'अभी तो मुझे भी शर्म आएगी, मगर बाबूजी ख़ुद ही इधर न आएँगे।'

जालपा – 'और जो कहीं अम्मांजी देख लें!'

रमानाथ – 'अम्मां से कौन डरता है, दो दलीलों में ठीक कर दूँगा।'

दस ही पाँच दिन में जालपा ने नए महिला-समाज में अपना रंग जमा लिया। उसने इस समाज में इस तरह प्रवेश किया, जैसे कोई कुशल वक्ता पहली बार परिषद के मंच पर आता है। विद्वान लोग उसकी उपेक्षा करंने की इच्छा होने पर भी उसकी प्रतिभा के सामने सिर झुका देते हैं। जालपा भी 'आई, देखा और विजय कर लिया।' उसके

सौंदर्य में वह गरिमा, वह कठोरता, वह शान, वह तेजस्विता थी जो कुलीन महिलाओं के लक्षण हैं। पहले ही दिन एक महिला ने जालपा को चाय का निमंत्रण दे दिया और जालपा इच्छा न रहने पर भी उसे अस्वीकार न कर सकी।

जब दोनों प्राणी वहाँ से लौटे, तो रमा ने चिंतित स्वर में कहा – 'तो कल इसकी चाय-पार्टी में जाना पड़ेगा?'

जालपा – 'क्या करती? इंकार करते भी तो न बनता था!'

रमानाथ – 'तो सबेरे तुम्हारे लिए एक अच्छी-सी साड़ी ला दूँ?'

जालपा – 'क्या मेरे पास साड़ी नहीं है, ज़रा देर के लिए पचास-साठ रुपये ख़र्च करने से फ़ायदा!'

रमानाथ – 'तुम्हारे पास अच्छी साड़ी कहाँ है। इसकी साड़ी तुमने देखी? ऐसी ही तुम्हारे लिए भी लाऊँगा।'

जालपा ने विवशता के भाव से कहा – 'मुझे साफ़ कह देना चाहिए था कि फ़ुरसत नहीं है।'

रमानाथ – 'फिर इनकी दावत भी तो करनी पड़ेगी।'

जालपा – 'यह तो बुरी विपत्ति गले पड़ी।'

रमानाथ – 'विपत्ति कुछ नहीं है, सिर्फ़ यही ख़याल है कि मेरा मकान इस काम के लायक़ नहीं। मेज़, कुर्सियाँ, चाय के सेट रमेश के यहाँ से माँग लाऊँगा, लेकिन घर के लिए क्या करूँ!'

जालपा – 'क्या यह ज़रूरी है कि हम लोग भी दावत करें?'

रमा ने ऐसी भद्दी बात का कुछ उत्तर न दिया। उसे जालपा के लिए एक जूते की जोड़ी और सुंदर कलाई की घड़ी की फ़िक्र पैदा हो गई। उसके पास कौड़ी भी न थी। उसका ख़र्च रोज़ बढ़ता जाता था। अभी तक गहने वालों को एक पैसा भी देने की नौबत न आई थी। एक बार गंगू महाराज ने इशारे से तकाजा भी किया था, लेकिन यह भी तो नहीं हो सकता कि जालपा फटे हालों चाय-पार्टी में जाए। नहीं, जालपा पर वह इतना अन्याय नहीं कर सकता इस अवसर पर जालपा की रूप-शोभा का सिक्का बैठ जाएगा। सभी तो आज चमाचम साड़ियाँ पहने हुए थीं। जड़ाऊ कंगन और मोतियों के हारों की भी तो कमी न थी, पर जालपा अपने सादे आवरण में उनसे कोसों आगे थी। उसके सामने एक भी नहीं जँचती थी। यह मेरे पूर्व कर्मों का फल है कि मुझे ऐसी सुंदरी मिली। आख़िर यही तो खाने-पहनने और जीवन का आनंद उठाने के दिन हैं। जब जवानी ही में सुख न उठाया, तो बुढ़ापे में क्या कर लेंगे! बुढ़ापे में मान लिया धन हुआ भी तो क्या? यौवन बीत जाने पर विवाह किस काम का? साड़ी और घड़ी लाने की उसे धुन सवार हो गई। रातभर तो उसने सब्र किया। दूसरे दिन दोनों चीज़ें लाकर ही दम लिया।

जालपा ने झुंझलाकर कहा – 'मैंने तो तुमसे कहा था कि इन चीज़ों का काम नहीं है। डेढ़ सौ से कम की न होंगी?'

रमानाथ - 'डेढ़ सौ! इतना फ़ज़ूल-ख़र्च मैं नहीं करता हूँ।'

जालपा - 'डेढ़ सौ से कम की ये चीज़ें नहीं हैं।'

जालपा ने घड़ी कलाई में बाँध ली और साड़ी को खोलकर मंत्रमुग्ध नज़रों से देखा।

रमानाथ - 'तुम्हारी कलाई पर यह घड़ी कैसी खिल रही है! मेरे रुपये वसूल हो गए।'

जालपा - 'सच बताओ, कितने रुपये ख़र्च हुए?'

रमानाथ - 'सच बता दूँ? एक सौ पैंतीस रुपये। पचहत्तर रुपये की साड़ी, दस के जूते और पचास की घड़ी।'

जालपा - 'यह डेढ़ सौ ही हुए। मैंने कुछ बढ़ाकर थोड़े कहा था, मगर यह सब रुपये अदा कैसे होंगे? उस चुड़ैल ने व्यर्थ ही मुझे निमंत्रण दे दिया। अब मैं बाहर जाना ही छोड़ दूँगी।'

रमा भी इसी चिंता में मग्न था, पर उसने अपने भाव को प्रकट करके जालपा के हर्ष में बाधा न डाली। बोला - 'सब अदा हो जाएगा।'

जालपा ने तिरस्कार के भाव से कहा - 'कहाँ से अदा हो जाएगा, ज़रा सुनूँ। कौड़ी तो बचती नहीं, अदा कहाँ से हो जाएगा? वह तो कहो बाबूजी घर का ख़र्च संभाले हुए हैं, नहीं तो मालूम होता। क्या तुम समझते हो कि मैं गहने और साड़ियों पर मरती हूँ? इन चीज़ों को लौटा आओ।'

रमा ने प्रेमपूर्ण नज़रों से कहा - 'इन चीज़ों को रख लो। फिर तुमसे बिना पूछे कुछ न लाऊँगा।'

संध्या समय जब जालपा ने नई साड़ी और नए जूते पहने, घड़ी कलाई पर बाँधी और आईने में अपनी सूरत देखी, तो मारे गर्व और उल्लास के उसका मुखमंडल प्रज्ज्वलित हो उठा। उसने उन चीज़ों के लौटाने के लिए सच्चे दिल से कहा हो, पर इस समय वह इतना त्याग करने को तैयार न थी। संध्या समय जालपा और रमा छावनी की ओर चले। महिला ने केवल बंगले का नंबर बतला दिया था। बंगला आसानी से मिल गया। फ़ाटक पर साइनबोर्ड था, 'इन्दुभूषण, ऐडवोकेट, हाईकोर्ट।' अब रमा को मालूम हुआ कि वह महिला पं. इन्दुभूषण की पत्नी थी। पंडितजी काशी के नामी वकील थे। रमा ने उन्हें कितनी ही बार देखा था, पर इतने बड़े आदमी से परिचय का सौभाग्य उसे कैसे होता! छः महीने पहले वह कल्पना भी न कर सकता था, कि किसी दिन उसे उनके घर निमंत्रित होने का गौरव प्राप्त होगा, पर जालपा की बदौलत आज वह अनहोनी बात हो गई। वह काशी के बड़े वकील का मेहमान था।

रमा ने सोचा था कि बहुत से स्त्री-पुरुष निमंत्रित होंगे, पर यहाँ वकील साहब और उनकी पत्नी रतन के सिवा और कोई न था। रतन इन दोनों को देखते ही बरामदे में निकल आई और उनसे हाथ मिलाकर अंदर ले गई और अपने पति से उनका परिचय कराया। पंडितजी ने आरामकुर्सी पर लेटे-ही-लेटे दोनों मेहमानों से हाथ मिलाया और मुस्कराकर कहा - 'क्षमा कीजिएगा बाबू साहब, मेरा स्वास्थ्य अच्छा नहीं है। आप यहाँ किसी ऑफ़िस में हैं?'

रमा ने झेंपते हुए कहा - 'जी हाँ, म्युनिसिपल ऑफ़िस में हूँ। अभी हाल ही में आया हूँ। क़ानून की तरफ़ जाने का इरादा था, पर नए वकीलों की यहाँ जो हालत हो रही है, उसे देखकर हिम्मत न पड़ी।'

रमा ने अपना महत्त्व बढ़ाने के लिए ज़रा-सा झूठ बोलना अनुचित न समझा। इसका असर बहुत अच्छा हुआ। अगर वह साफ़ कह देता, मैं पच्चीस रुपये का क्लर्क हूँ, तो शायद वकील साहब उससे बातें करने में अपना अपमान समझते। बोले - 'आपने बहुत अच्छा किया जो इधर नहीं आए। वहाँ दो-चार साल के बाद अच्छी ज़गह पर पहुँच जाएँगे, यहाँ संभव है दस साल तक आपको कोई मुकदमा ही न मिलता।'

जालपा को अभी तक संदेह हो रहा था कि रतन वकील साहब की बेटी है या पत्नी। वकील साहब की उम्र साठ से नीचे न थी। चिकनी चाँद आसपास के सफ़ेद बालों के बीच में वारनिश की हुई लकड़ी की भाँति चमक रही थी। मूँछें साफ़ थीं, पर माथे की शिकन और गालों की झुर्रियाँ बतला रही थीं कि यात्री संसार-यात्रा से थक गया है। आरामकुर्सी पर लेटे हुए वह ऐसे मालूम होते थे, जैसे बरसों के मरीज हों! हाँ, रंग गोरा था, जो साठ साल की गर्मी-सर्दी खाने पर भी उड़ न सका था। ऊँची नाक थी, ऊँचा माथा और बड़ी-बड़ी आँखें, जिनमें अभिमान भरा हुआ था! उनके मुख से ऐसा भासित होता था कि उन्हें किसी से बोलना या किसी बात का जवाब देना भी अच्छा नहीं लगता। इसके प्रतिकूल रतन सांवली, सुगठित युवती थी, बड़ी मिलनसार, जिसे गर्व ने छुआ तक न था। सौंदर्य का उसके रूप में कोई लक्षण न था। नाक चिपटी थी, मुख गोल, आँखें छोटी, फिर भी वह रानी-सी लगती थी। जालपा उसके सामने ऐसी लगती थी, जैसे सूर्यमूखी के सामने जूही का फूल।

चाय आई। मेवे, फल, मिठाई, बर्फ़ की कुल्फ़ी, सब मेज़ों पर सजा दिए गए। रतन और जालपा एक मेज़ पर बैठीं। दूसरी मेज़ रमा और वकील साहब की थी। रमा मेज़ के सामने जा बैठा, मगर वकील साहब अभी आरामकुर्सी पर लेटे ही हुए थे।

रमा ने मुस्कराकर वकील साहब से कहा - 'आप भी तो आएँ।'

वकील साहब ने लेटे-लेटे मुस्कराकर कहा - 'आप शुरू कीजिए, मैं भी आया जाता हूँ।'

लोगों ने चाय पी, फल खाए, पर वकील साहब के सामने हँसते-बोलते रमा और जालपा दोनों ही झिझकते थे। ज़िंदादिल बूढ़ों के साथ तो सोहबत का आनंद उठाया जा सकता है, लेकिन ऐसे रूखे, निर्जीव मनुष्य जवान भी हों, तो दूसरों को मुर्दा बना देते हैं। वकील साहब ने बहुत आग्रह करने पर दो घूँट चाय पी। दूर से बैठे तमाशा देखते रहे। इसलिए जब रतन ने जालपा से कहा - चलो, हम लोग ज़रा बाग़ीचे की सैर करें, इन दोनों महाशयों को समाज और नीति की विवेचना करने दें, तो मानो जालपा के गले का फंदा छूट गया। रमा ने पिंजड़े में बंद पक्षी की भाँति उन दोनों को कमरे से निकलते देखा और एक लंबी साँस ली। वह जानता कि यहाँ यह विपत्ति उसके सिर पड़ जाएगी, तो आने का नाम न लेता।

वकील साहब ने मुँह सिकोड़कर पहलू बदला और बोले – 'मालूम नहीं, पेट में क्या हो गया है, कि कोई चीज़ हज़म ही नहीं होती। दूध भी नहीं हज़म होता। चाय को लोग न जाने क्यों इतने शौक़ से पीते हैं, मुझे तो इसकी सूरत से भी डर लगता है। पीते ही बदन में ऐंठन-सी होने लगती है और आँखों से चिनगारियाँ-सी निकलने लगती हैं।'

रमा ने कहा – 'आपने हाज़मे की कोई दवा नहीं ली?'

वकील साहब ने अरुचि के भाव से कहा – 'दवाओं पर मुझे रत्ती-भर भी विश्वास नहीं। इन वैद्य और डॉक्टरों से ज़्यादा बेसमझ आदमी संसार में न मिलेंगे। किसी में निदान की शक्ति नहीं। दो वैद्यों, दो डॉक्टरों के निदान कभी न मिलेंगे। लक्षण वही है, पर एक वैद्य रक्तदोष बतलाता है, दूसरा पित्तदोष, एक डॉक्टर फेफड़े का सूजन बतलाता है, दूसरा आमाशय का विकार। बस, अनुमान से दवा की जाती है और निर्दयता से रोगियों की गर्दन पर छुरी फेरी जाती है। इन डॉक्टरों ने मुझे तो अब तक जहन्नुम पहुँचा दिया होता; पर मैं उनके पंजे से निकल भागा। योगाभ्यास की बड़ी प्रशंसा सुनता हूँ पर कोई ऐसे महात्मा नहीं मिलते, जिनसे कुछ सीख सकूँ। क़िताबों के आधार पर कोई क्रिया करने से लाभ के बदले हानि होने का डररहता है।'

यहाँ तो आरोग्य-शास्त्र का खंडन हो रहा था, उधर दोनों महिलाओं में प्रगाढ़ स्नेह की बातें हो रही थीं।

रतन ने मुस्कराकर कहा – 'मेरे पतिदेव को देखकर तुम्हें बड़ा आश्चर्य हुआ होगा।'

जालपा को आश्चर्य ही नहीं, भ्रम भी हुआ था। बोली – 'वकील साहब का दूसरा विवाह होगा।'

रतन – 'हाँ, अभी पाँच ही बरस तो हुए हैं। इनकी पहली स्त्री को मरे पैंतीस वर्ष हो गए। उस समय इनकी अवस्था कुल पच्चीस साल की थी। लोगों ने समझाया, दूसरा विवाह कर लो, पर इनके एक लड़का हो चुका था, विवाह करने से इंकार कर दिया और तीस साल तक अकेले रहे, मगर आज पाँच वर्ष हुए, जवान बेटे का देहांत हो गया, तब विवाह करना आवश्यक हो गया। मेरे माँ-बाप न थे। मामाजी ने मेरा पालन किया था। कह नहीं सकती, इनसे कुछ ले लिया या इनकी सज्जनता पर मुग्ध हो गए। मैं तो समझती हूँ, ईश्वर की यही इच्छा थी, लेकिन मैं जब से आई हूँ, मोटी होती चली जाती हूँ। डॉक्टरों का कहना है कि तुम्हें संतान नहीं हो सकती। बहन, मुझे तो संतान की लालसा नहीं है, लेकिन मेरे पति मेरी दशा देखकर बहुत दुखी रहते हैं। मैं ही इनके सब रोगों की जड़ हूँ। आज ईश्वर मुझे एक संतान दे दे, तो इनके सारे रोग भाग जाएँगे। कितना चाहती हूँ कि दुबली हो जाऊँ, गरम पानी से टब-स्नान करती हूँ, रोज़ पैदल घूमने जाती हूँ, घी-दूध कम खाती हूँ, भोजन आधा कर दिया है, जितना परिश्रम करते बनता है, करती हूँ, फिर भी दिन-दिन मोटी ही होती जाती हूँ। कुछ समझ में नहीं आता, क्या करूँ।'

जालपा – 'वकील साहब तुमसे चिढ़ते होंगे?'

रतन – 'नहीं बहन, बिलकुल नहीं, भूलकर भी कभी मुझसे इसकी चर्चा नहीं की। उनके मुँह से कभी एक शब्द भी ऐसा नहीं निकला, जिससे उनकी मनोव्यथा प्रकट होती, पर मैं जानती हूँ, यह चिंता उन्हें मारे डालती है। अपना कोई बस नहीं है। क्या करूँ। मैं जितना चाहूँ, ख़र्च करूँ, जैसे चाहूँ रहूँ, कभी नहीं बोलते। जो कुछ पाते हैं, लाकर मेरे हाथ पर रख देते हैं। समझाती हूँ, अब तुम्हें वकालत करने की क्या ज़रूरत है, आराम क्यों नहीं करते, पर इनसे घर पर बैठे रहा नहीं जाता। केवल दो चपातियों से नाता है। बहुत ज़िद की तो दो चार दाने अंगूर खा लिए। मुझे तो उन पर दया आती है, अपने से जहाँ तक हो सकता है, उनकी सेवा करती हूँ। आख़िर वह मेरे ही लिए तो अपनी जान खपा रहे हैं।'

जालपा – 'ऐसे पुरुष को देवता समझना चाहिए। यहाँ तो एक स्त्री मरी नहीं कि दूसरा ब्याह रच गया। तीस साल अकेले रहना सबका काम नहीं है।'

रतन – 'हाँ बहन, हैं तो देवता ही। अब भी कभी उस स्त्री की चर्चा आ जाती है, तो रोने लगते हैं। तुम्हें उनकी तस्वीर दिखाऊँगी। देखने में जितने कठोर मालूम होते हैं, भीतर से इनका हृदय उतना ही नरम है। कितने ही अनाथों, विधवाओं और ग़रीबों के महीने बाँध रखे हैं। तुम्हारा वह कंगन तो बड़ा सुंदर है!'

जालपा – 'हाँ, बड़े अच्छे कारीगर का बनाया हुआ है।'

रतन – 'मैं तो यहाँ किसी को जानती ही नहीं। वकील साहब को गहनों के लिए कष्ट देने की इच्छा नहीं होती। मामूली सुनारों से बनवाते डर लगता है, न जाने क्या मिला दें। मेरी सपत्नीजी के सब गहने रखे हुए हैं, लेकिन वह मुझे अच्छे नहीं लगते। तुम बाबू रमानाथ से मेरे लिए ऐसा ही एक जोड़ा कंगन बनवा दो।'

जालपा – 'देखिए, पूछती हूँ।'

रतन – 'आज तुम्हारे आने से जी बहुत ख़ुश हुआ। दिनभर अकेली पड़ी रहती हूँ। जी घबड़ाया करता है। किसके पास जाऊँ? किसी से परिचय नहीं और न मेरा मन ही चाहता है कि उनसे मिला करूँ। दो-एक महिलाओं को बुलाया, उनके घर गई, चाहा कि उनसे बहनापा जोड़ लूँ, लेकिन उनके आचार-विचार देखकर उनसे दूर रहना ही अच्छा मालूम हुआ। दोनों ही मुझे उल्लू बनाकर जटना चाहती थीं। मुझसे रुपये उधार ले गई और आज तक दे रही हैं। शृंगार की चीज़ों पर मैंने उनका इतना प्रेम देखा, कि कहते लज्जा आती है। तुम घड़ी-आध घड़ी के लिए रोज़ चली आया करो बहन।'

जालपा – 'वाह इससे अच्छा और क्या होगा!'

रतन – 'मैं मोटर भेज दिया करूँगी।'

जालपा – 'क्या ज़रूरत है। तांगे तो मिलते ही हैं।'

रतन – 'न-जाने क्यों तुम्हें छोड़ने को जी नहीं चाहता। तुम्हें पाकर रमानाथजी अपना भाग्य सराहते होंगे।'

जालपा ने मुस्कराकर कहा – 'भाग्य-वाग्य तो कहीं नहीं सराहते, घुड़कियाँ जमाया करते हैं।'

रतन - 'सच! मुझे तो विश्वास नहीं आता। लो, वह भी तो आ गए। पूछना, ऐसा दूसरा कंगन बनवा देंगे।'

जालपा - (रमा से) 'क्यों चरनदास से कहा जाए तो ऐसा कंगन कितने दिन में बना देगा? रतन ऐसा ही कंगन बनवाना चाहती हैं।'

रमा ने तत्परता से कहा - 'हाँ, बना क्यों नहीं सकता इससे बहुत अच्छे बना सकता है।'

रतन - 'इस जोड़े के क्या लिए थे?'

जालपा - 'आठ सौ के थे।'

रतन - 'कोई हरज़ नहीं, मगर बिलकुल ऐसा ही हो, इसी नमूने का।'

रमा - 'हाँ-हाँ, बनवा दूँगा।'

रतन - 'मगर भाई, अभी मेरे पास रुपये नहीं हैं।'

रुपये के मामले में पुरुष महिलाओं के सामने कुछ नहीं कह सकता क्या वह कह सकता है, इस वक़्त मेरे पास रुपये नहीं हैं। वह मर जाएगा, पर यह उज्र न करेगा। वह क़र्ज़ लेगा, दूसरों की ख़ुशामद करेगा, पर स्त्री के सामने अपनी मजबूरी न दिखाएगा। रुपये की चर्चा को ही वह तुच्छ समझता है। जालपा पति की आर्थिक दशा अच्छी तरह जानती थी। पर यदि रमा ने इस समय कोई बहाना कर दिया होता, तो उसे बहुत बुरा मालूम होता। वह मन में डर रही थी कि कहीं यह महाशय यह न कह बैठें, सर्राफ़ से पूछकर कहूँगा। उसका दिल धड़क रहा था, जब रमा ने वीरता के साथ कहा - 'हाँ-हाँ, रुपये की कोई बात नहीं, जब चाहे दे दीजिएगा,' तो वह ख़ुश हो गई।

रतन - 'तो कब तक आशा करूँ?'

रमानाथ - 'मैं आज ही सर्राफ़ से कह दूँगा, तब भी पंद्रह दिन तो लग ही जाएँगे।'

जालपा - 'अब की रविवार को मेरे ही घर चाय पीजिएगा।'

रतन ने निमंत्रण सहर्ष स्वीकार किया और दोनों आदमी विदा हुए। घर पहुँचे, तो शाम हो गई थी। रमेश बाबू बैठे हुए थे। जालपा तो तांगे से उतरकर अंदर चली गई, रमा रमेश बाबू के पास जाकर बोला - 'क्या आपको आए देर हुई?'

रमेश - 'नहीं, अभी तो चला आ रहा हूँ। क्या वकील साहब के यहाँ गए थे?'

रमा - 'जी हाँ, तीन रुपये की चपत पड़ गई।'

रमेश - 'कोई हरज़ नहीं, यह रुपये वसूल हो जाएँगे। बड़े आदमियों से राहरस्म हो जाए तो बुरा नहीं है, बड़े-बड़े काम निकलते हैं। एक दिन उन लोगों को भी तो बुलाओ।'

रमा - 'अबकी इतवार को चाय की दावत दे आया हूँ।'

रमेश - 'कहो तो मैं भी आ जाऊँ। जानते हो न वकील साहब के एक भाई इंजीनियर हैं। मेरे एक साले बहुत दिनों से बेकार बैठे हैं। अगर वकील साहब उसकी सिफ़ारिश कर दें, तो ग़रीब को ज़गह मिल जाए। तुम ज़रा मेरा इंट्रोडक्शन करा देना, बाक़ी और सब मैं कर लूँगा। पार्टी का इंतज़ाम ईश्वर ने चाहा, तो ऐसा होगा कि

मेमसाहब ख़ुश हो जाएँगी। चाय के सेट, शीशे के रंगीन गुलदान और फानूस मैं ला दूँगा। कुर्सियाँ, मेज़ें, फ़र्श सब मेरे ऊपर छोड़ दो। न कुली की ज़रूरत, न मजूर की। उन्हीं मूसलचंद को रगेदूँगा।'

रमानाथ - 'तब तो बड़ा मज़ा रहेगा। मैं तो बड़ी चिंता में पड़ा हुआ था।'

रमेश - 'चिंता की कोई बात नहीं, उसी लौंडे को जोत दूँगा। कहूँगा, ज़गह चाहते हो तो कारगुजारी दिखाओ। फिर देखना, कैसी दौड़-धूप करता है।'

रमानाथ - 'अभी दो-तीन महीने हुए आप अपने साले को कहीं नौकर रखा चुके हैं न?'

रमेश - 'अजी, अभी छः और बाक़ी हैं। पूरे सात जीव हैं। ज़रा बैठ जाओ, ज़रूरी चीज़ों की सूची बना ली जाए। आज ही से दौड़-धूप होगी, तब सब चीज़ें जुटा सकूँगा। और कितने मेहमान होंगे?'

रमानाथ - 'मेम साहब होंगी, और शायद वकील साहब भी आएँ।'

रमेश - 'यह बहुत अच्छा किया। बहुत-से आदमी हो जाते, तो भभ्भड़ हो जाता। हमें तो मेम साहब से काम है। ठलुओं की ख़ुशामद करने से क्या फ़ायदा?'

दोनों आदमियों ने सूची तैयार की। रमेश बाबू ने दूसरे ही दिन से सामान जमा करना शुरू किया। उनकी पहुँच अच्छे-अच्छे घरों में थी। सजावट की अच्छी-अच्छी चीज़ें बटोर लाए, सारा घर जगमगा उठा। दयानाथ भी इन तैयारियों में शरीक थे। चीज़ों को करीने से सजाना उनका काम था। कौन गमला कहाँ रक्खा जाए, कौन तस्वीर कहाँ लटकाई जाए, कौन सा गलीचा कहाँ बिछाया जाए, इन प्रश्नों पर तीनों मनुष्यों में घंटों वाद-विवाद होता था। दफ़्तर जाने के पहले और दफ़्तर से आने के बाद तीनों इन्हीं कामों में जुट जाते थे। एक दिन इस बात पर बहस छिड़ गई कि कमरे में आईना कहाँ रखा जाए। दयानाथ कहते थे, इस कमरे में आईने की ज़रूरत नहीं। आईना पीछे वाले कमरे में रखना चाहिए। रमेश इसका विरोध कर रहे थे। रमा दुविधा में चुपचाप खड़ा था। न इनकी-सी कह सकता था, न उनकी-सी।

दयानाथ - 'मैंने सैकड़ों अंगरेज़ों के ड्राइंग-रूम देखे हैं, कहीं आईना नहीं देखा। आईना शृंगार के कमरे में रहना चाहिए। यहाँ आईना रखना बेतुकी-सी बात है।'

रमेश - 'मुझे सैकड़ों अंगरेज़ों के कमरों को देखने का अवसर तो नहीं मिला है, लेकिन दो-चार ज़रूर देखे हैं और उनमें आईना लगा हुआ देखा। फिर क्या यह ज़रूरी बात है कि इन ज़रा-ज़रा-सी बातों में भी हम अंगरेज़ों की नक़ल करें - हम अंगरेज़ नहीं, हिन्दुस्तानी हैं। हिन्दुस्तानी रईसों के कमरे में बड़े-बड़े आदमकद आईने रखे जाते हैं। यह तो आपने हमारे बिगड़े हुए बाबुओं की-सी बात कही, जो पहनावे में, कमरे की सजावट में, बोली में, चाय और शराब में, चीनी की प्यालियों में, ग़रज़ दिखावे की सभी बातों में तो अंगरेज़ों का मुँह चिढ़ाते हैं, लेकिन जिन बातों ने अंगरेज़ों को अंगरेज़ बना दिया है, और जिनकी बदौलत वे दुनिया पर राज़ करते हैं, उनकी हवा तक नहीं छू जाती। क्या आपको भी बुढ़ापे में, अंगरेज़ बनने का शौक़ चर्राया है?'

दयानाथ अंगरेजों की नक़ल को बहुत बुरा समझते थे। यह चाय-पार्टी भी उन्हें बुरी मालूम हो रही थी। अगर कुछ संतोष था, तो यही कि दो-चार बड़े आदमियों से परिचय हो जाएगा। उन्होंने अपनी ज़िंदगी में कभी कोट नहीं पहना था। चाय पीते थे, मगर चीनी के सेट की क़ैद न थी। कटोरा-कटोरी, गिलास, लोटा-तसला किसी से भी उन्हें आपत्ति न थी, लेकिन इस वक़्त उन्हें अपना पक्ष निभाने की पड़ी थी। बोले - 'हिन्दुस्तानी रईसों के कमरे में मेज़-कुर्सियाँ नहीं होतीं, फ़र्श होता है। आपने कुर्सी-मेज़ लगाकर इसे अंगरेज़ी ढंग पर तो बना दिया, अब आईने के लिए हिन्दुस्तानियों की मिसाल दे रहे हैं। या तो हिन्दुस्तानी बनिए या अंगरेज़ी यह क्या कि आधा तीतर आधा बटेर। कोट-पतलून पर चौगोशिया टोपी तो अच्छी नहीं मालूम होती!'

रमेश बाबू ने समझा था कि दयानाथ की ज़बान बंद हो जाएगी, लेकिन यह जवाब सुना तो चकरा गए। मैदान हाथ से जाता हुआ दिखाई दिया। बोले - 'तो आपने किसी अंगरेज़ के कमरे में आईना नहीं देखा? भला ऐसे दस-पाँच अंगरेज़ों के नाम तो बताइए? एक आपका वही किरंटा हेड क्लर्क है, उसके सिवा और किसी अंगरेज़ के कमरे में तो शायद आपने क़दम भी न रक्खा हो। उसी किरंटे को आपने अंगरेज़ी रुचि का आदर्श समझ लिया है ख़ूब! मानता हूँ।'

दयानाथ - 'यह तो आपकी ज़बान है, उसे किरंटा, चमरेशियन, पिलपिली जो चाहे कहें, लेकिन रंग को छोड़कर वह किसी बात में अंगरेज़ों से कम नहीं। और उसके पहले तो योरोपियन था।'

रमेश इसका कोई जवाब सोच ही रहे थे कि एक मोटरकार द्वार पर आकर रुकी, और रतनबाई उतरकर बरामदे में आई। तीनों आदमी चटपट बाहर निकल आए। रमा को इस वक़्त रतन का आना बुरा मालूम हुआ। डर रहा था कि कहीं कमरे में भी न चली आए, नहीं तो सारी क़लई खुल जाए। आगे बढ़कर हाथ मिलाता हुआ बोला - 'आइए, यह मेरे पिता हैं, और यह मेरे दोस्त रमेश बाबू हैं,' लेकिन उन दोनों सज्जनों ने न हाथ बढ़ाया और न ज़गह से हिले। सकपकाए-से खड़े रहे। रतन ने भी उनसे हाथ मिलाने की ज़रूरत न समझी। दूर ही से उनको नमस्कार करके रमा से बोली - 'नहीं, बैठूँगी नहीं। इस वक़्त फुरसत नहीं है। आपसे कुछ कहना था।' यह कहते हुए वह रमा के साथ मोटर तक आई और आहिस्ता से बोली - 'आपने सर्राफ़ से कह तो दिया होगा?'

रमा ने निःसंकोच होकर कहा - 'जी हाँ, बना रहा है।'

रतन - 'उस दिन मैंने कहा था, अभी रुपये न दे सकूँगी, पर मैंने समझा शायद आपको कष्ट हो, इसलिए रुपये मँगवा लिए। आठ सौ चाहिए न?'

जालपा ने कंगन के दाम आठ सौ बताए थे। रमा चाहता तो इतने रुपये ले सकता था। पर रतन की सरलता और विश्वास ने उसके हाथ पकड़ लिए। ऐसी उदार, निष्कपट रमणी के साथ वह विश्वासघात न कर सका। वह व्यापारियों से दो-दो, चार-चार आने लेते ज़रा भी न झिझकता था। वह जानता था कि वे सब भी ग्राहकों को उल्टे

छुरे से मूँड़ते हैं। ऐसों के साथ ऐसा व्यवहार करते हुए उसकी आत्मा को लेशमात्र भी संकोच न होता था, लेकिन इस देवी के साथ यह कपट व्यवहार करने के लिए किसी पुराने पापी की ज़रूरत थी। कुछ सकुचाता हुआ बोला, 'क्या जालपा ने कंगन के दाम आठ सौ बतलाए थे? उसे शायद याद न रही होगी। उसके कंगन छः सौ के हैं। आप चाहें तो आठ सौ का बनवा दूँ!'

रतन - 'नहीं, मुझे तो वही पसंद है। आप छः सौ का ही बनवाइए।'

उसने मोटर पर से अपनी थैली उठाकर सौ-सौ रुपये के छः नोट निकाले। रमा ने कहा - 'ऐसी जल्दी क्या थी, चीज़ तैयार हो जाती, तब हिसाब हो जाता।'

रतन - 'मेरे पास रुपये ख़र्च हो जाते। इसलिए मैंने सोचा, आपके सिर पर लाद आऊँ। मेरी आदत है कि जो काम करती हूँ, जल्द-से-जल्द कर डालती हूँ। विलंब से मुझे उलझन होती है।'

यह कहकर वह मोटर पर बैठ गई, मोटर हवा हो गई। रमा संदूक में रुपये रखने के लिए अंदर चला गया, तो दोनों वृद्धजनों में बातें होने लगीं।

रमेश - 'देखा?'

दयानाथ - 'जी हाँ, आँखें खुली हुई थीं। अब मेरे घर में भी वही हवा आ रही है। ईश्वर ही बचावे।'

रमेश - 'बात तो ऐसी ही है, पर आजकल ऐसी ही औरतों का काम है। ज़रूरत पड़े, तो कुछ मदद तो कर सकती हैं। बीमार पड़ जाओ तो डॉक्टर को तो बुला ला सकती हैं। यहाँ तो चाहे हम मर जाएँ, तब भी क्या मजाल कि स्त्री घर से बाहर पाँव निकाले।'

दयानाथ - 'हमसे तो भाई, यह अंगरेज़ियत नहीं देखी जाती। क्या करें। संतान की ममता है, नहीं तो यही जी चाहता है कि रमा से साफ़ कह दूँ, भैया अपना घर अलग लेकर रहो। आँख फूटी, पीर गई। मुझे तो उन मर्दों पर क्रोध आता है, जो स्त्रियों को यों सिर चढ़ाते हैं। देख लेना, एक दिन यह औरत वकील साहब को दग़ा देगी।

रमेश - 'महाशय, इस बात में मैं तुमसे सहमत नहीं हूँ। यह क्यों मान लेते हो कि जो औरत बाहर आती-जाती है, वह ज़रूर ही बिगड़ी हुई है? मगर रमा को मानती बहुत है। रुपये न जाने किसलिए दिए?'

दयानाथ - 'मुझे तो इसमें कुछ गोलमाल मालूम होता है। रमा कहीं उससे कोई चाल न चल रहा हो?'

इसी समय रमा भीतर से निकला आ रहा था। अंतिम वाक्य उसके कान में पड़ गया। भौंहें चढ़ाकर बोला - 'जी हाँ, ज़रूर चाल चल रहा हूँ। उसे धोखा देकर रुपये ऐंठ रहा हूँ। यही तो मेरा पेशा है!'

दयानाथ ने झेंपते हुए कहा - 'तो इतना बिगड़ते क्यों हो, मैंने तो कोई ऐसी बात नहीं कही।'

रमानाथ – 'पक्का जालिया बना दिया और क्या कहते? आपके दिल में ऐसा शुबहा क्यों आया? आपने मुझमें ऐसी कौन सी बात देखी, जिससे आपको यह ख़याल पैदा हुआ? मैं ज़रा साफ़-सुथरे कपड़े पहनता हूँ, ज़रा नई प्रथा के अनुसार चलता हूँ, इसके सिवा आपने मुझमें कौन सी बुराई देखी? मैं जो कुछ ख़र्च करता हूँ, ईमान से कमाकर ख़र्च करता हूँ। जिस दिन धोखे और फ़रेब की नौबत आएगी, ज़हर खाकर प्राण दे दूँगा। हाँ, यह बात है कि किसी को ख़र्च करने की तमीज़ होती है, किसी को नहीं होती। वह अपनी सुबुद्धि है, अगर इसे आप धोखेबाज़ी समझें, तो आपको अख़्तियार है। जब आपकी तरफ़ से मेरे विषय में ऐसे संशय होने लगे, तो मेरे लिए यही अच्छा है कि मुँह पर कालिख लगाकर कहीं निकल जाऊँ। रमेश बाबू यहाँ मौजूद हैं। आप इनसे मेरे विषय में जो कुछ चाहें, पूछ सकते हैं। यह मेरे ख़ातिर झूठ न बोलेंगे।'

सत्य के रंग में रंगी हुई इन बातों ने दयानाथ को आश्वस्त कर दिया। बोले – 'जिस दिन मुझे मालूम हो जाएगा कि तुमने यह ढंग अख़्तियार किया है, उसके पहले मैं यहाँ से मुँह पर कालिख लगाकर निकल जाऊँगा। तुम्हारा बढ़ता हुआ ख़र्च देखकर मेरे मन में संदेह हुआ था, मैं इसे छिपाता नहीं हूँ, लेकिन जब तुम कह रहे हो तुम्हारी नीयत साफ़ है, तो मैं संतुष्ट हूँ। मैं केवल इतना ही चाहता हूँ कि मेरा लड़का चाहे ग़रीब रहे, पर नीयत न बिगाड़े। मेरी ईश्वर से यही प्रार्थना है कि वह तुम्हें सत्पथ पर रक्खे।'

रमेश ने मुस्कराकर कहा – 'अच्छा, यह क़िस्सा तो हो चुका, अब यह बताओ, उसने तुम्हें रुपये किसलिए दिए! मैं गिन रहा था, छः नोट थे, शायद सौ-सौ के थे।'

रमानाथ – 'ठग लाया हूँ।'

रमेश – 'मुझसे शरारत करोगे तो मार बैठूँगा। अगर जट ही लाए हो, तो भी मैं तुम्हारी पीठ ठोकूँगा, जीते रहो ख़ूब जटो, लेकिन आबरू पर आँच न आने पाए। किसी को कानों-कान ख़बर न हो ईश्वर से तो मैं डरता नहीं। वह जो कुछ पूछेगा, उसका जवाब मैं दे लूँगा, मगर आदमी से डरता हूँ। सच बताओ, किसलिए रुपये दिए? कुछ दलाली मिलने वाली हो तो मुझे भी शरीक कर लेना।'

रमानाथ – 'जड़ाऊ कंगन बनवाने को कह गई हैं।'

रमेश – 'तो चलो, मैं एक अच्छे सर्राफ़ से बनवा दूँ। यह झंझट तुमने बुरा मोल ले लिया। औरत का स्वभाव जानते नहीं। किसी पर विश्वास तो इन्हें आता ही नहीं। तुम चाहे दो-चार रुपये अपने पास ही से ख़र्च कर दो, पर वह यही समझेंगी कि मुझे लूट लिया। नेकनामी तो शायद ही मिले, हाँ, बदनामी तैयार खड़ी है।'

रमानाथ – 'आप मूर्ख स्त्रियों की बातें कर रहे हैं। शिक्षित स्त्रियाँ ऐसी नहीं होतीं।'

ज़रा देर बाद रमा अंदर जाकर जालपा से बोला – 'अभी तुम्हारी सहेली रतन आई थीं।'

जालपा – 'सच! तब तो बड़ा गड़बड़ हुआ होगा। यहाँ कुछ तैयारी तो थी ही नहीं।'

रमानाथ – 'अच्छी बात यही हुई कि कमरे में नहीं आई। कंगन के रुपये देने आई थीं। तुमने उनसे शायद आठ सौ रुपये बताए थे। मैंने छः सौ ले लिए।'

जालपा ने झेंपते हुए कहा – 'मैंने तो दिल्लगी की थी।'

जालपा ने इस तरह अपनी सफ़ाई तो दे दी, लेकिन बहुत देर तक उसके मन में उथल-पुथल होती रही। रमा ने अगर आठ सौ रुपये ले लिए होते, तो शायद उथल-पुथल न होती। वह अपनी सफलता पर ख़ुश होती, पर रमा के विवेक ने उसकी धर्म-बुद्धि को जगा दिया था। वह पछता रही थी कि मैं व्यर्थ झूठ बोली। यह मुझे अपने मन में कितनी नीच समझ रहे होंगे। रतन भी मुझे कितनी बेईमान समझ रही होगी।

16

चाय-पार्टी में कोई विशेष बात नहीं हुई। रतन के साथ उसकी एक नाते की बहन और थीं। वकील साहब न आए थे। दयानाथ ने उतनी देर के लिए घर से टल जाना ही उचित समझा। हाँ, रमेश बाबू बरामदे में बराबर खड़े रहे। रमा ने कई बार चाहा कि उन्हें भी पार्टी में शरीक कर लें, पर रमेश में इतना साहस न था।

जालपा ने दोनों मेहमानों को अपनी सास से मिलाया। ये युवतियाँ उन्हें कुछ ओछी जान पड़ी। उनका सारे घर में दौड़ना, धम-धम करके कोठे पर जाना, छत पर इधर-उधर उचकना, खिलखिलाकर हँसना, उन्हें हुड़दंगपन मालूम होता था। उनकी नीति में बहू-बेटियों का भारी और लज्जाशील होना चाहिए था। आश्चर्य यह था कि आज जालपा भी उन्हीं में मिल गई थी। रतन ने आज कंगन की चर्चा तक न की।

अभी तक रमा को पार्टी की तैयारियों से इतनी फ़ुर्सत नहीं मिली थी कि गंगू की दुकान तक जाता। उसने समझा था, गंगू को छः सौ रुपये दे दूँगा तो पिछले हिसाब में जमा हो जाएँगे। केवल ढाई सौ रुपये और रह जाएँगे। इस नये हिसाब में छः सौ और मिलाकर फिर आठ सौ रह जाएँगे। इस तरह उसे अपनी साख जमाने का सुअवसर मिल जाएगा।

दूसरे दिन रमा ख़ुश होता हुआ गंगू की दुकान पर पहुँचा और रोब से बोला – 'क्या रंग-ढंग है महाराज, कोई नई चीज़ बनवाई है इधर?'

रमा के टालमटोल से गंगू इतना विरक्त हो रहा था कि आज कुछ रुपये मिलने की आशा भी उसे प्रसन्न न कर सकी। शिकायत के ढंग से बोला – 'बाबू साहब, चीज़ें कितनी बनीं और कितनी बिकीं। आपने तो दुकान पर आना ही छोड़ दिया। इस तरह की दुकानदारी हम लोग नहीं करते। आठ महीने हुए, आपके यहाँ से एक पैसा भी नहीं मिला।'

रमानाथ – 'भाई, ख़ाली हाथ दुकान पर आते शर्म आती है। हम उन लोगों में नहीं हैं, जिनसे तकाज़ा करना पड़े। आज यह छः सौ रुपये जमा कर लो, और एक अच्छा-सा कंगन तैयार कर दो।'

गंगू ने रुपये लेकर संदूक में रखे और बोला - 'बन जाएँगे। बाक़ी रुपये कब तक मिलेंगे?'

रमानाथ - 'बहुत जल्द।'

गंगू - 'हाँ बाबूजी, अब पिछला साफ़ कर दीजिए।'

गंगू ने बहुत जल्द कंगन बनवाने का वचन दिया, लेकिन एक बार सौदा करके उसे मालूम हो गया था कि यहाँ से जल्द रुपये वसूल होने वाले नहीं। नतीजा यह हुआ की रमा रोज़ तक़ाज़ा करता और गंगू रोज़ ही उसे टालता। कभी कारीगर बीमार पड़ जाता, कभी अपनी स्त्री की दवा कराने ससुराल चला जाता, कभी उसके लड़के बीमार हो जाते। एक महीना गुज़र गया और कंगन न बने। रतन के तकाज़ों के डर से रमा ने पार्क जाना छोड़ दिया, मगर उसने घर तो देख ही रक्खा था। इस एक महीने में कई बार तकाज़ा करने आई। आख़िर जब सावन का महीना आ गया तो उसने एक दिन रमा से कहा - 'वह सुअर नहीं बनाकर देता, तो तुम किसी और कारीगर को क्यों नहीं देते?'

रमानाथ - 'उस पाजी ने ऐसा धोखा दिया कि कुछ न पूछो, बस रोज़ आजकल किया करता है। मैंने बड़ी भूल की जो उसे पेशगी रुपये दे दिए। अब उसने रुपये निकलना मुश्किल है।'

रतन - 'आप मुझे उसकी दुकान दिखा दीजिए, मैं उसके बाप से वसूल कर लूँगी। तावान अलग। ऐसे बेईमान आदमी को पुलिस में देना चाहिए।'

जालपा ने कहा - 'हाँ और क्या! सभी सुनार देर करते हैं, मगर ऐसा नहीं, रुपये डकार जाए और चीज़ के लिए महीनों दौड़ाएँ।'

रमा ने सिर खुजलाते हुए कहा - 'आप दस दिन और सब्र करें, मैं आज ही उससे रुपये लेकर किसी दूसरे सर्राफ़ को दे दूँगा।'

रतन - 'आप मुझे उस बदमाश की दुकान क्यों नहीं दिखा देते। मैं हंटर से बात करूँ।'

रमानाथ - 'कहता तो हूँ। दस दिन के अंदर आपको कंगन मिल जाएँगे।'

रतन - 'आप ख़ुद ही ढील डाले हुए हैं। आप उसकी लल्लो-चप्पो की बातों में आ जाते होंगे। एक बार कड़े पड़ जाते, तो मजाल थी कि यों हीले-हवाले करता।'

आख़िर रतन बड़ी मुश्किल से विदा हुई। उसी दिन शाम को गंगू ने साफ़ जवाब दे दिया - 'बिना आधे रुपये लिए कंगन न बन सकेंगे। पिछला हिसाब भी बेबाक हो जाना चाहिए।'

रमा को मानो गोली लग गई। बोला - 'महाराज, यह तो भलमनसी नहीं है। एक महिला की चीज़ है, उन्होंने पेशगी रुपये दिए थे। सोचो, मैं उन्हें क्या मुँह दिखाऊँगा। मुझसे अपने रुपयों के लिए पुरनोट लिखा लो, स्टांप लिखा लो और क्या करोगे?'

गंगू - 'पुरनोट को शहद लगाकर चाटूँगा क्या? आठ-आठ महीने का उधार नहीं होता। महीना, दो महीना बहुत है। आप तो बड़े आदमी हैं, आपके लिए पाँच-छः सौ रुपये कौन बड़ी बात है। कंगन तैयार हैं।'

रमा ने दाँत पीसकर कहा – 'अगर यही बात थी तो तुमने एक महीने पहले क्यों न कह दी? अब तक मैंने रुपये की कोई फ़िक्र की होती न।'

गंगू – 'मैं क्या जानता था, आप इतना भी नहीं समझ रहे हैं।'

रमा निराश होकर घर लौट आया। अगर इस समय भी उसने जालपा से सारा वृत्तांत साफ़-साफ़ कह दिया होता तो उसे चाहे कितना ही दुःख होता, पर वह कंगन उतारकर दे देती, लेकिन रमा ने इतना साहस न था। वह अपनी आर्थिक कठिनाइयों की दशा कहकर उसके कोमल हृदय पर आघात न कर सकता था।

इसमें संदेह नहीं कि रमा को सौ रुपये के क़रीब ऊपर से मिल जाते थे, और वह किफ़ायत करना जानता तो इन आठ महीनों में दोनों सर्राफ़ों के कम-से-कम आधे रुपये अवश्य दे देता, लेकिन ऊपर की आमदनी थी तो ऊपर का ख़र्च भी था। जो कुछ मिलता था, सैर-सपाटे में ख़र्च हो जाता और सर्राफ़ों का देना किसी एक मुश्त रक़म की आशा में रुका हुआ था। कौड़ियों से रुपये बनाना वणिकों का ही काम है। बाबू लोग तो रुपये की कौड़ियाँ ही बनाते हैं।

कुछ रात जाने पर रमा ने एक बार फिर सर्राफ़े का चक्कर लगाया। बहुत चाहा, किसी सर्राफ़ को झांसा दूँ, पर कहीं दाल न गली। बाज़ार में बेतार की ख़बरें चला करती हैं।

रमा को रातभर नींद न आई। यदि आज उसे एक हज़ार का रुक्का लिखकर कोई पाँच सौ रुपये भी दे देता तो वह निहाल हो जाता, पर अपनी जान-पहचान वालों में उसे ऐसा कोई नज़र न आता था। अपने मिलने वालों में उसने सभी से अपनी हवा बाँध रक्खी थी। खिलाने-पिलाने में खुले हाथों रुपये ख़र्च करता था। अब कि मुँह से अपनी विपत्ति कहे? वह पछता रहा था कि नाहक गंगू को रुपये दिए। गंगू नालिश करने तो जाता न था। इस समय यदि रमा को कोई भयंकर रोग हो जाता तो वह उसका स्वागत करता। कम-से-कम दस-पाँच दिन की मुहलत तो मिल जाती, मगर बुलाने से तो मौत भी नहीं आती! वह तो उसी समय आती है, जब हम उसके लिए बिल्कुल तैयार नहीं होते। ईश्वर कहीं से कोई तार ही भिजवा दे, कोई ऐसा मित्र भी नज़र नहीं आता था, जो उसके नाम फ़र्ज़ी तार भेज देता। वह इन्हीं चिंताओं में करवटें बदल रहा था कि जालपा की आँख खुल गई। रमा ने तुरंत चादर से मुँह छिपा लिया, मानो बेख़बर सो रहा है। जालपा ने धीरे से चादर हटाकर उसका मुँह देखा और उसे सोता पाकर ध्यान से उसका मुँह देखने लगी। जागरण और निद्रा का अंतर उससे छिपा न रहा। उसे धीरे से हिलाकर बोली – 'क्या अभी तक जाग रहे हो?'

रमानाथ – 'क्या जाने, क्यों नींद नहीं आ रही है। पड़े-पड़े सोचता था, कुछ दिनों के लिए कहीं बाहर चला जाऊँ। कुछ रुपये कमा लाऊँ।'

जालपा – 'मुझे भी लेते चलोगे न?'

रमानाथ – 'तुम्हें परदेश में कहाँ लिए-लिए फिरूँगा?'

जालपा - 'तो मैं यहाँ अकेली रह चुकी। एक मिनट तो रहूँगी नहीं। मगर जाओगे कहाँ?'

रमानाथ - 'अभी कुछ निश्चय नहीं कर सका हूँ।'

जालपा - 'तो क्या सचमुच तुम मुझे छोड़कर चले जाओगे? मुझसे तो एक दिन भी न रहा जाए। मैं समझ गई, तुम मुझसे मुहब्बत नहीं करते। केवल मुँह-देखे की प्रीति करते हो।'

रमानाथ - 'तुम्हारे प्रेम-पाश ही ने मुझे यहाँ बाँध रक्खा है। नहीं तो अब तक कभी चला गया होता।'

जालपा - 'बातें बना रहे हो। अगर तुम्हें मुझसे सच्चा प्रेम होता, तो तुम कोई परदा न रखते। तुम्हारे मन में ज़रूर कोई ऐसी बात है, तो तुम मुझसे छिपा रहे हो। कई दिनों से देख रही हूँ, तुम चिंता में डूबे रहते हो, मुझसे क्यों नहीं कहते। जहाँ विश्वास नहीं है, वहाँ प्रेम कैसे रह सकता है?'

रमानाथ - 'यह तुम्हारा भ्रम है, जालपा! मैंने तो तुमसे कभी परदा नहीं रखा।'

जालपा - 'तो तुम मुझे सचमुच दिल से चाहते हो?'

रमानाथ - 'यह क्या मुँह से कहूँगी जभी!'

जालपा - 'अच्छा, अब मैं एक प्रश्न करती हूँ। संभले रहना। तुम मुझसे क्यों प्रेम करते हो! तुम्हें मेरी क़सम है, सच बताना।'

रमानाथ - 'यह तो तुमने बेढब प्रश्न किया। अगर मैं तुमसे यही प्रश्न पूछूँ तो तुम मुझे क्या जवाब दोगी?'

जालपा - 'मैं तो जानती हूँ।'

रमानाथ - 'बताओ।'

जालपा - 'तुम बतला दो, मैं भी बतला दूँ।'

रमानाथ - 'मैं तो जानता ही नहीं। केवल इतना ही जानता हूँ कि तुम मेरे रोम-रोम में रम रही हो।'

जालपा - 'सोचकर बतलाओ। मैं आदर्श-पत्नी नहीं हूँ, इसे मैं ख़ूब जानती हूँ। पति-सेवा अब तक मैंने नाम को भी नहीं की। ईश्वर की दया से तुम्हारे लिए अब तक कष्ट सहने की ज़रूरत ही नहीं पड़ी। घर-गृहस्थी का कोई काम मुझे नहीं आता। जो कुछ सीखा, यहीं सीखा। फिर तुम्हें मुझसे क्यों प्रेम है? बातचीत में निपुण नहीं। रूप-रंग भी ऐसा आकर्षक नहीं। जानते हो, मैं तुमसे क्यों प्रश्न कर रही हूँ?'

रमानाथ - 'क्या जाने भाई, मेरी समझ में तो कुछ नहीं आ रहा है।'

जालपा - 'मैं इसलिए पूछ रही हूँ कि तुम्हारे प्रेम को स्थायी बना सकूँ।'

रमानाथ - 'मैं कुछ नहीं जानता जालपा, ईमान से कहता हूँ। तुमसे कोई कमी है, कोई दोष है, यह बात आज तक मेरे ध्यान में नहीं आई, लेकिन तुमने मुझमें कौन-सी बात देखी? न मेरे पास धन है, न विद्या, न रूप है। बताओ?'

जालपा - 'बता दूँ? मैं तुम्हारी सज्जनता पर मोहित हूँ। अब तुमसे क्या छिपाऊँ, जब मैं यहाँ आई तो यद्यपि तुम्हें अपना पति समझती थी, लेकिन कोई बात कहते या करते समय मुझे चिंता होती थी कि तुम उसे पसंद करोगे या नहीं। यदि तुम्हारे बदले मेरा विवाह किसी दूसरे पुरुष से हुआ होता तो उसके साथ भी मेरा यही व्यवहार होता। यह पत्नी और पुरुष का रिवाज़ी नाता है, पर अब मैं तुम्हें गोपियों के कृष्ण से भी न बदलूँगी। लेकिन तुम्हारे दिल में अब भी चोर है। तुम अब भी मुझसे किसी-किसी बात में परदा रखते हो!'

रमानाथ - 'यह तुम्हारी केवल शंका है, जालपा! मैं दोस्तों से भी कोई दुराव नहीं करता! फिर तुम तो मेरी हृदयेश्वरी हो।'

जालपा - 'मेरी तरफ़ देखकर बोलो, आँखें नीची करना मर्दों का काम नहीं है।'

रमा के जी में एक बार फिर आया कि अपनी कठिनाइयों की कथा कह सुनाऊँ, लेकिन मिथ्या गौरव ने फिर उसकी ज़बान बंद कर दी।

जालपा जब उससे पूछती, सर्राफ़ों को रुपये देते जाते हो या नहीं, तो वह बराबर कहता, हाँ कुछ-न-कुछ हर महीने देता जाता हूँ, पर आज रमा की दुर्बलता ने जालपा के मन में एक संदेह पैदा कर दिया था। वह उसी संदेह को मिटाना चाहती थी। ज़रा देर बाद उसने पूछा - 'सर्राफ़ों के तो अभी सब रुपये अदा न हुए होंगे?'

रमानाथ - 'अब थोड़े ही बाक़ी हैं।'

जालपा - 'कितने बाक़ी होंगे, कुछ हिसाब-क़िताब लिखते हो?'

रमानाथ - 'हाँ, लिखता क्यों नहीं। सात सौ से कुछ कम ही होंगे।'

जालपा - 'तब तो पूरी गठरी है, तुमने कहीं रतन के रुपये तो नहीं दे दिए?'

रमा दिल में काँप रहा था, कहीं जालपा यह प्रश्न न कर बैठे। आख़िर उसने यह प्रश्न पूछ ही लिया। उस वक़्त भी यदि रमा ने साहस करके सच्ची बात स्वीकार कर ली होती तो शायद उसके संकटों का अंत हो जाता। जालपा एक मिनट तक अवश्य सन्नाटे में आ जाती। संभव है, क्रोध और निराशा के आवेश में दो-चार कटु शब्द मुँह से निकालती, लेकिन फिर शांत हो जाती। दोनों मिलकर कोई-न-कोई युक्ति सोच निकालते। जालपा यदि रतन से यह रहस्य कह सुनाती, तो रतन अवश्य मान जाती, पर हाय रे आत्मगौरव! रमा ने यह बात सुनकर ऐसा मुँह बना लिया मानो जालपा ने उस पर कोई निष्ठुर प्रहार किया हो। बोला - 'रतन के रुपये क्यों देता। आज चाहूँ, तो दो-चार हज़ार का माल ला सकता हूँ। कारीगरों की आदत देर करने की होती ही है। सुनार की खटाई मशहूर है। बस और कोई बात नहीं। दस दिन में या तो चीज़ ही लाऊँगा या रुपये वापस कर दूँगा, मगर यह शंका तुम्हें क्यों हुई? पराई रक़म भला मैं अपने ख़र्च में कैसे लाता।'

जालपा - 'कुछ नहीं, मैंने यों ही पूछा था।'

जालपा को थोड़ी देर में नींद आ गई, पर रमा फिर उसी उधेड़बुन में पड़ा। कहाँ से रुपये लाए। अगर वह रमेश बाबू से साफ़-साफ़ कह दे तो वह किसी महाजन

से रुपये दिला देंगे, लेकिन नहीं, वह उनसे किसी तरह न कह सकेगा। उसमें इतना साहस न था।

उसने प्रातःकाल नाश्ता करके दफ़्तर की राह ली। शायद वहाँ कुछ संभव हो जाए! कौन प्रबंध करेगा, इसका उसे ध्यान न था। जैसे रोगी वैद्य के पास जाकर संतुष्ट हो जाता है पर यह नहीं जानता, मैं अच्छा हूँगा या नहीं। यही दशा इस समय रमा की थी। दफ़्तर में चपरासी के सिवा और कोई न था। रमा रजिस्टर खोलकर अंकों की जाँच करने लगा। कई दिनों से मीज़ान नहीं दिया गया था, पर बड़े बाबू के हस्ताक्षर मौजूद थे। अब मीज़ान दिया, तो ढाई हज़ार निकले। एकाएक उसे एक बात सूझी। क्यों न ढाई हज़ार की जग़ह मीज़ान दो हज़ार लिख दूँ। रसीद बही की जाँच कौन करता है। अगर चोरी पकड़ी भी गई तो कह दूँगा, मीज़ान लाने में ग़लती हो गई। मगर इस विचार को उसने मन में टिकने न दिया। इस भय से, कहीं चित्त चंचल न हो जाए, उसने पेंसिल के अंकों पर रोशनाई फेर दी, और रजिस्टर को दराज़ में बंद करके इधर-उधर घूमने लगा।

इक्की-दुक्की गाड़ियाँ आने लगीं। गाड़ीवानों ने देखा, बाबू साहब आज यहीं हैं, तो सोचा जल्दी से चुंगी देकर छुट्टी पर जाएँ। रमा ने इस कृपा के लिए दस्तूरी की दूनी रक़म वसूल की, और गाड़ीवानों ने शौक़ से दी क्योंकि यही मंडी का समय था और बारह-एक बजे तक चुंगीघर में फुरसत पाने की दशा में चौबीस घंटे का हर्ज़ होता था, मंडी दस-ग्यारह बजे के बाद बंद हो जाती थी, दूसरे दिन का इंतज़ार करना पड़ता था। अगर भाव रुपये में आधा पाव भी गिर गया, तो सैकड़ों के मत्थे गई। दस-पाँच रुपये का बल खा जाने में उन्हें क्या आपत्ति हो सकती थी। रमा को आज वह नई बात मालूम हुई। सोचा, आख़िर सुबह को मैं घर ही पर बैठा रहता हूँ। अगर यहाँ आकर बैठ जाऊँ तो रोज़ दस-पाँच रुपये हाथ आ जाएँ। फिर तो छः महीने में यह सारा झगड़ा साफ़ हो जाए। मान लो रोज़ यह चाँदी न होगी, पंद्रह न सही, दस मिलेंगे, पाँच मिलेंगे। अगर सुबह को रोज़ पाँच रुपये मिल जाएँ और इतने ही दिनभर में और मिल जाएँ, तो पाँच-छः महीने में ऋण से मुक्त हो जाऊँ। उसने दराज़ खोलकर फिर रजिस्टर निकाला। यह हिसाब लगा लेने के बाद अब रजिस्टर में हेर-फेर कर देना उसे इतना भयंकर न जान पड़ा। नया रंगरूट तो पहले बंदूक की आवाज़ से चौंक पड़ता है, आगे चलकर गोलियों की वर्षा में भी नहीं घबड़ाता।

रमा दफ़्तर बंद करके भोजन करने घर जाने ही वाला था कि एक बिसाती का ठेला आ पहुँचा। रमा ने कहा, लौटकर चुंगी लूँगा। बिसाती ने मिन्नत करनी शुरू की। उसे कोई बड़ा ज़रूरी काम था। आख़िर दस रुपये पर मामला ठीक हुआ। रमा ने चुंगी ली, रुपये जेब में रक्खे और घर चला। पच्चीस रुपये केवल दो-ढाई घंटों में आ गए। अगर एक महीने भी यह औसत रहे तो पल्ला पार है। उसे इतनी ख़ुशी हुई कि वह भोजन करने घर न गया। बाज़ार से भी कुछ नहीं मँगवाया। रुपये भुनाते हुए उसे एक रुपया कम हो जाने का ख़याल हुआ। वह शाम तक बैठा काम करता रहा। चार रुपये

और वसूल हुए। चिराग़ जले वह घर चला, तो उसके मन पर से चिंता और निराशा का बहुत कुछ बोझ उतर चुका था। अगर दस दिन यही तेज़ी रही, तो रतन से मुँह चुराने की नौबत न आएगी।

17

नौ दिन गुज़र गए। रमा रोज़ प्रातः दफ़्तर जाता और चिराग जले लौटता। वह रोज़ यही आशा लेकर जाता कि आज कोई बड़ा शिकार फँस जाएगा। पर वह आशा न पूरी होती। इतना ही नहीं। पहले दिन की तरह फिर कभी भाग्य का सूर्य न चमका। फिर भी उसके लिए कुछ कम श्रेय की बात नहीं थी कि नौ दिनों में ही उसने सौ रुपये जमा कर लिए थे। उसने एक पैसे का पान भी न खाया था। जालपा ने कई बार कहा, चलो कहीं घूम आवें, तो उसे भी उसने बातों में ही टाल दिया। बस, कल का दिन और था। कल आकर रतन कंगन माँगेगी तो उसे वह क्या जवाब देगा। दफ़्तर से आकर वह इसी सोच में बैठा हुआ था। क्या वह एक महीना-भर के लिए और न मान जाएगी। इतने दिन वह और न बोलती तो शायद वह उससे उऋण हो जाता। उसे विश्वास था कि मैं उससे चिकनी-चुपड़ी बातें करके राज़ी कर लूँगा। अगर उसने ज़िद की तो मैं उससे कह दूँगा, सर्राफ़ रुपये नहीं लौटाता।

सावन के दिन थे, अंधेरा हो चला था, रमा सोच रहा था, रमेश बाबू के पास चलकर दो-चार बाज़ियाँ खेल आऊँ, मगर बादलों को देख-देख रुक जाता था। इतने में रतन आ पहुँची। वह प्रसन्न न थी। उसकी मुद्रा कठोर हो रही थी। आज वह लड़ने के लिए घर से तैयार होकर आई है और मुरव्वत और मुलाहज़े की कल्पना को भी कोसों दूर रखना चाहती है।

जालपा ने कहा – 'तुम ख़ूब आईं। आज मैं भी ज़रा तुम्हारे साथ घूम आऊँगी। इन्हें काम के बोझ से आजकल सिर उठाने की भी फ़ुर्सत नहीं है।'

रतन ने निष्ठुरता से कहा – 'मुझे आज तो बहुत जल्द घर लौट जाना है। बाबूजी को कल की याद दिलाने आई हूँ।'

रमा उसका लटका हुआ मुँह देखकर ही मन में सहम रहा था। किसी तरह उसे प्रसन्न करना चाहता था। बड़ी तत्परता से बोला – 'जी हाँ, ख़ूब याद है, अभी सर्राफ़ की दुकान से चला आ रहा हूँ। रोज़ सुबह-शाम घंटे-भर हाज़िरी देता हूँ, मगर इन चीज़ों में समय बहुत लगता है। दाम तो कारीगरी के हैं। मालियत देखिए तो कुछ नहीं। दो आदमी लगे हुए हैं, पर शायद अभी एक महीने से कम में चीज़ तैयार न हो, पर होगी लाजवाब। जी ख़ुश हो जाएगा।'

पर रतन ज़रा भी न पिघली। तिनककर बोली – 'अच्छा! अभी महीना-भर और लगेगा। ऐसी कारीगरी है कि तीन महीने में पूरी न हुई। आप उससे कह दीजिएगा

मेरे रुपये वापस कर दे। आशा के कंगन देवियाँ पहनती होंगी, मेरे लिए ज़रूरत नहीं।'

रमानाथ – 'एक महीने न लगेगा, मैं जल्दी ही बनवा दूँगा। एक महीना तो मैंने अंदाज़न कह दिया था। अब थोड़ी ही कसर रह गई है। कई दिन तो नगीने तलाश करने में लग गए।'

रतन – 'मुझे कंगन पहनना ही नहीं है, भाई! आप मेरे रुपये लौटा दीजिए, बस। सुनार मैंने भी बहुत देखे हैं। आपकी दया से इस वक़्त भी तीन जोड़े कंगन मेरे पास होंगे, पर ऐसी धाँधली कहीं नहीं देखी।'

धाँधली के शब्द पर रमा तिलमिला उठा – 'धाँधली नहीं, मेरी हिमाकत कहिए। मुझे क्या ज़रूरत थी कि अपनी जान संकट में डालता। मैंने तो पेशगी रुपये इसलिए दे दिए कि सुनार ख़ुश होकर जल्दी से बना देगा। अब आप रुपये माँग रही हैं, सर्राफ़ रुपये नहीं लौटा सकता।'

रतन ने तीव्र नेत्रों से देखकर कहा – 'क्यों, रुपये क्यों न लौटाएगा?'

रमानाथ – 'इसलिए कि जो चीज़ आपके लिए बनाई है, उसे वह कहाँ बेचता फिरेगा। संभव है, साल-छः महीने में बिक सके। सबकी पसंद एक-सी तो नहीं होती।'

रतन ने त्योरियाँ चढ़ाकर कहा – 'मैं कुछ नहीं जानती, उसने देर की है, उसका दंड भोगे। मुझे कल या तो कंगन ला दीजिए या रुपये। आपसे यदि सर्राफ़ से दोस्ती है, आप मुलाहिज़े और मुरव्वत के सबब से कुछ न कह सकते हो, तो मुझे उसकी दुकान दिखा दीजिए। नहीं आपको शर्म आती हो तो उसका नाम बता दीजिए, मैं पता लगा लूँगी। वाह, अच्छी दिल्लगी। दुकान नीलाम करा दूँगी। जेल भिजवा दूँगी। इन बदमाशों से लड़ाई के बग़ैर काम नहीं चलता।'

रमा हतप्रभ होकर ज़मीन की ओर ताकने लगा। वह कितनी मनहूस घड़ी थी, जब उसने रतन से रुपये लिए। बैठे-बिठाए विपत्ति मोल ली। जालपा ने कहा – 'सच तो है, इन्हें क्यों नहीं सर्राफ़ की दुकान पर ले जाते, चीज़ आँखों से देखकर इन्हें संतोष हो जाएगा।'

रतन – 'मैं अब चीज़ लेना ही नहीं चाहती।'

रमा काँपते हुए बोला – 'अच्छी बात है, आपको रुपये कल मिल जाएँगे।'

रतन – 'कल किस वक़्त?'

रमानाथ – 'दफ़्तर से लौटते वक़्त लेता आऊँगा।'

रतन – 'पूरे रुपये लूँगी। ऐसा न हो कि सौ-दो सौ रुपये देकर टाल दे।'

रमानाथ – 'कल आप अपने सब रुपये ले जाइएगा।'

यह कहता हुआ रमा मर्दाने कमरे में आया, और रमेश बाबू के नाम एक रुक्का लिखकर गोपी से बोला – 'इसे रमेश बाबू के पास ले जाओ। जवाब लिखाते आना।'

फिर उसने एक दूसरा रुक्का लिखकर विश्वम्भरदास को दिया कि माणिकदास के दिखाकर जवाब लाए।

विश्वम्भर ने कहा – 'पानी आ रहा है।'

रमानाथ - 'तो क्या सारी दुनिया बह जाएगी! दौड़ते हुए जाओ।'

विश्वभर - 'और वह जो घर पर न मिलें?'

रमानाथ - 'मिलेंगे। वह इस वक़्त कहीं नहीं जाते।'

आज जीवन में पहला अवसर था कि रमा ने दोस्तों से रुपये उधार माँगे। आग्रह और विनय के जितने शब्द उसे याद आए, उनका उपयोग किया। उसके लिए यह बिल्कुल नया अनुभव था। जैसे पत्र आज उसने लिखे, वैसे ही पत्र उसके पास कितनी ही बार आ चुके थे। उन पत्रों को पढ़कर उसका हृदय कितना द्रवित हो जाता था, पर विवश होकर उसे बहाने करने पड़ते थे। क्या रमेश बाबू भी बहाना कर जाएँगे? उनकी आमदनी ज़यादा है, ख़र्च कम, वह चाहें तो रुपये का इंतज़ाम कर सकते हैं। क्या मेरे साथ इतना सुलूक भी न करेंगे? अब तक दोनों लड़के लौटकर नहीं आए। वह द्वार पर टहलने लगा। रतन की मोटर अभी तक खड़ी थी। इतने में रतन बाहर आई और उसे टहलते देखकर भी कुछ बोली नहीं। मोटर पर बैठी और चल दी।

दोनों कहाँ रह गए अब तक! कहीं खेलने लगे होंगे। शैतान तो हैं ही। जो कहीं रमेश रुपये दे दें, तो चाँदी है। मैंने दो सौ नाहक माँगे, शायद इतने रुपये उनके पास न हों। ससुराल वालों की नोच-खसोट से कुछ रहे भी तो नहीं पाता। माणिक चाहे तो हज़ार-पाँच सौ दे सकता है, लेकिन देखते हैं आज परीक्षा हो जाएगी। आज अगर इन लोगों ने रुपये न दिए, तो फिर बात भी न पूछूँगा। किसी का नौकर नहीं हूँ कि जब वह शतरंज खेलने को बुलाएँ तो दौड़ा चला जाऊँ। रमा किसी की आहट पाता, तो उसका दिल ज़ोर से धड़कने लगता था। आख़िर विश्वम्भर लौटा, माणिक ने लिखा था - 'आजकल बहुत तंग हूँ। मैं तो तुम्हीं से माँगने वाला था।'

रमा ने पुर्ज़ा फाड़कर फेंक दिया। मतलबी कहीं का। अगर सब-इंस्पेक्टर ने माँगा होता तो पुर्ज़ा देखते ही रुपये लेकर दौड़े जाते। ख़ैर, देखा जाएगा। चुंगी के लिए माल तो आएगा ही। इसकी कसर तब निकल जाएगी।

इतने में गोपी भी लौटा। रमेश ने लिखा था - 'मैंने अपने जीवन में दो-चार नियम बना लिए हैं। और बड़ी कठोरता से उनका पालन करता हूँ। उनमें से एक नियम यह भी है कि मित्रों से लेन-देन का व्यवहार न करूँगा। अभी तुम्हें अनुभव नहीं हुआ है, लेकिन कुछ दिनों में हो जाएगा कि जहाँ मित्रों से लेन-देन शुरू हुआ, वहाँ मनमुटाव होते देर नहीं लगती। तुम मेरे प्यारे दोस्त हो, मैं तुमसे दुश्मनी नहीं करना चाहता। इसलिए मुझे क्षमा करो।'

रमा ने इस पत्र को भी फाड़कर फेंक दिया और कुर्सी पर बैठकर दीपक की ओर टकटकी बाँधकर देखने लगा। दीपक उसे दिखाई देता था, इसमें संदेश है। इतनी ही एकाग्रता से वह कदाचित आकाश की अभेद्य मेघ-राशि की ओर ताकता!

मन की एक दशा वह भी होती है, जब आँखें खुली होती हैं और कुछ नहीं सूझता, कान खुले रहते हैं और कुछ नहीं सुनाई देता।

18

संध्या हो गई थी, म्युनिसिपैलिस्टी के अहाते में सन्नाटा छा गया था। कर्मचारी एक-एक करके जा रहे थे। मेहतर कमरों में झाड़ू लगा रहा था। चपरासियों ने भी जूते पहनना शुरू कर दिया था। खोंचे वाले दिनभर की बिक्री के पैसे गिन रहे थे। पर रमानाथ अपनी कुर्सी पर बैठा रजिस्टर लिख रहा था।

आज भी वह प्रातःकाल आया था, पर आज भी कोई बड़ा शिकार न फँसा वही दस रुपये मिलकर रह गए। अब अपनी आबरू बचाने का उसके पास और क्या उपाय था। रमा ने रतन को झाँसा देने की ठान ली। वह ख़ूब जानता था कि रतन की यह अधीरता केवल इसलिए है कि शायद उसके रुपये मैंने ख़र्च कर दिए। अगर उसे मालूम हो जाए कि उसके रुपये तत्काल मिल सकते हैं, तो वह शांत हो जाएगी। रमा उसे रुपये से भरी हुई थैली दिखाकर उसका संदेह मिटा देना चाहता था। वह ख़ज़ांची साहब के चले जाने की राह देख रहा था। उसने जान-बूझकर देर की थी। आज की आमदनी के आठ सौ रुपये उसके पास थे। इसे वह अपने घर ले जाना चाहता था। ख़ज़ांची ठीक चार बजे उठा। उसे क्या ग़रज़ थी कि रमा से आज की आमदनी माँगता। रुपये गिनने से ही छुट्टी मिली। दिनभर बही लिखते-लिखते और रुपये गिनते-गिनते बेचारे की कमर दुख रही थी। रमा को जब मालूम हो गया कि ख़ज़ांची-साहब दूर निकल गए होंगे, तो उसने रजिस्टर बंद कर दिया और चपरासी से बोला – 'थैली उठाओ। चलकर जमा कर आएँ।'

चपरासी ने कहा – 'ख़ज़ांची बाबू तो चले गए।'

रमा ने आँखें फाड़कर कहा – 'ख़ज़ांची बाबू चले गए। तुमने मुझसे कहा क्यों नहीं? अभी कितनी दूर गए होंगे?'

चपरासी – 'सड़क के नुक्कड़ तक पहुँचे होंगे।'

रमानाथ – 'यह आमदनी कैसे जमा होगी?'

चपरासी – 'हुकुम हो तो बुला लाऊँ?'

रमानाथ – 'अजी, जाओ भी, अब तक तो कहा नहीं, अब उन्हें आधे रास्ते से बुलाने जाओगे। हो तुम भी निरे बछिया के ताऊ। आज ज़यादा छान गए थे क्या? ख़ैर, रुपये इसी दराज़ में रखे रहेंगे। तुम्हारी ज़िम्मेदारी रहेगी।'

चपरासी – 'नहीं बाबू साहब, मैं यहाँ रुपया नहीं रखने दूँगा। सब घड़ी बराबर नहीं होती। रुपये उठ जाएँ, तो मैं बेगुनाह मारा जाऊँ। सुभीते का ताला भी तो नहीं है यहाँ।'

रमानाथ – 'तो फिर ये रुपये कहाँ रक्खूँ?'

चपरासी – 'हुज़ूर, अपने साथ लेते जाएँ।'

रमा भी तो यही चाहता था। एक इक्का मँगवाया, उस पर रुपयों की थैली रक्खी और घर चला। सोचता जाता था कि अगर रतन धमकी में आ गई, तो क्या पूछना।

कह दूँगा, दो-ही-चार दिन की कसर है। रुपये सामने देखकर उसे तसल्ली हो जाएगी।

जालपा ने थैली देखकर पूछा - 'क्या कंगन न मिला?'

रमानाथ - 'अभी तैयार नहीं था, मैंने समझा रुपये लेता चलूँ जिसमें उन्हें तस्कीन हो जाए।'

जालपा - 'क्या कहा सर्राफ़ ने?'

रमानाथ - 'कहा क्या, आज-कल करता है। अभी रतन देवी आई नहीं?'

जालपा - 'आती ही होगी, उसे चैन कहाँ?'

जब चिराग जले तक रतन न आई, तो रमा ने समझा अब न जाएगी। रुपये आलमारी में रख दिए और घूमने चल दिया। अभी उसे गए दस मिनट भी न हुए होंगे कि रतन आ पहुँची और आते-ही-आते बोली - 'कंगन तो आ गए होंगे?'

जालपा - 'हाँ आ गए हैं, पहन लो! बेचारे कई दफ़ा सर्राफ़ के पास गए। अभागा देता ही नहीं, हीले-हवाले करता है।'

रतन - 'कैसा सर्राफ़ है कि इतने दिन से हीले-हवाले कर रहा है। मैं जानती कि रुपये झमेले में पड़ जाएँगे, तो देती ही क्यों। न रुपये मिलते हैं, न कंगन मिलता है!'

रतन ने यह बात कुछ ऐसे अविश्वास के भाव से कही कि जालपा जल उठी। गर्व से बोली - 'आपके रुपये रखे हुए हैं, जब चाहिए ले जाइए। अपने बस की बात तो है नहीं। आख़िर जब सर्राफ़ देगा, तभी तो लाएँगे?'

रतन - 'कुछ वादा करता है, कब तक देगा?'

जालपा - 'उसके वादों का क्या ठीक, सैकड़ों वादे तो कर चुका है।'

रतन - 'तो इसके मानी यह हैं कि सब वह चीज़ न बनाएगा?'

जालपा - 'जो चाहे समझ लो!'

रतन - 'तो मेरे रुपये ही दे दो, बाज आई ऐसे कंगन से।'

जालपा झमककर उठी, आलमारी से थैली निकाली और रतन के सामने पटककर बोली - 'ये आपके रुपये रखे हैं, ले जाइए।'

वास्तव में रतन की अधीरता का कारण वही था, जो रमा ने समझा था। उसे भ्रम हो रहा था कि इन लोगों ने मेरे रुपये ख़र्च कर डाले। इसीलिए वह बार-बार कंगन का तकाजा करती थी। रुपये देखकर उसका भ्रम शांत हो गया। कुछ लज्जित होकर बोली - 'अगर दो-चार दिन में देने का वादा करता हो तो रुपये रहने दो।'

जालपा - 'मुझे तो आशा नहीं है कि इतनी जल्द दे दे। जब चीज़ तैयार हो जाएगी तो रुपये माँग लिए जाएँगे।'

रतन - 'क्या जाने उस वक़्त मेरे पास रुपये रहें या न रहें। रुपये आते तो दिखाई देते हैं, जाते नहीं दिखाई देते। न जाने किस तरह उड़ जाते हैं। अपने ही पास रख लो तो क्या बुरा है?'

जालपा - 'तो यहाँ भी तो वही हाल है। फिर पराई रक़म घर में रखना जोखिम की बात भी तो है। कोई गोलमाल हो जाए, तो व्यर्थ का दंड देना पड़े। मेरे ब्याह के

चौथे ही दिन मेरे सारे गहने चोरी चले गए। हम लोग जागते ही रहे, पर न जाने कब आँख लग गई, और चोरों ने अपना काम कर लिया। दस हज़ार की चपत पड़ गई। कहीं वही दुर्घटना फिर हो जाए तो कहीं के न रहें।'

रतन - 'अच्छी बात है, मैं रुपये लिए जाती हूँ, मगर देखना निश्िंचत न हो जाना। बाबूजी से कह देना सर्राफ़ का पिंड न छोड़ें।'

रतन चली गई। जालपा ख़ुश थी कि सिर से बोझ टला। बहुधा हमारे जीवन पर उन्हीं के हाथों कठोरतम आघात होता है, जो हमारे सच्चे हितैषी होते हैं।

रमा कोई नौ बजे घूमकर लौटा, जालपा रसोई बना रही थी। उसे देखते ही बोली - 'रतन आई थी, मैंने उसके सब रुपये दे दिए।'

रमा के पैरों के नीचे से मिट्टी खिसक गई। आँखें फैलकर माथे पर जा पहुंचीं। घबराकर बोला - 'क्या कहा, रतन को रुपये दे दिए? तुमसे किसने कहा था कि उसे रुपये दे देना?'

जालपा - 'उसी के रुपये तो तुमने लाकर रक्खे थे। तुम ख़ुद उसका इंतज़ार करते रहे। तुम्हारे जाते ही वह आई और कंगन माँगने लगी। मैंने झल्लाकर उसके रुपये फेंक दिए।'

रमा ने सावधान होकर कहा - 'उसने रुपये माँगे तो न थे?'

जालपा - 'माँगे क्यों नहीं। हाँ, जब मैंने दे दिए तो अलबत्ता कहने लगी, इसे क्यों लौटाती हो, अपने पास ही पड़ा रहने दो। मैंने कह दिया, ऐसे शक्की मिज़ाज़ वालों का रुपया मैं नहीं रखती।'

रमानाथ - 'ईश्वर के लिए तुम मुझसे बिना पूछे ऐसे काम मत किया करो।'

जालपा - 'तो अभी क्या हुआ, उसके पास जाकर रुपये माँग लाओ, मगर अभी से रुपये घर में लाकर अपने जी का जंजाल क्यों मोल लोगे?'

रमा इतना निस्तेज हो गया कि जालपा पर बिगड़ने की भी शक्ति उसमें न रही। रुआंसा होकर नीचे चला गया और स्थिति पर विचार करने लगा। जालपा पर बिगड़ना अन्याय था। जब रमा ने साफ़ कह दिया कि ये रुपये रतन के हैं, और इसका संकेत तक न किया कि मुझसे पूछे बग़ैर रतन को रुपये मत देना, तो इसमें जालपा का कोई अपराध नहीं था।

उसने सोचा - इस समय झल्लाने और बिगड़ने से समस्या हल न होगी। शांत चित्त होकर विचार करने की आवश्यकता थी। रतन से रुपये वापस लेना अनिवार्य था। जिस समय वह यहाँ आई, अगर मैं ख़ुद मौजूद होता तो कितनी ख़ूबसूरती से सारी मुश्किल आसान हो जाती। मुझको क्या शामत सवार थी कि घूमने निकला! एक दिन न घूमने जाता, तो कौन मरा जाता था। कोई गुप्त शक्ति मेरा अनिष्ट करने पर उतारू हो गई है। दस मिनट की अनुपस्थिति से सारा खेल बिगाड़ दिया। वह कह रही थी कि रुपये रख लीजिए। जालपा ने ज़रा समझ से काम लिया होता तो यह नौबत काहे को आती। लेकिन फिर मैं बीती हुई बातें सोचने लगा। समस्या है, रतन से रुपये वापस

कैसे लिए जाएँ। क्यों न चलकर कहूँ, रुपये लौटाने से आप नाराज़ हो गई हैं। असल में मैं आपके लिए रुपये न लाया था। सर्राफ़ से इसलिए माँग लाया था, जिसमें यह चीज़ बनाकर दे दे। संभव है, वह ख़ुद ही लज्जित होकर क्षमा माँगे और रुपये दे दें। बस इस वक़्त वहाँ जाना चाहिए।

यह निश्चय करके उसने घड़ी पर नज़र डाली। साढ़े आठ बजे थे। अंधकार छाया हुआ था। ऐसे समय रतन घर से बाहर नहीं जा सकती। रमा ने साइकिल उठाई और रतन से मिलने चला।

रतन के बंगले पर आज बड़ी बहार थी। यहाँ नित्य ही कोई-न-कोई उत्सव, दावत, होती रहती थी। रतन का एकांत नीरस जीवन इन विषयों की ओर उसी भाँति लपकता था, जैसे प्यासा पानी की ओर लपकता है। इस वक़्त वहाँ बच्चों का जमघट था। एक आम के वृक्ष में झूला पड़ा था, बिजली की बत्तियाँ जल रही थीं, बच्चे झूला झूल रहे थे और रतन खड़ी झुला रही थी। हू-हक़ मचा हुआ था। वकील साहब इस मौसम में भी ऊनी ओवरकोट पहने बरामदे में बैठे सिगार पी रहे थे। रमा की इच्छा हुई, कि झूले के पास जाकर रतन से बातें करें, पर वकील साहब को खड़े देखकर वह संकोच के मारे उधर न जा सका। वकील साहब ने उसे देखते ही हाथ बढ़ा दिया और बोले – 'आओ रमा बाबू, कहो, तुम्हारे म्युनिसिपल बोर्ड की क्या ख़बरें हैं?'

रमा ने कुर्सी पर बैठते हुए कहा – 'कोई नई बात तो नहीं हुई।'

वकील – 'आपके बोर्ड में लड़कियों की अनिवार्य शिक्षा का प्रस्ताव कब पास होगा? और कई बोर्डों ने तो इसे पास कर दिया। जब तक स्त्रियों की शिक्षा का काफ़ी प्रचार न होगा, हमारा कभी उद्धार न होगा। आप तो योरोप न गए होंगे? ओह! क्या आज़ादी है, क्या दौलत है, क्या जीवन है, क्या उत्साह है! बस मालूम होता है, यही स्वर्ग है। और स्त्रियाँ भी सचमुच देवियाँ हैं। इतनी हँसमुख, इतनी स्वच्छंद, यह सब स्त्री-शिक्षा का प्रसाद है!'

रमा ने समाचार-पत्रों में इन देशों का जो थोड़ा-बहुत हाल पढ़ा था, उसके आधार पर बोला – 'वहाँ स्त्रियों का आचरण तो बहुत अच्छा नहीं है।'

वकील – 'नॉन्सेंस! अपने-अपने देश की प्रथा है। आप एक युवती को किसी युवक के साथ एकांत में विचरते देखकर दाँतों तले उँगली दबाते हैं। आपका अंतःकरण इतना मलिन हो गया है कि स्त्री-पुरुष को एक ज़गह देखकर आप संदेह किए बिना रह ही नहीं सकते, पर जहाँ लड़के और लड़कियाँ एक साथ शिक्षा पाते हैं, वहाँ यह जाति-भेद बहुत महत्त्व की वस्तु नहीं रह जाती – आपस में स्नेह और सहानुभूति की इतनी बातें पैदा हो जाती हैं कि कामुकता का अंश बहुत थोड़ा रह जाता है। यह समझ लीजिए कि जिस देश में स्त्रियों की जितनी अधिक स्वाधीनता है, वह देश उतना ही सभ्य है। स्त्रियों को क़ैद में, परदे में, या पुरुषों से कोसों दूर रखने का तात्पर्य यही निकलता है कि आपके यहाँ जनता इतनी आचार-भ्रष्ट है कि स्त्रियों का अपमान करने में ज़रा भी संकोच नहीं करती। युवकों के लिए राजनीति, धर्म, ललित-कला, साहित्य, दर्शन,

इतिहास, विज्ञान और हज़ारों ही ऐसे विषय हैं, जिनके आधार पर वे युवतियों से गहरी दोस्ती पैदा कर सकते हैं। कामलिप्सा उन देशों के लिए आकर्षण का प्रधान विषय है, जहाँ लोगों की मनोवृत्तियाँ संकुचित रहती हैं। मैं सालभर योरोप और अमरीका में रह चुका हूँ। कितनी ही सुंदरियों के साथ मेरी दोस्ती थी। उनके साथ खेला हूँ, नाचा भी हूँ, पर कभी मुँह से ऐसा शब्द न निकलता था, जिसे सुनकर किसी युवती को लज्जा से सिर झुकाना पड़े, और फिर अच्छे और बुरे कहाँ नहीं हैं?'

रमा को इस समय इन बातों में कोई आनंद न आया, वह तो इस समय दूसरी ही चिंता में मग्न था।

वकील साहब ने फिर कहा - 'जब तक हम स्त्री-पुरुषों को अबाध रूप में अपना-अपना मानसिक विकास न करने देंगें, हम अवनति की ओर खिसकते चले जाएँगे। बंधनों से समाज का पैर न बाँधिए, उसके गले में क़ैदी की जंज़ीर न डालिए। विधवा-विवाह का प्रचार कीजिए, ख़ूब ज़ोरों से कीजिए, लेकिन यह बात मेरी समझ में नहीं आती कि जब कोई अधेड़ आदमी किसी युवती से ब्याह कर लेता है तो क्यों अख़बारों में इतना कुहराम मच जाता है। योरोप में अस्सी बरस के बूढ़े युवतियों से ब्याह करते हैं, सत्तर वर्ष की वृद्धाएँ युवकों से विवाह करती हैं, कोई कुछ नहीं कहता। किसी को कानोंकान ख़बर भी नहीं होती। हम बूढ़ों को मरने के पहले ही मार डालना चाहते हैं। हालाँकि मनुष्य को कभी किसी सहगामिनी की ज़रूरत होती है तो वह बुढ़ापे में, जब उसे हरदम किसी अवलंब की इच्छा होती है, जब वह परमुखापेक्षी हो जाता है।'

रमा का ध्यान झूले की ओर था। किसी तरह रतन से दो-दो बातें करने का अवसर मिले। इस समय उसकी सबसे बड़ी यही कामना थी। उसका वहाँ जाना शिष्टाचार के विरुद्ध था। आख़िर उसने एक क्षण के बाद झूले की ओर देखकर कहा - 'ये इतने लड़के किधर से आ गए?'

वकील - 'रतन बाई को बाल-समाज से बड़ा स्नेह है। न जाने कहाँ-कहाँ से इतने लड़के जमा हो जाते हैं। अगर आपको बच्चों से प्यार हो, तो जाइए!'

रमा तो यह चाहता ही था, चट झूले के पास जा पहुँचा। रतन उसे देखकर मुस्कराई और बोली - 'इन शैतानों ने मेरी नाक मे दम कर रक्खा है। झूले से इन सबों का पेट ही नहीं भरता। आइए, ज़रा आप भी बेगार कीजिए, मैं तो थक गई।' यह कहकर वह पक्के चबूतरे पर बैठ गई। रमा झोंके देने लगा। बच्चों ने नया आदमी देखा, तो सब-के-सब अपनी बारी के लिए उतावले होने लगे। रतन के हाथों दो बारियाँ आ चुकी थीं; पर यह कैसे हो सकता था कि कुछ लड़के तो तीसरी बार झूलें, और बाक़ी बैठे मुँह ताकें! दो उतरते तो चार झूले पर बैठ जाते। रमा को बच्चों से नाममात्र को भी प्रेम न था पर इस वक़्त फँस गया था, क्या करता!

आख़िर आध घंटे की बेगार के बाद उसका जी ऊब गया। घड़ी में साढ़े नौ बज रहे थे। वह राह देख रहा था कि मतलब की बात कैसे छेड़े। रतन तो झूले में इतनी मग्न थी, मानो उसे रुपयों की सुध ही नहीं है।

सहसा रतन ने झूले के पास जाकर कहा – 'बाबूजी, मैं बैठती हूँ, मुझे झुलाइए, मगर नीचे से नहीं, झूले पर खड़े होकर पेंग मारिए।'

रमा बचपन ही से झूले पर बैठते डरता था। एक बार मित्रों ने ज़बरदस्ती झूले पर बैठा दिया, तो उसे चक्कर आने लगा, पर इस अनुरोध ने उसे झूले पर आने के लिए मजबूर कर दिया। इस समय वह अपनी अयोग्यता कैसे प्रकट करे। रतन दो बच्चों को लेकर बैठ गई, और यह गीत गाने लगी –

कदम की डरिया झूला पड़ गयो री,
राधा रानी झूलन आईं।

रमा झूले पर खड़ा होकर पेंग मारने लगा, लेकिन उसके पाँव काँप रहे थे, और दिल बैठा जाता था। जब झूला ऊपर से गिरता था, तो उसे ऐसा जान पड़ता था, मानो कोई तरल वस्तु उसके वक्ष में चुभती चली जा रही है – और रतन लड़कियों के साथ गा रही थी –

कदम की डरिया झूला पड़ गयो री,
राधा रानी झूलन आईं।

एक क्षण के बाद रतन ने कहा – 'ज़रा और बढ़ाइए साहब, आपसे तो झूला बढ़ता ही नहीं।'

रमा ने लज्जित होकर और ज़ोर लगाया; पर झूला न बढ़ा। रमा के सिर में चक्कर आने लगा।

रतन – 'आपको पेंग मारना नहीं आता, कभी झूला नहीं झूले?'

रमा ने झिझकते हुए कहा – 'हाँ, इधर तो वर्षों से नहीं बैठा।'

रतन – 'तो आप इन बच्चों को संभालकर बैठिए, मैं आपको झुलाऊँगी। अगर उस डाल से न छू ले तो कहिएगा!' रमा ने प्राण सूख गए। बोला – 'आज तो बहुत देर हो गई है, फिर कभी आऊँगा।'

रतन – 'अजी अभी क्या देर हो गई है, दस भी नहीं बजे। घबड़ाइए नहीं, अभी बहुत रात पड़ी है। ख़ूब झूलकर जाइएगा। कल जालपा को लाइएगा, हम दोनों झूलेंगे।'

रमा झूले पर से उतर आया तो उसका चेहरा सहमा हुआ था। मालूम होता था, अब गिरा, अब गिरा। वह लड़खड़ाता हुआ साइकिल की ओर चला और उस पर बैठकर तुरंत घर भागा।

कुछ दूर तक उसे कुछ होश न रहा। पाँव आप ही आप पैडल घुमाते जाते थे। आधी दूर जाने के बाद उसे होश आया। उसने साइकिल घुमा दी, कुछ दूर चला, फिर उतरकर सोचने लगा – आज संकोच में पड़कर कैसी बाज़ी हाथ से खोई, वहाँ से चुपचाप अपना-सा मुँह लिए लौट आया। क्यों उसके मुँह से आवाज़ नहीं निकली। रतन कुछ हौवा तो थी नहीं, जो उसे खा जाती। सहसा उसे याद आया, थैली में आठ सौ रुपये थे, जालपा ने झुंझलाकर थैली की थैली उसके हवाले कर दी। शायद, उसने भी गिना नहीं, नहीं ज़रूर कहती। कहीं ऐसा न हो, थैली किसी को दे दे, या और रुपयों

में मिला दे, तो गज़ब ही हो जाए। कहीं का न रहूँ। क्यों न इसी वक़्त चलकर बेशी रुपये माँग लाऊँ, लेकिन देर बहुत हो गई है, सबेरे फिर आना पड़ेगा।

मगर यह दो सौ रुपये मिल भी गए, तब भी तो पाँच सौ रुपयों की कमी रहेगी। उसका क्या प्रबंध होगा? ईश्वर ही बेड़ा पार लगाएँ तो लग सकता है। सबेरे कुछ प्रबंध न हुआ, तो क्या होगा? यह सोचकर वह काँप उठा।

जीवन में ऐसे अवसर भी आते हैं, जब निराशा में भी हमें आशा होती है। रमा ने सोचा, एक बार फिर गंगू के पास चलूँ, शायद दुकान पर मिल जाए, उसके हाथ-पाँव जोड़ूँ। संभव है, कुछ दया आ जाए। वह सर्राफ़े जा पहुँचा मगर गंगू की दुकान बंद थी। वह लौटा ही था कि चरनदास आता हुआ दिखाई दिया। रमा को देखते ही बोला – 'बाबूजी, आपने तो इधर का रास्ता ही छोड़ दिया। कहिए रुपये कब तक मिलेंगे?'

रमा ने विनम्र भाव से कहा – 'अब बहुत जल्द मिलेंगे भाई, देर नहीं है। देखो गंगू के रुपये चुकाए हैं, अब की तुम्हारी बारी है।'

चरनदास – 'वह सब क़िस्सा मालूम है, गंगू ने होशियारी से अपने रुपये न ले लिए होते, तो हमारी तरह टापा करते। साल-भर हो रहा है। रुपये सैकड़े का सूद भी रखिए तो चौरासी रुपये होते हैं। कल आकर हिसाब कर जाइए, सब नहीं तो आधा-तिहाई कुछ दे दीजिए। लेते-देते रहने से मालिक को ढाढ़स रहता है। कान में तेल डालकर बैठे रहने से तो उसे शंका होने लगती है कि इनकी नीयत ख़राब है। तो कल कब आइएगा?'

रमानाथ – 'भई, कल मैं रुपये लेकर तो न आ सकूँगा, यों जब कहो तब चला आऊँ। क्यों, इस वक़्त अपने सेठजी से चार-पाँच सौ रुपयों का बंदोबस्त न करा दोगे? तुम्हारी मुट्ठी भी गर्म कर दूँगा।'

चरनदास – 'कहाँ की बात लिए फिरते हो बाबूजी, सेठजी एक कौड़ी तो देंगे नहीं। उन्होंने यही बहुत सलूक किया कि नालिश नहीं कर दी। आपके पीछे मुझे बातें सुननी पड़ती हैं। क्या बड़े मुंशीजी से कहना पड़ेगा?'

रमा ने झल्लाकर कहा – 'तुम्हारा देनदार मैं हूँ, बड़े मुंशी नहीं हैं। मैं मर नहीं गया हूँ, घर छोड़कर भागा नहीं जाता हूँ। इतने अधीर क्यों हुए जाते हो?'

चरनदास – 'साल-भर हुआ, एक कौड़ी नहीं मिली, अधीर न हों तो क्या हों। कल कम-से-कम दो सौ की फ़िकर कर रखिएगा।'

रमानाथ – 'मैंने कह दिया, मेरे पास अभी रुपये नहीं हैं।'

चरनदास – 'रोज़ गठरी काट-काटकर रखते हो, उस पर कहते हो, रुपये नहीं हैं। कल रुपये जुटा रखना। कल आदमी आएगा ज़रूर।'

रमा ने उसका कोई जवाब न दिया, आगे बढ़ा। इधर आया था कि कुछ काम निकलेगा, उल्टे तक़ाज़ा सहना पड़ा। कहीं दुष्ट सचमुच बाबूजी के पास तक़ाज़ा न भेज दे। आग ही हो जाएँगे। जालपा भी समझेगी, कैसा लबाड़िया आदमी है।

इस समय रमा की आँखों से आँसू तो न निकलते थे, पर उसका एक-एक रोआँ रो रहा था। जालपा से अपनी असली हालत छिपाकर उसने कितनी भारी भूल की! वह समझदार औरत है, अगर उसे मालूम हो जाता कि मेरे घर में भूँजी भाँग भी नहीं है, तो वह मुझे कभी उधार गहने न लेने देती। उसने तो कभी अपने मुँह से कुछ नहीं कहा। मैं ही अपनी शान जमाने के लिए मरा जा रहा था। इतना बड़ा बोझ सिर पर लेकर भी मैंने क्यों किफ़ायत से काम नहीं लिया? मुझे एक-एक पैसा दाँतों से पकड़ना चाहिए था। साल-भर में मेरी आमदनी सब मिलाकर एक हज़ार से कम न हुई होगी। अगर किफ़ायत से चलता, तो इन दोनों महाजनों के आधे-आधे रुपये ज़रूर अदा हो जाते, मगर यहाँ तो सिर पर शामत सवार थी। इसकी क्या ज़रूरत थी कि जालपा मुहल्ले भर की औरतों को जमा करके रोज़ सैर करने जाती? सैकड़ों रुपये तो तांगे वाला ले गया होगा, मगर यहाँ तो उस पर रोब जमाने की पड़ी हुई थी। सारा बाज़ार जान जाए कि लाला निरे लफंगे हैं, पर अपनी स्त्री न जानने पाए! वाह री बुद्धि! दरवाज़े के लिए परदों की क्या ज़रूरत थी! दो लैंप क्यों लाया, नई निवाड़ लेकर चारपाइयाँ क्यों बिनवाईं? उसने रास्ते ही में उन ख़र्चों का हिसाब तैयार कर लिया, जिन्हें उसकी हैसियत के आदमी को टालना चाहिए था। आदमी जब तक स्वस्थ रहता है, उसे इसकी चिंता नहीं रहती कि क्या खाता है, कितना खाता है, कब खाता है, लेकिन जब कोई विकार उत्पन्न हो जााता है, तो उसे याद आती है कि कल मैंने पकौड़ियाँ खाई थीं। विजय बहिर्मुखी होती है, पराजय अन्तर्मुखी।

जालपा ने पूछा - 'कहाँ चले गए थे, बड़ी देर लगा दी?'

रमानाथ - 'तुम्हारे कारण रतन के बंगले पर जाना पड़ा। तुमने सब रुपये उठाकर दे दिए, उसमें दो सौ रुपये मेरे भी थे।'

जालपा - 'तो मुझे क्या मालूम था, तुमने कहा भी तो न था, मगर उनके पास से रुपये कहीं जा नहीं सकते, वह आप ही भेज देंगी।'

रमानाथ - 'माना, पर सरकारी रक़म तो कल दाख़िल करनी पड़ेगी।'

जालपा - 'कल मुझसे दो सौ रुपये ले लेना, मेरे पास हैं।'

रमा को विश्वास न आया। बोला - 'कहीं हों न तुम्हारे पास! इतने रुपये कहाँ से आए?'

जालपा - 'तुम्हें इससे क्या मतलब, मैं तो दो सौ रुपये देने को कहती हूँ।'

रमा का चेहरा खिल उठा। कुछ-कुछ आशा बँधी। दो-सौ रुपये यह दे-दे, दो सौ रुपये रतन से ले लूँ, सौ रुपये मरे पास हैं ही, तो कुल तीन सौ की कमी रह जाएगी, मगर यही तीन सौ रुपये कहाँ से आएँगे? ऐसा कोई नज़र न आता था, जिससे इतने रुपये मिलने की आशा की जा सके। हाँ, अगर रतन सब रुपये दे दे तो बिगड़ी बात बन जाए। आशा का यही एक आधार रह गया था।

जब वह खाना खाकर लेटा, तो जालपा ने कहा - 'आज किस सोच में पड़े हो?'

रमानाथ - 'सोच किस बात का? क्या मैं उदास हूँ?'

जालपा - 'हाँ, किसी चिंता में पड़े हुए हो, मगर मुझसे बताते नहीं हो!'

रमानाथ - 'ऐसी कोई बात होती तो तुमसे छिपाता?'

जालपा - 'वाह, तुम अपने दिल की बात मुझसे क्यों कहोगे? ऋषियों की आज्ञा नहीं है।'

रमानाथ - 'मैं उन ऋषियों के भक्तों में नहीं हूँ।'

जालपा - 'वह तो तब मालूम होता, जब मैं तुम्हारे हृदय में पैठकर देखती।'

रमानाथ - 'वहाँ तुम अपनी ही प्रतिमा देखतीं।'

रात को जालपा ने एक भयंकर स्वप्न देखा, वह चिल्ला पड़ी। रमा ने चौंककर पूछा - 'क्या है जालपा, क्या स्वप्न देख रही हो?'

जालपा ने इधर-उधर घबड़ाई हुई आँखों से देखकर कहा - 'बड़े संकट में जान पड़ी थी। न जाने कैसा सपना देख रही थी।'

रमानाथ - 'क्या देखा?'

जालपा - 'क्या बताऊँ, कुछ कहा नहीं जाता। देखती थी कि तुम्हें कई सिपाही पकड़े लिए जा रहे हैं। कितना भयंकर रूप था उनका!'

रमा का ख़ून सूख गया। दो-चार दिन पहले, इस स्वप्न को उसने हँसी में उड़ा दिया होता, इस समय वह अपने को सशंकित होने से न रोक सका, पर बाहर से हँसकर बोला - 'तुमने सिपाहियों से पूछा नहीं, इन्हें क्यों पकड़े लिए जाते हो?'

जालपा - 'तुम्हें हँसी सूझ रही है, और मेरा हदय काँप रहा है।'

थोड़ी देर के बाद रमा ने नींद में बकना शुरू किया - 'अम्मां, कहे देता हूँ, फिर मेरा मुँह न देखोगी, मैं डूब मरूँगा।'

जालपा को अभी तक नींद न आई थी, भयभीत होकर उसने रमा को ज़ोर से हिलाया और बोली - 'मुझे तो हँसते थे और ख़ुद बकने लगे। सुनकर रोएँ खड़े हो गए। स्वप्न देखते थे क्या?'

रमा ने लज्जित होकर कहा - 'हाँ जी, न जाने क्या देख रहा था कुछ याद नहीं।'

जालपा ने पूछा - 'अम्मांजी को क्यों धमका रहे थे। सच बताओ, क्या देखते थे?'

रमा ने सिर खुजलाते हुए कहा - 'कुछ याद नहीं आता, यों ही बकने लगा हूँगा।'

जालपा - 'अच्छा तो करवट सोना। चित सोने से आदमी बकने लगता है।'

रमा करवट पौढ़ गया, पर ऐसा जान पड़ता था, मानो चिंता और शंका दोनों आँखों में बैठी हुई निद्रा के आक्रमण से उनकी रक्षा कर रही हैं। जगते हुए दो बज गए। सहसा जालपा उठ बैठी, और सुराही से पानी उँड़ेलती हुई बोली - 'बड़ी प्यास लगी थी, क्या तुम अभी तक जाग ही रहे हो?'

रमा - 'हाँ जी, नींद उचट गई है। मैं सोच रहा था, तुम्हारे पास दो सौ रुपये कहाँ से आ गए? मुझे इसका आश्चर्य है।'

जालपा - 'ये रुपये मैं मायके से लाई थी, कुछ बिदाई में मिले थे, कुछ पहले से रक्खे थे।'

रमानाथ - 'तब तो तुम रुपये जमा करने में बड़ी कुशल हो। यहाँ क्यों नहीं कुछ जमा किया?'

जालपा ने मुस्कराकर कहा - 'तुम्हें पाकर अब रुपये की परवाह नहीं रही।'

रमानाथ - 'अपने भाग्य को कोसती होगी!'

जालपा - 'भाग्य को क्यों कोसूँ, भाग्य को वह औरतें रोएँ, जिसका पति निखट्टू हो, शराबी हो, दुराचारी हो, रोगी हो, तानों से स्त्री को छेदता रहे, बात-बात पर बिगड़े। पुरुष मन का हो तो स्त्री उसके साथ उपवास करके भी प्रसन्न रहेगी।'

रमा ने विनोद भाव से कहा - 'तो मैं तुम्हारे मन का हूँ!'

जालपा ने प्रेम-पूर्ण गर्व से कहा - 'मेरी जो आशा थी, उससे तुम कहीं बढ़कर निकले। मेरी तीन सहेलियाँ हैं। एक का भी पति ऐसा नहीं। एक एम.ए. है पर सदा रोगी। दूसरा विद्वान भी है और धनी भी, पर वेश्यागामी। तीसरा घरघुस्सू है और बिल्कुल निखट्टू।'

रमा का हृदय गदगद हो उठा। ऐसी प्रेम की मूर्ति और दया की देवी के साथ उसने कितना बड़ा विश्वासघात किया। इतना दुराव रखने पर भी जब इसे मुझसे इतना प्रेम है, तो मैं अगर उससे निष्कपट होकर रहता, तो मेरा जीवन कितना आनंदमय होता!

19

प्रातःकाल रमा ने रतन के पास अपना आदमी भेजा ख़त में लिखा - 'मुझे बड़ा खेद है कि कल जालपा ने आपके साथ ऐसा व्यवहार किया, जो उसे न करना चाहिए था। मेरा विचार यह कदापि न था कि रुपये आपको लौटा दूँ, मैंने सर्राफ़ को ताकीद करने के लिए उससे रुपये लिए थे। कंगन दो-चार रोज़ में अवश्य मिल जाएँगे। आप रुपये भेज दें। उसी थैली में दो सौ रुपये मेरे भी थे। वह भी भेजिएगा।' अपने सम्मान की रक्षा करते हुए जितनी विनम्रता उससे हो जो सकती थी, उसमें कोई कसर नहीं रक्खी। जब तक आदमी लौटकर न आया, वह बड़ी व्यग्रता से उसकी राह देखता रहा। कभी सोचता, कहीं बहाना न कर दे, या घर पर मिले ही नहीं, या दो-चार दिन के बाद देने का वादा करे। सारा दारोमदार रतन के रुपये पर था। अगर रतन ने साफ़ जवाब दे दिया, तो फिर सर्वनाश! उसकी कल्पना से ही रमा के प्राण सूखे जा रहे थे। आख़िर नौ बजे आदमी लौटा। रतन ने दो सौ रुपये तो दिए थे; मगर ख़त का कोई जवाब न दिया था।

रमा ने निराश आँखों से आकाश की ओर देखा। सोचने लगा, रतन ने ख़त का जवाब क्यों नहीं दिया? मामूली शिष्टाचार भी नहीं जानती? कितनी मक्कार औरत है! रात को ऐसा मालूम होता था कि साधुता और सज्जनता की प्रतिमा ही है, पर दिल में वह गुबार भरा हुआ था! शेष रुपयों की चिंता में रमा को नहाने-खाने की भी सुध न रही।

कहार अंदर गया, तो जालपा ने पूछा – 'तुम्हें कुछ काम-धंधे की भी ख़बर है कि मटरगश्ती ही करते रहोगे! दस बज रहे हैं, और अभी तक तरकारी-भाजी का कहीं पता नहीं?'

कहार ने त्योरियाँ बदलकर कहा – 'तो का चार हाथ-गोड़ कर लेई! कामें से तो गवा रहिन। बाबू मेम साहब के तीर रुपैया लेबे का भेजिन रहा।'

जालपा – 'कौन मेम साहब?'

कहार – 'जौन मोटर पर चढ़कर आवत हैं।'

जालपा – 'तो लाए रुपये?'

कहार – 'लाए काहे नाहीं। पिरथी के छोर पर तो रहत हैं, दौरत-दौरत गोड़ पिराय लाग!'

जालपा – 'अच्छा चटपट जाकर तरकारी लाओ।'

कहार तो उधर गया, रमा रुपये लिए हुए अंदर पहुँचा तो जालपा ने कहा – 'तुमने अपने रुपये रतन के पास से मँगवा लिए न? अब तो मुझसे न लोगे?'

रमा ने उदासीन भाव से कहा – 'मत दो!'

जालपा – 'मैंने कह दिया था रुपया दे दूँगी। तुम्हें इतनी जल्द माँगने की क्यों सूझी? समझी होगी, इन्हें मेरा इतना विश्वास भी नहीं।'

रमा ने हताश होकर कहा – 'मैंने रुपये नहीं माँगे थे। केवल इतना लिख दिया था कि थैली में दो सौ रुपये ज़्यादा हैं। उसने आप ही आप भेज दिए।'

जालपा ने हँसकर कहा – 'मेरे रुपये बड़े भाग्यवान हैं, दिखाऊँ? चुन-चुनकर नए रुपये रक्खे हैं। सब इसी साल के हैं, चमाचम! देखो तो आँखें ठंडी हो जाएँ।'

इतने में किसी ने नीचे से आवाज़ दी – 'बाबूजी, सेठ ने रुपये के लिए भेजा है।'

दयानाथ स्नान करने अंदर आ रहे थे, सेठ के प्यादे को देखकर पूछा – 'कौन सेठ, कैसे रुपये? मेरे यहाँ किसी के रुपये नहीं आते!'

प्यादा – 'छोटे बाबू ने कुछ माल लिया था। साल-भर हो गए, अभी तक एक पैसा नहीं दिया। सेठजी ने कहा है, बात बिगड़ने पर रुपये दिए तो क्या दिए। आज कुछ ज़रूर दिलवा दीजिए।'

दयानाथ ने रमा को पुकारा और बोले – 'देखो, किस सेठ का आदमी आया है। उसका कुछ हिसाब बाक़ी है, साफ़ क्यों नहीं कर देते? कितना बाक़ी है इसका?'

रमा कुछ जवाब न देने पाया था कि प्यादा बोल उठा – 'पूरे सात सौ हैं, बाबूजी!'

दयानाथ की आँखें फैलकर मस्तक तक पहुँच गईं – 'सात सौ! क्यों जी यह तो सात सौ कहता है?'

रमा ने टालने के इरादे से कहा – 'मुझे ठीक से मालूम नहीं।'

प्यादा – 'मालूम क्यों नहीं। पुरजा तो मेरे पास है। तब से कुछ दिया ही नहीं, कम कहाँ से हो गए।'

रमा ने प्यादे को पुकारकर कहा – 'चलो तुम दुकान पर, मैं ख़ुद आता हूँ।'

प्यादा - 'हम बिना कुछ लिए न जाएँगे, साहब! आप यों ही टाल दिया करते हैं, और बातें हमको सुननी पड़ती हैं।'

रमा सारी दुनिया के सामने ज़लील हो सकता था, किंतु पिता के सामने ज़लील बनना उसके लिए मौत से कम न था। जिस आदमी ने अपने जीवन में कभी हराम का एक पैसा न छुआ हो, जिसे किसी से उधार लेकर भोजन करने के बदले भूखे सो रहना मंजूर हो, उसका लड़का इतना बेशर्म और बेगैरत हो! रमा पिता की आत्मा का यह घोर अपमान न कर सकता था। वह उन पर यह बात प्रकट न होने देना चाहता था कि उनका पुत्र उनके नाम को बट्टा लगा रहा है। कर्कश स्वर में प्यादे से बोला - 'तुम अभी यहीं खड़े हो? हट जाओ, नहीं तो धक्के देकर निकाल दिए जाओगे।'

प्यादा - 'हमारे रुपये दिलवाइए, हम चले जाएँ। हमें क्या आपके द्वार पर मिठाई मिलती है!'

रमानाथ - 'तुम न जाओगे। जाओ लाला से कह देना नालिश कर दें।'

दयानाथ ने डाँटकर कहा - 'क्या बेशर्मी की बातें करते हो जी। जब गिरह में रुपये न थे, तो चीज़ लाए ही क्यों? और लाए, तो जैसे बने वैसे रुपये अदा करो। कह दिया, नालिश कर दो। नालिश कर देगा, तो कितनी आबरू रह जाएगी? इसका भी कुछ ख़याल है! सारे शहर में उँगलियाँ उठेंगी, मगर तुम्हें इसकी क्या परवा। तुमको यह सूझी क्या कि एकबारगी इतनी बड़ी गठरी सिर पर लाद ली। कोई शादी-ब्याह का अवसर होता, तो एक बात भी थी। और वह औरत कैसी है जो पति को ऐसी बेहूदगी करते देखती है और मना नहीं करती। आख़िर तुमने क्या सोचकर यह क़र्ज़ लिया? तुम्हारी ऐसी कुछ बड़ी आमदनी तो नहीं है।'

रमा को पिता की यह डाँट बहुत बुरी लग रही थी। उसके विचार में पिता को इस विषय में कुछ बोलने का अधिकार ही न था। निःसंकोच होकर बोला - 'आप नाहक इतना बिगड़ रहे हैं, आपसे रुपये माँगने जाऊँ तो कहिएगा। मैं अपने वेतन से थोड़ा-थोड़ा करके सब चुका दूँगा।'

अपने मन में उसने कहा - 'यह तो आप ही की करनी का फल है। आप ही के पाप का प्रायश्चित कर रह हूँ।'

प्यादे ने पिता और पुत्र में वाद-विवाद होते देखा, तो चुपके से अपनी राह ली। मुंशीजी भुनभुनाते हुए स्नान करने चले गए। रमा ऊपर गया, तो उसके मुँह पर लज्जा और ग्लानि की फटकार बरस रही थी। जिस अपमान से बचने के लिए वह डाल-डाल, पात-पात भागता-फिरता था, वह हो ही गया। इस अपमान के सामने सरकारी रुपयों की फ़िक्र भी ग़ायब हो गई। क़र्ज़ लेने वाले बला के हिम्मती होते हैं। साधारण बुद्धि का मनुष्य ऐसी परिस्थितियों में पड़कर घबरा उठता है, पर बैठकबाजों के माथे पर बल तक नहीं पड़ता। रमा अभी इस कला में दक्ष नहीं हुआ था। इस समय यदि यमदूत उसके प्राण हरने आता, तो वह आँखों से दौड़कर उसका स्वागत करता। वैसे क्या होगा, यह शब्द उसके एक-एक रोम से निकल रहा था। यही प्रश्न एक सर्वव्यापी पिशाच की भाँति

उसे घूरता दिखाई देता था। कैसे क्या होगा! यही शब्द अगणित बगूलों की भाँति चारों ओर उठते नज़र आते थे। वह इस पर विचार न कर सकता था। केवल उसकी ओर से आँखें बंद कर सकता था। उसका चित्त इतना खिन्न हुआ कि आँखें सजल हो गईं।

जालपा ने पूछा – 'तुमने तो कहा था, इसके अब थोड़े ही रुपये बाक़ी हैं।'

रमा ने सिर झुकाकर कहा – 'यह दुष्ट झूठ बोल रहा था, मैंने कुछ रुपये दिए हैं।'

जालपा – 'दिए होते, तो कोई रुपयों का तक़ाज़ा क्यों करता? जब तुम्हारी आमदनी इतनी कम थी तो गहने लिए ही क्यों? मैंने तो कभी ज़िद न की थी। और मान लो, मैं दो-चार बार कहती भी, तुम्हें समझ-बूझकर काम करना चाहिए था। अपने साथ मुझे भी चार बातें सुनवा दीं। आदमी सारी दुनिया से परदा रखता है, लेकिन अपनी स्त्री से परदा नहीं रखता। तुम मुझसे भी परदा रखते हो। अगर मैं जानती, तुम्हारी आमदनी इतनी थोड़ी है, तो मुझे क्या ऐसा शौक़ चर्राया था कि मुहल्ले-भर की स्त्रियों को तांगे पर बैठा-बैठाकर सैर कराने ले जाती। अधिक-से-अधिक यही तो होता है कि कभी-कभी चित्त दुखी हो जाता, पर यह तकाज़े तो न सहने पड़ते। कहीं नालिश कर दे, तो सात सौ के एक ह्ज़ार हो जाएँ। मैं क्या जानती थी कि तुम मुझ से यह छल कर रहे हो। कोई वेश्या तो थी नहीं कि तुम्हें नोच-खसोटकर अपना घर भरना मेरा काम होता। मैं तो भले-बुरे दोनों ही की साथिन हूँ। भले में तुम चाहे मेरी बात मत पूछो, बुरे में तो मैं तुम्हारे गले पड़ूँगी ही।'

रमा के मुख से एक शब्द न निकला। दफ़्तर का समय आ गया था। भोजन करने का अवकाश न था। रमा ने कपड़े पहने, और दफ़्तर चला। जागेश्वरी ने कहा – 'क्या बिना भोजन किए चले जाओगे?'

रमा ने कोई जवाब न दिया, और घर से निकलना ही चाहता था कि जालपा झपटकर नीचे आई और उसे पुकारकर बोली – 'मेरे पास जो दो सौ रुपये हैं, उन्हें क्यों नहीं सर्राफ़ को दे देते?'

रमा ने चलते वक़्त जान-बूझकर जालपा से रुपये न माँगे थे। वह जानता था, जालपा माँगते ही दे देगी, लेकिन इतनी बातें सुनने के बाद अब रुपये के लिए उसके सामने हाथ फैलाते उसे संकोच ही नहीं, भय होता था। कहीं वह फिर न उपदेश देने बैठ जाए – इसकी अपेक्षा आने वाली विपत्तियाँ कहीं हल्की थीं। मगर जालपा ने उसे पुकारा, तो कुछ आशा बँधी। ठिठक गया और बोला – 'अच्छी बात है, लाओ दे दो।'

वह बाहर के कमरे में बैठ गया। जालपा दौड़कर ऊपर से रुपये लाई और गिन-गिनकर उसकी थैली में डाल दिए। उसने समझा था, रमा रुपये पाकर फूला न समाएगा, पर उसकी आशा पूरी न हुई। अभी तीन सौ रुपये की फ़िक्र करनी थी। वह कहाँ से आएँगे? भूखा आदमी इच्छापूर्ण भोजन चाहता है, दो-चार फुलकों से उसकी तुष्टि नहीं होती।

सड़क पर आगर रमा ने एक तांगा लिया और उससे जार्ज टाउन चलने को कहा – शायद रतन से भेंट हो जाए। वह चाहे तो तीन सौ रुपये का बड़ी आसानी से

प्रबंध कर सकती है। रास्ते में वह सोचता जाता था, आज बिल्कुल संकोच न करूँगा। ज़रा देर में जार्ज टाउन आ गया। रतन का बंगला भी आया। वह बरामदे में बैठी थी। रमा ने उसे देखकर हाथ उठाया, उसने भी हाथ उठाया, पर वहाँ उसका सारा संयम टूट गया। वह बंगले में न जा सका। तांगा सामने से निकल गया। रतन बुलाती, तो वह चला जाता। वह बरामदे में न बैठी होती तब भी शायद वह अंदर चला जाता, पर उसे सामने बैठे देखकर वह संकोच में डूब गया।

जब तांगा गवर्नमेंट हाउस के पास पहुँचा, तो रमा ने चौंककर कहा – 'चुंगी के दफ़्तर चलो।' तांगे वाले ने घोड़ा फेर दिया।

ग्यारह बजते-बजते रमा दफ़्तर पहुँचा। उसका चेहरा उतरा हुआ था। छाती धड़क रही थी। बड़े बाबू ने ज़रूर पूछा होगा। जाते ही बुलाएँगे। दफ़्तर में ज़रा भी रियायत नहीं करते। तांगे से उतरते ही उसने पहले अपने कमरे की तरफ़ निगाह डाली। देखा, कई आदमी खड़े उसकी राह देख रहे हैं। वह उधर न जाकर रमेश बाबू के कमरे की ओर गया।

रमेश बाबू ने पूछा – 'तुम अब तक कहाँ थे जी, ख़ज़ांची साहब तुम्हें खोजते फिरते हैं? चपरासी मिला था?'

रमा ने अटकते हुए कहा – 'मैं घर पर न था। ज़रा वकील साहब की तरफ़ चला गया था। एक बड़ी मुसीबत में फँस गया हूँ।'

रमेश – 'कैसी मुसीबत, घर पर तो कुशल है।'

रमानाथ – 'जी हाँ, घर पर तो कुशल है। कल शाम को यहाँ काम बहुत था, मैं उसमें ऐसा फँसा कि वक़्त की कुछ ख़बर ही न रही। जब काम ख़त्म करके उठा, तो ख़ज़ांची साहब चले गए थे। मेरे पास आमदनी के आठ सौ रुपये थे। सोचने लगा इसे कहाँ रक्खूँ। मेरे कमरे में कोई संदूक है नहीं। यही निश्चय किया कि साथ लेता जाऊँ। पाँच सौ रुपये नक़द थे, वह तो मैंने थैली में रक्खे तीन सौ रुपये के नोट जेब में रख लिए और घर चला। चौक में एक-दो चीज़ें लेनी थीं। उधर से होता हुआ घर पहुँचा तो नोट ग़ायब थे।'

रमेश बाबू ने आँखें फाड़कर कहा – 'तीन सौ के नोट ग़ायब हो गए?'

रमानाथ – 'जी हाँ, कोट के ऊपर की जेब में थे। किसी ने निकाल लिए?'

रमेश – 'और तुमको मारकर थैली नहीं छीन ली?'

रमानाथ – 'क्या बताऊँ बाबूजी, तब से चित्त की जो दशा हो रही है, वह बयान नहीं कर सकता। तब से अब तक इसी फ़िक्र में दौड़ रहा हूँ। कोई बंदोबस्त न हो सका।'

रमेश – 'अपने पिता से तो कहा ही न होगा?'

रमानाथ – 'उनका स्वभाव तो आप जानते हैं। रुपये तो न देते, उल्टी डाँट सुनाते।'

रमेश – 'तो फिर क्या फ़िक्र करोगे?'

रमानाथ – 'आज शाम तक कोई न कोई फ़िक्र करूँगा ही।'

रमेश ने कठोर भाव धारण करके कहा – 'तो फिर करो न! इतनी लापरवाही तुमसे हुई कैसे! यह मेरी समझ में नहीं आता। मेरी जेब से तो आज तक एक पैसा न गिरा। आँखें बंद करके रास्ता चलते हो या नशे में थे? मुझे तुम्हारी बात पर विश्वास नहीं आता। सच-सच बतला दो, कहीं अनाप-शनाप तो नहीं ख़र्च कर डाले? उस दिन तुमने मुझसे क्यों रुपये माँगे थे?'

रमा का चेहरा पीला पड़ गया। कहीं कलई तो न खुल जाएगी। बात बनाकर बोला – 'क्या सरकारी रुपया ख़र्च कर डालूँगा? उस दिन तो आपसे रुपये इसलिए माँगे थे कि बाबूजी को एक ज़रूरत आ पड़ी थी। घर में रुपये न थे। आपका ख़त मैंने उन्हें मुझे ख़ुद दी आश्चर्य है।'

रमेश – 'तुम्हें अपने पिताजी से माँगते संकोच होता हो, तो मैं ख़त लिखकर मँगवा लूँ।'

रमा ने कानों में हाथ रखकर कहा – 'नहीं बाबूजी, ईश्वर के लिए ऐसा न कीजिएगा। ऐसी इच्छा हो, तो मुझे गोली मार दीजिए।'

रमेश ने एक क्षण तक कुछ सोचकर कहा – 'तुम्हें विश्वास है, शाम तक रुपये मिल जाएँगे?'

रमानाथ – 'हाँ, आशा तो है।'

रमेश – 'तो इस थैली के रुपये जमा कर दो, मगर देखो भाई, मैं साफ़-साफ़ कहे देता हूँ, अगर कल दस बजे रुपये न लाए तो मेरा दोष नहीं। क़ायदा तो यही कहता है कि मैं इसी वक़्त तुम्हें पुलिस के हवाले करूँ, मगर तुम अभी लड़के हो, इसलिए क्षमा करता हूँ। वरना तुम्हें मालूम है, मैं सरकारी काम में किसी प्रकार की मुरौवत नहीं करता। अगर तुम्हारी ज़गह मेरा भाई या बेटा होता, तो मैं उसके साथ भी यही सलूक करता, बल्कि शायद इससे सख़्त। तुम्हारे साथ तो फिर भी बड़ी नर्मी कर रहा हूँ। मेरे पास रुपये होते तो तुम्हें दे देता, लेकिन मेरी हालत तुम जानते हो। हाँ, किसी का क़र्ज़ नहीं रखता। न किसी को क़र्ज़ देता हूँ, न किसी से लेता हूँ। कल रुपये न आए तो बुरा होगा। मेरी दोस्ती भी तुम्हें पुलिस के पंजे से न बचा सकेगी। मेरी दोस्ती ने आज अपना हक़ अदा कर दिया वरना इस वक़्त तुम्हारे हाथों में हथकड़ियाँ होतीं।'

हथकड़ियाँ! यह शब्द तीर की भाँति रमा की छाती में लगा। वह सिर से पाँव तक काँप उठा। उस विपत्ति की कल्पना करके उसकी आँखें डबडबा आईं। वह धीरे-धीरे सिर झुकाए, सजा पाए हुए क़ैदी की भाँति जाकर अपनी कुर्सी पर बैठ गया, पर यह भयंकर शब्द बीच-बीच में उसके हृदय में गूँज जाता था।

आकाश पर काली घटाएँ छाई थीं। सूर्य का कहीं पता न था, क्या वह भी उस घटारूपी कारागार में बंद है, क्या उसके हाथों में भी हथकड़ियाँ हैं?

20

रमा शाम को दफ़्तर से चलने लगा, तो रमेश बाबू दौड़े हुए आए और कल रुपये लाने की ताकीद की। रमा मन में झुंझला उठा। आप बड़े ईमानदार की दुम बने हैं। ढोंगिया कहीं का! अगर अपनी ज़रूरत आ पड़े, तो दूसरों के तलवे सहलाते फिरेंगे; पर मेरा काम है, तो आप आदर्शवादी बन बैठे। यह सब दिखाने के दाँत हैं, मरते समय इसके प्राण भी जल्दी नहीं निकलेंगे।

कुछ दूर चलकर उसने सोचा, एक बार फिर रतन के पास चलूँ। ऐसा कोई न था जिससे रुपये मिलने की आशा होती। वह जब उसके बंगले पर पहुँचा, तो वह अपने बग़ीचे में गोल चबूतरे पर बैठी हुई थी। उसके पास ही एक गुजराती जौहरी बैठा संदूक से सुंदर आभूषण निकाल-निकालकर दिखा रहा था। रमा को देखकर वह बहुत ख़ुश हुई। 'आइए बाबू साहब, देखिए सेठजी कैसी अच्छी-अच्छी चीज़ें लाए हैं। देखिए, हार कितना सुंदर है, इसके दाम बारह सौ रुपये बताते हैं।'

रमा ने हार को हाथ में लेकर देखा और कहा - 'हाँ, चीज़ तो अच्छी मालूम होती है!'

रतन - 'दाम बहुत कहते हैं।'

जौहरी - 'बाईजी, ऐसा हार अगर कोई दो हज़ार में ला दे, तो जो जुर्माना कहिए, दूँ। बारह सौ मेरी लागत बैठ गई है।'

रमा ने मुस्कराकर कहा - 'ऐसा न कहिए, सेठजी, जुर्माना देना पड़ जाएगा।'

जौहरी - 'बाबू साहब, हार तो सौ रुपये में भी आ जाएगा और बिल्कुल ऐसा ही। बल्कि चमक-चमक में इससे भी बढ़कर। मगर परखना चाहिए। मैंने ख़ुद ही आपसे मोल-तोल की बात नहीं की। मोल-तोल अनाड़ियों से किया जाता है। आपसे क्या मोल-तोल। हम लोग निरे रोज़गारी नहीं हैं बाबू साहब, आदमी का मिज़ाज देखते हैं। श्रीमतीजी ने क्या अमीराना मिज़ाज दिखाया है कि वाह!'

रतन ने हार को लुब्ध नेत्रों से देखकर कहा - 'कुछ तो कम कीजिए, सेठजी! आपने तो जैसे क़सम खाली!'

जौहरी - 'कमी का नाम न लीजिए, हुज़ूर! यह चीज़ आपकी भेंट है।'

रतन - 'अच्छा, अब एक बात बतला दीजिए, कम-से-कम इसका क्या लेंगे?'

जौहरी ने कुछ क्षुब्ध होकर कहा - 'बारह सौ रुपये और बारह कौड़ियाँ होंगी, हुज़ूर। आप से क़सम खाकर कहता हूँ, इसी शहर में पंद्रह सौ का बेचूँगा, और आपसे कह जाऊँगा, किसने लिया।'

यह कहते हुए जौहरी ने हार को रखने का केस निकाला। रतन को विश्वास हो गया, यह कुछ कम न करेगा। बालकों की भाँति अधीर होकर बोली - 'आप तो ऐसा समेटे लेते हैं कि हार को नज़र लग जाएगी।'

जौहरी – 'क्या करूँ हुज़ूर! सब ऐसे दरबार में चीज़ की क़दर नहीं होती, तो दुख होता ही है।'

रतन ने कमरे में जाकर रमा को बुलाया और बोली – 'आप समझते हैं यह कुछ और उतरेगा?'

रमानाथ – 'मेरी समझ में तो चीज़ एक हज़ार से ज़्यादा की नहीं है।'

रतन – 'उंह, होगा। मेरे पास तो छः सौ रुपये हैं। आप चार सौ रुपये का प्रबंध कर दें, तो ले लूँ। यह इसी गाड़ी से काशी जा रहा है। उधार न मानेगा। वकील साहब किसी जलसे में गए हैं, नौ-दस बजे के पहले न लौटेंगे। मैं आपको कल रुपये लौटा दूँगी।'

रमा ने बड़े संकोच के साथ कहा – 'विश्वास मानिए, मैं बिल्कुल ख़ाली हाथ हूँ। मैं तो आपसे रुपये माँगने आया था। मुझे बड़ी सख़्त ज़रूरत है। वह रुपये मुझे दे दीजिए, मैं आपके लिए कोई अच्छा-सा हार यहीं से ला दूँगा। मुझे विश्वास है, ऐसा हार सात-आठ सौ में मिल जाएगा।'

रतन – 'चलिए, मैं आपकी बातों में नहीं आती। छः महीने में एक कंगन तो बनवा न सके, अब हार क्या लाएँगे! मैं यहाँ कई दुकानें देख चुकी हूँ, ऐसी चीज़ शायद ही कहीं निकले। और निकले भी, तो इसके ड्योढ़े दाम देने पड़ेंगे।'

रमानाथ – 'तो इसे कल क्यों न बुलाइए, इसे सौदा बेचने की ग़रज़ होगी, तो आप ठहरेगा।'

रतन – 'अच्छा कहिए, देखिए क्या कहता है।'

दोनों कमरे के बाहर निकले, रमा ने जौहरी से कहा – 'तुम कल आठ बजे क्यों नहीं आते?'

जौहरी – 'नहीं हुज़ूर, कल काशी में दो-चार बड़े रईसों से मिलना है। आज न-जाने से बड़ी हानि हो जाएगी।'

रतन – 'मेरे पास इस वक़्त छः सौ रुपये हैं, आप हार दे जाइए, बाक़ी के रुपये काशी से लौटकर ले जाइएगा।'

जौहरी – 'रुपये का तो कोई हर्ज़ न था, महीने-दो महीने में ले लेता, लेकिन हम परदेशी लोगों का क्या ठिकाना, आज यहाँ हैं, कल वहाँ हैं, कौन जाने यहाँ फिर कब आना हो! आप इस वक़्त एक हज़ार दें, दो सौ फिर दे दीजिएगा।'

रमानाथ – 'तो सौदा न होगा।'

जौहरी – 'इसका अख़्तियार आपको है, मगर इतना कहे देता हूँ कि ऐसा माल फिर न पाइएगा।'

रमानाथ – 'रुपये होंगे तो माल बहुत मिल जाएगा।'

जौहरी – 'कभी-कभी दाम रहने पर भी अच्छा माल नहीं मिलता।'

यह कहकर जौहरी ने फिर हार को केस में रखा और इस तरह संदूक समेटने लगा, मानो वह एक क्षण भी न रुकेगा।

रतन का रोयाँ-रोयाँ कान बना हुआ था, मानो कोई क़ैदी अपनी क़िस्मत का फ़ैसला सुनने को खड़ा हो। उसके हृदय की सारी ममता, ममता का सारा अनुराग, अनुराग की सारी अधीरता, उत्कंठा और चेष्टा उसी हार पर केंद्रित हो रही थी, मानो उसके प्राण उसी हार के दानों में जा छिपे थे, मानो उसके जन्म-जन्मांतरों की संचित अभिलाषा उसी हार पर मंडरा रही थी। जौहरी को संदूक बंद करते देखकर वह जलविहीन मछली की भाँति तड़पने लगी। कभी वह संदूक खोलती, कभी वह दराज़ खोलती, पर रुपये कहीं न मिले।

सहसा मोटर की आवाज़ सुनकर रतन ने फ़ाटक की ओर देखा। वकील साहब चले आ रहे थे। वकील साहब ने मोटर बरामदे के सामने रोक दी और चबूतरे की तरफ़ चले। रतन ने चबूतरे के नीचे उतरकर कहा - 'आप तो नौ बजे आने को कह गए थे?'

वकील - 'वहाँ कोरम ही पूरा न हुआ, बैठकर क्या करता! कोई दिल से तो काम करना नहीं चाहता, सब मुफ़्त में नाम कमाना चाहते हैं। यह क्या कोई जौहरी है?'

जौहरी ने उठकर सलाम किया।

वकील साहब रतन से बोले - 'क्यों, तुमने कोई चीज़ पसंद की?'

रतन - 'हाँ, एक हार पसंद किया है, बारह सौ रुपये माँगते हैं।'

वकील - 'बस! और कोई चीज़ पसंद करो। तुम्हारे पास सिर की कोई अच्छी चीज़ नहीं है।'

रतन - 'इस वक़्त मैं यही एक हार लूँगी। आजकल सिर की चीज़ें कौन पहनता है।'

वकील - 'लेकर रख लो, पास रहेगी तो कभी पहन भी लोगी। नहीं तो कभी दूसरों को पहने देख लिया, तो कहोगी, मेरे पास होता, तो मैं भी पहनती।'

वकील साहब को रतन से पति का-सा प्रेम नहीं, पिता का-सा स्नेह था। जैसे कोई स्नेही पिता मेले में लड़कों से पूछ-पूछकर खिलौने लेता है, वह भी रतन से पूछ-पूछकर खिलौने लेते थे। उसके कहने भर की देर थी। उनके पास उसे प्रसन्न करने के लिए धन के सिवा और चीज़ ही क्या थी। उन्हें अपने जीवन में एक आधार की ज़रूरत थी - सदेह आधार की, जिसके सहारे वह इस जीर्ण दशा में भी जीवन-संग्राम में खड़े रह सकें, जैसे किसी उपासक को प्रतिमा की ज़रूरत होती है। बिना प्रतिमा के वह किस पर फूल चढ़ाए, किसे गंगा-जल से नहलाए, किसे स्वादिष्ट चीज़ों का भोग लगाए। इसी भाँति वकील साहब को भी पत्नी की ज़रूरत थी। रतन उनके लिए सदेह कल्पना मात्र थी जिससे उनकी आत्मिक पिपासा शांत होती थी। कदाचित रतन के बिना उनका जीवन उतना ही सूना होता, जितना आँखों के बिना मुख।

रतन ने केस में से हार निकालकर वकील साहब को दिखाया और बोली - 'इसके बारह सौ रुपये माँगते हैं।'

वकील साहब की निगाह में रुपये का मूल्य आनंददायिनी शक्ति थी। अगर हार रतन को पसंद है, तो उन्हें इसकी परवा न थी कि इसके क्या दाम देने पड़ेंगे। उन्होंने

चेक निकालकर जौहरी की तरफ़ देखा और पूछा – 'सच-सच बोलो, कितना लिखूँ? अगर फ़र्क़ पड़ा तो तुम जानोगे।'

जौहरी ने हार को उलट-पलटकर देखा और हिचकते हुए बोला – 'साढ़े ग्यारह सौ कर दीजिए।' वकील साहब ने चेक लिखकर उसको दिया, और वह सलाम करके चलता हुआ।

रतन का मुख इस समय वसन्त की प्राकृतिक शोभा की भाँति विहसित था। ऐसा गर्व, ऐसा उल्लास उसके मुख पर कभी न दिखाई दिया था। मानो उसे संसार की संपत्ति मिल गई है।

हार को गले में लटकाए वह अंदर चली गई। वकील साहब के आचार-विचार में नई और पुरानी प्रथाओं का विचित्र मेल था। भोजन वह अभी तक किसी ब्राह्मण के हाथ का भी न खाते थे। आज रतन उनके लिए अच्छी-अच्छी चीज़ें बनाने गई, अपनी कृतज्ञता को वह कैसे ज़ाहिर करे?

रमा कुछ देर तक तो बैठा वकील साहब का योरोप-गौरव-गान-सुनता रहा, अंत में निराश होकर चल दिया।

21

अगर इस समय किसी को संसार में सबसे दुखी, जीवन से निराश, चिंताग्नि में जलते हुए प्राणी की मूर्ति देखनी हो, तो उस युवक को देखे, जो साइकिल पर बैठा हुआ, अल्फ्रेड पार्क के सामने चला जा रहा है। इस वक़्त अगर कोई काला साँप नज़र आए तो वह दोनों हाथ फैलाकर उसका स्वागत करेगा और उसके विष को सुधा की तरह पिएगा। उसकी रक्षा सुधा से नहीं, अब विष ही से हो सकती है। मौत ही अब उसकी चिंताओं का अंत कर सकती है, लेकिन क्या मौत उसे बदनामी से भी बचा सकती है? सबेरा होते ही, यह बात घर-घर फैल जाएगी, सरकारी रुपया खा गया और जब पकड़ा गया, तब आत्महत्या कर ली! कुल में कलंक लगाकर, मरने के बाद भी अपनी हँसी कराके चिंताओं से मुक्त हुआ तो क्या, लेकिन दूसरा उपाय ही क्या है।

अगर वह इस समय जाकर जालपा से सारी स्थिति कह सुनाए, तो वह उसके साथ अवश्य सहानुभूति दिखाएगी। जालपा को चाहे कितना ही दुख हो, पर अपने गहने निकालकर देने में एक क्षण का भी विलंब न करेगी। गहनों को गिरवी रखकर वह सरकारी रुपये अदा कर सकता है। उसे अपना परदा खोलना पड़ेगा। इसके सिवा और कोई उपाय नहीं है।

मन में यह निश्चय करके रमा घर की ओर चला, पर उसकी चाल में वह तेज़ी न थी जो मानसिक स्फूर्ति का लक्षण है।

लेकिन घर पहुँचकर उसने सोचा, जब यही करना है, तो जल्दी क्या है, जब चाहूँगा माँग लूँगा। कुछ देर गप-शप करता रहा, फिर खाना खाकर लेटा। सहसा उसके जी में आया, क्यों न चुपके से कोई चीज़ उठा ले जाऊँ? कुलमर्यादा की रक्षा करने के लिए एक बार उसने ऐसा ही किया था। उसी उपाय से क्या वह प्राणों की रक्षा नहीं कर सकता - अपनी जबान से तो शायद वह कभी अपनी विपत्ति का हाल न कह सकेगा। इसी प्रकार आगा-पीछा में पड़े हुए सबेरा हो जाएगा। और तब उसे कुछ कहने का अवसर ही न मिलेगा।

मगर उसे फिर शंका हुई, कहीं जालपा की आँख खुल जाए - फिर तो उसके लिए त्रिवेणी के सिवा और स्थान ही न रह जाएगा। जो कुछ भी हो एक बार तो यह उद्योग करना ही पड़ेगा। उसने धीरे से जालपा का हाथ अपनी छाती पर से हटाया, और नीचे खड़ा हो गया। उसे ऐसा ख़याल हुआ कि जालपा हाथ हटाते ही चौंकी और फिर मालूम हुआ कि यह भ्रम-मात्र था। उसे अब जालपा के सलूके की जेब से चाभियों का गुच्छा निकालना था। देर करने का अवसर न था। नींद में भी निम्न चेतना अपना काम करती रहती है। बालक कितना ही ग़ाफ़िल सोया हो, माता के चारपाई से उठते ही जाग पड़ता है, लेकिन जब चाभी निकालने के लिए झुका, तो उसे जान पड़ा जालपा मुस्करा रही है। उसने झट हाथ खींच लिया और लैंप के क्षीण प्रकाश में जालपा के मुख की ओर देखा, जो कोई सुखद स्वप्न देख रही थी। उसकी स्वप्न-सुख विलसित छवि देखकर उसका मन कातर हो उठा। हा! इस सरला के साथ मैं ऐसा विश्वासघात करूँ? जिसके लिए मैं अपने प्राणों को भेंट कर सकता हूँ, उसी के साथ यह कपट? जालपा का निष्कपट स्नेह-पूर्ण हृदय मानो उसके मुखमंडल पर अंकित हो रहा था। आह जिस समय इसे ज्ञात होगा इसके गहने फिर चोरी हो गए, इसकी क्या दशा होगी? पछाड़ खाएगी, सिर के बाल नोचेगी। वह किन आँखों से उसका यह क्लेश देखेगा? उसने सोचा, मैंने इसे आराम ही कौन सा पहुँचाया है? किसी दूसरे से विवाह होता, तो अब तक वह रत्नों से लद जाती। दुर्भाग्यवश इस घर में आई, जहाँ कोई सुख नहीं, उल्टे और रोना पड़ा।

रमा फिर चारपाई पर लेटा रहा। उसी वक़्त जालपा की आँखें खुल गईं। उसके मुख की ओर देखकर बोली - 'तुम कहाँ गए थे? मैं अच्छा सपना देख रही थी। बड़ा बाग़ है, और हम-तुम दोनों उसमें टहल रहे हैं। इतने में तुम न जाने कहाँ चले जाते हो, एक और साधु आकर मेरे सामने खड़ा हो जाता है। बिलकुल देवताओं का-सा उसका स्वरूप है। वह मुझसे कहता है, बेटी, मैं तुझे वर देने आया हूँ। माँग, क्या माँगती है। मैं तुम्हें इधर-उधर खोज रही हूँ कि तुमसे पूछूँ क्या माँगू और तुम कहीं दिखाई नहीं देते। मैं सारा बाग़ छान आई। पेड़ों पर झाँककर देखा, तुम न-जाने कहाँ चले गए हो बस इतने में नींद खुल गई, वरदान न माँगने पाई।'

रमा ने मुस्कराते हुए कहा, 'क्या वरदान माँगतीं?'

'माँगती जो जी में आता, तुम्हें क्यों बता दूँ?'

'नहीं, बताओ, शायद तुम बहुत-सा धन माँगतीं।'

'धन को तुम बहुत बड़ी चीज़ समझते होगे? मैं तो कुछ नहीं समझती।'

'हाँ, मैं तो समझता हूँ। निर्धन रहकर जीना मरने से भी बदतर है। मैं अगर किसी देवता को पकड़ पाऊँ तो बिना काफ़ी रुपये लिए न मानूँ। मैं सोने की दीवार नहीं खड़ी करना चाहता, न रॉकफ़ेलर और कारनेगी बनने की मेरी इच्छा है। मैं केवल इतना धन चाहता हूँ कि ज़रूरत की मामूली चीज़ों के लिए तरसना न पड़े। बस कोई देवता मुझे पाँच लाख दे दे, तो मैं फिर उससे कुछ न माँगूँगा। हमारे ही ग़रीब मुल्क़ में ऐसे कितने ही रईस, सेठ, ताल्लुकेदार हैं, जो पाँच लाख एक साल में ख़र्च करते हैं, बल्कि कितनों ही का तो माहवार ख़र्च पाँच लाख होगा। मैं तो इसमें सात जीवन काटने को तैयार हूँ, मगर मुझे कोई इतना भी नहीं देता। तुम क्या माँगतीं - अच्छे-अच्छे गहने!'

जालपा ने त्योरियाँ चढ़ाकर कहा, 'क्यों चिढ़ाते हो मुझे! क्या मैं गहनों पर और स्त्रियों से ज़्यादा जान देती हूँ - मैंने तो तुमसे कभी आग्रह नहीं किया? तुम्हें ज़रूरत हो, आज इन्हें उठा ले जाओ, मैं ख़ुशी से दे दूँगी।'

रमा ने मुस्कराकर कहा - 'तो फिर बतलातीं क्यों नहीं?

जालपा - 'मैं यही माँगती कि मेरा स्वामी सदा मुझसे प्रेम करता रहे। उनका मन कभी मुझसे न फिरे।'

रमा ने हँसकर कहा - 'क्या तुम्हें इसकी भी शंका है?'

'तुम देवता भी होते तो शंका होती, तुम तो आदमी हो मुझे तो ऐसी कोई स्त्री न मिली, जिसने अपने पति की निष्ठुरता का दुखड़ा न रोया हो। साल-दो साल तो वह ख़ूब प्रेम करते हैं, फिर न जाने क्यों उन्हें स्त्री से अरुचि-सी हो जाती है। मन चंचल होने लगता है। औरत के लिए इससे बड़ी विपत्ति नहीं। उस विपत्ति से बचने के सिवा मैं और क्या वरदान माँगती?' यह कहते हुए जालपा ने पति के गले में बाँहें डाल दीं और प्रणय-संचित नज़रों से देखती हुई बोली - 'सच बताना, तुम अब भी मुझे वैसे ही चाहते हो, जैसे पहले चाहते थे? देखो, सच कहना, बोलो!'

रमा ने जालपा के गले से चिमटकर कहा - 'उससे कहीं अधिक, लाख गुना!'

जालपा ने हँसकर कहा - 'झूठ! बिलकुल झूठ! सोलहों आना झूठ!'

रमानाथ - 'यह तुम्हारी ज़बरदस्ती है। आख़िर ऐसा तुम्हें कैसे जान पड़ा?'

जालपा - 'आँखों से देखती हूँ और कैसे जान पड़ा। तुमने मेरे पास बैठने की क़सम खा ली है। जब देखो तुम गुमसुम रहते हो मुझसे प्रेम होता, तो मुझ पर विश्वास भी होता। बिना विश्वास के प्रेम हो ही कैसे सकता है? जिससे तुम अपनी बुरी-से-बुरी बात न कह सको, उससे तुम प्रेम नहीं कर सकते। हाँ, उसके साथ विहार कर सकते हो, विलास कर सकते हो उसी तरह जैसे कोई वेश्या के पास जाता है। वेश्या के पास लोग आनंद उठाने ही जाते हैं, कोई उनसे मन की बात कहने तो नहीं जाता। तुम्हारी भी वही दशा है। बोलो है या नहीं? आँखें क्यों छिपाते हो? क्या मैं देखती नहीं, तुम बाहर से कुछ घबड़ाए हुए आते हो? बातें करते समय देखती हूँ, तुम्हारा मन किसी और तरफ़ रहता है। भोजन में भी देखती हूँ, तुम्हें कोई आनंद नहीं आता। दाल गाढ़ी है

या पतली, शाक कम है या ज़्यादा, चावल में कनी है या पक गए हैं, इस तरफ़ तुम्हारी निगाह नहीं जाती। बेगार की तरह भोजन करते हो और जल्दी से भागते हो। मैं यह सब क्या नहीं देखती - मुझे देखना न चाहिए? मैं विलासिनी हूँ, इसी रूप में तो तुम मुझे देखते हो। मेरा काम है विहार करना, विलास करना, आनंद करना। मुझे तुम्हारी चिंताओं से क्या मतलब? मगर ईश्वर ने वैसा हृदय नहीं दिया। क्या करूँ? मैं समझती हूँ, जब मुझे जीवन ही व्यतीत करना है, जब मैं केवल तुम्हारे मनोरंजन की ही वस्तु हूँ, तो क्यों अपनी जान विपत्ति में डालूँ?'

जालपा ने रमा से कभी दिल खोलकर बात न की थी। वह इतनी विचारशील है, उसने अनुमान ही न किया था। वह उसे वास्तव में रमणी ही समझता था। अन्य पुरुषों की भाँति वह भी पत्नी को इसी रूप में देखता था। वह उसके यौवन पर मुग्ध था। उसकी आत्मा का स्वरूप देखने की कभी चेष्टा ही न की। शायद वह समझता था, इसमें आत्मा है ही नहीं। अगर वह रूप-लावण्य की राशि न होती, तो कदाचित वह उससे बोलना भी पसंद न करता। उसका सारा आकर्षण, उसकी सारी आसक्ति केवल उसके रूप पर थी। वह समझता था, जालपा इसी में प्रसन्न है। अपनी चिंताओं के बोझ से वह उसे दबाना नहीं चाहता था, पर आज उसे ज्ञात हुआ, जालपा उतनी ही चिंतनशील है, जितना वह ख़ुद था। इस वक़्त उसे अपनी मनोव्यथा कह डालने का बहुत अच्छा अवसर मिला था, पर हाय संकोच! इसने फिर उसकी ज़बान बंद कर दी। जो बातें वह इतने दिनों तक छिपाए रहा, वह अब कैसे कहे? क्या ऐसा करना जालपा के आरोपित आक्षेपों को स्वीकार करना न होगा? हाँ, उसकी आँखों से आज भ्रम का परदा उठ गया। उसे ज्ञात हुआ कि विलास पर प्रेम का निर्माण करने की चेष्टा करना उसका अज्ञान था।

रमा इन्हीं विचारों में पड़ा-पड़ा सो गया, उस समय आधी रात से ऊपर गुज़र गई थी। सोया तो इसी सबब से था कि बहुत सबेरे उठ जाऊँगा, पर नींद खुली, तो कमरे में धूप की किरणें आ-आकर उसे जगा रही थीं। वह चटपट उठा और बिना मुँह-हाथ धोए, कपड़े पहनकर जाने को तैयार हो गया। वह रमेश बाबू के पास जाना चाहता था। अब उनसे यह कथा कहनी पड़ेगी। स्थिति का पूरा ज्ञान हो जाने पर वह कुछ-न कुछ सहायता करने पर तैयार हो जाएँगे।

जालपा उस समय भोजन बनाने की तैयारी कर रही थी। रमा को इस भाँति जाते देखकर प्रश्न-सूचक नज़रों से देखा। रमा के चेहरे पर चिंता, भय, चंचलता और हिंसा मानो बैठी घूर रही थीं। एक क्षण के लिए वह बेसुध-सी हो गई। एक हाथ में छुरी और दूसरे में एक करेला लिए हुए वह द्वार की ओर ताकती रही। यह बात क्या है, उसे कुछ बताते क्यों नहीं - वह और कुछ न कर सके, हमदर्दी तो कर ही सकती है। उसके जी में आया - पुकार कर पूछूँ, क्या बात है? उठकर द्वार तक आई भी पर रमा सड़क पर दूर निकल गया था। उसने देखा, वह बड़ी तेज़ी से चला जा रहा है, जैसे सनक गया हो न दाहिनी ओर ताकता है, न बाईं ओर, केवल सिर झुकाए, पथिकों

से टकराता, पैर गाड़ियों की परवा न करता हुआ, भागा चला जा रहा था। आख़िर वह लौटकर फिर तरकारी काटने लगी, पर उसका मन उसी ओर लगा हुआ था। क्या बात है, क्यों मुझसे इतना कुछ छिपाते हैं?

रमा रमेश के घर पहुँचा तो आठ बज गए थे। बाबू साहब चौकी पर बैठे संध्या कर रहे थे। इन्हें देखकर इशारे से बैठने को कहा, कोई आधा घंटे में संध्या समाप्त हुई, बोले, क्या अभी मुँह-हाथ भी नहीं धोया, यही लीचड़पन मुझे नापसंद है। तुम और कुछ करो या न करो, बदन की सफ़ाई तो करते रहो क्या हुआ, रुपये का कुछ प्रबंध हुआ?

रमानाथ – 'इसी फ़िक्र में तो आपके पास आया हूँ।'

रमेश – 'तुम भी अजीब आदमी हो, अपने बाप से कहते हुए तुम्हें क्यों शर्म आती है? यही न होगा, तुम्हें ताने देंगे, लेकिन इस संकट से तो छूट जाओगे। उनसे सारी बातें साफ़-साफ़ कह दो। ऐसी दुर्घटनाएँ अक्सर हो जाया करती हैं। इसमें डरने की क्या बात है! नहीं कहो, मैं चलकर कह दूँ।'

रमानाथ – 'उनसे कहना होता, तो अब तक कभी कह चुका होता! क्या आप कुछ बंदोबस्त नहीं कर सकते?'

रमेश – 'कर क्यों नहीं सकता, पर करना नहीं चाहता। ऐसे आदमी के साथ मुझे कोई हमदर्दी नहीं हो सकती। तुम जो बात मुझसे कह सकते हो, क्या उनसे नहीं कह सकते? मेरी सलाह मानो। उनसे जाकर कह दो। अगर वह रुपये न दें तब मेरे पास आना।'

रमा को अब और कुछ कहने का साहस न हुआ। लोग इतनी घनिष्ठता होने पर भी इतने कठोर हो सकते हैं। वह यहाँ से उठा, पर उसे कुछ सुझाई न देता था। चौवैया में आकाश से फिरते हुए जल-बिंदुओं की जो दशा होती है, वही इस समय रमा की हुई। दस क़दम तेज़ी से आगे चलता, तो फिर कुछ सोचकर रुक जाता और दस-पाँच क़दम पीछे लौट जाता। कभी इस गली में घुस जाता, कभी उस गली में। सहसा उसे एक बात सूझी, क्यों न जालपा को एक पत्र लिखकर अपनी सारी कठिनाइयाँ कह सुनाऊँ। मुँह से तो वह कुछ न कह सकता था, पर क़लम से लिखने में उसे कोई मुश्किल मालूम नहीं होती थी। पत्र लिखकर जालपा को दे दूँगा और बाहर के कमरे में आ बैठूँगा। इससे सरल और क्या हो सकता है? वह भागा हुआ घर आया, और तुरंत पत्र लिखा।

'प्रिये, क्या कहूँ, किस विपत्ति में फँसा हुआ हूँ। अगर एक घंटे के अंदर तीन सौ रुपये का प्रबंध न हो गया, तो हाथों में हथकड़ियाँ पड़ जाएँगी। मैंने बहुत कोशिश की, किसी से उधार ले लूँ, किंतु कहीं न मिल सके। अगर तुम अपने दो-एक ज़ेवर दे दो, तो मैं गिरों रखकर काम चला लूँ। ज्यों ही रुपये हाथ आ जाएँगे, छुड़ा दूँगा। अगर मजबूरी न आ पड़ती तो, तुम्हें कष्ट न देता। ईश्वर के लिए रुष्ट न होना। मैं बहुत जल्द छुड़ा दूँगा...'

अभी यह पत्र समाप्त न हुआ था कि रमेश बाबू मुस्कराते हुए आकर बैठ गए और बोले – 'कहा उनसे तुमने?'

रमा ने सिर झुकाकर कहा – 'अभी तो मौक़ा नहीं मिला।'

रमेश – 'तो क्या दो-चार दिन में मौक़ा मिलेगा – मैं डरता हूँ कि कहीं आज भी तुम यों ही ख़ाली हाथ न चले जाओ, नहीं तो ग़जब ही हो जाए!'

रमानाथ – 'जब उनसे माँगने का निश्चय कर लिया, तो अब क्या चिंता!'

रमेश – 'आज मौक़ा मिले, तो ज़रा रतन के पास चले जाना। उस दिन मैंने कितना जोर देकर कहा था, लेकिन मालूम होता है तुम भूल गए।'

रमानाथ – 'भूल तो नहीं गया, लेकिन उनसे कहते शर्म आती है।'

रमेश – 'अपने बाप से कहते भी शर्म आती है? अगर अपने लोगों में यह संकोच न होता, तो आज हमारी यह दशा क्यों होती?'

रमेश बाबू चले गए, तो रमा ने पत्र उठाकर जेब में डाला और उसे जालपा को देने का निश्चय करके घर में गया। जालपा आज किसी महिला के घर जाने को तैयार थी। थोड़ी देर हुई, बुलावा आ गया। उसने अपनी सबसे सुंदर साड़ी पहनी थी। हाथों में जड़ाऊ कंगन शोभा दे रहे थे, गले में चन्द्रहार, आईना सामने रखे हुए कानों में झुमके पहन रही थी। रमा को देखकर बोली – 'आज सबेरे कहाँ चले गए थे? हाथ-मुँह तक न धोया। दिन भर तो बाहर रहते ही हो, शाम-सबेरे तो घर पर रहा करो। तुम नहीं रहते, तो घर सूना-सूना लगता है। मैं अभी सोच रही थी, मुझे मैके जाना पड़े, तो मैं जाऊँ या न जाऊँ? मेरा जी तो वहाँ बिलकुल न लगे।'

रमानाथ – 'तुम तो कहीं जाने को तैयार बैठी हो।'

जालपा – 'सेठानीजी ने बुला भेजा है, दोपहर तक चली आऊँगी।'

रमा की दशा इस समय उस शिकारी की-सी थी, जो हिरनी को अपने शावकों के साथ किलोल करते देखकर तनी हुई बंदूक कंधों पर रख लेता है, और वह वात्सल्य और प्रेम की क्रीड़ा देखने में तल्लीन हो जाता है। उसे अपनी ओर टकटकी लगाए देखकर जालपा ने मुस्कराकर कहा – 'देखो, मुझे नज़र न लगा देना। मैं तुम्हारी आँखों से बहुत डरती हूँ।'

रमा एक ही उड़ान में वास्तविक संसार से कल्पना और कवित्व के संसार में जा पहुँचा। ऐसे अवसर पर जब जालपा का रोम-रोम आनंद से नाच रहा है, क्या वह अपना पत्र देकर उसकी सुखद कल्पनाओं को दलित कर देगा? वह कौन हृदयहीन व्याधा है, जो चहकती हुई चिड़िया की गर्दन पर छुरी चला देगा? वह कौन अरसिक आदमी है, जो किसी प्रभात-कुसुम को तोड़कर पैरों से कुचल डालेगा? रमा इतना हृदयहीन, इतना अरसिक नहीं है। वह जालपा पर इतना बड़ा आघात नहीं कर सकता उसके सिर कैसी ही विपत्ति क्यों न पड़ जाए, उसकी कितनी ही बदनामी क्यों न हो, उसका जीवन ही क्यों न कुचल दिया जाए, पर वह इतना निष्ठुर नहीं हो सकता उसने अनुरक्त होकर कहा, नज़र तो न लगाऊँगा, हाँ, हृदय से लगा लूँगा। इसी एक वाक्य में उसकी सारी चिंताएँ, सारी बाधाएँ विसर्जित हो गईं। स्नेह-संकोच की वेदी पर उसने अपने को भेंट कर दिया। इस अपमान के सामने जीवन के और सारे क्लेश तुच्छ थे। इस समय

उसकी दशा उस बालक की-सी थी, जो फोड़े पर नश्तर की क्षणिक पीड़ा न सहकर उसके फटने, नासूर पड़ने, वर्षो खाट पर पड़े रहने और कदाचित प्राणांत हो जाने के भय को भी भूल जाता है।

जालपा नीचे जाने लगी, तो रमा ने कातर होकर उसे गले से लगा लिया और इस तरह भींच-भींचकर उसे आलिंगन करने लगा, मानो यह सौभाग्य उसे फिर न मिलेगा। कौन जानता है, यही उसका अंतिम आलिंगन हो उसके करपाश मानो रेशम के सहस्रों तारों से संगठित होकर जालपा से चिमट गए थे। मानो कोई मरणासन्न कृपण अपने कोष की कुंजी मुट्ठी में बंद किए हो, और प्रतिक्षण मुट्ठी कठोर पड़ती जाती हो। क्या मुट्ठी को बलपूर्वक खोल देने से ही उसके प्राण न निकल जाएँगे?

सहसा जालपा बोली - 'मुझे कुछ रुपये तो दे दो, शायद वहाँ कुछ ज़रूरत पड़े।'

रमा ने चौंककर कहा - 'रुपये! रुपये तो इस वक़्त नहीं हैं।'

जालपा - 'हैं हैं!, मुझसे बहाना कर रहे हो बस मुझे दो रुपये दे दो, और ज़्यादा नहीं चाहती।'

यह कहकर उसने रमा की जेब में हाथ डाल दिया, और कुछ पैसे के साथ वह पत्र भी निकाल लिया।

रमा ने हाथ बढ़ाकर पत्र को जालपा से छीनने की चेष्टा करते हुए क़हा - 'काग़ज़ मुझे दे दो, सरकारी काग़ज़ है।'

जालपा - 'किसका ख़त है बता दो?'

जालपा ने तह किए हुए पुरजे को खोलकर कहा, 'यह सरकारी काग़ज़ है! झूठे कहीं के! तुम्हारा ही लिखा!'

रमानाथ - 'दे दो, क्यों परेशान करती हो!'

रमा ने फिर काग़ज़ छीन लेना चाहा, पर जालपा ने हाथ पीछे उधरकर कहा - 'मैं बिना पढ़े न दूँगी। कह दिया ज़्यादा ज़िद करोगे, तो फाड़ डालूँगी।'

रमानाथ - 'अच्छा फाड़ डालो।'

जालपा - 'तब तो मैं ज़रूर पढूँगी।'

उसने दो क़दम पीछे हटकर फिर ख़त को खोला और पढ़ने लगी। रमा ने फिर उसके हाथ से काग़ज़ छीनने की कोशिश नहीं की। उसे जान पड़ा, आसमान फट पड़ा है, मानो कोई भंयकर जंतु उसे निगलने के लिए बढ़ा चला आता है। वह धड़-धड़ करता हुआ ऊपर से उतरा और घर के बाहर निकल गया। कहाँ अपना मुँह छिपा ले - कहाँ छिप जाए कि कोई उसे देख न सके।

उसकी दशा वही थी, जो किसी नंगे आदमी की होती है। वह सिर से पाँव तक कपड़े पहने हुए भी नंगा था। आह! सारा परदा खुल गया! उसकी सारी कपटलीला खुल गई! जिन बातों को छिपाने की उसने इतने दिनों चेष्टा की, जिनको गुप्त रखने के लिए उसने कौन-कौन सी कठिनाइयाँ नहीं झेलीं, उन सबों ने आज मानो उसके मुँह पर कालिख पोत दी। वह अपनी दुर्गति अपनी आँखों से नहीं देख सकता, जालपा की

सिसकियाँ, पिता की झिड़कियाँ, पड़ोसियों की कनफुसकियाँ सुनने की अपेक्षा मर जाना कहीं आसान होगा। जब कोई संसार में न रहेगा, तो उसे इसकी क्या परवा होगी, कोई उसे क्या कह रहा है। हाय! केवल तीन सौ रुपयों के लिए उसका सर्वनाश हुआ जा रहा है, लेकिन ईश्वर की इच्छा है, तो वह क्या कर सकता है। प्रियजनों की नज़रों से गिरकर जिए तो क्या जिए! जालपा उसे कितना नीच, कितना कपटी, कितना धूर्त, कितना गपोड़िया समझ रही होगी। क्या वह अपना मुँह दिखा सकता है?

क्या संसार में कोई ऐसी ज़गह नहीं है, जहाँ वह नए जीवन का सूत्रपात कर सके, जहाँ वह संसार से अलग-थलग सबसे मुँह मोड़कर अपना जीवन काट सके। जहाँ वह इस तरह छिप जाए कि पुलिस उसका पता न लगा सके। गंगा की गोद के सिवा ऐसी ज़गह और कहाँ थी। अगर जीवित रहा, तो महीने दो महीने में अवश्य ही पकड़ लिया जाएगा। उस समय उसकी क्या दशा होगी, वह हथकड़ियाँ और बेड़ियाँ पहने अदालत में खड़ा होगा। सिपाहियों का एक दल उसके ऊपर सवार होगा। सारे शहर के लोग उसका तमाशा देखने जाएँगे। जालपा भी जाएगी। रतन भी जाएगी। उसके पिता, संबंधी, मित्र, अपने-पराए, सभी भिन्न-भिन्न भावों से उसकी दुर्दशा का तमाशा देखेंगे। नहीं, वह अपनी मिट्टी यों न ख़राब करेगा, न करेगा। इससे कहीं अच्छा है, कि वह डूब मरे!

मगर फिर ख़याल आया कि जालपा किसकी होकर रहेगी! हाय, मैं अपने साथ उसे भी ले डूबा! बाबूजी और अम्मांजी तो रो-धोकर सब्र कर लेंगे, पर उसकी रक्षा कौन करेगा? क्या वह छिपकर नहीं रह सकता? क्या शहर से दूर किसी छोटे-से गाँव में वह अज्ञातवास नहीं कर सकता? संभव है, कभी जालपा को उस पर दया आए, उसके अपराधों को क्षमा कर दे। संभव है, उसके पास धन भी हो जाए, पर यह असंभव है कि वह उसके सामने आँखें सीधी कर सके। न जाने इस समय उसकी क्या दशा होगी! शायद मेरे पत्र का आशय समझ गई हो! शायद परिस्थिति का उसे कुछ ज्ञान हो गया हो शायद उसने अम्मां को मेरा पत्र दिखाया हो और दोनों घबराई हुई मुझे खोज रही हों। शायद पिताजी को बुलाने के लिए लड़कों को भेजा गया हो चारों तरफ़ मेरी तलाश हो रही होगी। कहीं कोई इधर भी न आता हो कदाचित मौत को देखकर भी वह इस समय इतना भयभीत न होता, जितना किसी परिचित को देखकर। आगे-पीछे चौकन्नी आँखों से ताकता हुआ, वह उस जलती हुई धूप में चला जा रहा था, कुछ ख़बर न थी, किधर। सहसा रेल की सीटी सुनकर वह चौंक पड़ा। अरे, मैं इतनी दूर निकल आया? रेलगाड़ी सामने खड़ी थी। उसे उस पर बैठ जाने की प्रबल इच्छा हुई, मानो उसमें बैठते ही वह सारी बाधाओं से मुक्त हो जाएगा, मगर जेब में रुपये न थे। उँगली में अँगूठी पड़ी हुई थी। उसने क़ुलियों के जमादार को बुलाकर कहा - 'कहीं यह अँगूठी बिकवा सकते हो? एक रुपया तुम्हें दूँगा। मुझे गाड़ी में जाना है। रुपये लेकर घर से चला था, पर मालूम होता है, कहीं गिर गए। फिर लौटकर जाने में गाड़ी न मिलेगी और बड़ा भारी नुक़सान हो जाएगा।'

जमादार ने उसे सिर से पाँव तक देखा, अँगूठी ली और स्टेशन के अंदर चला गया। रमा टिकट-घर के सामने टहलने लगा। आँखें उसकी ओर लगी हुई थीं। दस मिनट गुज़र गए और जमादार का कहीं पता नहीं। अँगूठी लेकर कहीं ग़ायब तो नहीं हो जाएगा! स्टेशन के अंदर जाकर उसे खोजने लगा। एक कुली से पूछा। उसने पूछा - 'जमादार का नाम क्या है?' रमा ने ज़बान दाँतों से काट ली। नाम तो पूछा ही नहीं। बतलाए क्या? इतने में गाड़ी ने सीटी दी, रमा अधीर हो उठा। समझ गया, जमादार ने चरका दिया। बिना टिकट लिए ही गाड़ी में आ बैठा मन में निश्चय कर लिया, साफ़ कह दूँगा मेरे पास टिकट नहीं है। अगर उतरना भी पड़ा, तो यहाँ से दस पाँच कोस तो चला ही जाऊँगा।

गाड़ी चल दी, उस वक़्त रमा को अपनी दशा पर रोना आ गया। हाय, न जाने उसे कभी लौटना नसीब भी होगा या नहीं। फिर यह सुख के दिन कहाँ मिलेंगे। यह दिन तो गए, हमेशा के लिए गए। इसी तरह सारी दुनिया से मुँह छिपाए, वह एक दिन मर जाएगा। कोई उसकी लाश पर आँसू बहाने वाला भी न होगा। घरवाले भी रो-धोकर चुप हो रहेंगे। केवल थोड़े-से संकोच के कारण उसकी यह दशा हुई। उसने शुरू ही से, जालपा से अपनी सच्ची हालत कह दी होती, तो आज उसे मुँह पर कालिख लगाकर क्यों भागना पड़ता। मगर कहता कैसे, वह अपने को अभागिनी न समझने लगती? कुछ न सही, कुछ दिन तो उसने जालपा को सुखी रक्खा। उसकी लालसाओं की हत्या तो न होने दी। रमा के संतोष के लिए अब इतना ही काफ़ी था।

अभी गाड़ी चले दस मिनट भी न बीते होंगे। गाड़ी का दरवाज़ा खुला,और टिकट बाबू अंदर आए। रमा के चेहरे पर हवाइयाँ उड़ने लगीं। एक क्षण में वह उसके पास आ जाएगा। इतने आदमियों के सामने उसे कितना लज्जित होना पड़ेगा। उसका कलेजा धक-धक करने लगा। ज्यों-ज्यों टिकट बाबू उसके समीप आता था, उसकी नाड़ी की गति तीव्र होती जाती थी। आख़िर बला सिर पर आ ही गई। टिकट बाबू ने पूछा - 'आपका टिकट?'

रमा ने ज़रा सावधान होकर कहा - 'मेरा टिकट तो कुलियों के जमादार के पास ही रह गया। उसे टिकट लाने के लिए रुपये दिए थे। न जाने किधर निकल गया।'

टिकट बाबू को यक़ीन न आया, बोला - 'मैं यह कुछ नहीं जानता। आपको अगले स्टेशन पर उतरना होगा। आप कहाँ जा रहे हैं?'

रमानाथ - 'सफ़र तो बड़ी दूर का है, कलकत्ता तक जाना है।'

टिकट बाबू - 'आगे के स्टेशन पर टिकट ले लीजिएगा।'

रमानाथ - 'यही तो मुश्किल है। मेरे पास पचास का नोट था। खिड़की पर बड़ी भीड़ थी। मैंने नोट उस जमादार को टिकट लाने के लिए दिया, पर वह ऐसा ग़ायब हुआ कि लौटा ही नहीं। शायद आप उसे पहचानते हों। लंबा-लंबा चेचक-रू आदमी है।

टिकट बाबू - 'इस विषय में आप लिखा-पढ़ी कर सकते हैं? मगर बिना टिकट के जा नहीं सकते।'

रमा ने विनीत भाव से कहा – 'भाई साहब, आपसे क्या छिपाऊँ। मेरे पास और रुपये नहीं हैं। आप जैसा मुनासिब समझें, करें।'

टिकट बाबू – 'मुझे अफ़सोस है, बाबू साहब, क़ायदे से मजबूर हूँ।'

कमरे के सारे मुसाफ़िर आपस में कानाफूसी करने लगे। तीसरा दर्जा था, अधिकांश मजदूर बैठे हुए थे, जो मजूरी की टोह में पूरब जा रहे थे। वे एक बाबू जाति के प्राणी को इस भाँति अपमानित होते देखकर आनंद पा रहे थे। शायद टिकट बाबू ने रमा को धक्का देकर उतार दिया होता, तो और भी ख़ुश होते। रमा को जीवन में कभी इतनी झेंप न हुई थी। चुपचाप सिर झुकाए खड़ा था। अभी तो जीवन की इस नई यात्रा का आरंभ हुआ है। न जाने आगे क्या-क्या विपत्तियाँ झेलनी पड़ेंगी। किस-किसके हाथों धोखा खाना पड़ेगा। उसके जी में आया, गाड़ी से कूद पड़ूँ, इस छीछालेदर से तो मर जाना ही अच्छा। उसकी आँखें भर आईं, उसने खिड़की से सिर बाहर निकाल लिया और रोने लगा।

सहसा एक बूढ़े आदमी ने, जो उसके पास ही बैठा हुआ था, पूछा – 'कलकत्ता में कहाँ जाओगे, बाबूजी?'

रमा ने समझा, वह गंवार मुझे बना रहा है, झुंझलाकर बोला – 'तुमसे मतलब, मैं कहीं जाऊँगा!'

बूढ़े ने इस उपेक्षा पर कुछ भी ध्यान न दिया, बोला – 'मैं भी वहीं चलूँगा। हमारा-तुम्हारा साथ हो जाएगा।' फिर धीरे से बोला – 'किराए के रुपये मुझसे ले लो, वहाँ दे देना।'

अब रमा ने उसकी ओर ध्यान से देखा। कोई साठ-सत्तर साल का बूढ़ा घुला हुआ आदमी था। मांस तो क्या हड्डियाँ तक फूल गई थीं। मूँछ और सिर के बाल मुड़े हुए थे। एक छोटी-सी बकुची के सिवा उसके पास कोई असबाब भी न था। रमा को अपनी ओर ताकते देखकर वह फिर बोला – 'आप हबड़े ही उतरेंगे या और कहीं जाएँगे?'

रमा ने एहसान के भार से दबकर कहा – 'बाबा, आगे मैं उतर पड़ूँगा। रुपये का कोई बंदोबस्त करके फिर आऊँगा।'

बूढ़ा – 'तुम्हें कितने रुपये चाहिए, मैं भी तो वहीं चल रहा हूँ। जब चाहे दे देना। क्या मेरे दस-पाँच रुपये लेकर भाग जाओगे। घर कहाँ है तुम्हारा?'

रमानाथ – 'यहीं, प्रयाग ही में रहता हूँ।'

बूढ़े ने भक्ति के भाव से कहा – 'धन्य है प्रयाग, धन्य है! मैं भी त्रिवेणी का स्नान करके आ रहा हूँ, सचमुच देवताओं की पुरी है। तो कै रुपये निकालूँ?'

रमा ने सकुचाते हुए कहा – 'मैं चलते ही चलते रुपया न दे सकूँगा, यह समझ लो।'

बूढ़े ने सरल भाव से कहा – 'अरे बाबूजी, मेरे दस-पाँच रुपये लेकर तुम भाग थोड़े ही जाओगे। मैंने तो देखा, प्रयाग के पण्डे यात्रियों को बिना लिखाए-पढ़ाए रुपये दे देते हैं। दस रुपये में तुम्हारा काम चल जाएगा?'

रमा ने सिर झुकाकर कहा – 'हाँ, इतने बहुत हैं।'

टिकट बाबू को किराया देकर रमा सोचने लगा, यह बूढ़ा कितना सरल, कितना परोपकारी, कितना निष्कपट जीव है। जो लोग सभ्य कहलाते हैं, उनमें कितने आदमी ऐसे निकलेंगे, जो बिना जान-पहचान किसी यात्री को उबार लें। गाड़ी के और मुसाफ़िर भी बूढ़े को श्रद्धा की नज़रों से देखने लगे।

रमा को बूढ़े की बातों से मालूम हुआ कि वह जाति का खटिक है, कलकत्ता में उसकी शाक-भाजी की दुकान है। रहने वाला तो बिहार का है, पर चालीस साल से कलकत्ता ही में रोज़गार कर रहा है। देवीदीन नाम है, बहुत दिनों से तीर्थयात्रा की इच्छा थी, बदरीनाथ की यात्रा करके लौटा जा रहा है।

रमा ने आश्चर्य से पूछा – 'तुम बदरीनाथ की यात्रा कर आए? वहाँ तो पहाड़ों की बड़ी-बड़ी चढ़ाइयाँ हैं।'

देवीदीन – 'भगवान की दया होती है तो सब कुछ हो जाता है, बाबूजी! उनकी दया चाहिए।'

रमानाथ – 'तुम्हारे बाल-बच्चे तो कलकत्ते ही में होंगे?'

देवीदीन ने रूखी हँसी हँसकर कहा – 'बाल-बच्चे तो सब भगवान के घर गए। चार बेटे थे। दो का ब्याह हो गया था। सब चल दिए। मैं बैठा हुआ हूँ। मुझी से तो सब पैदा हुए थे। अपने बोए हुए बीज को किसान ही तो काटता है!'

यह कहकर वह फिर हँसा, ज़रा देर बाद बोला – 'बुढ़िया अभी जीती हैं। देखें, हम दोनों में पहले कौन चलता है। वह कहती है, पहले मैं जाऊँगी, मैं कहता हूँ, पहले मैं जाऊँगा। देखो किसकी टेक रहती है। बन पड़ा तो तुम्हें दिखाऊँगा। अब भी गहने पहनती है। सोने की बालियाँ और सोने की हसली पहने दुकान पर बैठी रहती है। जब कहा कि चल तीर्थ कर आवें तो बोली, तुम्हारे तीर्थ के लिए क्या दुकान मिट्टी में मिला दूँ? यह है ज़िंदगी का हाल, आज मरे कि कल मरे, मगर दुकान न छोड़ेगी। न कोई आगे, न कोई पीछे, न कोई रोने वाला, न कोई हँसने वाला, मगर माया बनी हुई है। अब भी एक-न एक गहना बनवाती ही रहती है। न जाने कब उसका पेट भरेगा। सब घरों का यही हाल है। जहाँ देखो, हाय गहने! हाय गहने! गहने के पीछे जान दे दें, घर के आदमियों को भूखा मारें, घर की चीज़ें बेचें और कहाँ तक कहूँ, अपनी आबरू तक बेच दें। छोटे-बड़े, अमीर-ग़रीब सबको यही रोग लगा हुआ है। कलकत्ते में कहाँ काम करते हो, भैया?'

रमानाथ – 'अभी तो जा रहा हूँ। देखूँ कोई नौकरी-चाकरी मिलती है या नहीं?'

देवीदीन – 'तो फिर मेरे ही घर ठहरना। दो कोठरियाँ हैं, सामने दालान है, एक कोठरी ऊपर है। आज बेचूँ तो दस हज़ार मिलें। एक कोठरी तुम्हें दे दूँगा। जब कहीं काम मिल जाए, तो अपना घर ले लेना। पचास साल हुए घर से भागकर हबड़े गया था, तब से सुख भी देखे, दुख भी देखे। अब मना रहा हूँ, भगवान् ले चलो। हाँ, बुढ़िया को अमर कर दो। नहीं, तो उसकी दुकान कौन लेगा, घर कौन लेगा और गहने कौन लेगा?'

यह कहकर देवीदीन फिर हँसा। वह इतना हँसोड़, इतना प्रसन्नचित्त था कि रमा को आश्चर्य हो रहा था। बेबात की बात पर हँसता था। जिस बात पर और लोग रोते हैं, उस पर उसे हँसी आती थी। किसी जवान को भी रमा ने यों हँसते न देखा था। इतनी ही देर में उसने अपनी सारी जीवन कथा कह सुनाई। कितने ही लतीफ़े याद थे। मालूम होता था, रमा से वर्षों की मुलाक़ात है। रमा को भी अपने विषय में एक मनगढ़ंत कथा कहनी पड़ी।

देवीदीन – 'तो तुम भी घर से भाग आए हो? समझ गया। घर में झगड़ा हुआ होगा। बहू कहती होगी, मेरे पास गहने नहीं, मेरा नसीब जल गया। सास-बहू में पटती न होगी। उनका कलह सुन-सुन जी और खट्टा हो गया होगा।'

रमानाथ – 'हाँ बाबा, बात यही है, तुम कैसे जान गए?'

देवीदीन हँसकर बोला – 'यह बड़ा भारी काम है भैया! इसे तेली की खोपड़ी पर जगाया जाता है। अभी लड़के-बाले तो नहीं हैं न?'

रमानाथ – 'नहीं, अभी तो नहीं हैं।'

देवीदीन – 'छोटे भाई भी होंगे?'

रमा चकित होकर बोला – 'हाँ दादा, ठीक कहते हो तुमने कैसे जाना?'

देवीदीन फिर ठट्ठा मारकर बोला – 'यह सब कर्मों का खेल है। ससुराल धनी होगी, क्यों?'

रमानाथ – 'हाँ दादा, है तो।'

देवीदीन – 'मगर हिम्मत न होगी।'

रमानाथ – 'बहुत ठीक कहते हो, दादा। बड़े कम-हिम्मत हैं। जब से विवाह हुआ अपनी लड़की तक को तो बुलाया नहीं।'

देवीदीन – 'समझ गया भैया, यही दुनिया का दस्तूर है। बेटे के लिए कहो चोरी करें, भीख माँगें, बेटी के लिए घर में कुछ है ही नहीं।'

तीन दिन से रमा को नींद न आई थी। दिनभर रुपये के लिए मारा-मारा फिरता, रात-भर चिंता में पड़ा रहता। इस वक़्त बातें करते-करते उसे नींद आ गई। गरदन झुकाकर झपकी लेने लगा। देवीदीन ने तुरंत अपनी गठरी खोली, उसमें से एक दरी निकाली, और तख़्त पर बिछाकर बोला – 'तुम यहाँ आकर लेट रहो, भैया! मैं तुम्हारी ज़गह पर बैठ जाता हूँ।'

रमा लेटा रहा। देवीदीन बार-बार उसे स्नेह-भरी आँखों से देखता था, मानो उसका पुत्र कहीं परदेश से लौटा हो।

22

जब रमा कोठे से धम-धम नीचे उतर रहा था, उस वक़्त जालपा को इसकी ज़रा भी शंका न हुई कि वह घर से भागा जा रहा है। पत्र तो उसने पढ़ ही लिया था। जी ऐसा झुंझला रहा था कि चलकर रमा को ख़ूब खरी-खरी सुनाऊँ। मुझसे यह छल-कपट! पर एक ही क्षण में उसके भाव बदल गए। कहीं ऐसा तो नहीं हुआ है, सरकारी रुपये ख़र्च कर डाले हों। यही बात है, रतन के रुपये सर्राफ़ को दिए होंगे। उस दिन रतन को देने के लिए शायद वे सरकारी रुपये उठा लाए थे। यह सोचकर उसे फिर क्रोध आया, यह मुझसे इतना परदा क्यों करते हैं? क्यों मुझसे बढ़-बढ़कर बातें करते थे? क्या मैं इतना भी नहीं जानती कि संसार में अमीर-ग़रीब दोनों ही होते हैं? क्या सभी स्त्रियाँ गहनों से लदी रहती हैं? गहने न पहनना क्या कोई पाप है? जब और ज़रूरी कामों से रुपये बचते हैं, तो गहने भी बन जाते हैं। पेट और तन काटकर, चोरी या बेईमानी करके तो गहने नहीं पहने जाते! क्या उन्होंने मुझे ऐसी गई-गुज़री समझ लिया!

उसने सोचा, रमा अपने कमरे में होगा, चलकर पूछूँ, कौन से गहने चाहते हैं। परिस्थिति की भयंकरता का अनुमान करके क्रोध की ज़गह उसके मन में भय का संचार हुआ। वह बड़ी तेज़ी से नीचे उतरी उसे विश्वास था, वह नीचे बैठे हुए इंतज़ार कर रहे होंगे। कमरे में आई तो उनका पता न था। साइकिल रक्खी हुई थी, तुरंत दरवाज़े से झांका। सड़क पर भी नहीं। कहाँ चले गए? लड़के दोनों पढ़ने स्कूल गए थे, किसको भेजे कि जाकर उन्हें बुला लाए। उसके हृदय में एक अज्ञात संशय अंकुरित हुआ। फ़ौरन ऊपर गई, गले का हार और हाथ का कंगन उतारकर रूमाल में बाँधा, फिर नीचे उतरी, सड़क पर आकर एक तांगा लिया, और कोचवान से बोली – 'चुंगी कचहरी चलो।' वह पछता रही थी कि मैं इतनी देर बैठी क्यों रही। क्यों न गहने उतारकर तुरंत दे दिए।

रास्ते में वह दोनों तरफ़ बड़े ध्यान से देखती जाती थी। क्या इतनी जल्द इतनी दूर निकल आए? शायद देर हो जाने के कारण वह भी आज तांगे ही पर गए हैं, नहीं तो अब तक ज़रूर मिल गए होते। तांगे वाले से बोली – 'क्यों जी, अभी तुमने किसी बाबूजी को तांगे पर जाते देखा?'

तांगे वाले ने कहा – 'हाँ माईजी, एक बाबू अभी इधर ही से गए हैं।'

जालपा को कुछ ढाढ़स हुआ, रमा के पहुँचते-पहुँचते वह भी पहुँच जाएगी। कोचवान से बार-बार घोड़ा तेज़ करने को कहती। जब वह दफ़्तर पहुँची, तो ग्यारह बज गए थे। कचहरी में सैकड़ों आदमी इधर-उधर दौड़ रहे थे। किससे पूछे? न जाने वह कहाँ बैठते हैं।

सहसा एक चपरासी दिखलाई दिया। जालपा ने उसे बुलाकर कहा – 'सुनो जी, ज़रा बाबू रमानाथ को तो बुला लाओ।'

चपरासी बोला – 'उन्हीं को बुलाने तो जा रहा हूँ। बड़े बाबू ने भेजा है। आप क्या उनके घर ही से आई हैं?'

जालपा - 'हाँ, मैं तो घर ही से आ रही हूँ। अभी दस मिनट हुए वह घर से चले हैं।'

चपरासी - 'यहाँ तो नहीं आए।'

जालपा बड़े असमंजस में पड़ी। वह यहाँ भी नहीं आए, रास्ते में भी नहीं मिले, तो फिर गए कहाँ? उसका दिल बांसों उछलने लगा। आँखें भर-भर आने लगीं। वहाँ बड़े बाबू के सिवा वह और किसी को न जानती थी। उनसे बोलने का अवसर कभी न पड़ा था, पर इस समय उसका संकोच ग़ायब हो गया। भय के सामने मन के और सभी भाव दब जाते हैं। चपरासी से बोली - 'ज़रा बड़े बाबू से कह दो - नहीं चलो, मैं ही चलती हूँ। बड़े बाबू से कुछ बातें करनी हैं।'

जालपा का ठाठ-बाट और रंग-ढंग देखकर चपरासी रोब में आ गया, उल्टे पाँव बड़े बाबू के कमरे की ओर चला। जालपा उसके पीछे-पीछे हो ली। बड़े बाबू ख़बर पाते ही तुरंत बाहर निकल आए।

जालपा ने क़दम आगे बढ़ाकर कहा - 'क्षमा कीजिए, बाबू साहब, आपको कष्ट हुआ। वह पंद्रह-बीस मिनट हुए घर से चले, क्या अभी तक यहाँ नहीं आए?'

रमेश - 'अच्छा आप मिसेज रमानाथ हैं। अभी तो यहाँ नहीं आए। मगर दफ़्तर के वक़्त सैर-सपाटे करने की तो उसकी आदत न थी।'

जालपा ने चपरासी की ओर ताकते हुए कहा - 'मैं आपसे कुछ अर्ज़ करना चाहती हूँ।'

रमेश - 'तो चलो अंदर बैठो, यहाँ कब तक खड़ी रहोगी। मुझे आश्चर्य है कि वह गए कहाँ! कहीं बैठे शतरंज खेल रहे होंगे।'

जालपा - 'नहीं बाबूजी, मुझे ऐसा भय हो रहा है कि वह कहीं और न चले गए हों। अभी दस मिनट हुए, उन्होंने मेरे नाम एक पुरज़ा लिखा था। (जेब से टटोल कर) जी हाँ, देखिए वह पुरज़ा मौजूद है। आप उन पर कृपा रखते हैं, तो कोई परदा नहीं। उनके जिम्मे कुछ सरकारी रुपये तो नहीं निकलते!'

रमेश ने चकित होकर कहा - 'क्यों, उन्होंने तुमसे कुछ नहीं कहा?'

जालपा - 'कुछ नहीं। इस विषय में कभी एक शब्द भी नहीं कहा!'

रमेश - 'कुछ समझ में नहीं आता। आज उन्हें तीन सौ रुपये जमा करना है। परसों की आमदनी उन्होंने जमा नहीं की थी? नोट थे, जेब में डालकर चल दिए। बाज़ार में किसी ने नोट निकाल लिए। (मुस्कराकर) किसी और देवी की पूजा तो नहीं करते?'

जालपा का मुख लज्जा से नत हो गया। बोली - 'अगर यह ऐब होता, तो आप भी उस इलज़ाम से न बचते। जेब से किसी ने निकाल लिए होंगे। मारे शर्म के मुझसे कहा न होगा। मुझसे ज़रा भी कहा होता, तो तुरंत रुपये निकालकर दे देती, इसमें बात ही क्या थी।'

रमेश बाबू ने अविश्वास के भाव से पूछा - 'क्या घर में रुपये हैं?'

जालपा ने निःशंक होकर कहा - 'तीन सौ चाहिए न, मैं अभी लिए आती हूँ।'

रमेश – 'अगर वह घर पर आ गए हों, तो भेज देना।'

जालपा आकर तांगे पर बैठी और कोचवान से चौक चलने को कहा। उसने अपना हार बेच डालने का निश्चय कर लिया। यों उसकी कई सहेलियाँ थीं, जिनसे उसे रुपये मिल सकते थे। स्त्रियों में बड़ा स्नेह होता है। पुरुषों की भाँति उनकी मित्रता केवल पान-पत्ते तक ही समाप्त नहीं हो जाती, मगर अवसर नहीं था।

सर्राफ़े में पहुँचकर वह सोचने लगी, किस दुकान पर जाऊँ। भय हो रहा था, कहीं ठगी न जाऊँ। इस सिरे से उस सिरे तक चक्कर लगा आई, किसी दुकान पर जाने की हिम्मत न पड़ी। उधर वक़्त भी निकला जाता था। आख़िर एक दुकान पर एक बूढ़े सर्राफ़ को देखकर उसका संकोच कुछ कम हुआ। सर्राफ़ बड़ा घाघ था, जालपा की झिझक और हिचक देखकर समझ गया, अच्छा शिकार फँसा।

जालपा ने हार दिखाकर कहा – 'आप इसे ले सकते हैं?'

सर्राफ़ ने हार को इधर-उधर देखकर कहा – 'मुझे चार पैसे की गुंजाइश होगी, तो क्यों न ले लूँगा। माल चोखा नहीं है।'

जालपा – 'तुम्हें लेना है, इसलिए माल चोखा नहीं है, बेचना होता, तो चोखा होता। कितने में लोगे?'

सर्राफ़ – 'आप ही कह दीजिए।'

सर्राफ़ ने साढ़े तीन सौ दाम लगाए, और बढ़ते-बढ़ते चार सौ तक पहुँचा। जालपा को देर हो रही थी, रुपये लिए और चल खड़ी हुई। जिस हार को उसने इतने चाव से ख़रीदा था, जिसकी लालसा उसे बाल्यकाल ही में उत्पन्न हो गई थी, उसे आज आधे दामों बेचकर उसे ज़रा भी दुःख नहीं हुआ, बल्कि गर्वमय हर्ष का अनुभव हो रहा था। जिस वक़्त रमा को मालूम होगा कि उसने रुपये दे दिए हैं, उन्हें कितना आनंद होगा। कहीं दफ़्तर पहुँच गए हों तो बड़ा मज़ा हो। यह सोचती हुई वह फिर दफ़्तर पहुँची। रमेश बाबू उसे देखते हुए बोले – 'क्या हुआ, घर पर मिले?'

जालपा – 'क्या अभी तक यहाँ नहीं आए? घर तो नहीं गए।' यह कहते हुए उसने नोटों का पुलिंदा रमेश बाबू की तरफ़ बढ़ा दिया।

रमेश बाबू नोटों को गिनकर बोले – 'ठीक है, मगर वह अब तक कहाँ हैं। अगर न आना था, तो एक ख़त लिख देते। मैं तो बड़े संकट में पड़ा हुआ था। तुम बड़े वक़्त से आ गईं। इस वक़्त तुम्हारी सूझ-बूझ देखकर जी ख़ुश हो गया। यही सच्ची देवियों का धर्म है।'

जालपा फिर तांगे पर बैठकर घर चली तो उसे मालूम हो रहा था, मैं कुछ ऊँची हो गई हूँ। शरीर में एक विचित्र स्फूर्ति दौड़ रही थी। उसे विश्वास था, वह आकर चिंतित बैठे होंगे। वह जाकर पहले उन्हें ख़ूब आड़े हाथों लेगी, और ख़ूब लज्जित करने के बाद यह हाल कहेगी, लेकिन जब घर में पहुँची तो रमानाथ का कहीं पता न था।

जागेश्वरी ने पूछा – 'कहाँ चली गई थीं इस धूप में?'

जालपा – 'एक काम से चली गई थी। आज उन्होंने भोजन नहीं किया, न जाने कहाँ चले गए।'

जागेश्वरी - 'दफ़्तर गए होंगे।'

जालपा - 'नहीं, दफ़्तर नहीं गए। वहाँ से एक चपरासी पूछने आया था।'

यह कहती हुई वह ऊपर चली गई, बचे हुए रुपये संदूक में रखे और पंखा झलने लगी। मारे गरमी के देह फुंकी जा रही थी, लेकिन कान द्वार की ओर लगे थे। अभी तक उसे इसकी ज़रा भी शंका न थी कि रमा ने विदेश की राह ली है।

चार बजे तक तो जालपा को विशेष चिंता न हुई लेकिन ज्यों-ज्यों दिन ढलने लगा, उसकी चिंता बढ़ने लगी। आख़िर वह सबसे ऊँची छत पर चढ़ गई, हालाँकि उसके जीर्ण होने के कारण कोई ऊपर नहीं आता था, और वहाँ चारों तरफ़ नज़र दौड़ाई, लेकिन रमा किसी तरफ़ से आता दिखाई न दिया।

जब संध्या हो गई ओर रमा घर न आया, तो जालपा का जी घबराने लगा। कहाँ चले गए? वह दफ़्तर से घर आए बिना कहीं बाहर न जाते थे। अगर किसी मित्र के घर होते, तो क्या अब तक न लौटते? मालूम नहीं, जेब में कुछ है भी या नहीं। बेचारे दिनभर से न मालूम कहाँ भटक रहे होंगे। वह फिर पछताने लगी कि उनका पत्र पढ़ते ही उसने क्यों न हार निकालकर दे दिया। क्यों दुविधा में पड़ गई। बेचारे शर्म के मारे घर न आते होंगे। कहाँ जाए? किससे पूछे?

चिराग़ जल गए, तो उससे न रहा गया। सोचा, शायद रतन से कुछ पता चले। उसके बंगले पर गई तो मालूम हुआ, आज तो वह इधर आए ही नहीं। जालपा ने उन सभी पार्क और मैदानों को छान डाला, जहाँ रमा के साथ वह बहुधा घूमने आया करती थी, और नौ बजते-बजते निराश लौट आई। अब तक उसने अपने आँसुओं को रोका था, लेकिन घर में क़दम रखते ही जब उसे मालूम हो गया कि अब तक वह नहीं आए, तो वह हताश होकर बैठ गई। उसकी यह शंका अब दृढ़ हो गई कि वह ज़रूर कहीं चले गए। फिर भी कुछ आशा थी कि शायद मेरे पीछे आए हों और फिर चले गए हों। जाकर जागेश्वरी से पूछा - 'वह घर आए थे, अम्मांजी?'

जागेश्वरी - 'यार-दोस्तों में बैठे कहीं गपशप कर रहे होंगे। घर तो सराय है। दस बजे घर से निकले थे, अभी तक पता नहीं।'

जालपा - 'दफ़्तर से घर आकर तब वह कहीं जाते थे। आज तो आए नहीं। कहिए तो गोपी बाबू को भेज दूँ। जाकर देखें, कहाँ रह गए।'

जागेश्वरी - 'लड़के इस वक़्त कहाँ देखने जाएँगे। उनका क्या ठीक है। थोड़ी देर और देख लो, फिर खाना उठाकर रख देना। कोई कहाँ तक इंतज़ार करे।'

जालपा ने इसका कुछ जवाब न दिया। दफ़्तर की कोई बात उनसे न कही। जागेश्वरी सुनकर घबड़ा जाती, और उसी वक़्त रोना-पीटना मच जाता। वह ऊपर जाकर लेट गई और अपने भाग्य पर रोने लगी। रह-रहकर चित्त ऐसा विकल होने लगा, मानो कलेजे में शूल उठ रहा हो। बार-बार सोचती, अगर रातभर न आए तो कल क्या करना होगा? जब तक कुछ पता न चले कि वह किधर गए, तब तक कोई जाए तो कहाँ जाए!

आज उसके मन ने पहली बार स्वीकार किया कि यह सब उसी की करनी का फल है। यह सच है कि उसने कभी आभूषणों के लिए आग्रह नहीं किया। लेकिन उसने कभी स्पष्ट रूप से मना भी तो नहीं किया। अगर गहने चोरी जाने के बाद वह इतनी अधीर न हो गई होती, तो आज यह दिन क्यों आता। मन की इस दुर्बल अवस्था में जालपा अपने भार से अधिक भाग अपने ऊपर लेने लगी।

वह जानती थी, रमा रिश्वत लेता है, नोच-खसोटकर रुपये लाता है। फिर भी कभी उसने मना नहीं किया। उसने ख़ुद क्यों अपनी कमली के बाहर पाँव फैलाया? क्यों उसे रोज़ सैर-सपाटे की सूझती थी? उपहारों को ले-लेकर वह क्यों फूली न समाती थी? इस ज़िम्मेदारी को भी इस वक़्त जालपा अपने ही ऊपर ले रही थी। रमानाथ ने प्रेम के वश होकर उसे प्रसन्न करने के लिए ही तो सब कुछ करते थे। युवकों का यही स्वभाव है। फिर उसने उनकी रक्षा के लिए क्या किया? क्यों उसे यह समझ न आई कि आमदनी से ज़्यादा ख़र्च करने का दंड एक दिन भोगना पड़ेगा। अब उसे ऐसी कितनी ही बातें याद आ रही थीं, जिनसे उसे रमा के मन की विकलता का परिचय पा जाना चाहिए था, पर उसने कभी उन बातों की ओर ध्यान न दिया।

जालपा इन्हीं चिंताओं में डूबी हुई न जाने कब तक बैठी रही। जब चौकीदारों की सीटियों की आवाज़ उसके कानों में आई, तो वह नीचे जाकर जागेश्वरी से बोली - 'वह तो अब तक नहीं आए। आप चलकर भोजन कर लीजिए।'

जागेश्वरी बैठे-बैठे झपकियाँ ले रही थी। चौंककर बोली - 'कहाँ चले गए थे?'

जालपा - 'वह तो अब तक नहीं आए।'

जागेश्वरी - 'अब तक नहीं आए? आधी रात तो हो गई होगी। जाते वक़्त तुमसे कुछ कहा भी नहीं?'

जालपा - 'कुछ नहीं।'

जागेश्वरी - 'तुमने तो कुछ नहीं कहा?'

जालपा - 'मैं भला क्यों कहती।'

जागेश्वरी - 'तो मैं लालाजी को जगाऊँ?'

जालपा - 'इस वक़्त जगाकर क्या कीजिएगा? आप चलकर कुछ खा लीजिए न।'

जागेश्वरी - 'मुझसे अब कुछ न खाया जाएगा। ऐसा मनमौजी लड़का है कि कुछ कहा न सुना, न जाने कहाँ जाकर बैठ गया है। कम-से-कम कहला तो देता कि मैं इस वक़्त न आऊँगा।'

जागेश्वरी फिर लेट गई, मगर जालपा उसी तरह बैठी रही। यहाँ तक कि सारी रात गुज़र गई, पहाड़-सी रात जिसका एक-एक पल एक-एक वर्ष के समान कट रहा था।

23

एक सप्ताह हो गया, रमा का कहीं पता नहीं। कोई कुछ कहता है, कोई कुछ। बेचारे रमेश बाबू दिन में कई-कई बार आकर पूछ जाते हैं। तरह-तरह के अनुमान हो रहे हैं। केवल इतना ही पता चलता है कि रमानाथ ग्यारह बजे रेलवे स्टेशन की ओर गए थे। मुंशी दयानाथ का ख़याल है, यद्यपि वे इसे स्पष्ट रूप से प्रकट नहीं करते कि रमा ने आत्महत्या कर ली। ऐसी दशा में यही होता है। इसकी कई मिसालें उन्होंने ख़ुद आँखों से देखी हैं। सास और ससुर दोनों ही जालपा पर सारा इलज़ाम थोप रहे हैं।

साफ़-साफ़ कह रहे हैं कि इसी के कारण उसके प्राण गए। इसने उसका नाकों दम कर दिया। पूछो, थोड़ी-सी तो आपकी आमदनी, फिर तुम्हें रोज़ सैर-सपाटे और दावत-तवाज़े की क्यों सूझती थी। जालपा पर किसी को दया नहीं आती। कोई उसके आँसू नहीं पोंछता। केवल रमेश बाबू उसकी तत्परता और सद्‌बुद्धि की प्रशंसा करते हैं, लेकिन मुंशी दयानाथ की आँखों में उस कृत्य का कुछ मूल्य नहीं। आग लगाकर पानी लेकर दौड़ने से कोई निर्दोष नहीं हो जाता!

एक दिन दयानाथ वाचनालय से लौटे, तो मुँह लटका हुआ था। एक तो उनकी सूरत यों ही मुहर्रमी थी, उस पर मुँह लटका लेते थे तो कोई बच्चा भी कह सकता था कि इनका मिज़ाज बिगड़ा हुआ है।

जागेश्वरी ने पूछा - 'क्या है, किसी से कहीं बहस हो गई क्या?'

दयानाथ - 'नहीं जी, इन तकाज़ों के मारे हैरान हो गया। जिधर जाओ, उधर लोग नोचने दौड़ते हैं, न जाने कितना क़र्ज़ ले रक्खा है। आज तो मैंने साफ़ कह दिया, मैं कुछ नहीं जानता। मैं किसी का देनदार नहीं हूँ। जाकर मेमसाहब से माँगो।'

इसी वक़्त जालपा आ पड़ी। ये शब्द उसके कानों में पड़ गए। इन सात दिनों में उसकी सूरत ऐसी बदल गई थी कि पहचानी न जाती थी। रोते-रोते आँखें सूज आई थीं। ससुर के ये कठोर शब्द सुनकर तिलमिला उठी, बोली - 'जी हाँ। आप उन्हें सीधे मेरे पास भेज दीजिए, मैं उन्हें या तो समझा दूँगी, या उनके दाम चुका दूँगी।'

दयानाथ ने तीखे होकर कहा - 'क्या दे दोगी तुम, हज़ारों का हिसाब है, सात सौ तो एक ही सर्राफ़ के हैं। अभी कै पैसे दिए हैं तुमने?'

जालपा - 'उसके गहने मौजूद हैं, केवल दो-चार बार पहने गए हैं। वह आए तो मेरे पास भेज दीजिए। मैं उसकी चीज़ें वापस कर दूँगी। बहुत होगा, दस-पाँच रुपये तावान के ले लेगा।'

यह कहती हुई वह ऊपर जा रही थी कि रतन आ गई और उसे गले से लगाती हुई बोली - 'क्या अब तक कुछ पता नहीं चला?'

जालपा को इन शब्दों में स्नेह और सहानुभूति का एक सागर उमड़ता हुआ जान पड़ा। यह ग़ैर होकर इतनी चिंतित है, और यहाँ अपने ही सास और ससुर हाथ

धोकर पीछे पड़े हुए हैं। इन अपनों से ग़ैर ही अच्छे। आँखों में आँसू भरकर बोली - 'अभी तो कुछ पता नहीं चला बहन!'

रतन - 'यह बात क्या हुई, कुछ तुमसे तो कहा-सुनी नहीं हुई?'

जालपा - 'ज़रा भी नहीं, क़सम खाती हूँ। उन्होंने नोटों के खो जाने का मुझसे ज़िक्र ही नहीं किया। अगर इशारा भी कर देते, तो मैं रुपये दे देती। जब वह दोपहर तक नहीं आए और मैं खोजती हुई दफ़्तर गई, तब मुझे मालूम हुआ, कुछ नोट खो गए हैं। उसी वक़्त जाकर मैंने रुपये जमा कर दिए।'

रतन - 'मैं तो समझती हूँ, किसी से आँखें लड़ गईं। दस-पाँच दिन में आप पता लग जाएगा। यह बात सच न निकले, तो जो कहो दूँ।'

जालपा ने हकबकाकर पूछा - 'क्या तुमने कुछ सुना है?'

रतन - 'नहीं, सुना तो नहीं पर मेरा अनुमान है।'

जालपा - 'नहीं रतन, मैं इस पर ज़रा भी विश्वास नहीं करती। यह बुराई उनमें नहीं है, और चाहे जितनी बुराइयाँ हों। मुझे उन पर संदेह करने का कोई कारण नहीं है।'

रतन ने हँसकर कहा - 'इस कला में ये लोग निपुण होते हैं। तुम बेचारी क्या जानो!'

जालपा दृढ़ता से बोली - 'अगर वह इस कला में निपुण होते हैं, तो हम भी हृदय को परखने में कम निपुण नहीं होतीं। मैं इसे नहीं मान सकती। अगर वह मेरे स्वामी थे, तो मैं भी उनकी स्वामिनी थी।'

रतन - 'अच्छा चलो, कहीं घूमने चलती हो? चलो, तुम्हें कहीं घुमा लावें।'

जालपा - 'नहीं, इस वक़्त तो मुझे फ़ुरसत नहीं है। फिर घरवाले यों ही प्राण लेने पर तुले हुए हैं, तब तो जीता ही न छोड़ेंगे। किधर जाने का विचार है?'

रतन - 'कहीं नहीं, ज़रा बाज़ार तक जाना था।'

जालपा - 'क्या लेना है?'

रतन - 'जौहरियों की दुकान पर एक-दो चीज़ देखूँगी। बस, मैं तुम्हारा जैसा कंगन चाहती हूँ। बाबूजी ने भी कई महीने के बाद रुपये लौटा दिए। अब ख़ुद तलाश करूँगी।'

जालपा - 'मेरे कंगन में ऐसे कौन से रूप लगे हैं। बाज़ार में उससे बहुत अच्छे मिल सकते हैं।'

रतन - 'मैं तो उसी नमूने का चाहती हूँ।'

जालपा - 'उस नमूने का तो बना-बनाया मुश्किल से मिलेगा, और बनवाने में महीनों का झंझट। अगर सब्र न आता हो, तो मेरा ही कंगन ले लो, मैं फिर बनवा लूँगी।'

रतन ने उछलकर कहा - 'वाह, तुम अपना कंगन दे दो, तो क्या कहना है! मूसलों ढोल बजाऊँ! छः सौ का था न?'

जालपा - 'हाँ, था तो छः सौ का, मगर महीनों सर्राफ़ की दूकान की खाक छाननी पड़ी थी। जड़ाई तो ख़ुद बैठकर करवाई थी। तुम्हारे ख़ातिर दे दूँगी। जालपा ने कंगन निकालकर रतन के हाथों में पहना दिए। रतन के मुख पर एक विचित्र गौरव का

आभास हुआ, मानो किसी कंगाल को पारस मिल गया हो। यही आत्मिक आनंद की चरम सीमा है। कृतज्ञता से भरे हुए स्वर से बोली – 'तुम जितना कहो, उतना देने को तैयार हूँ। तुम्हें दबाना नहीं चाहती। तुम्हारे लिए यही क्या कम है कि तुमने इसे मुझे दे दिया। मगर एक बात है। अभी मैं सब रुपये न दे सकूँगी, अगर दो सौ रुपये फिर दे दूँ तो कुछ हरज़ है?'

जालपा ने साहसपूर्वक कहा – 'कोई हरज़ नहीं, जी चाहे कुछ भी मत दो।'

रतन – 'नहीं, इस वक़्त मेरे पास चार सौ रुपये हैं, मैं दिए जाती हूँ। मेरे पास रहेंगे तो किसी दूसरी ज़गह ख़र्च हो जाएँगे। मेरे हाथ में तो रुपये टिकते ही नहीं, करूँ क्या जब तक ख़र्च न हो जाएँ, मुझे एक चिंता-सी लगी रहती है, जैसे सिर पर कोई बोझ सवार हो।' जालपा ने कंगन की डिबिया उसे देने के लिए निकाली तो उसका दिल मसोस उठा। उसकी कलाई पर यह कंगन देखकर रमा कितना ख़ुश होता था।

आज वह होता तो क्या यह चीज़ इस तरह जालपा के हाथ से निकल जाती! फिर कौन जाने कंगन पहनना उसे नसीब भी होगा या नहीं। उसने बहुत ज़ब्त किया, पर आँसू निकल ही आए।

रतन उसके आँसू देखकर बोली – 'इस वक़्त रहने दो बहन, फिर ले लूँगी, जल्दी ही क्या है।'

जालपा ने उसकी ओर बक्स को बढ़ाकर कहा – 'क्यों, क्या मेरे आँसू देखकर? तुम्हारी ख़ातिर ही तो दे रही हूँ, नहीं यह मुझे प्राणों से भी प्रिय था। तुम्हारे पास इसे देखूँगी, तो मुझे तसकीन होती रहेगी। किसी दूसरे को मत देना, इतनी दया करना।'

रतन – 'किसी दूसरे को क्यों देने लगी। इसे तुम्हारी निशानी समझूँगी। आज बहुत दिन के बाद मेरे मन की अभिलाषा पूरी हुई। केवल दुःख इतना ही है, कि बाबूजी अब नहीं हैं। मेरा मन कहता है कि वे जल्दी ही आएँगे। वे मारे शर्म के चले गए हैं, और कोई बात नहीं। वकील साहब को भी यह सुनकर बड़ा दुःख हुआ। लोग कहते हैं, वकीलों का हृदय कठोर होता है, मगर इनको तो मैं देखती हूँ, ज़रा भी किसी की विपत्ति सुनी और तड़प उठे।'

जालपा ने मुस्कराकर कहा – 'बहन, एक बात पूछूँ, बुरा तो न मानोगी? वकील साहब से तुम्हारा दिल तो न मिलता होगा।'

रतन का विनोद-रंजित, प्रसन्न मुख एक क्षण के लिए मलिन हो उठा। मानो किसी ने उसे उस चिर-स्नेह की याद दिला दी हो, जिसके नाम को वह बहुत पहले रो चुकी थी। बोली – 'मुझे तो कभी यह ख़याल भी नहीं आया बहन कि मैं युवती हूँ और वे बूढ़े हैं। मेरे हृदय में जितना प्रेम, जितना अनुराग है, वह सब मैंने उनके ऊपर अर्पण कर दिया। अनुराग, यौवन या रूप या धन से नहीं उत्पन्न होता। अनुराग अनुराग से उत्पन्न होता है। मेरे ही कारण वे इस अवस्था में इतना परिश्रम कर रहे हैं, और दूसरा उनका है ही कौन। क्या यह छोटी बात है? कल कहीं चलोगी? कहो तो शाम को आऊँ?'

जालपा - 'जाऊँगी तो मैं कहीं नहीं, मगर तुम आना ज़रूर। दो घड़ी दिल बहलेगा। कुछ अच्छा नहीं लगता। मन डाल-डाल दौड़ता-फिरता है। समझ में नहीं आता, मुझसे इतना संकोच क्यों किया - यह भी मेरा ही दोष है। मुझमें ज़रूर उन्होंने कोई ऐसी बात देखी होगी, जिसके कारण मुझसे परदा करना उन्हें ज़रूरी मालूम हुआ। मुझे यही दुःख है कि मैं उनका सच्चा स्नेह न पा सकी। जिससे प्रेम होता है, उससे हम कोई भेद नहीं रखते।'

रतन उठकर चली, तो जालपा ने देखा, कंगन का बक्स मेज़ पर पड़ा हुआ है। बोली - 'इसे लेती जाओ बहन, यहाँ क्यों छोड़े जाती हो।'

रतन - 'ले जाऊँगी, अभी क्या जल्दी पड़ी है। अभी पूरे रुपये भी तो नहीं दिए!'

जालपा - 'नहीं! नहीं! इन्हें लेती जाओ। मैं न मानूँगी।'

मगर रतन सीढ़ी से नीचे उतर गई। जालपा हाथ में कंगन लिए खड़ी रही। थोड़ी देर बाद जालपा ने संदूक से पाँच सौ रुपये निकाले और दयानाथ के पास जाकर बोली - 'यह रुपये लीजिए, नारायणदास के पास भिजवा दीजिए। बाक़ी रुपये भी मैं जल्द ही दे दूँगी।' दयानाथ ने झेंपकर कहा - 'रुपये कहाँ मिल गए?' जालपा ने निःसंकोच होकर कहा - 'रतन के हाथ कंगन बेच दिया।' दयानाथ उसका मुँह ताकने लगे।

24

एक महीना गुज़र गया। प्रयाग के सबसे अधिक छपने वाले दैनिक पत्र में एक नोटिस निकल रहा है, जिसमें रमानाथ के घर लौट आने की प्रेरणा दी गई है, और उसका पता लगा लेने वाले आदमी को पाँच सौ रुपये इनाम देने का वचन दिया गया है, मगर अभी कहीं से कोई ख़बर नहीं आई। जालपा चिंता और दुःख से घुलती चली जाती है। उसकी दशा देखकर दयानाथ को भी उस पर दया आने लगी है। आख़िर एक दिन उन्होंने दीनदयाल को लिखा - 'आप आकर बहू को कुछ दिनों के लिए ले जाइए।' दीनदयाल यह समाचार पाते ही घबड़ाए हुए आए, पर जालपा ने मैके जाने से इंकार कर दिया। दीनदयाल ने विस्मित होकर कहा - 'क्या यहाँ पड़े-पड़े प्राण देने का विचार है?'

जालपा ने गंभीर स्वर में कहा - 'अगर प्राणों को इसी भाँति जाना होगा, तो कौन रोक सकता है। मैं अभी नहीं मरने की दादाजी, सच मानिए। अभागिनों के लिए वहाँ भी ज़गह नहीं है।'

दीनदयाल - 'आख़िर चलने में हरज़ ही क्या है। शहज़ादी और बासन्ती दोनों आई हुई हैं। उनके साथ हँस-बोलकर जी बहलता रहेगा।'

जालपा - 'यहाँ लाला और अम्मांजी को अकेली छोड़कर जाने को मेरा जी नहीं चाहता। जब रोना ही लिखा है, तो रोऊँगी।'

दीनदयाल – 'यह बात क्या हुई, सुनते हैं कुछ क़र्ज़ हो गया था, कोई कहता है, सरकारी रक़म खा गए थे।'

जालपा – 'जिसने आपसे यह कहा, उसने सरासर झूठ कहा।'

दीनदयाल – 'तो फिर क्यों चले गए?'

जालपा – 'यह मैं बिलकुल नहीं जानती। मुझे बार-बार ख़ुद यही शंका होती है।'

दीनदयाल – 'लाला दयानाथ से तो झगड़ा नहीं हुआ?'

जालपा – 'लालाजी के सामने तो वह सिर तक नहीं उठाते, पान तक नहीं खाते, भला झगड़ा क्या करेंगे। उन्हें घूमने का शौक़ था। सोचा होगा, यों तो कोई जाने न देगा, चलो भाग चलें।'

दीनदयाल – 'शायद ऐसा ही हो कुछ लोगों को इधर-उधर भटकने की सनक होती है। तुम्हें यहाँ जो कुछ तकलीफ़ हो, मुझसे साफ़-साफ़ कह दो। ख़रच के लिए कुछ भेज दिया करूँ?'

जालपा ने गर्व से कहा – 'मुझे कोई तकलीफ़ नहीं है, दादाजी! आपकी दया से किसी चीज़ की कमी नहीं है।'

दयानाथ और जागेश्वरी दोनों ने जालपा को समझाया, पर वह जाने पर राज़ी न हुई। तब दयानाथ झुंझलाकर बोले – 'यहाँ दिन-भर पड़े-पड़े रोने से तो अच्छा है।'

जालपा – 'क्या वह कोई दूसरी दुनिया है, या मैं वहाँ जाकर कुछ और हो जाऊँगी। और फिर रोने से क्यों डरूँ, जब हँसना था, तब हँसती थी, जब रोना है, तो रोऊँगी। वह काले कोसों चले गए हों, पर मुझे तो हरदम यहीं बैठे दिखाई देते हैं। यहाँ वे स्वयं नहीं हैं, पर घर की एक-एक चीज़ में बसे हुए हैं। यहाँ से जाकर तो मैं निराशा से पागल हो जाऊँगी।'

दीनदयाल समझ गए यह अभिमानिनी अपनी टेक न छोड़ेगी। उठकर बाहर चले गए। संध्या समय चलते वक़्त उन्होंने पचास रुपये का एक नोट जालपा की तरफ़ बढ़ाकर कहा – 'इसे रख लो, शायद कोई ज़रूरत पड़े।' जालपा ने सिर हिलाकर कहा – 'मुझे इसकी बिलकुल ज़रूरत नहीं है। दादाजी, हाँ, इतना चाहती हूँ कि आप मुझे आशीर्वाद दें। संभव है, आपके आशीर्वाद से मेरा कल्याण हो।'

दीनदयाल की आँखों में आँसू भर आए, नोट वहीं चारपाई पर रखकर बाहर चले आए।

क्वार का महीना लग चुका था। मेघ के जल-शून्य टुकड़े कभी-कभी आकाश में दौड़ते नज़र आ जाते थे। जालपा छत पर लेटी हुई उन मेघ-खंडों की किलोलें देखा करती। चिंता-व्यथित प्राणियों के लिए इससे अधिक मनोरंजन की और वस्तु ही कौन है? बादल के टुकड़े भाँति-भाँति के रंग बदलते,भाँति-भाँति के रूप भरते, कभी आपस में प्रेम से मिल जाते, कभी रूठकर अलग-अलग हो जाते, कभी दौड़ने लगते, कभी ठिठक जाते। जालपा सोचती, रमानाथ भी कहीं बैठे यही मेघ-क्रीड़ा देखते होंगे। इस कल्पना में उसे विचित्र आनंद मिलता। किसी माली को अपने लगाए पौधों से, किसी

बालक को अपने बनाए हुए घरौंदों से जितनी आत्मीयता होती है, कुछ वैसा ही अनुराग उसे उन आकाशगामी जीवों से होता था। विपत्ति में हमारा मन अंतर्मुखी हो जाता है। जालपा को अब यही शंका होती थी कि ईश्वर ने मेरे पापों का यह दंड दिया है। आख़िर रमानाथ किसी का गला दबाकर ही तो रोज़ रुपये लाते थे। कोई ख़ुशी से तो न दे देता होगा।

ये रुपये देखकर वह कितनी ख़ुश होती थी। इन्हीं रुपयों से तो नित्य शौक़ शृंगार की चीज़ें आती रहती थीं। उन वस्तुओं को देखकर अब उसका जी जलता था। यही सारे दुःखों की मूल हैं। इन्हीं के लिए तो उसके पति को विदेश जाना पड़ा। वे चीजें उसकी आँखों में अब कांटों की तरह गड़ती थीं, उसके हृदय में शूल की तरह चुभती थीं।

आख़िर एक दिन उसने इन चीज़ों को जमा किया - मखमली स्लीपर, रेशमी मोज़े, तरह-तरह की बेलें, फ़ीते, पिन, कंघियाँ, आईने, कोई कहाँ तक गिनाए। अच्छा-खासा एक ढेर हो गया। वह इस ढेर को गंगा में डुबा देगी, और अब से एक नये जीवन का सूत्रपात करेगी। इन्हीं वस्तुओं के पीछे, आज उसकी यह गति हो रही है। आज वह इस मायाजाल को नष्ट कर डालेगी। उनमें कितनी ही चीज़ें तो ऐसी सुंदर थीं कि उन्हें फेंकते मोह आता था, मगर ग्लानि की उस प्रचंड ज्वाला को पानी के ये छींटे क्या बुझाते। आधी रात तक वह इन चीज़ों को उठा-उठाकर अलग रखती रही, मानो किसी यात्रा की तैयारी कर रही हो। हाँ, यह वास्तव में यात्रा ही थी, अंधेरे से उजाले की, मिथ्या से सत्य की। मन में सोच रही थी, अब यदि ईश्वर की दया हुई और वह फिर लौटकर घर आए, तो वह इस तरह रहेगी कि थोड़े-से-थोड़े में निर्वाह हो जाए। एक पैसा भी व्यर्थ न ख़र्च करेगी। अपनी मज़दूरी के ऊपर एक कौड़ी भी घर में न आने देगी। आज से उसके नए जीवन का आरंभ होगा।

ज्योंही चार बजे, सड़क पर लोगों के आने-जाने की आहट मिलने लगी। जालपा ने बेग उठा लिया और गंगा-स्नान करने चली। बेग बहुत भारी था, हाथ में उसे लटकाकर दस क़दम भी चलना कठिन हो गया। बार-बार हाथ बदलती थी। यह भय भी लगा हुआ था कि कोई देख न ले। बोझ लेकर चलने का उसे कभी अवसर न पड़ा था। इक्के वाले पुकारते थे, पर वह इधर कान न देती थी। यहाँ तक कि हाथ बेकाम हो गए, तो उसने बेग को पीठ पर रख लिया और क़दम बढ़ाकर चलने लगी। लंबा घूंघट निकाल लिया था कि कोई पहचान न सके।

वह घाट के समीप पहुँची, तो प्रकाश हो गया था। सहसा उसने रतन को अपनी मोटर पर आते देखा। उसने चाहा, सिर झुकाकर मुँह छिपा ले, पर रतन ने दूर ही से पहचान लिया, मोटर रोककर बोली, कहाँ जा रही हो बहन - 'यह पीठ पर बेग कैसा है?'

जालपा ने घूंघट हटा लिया और निःशंक होकर बोली - 'गंगा-स्नान करने जा रही हूँ।'

रतन - 'मैं तो स्नान करके लौट आई, लेकिन चलो, तुम्हारे साथ चलती हूँ। तुम्हें घर पहुँचाकर लौट जाऊँगी। बेग रख दो।'

जालपा - 'नहीं-नहीं, यह भारी नहीं है। तुम जाओ, तुम्हें देर होगी। मैं चली जाऊँगी।'

मगर रतन ने न माना, कार से उतरकर उसके हाथ से बेग ले ही लिया

और कार में रखती हुई बोली - 'क्या भरा है तुमने इसमें, बहुत भारी है। खोलकर देखूँ?'

जालपा - 'इसमें तुम्हारे देखने लायक़ कोई चीज़ नहीं है।'

बेग में ताला न लगा था। रतन ने खोलकर देखा, तो विस्मित होकर बोली - 'इन चीज़ों को कहाँ लिए जाती हो?'

जालपा ने कार पर बैठते हुए कहा - 'इन्हें गंगा में बहा दूँगी।'

रतन ने विस्मय में पड़कर कहा - 'गंगा में! कुछ पागल तो नहीं हो गई हो चलो, घर लौट चलो। बेग रखकर फिर आ जाना।'

जालपा ने दृढ़ता से कहा, 'नहीं रतन - मैं इन चीज़ों को डुबाकर ही जाऊँगी।'

रतन - 'आख़िर क्यों?'

जालपा - 'पहले कार को बढ़ाओ, फिर बताऊँ।'

रतन - 'नहीं, पहले बता दो।'

जालपा - 'नहीं, यह न होगा। पहले कार को बढ़ाओ।'

रतन ने हारकर कार को बढ़ाया और बोली - 'अच्छा अब तो बताओगी?'

जालपा ने उलाहने के भाव से कहा - 'इतनी बात तो तुम्हें ख़ुद ही समझ लेनी चाहिए थी। मुझसे क्या पूछती हो अब वे चीज़ें मेरे किस काम की हैं! इन्हें देख-देखकर मुझे दुख होता है। जब देखने वाला ही न रहा, तो इन्हें रखकर क्या करूँ?'

रतन ने एक लंबी साँस खींची और जालपा का हाथ पकड़कर काँपते हुए स्वर में बोली - 'बाबूजी के साथ तुम यह बहुत बड़ा अन्याय कर रही हो। बहन वे कितनी उमंग से इन्हें लाए होंगे। तुम्हारे अंगों पर इनकी शोभा देखकर कितना प्रसन्न हुए होंगे। एक-एक चीज़ उनके प्रेम की एक-एक स्मृति है। उन्हें गंगा में बहाकर तुम उस प्रेम का घोर अनादर कर रही हो। जालपा विचार में डूब गई। मन में संकल्प-विकल्प होने लगा, किंतु एक ही क्षण में वह फिर संभल गई। बोली, यह बात नहीं है बहन! जब तक ये चीज़ें मेरी आंखों से दूर न हो जाएँगी, मेरा चित्त शांत न होगा। इसी विलासिता ने मेरी यह दुर्गति की है। यह मेरी विपत्ति की गठरी है, प्रेम की स्मृति नहीं। प्रेम तो मेरे हृदय पर अंकित है।'

रतन - 'तुम्हारा हृदय बड़ा कठोर है। जालपा, मैं तो शायद ऐसा न कर सकती।'

जालपा - 'लेकिन मैं तो इन्हें अपनी विपत्ति का मूल समझती हूँ।'

एक क्षण चुप रहने के बाद वह फिर बोली - 'उन्होंने मेरे साथ बड़ा अन्याय किया है, बहन! जो पुरुष अपनी स्त्री से कोई परदा रखता है, मैं समझती हूँ, वह उससे प्रेम नहीं करता। मैं उनकी ज़गह पर होती, तो यों तिलांजलि देकर न भागती। अपने

मन की सारी व्यथा कह सुनाती और जो कुछ करती, उनकी सलाह से करती। स्त्री और पुरुष में दुराव कैसा!'

रतन ने गंभीर मुस्कान के साथ कहा – 'ऐसे पुरुष तो बहुत कम होंगे, जो स्त्री से अपना दिल खोलते हों। जब तुम स्वयं दिल में चोर रखती हो, तो उनसे क्यों आशा रखती हो कि वे तुमसे कोई परदा न रक्खें। तुम ईमान से कह सकती हो कि तुमने उनसे परदा नहीं रक्खा?'

जालपा ने सकुचाते हुए कहा – 'मैंने अपने मन में चोर नहीं रखा।'

रतन ने ज़ोर देकर कहा – 'झूठ बोलती हो, बिलकुल झूठ, अगर तुमने विश्वास किया होता, तो वे भी खुलते।'

जालपा इस आक्षेप को अपने सिर से न टाल सकी। उसे आज ज्ञात हुआ कि कपट का आरंभ पहले उसी की ओर से हुआ। गंगा का तट आ पहुँचा। कार रुक गई। जालपा उतरी और बेग को उठाने लगी, किंतु रतन ने उसका हाथ हटाकर कहा – 'नहीं, मैं इसे न ले जाने दूँगी। समझ लो कि डूब गए।'

जालपा – 'ऐसा कैसे समझ लूँ।'

रतन – 'मुझ पर दया करो, बहन के नाते।'

जालपा – 'बहन के नाते तुम्हारे पैर धो सकती हूँ, मगर इन कांटों को हृदय में नहीं रख सकती।'

रतन ने भौंहें सिकोड़कर कहा – 'किसी तरह न मानोगी?'

जालपा ने स्थिर भाव से कहा – 'हाँ, किसी तरह नहीं।'

रतन ने विरक्त होकर मुँह उधर फेर लिया। जालपा ने बेग उठा लिया और तेज़ी से घाट से उतरकर जल-तट तक पहुँच गई, फिर बेग को उठाकर पानी में फेंक दिया। अपनी निर्बलता पर यह विजय पाकर उसका मुख प्रदीप्त हो गया। आज उसे जितना गर्व और आनंद हुआ, उतना इन चीज़ों को पाकर भी न हुआ था। उन असंख्य प्राणियों में जो इस समय स्नान ध्यान कर रहे थे, कदाचित किसी को अपने अंतःकरण में प्रकाश का ऐसा अनुभव न हुआ होगा। मानो प्रभात की सुनहरी ज्योति उसके रोम-रोम में व्याप्त हो रही है। जब वह स्नान करके ऊपर आई, तो रतन ने पूछा – 'डुबा दिया?'

जालपा – 'हाँ।'

रतन – 'बड़ी निठुर हो।'

जालपा – 'यही निठुरता मन पर विजय पाती है। अगर कुछ दिन पहले निठुर हो जाती, तो आज यह दिन क्यों आता।' कार चल पड़ी।

25

रमानाथ को कलकत्ता आए दो महीने के ऊपर हो गए हैं। वह अभी तक देवीदीन के घर पड़ा हुआ है। उसे हमेशा यही धुन सवार रहती है कि रुपये कहाँ से आवें, तरह-तरह के मंसूबे बाँधता है, भाँति-भाँति की कल्पनाएँ करता है, पर घर से बाहर नहीं निकलता। हाँ, जब ख़ूब अंधेरा हो जाता है, तो वह एक बार मुहल्ले के वाचनालय में ज़रूर जाता है। अपने नगर और प्रांत के समाचारों के लिए उसका मन सदैव उत्सुक रहता है। उसने वह नोटिस देखी, जो दयानाथ ने पत्रों में छपवाई थी, पर उस पर विश्वास न आया। कौन जाने, पुलिस ने उसे गिरफ़्तार करने के लिए माया रची हो रुपये भला किसने चुकाए होंगे? असंभव!

एक दिन उसी पत्र में रमानाथ को जालपा का एक ख़त छपा मिला, जालपा ने आग्रह और याचना से भरे हुए शब्दों में उसे घर लौट आने की प्रेरणा की थी। उसने लिखा था – 'तुम्हारे ज़िम्मे किसी का कुछ बाक़ी नहीं है, कोई तुमसे कुछ न कहेगा।' रमा का मन चंचल हो उठा, लेकिन तुरंत ही उसे ख़याल आया, यह भी पुलिस की शरारत होगी। जालपा ने यह पत्र लिखा, इसका क्या प्रमाण है? अगर यह भी मान लिया जाए कि रुपये घरवालों ने अदा कर दिए होंगे, तो क्या इस दशा में भी वह घर जा सकता है। शहर भर में उसकी बदनामी हो ही गई होगी, पुलिस में इत्तला की ही जा चुकी होगी। उसने निश्चय किया कि मैं नहीं जाऊँगा। जब तक कम-से-कम पाँच हज़ार रुपये हाथ में न हो जाएँगे, घर जाने का नाम न लूँगा। और रुपये नहीं दिए गए, पुलिस मेरी खोज में है, तो कभी घर न जाऊँगा। कभी नहीं।

देवीदीन के घर में दो कोठरियाँ थीं और सामने एक बरामदा था। बरामदे में दुकान थी, एक कोठरी में खाना बनता था, दूसरी कोठरी में बरतन-भाँड़े रक्खे हुए थे। ऊपर एक कोठरी थी और छोटी-सी खुली हुई छत। रमा इसी ऊपर के हिस्से में रहता था। देवीदीन के रहने, सोने, बैठने का कोई विशेष स्थान न था। रात को दुकान बढ़ाने के बाद वही बरामदा शयनगृह बन जाता था। दोनों वहीं पड़े रहते थे।

देवीदीन का काम चिलम पीना और दिनभर गप्पें लड़ाना था। दुकान का सारा काम बुढ़िया करती थी। मंडी जाकर माल लाना, स्टेशन से माल भेजना या लेना, यह सब भी वही कर लेती थी। देवीदीन ग्राहकों को पहचानता तक न था। थोड़ी-सी हिंदी जानता था। बैठा-बैठा *रामायण, तोता-मैना, रामलीला* या माता मरियम की कहानी पढ़ा करता। जब से रमा आ गया है, बुड्ढे को अंग्रेज़ी पढ़ने का शौक़ हो गया है। सबेरे ही प्राइमर लाकर बैठ जाता है, और नौ-दस बजे तक अक्षर पढ़ता रहता है। बीच-बीच में लतीफ़े भी होते जाते हैं, जिनका देवीदीन के पास अखंड भंडार है। मगर जग्गो को रमा का आसन जमाना अच्छा नहीं लगता। वह उसे अपना मुनीम तो बनाए हुए है, हिसाब-क़िताब उसी से लिखवाती है, पर इतने से काम के लिए वह एक आदमी रखना व्यर्थ समझती है। यह काम तो वह ग्राहकों से यों ही करा लेती थी। उसे रमा

का रहना खलता था, पर रमा इतना विनम्र, इतना सेवा-तत्पर, इतना धर्मनिष्ठ है कि वह स्पष्ट रूप से कोई आपत्ति नहीं कर सकती। हाँ, दूसरों पर रखकर श्लेष रूप से उसे सुनासुनाकर दिल का गुबार निकालती रहती है। रमा ने अपने को ब्राह्मण कह रक्खा है और उसी धर्म का पालन करता है। ब्राह्मण और धर्मनिष्ठ बनकर वह दोनों प्राणियों का श्रद्धापात्र बन सकता है। बुढ़िया के भाव और व्यवहार को वह ख़ूब समझता है, पर करे क्या? बेहयाई करने पर मजबूर है। परिस्थिति ने उसके आत्म-सम्मान का अपहरण कर डाला है।

एक दिन रमानाथ वाचनालय में बैठा हुआ पत्र पढ़ रहा था कि एकाएक उसे रतन दिखाई पड़ गई। उसके अंदाज़ से मालूम होता था कि वह किसी को खोज रही है। बीसों आदमी बैठे पुस्तकें और पत्र पढ़ रहे थे। रमा की छाती धकधक करने लगी। वह रतन से आँखें बचाकर सिर झुकाए हुए कमरे से निकल गया और पीछे के अंधेरे बरामदे में, जहाँ पुराने टूटे-फटे संदूक और कुर्सियाँ पड़ी हुई थीं, छिपा खड़ा रहा। रतन से मिलने और घर के समाचार पूछने के लिए उसकी आत्मा तड़प रही थी पर मारे संकोच के सामने न आ सकता था। आह! कितनी बातें पूछने की थीं! पर उनमें मुख्य यही थी कि जालपा के विचार उसके विषय में क्या हैं? उसकी निष्ठुरता पर रोती तो नहीं है। उसकी उद्दंडता पर क्षुब्ध तो नहीं है? उसे धूर्त और बेईमान तो नहीं समझ रही है? दुबली तो नहीं हो गई है? और लोगों के क्या भाव हैं? क्या घर की तलाशी हुई? मुक़दमा चला? ऐसी ही हज़ारों बातें जानने के लिए वह विकल हो रहा था, पर मुँह कैसे दिखाए! वह झांक-झांककर देखता रहा। जब रतन चली गई, मोटर चल दी, तब उसकी जान में जान आई। उसी दिन से एक सप्ताह तक वह वाचनालय न गया। घर से निकला तक नहीं।

कभी-कभी पड़े-पड़े रमा का जी ऐसा घबड़ाता कि पुलिस में जाकर सारी कथा कह सुनाए। जो कुछ होना है, हो जाए। साल-दो साल की क़ैद इस आजीवन कारावास से तो अच्छी ही है। फिर वह नए सिरे से जीवन संग्राम में प्रवेश करेगा, हाथ-पाँव बचाकर काम करेगा, अपनी चादर के बाहर जौ-भर भी पाँव न फैलाएगा, लेकिन एक ही क्षण में हिम्मत टूट जाती।

इस प्रकार दो महीने और बीत गए। पूस का महीना आया। रमा के पास जाड़ों का कोई कपड़ा न था। घर से तो वह कोई चीज़ लाया ही न था, यहाँ भी कोई चीज़ बनवा न सका था। अब तक तो उसने धोती ओढ़कर किसी तरह रातें काटीं, पर पूस के कड़क। जाड़े लिहाफ़ या कंबल के बग़ैर कैसे कटते।

बेचारा रात-भर गठरी बना पड़ा रहता। जब बहुत सर्दी लगती, तो बिछावन ओढ़ लेता। देवीदीन ने उसे एक पुरानी दरी बिछाने को दे दी थी। उसके घर में शायद यही सबसे अच्छा बिछावन था। इस श्रेणी के लोग चाहे दस हज़ार के गहने पहन लें, शादी-ब्याह में दस हज़ार ख़र्च कर दें, पर बिछावन गूदड़ा ही रक्खेंगे। इस सड़ी हुई दरी से जाड़ा भला क्या जाता, पर कुछ न होने से अच्छा ही था।

रमा संकोचवश देवीदीन से कुछ कह न सकता था और देवीदीन भी शायद इतना बड़ा ख़र्च न उठाना चाहता था, या संभव है, इधर उसकी निगाह ही न जाती हो। जब दिन ढलने लगता, तो रमा रात के कष्ट की कल्पना से भयभीत हो उठता था, मानो काली बला दौड़ती चली आती हो। रात को बार-बार खिड़की खोलकर देखता कि सबेरा होने में कितनी कसर है।

एक दिन शाम को वह वाचनालय जा रहा था कि उसने देखा, एक बड़ी कोठी के सामने हज़ारों कंगले जमा हैं। उसने सोचा - यह क्या बात है, क्यों इतने आदमी जमा हैं? भीड़ के अंदर घुसकर देखा, तो मालूम हुआ, सेठजी कंबलों का दान कर रहे हैं। कंबल बहुत घटिया थे, पतले और हल्के; पर जनता एक पर एक टूटी पड़ती थी। रमा के मन में आया, एक कंबल ले लूँ। यहाँ मुझे कौन जानता है। अगर कोई जान भी जाए, तो क्या हरज़ - ग़रीब ब्राह्मण अगर दान का अधिकारी नहीं तो और कौन है। लेकिन एक ही क्षण में उसका आत्म-सम्मान जाग उठा। वह कुछ देर वहाँ खड़ा ताकता रहा, फिर आगे बढ़ा। उसके माथे पर तिलक देखकर मुनीमजी ने समझ लिया, यह ब्राह्मण है। इतने सारे कंगलों में ब्राह्मणों की संख्या बहुत कम थी। ब्राह्मणों को दान देने का पुण्य कुछ और ही है। मुनीम मन में प्रसन्न था कि एक ब्राह्मण देवता दिखाई तो दिए! इसलिए जब उसने रमा को जाते देखा, तो बोला - 'पंडितजी, कहाँ चले, कंबल तो लेते जाइए!' रमा मारे संकोच के गड़ गया। उसके मुँह से केवल इतना ही निकला - 'मुझे इच्छा नहीं है।'

यह कहकर वह फिर बढ़ा, मुनीमजी ने समझा, शायद कंबल घटिया देखकर देवताजी चले जा रहे हैं। ऐसे आत्म-सम्मान वाले देवता उसे अपने जीवन में शायद कभी मिले ही न थे। कोई दूसरा ब्राह्मण होता, दो-चार चिकनी-चुपड़ी बातें करता और अच्छे कंबल माँगता। यह देवता बिना कुछ कहे, निर्व्याज भाव से चले जा रहे हैं, तो अवश्य कोई त्यागी जीव हैं। उसने लपककर रमा का हाथ पकड़ लिया और बोला, आओ तो महाराज, आपके लिए चोखा कंबल रक्खा है। यह तो कंगलों के लिए है। रमा ने देखा कि बिना माँगे एक चीज़ मिल रही है, ज़बरदस्ती गले लगाई जा रही है, तो वह दो बार और नहीं-नहीं करके मुनीम के साथ अंदर चला गया। मुनीम ने उसे कोठी में ले जाकर तख़्त पर बैठाया और एक अच्छा-सा दबीज कंबल भेंट किया। रमा की संतोष वृत्ति का उस पर इतना प्रभाव पड़ा कि उसने पाँच रुपये दक्षिणा भी देना चाहा, किन्तु रमा ने उसे लेने से साफ़ इंकार कर दिया। जन्म-जन्मांतर की संचित मर्यादा कंबल लेकर ही आहत हो उठी थी। दक्षिणा के लिए हाथ फैलाना उसके लिए असंभव हो गया।

मुनीम ने चकित होकर कहा - 'आप यह भेंट न स्वीकार करेंगे, तो सेठजी को बड़ा दुःख होगा।'

रमा ने विरक्त होकर कहा - 'आपके आग्रह से मैंने कंबल ले लिया, पर दक्षिणा नहीं ले सकता मुझे धन की आवश्यकता नहीं। जिस सज्जन के घर टिका हुआ हूँ, वह मुझे भोजन देते हैं। और मुझे लेकर क्या करना है?'

'सेठजी मानेंगे नहीं!'

'आप मेरी ओर से क्षमा माँग लीजिएगा। '

'आपके त्याग को धन्य है। ऐसे ही ब्राह्मणों से धर्म की मर्यादा बनी हुई है। कुछ देर बैठिए तो, सेठजी आते होंगे। आपके दर्शन पाकर बहुत प्रसन्न होंगे। ब्राह्मणों के परम भक्त हैं। और त्रिकाल संध्या-वंदन करते हैं महाराज, तीन बजे रात को गंगा-तट पर पहुँच जाते हैं और वहाँ से आकर पूजा पर बैठ जाते हैं। दस बजे भागवत का पारायण करते हैं। भोजन पाते हैं, तब कोठी में आते हैं। तीन-चार बजे फिर संध्या करने चले जाते हैं। आठ बजे थोड़ी देर के लिए फिर आते हैं। नौ बजे ठाकुरद्वारे में कीर्तन सुनते हैं और फिर संध्या करके भोजन पाते हैं। थोड़ी देर में आते ही होंगे। आप कुछ देर बैठें, तो बड़ा अच्छा हो आपका स्थान कहाँ है?'

रमा ने प्रयाग न बताकर काशी बतलाया। इस पर मुनीमजी का आग्रह और बढ़ा, पर रमा को यह शंका हो रही थी कि कहीं सेठजी ने कोई धार्मिक प्रसंग छेड़ दिया, तो सारी क़लई खुल जाएगी। किसी दूसरे दिन आने का वचन देकर उसने पिंड छुड़ाया।

नौ बजे वह वाचनालय से लौटा, तो डर रहा था कि कहीं देवीदीन ने कंबल देखकर पूछा - 'कहाँ से लाए, तो क्या जवाब दूँगा। कोई बहाना कर दूँगा। कह दूँगा, एक पहचान की दुकान से उधार लाया हूँ।' देवीदीन ने कंबल देखते ही पूछा - 'सेठ करोड़ीमल के यहाँ पहुँच गए क्या, महाराज?'

रमा ने पूछा - 'कौन सेठ करोड़ीमल?'

'अरे वही, जिसकी वह बड़ी लाल कोठी है।'

रमा कोई बहाना न कर सका। बोला - 'हाँ, मुनीमजी ने पिंड ही न छोड़ा! बड़ा धर्मात्मा जीव है।'

देवीदीन ने मुस्कराकर कहा - 'बड़ा धर्मात्मा! उसी के थामे तो यह धरती थमी है, नहीं तो अब तक मिट गई होती!'

रमानाथ - 'काम तो धर्मात्माओं ही के करता है, मन का हाल ईश्वर जाने। जो सारे दिन पूजापाठ और दान-व्रत में लगा रहे, उसे धर्मात्मा नहीं तो और क्या कहा जाए?'

देवीदीन - 'उसे पापी कहना चाहिए, महापापी, दया तो उसके पास से होकर भी नहीं निकली। उसकी जूट की मिल है। मजूरों के साथ जितनी निर्दयता इसकी मिल में होती है, और कहीं नहीं होती। आदमियों को हंटरों से पिटवाता है, हंटरों से। चर्बी-मिला घी बेचकर इसने लाखों कमा लिए। कोई नौकर एक मिनट की भी देर करे तो तुरंत तलब काट लेता है। अगर साल में दो-चार हज़ार दान न कर दे, तो पाप का धन पचे कैसे! धर्म-कर्म वाले ब्राह्मण तो उसके द्वार पर झांकते भी नहीं। तुम्हारे सिवा वहाँ कोई पंडित था?'

रमा ने सिर हिलाया।

'कोई जाता ही नहीं। हाँ, लोभी-लंपट पहुँच जाते हैं। जितने पुजारी देखे, सबको पत्थर ही पाया। पत्थर पूजते-पूजते इनके दिल भी पत्थर हो जाते हैं। इसके तीन तो

बड़े-बड़े धरमशाले हैं, मुदा है पाखंडी। आदमी चाहे और कुछ न करे, मन में दया बनाए रखे। यही सौ धरम का एक धरम है।'

दिन की रक्खी हुई रोटियाँ खाकर जब रमा कंबल ओढ़कर लेटा, तो उसे बड़ी ग्लानि होने लगी। रिश्वत में उसने हज़ारों रुपये मारे थे, पर कभी एक क्षण के लिए भी उसे ग्लानि न आई थी। रिश्वत बुद्धि से, कौशल से, पुरुषार्थ से मिलती है। दान पौरुषहीन, कर्महीन या पाखंडियों का आधार है। वह सोच रहा था - 'मैं अब इतना दीन हूँ कि भोजन और वस्त्र के लिए मुझे दान लेना पड़ता है!'

वह देवीदीन के घर दो महीने से पड़ा हुआ था, पर देवीदीन उसे भिक्षुक नहीं मेहमान समझता था। उसके मन में कभी दान का भाव आया ही न था। रमा के मन में ऐसा उद्वेग उठा कि इसी दम थाने में जाकर अपना सारा वृत्तांत कह सुनाए। यही न होगा, दो-तीन साल की सज़ा हो जाएगी, फिर तो यों प्राण सूली पर न टंगे रहेंगे। कहीं डूब ही क्यों न मरे इस तरह जीने से फ़ायदा ही क्या! न घर का हूँ न घाट का। दूसरों का भार तो क्या उठाऊँगा, अपने ही लिए दूसरों का मुँह ताकता हूँ। इस जीवन से किसका उपकार हो रहा है? धिक्कार है मेरे जीने को! रमा ने निश्चय किया, कल निशंक होकर काम की टोह में निकलूँगा। जो कुछ होना है, हो!

26

अभी रमा मुँह-हाथ धो रहा था कि देवीदीन प्राइमर लेकर आ पहुँचा और बोला - 'भैया, यह तुम्हारी अंगरेज़ी बड़ी विकट है। एस-आई-आर 'सर' होता है, तो पी-आई-टी 'पिट' क्यों हो जाता है? बी-यू-टी 'बट' है, लेकिन पी-यू-टी 'पुट' क्यों होता है? तुम्हें भी बड़ी कठिन लगती होगी।'

रमा ने मुस्कराकर कहा - 'पहले तो कठिन लगती थी, पर अब तो आसान मालूम होती है।'

देवीदीन - 'जिस दिन पराइमर ख़तम होगी, महाबीरजी को सवा सेर लड्डू चढ़ाऊँगा। पराई-मर का मतलब है, पराई स्त्री मर जाए। मैं कहता हूँ, हमारी मरे, पराई के मरने से हमें क्या सुख! तुम्हारे बाल-बच्चे तो हैं न भैया?'

रमा ने इस भाव से कहा - 'मानो हैं, पर न होने के बराबर हैं, हाँ, हैं तो!

'कोई चिट्ठी-चपाती आई थी?'

'ना!'

'और न तुमने लिखी - अरे! तीन महीने से कोई चिट्ठी ही नहीं भेजी? घबड़ाते न होंगे लोग?'

'जब तक यहाँ कोई ठिकाना न लग जाए, क्या पत्र लिखूँ।'

'अरे भले आदमी, इतना तो लिख दो कि मैं यहाँ कुशल से हूँ। घर से भाग आए थे, उन लोगों को कितनी चिंता हो रही होगी! माँ-बाप तो हैं न?'

'हाँ, हैं तो।'

देवीदीन ने गिड़गिड़ाकर कहा – 'तो भैया, आज ही चिट्ठी डाल दो, मेरी बात मानो।'

रमा ने अब तक अपना हाल छिपाया था। उसके मन में कितनी ही बार इच्छा हुई कि देवीदीन से कह दूँ, पर बात होंठों तक आकर रुक जाती थी। वह देवीदीन के मुँह से आलोचना सुनना चाहता था। वह जानना चाहता था कि यह क्या सलाह देता है। इस समय देवीदीन के सद्भाव ने उसे पराभूत कर दिया।

बोला – 'मैं घर से भाग आया हूँ, दादा!'

देवीदीन ने मूँछों में मुस्कराकर कहा – 'यह तो मैं जानता हूँ, क्या बाप से लड़ाई हो गई?'

'नहीं!'

'माँ ने कुछ कहा होगा?'

'यह भी नहीं!'

'तो फिर घरवाली से ठन गई होगी। वह कहती होगी, मैं अलग रहूँगी, तुम कहते होगे मैं अपने माँ-बाप से अलग न रहूँगा। या गहने के लिए ज़िद करती होगी। नाक में दम कर दिया होगा। क्यों?'

रमा ने लज्जित होकर कहा – 'कुछ ऐसी बात थी, दादा! वह तो गहनों की बहुत इच्छुक न थी, लेकिन पा जाती थी, तो प्रसन्न हो जाती थी और मैं प्रेम की तरंग में आगा-पीछा कुछ न सोचता था।'

देवीदीन के मुँह से मानो आप-ही-आप निकल आया, 'सरकारी रक़म तो नहीं उड़ा दी?'

रमा को रोमांच हो आया। छाती धक-से हो गई। वह सरकारी रक़म की बात उससे छिपाना चाहता था। देवीदीन के इस प्रश्न ने मानो उस पर छापा मार दिया। वह कुशल सैनिक की भाँति अपनी सेना को घाटियों से, जासूसों की आँख बचाकर, निकाल ले जाना चाहता था, पर इस छापे ने उसकी सेना को अस्त-व्यस्त कर दिया। उसके चेहरे का रंग उड़ गया। वह एकाएक कुछ निश्चय न कर सका कि इसका क्या जवाब दूँ।

देवीदीन ने उसके मन का भाव भाँपकर कहा – 'प्रेम बड़ा बेढब होता है। भैया! बड़े-बड़े चूक जाते हैं, तुम तो अभी लड़के हो ग़बन के हज़ारों मुक़दमे हर साल होते हैं। तहकीकात की जाए, तो सबका कारण एक ही होगा – गहना। दस-बीस वारदात तो मैं आँखों देख चुका हूँ। यह रोग ही ऐसा है। औरत मुँह से तो यही कहे जाती है कि यह क्यों लाए, वह क्यों लाए, रुपये कहाँ से आवेंगे, लेकिन उसका मन आनंद से नाचने लगता है। यहीं एक डाक-बाबू रहते थे। बेचारे ने छुरी से गला काट लिया। एक दूसरे मियाँ साहब को मैं जानता हूँ, जिनको पाँच साल की सज़ा हो गई, जेल में ही मर गए। एक तीसरे पंडितजी को जानता हूँ, जिन्होंने अफ़ीम खाकर जान दे दी।

बुरा रोग है। दूसरों को क्या कहूँ, मैं ही तीन साल की सज़ा काट चुका हूँ। जवानी की बात है, जब इस बुढ़िया पर जोबन था, ताकती थी तो मानो कलेजे पर तीर चला देती थी। मैं डाकिया था। मनीऑर्डर तकसीम किया करता था। यह कानों के झुमकों के लिए जान खा रही थी। कहती थी, सोने ही के लूँगी। इसका बाप चौधरी था। मेवे की दुकान थी। मिजाज़ बढ़ा हुआ था। मुझ पर प्रेम का नशा छाया हुआ था। अपनी आमदनी की डींगें मारता रहता था। कभी फूल के हार लाता, कभी मिठाई, कभी अतर-फुलेल सहर का हलका था। ज़माना अच्छा था। दुकानदारों से जो चीज़ माँग लेता, मिल जाती थी। आख़िर मैंने एक मनीऑर्डर पर झूठे दस्तख़त बनाकर रुपये उड़ा लिए। कुल तीस रुपये थे। झुमके लाकर इसे दिए। इतनी ख़ुश हुई, इतनी ख़ुश हुई, कि कुछ न पूछो, लेकिन एक ही महीने में चोरी पकड़ ली गई। तीन साल की सज़ा हो गई। सज़ा काटकर निकला तो यहाँ भाग आया। फिर कभी घर नहीं गया। यह मुँह कैसे दिखाता। हाँ, घर पत्र भेज दिया। बुढ़िया ख़बर पाते ही चली आई। यह सब कुछ हुआ, मगर गहनों से उसका पेट नहीं भरा। जब देखो, कुछ-न कुछ बनता ही रहता है। एक चीज़ आज बनवाई, कल उसी को तुड़वाकर कोई दूसरी चीज़ बनवाई, यही तार चला जाता है। एक सोनार मिल गया है, मजूरी में साग-भाजी ले जाता है। मेरी तो सलाह है, घर पर एक ख़त लिख दो, लेकिन पुलिस तो तुम्हारी टोह में होगी। कहीं पता मिल गया, तो काम बिगड़ जाएगा। मैं न किसी से एक ख़त लिखाकर भेज दूँ?'

रमा ने आग्रहपूर्वक कहा - 'नहीं, दादा! दया करो। अनर्थ हो जाएगा। पुलिस से ज़्यादा तो मुझे घरवालों का भय है।'

देवीदीन - 'घर वाले ख़बर पाते ही आ जाएँगे। यह चर्चा ही न उठेगी। उनकी कोई चिंता नहीं। डर पुलिस ही का है।'

रमानाथ - 'मैं सज़ा से बिलकुल नहीं डरता। तुमसे कहा नहीं, एक दिन मुझे वाचनालय में जान-पहचान की एक स्त्री दिखाई दी। हमारे घर बहुत आती-जाती थी। मेरी स्त्री से बड़ी मित्रता थी। एक बड़े वकील की पत्नी है। उसे देखते ही मेरी नानी मर गई। ऐसा सिटपिटा गया कि उसकी ओर ताकने की हिम्मत न पड़ी। चुपके से उठकर पीछे के बरामदे में जा छिपा। अगर उस वक़्त उससे दो-चार बातें कर लेता, तो घर का सारा समाचार मालूम हो जाता और मुझे यह विश्वास है कि वह इस मुलाक़ात की किसी से चर्चा भी न करती। मेरी पत्नी से भी न कहती, लेकिन मेरी हिम्मत ही न पड़ी। अब अगर मिलना भी चाहूँ, तो नहीं मिल सकता। उसका पता-ठिकाना कुछ भी तो नहीं मालूम।'

देवीदीन - 'तो फिर उसी को क्यों नहीं एक चिट्ठी लिखते?'

रमानाथ - 'चिट्ठी तो मुझसे न लिखी जाएगी।'

देवीदीन - 'तो कब तक चिट्ठी न लिखोगे?'

रमानाथ - 'देखा चाहिए।'

देवीदीन - 'पुलिस तुम्हारी टोह में होगी।'

देवीदीन चिंता में डूब गया। रमा को भ्रम हुआ, शायद पुलिस का भय इसे चिंतित कर रहा है। बोला – 'हाँ, इसकी शंका मुझे हमेशा बनी रहती है। तुम देखते हो, मैं दिन को बहुत कम घर से निकलता हूँ, लेकिन मैं तुम्हें अपने साथ नहीं घसीटना चाहता। मैं तो जाऊँगा ही, तुम्हें क्यों उलझन में डालूँ। सोचता हूँ, कहीं और चला जाऊँ, किसी ऐसे गाँव में जाकर रहूँ, जहाँ पुलिस की गंध भी न हो।'

देवीदीन ने गर्व से सिर उठाकर कहा – 'मेरे बारे में तुम कुछ चिंता न करो भैया, यहाँ पुलिस से डरने वाले नहीं हैं। किसी परदेशी को अपने घर ठहराना पाप नहीं है। हमें क्या मालूम किसके पीछे पुलिस है? यह पुलिस का काम है, पुलिस जाने। मैं पुलिस का मुख़बिर नहीं, जासूस नहीं, गोइंदा नहीं। तुम अपने को बचाए रहो, देखो भगवान क्या करते हैं। हाँ, कहीं बुढ़िया से न कह देना, नहीं तो उसके पेट में पानी न पचेगा।'

दोनों एक क्षण चुपचाप बैठे रहे। दोनों इस प्रसंग को इस समय बंद कर देना चाहते थे। सहसा देवीदीन ने कहा – 'क्यों भैया, कहो तो मैं तुम्हारे घर चला जाऊँ। किसी को कानों-कान ख़बर न होगी। मैं इधर-उधर से सारा ब्योरा पूछ आऊँगा। तुम्हारे पिता से मिलूँगा, तुम्हारी माता को समझाऊँगा, तुम्हारी घरवाली से बातचीत करूँगा। फिर जैसा उचित जान पड़े, वैसा करना।'

रमा ने मन-ही-मन प्रसन्न होकर कहा – 'लेकिन कैसे पूछोगे दादा, लोग कहेंगे न कि तुमसे इन बातों से क्या मतलब?'

देवीदीन ने ठट्ठा मारकर कहा – 'भैया, इससे सहज तो कोई काम ही नहीं। एक जनेऊ गले में डाला और ब्राह्मन बन गए। फिर चाहे हाथ देखो, चाहे कुंडली बांचो, चाहे सगुन विचारो, सब कुछ कर सकते हो। बुढ़िया भिक्षा लेकर आवेगी। उसे देखते ही कहूँगा, माता तेरे को पुत्र के परदेस जाने का बड़ा कष्ट है, क्या तेरा कोई पुत्र विदेस गया है? इतना सुनते ही घर-भर के लोग आ जाएँगे। वह भी आवेगी। उसका हाथ देखूँगा। इन बातों में मैं पक्का हूँ भैया, तुम निश्चिन्त रहो। कुछ कमा लाऊँगा, देख लेना। माघ-मेला भी होगा। स्नान करता आऊँगा।'

रमा की आँखें मनोल्लास से चमक उठीं। उसका मन मधुर कल्पनाओं के संसार में जा पहुँचा। जालपा उसी वक़्त रतन के पास दौड़ी जाएगी। दोनों भाँति-भाँति के प्रश्न करेंगी, क्यों बाबा, वह कहाँ गए हैं? अच्छी तरह हैं न? कब तक घर आवेंगे? कभी बाल-बच्चों की सुधि आती है उनको? वहाँ किसी कामिनी के माया-जाल में तो नहीं फँस गए? दोनों शहर का नाम भी पूछेंगी। कहीं दादा ने सरकारी रुपये चुका दिए हों, तो मज़ा आ जाए। तब एक ही चिंता रहेगी।

देवीदीन बोला – 'तो है न सलाह?' रमानाथ – 'कहाँ जाएँगे दादा, कष्ट होगा।'

'माघ का स्नान भी तो करूँगा। कष्ट के बिना कहीं पुन्न होता है! मैं तो कहता हूँ, तुम भी चलो। मैं वहाँ सब रंग-ढंग देख लूँगा। अगर देखना कि मामला टिचन है, तो चैन से घर चले जाना। कोई खटका मालूम हो, तो मेरे साथ ही लौट आना।'

रमा ने हँसकर कहा – 'कहाँ की बात करते हो, दादा! मैं यों कभी न जाऊँगा। स्टेशन पर उतरते ही कहीं पुलिस का सिपाही पकड़ ले, तो बस!'

देवीदीन ने गंभीर होकर कहा – 'सिपाही क्या पकड़ लेगा, दिल्लगी है! मुझसे कहो, मैं प्रयागराज के थाने में ले जाकर खड़ाकर दूँ। अगर कोई तिरछी आँखों से भी देख ले तो मूँछ मुड़ा लूँ! ऐसी बात भला! सैकड़ों ख़ूनियों को जानता हूँ जो यहाँ कलकत्ता में रहते हैं। पुलिस के अफ़सरों के साथ दावतें खाते हैं, पुलिस उन्हें जानती है, फिर भी उनका कुछ नहीं कर सकती! रुपये में बड़ा बल है, भैया!'

रमा ने कुछ जवाब न दिया। उसके सामने यह नया प्रश्न आ खड़ा हुआ था। जिन बातों को वह अनुभव न होने के कारण महाकष्ट-सा समझता था, उन्हें इस बूढ़े ने निर्मूल कर दिया, और बूढ़ा शेखीबाज़ों में नहीं है, वह मुँह से जो कहता है, उसे पूरा कर दिखाने की सामर्थ्य रखता है। उसने सोचा, तो क्या मैं सचमुच देवीदीन के साथ घर चला जाऊँ? यहाँ कुछ रुपये मिल जाते, तो नए सूट बनवा लेता, फिर शान से जाता। वह उस अवसर की कल्पना करने लगा, जब वह नया सूट पहने हुए घर पहुँचेगा। उसे देखते ही गोपी और विश्वम्भर दौड़ेंगे, भैया आए, भैया आए! दादा निकल आएँगे। अम्मां को पहले विश्वास न आएगा, मगर जब दादा जाकर कहेंगे, हाँ, आ तो गए! तब वह रोती हुई द्वार की ओर आएँगी। उसी वक़्त मैं पहुँचकर उनके पैरों पर गिर पड़ूँगा। जालपा वहाँ न आएगी। वह मान किए बैठी रहेगी। रमा ने मन-ही-मन वह वाक्य भी सोच लिए, जो वह जालपा को मनाने के लिए कहेगा। शायद रुपये की चर्चा ही न आए। इस विषय पर कुछ कहते हुए सभी को संकोच होगा। अपने प्रियजनों से जब कोई अपराध हो जाता है, तो हम उघटकर कर उसे दुखी नहीं करते। चाहते हैं कि उस बात का उसे ध्यान ही न आए, उसके साथ ऐसा व्यवहार करते हैं कि उसे हमारी ओर से ज़रा भी भ्रम न हो, वह भूलकर भी यह न समझे कि मेरी अपकीर्ति हो रही है।'

देवीदीन ने पूछा – 'क्या सोच रहे हो? चलोगे न?'

रमा ने दबी जबान से कहा – 'तुम्हारी इतनी दया है, तो चलूँगा। मगर पहले तुम्हें मेरे घर जाकर पूरा-पूरा समाचार लाना पड़ेगा। अगर मेरा मन न भरा, तो मैं लौट आऊँगा।

देवीदीन ने दृढ़ता से कहा – 'मंजूर।'

रमा ने संकोच से आँखें नीची करके कहा – 'एक बात और है।'

देवीदीन – 'क्या बात है? कहो।'

'मुझे कुछ कपड़े बनवाने पड़ेंगे।'

'बन जाएँगे।'

'मैं घर पहुँचकर तुम्हारे रुपये दिला दूँगा।'

'और मैं तुम्हारी गुरु-दक्षिणा भी वहीं दे दूँगा।'

'गुरु-दक्षिणा भी मुझी को देनी पड़ेगी। मैंने तुम्हें चार हरफ़ अंग्रेज़ी पढ़ा दिए, तुम्हारा इससे कोई उपकार न होगा। तुमने मुझे पाठ पढ़ाए हैं, उन्हें मैं उम्र-भर नहीं

भूल सकता। मुँह पर बड़ाई करना ख़ुशामद है, लेकिन दादा, माता-पिता के बाद जितना प्रेम मुझे तुमसे है, उतना और किसी से नहीं। तुमने ऐसे गाढ़े समय मेरी बाँह पकड़ी, जब मैं बीच धार में बहा जा रहा था। ईश्वर ही जाने, अब तक मेरी क्या गति हुई होती, किस घाट लगा होता!'

देवीदीन ने चुहल से कहा - 'और जो कहीं तुम्हारे दादा ने मुझे घर में न घुसने दिया तो?'

रमा ने हँसकर कहा - 'दादा तुम्हें अपना बड़ा भाई समझेंगे, तुम्हारी इतनी ख़ातिर करेंगे कि तुम ऊब जाओगे। जालपा तुम्हारे चरण धो-धो पिएगी, तुम्हारी इतनी सेवा करेगी कि जवान हो जाओगे।'

देवीदीन ने हँसकर कहा - 'तब तो बुढ़िया डाह के मारे जल मरेगी। मानेगी नहीं, नहीं तो मेरा जी चाहता है कि हम दोनों यहाँ से अपना डेरा-डंडा लेकर चलते और वहीं अपनी सिरकी तानते। तुम लोगों के साथ ज़िंदगी के बाक़ी दिन आराम से कट जाते, मगर इस चुड़ैल से कलकत्ता न छोड़ा जाएगा। तो बात पक्की हो गई न?'

'हाँ, पक्की ही है।'

'दुकान खुले तो चलें, कपड़े लावें। आज ही सिलने को दे दें।'

देवीदीन के चले जाने के बाद रमा बड़ी देर तक आनंद-कल्पनाओं में मग्न बैठा रहा। जिन भावनाओं को उसने कभी मन में आश्रय न दिया था,जिनकी गहराई और विस्तार और उद्वेग से वह इतना भयभीत था कि उनमें फिसलकर डूब जाने के भय से चंचल मन को उधर भटकने भी न देता था, उसी अथाह और अछोर कल्पना-सागर में वह आज स्वच्छंद रूप से क्रीड़ा करने लगा। उसे अब एक नौका मिल गई थी। वह त्रिवेणी की सैर, वह अल्फ़्रेड पार्क की बहार, वह ख़ुसरो बाग़ का आनंद, वह मित्रों के जलसे, सब याद आ-आकर हृदय को गुदगुदाने लगे। रमेश उसे देखते ही गले लिपट जाएँगे। मित्रगण पूछेंगे, कहाँ गए थे, यार? ख़ूब सैर की? रतन उसकी ख़बर पाते ही दौड़ी आएगी और पूछेगी, तुम कहाँ ठहरे थे, बाबूजी? मैंने सारा कलकत्ता छान मारा। फिर जालपा की मान-प्रतिमा सामने आ खड़ी हुई।

सहसा देवीदीन ने आकर कहा - 'भैया, दस बज गए, चलो बाज़ार होते आवें।'

रमा ने चौंककर पूछा - 'क्या दस बज गए?'

देवीदीन - 'दस नहीं, ग्यारह का अमल होगा।'

रमा चलने को तैयार हुआ, लेकिन द्वार तक आकर रुक गया।

देवीदीन ने पूछा - 'क्यों खड़े कैसे हो गए?'

'तुम्हीं चले जाओ, मैं जाकर क्या करूँगा!'

'क्या डर रहे हो?'

'नहीं, डर नहीं रहा हूँ, मगर क्या फ़ायदा?'

'मैं अकेले जाकर क्या करूँगा! मुझे क्या मालूम, तुम्हें कौन कपड़ा पसंद है। चलकर अपनी पसंद से ले लो। वहीं दरजी को दे देंगे।'

'तुम जैसा कपड़ा चाहो ले लेना। मुझे सब पंसद है।'

'तुम्हें डर किस बात का है? पुलिस तुम्हारा कुछ नहीं करेगी। कोई तुम्हारी तरफ़ ताकेगा भी नहीं।'

'मैं डर नहीं रहा हूँ दादा, जाने की इच्छा नहीं है।'

'डर नहीं रहे हो, तो क्या कर रहे हो? कह रहा हूँ कि कोई तुम्हें कुछ न कहेगा, इसका मेरा जिम्मा, मुदा तुम्हारी जान निकली जाती है!'

देवीदीन ने बहुत समझाया, आश्वासन दिया, पर रमा जाने पर राज़ी न हुआ। वह डरने से कितना ही इंकार करे, पर उसकी हिम्मत घर से बाहर निकलने की न पड़ती थी। वह सोचता था, अगर किसी सिपाही ने पकड़ लिया, तो देवीदीन क्या कर लेगा। माना सिपाही से इसका परिचय भी हो, तो यह आवश्यक नहीं कि वह सरकारी मामले में मैत्री का निर्वाह करे। यह मिन्नत-ख़ुशामद करके रह जाएगा, जाएगी मेरे सिर। कहीं पकड़ा जाऊँ, तो प्रयाग के बदले जेल जाना पड़े। आख़िर देवीदीन लाचार होकर अकेला ही गया।

देवीदीन घंटे-भर में लौटा, तो देखा, रमा छत पर टहल रहा है। बोला - 'कुछ ख़बर है, कै बज गए? बारह का अमल है। आज रोटी न बनाओगे क्या? घर जाने की ख़ुशी में खाना-पीना छोड़ दोगे?'

रमा ने झेंपकर कहा - 'बना लूँगा दादा, जल्दी क्या है।'

'यह देखो, नमूने लाया हूँ, इनमें जौन-सा पसंद करो, ले लूँ।'

यह कह कर देवीदीन ने ऊनी और रेशमी कपड़ों के सैकड़ों नमूने निकालकर रख दिए। पाँच-छः रुपये गज से कम का कोई कपड़ा न था। रमा ने नमूनों को उलट-पलटकर देखा और बोला - 'इतने महँगे कपड़े क्यों लाए, दादा? और सस्ते न थे?'

'सस्ते थे, मुदा विलायती थे।'

'तुम विलायती कपड़े नहीं पहनते?'

'इधर बीस साल से तो नहीं लिए, उधर की बात नहीं कहता। कुछ बेसी दाम लग जाता है, पर रुपया तो देस ही में रह जाता है।'

रमा ने लजाते हुए कहा - 'तुम नियम के बड़े पक्के हो दादा!'

देवीदीन की मुद्रा सहसा तेजवान हो गई। उसकी बुझी हुई आँखें चमक उठीं। देह की नसें तन गई। अकड़कर बोला - 'जिस देस में रहते हैं, जिसका अन्न-जल खाते हैं, उसके लिए इतना भी न करें तो जीने को धिक्कार है। दो जवान बेटे इसी सुदेसी की भेंट कर चुका हूँ, भैया! ऐसे-ऐसे पट्ठे थे, कि तुमसे क्या कहें। दोनों बिदेसी कपड़ों की दुकान पर तैनात थे। क्या मजाल थी कोई ग्राहक दुकान पर आ जाए। हाथ जोड़कर, घिघियाकर, धमकाकर, लजवाकर सबको उधार लेते थे। बजाजे में सियार लोटने लगे। सबों ने जाकर कमिसनर से फरियाद की। सुनकर आग हो गया। बीस फौजी गोरे भेजे कि अभी जाकर बज़ार से पहरे उठा दो। गोरों ने दोनों भाइयों से कहा - यहाँ से चले जाव, मुदा वह अपनी ज़गह से जौ-भर न हिले। भीड़ लग गई। गोरे उन पर घोड़े चढ़ा

लाते थे, पर दोनों चट्टान की तरह डटे खड़े थे। आख़िर जब इस तरह कुछ बस न चला तो सबों ने डंडों से पीटना सुरू किया। दोनों वीर डंडे खाते थे, पर ज़गह से न हिलते थे। जब बड़ा भाई गिर पड़ा तो छोटा उसकी ज़गह पर आ खड़ा हुआ। अगर दोनों अपने डंडे संभाल लेते तो भैया उन बीसों को मार भगाते लेकिन हाथ उठाना तो बड़ी बात है, सिर तक न उठाया। अन्त में छोटा भी वहीं गिर पड़ा। दोनों को लोगों ने उठाकर अस्पताल भेजा। उसी रात को दोनों सिधार गए। तुम्हारे चरन छूकर कहता हूँ भैया, उस बखत ऐसा जान पड़ता था कि मेरी छाती गज-भर की हो गई है, पाँव ज़मीन पर न पड़ते थे, यही उमंग आती थी कि भगवान ने औरों को पहले न उठा लिया होता, तो इस समय उन्हें भी भेज देता। जब अर्थी चली है, तो एक लाख आदमी साथ थे। बेटों को गंगा में सौंपकर मैं सीधे बजाजे पहुँचा और उसी ज़गह खड़ा हुआ, जहाँ दोनों बीरों की लहास गिरी थी। गाहक के नाम पर चिड़िए का पूत तक न दिखाई दिया। आठ दिन वहाँ से हिला तक नहीं। बस भोर के समय आधा घंटे के लिए घर आता था और नहा-धोकर कुछ जलपान करके चला जाता था। नवें दिन दुकानदारों ने क़सम खाई कि बिलायती कपड़े अब न मँगावेंगे। तब पहरे उठा लिए गए। तब से बिदेसी दियासलाई तक घर में नहीं लाया।'

रमा ने सच्चे दिल से कहा - 'दादा, तुम सच्चे वीर हो, और वे दोनों लड़के भी सच्चे योद्धा थे। तुम्हारे दर्शनों से आँखें पवित्र होती हैं।'

देवीदीन ने इस भाव से देखा मानो इस बड़ाई को वह बिलकुल अतिशयोक्ति नहीं समझता। शहीदों की शान से बोला - 'इन बड़े-बड़े आदमियों के किए कुछ न होगा। इन्हें बस रोना आता है, छोकरियों की भाँति बिसूरने के सिवा इनसे और कुछ नहीं हो सकता। बड़े-बड़े देस-भगतों को बिना बिलायती सराब के चैन नहीं आता। उनके घर में जाकर देखो, तो एक भी देसी चीज़ न मिलेगी। दिखाने को दस-बीस कुरते गाढ़े के बनवा लिए, घर का और सब सामान बिलायती है। सब-के-सब भोग-बिलास में अंधे हो रहे हैं, छोटे भी और बड़े भी। उस पर दावा यह है कि देस का उद्धार करेंगे। अरे तुम क्या देस का उद्धार करोगे। पहले अपना उद्धार तो कर लो। ग़रीबों को लूटकर बिलायत का घर भरना तुम्हारा काम है। इसीलिए तुम्हारा इस देस में जनम हुआ है। हाँ, रोए जाव, बिलायती सराबें उड़ाओ, बिलायती मोटरें दौड़ाओ, बिलायती मुरब्बे और अचार चक्खो, बिलायती बरतनों में खाओ, बिलायती दवाइयाँ पियो, पर देस के नाम को रोये जाव। मुदा इस रोने से कुछ न होगा। रोने से माँ दूध पिलाती है, सेर अपना सिकार नहीं छोड़ता। रोओ उसके सामने, जिसमें दया और धरम हो। तुम धमकाकर ही क्या कर लोगे? जिस धमकी में कुछ दम नहीं है, उस धमकी की परवाह कौन करता है। एक बार यहाँ एक बड़ा भारी जलसा हुआ। एक साहब बहादुर खड़े होकर ख़ूब उछले-कूदे, जब वह नीचे आए, तब मैंने उनसे पूछा - साहब, सच बताओ, जब तुम सुराज का नाम लेते हो, तो उसका कौन सा रूप तुम्हारी आँखों के सामने आता है? तुम भी बड़ी-बड़ी तलब लोगे, तुम भी अंगरेज़ों की तरह बंगलों में

रहोगे, पहाड़ों की हवा खाओगे, अंगरेज़ी ठाठ बनाए घूमोगे, इस सुराज से देस का क्या कल्यान होगा। तुम्हारी और तुम्हारे भाईबंदों की ज़िंदगी भले आराम और ठाठ से गुज़रे, पर देस का तो कोई भला न होगा। बस, बगलें झांकने लगे। तुम दिन में पाँच बेर खाना चाहते हो, और वह भी बढ़िया माल, ग़रीब किसान को एक जून सूखा चबेना भी नहीं मिलता। उसी का रक्त चूसकर तो सरकार तुम्हें हुद्दे देती है। तुम्हारा ध्यान कभी उनकी ओर जाता है? अभी तुम्हारा राज नहीं है, तब तो तुम भोग-बिलास पर इतना मरते हो, जब तुम्हारा राज़ हो जाएगा, तब तो तुम ग़रीबों को पीसकर पी जाओगे।'

रमा भद्र-समाज पर यह आक्षेप न सुन सका। आख़िर वह भी तो भद्र-समाज का ही एक अंग था। बोला - 'यह बात तो नहीं है दादा, कि पढ़े-लिखे लोग किसानों का ध्यान नहीं करते। उनमें से कितने ही ख़ुद किसान थे, या हैं। उन्हें अगर विश्वास हो जाए कि हमारे कष्ट उठाने से किसानों का कोई उपकार होगा और जो बचत होगी, वह किसानों के लिए ख़र्च की जाएगी, तो वह ख़ुशी से कम वेतन पर काम करेंगे, लेकिन जब वह देखते हैं कि बचत दूसरे हड़प जाते हैं, तो वह सोचते हैं, अगर दूसरों को ही खाना है, तो हम क्यों न खाएँ।'

देवीदीन - 'तो सुराज मिलने पर दस-दस, पाँच-पाँच हज़ार के अफ़सर नहीं रहेंगे? वकीलों की लूट नहीं रहेगी? पुलिस की लूट बंद हो जाएगी?'

एक क्षण के लिए रमा सिटपिटा गया। इस विषय में उसने ख़ुद कभी विचार न किया था, मगर तुरंत ही उसे जवाब सूझ गया। बोला - 'दादा, तब तो सभी काम बहुमत से होगा। अगर बहुमत कहेगा कि कर्मचारियों के वेतन घटा दिए जाएँ, तो घट जाएँगे। देहातों के संगठनों के लिए भी बहुमत जितने रुपये माँगेगा, मिल जाएँगे। कुंजी बहुमत के हाथ में रहेगी, और अभी दस-पाँच बरस चाहे न हो लेकिन आगे चलकर बहुमत किसानों और मजूरों ही का हो जाएगा।'

देवीदीन ने मुस्कराकर कहा - 'भैया, तुम भी इन बातों को समझते हो यही मैंने भी सोचा था। भगवान करे, कुछ दिन और जिऊँ। मेरा पहला सवाल यह होगा कि बिलायती चीज़ों पर दुगुना महसूल लगाया जाए और मोटरों पर चौगुना। अच्छा अब भोजन बनाओ। सांझ को चलकर कपड़े दरजी को दे देंगे। मैं भी जब तक खा लूँ।'

शाम को देवीदीन ने आकर कहा- 'चलो भैया, अब तो अंधेरा हो गया।'

रमा सिर पर हाथ धरे बैठा हुआ था। मुख पर उदासी छाई हुई थी। बोला - 'दादा, मैं घर न जाऊँगा।'

देवीदीन ने चकित होकर पूछा - 'क्यों क्या बात हुई?'

रमा की आँखें सजल हो गईं। बोला - 'कौन-सा मुँह लेकर जाऊँ, दादा! मुझे तो डूब मरना चाहिए था।'

यह कहते-कहते वह खुलकर रो पड़ा। वह वेदना जो अब तक मूर्छित पड़ी थी, शीतल जल के यह छींटे पाकर सचेत हो गई और उसके क्रंदन ने रमा के सारे अस्तित्व

को जैसे छेद डाला। इसी क्रंदन के भय से वह उसे छेड़ता न था, उसे सचेत करने की चेष्टा न करता था। संयत विस्मृति से उसे अचेत ही रखना चाहता था, मानो कोई दु:खिनी माता अपने बालक को इसलिए जगाते डरती हो कि वह तुरंत खाने को माँगने लगेगा।

27

कई दिनों के बाद एक दिन कोई आठ बजे रमा पुस्तकालय से लौट रहा था कि मार्ग में उसे कई युवक शतरंज के किसी नक़्शे की बातचीत करते मिले। यह नक़्शा वहाँ के एक हिंदी दैनिक पत्र में छपा था और उसे हल करने वाले को पचास रुपये इनाम देने का वचन दिया गया था। नक़्शा असाध्य-सा जान पड़ता था। कम-से-कम इन युवकों की बातचीत से ऐसा ही टपकता था। यह भी मालूम हुआ कि वहाँ के और भी कितने ही शतरंजबाज़ों ने उसे हल करने के लिए भरपूर ज़ोर लगाया, पर कुछ पेश न गई। अब रमा को याद आया कि पुस्तकालय में एक पत्र पर बहुत-से आदमी झुके हुए थे और उस नक़्शे की नक़ल कर रहे थे। जो आता था, दो-चार मिनट तक वह पत्र देख लेता था। अब मालूम हुआ, यह बात थी। रमा का इनमें से किसी से भी परिचय न था, पर वह यह नक़्शा देखने के लिए इतना उत्सुक हो रहा था कि उससे बिना पूछे न रहा गया। बोला - 'आप लोगों में किसी के पास वह नक़्शा है?'

युवकों ने एक कंबलपोश आदमी को नक़्शे की बात पूछते सुना तो समझे कोई अताई होगा। एक ने रुखाई से कहा - 'हाँ, है तो, मगर तुम देखकर क्या करोगे, यहाँ अच्छे-अच्छे गोते खा रहे हैं। एक महाशय, जो शतरंज में अपना सानी नहीं रखते, उसे हल करने के लिए सौ रुपये अपने पास से देने को तैयार हैं।'

दूसरा युवक बोला - 'दिखा क्यों नहीं देते जी, कौन जाने यही बेचारे हल कर लें, शायद इन्हीं की सूझ लड़ जाए।'

इस प्रेरणा में सज्जनता नहीं व्यंग्य था, उसमें यह भाव छिपा था कि हमें दिखाने में कोई उज्र नहीं है, देखकर अपनी आँखों को तृप्त कर लो मगर तुम जैसे उल्लू उसे समझ ही नहीं सकते, हल क्या करेंगे।

जान-पहचान की एक दुकान में जाकर उन्होंने रमा को नक़्शा दिखाया।

रमा को तुरंत याद आ गया, यह नक़्शा पहले भी कहीं देखा है। सोचने लगा, कहाँ देखा है?

एक युवक ने चुटकी ली - 'आपने तो हल कर लिया होगा!'

दूसरा - 'अभी नहीं किया तो एक क्षण में किए लेते हैं!'

तीसरा - 'ज़रा दो-एक चाल बताइए तो?'

रमा ने उत्तेजित होकर कहा – 'यह मैं नहीं कहता कि मैं उसे हल कर ही लूँगा, मगर ऐसा नक़्शा मैंने एक बार हल किया है, और संभव है, इसे भी हल कर लूँ। ज़रा काग़ज़-पेंसिल दीजिए तो नक़ल कर लूँ।'

युवकों का अविश्वास कुछ कम हुआ। रमा को काग़ज़-पेंसिल मिल गया। एक क्षण में उसने नक़्शा नक़ल कर लिया और युवकों को धन्यवाद देकर चला। एकाएक उसने फिरकर पूछा – 'जवाब किसके पास भेजना होगा?'

एक युवक ने कहा – 'प्रजा-मित्र के संपादक के पास।'

रमा ने घर पहुँचकर उस नक़्शे पर दिमाग़ लगाना शुरू किया, लेकिन मुहरों की चालें सोचने की ज़गह वह यही सोच रहा था कि यह नक़्शा कहाँ देखा। शायद याद आते ही उसे नक़्शे का हल भी सूझ जाएगा। अन्य प्राणियों की तरह मस्तिष्क भी कार्य में तत्पर न होकर बहाने खोजता है। कोई आधार मिल जाने से वह मानो छुट्टी पा जाता है। रमा आधी रात तक नक़्शा सामने खोले बैठा रहा। शतरंज की जो बड़ी-बड़ी मार्के की बाजियाँ खेली थीं, उन सबका नक़्शा उसे याद था, पर यह नक़्शा कहाँ देखा?

सहसा उसकी आँखों के सामने बिजली-सी कौंध गई। खोई हुई स्मृति मिल गई। अहा! राजा साहब ने यह नक़्शा दिया था। हाँ, ठीक है। लगातार तीन दिन दिमाग़ लड़ाने के बाद इसे उसने हल किया था। नक़्शे की नक़ल भी कर लाया था। फिर तो उसे एक-एक चाल याद आ गई। एक क्षण में नक़्शा हल हो गया! उसने उल्लास के नशे में ज़मीन पर दो-तीन कुलांचें लगाई, मूँछों पर ताव दिया, आईने में मुँह देखा और चारपाई पर लेट गया। इस तरह अगर महीने में एक नक़्शा मिलता जाए, तो क्या पूछना!

देवीदीन अभी आग सुलगा रहा था कि रमा प्रसन्न मुख आकर बोला – 'दादा, जानते हो 'प्रजा-मित्र' अख़बार का दफ़्तर कहाँ है?'

देवीदीन – 'जानता क्यों नहीं हूँ। यहाँ कौन अख़बार है, जिसका पता मुझे न मालूम हो 'प्रजा-मित्र' का संपादक एक रंगीला युवक है, जो हरदम मुँह में पान भरे रहता है। मिलने जाओ, तो आँखों से बातें करता है, मगर है हिम्मत का धनी, दो बेर जेहल हो आया है।'

रमा – 'आज ज़रा वहाँ तक जाओगे?'

देवीदीन ने कातर भाव से कहा – 'मुझे भेजकर क्या करोगे? मैं न जा सकूँगा।'

'क्या बहुत दूर है?'

'नहीं, दूर नहीं है।'

'फिर क्या बात है?'

देवीदीन ने अपराधियों के भाव से कहा – 'बात कुछ नहीं है, बुढ़िया बिगड़ती है। उसे बचन दे चुका हूँ कि सुदेसी-बिदेसी के झगड़े में न पड़ूँगा, न किसी अख़बार के दफ़्तर में जाऊँगा। उसका दिया खाता हूँ, तो उसका हुकुम भी तो बजाना पड़ेगा।'

रमा ने मुस्कराकर कहा – 'दादा, तुम तो दिल्लगी करते हो। मेरा एक बड़ा ज़रूरी काम है। उसने शतरंज का एक नक़्शा छापा था, जिस पर पचास रुपया इनाम है। मैंने

वह नक़्शा हल कर दिया है। आज छप जाए, तो मुझे यह इनाम मिल जाए। अख़बारों के दफ़्तर में अक्सर खुफ़िया पुलिस के आदमी आते-जाते रहते हैं। यही भय है। नहीं, मैं ख़ुद चला जाता, लेकिन तुम नहीं जा रहे हो तो लाचार मुझे ही जाना पड़ेगा। बड़ी मेहनत से यह नक़्शा हल किया है। सारी रात जागता रहा हूँ।'

देवीदीन ने चिंतित स्वर में कहा – 'तुम्हारा वहाँ जाना ठीक नहीं।'

रमा ने हैरान होकर पूछा – 'तो फिर? क्या डाक से भेज दूँ?'

देवीदीन ने एक क्षण सोचकर कहा – 'नहीं, डाक से क्या भेजोगे। इधर-उधर हो जाए, तो तुम्हारी मेहनत अकारथ जाए। रजिस्ट्री कराओ, तो कहीं परसों पहुँचेगा। कल इतवार है। किसी और ने जवाब भेज दिया, तो इनाम वह मार ले जाएगा। यह भी तो हो सकता है कि अख़बार वाले धांधली कर बैठें और तुम्हारा जवाब अपने नाम से छापकर रुपया हजम कर लें।'

रमा ने दुविधा में पड़कर कहा – 'मैं ही चला जाऊँगा।'

'तुम्हें मैं न जाने दूँगा। कहीं फँस जाओ तो बस!'

'फँसना तो एक दिन है ही। कब तक छिपा रहूँगा?'

'तो मरने के पहले ही क्यों रोना-पीटना हो जब फँसोगे, तब देखी जाएगी। लाओ, मैं चला जाऊँ। बुढ़िया से कोई बहाना कर दूँगा। अभी भेंट भी हो जाएगी। दफ़्तर ही में रहते भी हैं। फिर घूमने-घामने चल देंगे, तो दस बजे से पहले न लौटेंगे।'

रमा ने डरते-डरते कहा – 'तो दस बजे बाद जाना, क्या हरज़ है।'

देवीदीन ने खड़े होकर कहा – 'तब तक कोई दूसरा काम आ गया, तो आज रह जाएगा। घंटे-भर में लौट आता हूँ। अभी बुढ़िया देर में आएगी।'

यह कहते हुए देवीदीन ने अपना काला कंबल ओढ़ा, रमा से लिफ़ाफ़ा लिया और चल दिया।

जग्गो साग-भाजी और फल लेने मंडी गई हुई थी। आधा घंटे में सिर पर एक टोकरी रक्खे और एक बड़ा-सा टोकरा मजूर के सिर पर रखवाए आई। पसीने से तर थी। आते ही बोली – 'कहाँ गए? ज़रा बोझा तो उतारो, गरदन टूट गई।'

रमा ने आगे बढ़कर टोकरी उतरवा ली। इतनी भारी थी कि संभाले न संभलती थी।

जग्गो ने पूछा – 'वह कहाँ गए हैं?'

रमा ने बहाना किया – 'मुझे तो नहीं मालूम, अभी इसी तरफ़ चले गए हैं।'

बुढ़िया ने मजूर के सिर का टोकरा उतरवाया और ज़मीन पर बैठकर एक टूटी-सी पंखिया झलती हुई बोली – 'चरस की चाट लगी होगी और क्या, मैं मर-मर कमाऊँ और यह बैठे-बैठे मौज उड़ाएँ और चरस पीएँ।'

रमा जानता था, देवीदीन चरस पीता है, पर बुढ़िया को शांत करने के लिए बोला – 'क्या चरस पीते हैं? मैंने तो नहीं देखा!'

बुढ़िया ने पीठ की साड़ी हटाकर उसे पंखी की डंडी से खुजाते हुए कहा – 'इनसे कौन नसा छूटा है, चरस यह पीएँ, गांजा यह पीएँ, सराब इन्हें चाहिए, भाँग इन्हें चाहिए,

हाँ अभी तक अफ़ीम नहीं खाई, या राम जाने खाते हों, मैं कौन हरदम देखती रहती हूँ। मैं तो सोचती हूँ कौन जाने आगे क्या हो, हाथ में चार पैसे होंगे, तो पराए भी अपने हो जाएँगे, पर इस भले आदमी को रत्ती-भर चिंता नहीं सताती। कभी तीरथ है, कभी कुछ, कभी कुछ, मेरा तो (नाक पर उँगली रखकर) नाक में दम आ गया। भगवान उठा ले जाते तो यह कुसंग तो छूट जाती। तब याद करेंगे लाला! तब जग्गो कहाँ मिलेगी, जो कमा-कमाकर गुलछर्रे उड़ाने को दिया करेगी। तब रकत के आँसू न रोएँ, तो कह देना कोई कहता था।' (मजूर से) 'कै पैसे हुए तेरे?'

मजूर ने बीड़ी जलाते हुए कहा - 'बोझा देख लो दाई, गरदन टूट गई!'

जग्गो ने निर्दय भाव से कहा - 'हाँ-हाँ, गरदन टूट गई! बड़ी सुकुमार है न? यह ले, कल फिर चले आना।'

मजूर ने कहा - 'यह तो बहुत कम है। मेरा पेट न भरेगा।'

जग्गो ने दो पैसे और थोड़े से आलू देकर उसे विदा किया और दुकान सजाने लगी। सहसा उसे हिसाब की याद आ गई। रमा से बोली - 'भैया, ज़रा आज का खरचा तो टांक दो। बाज़ार में जैसे आग लग गई है।'

बुढ़िया छबड़ियों में चीज़ें लगा-लगाकर रखती जाती थी और हिसाब भी लिखाती जाती थी। आलू, टमाटर, कद्दू, केले, पालक, सेम, संतरे, गोभी, सब चीज़ों का तौल और दर उसे याद था। रमा से दोबारा पढ़वाकर उसने सुना तब उसे संतोष हुआ। इन सब कामों से छुट्टी पाकर उसने अपनी चिलम भरी और मोढ़े पर बैठकर पीने लगी, लेकिन उसके अंदाज़ से मालूम होता था कि वह तंबाकू का रस लेने के लिए नहीं, दिल को जलाने के लिए पी रही है। एक क्षण के बाद बोली - 'दूसरी औरत होती तो घड़ी-भर इसके साथ निबाह न होता, घड़ी-भर, पहर रात से चक्की में जुत जाती हूँ और दस बजे रात तक दुकान पर बैठी सती होती रहती हूँ। खाते-पीते बारह बजते हैं तब जाकर चार पैसे दिखाई देते हैं, और जो कुछ कमाती हूँ, यह नसे में बरबाद कर देता है। सात कोठरी में छिपा के रक्खूँ, पर इसकी निगाह पहुँच जाती है। निकाल लेता है। कभी एकाध चीज़-बस्तु बनवा लेती हूँ तो वह आँखों में गड़ने लगती है। तानों से छेदने लगता है। भाग में लड़कों का सुख भोगना नहीं बदा था, तो क्या करूँ! छाती फाड़ के मर जाऊँ? माँगे से मौत भी तो नहीं मिलती। सुख भोगना लिखा होता, तो जवान बेटे चल देते, और इस पियक्कड़ के हाथों मेरी यह सांसत होती! इसी ने सुदेसी के झगड़े में पड़कर मेरे लालों की जान ली। आओ, इस कोठरी में भैया, तुम्हें मुग्दर की जोड़ी दिखाऊँ। दोनों इस जोड़ी से पाँच-पाँच सौ हाथ फेरते थे।'

अंधेरी कोठरी में जाकर रमा ने मुग्दर की जोड़ी देखी। उस पर वार्निश थी, साफ़-सुथरी मानो अभी किसी ने फेर कर रख दिया हो।

बुढ़िया ने सगर्व नज़रों से देखकर कहा - 'लोग कहते थे कि यह जोड़ी महाब्राह्मन को दे दे, तुझे देख-देख कलक होगा। मैंने कहा, यह जोड़ी मेरे लालों की जुगल जोड़ी है। यही मेरे दोनों लाल हैं।'

बुढ़िया के प्रति आज रमा के हृदय में असीम श्रद्धा जाग्रत हुई। कितना पावन धैर्य है, कितनी विशाल वत्सलता, जिसने लकड़ी के इन दो टुकड़ों को जीवन प्रदान कर दिया है। रमा ने जग्गो को माया और लोभ में डूबी हुई, पैसे पर जान देने वाली, कोमल भावों से सर्वथा विहीन समझ रक्खा था। आज उसे विदित हुआ कि उसका हृदय कितना स्नेहमय, कितना कोमल, कितना मनस्वी है। बुढ़िया ने उसके मुँह की ओर देखा, तो न जाने क्यों उसका मातृ-हृदय उसे गले लगाने के लिए अधीर हो उठा। दोनों के हृदय प्रेम के सूत्र में बंध गए। एक ओर पुत्र-स्नेह था, दूसरी ओर मातृ-भक्ति। वह मालिन्य जो अब तक गुप्त भाव से दोनों को पृथक किए हुए था, आज एकाएक दूर हो गया।

बुढ़िया ने कहा – 'मुँह-हाथ धो लिया है न बेटा। बड़े मीठे संतरे लाई हूँ, एक लेकर चखो तो।'

रमा ने संतरा खाते हुए कहा – 'आज से मैं तुम्हें अम्मां कहा करूँगा।'

बुढ़िया के शुष्क, ज्योतिहीन, ठंडे, कृपण नज़रों से मोती के-से दो बिंदु निकल पड़े।

इतने में देवीदीन दबे पाँव आकर खड़ा हो गया। बुढ़िया ने तड़पकर पूछा – 'यह इतने सबेरे किधर सवारी गई थी सरकार की?'

देवी ने सरलता से मुस्कराकर कहा – 'कहीं नहीं, ज़रा एक काम से चला गया था।'

'क्या काम था, ज़रा मैं भी तो सुनूँ या मेरे सुनने लायक़ नहीं है?'

'पेट में दरद था, ज़रा वैदजी के पास चूरन लेने गया था।'

'झूठे हो तुम, उड़ो उससे जो तुम्हें जानता न हो। चरस की टोह में गए थे तुम।'

'नहीं, तेरे चरन छूकर कहता हूँ। तू झूठ-मूठ मुझे बदनाम करती है।'

'तो फिर कहाँ गए थे तुम?'

'बता तो दिया। रात खाना दो कौर ज़्यादा खा गया था, सो पेट फूल गया, और मीठा-मीठा...'

'झूठ है, बिलकुल झूठ! तुम चाहे झूठ बोलो, तुम्हारा मुँह साफ़ कहे देता है, यह बहाना है, चरस, गाँजा, इसी टोह में गए थे तुम। मैं एक न मानूँगी। तुम्हें इस बुढ़ापे में नसे की सूझती है, यहाँ मेरी मरन हुई जाती है। सबेरे के गए-गए नौ बजे लौटे हैं, जानो यहाँ कोई इनकी लौंडी है।'

देवीदीन ने एक झाड़ू लेकर दुकान में झाड़ू लगाना शुरू किया, पर बुढ़िया ने उसके हाथ से झाड़ू छीन लिया और पूछा – 'तुम अब तक थे कहाँ? जब तक यह न बताओगे, भीतर घुसने न दूँगी।'

देवीदीन ने सिटपिटाकर कहा – 'क्या करोगी पूछकर, एक अख़बार के दफ़्तर में तो गया था। जो चाहे कर ले।'

बुढ़िया ने माथा ठोंककर कहा – 'तुमने फिर वही लत पकड़ी? तुमने कान न पकड़ा था कि अब कभी अख़बारों के नगीच न जाऊँगा। बोलो, यही मुँह था कि कोई और!'

'तू बात तो समझती नहीं, बस बिगड़ने लगती है।'

'ख़ूब समझती हूँ। अख़बार वाले दंगा मचाते हैं और ग़रीबों को जेहल ले जाते हैं। आज बीस साल से देख रही हूँ। वहाँ जो आता-जाता है, पकड़ लिया जाता है। तलासी तो आए दिन हुआ करती है। क्या बुढ़ापे में जेहल की रोटियाँ तोड़ोगे?'

देवीदीन ने एक लिफ़ाफ़ा रमानाथ को देकर कहा – 'यह रुपये हैं भैया, गिन लो। देख, यह रुपये वसूल करने गया था। जी न मानता हो, तो आधे ले ले!'

बुढ़िया ने आँखें गाड़कर कहा, 'अच्छा! तो तुम अपने साथ इस बेचारे को भी डुबाना चाहते हो तुम्हारे रुपये में आग लगा दूँगी। तुम रुपये मत लेना, भैया! जान से हाथ धोओगे। अब सेंतमेंत आदमी नहीं मिलते, तो सब लालच दिखाकर लोगों को फँसाते हैं। बाज़ार में पहरा दिलावेंगे, अदालत में गवाही करावेंगे! फेंक दो उसके रुपये, जितने रुपये चाहो, मुझसे ले जाओ।'

जब रमानाथ ने सारा वृत्तांत कहा, तो बुढ़िया का चित्त शांत हुआ। तनी हुई भवें ढीली पड़ गईं, कठोर मुद्रा नर्म हो गई। मेघ-पट को हटाकर नीला आकाश हँस पड़ा। विनोद करके बोली – 'इसमें से मेरे लिए क्या लाओगे, बेटा?'

रमा ने लिफ़ाफ़ा उसके सामने रखकर कहा – 'तुम्हारे तो सभी हैं, अम्मां! मैं रुपये लेकर क्या करूँगा?'

'घर क्यों नहीं भेज देते। इतने दिन आए हो गए, कुछ भेजा नहीं।'

'मेरा घर यही है, अम्मां! कोई दूसरा घर नहीं है।'

बुढ़िया का मातृत्व वंचित हृदय गद्गद हो उठा। इस मातृ-भक्ति के लिए कितने दिनों से उसकी आत्मा तड़प रही थी। इस कृपण हृदय में जितना प्रेम संचित हो रहा था, वह सब माता के स्तन में एकत्र होने वाले दूध की भाँति बाहर निकलने के लिए आतुर हो गया।

उसने नोटों को गिनकर कहा – 'पचास हैं, बेटा! पचास मुझसे और ले लो। चाय का पतीला रखा हुआ है। चाय की दुकान खोल दो। यहीं एक तरफ़ चार-पाँच मोढ़े और मेज़ रख लेना। दो-दो घंटे सांझ-सवेरे बैठ जाओगे तो गुज़र भर को मिल जाएगा। हमारे जितने ग्राहक आवेंगे, उनमें से कितने ही चाय भी पी लेंगे।'

देवीदीन बोला – 'तब चरस के पैसे मैं इस दुकान से लिया करूँगा!'

बुढ़िया ने विहंसित और पुलकित नज़रों से देखकर कहा – 'कौड़ी-कौड़ी का हिसाब लूँगी। इस फेर में न रहना।'

रमा अपने कमरे में गया, तो उसका मन बहुत प्रसन्न था। आज उसे वही आनंद मिल रहा था, जो अपने घर भी कभी न मिला था। घर पर जो स्नेह मिलता था, वह उसे मिलना ही चाहिए था। यहाँ जो स्नेह मिला, वह मानो आकाश से टपका था। उसने स्नान किया, माथे पर तिलक लगाया और पूजा का स्वांग भरने बैठा कि बुढ़िया आकर बोली – 'बेटा, तुम्हें रसोई बनाने में बड़ी तकलीफ़ होती है। मैंने एक ब्राह्मनी ठीक कर दी है। बेचारी बड़ी ग़रीब है। तुम्हारा भोजन बना दिया करेगी। उसके हाथ का तो तुम

खा लोगे? नेम-करम से रहती है बेटा, ऐसी बात नहीं है। मुझसे रुपये-पैसे उधार ले जाती है। इसी से राज़ी हो गई है।'

उन वृद्ध आँखों से प्रगाढ़, अखंड मातृत्व झलक रहा था, कितना विशुद्ध, पवित्र! ऊँच-नीच और जाति-मर्यादा का विचार आप ही आप मिट गया। बोला - 'जब तुम मेरी माता हो गई तो फिर काहे का छूत-विचार! मैं तुम्हारे ही हाथ का खाऊँगा।'

बुढ़िया ने जीभ दाँतों से दबाकर कहा - 'अरे नहीं बेटा! मैं तुम्हारा धरम न लूँगी, कहाँ तुम बराम्हन और कहाँ हम खटिक। ऐसा कहीं हुआ है?

'मैं तो तुम्हारी रसोई में खाऊँगा। जब माँ-बाप खटिक हैं, तो बेटा भी खटिक है। जिसकी आत्मा बड़ी हो वही ब्राह्मण है।'

'और जो तुम्हारे घरवाले सुनें तो क्या कहें!'

'मुझे किसी के कहने-सुनने की चिंता नहीं है, अम्मां! आदमी पाप से नीच होता है, खाने-पीने से नीच नहीं होता। प्रेम से जो भोजन मिलता है, वह पवित्र होता है। उसे तो देवता भी खाते हैं।'

बुढ़िया के हृदय में भी जाति-गौरव का भाव उदय हुआ। बोली - 'बेटा, खटिक कोई नीच जात नहीं है। हम लोग बराम्हन के हाथ का भी नहीं खाते। कहार का पानी तक नहीं पीते। मांस-मछरी हाथ से नहीं छूते, कोई-कोई सराब पीते हैं, मुदा लुक-छिपकर। इसने किसी को नहीं छोड़ा, बेटा! बड़े-बड़े तिलकधारी गटागट पीते हैं। लेकिन मेरी रोटियाँ तुम्हें अच्छी नहीं लगेंगी?'

रमा ने मुस्कराकर कहा - 'प्रेम की रोटियों में अमृत रहता है, अम्मां! चाहे गेहूँ की हों या बाजरे की।'

बुढ़िया यहाँ से चली तो मानो आंचल में आनंद की निधि भरे हो।

28

जब से रमा चला गया था, रतन को जालपा के विषय में बड़ी चिंता हो गई थी। वह किसी बहाने से उसकी मदद करते रहना चाहती थी। इसके साथ ही यह भी चाहती थी कि जालपा किसी तरह ताड़ने न पाए। अगर कुछ रुपया ख़र्च करके भी रमा का पता चल सकता, तो वह सहर्ष ख़र्च कर देती। जालपा की वह रोती हुई आँख देखकर उसका हृदय मसोस उठता था। वह उसे प्रसन्नमुख देखना चाहती थी। अपने अंधेरे, रोने घर से ऊबकर वह जालपा के घर चली जाया करती थी। वहाँ घड़ी-भर हँस-बोल लेने से उसका चित्त प्रसन्न हो जाता था। अब वहाँ भी वही नहूसत छा गई। यहाँ आकर उसे अनुभव होता था कि मैं भी संसार में हूँ, उस संसार में जहाँ जीवन है, लालसा है, प्रेम है, विनोद है। उसका अपना जीवन तो व्रत की वेदी पर अर्पित हो गया था। वह तन-मन से उस व्रत का पालन करती थी, पर शिवलिंग के ऊपर रखे हुए घट में

क्या वह प्रवाह है, तरंग है, नाद है, जो सरिता में है? वह शिव के मस्तक को शीतल करता रहे, यही उसका काम है, लेकिन क्या उसमें सरिता के प्रवाह और तरंग और नाद का लोप नहीं हो गया है?

इसमें संदेह नहीं कि नगर के प्रतिष्ठित और संपन्न घरों से रतन का परिचय था, लेकिन जहाँ प्रतिष्ठा थी, वहाँ तकल्लुफ़ था, दिखावा था, ईर्ष्या थी, निंदा थी। क्लब के संसर्ग से भी उसे अरुचि हो गई थी। वहाँ विनोद अवश्य था, क्रीड़ा अवश्य थी, किंतु पुरुषों के आतुर नेत्र भी थे, विकल हृदय भी, उन्मत्त शब्द भी। जालपा के घर अगर वह शान न थी, वह दौलत न थी, तो वह दिखावा भी न था, वह ईर्ष्या भी न थी। रमा जवान था, रूपवान था, चाहे रसिक भी हो, पर रतन को अभी तक उसके विषय में संदेह करने का कोई अवसर न मिला था और जालपा जैसी सुंदरी के रहते हुए उसकी संभावना भी न थी। जीवन के बाज़ार में और सभी दूकानदारों की कुटिलता और जट्टूपन से तंग आकर उसने इस छोटी-सी दूकान का आश्रय लिया था, किंतु यह दूकान भी टूट गई। अब वह जीवन की सामग्रियाँ कहाँ बेसाहेगी, सच्चा माल कहाँ पावेगी?

एक दिन वह ग्रामोफ़ोन लाई और शाम तक बजाती रही। दूसरे दिन ताज़े मेवों की एक कटोरी लाकर रख गई। जब आती तो कोई सौगात लिए आती। अब तक वह जागेश्वरी से बहुत कम मिलती थी, पर अब बहुधा उसके पास आ बैठती और इधर-उधर की बातें करती। कभी-कभी उसके सिर में तेल डालती और बाल गूँथती। गोपी और विश्वम्भर से भी अब स्नेह हो गया। कभी-कभी दोनों को मोटर पर घुमाने ले जाती। स्कूल से आते ही दोनों उसके बंगले पर पहुँच जाते और कई लड़कों के साथ वहाँ खेलते। उनके रोने-चिल्लाने और झगड़ने में रतन को हार्दिक आनंद प्राप्त होता था। वकील साहब को भी अब रमा के घरवालों से कुछ आत्मीयता हो गई थी। बार-बार पूछते रहते थे, रमा बाबू का कोई ख़त आया? कुछ पता लगा? उन लोगों को कोई तकलीफ़ तो नहीं है?

एक दिन रतन आई, तो चेहरा उतरा हुआ था। आँखें भारी हो रही थीं। जालपा ने पूछा – 'आज जी अच्छा नहीं है क्या?'

रतन ने कुंठित स्वर में कहा – 'जी तो अच्छा है, पर रात-भर जागना पड़ा। रात से उन्हें बड़ा कष्ट है। जाड़ों में उनको दमे का दौरा हो जाता है। बेचारे जाड़े-भर एमलशन और सनाटोजन और न जाने कौन-कौन से रस खाते रहते हैं, पर यह रोग गला नहीं छोड़ता। कलकत्ते में एक नामी वैद्य हैं। अबकी उन्हीं से इलाज कराने का इरादा है। कल चली जाऊँगी। मुझे ले तो नहीं जाना चाहते, कहते हैं, वहाँ बहुत कष्ट होगा, लेकिन मेरा जी नहीं मानता। कोई बोलने वाला तो होना चाहिए। वहाँ दो बार हो आई हूँ, और जब-जब गई हूँ, बीमार हो गई हूँ। मुझे वहाँ ज़रा भी अच्छा नहीं लगता, लेकिन अपने आराम को देखूँ या उनकी बीमारी को देखूँ। बहन कभी-कभी ऐसा जी ऊब जाता है कि थोड़ी-सी संखिया खाकर सो रहूँ। विधाता से इतना भी नहीं देखा

जाता। अगर कोई मेरा सर्वस्व लेकर भी इन्हें अच्छा कर दे, कि इस बीमारी की जड़ टूट जावे, तो मैं ख़ुशी से दे दूँगी।'

जालपा ने सशंक होकर कहा – 'यहाँ किसी वैद्य को नहीं बुलाया?'

'यहाँ के वैद्यों को देख चुकी हूँ, बहन! वैद्य-डॉक्टर सबको देख चुकी!'

'तो कब तक आओगी?'

'कुछ ठीक से पता नहीं। उनकी बीमारी पर है। एक सप्ताह में आ जाऊँ, महीने-दो महीने लग जाएँ, क्या ठीक है, मगर जब तक बीमारी की जड़ न टूट जाएगी, न आऊँगी।'

विधि अंतरिक्ष में बैठी हँस रही थी। जालपा मन में मुस्कराई। जिस बीमारी की जड़ जवानी में न टूटी, बुढ़ापे में क्या टूटेगी, लेकिन इस सदिच्छा से सहानुभूति न रखना असंभव था। बोली – 'ईश्वर चाहेंगे, तो वह वहाँ से जल्द अच्छे होकर लौटेंगे, बहन!'

'तुम भी चलतीं तो बड़ा आनंद आता।'

जालपा ने करुण भाव से कहा – 'क्या चलूँ बहन, जाने भी पाऊँ। यहाँ दिन-भर यह आशा लगी रहती है कि कोई ख़बर मिलेगी। वहाँ मेरा जी और घबड़ाया करेगा।'

'मेरा दिल तो कहता है कि बाबूजी कलकत्ते में हैं।'

'तो ज़रा इधर-उधर खोजना। अगर कहीं पता मिले तो मुझे तुरंत ख़बर देना।'

'यह तुम्हारे कहने की बात नहीं है, जालपा।'

'यह मुझे मालूम है। ख़त तो बराबर भेजती रहोगी?'

'हाँ अवश्य, रोज़ नहीं तो अंतरे दिन ज़रूर लिखा करूँगी, मगर तुम भी जवाब देना।'

जालपा पान बनाने लगी। रतन उसके मुँह की ओर अपेक्षा के भाव से ताकती रही, मानो कुछ कहना चाहती है और संकोचवश नहीं कह सकती। जालपा ने पान देते समय उसके मन का भाव ताड़कर कहा – 'क्या है बहन, क्या कह रही हो?'

रतन – 'कुछ नहीं, मेरे पास कुछ रुपये हैं, तुम रख लो। मेरे पास रहेंगे, तो ख़र्च हो जाएँगे।'

जालपा ने मुस्कराकर आपत्ति की, 'और जो मुझसे ख़र्च हो जाएँ?'

रतन ने प्रफुल्ल मन से कहा – 'तुम्हारे ही तो हैं बहन, किसी ग़ैर के तो नहीं हैं।'

जालपा विचारों में डूबी हुई ज़मीन की तरफ़ ताकती रही। कुछ जवाब न दिया। रतन ने शिकवे के अंदाज़ से कहा, तुमने कुछ जवाब नहीं दिया बहन, मेरी समझ में नहीं आता, तुम मुझसे खिंची क्यों रहती हो? मैं चाहती हूँ, हममें और तुममें ज़रा भी अंतर न रहे लेकिन तुम मुझसे दूर भागती हो। अगर मान लो मेरे सौ-पचास रुपये तुम्हीं से ख़र्च हो गए, तो क्या हुआ। बहनों में तो ऐसा कौड़ी-कौड़ी का हिसाब नहीं होता।'

जालपा ने गंभीर होकर कहा – 'कुछ कहूँ, बुरा तो न मानोगी?'

'बुरा मानने की बात होगी तो ज़रूर बुरा मानूँगी।'

'मैं तुम्हारा दिल दुखाने के लिए नहीं कहती। संभव है, तुम्हें बुरी लगे। तुम अपने मन में सोचो, तुम्हारे इस बहनापे में दया का भाव मिला हुआ है या नहीं? तुम मेरी ग़रीबी पर तरस खाकर...'

रतन ने लपककर दोनों हाथों से उसका मुँह बंद कर दिया और बोली - 'बस अब रहने दो। तुम चाहे जो ख़याल करो, मगर यह भाव कभी मेरे मन में न था और न हो सकता है। मैं तो जानती हूँ, अगर मुझे भूख लगी हो, तो मैं निस्संकोच होकर तुमसे कह दूँगी, बहन, मुझे कुछ खाने को दो, भूखी हूँ।'

जालपा ने उसी निर्ममता से कहा - 'इस समय तुम ऐसा कह सकती हो तुम जानती हो कि किसी दूसरे समय तुम पूरियों या रोटियों के बदले मेवे खिला सकती हो, लेकिन ईश्वर न करे कोई ऐसा समय आए जब तुम्हारे घर में रोटी का टुकड़ा न हो, तो शायद तुम इतनी निस्संकोच न हो सको।'

रतन ने दृढ़ता से कहा - 'मुझे उस दशा में भी तुमसे माँगने में संकोच न होगा। मैत्री परिस्थितियों का विचार नहीं करती। अगर यह विचार बना रहे, तो समझ लो मैत्री नहीं है। ऐसी बातें करके तुम मेरा द्वार बंद कर रही हो। मैंने मन में समझा था, तुम्हारे साथ जीवन के दिन काट दूँगी, लेकिन तुम अभी से चेतावनी दिए देती हो। अभागों को प्रेम की भिक्षा भी नहीं मिलती।'

यह कहते-कहते रतन की आँखें सजल हो गईं। जालपा अपने को दुःखिनी समझ रही थी और दुखी जनों को निर्मम सत्य कहने की स्वाधीनता होती है। लेकिन रतन की मनोव्यथा उसकी व्यथा से कहीं विदारक थी। जालपा के पति के लौट आने की अब भी आशा थी। वह जवान है, उसके आते ही जालपा को ये बुरे दिन भूल जाएँगे। उसकी आशाओं का सूर्य फिर उदय होगा। उसकी इच्छाएँ फिर फले-फूलेंगी। भविष्य अपनी सारी आशाओं और आकांक्षाओं के साथ उसके सामने था - विशाल, उज्ज्वल, रमणीक रतन का भविष्य क्या था? कुछ नहीं, शून्य, अंधकार!

जालपा आँखें पोंछकर उठ खड़ी हुई। बोली - 'पत्रों के जवाब देती रहना। रुपये देती जाओ।'

रतन ने पर्स से नोटों का एक बंडल निकालकर उसके सामने रख दिया, पर उसके चेहरे पर प्रसन्नता न थी। जालपा ने सरल भाव से कहा - 'क्या बुरा मान गईं।'

रतन ने रूठे हुए शब्दों में कहा - 'बुरा मानकर तुम्हारा क्या कर लूँगी।'

जालपा ने उसके गले में बाँहें डाल दीं। अनुराग से उसका हृदय गदगद हो गया। रतन से उसे इतना प्रेम कभी न हुआ था। वह उससे अब तक खिंचती थी, ईर्ष्या करती थी। आज उसे रतन का असली रूप दिखाई दिया।

यह सचमुच अभागिनी है और मुझसे बढ़कर।

एक क्षण बाद, रतन आँखों में आँसू और हँसी एक साथ भरे विदा हो गई।

29

कलकत्ते में वकील साहब ने ठहरने का पहले ही इंतज़ाम कर लिया था। कोई कष्ट न हुआ। रतन ने महराज और टीमल कहार को साथ ले लिया था। दोनों वकील साहब के पुराने नौकर थे और घर के-से आदमी हो गए थे। शहर के बाहर एक बंगला था। उसके तीन कमरे मिल गए। इससे ज़्यादा ज़गह की वहाँ ज़रूरत भी न थी। हाते में तरह-तरह के फूल-पौधे लगे हुए थे। स्थान बहुत सुंदर मालूम होता था। पास-पड़ोस में और कितने ही बंगले थे। शहर के लोग उधर हवाखोरी के लिए जाया करते थे और हरे होकर लौटते थे, पर रतन को वह ज़गह फाड़े खाती थी। बीमार के साथ वाले भी बीमार होते हैं। उदासों के लिए स्वर्ग भी उदास है।

सफ़र ने वकील साहब को और भी शिथिल कर दिया था। दो-तीन दिन तो उनकी दशा उससे भी ख़राब रही, जैसी प्रयाग में थी, लेकिन दवा शुरू होने के दो-तीन दिन बाद वह कुछ संभलने लगे। रतन सुबह से आधी रात तक उनके पास ही कुर्सी डाले बैठी रहती। स्नान-भोजन की भी सुधि न रहती। वकील साहब चाहते थे कि यह यहाँ से हट जाए तो दिल खोलकर कराहें। उसे तस्कीन देने के लिए वह अपनी दशा को छिपाने की चेष्टा करते रहते थे।

वह पूछती – 'आज कैसी तबीयत है?' तो वह फीकी मुस्कराहट के साथ कहते – 'आज तो जी बहुत हल्का मालूम होता है।' बेचारे सारी रात करवटें बदलकर काटते थे, पर रतन पूछती – 'रात नींद आई थी?' तो कहते – 'हाँ, ख़ूब सोया।' रतन पथ्य सामने ले जाती, तो अरुचि होने पर भी खा लेते। रतन समझती, अब यह अच्छे हो रहे हैं। कविराज जी से भी वह यही समाचार कहती। वह भी अपने उपचार की सफलता पर प्रसन्न थे।

एक दिन वकील साहब ने रतन से कहा – 'मुझे डर है कि मुझे अच्छा होकर तुम्हारी दवा न करनी पड़े।'

रतन ने प्रसन्न होकर कहा – 'इससे बढ़कर क्या बात होगी। मैं तो ईश्वर से मनाती हूँ कि तुम्हारी बीमारी मुझे दे दें।'

'शाम को घूम आया करो। अगर बीमार पड़ने की इच्छा हो, तो मेरे अच्छे हो जाने पर पड़ना।'

'कहाँ जाऊँ, मेरा तो कहीं जाने को जी ही नहीं चाहता। मुझे यहीं सबसे अच्छा लगता है।'

वकील साहब को एकाएक रमानाथ का ख़याल आ गया। बोले – 'ज़रा शहर के पार्कों में घूम-घाम कर देखो, शायद रमानाथ का पता चल जाए।'

रतन को अपना वादा याद आ गया। रमा को पा जाने की आनंदमय आशा ने एक क्षण के लिए उसे चंचल कर दिया। कहीं वह पार्क में बैठे मिल जाएँ, तो पूछूँ कहिए बाबूजी, अब कहाँ भागकर जाइएगा? इस कल्पना से उसकी मुद्रा खिल उठी। बोली –

'जालपा से मैंने वादा तो किया था कि पता लगाऊँगी, पर यहाँ आकर भूल गई।'

वकील साहब ने साग्रह कहा - 'आज चली जाओ। आज क्या, शाम को रोज़ घंटे-भर के लिए निकल जाया करो।'

रतन ने चिंतित होकर कहा - 'लेकिन चिंता तो लगी रहेगी।'

वकील साहब ने मुस्कराकर कहा - 'मेरी? मैं तो अच्छा हो रहा हूँ।'

रतन ने संदिग्ध भाव से कहा - 'अच्छा, चली जाऊँगी।'

रतन को कल से वकील साहब के आश्वासन पर कुछ संदेह होने लगा था। उनकी चेष्टा से अच्छे होने का कोई लक्षण उसे न दिखाई देता था। इनका चेहरा क्यों दिन-दिन पीला पड़ता जाता है! इनकी आँखें क्यों हरदम बंद रहती हैं! देह क्यों दिन-दिन घुलती जाती है! महराज और कहार से वह यह शंका न कह सकती थी। कविराज से पूछते उसे संकोच होता था। अगर कहीं रमा मिल जाते, तो उनसे पूछती। वह इतने दिनों से यहाँ हैं, किसी दूसरे डॉक्टर को दिखाती। इन कविराज जी से उसे कुछ-कुछ निराशा हो चली थी।

जब रतन चली गई, तो वकील साहब ने टीमल से कहा - 'मुझे ज़रा उठाकर बिठा दो टीमल। पड़े-पड़े कमर सीधी हो गई। एक प्याली चाय पिला दो। कई दिन हो गए, चाय की सूरत नहीं देखी। यह पथ्य मुझे मारे डालता है। दूध देखकर ज्वर चढ़ आता है, पर उनकी ख़ातिर से पी लेता हूँ! मुझे तो इन कविराज की दवा से कोई फ़ायदा नहीं मालूम होता। तुम्हें क्या मालूम होता है?'

टीमल ने वकील साहब को तकिए के सहारे बैठाकर कहा - 'बाबूजी सो देख लेव, यह तो मैं पहले ही कहने वाला था। सो देख लेव, बहूजी के डर के मारे नहीं कहता था।'

वकील साहब ने कई मिनट चुप रहने के बाद कहा - 'मैं मौत से डरता नहीं, टीमल! बिलकुल नहीं। मुझे स्वर्ग और नरक पर बिलकुल विश्वास नहीं है। अगर संस्कारों के अनुसार आदमी को जन्म लेना पड़ता है, तो मुझे विश्वास है, मेरा जन्म किसी अच्छे घर में होगा। फिर भी मरने को जी नहीं चाहता। सोचता हूँ, मर गया तो क्या होगा।'

टीमल ने कहा - 'बाबूजी सो देख लेव, आप ऐसी बातें न करें। भगवान चाहेंगे, तो आप अच्छे हो जाएँगे। किसी दूसरे डॉक्टर को बुलाऊँ? आप लोग तो अंगरेज़ी पढ़े हैं, सो देख लेव, कुछ मानते ही नहीं, मुझे तो कुछ और ही संदेह हो रहा है। कभी-कभी गंवारों की भी सुन लिया करो। सो देख लेव, आप मानो चाहे न मानो, मैं तो एक सयाने को लाऊँगा। बंगाल के ओझे-सयाने मसहूर हैं।'

वकील साहब ने मुँह उधर फेर लिया। प्रेत-बाधा का वह हमेशा मज़ाक उड़ाया करते थे। कई ओझों को पीट चुके थे। उनका ख़याल था कि यह प्रवंचना है, ढोंग है, लेकिन इस वक़्त उनमें इतनी शक्ति भी न थी कि टीमल के इस प्रस्ताव का विरोध करते। मुँह उधर फेर लिया।

महराज ने चाय लाकर कहा - 'सरकार, चाय लाया हूँ।'

वकील साहब ने चाय के प्याले को क्षुधित नेत्रों से देखकर कहा – 'ले जाओ, अब न पीऊँगा। उन्हें मालूम होगा, तो दुखी होंगी। क्यों महराज, जब से मैं आया हूँ मेरा चेहरा कुछ हरा हुआ है?'

महाराज ने टीमल की ओर देखा। वह हमेशा दूसरों की राय देखकर राय दिया करते थे। ख़ुद सोचने की शक्ति उनमें न थी। अगर टीमल ने कहा है, आप अच्छे हो रहे हैं, तो वह भी इसका समर्थन करेंगे। टीमल ने इसके विरुद्ध कहा है, तो उन्हें भी इसके विरुद्ध ही कहना चाहिए। टीमल ने उनके असमंजस को भाँपकर कहा – 'हरा क्यों नहीं हुआ है, हाँ, जितना होना चाहिए उतना नहीं हुआ।'

महराज बोले – 'हाँ, कुछ हरा ज़रूर हुआ है, मुदा बहुत कम।'

वकील साहब ने कुछ जवाब नहीं दिया। दो-चार वाक्य बोलने के बाद वह शिथिल हो जाते थे और दस-पाँच मिनट शांत अचेत पड़े रहते थे। कदाचित उन्हें अपनी दशा का यथार्थ ज्ञान हो चुका था। उसके मुख पर, बुद्धि पर, मस्तिष्क पर मृत्यु की छाया पड़ने लगी थी। अगर कुछ आशा थी, तो इतनी ही कि शायद मन की दुर्बलता से उन्हें अपनी दशा इतनी हीन मालूम होती हो। उनका दम अब पहले से ज़्यादा फूलने लगा था। कभी-कभी तो ऊपर की साँस ऊपर ही रह जाती थी। जान पड़ता था, बस अब प्राण निकला। भीषण प्राण-वेदना होने लगती थी। कौन जाने, कब यही अवरोध एक क्षण और बढ़कर जीवन का अंत कर दे।

सामने उद्यान में चाँदनी कोहरे की चादर ओढ़े, ज़मीन पर पड़ी सिसक रही थी। फूल और पौधे मलिन मुख, सिर झुकाए, आशा और भय से विकल हो-होकर मानो उसके वक्ष पर हाथ रखते थे, उसकी शीतल देह को स्पर्श करते थे और आँसू की दो बूंदें गिराकर फिर उसी भाँति देखने लगते थे।

सहसा वकील साहब ने आँखें खोलीं। आँखों के दोनों कोनों में आँसू की बूंदें मचल रही थीं।

क्षीण स्वर में बोले – 'टीमल! क्या सिद्धू आए थे?'

फिर इस प्रश्न पर आप ही लज्जित हो मुस्कराते हुए बोले – 'मुझे ऐसा मालूम हुआ, जैसे सिद्धू आए हों।'

फिर गहरी साँस लेकर चुप हो गए, और आँखें बंद कर लीं। सिद्धू उस बेटे का नाम था, जो जवान होकर मर गया था। इस समय वकील साहब को बराबर उसी की याद आ रही थी। कभी उसका बालपन सामने आ जाता, कभी उसका मरना आगे दिखाई देने लगता, कितने स्पष्ट, कितने सजीव चित्र थे। उनकी स्मृति कभी इतनी मूर्तिमान, इतनी चित्रमय न थी। कई मिनट के बाद उन्होंने फिर आँखें खोलीं और इधर-उधर खोई हुई आँखों से देखा। उन्हें अभी ऐसा जान पड़ता था कि मेरी माता आकर पूछ रही हैं – 'बेटा, तुम्हारा जी कैसा है?'

सहसा उन्होंने टीमल से कहा – 'यहाँ आओ। किसी वकील को बुला लाओ, जल्दी जाओ, नहीं वह घूमकर आती होंगी।'

इतने में मोटर का हार्न सुनाई दिया और एक पल में रतन आ पहुँची। वकील को बुलाने की बात उड़ गई। वकील साहब ने प्रसन्न-मुख होकर पूछा – 'कहाँ-कहाँ गई? कुछ उसका पता मिला?'

रतन ने उनके माथे पर हाथ रखते हुए कहा – 'कई ज़गह देखा। कहीं न दिखाई दिए। इतने बड़े शहर में सड़कों का पता तो जल्दी चलता नहीं, वह भला क्या मिलेंगे। दवा खाने का समय तो आ गया न?'

वकील साहब ने दबी ज़बान से कहा – 'लाओ, खा लूँ।'

रतन ने दवा निकाली और उन्हें उठाकर पिलाई। इस समय वह न जाने क्यों कुछ भयभीत-सी हो रही थी। एक अस्पष्ट, अज्ञात शंका उसके हृदय को दबाए हुए थी। एकाएक उसने कहा – 'उन लोगों में से किसी को तार दे दूँ?'

वकील साहब ने प्रश्न की आँखों से देखा। फिर आप ही आप उसका आशय समझकर बोले – 'नहीं-नहीं, किसी को बुलाने की ज़रूरत नहीं। मैं अच्छा हो रहा हूँ।'

फिर एक क्षण के बाद सावधान होने की चेष्टा करके बोले – 'मैं चाहता हूँ कि अपनी वसीयत लिखवा दूँ।'

जैसे एक शीतल, तीव्र बाण रतन के पैर से घुसकर सिर से निकल गया। मानो उसकी देह के सारे बंधन खुल गए, सारे अवयव बिखर गए, उसके मस्तिष्क के सारे परमाणु हवा में उड़ गए। मानो नीचे से धरती निकल गई, ऊपर से आकाश निकल गया और अब वह निराधार, निस्पंद, निर्जीव खड़ी है। अवरुद्ध, अश्रुकंपित कंठ से बोली – 'घर से किसी को बुलाऊँ? यहाँ किससे सलाह ली जाए? कोई भी तो अपना नहीं है।'

'अपनों' के लिए इस समय रतन अधीर हो रही थी। कोई भी तो अपना होता, जिस पर वह विश्वास कर सकती, जिससे सलाह ले सकती। घर के लोग आ जाते, तो दौड़-धूप करके किसी दूसरे डॉक्टर को बुलाते। वह अकेली क्या-क्या करे? आख़िर भाई-बंद और किस दिन काम आवेंगे। संकट में ही अपने काम आते हैं। फिर यह क्यों कहते हैं कि किसी को मत बुलाओ!

वसीयत की बात फिर उसे याद आ गई! यह विचार क्यों इनके मन में आया? वैद्य जी ने कुछ कहा तो नहीं? क्या होने वाला है, भगवान! यह शब्द अपने सारे संसर्गों के साथ उसके हृदय को विदीर्ण करने लगा। चिल्ला-चिल्लाकर रोने के लिए उसका मन विकल हो उठा। अपनी माता याद आई। उसके आँचल में मुँह छिपाकर रोने की आकांक्षा उसके मन में उत्पन्न हुई। उस स्नेहमय आँचल में रोकर उसकी बाल-आत्मा को कितना संतोष होता था। कितनी जल्द उसकी सारी मनोव्यथा शांत हो जाती थी। आह! यह आधार भी अब नहीं।

महराज ने आकर कहा – 'सरकार, भोजन तैयार है। थाली परसूँ?'

रतन ने उसकी ओर कठोर नज़रों से देखा। वह बिना जवाब की अपेक्षा किए चुपके-से चला गया।

मगर एक ही क्षण में रतन को महराज पर दया आ गई। उसने कौन-सी बुराई की जो भोजन के लिए पूछने आया। भोजन भी ऐसी चीज़ है, जिसे कोई छोड़ सके! वह रसोई में जाकर महराज से बोली – 'तुम लोग खा लो, महराज! मुझे आज भूख नहीं लगी है।'

महराज ने आग्रह किया – 'दो ही फुलके खा लीजिए, सरकार!'

रतन ठिठक गई। महराज के आग्रह में इतनी सहृदयता, इतनी संवेदना भरी हुई थी कि रतन को एक प्रकार की सांत्वना का अनुभव हुआ। यहाँ कोई अपना नहीं है, यह सोचने में उसे अपनी भूल प्रतीत हुई। महराज ने अब तक रतन को कठोर स्वामिनी के रूप में देखा था। वही स्वामिनी आज उसके सामने खड़ी मानो सहानुभूति की भिक्षा माँग रही थी। उसकी सारी सदवृत्तियाँ उमड़ उठीं।

रतन को उसके दुर्बल मुख पर अनुराग का तेज़ नज़र आया। उसने पूछा – 'क्यों महराज, बाबूजी को इस कविराज की दवा से कोई लाभ हो रहा है?'

महराज ने डरते-डरते वही शब्द दुहरा दिए, जो आज वकील साहब से कहे थे, कुछ-कुछ तो हो रहा है, लेकिन जितना होना चाहिए उतना नहीं।

रतन ने अविश्वास के अंदाज़ से देखकर कहा – 'तुम भी मुझे धोखा देते हो, महराज!'

महराज की आँखें डबडबा गई। बोले – 'भगवान सब अच्छा ही करेंगे बहूजी, घबड़ाने से क्या होगा। अपना तो कोई बस नहीं है।'

रतन ने पूछा – 'यहाँ कोई ज्योतिषी न मिलेगा? ज़रा उससे पूछते। कुछ पूजा-पाठ भी करा लेने से अच्छा होता है।'

महराज ने तुष्टि के भाव से कहा – 'यह तो मैं पहले ही कहने वाला था, बहूजी! लेकिन बाबूजी का मिजाज़ तो जानती हो इन बातों से वह कितना बिगड़ते हैं।'

रतन ने दृढ़ता से कहा – 'सबेरे किसी को ज़रूर बुला लाना।'

'सरकार चिढ़ेंगे!'

'मैं तो कहती हूँ।'

यह कहती हुई वह कमरे में आई और रोशनी के सामने बैठकर जालपा को पत्र लिखने लगी –

'बहन, नहीं कह सकती, क्या होने वाला है। आज मुझे मालूम हुआ है कि मैं अब तक मीठे भ्रम में पड़ी हुई थी। बाबूजी अब तक मुझसे अपनी दशा छिपाते थे, मगर आज यह बात उनके क़ाबू से बाहर हो गई। तुमसे क्या कहूँ, आज वह वसीयत लिखने की चर्चा कर रहे थे। मैंने ही टाला। दिल घबड़ा रहा है। बहन, जी चाहता है, थोड़ी-सी संखिया खाकर सोई रहूँ। विधाता को संसार दयालु, कृपालु, दीन-बंधु और जाने कौन-कौन-सी उपाधियाँ देता है। मैं कहती हूँ, उससे निर्दयी, निर्मम, निष्ठुर कोई शत्रु भी नहीं हो सकता। पूर्वजन्म का संस्कार केवल मन को समझाने की चीज़ है। जिस दंड का हेतु ही हमें न मालूम हो, उस दंड का मूल्य ही क्या! वह तो ज़बर्दस्त की लाठी

है, जो आघात करने के लिए कोई कारण गढ़ लेती है। इस अंधेरे, निर्जन, कांटों से भरे हुए जीवन-मार्ग में मुझे केवल एक टिमटिमाता हुआ दीपक मिला था। मैं उसे अंचल में छिपाए, विधि को धन्यवाद देती हुई, गाती चली जाती थी, पर वह दीपक भी मुझसे छीना जा रहा है। इस अंधकार में मैं कहाँ जाऊँगी, कौन मेरा रोना सुनेगा, कौन मेरी बाँह पकड़ेगा। बहन, मुझे क्षमा करना। मुझे बाबूजी का पता लगाने का अवकाश नहीं मिला। आज कई पार्कों का चक्कर लगा आई, पर कहीं पता नहीं चला। कुछ अवसर मिला तो फिर जाऊँगी। माताजी को मेरा प्रणाम कहना।'

पत्र लिखकर रतन बरामदे में आई। शीतल समीर के झोंके आ रहे थे। प्रकृति मानो रोग-शय्या पर पड़ी सिसक रही थी। उसी वक़्त वकील साहब की साँस वेग से चलने लगी।

30

रात के तीन बज चुके थे। रतन आधी रात के बाद आरामकुर्सी पर लेटे ही लेटे झपकियाँ ले रही थी कि सहसा वकील साहब के गले का खर्राटा सुनकर चौंक पड़ी। उल्टी साँसें चल रही थीं। वह उनके सिरहाने चारपाई पर बैठ गई और उनका सिर उठाकर अपनी जाँघ पर रख लिया। अभी न जाने कितनी रात बाक़ी है। मेज़ पर रखी हुई छोटी घड़ी की ओर देखा। अभी तीन बजे थे। सबेरा होने में चार घंटे की देर थी। कविराज कहीं नौ बजे आवेंगे! यह सोचकर वह हताश हो गई। अभागिनी रात क्या अपना काला मुँह लेकर विदा न होगी! मालूम होता है, एक युग हो गया!

कई मिनट के बाद वकील साहब की साँस रुकी। सारी देह पसीने में तर थी। हाथ से रतन को हट जाने का इशारा किया और तकिए पर सिर रखकर फिर आँखें बंद कर लीं।

एकाएक उन्होंने क्षीण स्वर में कहा – 'रतन अब विदाई का समय आ गया। मेरे अपराध...'

उन्होंने दोनों हाथ जोड़ लिए और उसकी ओर दीन याचना की आँखों से देखा। कुछ कहना चाहते थे, पर मुँह से आवाज़ न निकली।

रतन ने चीख़कर कहा – 'टीमल, महराज, क्या दोनों मर गए?'

महराज ने आकर कहा – 'मैं सोया थोड़े ही था बहूजी, क्या बाबूजी?'

रतन ने डाँटकर कहा – 'बको मत, जाकर कविराज को बुला लाओ, कहना अभी चलिए।'

महाराज ने तुरंत अपना पुराना ओवरकोट पहना, सोटा उठाया और चल दिया। रतन उठकर स्टोव जलाने लगी कि शायद सेंक से कुछ फ़ायदा हो। उसकी सारी घबराहट, सारी दुर्बलता, सारा शोक मानो लुप्त हो गया। उसकी ज़गह एक प्रबल

आत्म-निर्भरता का उदय हुआ। कठोर कर्तव्य ने उसके सारे अस्तित्व को सचेत कर दिया।

स्टोव जलाकर उसने रुई के फाहे से छाती को सेंकना शुरू किया। कोई पंद्रह मिनट तक ताबड़तोड़ सेंकने के बाद वकील साहब की साँस कुछ थमी। आवाज़ क़ाबू में हुई। रतन के दोनों हाथ अपने गालों पर रखकर बोले- 'तुम्हें बड़ी तकलीफ़ हो रही है मुन्नी! क्या जानता था, इतनी जल्द यह समय आ जाएगा। मैंने तुम्हारे साथ बड़ा अन्याय किया है, प्रिये! ओह कितना बड़ा अन्याय! मन की सारी लालसा मन में रह गई। मैंने तुम्हारे जीवन का सर्वनाश कर दिया - क्षमा करना।'

यही अंतिम शब्द थे जो उनके मुख से निकले। यही जीवन का अंतिम सूत्र था, यही मोह का अंतिम बंधन था। रतन ने द्वार की ओर देखा। अभी तक महराज का पता न था। हाँ, टीमल खड़ा था, और सामने अथाह अंधकार जैसे अपने जीवन की अंतिम वेदना से मूर्छित पड़ा था।

रतन ने कहा - 'टीमल, ज़रा पानी गरम करोगे?'

टीमल ने वहीं खड़े-खड़े कहा - 'पानी गरम करके क्या करोगी बहूजी, गोदान करा दो। दो बूंद गंगाजल मुँह में डाल दो।'

रतन ने पति की छाती पर हाथ रक्खा। छाती गरम थी। उसने फिर द्वार की ओर ताका। महराज न दिखाई दिए। वह अब भी सोच रही थी, कविराजजी आ जाते तो शायद इनकी हालत संभल जाती। पछता रही थी कि इन्हें यहाँ क्यों लाई - कदाचित् रास्ते की तकलीफ़ और जलवायु ने बीमारी को असाध्य कर दिया। यह भी पछतावा हो रहा था कि मैं संध्या समय क्यों घूमने चली गई। शायद उतनी ही देर में इन्हें ठंड लग गई। जीवन एक दीर्घ पश्चाताप के सिवा और क्या है!

पछतावे की एक-दो बात थी! इस आठ साल के जीवन में मैंने पति को क्या आराम पहुँचाया? वह बारह बजे रात तक क़ानूनी पुस्तकें देखते रहते थे, मैं पड़ी सोती रहती थी। वह संध्या समय भी मुवक्किलों से मामले की बातें करते थे, मैं पार्क और सिनेमा की सैर करती थी, बाज़ारों में मटरगश्ती करती थी। मैंने इन्हें धनोपार्जन के एक यंत्र के सिवा और क्या समझा! यह कितना चाहते थे कि मैं इनके साथ बैठूँ और बातें करूँ, पर मैं भागती फिरती थी। मैंने कभी इनके हृदय के समीप जाने की चेष्टा नहीं की, कभी प्रेम की दृष्टि से नहीं देखा। अपने घर में दीपक न जलाकर दूसरों के उजाले घर का आनंद उठाती फिरी, मनोरंजन के सिवा मुझे और कुछ सूझता ही न था। विलास और मनोरंजन, यही मेरे जीवन के दो लक्ष्य थे। अपने जले हुए दिल को इस तरह शांत करके मैं संतुष्ट थी। खीर और मलाई की थाली क्यों न मुझे मिली, इस क्षोभ में मैंने अपनी रोटियों को लात मार दी।

आज रतन को उस प्रेम का पूर्ण परिचय मिला, जो इस विदा होने वाली आत्मा को उससे था, वह इस समय भी उसी की चिंता में मग्न थी। रतन के लिए जीवन में फिर भी कुछ आनंद था, कुछ रुचि थी, कुछ उत्साह था। इनके लिए जीवन में कौन-सा

सुख था। न खाने-पीने का सुख, न मेले-तमाशे का शौक़। जीवन क्या, एक दीर्घ तपस्या थी, जिसका मुख्य उद्देश्य कर्तव्य का पालन था?

क्या रतन उनका जीवन सुखी न बना सकती थी? क्या एक क्षण के लिए कठोर कर्तव्य की चिंताओं से उन्हें मुक्त न कर सकती थी? कौन कह सकता है कि विराम और विश्राम से यह बुझने वाला दीपक कुछ दिन और न प्रकाशमान रहता। लेकिन उसने कभी अपने पति के प्रति अपना कर्तव्य ही न समझा। उसकी अंतरात्मा सदैव विद्रोह करती रही, केवल इसलिए कि इनसे मेरा संबंध क्यों हुआ?

क्या उस विषय में सारा अपराध इन्हीं का था! कौन कह सकता है कि दरिद्र माता-पिता ने मेरी और भी दुर्गति न की होती, जवान आदमी भी सब-के-सब क्या आदर्श ही होते हैं? उनमें भी तो व्यभिचारी, क्रोधी, शराबी सभी तरह के होते हैं। कौन कह सकता है, इस समय मैं किस दशा में होती। रतन का एक-एक रोआँ इस समय उसका तिरस्कार कर रहा था। उसने पति के शीतल चरणों पर सिर झुका लिया और बिलख-बिलखकर रोने लगी। वह सारे कठोर भाव जो बराबर उसके मन में उठते रहते थे, वह सारे कटु वचन जो उसने जल-जलकर उन्हें कहे थे, इस समय सैकड़ों बिच्छुओं के समान उसे डंक मार रहे थे। हाय! मेरा यह व्यवहार उस प्राणी के साथ था, जो सागर की भाँति गंभीर था। इस हृदय में कितनी कोमलता थी, कितनी उदारता! मैं एक बीड़ा पान दे देती थी, तो कितना प्रसन्न हो जाते थे। ज़रा हँसकर बोल देती थी, तो कितने तृप्त हो जाते थे, पर मुझसे इतना भी न होता था। इन बातों को याद कर-करके उसका हृदय फटा जाता था। उन चरणों पर सिर रक्खे हुए उसे प्रबल आकांक्षा हो रही थी कि मेरे प्राण इसी क्षण निकल जाएँ। उन चरणों को मस्तक से स्पर्श करके उसके हृदय में कितना अनुराग उमड़ा आता था, मानो एक युग की संचित निधि को वह आज ही, इसी क्षण, लुटा देगी। मृत्यु की दिव्य ज्योति के सम्मुख उसके अंदर का सारा मालिन्य, सारी दुर्भावना, सारा विद्रोह मिट गया था।

वकील साहब की आँखें खुली हुई थीं, पर मुख पर किसी भाव का चिह्न न था। रतन की विह्लता भी अब उनकी बुझती हुई चेतना को प्रदीप्त न कर सकती थी। हर्ष और शोक के बंधन से वह मुक्त हो गए थे, कोई रोए तो ग़म नहीं, हँसे तो ख़ुशी नहीं।

टीमल ने आचमनी में गंगाजल लेकर उनके मुँह में डाल दिया। आज उन्होंने कुछ बाधा न दी। वह जो पाखंडों और रूढ़ियों का शत्रु था, इस समय शांत हो गया था, इसलिए नहीं कि उसमें धार्मिक विश्वास का उदय हो गया था, बल्कि इसलिए कि उसमें अब कोई इच्छा न थी। इतनी ही उदासीनता से वह विष का घूँट पी जाता।

मानव-जीवन की सबसे महान घटना कितनी शांति के साथ घटित हो जाती है। वह विश्व का एक महान अंग, वह महत्त्वाकांक्षाओं का प्रचंड सागर, वह उद्योग का अनंत भंडार, वह प्रेम और द्वेष, सुख और दुःख का लीला-क्षेत्र, वह बुद्धि और बल की रंगभूमि न जाने कब और कहाँ लीन हो जाती है, किसी को ख़बर नहीं होती। एक हिचकी भी नहीं, एक उच्छवास भी नहीं, एक आह भी नहीं निकलती! सागर की

हिलोरों का कहाँ अंत होता है, कौन बता सकता है? ध्वनि कहाँ वायु-मग्न हो जाती है, कौन जानता है? मानवीय जीवन उस हिलोर के सिवा, उस ध्वनि के सिवा और क्या है? उसका अवसान भी उतना ही शांत, उतना ही अदृश्य हो तो क्या आश्चर्य है! भूतों के भक्त पूछते हैं, क्या वस्तु निकल गई? कोई विज्ञान का उपासक कहता है, एक क्षीण ज्योति निकल जाती है। कपोल-विज्ञान के पुजारी कहते हैं, आँखों से प्राण निकले, मुँह से निकले, ब्रह्मांड से निकले। कोई उनसे पूछे, हिलोर लय होते समय क्या चमक उठती है? ध्वनि लीन होते समय क्या मूर्तिमान हो जाती है? यह उस अनंत यात्रा का एक विश्राम मात्र है, जहाँ यात्रा का अंत नहीं, नया उत्थान होता है।

कितना महान परिवर्तन! वह जो मच्छर के डंक को सहन न कर सकता था, अब उसे चाहे मिट्टी में दबा दो, चाहे अग्नि-चिता पर रख दो, उसके माथे पर बल तक न पड़ेगा।

टीमल ने वकील साहब के मुख की ओर देखकर कहा - 'बहूजी, आइए खाट से उतार दें। मालिक चले गए!'

यह कहकर वह भूमि पर बैठ गया और दोनों आँखों पर हाथ रखकर फूट-फूटकर रोने लगा। आज तीस वर्ष का साथ छूट गया। जिसने कभी आधी बात नहीं कही, कभी तू करके नहीं पुकारा, वह मालिक अब उसे छोड़े चला जा रहा था।

रतन अभी तक कविराज की बाट जोह रही थी। टीमल के मुख से यह शब्द सुनकर उसे धक्का-सा लगा। उसने उठकर पति की छाती पर हाथ रक्खा।

साठ वर्ष तक अविश्राम गति से चलने के बाद वह अब वह विश्राम कर रहे थे। फिर उसे माथे पर हाथ रखने की हिम्मत न पड़ी। उस देह को स्पर्श करते हुए, उस मरे हुए मुख की ओर ताकते हुए, उसे ऐसा विराग हो रहा था, जो ग्लानि से मिलता था। अभी जिन चरणों पर सिर रखकर वह रोई थी, उसे छूते हुए उसकी उँगलियाँ कटी-सी जाती थीं। जीवन सूत्र इतना कोमल है, उसने कभी न समझा था। मौत का ख़याल कभी उसके मन में न आया था। उस मौत ने आँखों के सामने उसे लूट लिया! एक क्षण के बाद टीमल ने कहा - 'बहूजी, अब क्या देखती हो, खाट के नीचे उतार दो। जो होना था हो गया।'

उसने पैर पकड़ा, रतन ने सिर पकड़ा और दोनों ने शव को नीचे लिटा दिया और वहीं ज़मीन पर बैठकर रतन रोने लगी, इसलिए नहीं कि संसार में अब उसके लिए कोई अवलंब न था, बल्कि इसलिए कि वह उसके साथ अपने कर्तव्य को पूरा न कर सकी।

उसी वक़्त मोटर की आवाज़ आई और कविराजजी ने पदार्पण किया। कदाचित अब भी रतन के हृदय में कहीं आशा की कोई बुझती हुई चिनगारी पड़ी हुई थी! उसने तुरंत आँखें पोंछ डालीं, सिर का आँचल संभाल लिया, उलझे हुए केश समेट लिए और खड़ी होकर द्वार की ओर देखने लगी। प्रभात ने आकाश को अपनी सुनहली किरणों से रंजित कर दिया था। क्या इस आत्मा के नव-जीवन का यही प्रभात था।

31

उसी दिन शव काशी लाया गया। यहीं उसकी दाह-क्रिया हुई। वकील साहब के एक भतीजे मालवे में रहते थे। उन्हें तार देकर बुला लिया गया। दाह-क्रिया उन्होंने की। रतन को चिता के दृश्य की कल्पना ही से रोमांच होता था। वहाँ पहुँचकर शायद वह बेहोश हो जाती।

जालपा आजकल प्रायः सारे दिन उसी के साथ रहती। शोकातुर रतन को न घर-बार की सुधि थी, न खाने-पीने की। नित्य ही कोई-न-कोई ऐसी बात याद आ जाती जिस पर वह घंटों रोती। पति के साथ उसका जो धर्म था, उसके एक अंश का भी उसने पालन किया होता, तो उसे बोध होता। अपनी कर्तव्यहीनता, अपनी निष्ठुरता, अपनी शृंगार-लोलुपता की चर्चा करके वह इतना रोती कि हिचकियाँ बंध जातीं। वकील साहब के सद्गुणों की चर्चा करके ही वह अपनी आत्मा को शांति देती थी। जब तक जीवन के द्वार पर एक रक्षक बैठा हुआ था, उसे कुत्तों या बिल्ली या चोर-चकारों की चिंता न थी, लेकिन अब द्वार पर कोई रक्षक न था, इसलिए वह सजग रहती थी,पति का गुणगान किया करती। जीवन का निर्वाह कैसे होगा, नौकरों-चाकरों में किन-किन को जवाब देना होगा, घर का कौन-कौन सा ख़र्च कम करना होगा, इन प्रश्नों के विषय में दोनों में कोई बात न होती। मानो यह चिंता मृत आत्मा के प्रति अभक्ति होगी। भोजन करना, साफ़ वस्त्र पहनना और मन को कुछ पढ़कर बहलाना भी उसे अनुचित जान पड़ता था। श्राद्ध के दिन उसने अपने सारे वस्त्र और आभूषण महापात्र को दान कर दिए। इन्हें लेकर अब वह क्या करेगी? इनका व्यवहार करके क्या वह अपने जीवन को कलंकित करेगी! इसके विरुद्ध पति की छोटी से छोटी वस्तु को भी स्मृतिचिह्न समझकर वह देखती-भालती रहती थी। उसका स्वभाव इतना कोमल हो गया था कि कितनी ही बड़ी हानि हो जाए, उसे क्रोध न आता था। टीमल के हाथ से चाय का सेट छूटकर गिर पड़ा, पर रतन के माथे पर बल तक न आया। पहले एक दवात टूट जाने पर इसी टीमल को उसने बुरी डाँट सुनाई थी, निकाले देती थी, पर आज उससे कई गुने नुक़सान पर उसने ज़बान तक न खोली। कठोर भाव उसके हृदय में आते हुए मानो डरते थे कि कहीं आघात न पहुँचे या शायद पति-शोक और पति-गुणगान के सिवा और किसी भाव या विचार को मन में लाना वह पाप समझती थी।

वकील साहब के भतीजे का नाम था मणिभूषण। बड़ा ही मिलनसार, हँसमुख, कार्य-कुशल। इसी एक महीने में उसने अपने सैकड़ों मित्र बना लिए। शहर में जिन-जिन वकीलों और रईसों से वकील साहब का परिचय था, उन सबसे उसने ऐसा मेल-जोल बढ़ाया, ऐसी बेतकल्लुफ़ी पैदा की कि रतन को ख़बर नहीं और उसने बैंक का लेन-देन अपने नाम से शुरू कर दिया। इलाहाबाद बैंक में वकील साहब के बीस हज़ार रुपये जमा थे। उस पर तो उसने क़ब्ज़ा कर ही लिया, मकानों के किराए भी वसूल करने लगा। गाँवों की तहसील भी ख़ुद ही शुरू कर दी, मानो रतन से कोई मतलब नहीं है।

एक दिन टीमल ने आकर रतन से कहा - 'बहूजी, जाने वाला तो चला गया, अब घर-द्वार की भी कुछ ख़बर लीजिए। मैंने सुना, भैयाजी ने बैंक का सब रुपया अपने नाम करा लिया।'

रतन ने उसकी ओर ऐसे कठोर कुपित नज़रों से देखा कि उसे फिर कुछ कहने की हिम्मत न पड़ी। उस दिन शाम को मणिभूषण ने टीमल को निकाल दिया, चोरी का इलज़ाम लगाकर निकाला जिससे रतन कुछ कह भी न सके।

अब केवल महराज रह गए थे। उन्हें मणिभूषण ने भंग पिला-पिलाकर ऐसा मिलाया कि वह उन्हीं का दम भरने लगे। महरी से कहते, बाबूजी का बड़ा रईसाना मिज़ाज है। कोई सौदा लाओ, कभी नहीं पूछते, कितने का लाए। बड़ों के घर में बड़े ही होते हैं। बहूजी बाल की खाल निकाला करती थीं, यह बेचारे कुछ नहीं बोलते। महरी का मुँह पहले ही सी दिया गया था। उसके अधेड़ यौवन ने नए मालिक की रसिकता को चंचल कर दिया था। वह एक न एक बहाने से बाहर की बैठक में ही मंडराया करती। रतन को ज़रा भी ख़बर न थी, किस तरह उसके लिए व्यूह रचा जा रहा है।

एक दिन मणिभूषण ने रतन से कहा - 'काकीजी, अब तो मुझे यहाँ रहना व्यर्थ मालूम होता है। मैं सोचता हूँ, अब आपको लेकर घर चला जाऊँ। वहाँ आपकी बहू आपकी सेवा करेगी, बाल-बच्चों में आपका जी बहल जाएगा और ख़र्च भी कम हो जाएगा। आप कहें तो यह बंगला बेच दिया जाए। अच्छे दाम मिल जाएँगे।'

रतन इस तरह चौंकी, मानो उसकी मूर्छा भंग हो गई हो, मानो किसी ने उसे झंझोड़कर जगा दिया हो। सकपकाई हुई आँखों से उसकी ओर देखकर बोली - 'क्या मुझसे कुछ कह रहे हो?'

मणिभूषण - 'जी हाँ, कह रहा था कि अब हम लोगों का यहाँ रहना व्यर्थ है। आपको लेकर चला जाऊँ, तो कैसा हो?'

रतन ने उदासीनता से कहा - 'हाँ, अच्छा तो होगा।'

मणिभूषण - 'काकाजी ने कोई वसीयतनामा लिखा हो, तो लाइए देखूँ, उनकी इच्छाओं के आगे सिर झुकाना हमारा धर्म है।'

रतन ने उसी भाँति आकाश पर बैठे हुए, जैसे संसार की बातों से अब उसे कोई सरोकार ही न रहा हो, जवाब दिया - 'वसीयत तो नहीं लिखी, और क्या ज़रूरत थी?'

मणिभूषण ने फिर पूछा - 'शायद कहीं लिखकर रख गए हों?'

रतन - 'मुझे तो कुछ मालूम नहीं। कभी ज़िक्र नहीं किया।'

मणिभूषण ने मन में प्रसन्न होकर कहा - 'मेरी इच्छा है कि उनकी कोई यादगार बनवा दी जाए।'

रतन ने उत्सुकता से कहा - 'हाँ-हाँ, मैं भी चाहती हूँ।'

मणिभूषण - 'गाँव की आमदनी कोई तीन हज़ार साल की है, यह आपको मालूम है। इतना ही उनका वार्षिक दान होता था। मैंने उनके हिसाब की क़िताब देखी है। दो सौ-ढाई सौ से किसी महीने में कम नहीं है। मेरी सलाह है कि वह सब ज्यों-का-त्यों बना रहे।'

रतन ने प्रसन्न होकर कहा - 'हाँ, और क्या!'

मणिभूषण - 'तो गाँव की आमदनी तो धार्मार्थ पर अर्पण कर दी जाए। मकानों का किराया कोई दो सौ रुपये महीना है। इससे उनके नाम पर एक छोटी सी संस्कृत पाठशाला खोल दी जाए।'

रतन - 'बहुत अच्छा होगा।'

मणिभूषण - 'और यह बंगला बेच दिया जाए। इस रुपये को बैंक में रख दिया जाए।'

रतन - 'बहुत अच्छा होगा। मुझे रुपये-पैसे की अब क्या ज़रूरत है।'

मणिभूषण - 'आपकी सेवा के लिए तो हम सब हाज़िर हैं। मोटर भी अलग कर दी जाए। अभी से यह फ़िक्र की जाएगी, तब जाकर कहीं दो-तीन महीने में फ़ुरसत मिलेगी।'

रतन ने लापरवाही से कहा - 'अभी जल्दी क्या है। कुछ रुपये बैंक में तो हैं।'

मणिभूषण - 'बैंक में कुछ रुपये थे, मगर महीने-भर से ख़र्च भी तो हो रहे हैं। हज़ार-पाँच सौ पड़े होंगे। यहाँ तो रुपये जैसे हवा में उड़ जाते हैं। मुझसे तो इस शहर में एक महीना भी न रहा जाए। मोटर को तो जल्द ही निकाल देना चाहिए।'

रतन ने इसके जवाब में भी यही कह दिया - 'अच्छा तो होगा।' वह उस मानसिक दुर्बलता की दशा में थी, जब मनुष्य को छोटे-छोटे काम भी असूझ मालूम होने लगते हैं। मणिभूषण की कार्य-कुशलता ने एक प्रकार से उसे पराभूत कर दिया था। इस समय जो उसके साथ थोड़ी-सी भी सहानुभूति दिखा देता, उसी को वह अपना शुभचिंतक समझने लगती। शोक और मनस्ताप ने उसके मन को इतना कोमल और नर्म बना दिया था कि उस पर किसी की भी छाप पड़ सकती थी। उसकी सारी मलिनता और मिन्नत मानो भस्म हो गई थी, वह सभी को अपना समझती थी। उसे किसी पर संदेह न था, किसी पे शंका न थी। कदाचित् उसके सामने कोई चोर भी उसकी संपत्ति का अपहरण करता तो वह शोर न मचाती।

32

षोड़शी के बाद से जालपा ने रतन के घर आना-जाना कम कर दिया था। केवल एक बार घंटे-दो घंटे के लिए चली जाया करती थी। इधर कई दिनों से मुंशी दयानाथ को ज्वर आने लगा था। उन्हें ज्वर में छोड़कर कैसे जाती। मुंशीजी को ज़रा भी ज्वर आता, तो वह बक-झक करने लगते थे। कभी गाते कभी रोते, कभी यमदूतों को अपने सामने नाचते देखते। उनका जी चाहता कि सारा घर मेरे पास बैठा रहे, संबंधियों को भी बुला लिया जाए, जिससे वह सबसे अंतिम भेंट कर लें। क्योंकि इस बीमारी से बचने की उन्हें आशा न थी। यमराज स्वयं उनके सामने विमान लिए खड़े थे। जागेश्वरी और सब कुछ

कर सकती थी, उनकी बक-झक न सुन सकती थी। ज्यों ही वह रोने लगते, वह कमरे से निकल जाती। उसे भूत-बाधा का भ्रम होता था।

मुंशीजी के कमरे में कई समाचार-पत्रों की फ़ाइलें थीं। यही उन्हें एक व्यसन था। जालपा का जी वहाँ बैठे-बैठे घबड़ाने लगता, तो इन फ़ाइलों को उलट-पलट कर देखने लगती। एक दिन उसने एक पुराने पत्र में शतरंज का एक नक़्शा देखा, जिसे हल कर देने के लिए किसी सज्जन ने पुरस्कार भी रक्खा था। उसे ख़याल आया कि जिस ताक पर रमानाथ की बिसात और मुहरे रक्खे हुए हैं उस पर एक किताब में कई नक़्शे भी दिए हुए हैं। वह तुरंत दौड़ी हुई ऊपर गई और वह कापी उठा लाई यह नक़्शा उस कापी में मौजूद था, और नक़्शा ही न था, उसका हल भी दिया हुआ था। जालपा के मन में सहसा यह विचार चमक पड़ा, इस नक़्शे को किसी पत्र में छपा दूँ तो कैसा हो! शायद उनकी निगाह पड़ जाए। यह नक़्शा इतना सरल तो नहीं है कि आसानी से हल हो जाए। इस नगर में जब कोई उनका सानी नहीं है, तो ऐसे लोगों की संख्या बहुत नहीं हो सकती, जो यह नक़्शा हल कर सकें कुछ भी हो, जब उन्होंने यह नक़्शा हल किया है, तो इसे देखते ही फिर हल कर लेंगे। जो लोग पहली बार देखेंगे, उन्हें दो-एक दिन सोचने में लग जाएँगे। मैं लिख दूँगी कि जो सबसे पहले हल कर ले, उसी को पुरस्कार दिया जाए। जुआ तो है ही। उन्हें रुपये न भी मिलें, तो भी इतना तो संभव है ही कि हल करने वालों में उनका नाम भी हो। कुछ पता लग जाएगा। कुछ भी न हो, तो रुपये ही तो जाएँगे। दस रुपये का पुरस्कार रख दूँ। पुरस्कार कम होगा, तो कोई बड़ा खिलाड़ी इधर ध्यान न देगा। यह बात भी रमा के हित की ही होगी।

इसी उधेड़-बुन में वह आज रतन से न मिल सकी। रतन दिन-भर तो उसकी राह देखती रही। जब वह शाम को भी न गई, तो उससे न रहा गया। आज वह पति-शोक के बाद पहली बार घर से निकली। कहीं रौनक़ न थी, कहीं जीवन न था, मानो सारा नगर शोक मना रहा है। उसे तेज़ मोटर चलाने की धुन थी, पर आज वह तांगे से भी कम जा रही थी। एक वृद्धा को सड़क के किनारे बैठे देखकर उसने मोटर रोक दिया और उसे चार आने दे दिए। कुछ आगे और बढ़ी, तो दो कांस्टेबल एक क़ैदी को लिए जा रहे थे। उसने मोटर रोककर एक कांस्टेबल को बुलाया और उसे एक रुपया देकर कहा, इस क़ैदी को मिठाई खिला देना। कांस्टेबल ने सलाम करके रुपया ले लिया। दिल में ख़ुश हुआ, आज किसी भाग्यवान का मुँह देखकर उठा था।

जालपा ने उसे देखते ही कहा – 'क्षमा करना बहन, आज मैं न आ सकी। दादाजी को कई दिन से ज्वर आ रहा है।'

रतन ने तुरंत मुंशीजी के कमरे की ओर क़दम उठाया और पूछा – 'यहीं हैं न? तुमने मुझसे न कहा।'

मुंशीजी का ज्वर इस समय कुछ उतरा हुआ था। रतन को देखते ही बोले – 'बड़ा दुःख हुआ देवीजी, मगर यह तो संसार है। आज एक की बारी है, कल दूसरे की बारी है। यही चल-चलाव लगा हुआ है। अब मैं भी चला। नहीं बच सकता। बड़ी

प्यास है, जैसे छाती में कोई भट्ठी जल रही हो। फुंका जाता हूँ। कोई अपना नहीं होता। बाईजी, संसार के नाते सब स्वार्थ के नाते हैं। आदमी अकेला हाथ पसारे एक दिन चला जाता है। हाय-हाय! लड़का था वह भी हाथ से निकल गया! न जाने कहाँ गया। आज होता, तो एक पानी देने वाला तो होता। यह दो लौंडे हैं, इन्हें कोई फ़िक्र ही नहीं, मैं मर जाऊँ या जी जाऊँ। इन्हें तीन वक़्त खाने को चाहिए, तीन दफ़े पानी पीने को बस और किसी काम के नहीं। यहाँ बैठते दोनों का दम घुटता है। क्या करूँ। अबकी न बचूँगा।'

रतन ने तस्कीन दी - 'यह मलेरिया है, दो-चार दिन में आप अच्छे हो जाएँगे। घबड़ाने की कोई बात नहीं।'

मुंशीजी ने दीन नज़रों से देखकर कहा - 'बैठ जाइए बहूजी, आप कहती हैं, आपका आशीर्वाद है, तो शायद बच जाऊँ, लेकिन मुझे तो आशा नहीं है। मैं भी ताल ठोके यमराज से लड़ने को तैयार बैठा हूँ। अब उनके घर मेहमानी खाऊँगा। अब कहाँ जाते हैं बचकर बचा! ऐसा-ऐसा रगेदूँ, कि वह भी याद करें। लोग कहते हैं, वहाँ भी आत्माएँ इसी तरह रहती हैं। इसी तरह वहाँ भी कचहरियाँ हैं, हाकिम हैं, राजा हैं, रंक हैं। व्याख्यान होते हैं, समाचार-पत्र छपते हैं। फिर क्या चिंता है। वहाँ भी अहलमद हो जाऊँगा। मज़े से अख़बार पढ़ा करूँगा।'

रतन को ऐसी हँसी छूटी कि वहाँ खड़ी न रह सकी। मुंशीजी विनोद के भाव से वे बातें नहीं कर रहे थे। उनके चेहरे पर गंभीर विचार की रेखा थी। आज डेढ़-दो महीने के बाद रतन हँसी, और इस असामयिक हँसी को छिपाने के लिए कमरे से निकल आई। उसके साथ ही जालपा भी बाहर आ गई।

रतन ने अपराधी नज़रों से उसकी ओर देखकर कहा - 'दादाजी ने मन में क्या समझा होगा। सोचते होंगे, मैं तो जान से मर रहा हूँ और इसे हँसी सूझती है। अब वहाँ न जाऊँगी, नहीं ऐसी ही कोई बात फिर कहेंगे, तो मैं बिना हँसे न रह सकूँगी। देखो तो आज कितनी बे-मौक़ा हँसी आई है।'

वह अपने मन को इस उच्छृंखलता के लिए धिक्कारने लगी। जालपा ने उसके मन का भाव ताड़कर कहा - 'मुझे भी अक्सर इनकी बातों पर हँसी आ जाती है, बहन! इस वक़्त तो इनका ज्वर कुछ हल्का है। जब ज़ोर का ज्वर होता है तब तो यह और भी ऊल-जलूल बकने लगते हैं। उस वक़्त हँसी रोकनी मुश्किल हो जाती है। आज सबेरे कहने लगे, मेरा पेट भक हो गया - मेरा पेट भक हो गया। इसकी रट लगा दी। इसका आशय क्या था, न मैं समझ सकी, न अम्मां समझ सकीं, पर वह बराबर यही रटे जाते थे - पेट भक हो गया! पेट भक हो गया! आओ कमरे में चलें।'

रतन - 'मेरे साथ न चलोगी?'

जालपा - 'आज तो न चल सकूँगी, बहन।'

'कल आओगी?'

'कह नहीं सकती। दादा का जी कुछ हल्का रहा, तो आऊँगी।'

'नहीं भाई, ज़रूर आना। तुमसे एक सलाह करनी है।'

'क्या सलाह है?'

'मन्नी कहते हैं, यहाँ अब रहकर क्या करना है, घर चलो। बंगले को बेच देने को कहते हैं।'

जालपा ने एकाएक ठिठककर उसका हाथ पकड़ लिया और बोली – 'यह तो तुमने बुरी ख़बर सुनाई, बहन! मुझे इस दशा में तुम छोड़कर चली जाओगी? मैं न जाने दूँगी! मन्नी से कह दो, बंगला बेच दें, मगर जब तक उनका कुछ पता न चल जाएगा। मैं तुम्हें न छोड़ूँगी। तुम कुल एक हफ़्ते बाहर रहीं, मुझे एक-एक पल पहाड़ हो गया। मैं न जानती थी कि मुझे तुमसे इतना प्रेम हो गया है। अब तो शायद मैं मर ही जाऊँ। नहीं बहन, तुम्हारे पैरों पड़ती हूँ, अभी जाने का नाम न लेना।'

रतन की भी आँखें भर आईं। बोली – 'मुझसे भी वहाँ न रहा जाएगा, सच कहती हूँ। मैं तो कह दूँगी, मुझे नहीं जाना है।' जालपा उसका हाथ पकड़े हुए ऊपर अपने कमरे में ले गई और उसके गले में हाथ डालकर बोली – 'क़सम खाओ कि मुझे छोड़कर न जाओगी।'

रतन ने उसे अंकवार में लेकर कहा – 'लो, क़सम खाती हूँ, न जाऊँगी। चाहे इधर की दुनिया उधर हो जाए। मेरे लिए वहाँ क्या रक्खा है। बंगला भी क्यों बेचूँ? दो-ढाई सौ मकानों का किराया है। हम दोनों के गुज़र के लिए काफ़ी है। मैं आज ही मन्नी से कह दूँगी, मैं न जाऊँगी।'

सहसा फ़र्श पर शतरंज के मुहरे और नक़्शे देखकर उसने पूछा – 'यह शतरंज किसके साथ खेल रही थीं?'

जालपा ने शतरंज के नक़्शे पर अपने भाग्य का पाँसा फेंकने की जो बात सोची थी, वह सब उससे कह सुनाई। मन में डर रही थी कि यह कहीं इस प्रस्ताव को रतन व्यर्थ न समझे, पागलपन न ख़याल करे; लेकिन रतन सुनते ही बाग़-बाग़ हो गई। बोली – 'दस रुपये तो बहुत कम पुरस्कार है। पचास रुपये कर दो। रुपये मैं देती हूँ।'

जालपा ने शंका की – 'लेकिन इतने पुरस्कार के लोभ से कहीं अच्छे शतरंजबाज़ों ने मैदान में क़दम रक्खा तो?'

रतन ने दृढ़ता से कहा – 'कोई हरज़ नहीं। बाबूजी की निगाह पड़ गई, तो वह इसे ज़रूर हल कर लेंगे और मुझे आशा है कि सबसे पहले उन्हीं का नाम आवेगा। कुछ न होगा, तो पता तो लग ही जायगा। अख़बार के दफ़्तर में तो उनका पता आ ही जाएगा। तुमने बहुत अच्छा उपाय सोच निकाला है। मेरा मन कहता है, इसका अच्छा फल होगा, मैं अब मन की प्रेरणा की कायल हो गई हूँ। जब मैं इन्हें लेकर कलकत्ता चली थी, उस वक़्त मेरा मन कह रहा था, यहाँ जाना अच्छा न होगा।'

जालपा – 'तो तुम्हें आशा है?'

'पूरी! मैं कल सबेरे रुपये लेकर आऊँगी।'

'तो मैं आज ख़त लिख रक्खूँगी। किसके पास भेजूँ? वहाँ का कोई प्रसिद्ध पत्र होना चाहिए।'

'वहाँ तो 'प्रजा-मित्र' की बड़ी चर्चा थी। पुस्तकालयों में अक्सर लोग उसी को पढ़ते नज़र आते थे।'

'तो 'प्रजा-मित्र' ही को लिखूँगी, लेकिन रुपये हड़प कर जाए और नक़्शा न छापे तो क्या हो?'

'होगा क्या, पचास रुपये ही तो ले जाएगा। दमड़ी की हँड़िया खोकर कुत्तों की जात तो पहचान ली जाएगी, लेकिन ऐसा हो नहीं सकता जो लोग देशहित के लिए जेल जाते हैं, तरह-तरह की धौंस सहते हैं, वे इतने नीच नहीं हो सकते। मेरे साथ आधे घंटे के लिए चलो तो तुम्हें इसी वक़्त रुपये दे दूँ।'

जालपा ने नीमराजी होकर कहा - 'इस वक़्त कहाँ चलूँ। कल ही आऊँगी।'

उसी वक़्त मुंशीजी पुकार उठे - 'बहू! बहू!'

जालपा तो लपकी हुई उनके कमरे की ओर चली। रतन बाहर जा रही थी कि जागेश्वरी पंखा लिए अपने को झलती हुई दिखाई पड़ गई। रतन ने पूछा - 'तुम्हें गर्मी लग रही है अम्मांजी? मैं तो ठंड के मारे काँप रही हूं। अरे! तुम्हारे पाँवों में यह क्या उजला-उजला लगा हुआ है? क्या आटा पीस रही थीं?'

जागेश्वरी ने लज्जित होकर कहा - 'हाँ, वैद्य जी ने इन्हें हाथ के आटे की रोटी खाने को कहा है। बाज़ार में हाथ का आटा कहाँ मयस्सर? मुहल्ले में कोई पिसनहारी नहीं मिलती। मजूरिनें तक चक्की से आटा पिसवा लेती हैं। मैं तो एक आना सेर देने को राज़ी हूँ, पर कोई मिलती ही नहीं।'

रतन ने अचंभे से कहा - 'तुमसे चक्की चल जाती है?'

जागेश्वरी ने झेंप से मुस्कराकर कहा - 'कौन बहुत था। पाव-भर तो दो दिन के लिए हो जाता है। खाते नहीं एक कौर भी, बहू पीसने जा रही थी, लेकिन फिर मुझे उनके पास बैठना पड़ता। मुझे रात-भर चक्की पीसना गौं है, उनके पास घड़ी-भर बैठना गौं नहीं।'

रतन जाकर जांत के पास एक मिनट खड़ी रही, फिर मुस्कराकर माची पर बैठ गई और बोली - 'तुमसे तो अब जांत न चलता होगा, मांजी! लाओ थोड़ा सा गेहूँ मुझे दो, देखूँ तो।'

जागेश्वरी ने कानों पर हाथ रखकर कहा - 'अरे नहीं बहू, तुम क्या पीसोगी! चलो यहाँ से।'

रतन ने प्रमाण दिया - 'मैंने बहुत दिनों तक पीसा है, मांजी जब मैं अपने घर थी, तो रोज़ पीसती थी। मेरी अम्मां, लाओ थोड़ा-सा गेहूँ।'

'हाथ दुखने लगेगा। छाले पड़ जाएँगे।'

'कुछ नहीं होगा मांजी, आप गेहूँ तो लाइए।'

जागेश्वरी ने उसका हाथ पकड़कर उठाने की कोशिश करके कहा - 'गेहूँ घर में नहीं हैं। अब इस वक़्त बाज़ार से कौन लावे।'

'अच्छा चलिए, मैं भंडारे में देखूँ। गेहूँ होगा कैसे नहीं।'

रसोई की बग़ल वाली कोठरी में सब खाने-पीने का सामान रहता था। रतन अंदर चली गई और हांडियों में टटोल-टटोलकर देखने लगी। एक हांडी में गेहूँ निकल आए। बड़ी ख़ुश हुई। बोली - 'देखो मांजी, निकले कि नहीं, तुम मुझसे बहाना कर रही थीं।'

उसने एक टोकरी में थोड़ा-सा गेहूँ निकाल लिया और ख़ुश-ख़ुश चक्की पर जाकर पीसने लगी। जागेश्वरी ने जाकर जालपा से कहा - 'बहू, वह जांत पर बैठी गेहूँ पीस रही हैं। उठाती हूँ, उठतीं ही नहीं। कोई देख ले तो क्या कहे।'

जालपा ने मुंशीजी के कमरे से निकलकर सास की घबराहट का आनंद उठाने के लिए कहा - 'यह तुमने क्या ग़ज़ब किया, अम्मांजी! सचमुच, कोई देख ले तो नाक ही कट जाए! चलिए, ज़रा देखूँ।'

जागेश्वरी ने विवशता से कहा - 'क्या करूँ, मैं तो समझा के हार गई, मानतीं ही नहीं।'

जालपा ने जाकर देखा, तो रतन गेहूँ पीसने में मग्न थी। विनोद के स्वाभाविक आनंद से उसका चेहरा खिला हुआ था। इतनी ही देर में उसके माथे पर पसीने की बूंदें आ गई थीं। उसके बलिष्ठ हाथों में जांत लट्टू के समान नाच रहा था।

जालपा ने हँसकर कहा - 'ओ री, आटा महीन हो, नहीं पैसे न मिलेंगे।'

रतन को सुनाई न दिया। बहरों की भाँति अनिश्चित भाव से मुस्कराई। जालपा ने और ज़ोर से कहा - 'आटा ख़ूब महीन पीसना, नहीं पैसे न पाएगी।' रतन ने भी हँसकर कहा - 'जितना महीन कहिए उतना महीन पीस दूँ, बहूजी। पिसाई अच्छी मिलनी चाहिए।'

जालपा - 'धेले सेर।'

रतन - 'धेले सेर सही।'

जालपा - 'मुँह धो आओ। धेले सेर मिलेंगे।'

रतन - 'मैं यह सब पीसकर उठूँगी। तुम यहाँ क्यों खड़ी हो?'

जालपा - 'आ जाऊँ, मैं भी खिंचा दूँ।'

रतन - 'जी चाहता है, कोई जांत का गीत गाऊँ!'

जालपा - 'अकेले कैसे गाओगी! (जागेश्वरी से) अम्मां आप ज़रा दादाजी के पास बैठ जाएँ, मैं अभी आती हूँ।'

जालपा भी जांत पर जा बैठी और दोनों जांत का यह गीत गाने लगीं।

मोहि जोगिन बनाके कहाँ गए रे जोगिया।

दोनों के स्वर मधुर थे। जांत की घुमुर-घुमुर उनके स्वर के साथ साज़ का काम कर रही थी। जब दोनों एक कड़ी गाकर चुप हो जातीं, तो जांत का स्वर मानो कंठ-ध्वनि से रंजित होकर और भी मनोहर हो जाता था। दोनों के हृदय इस समय जीवन के स्वाभाविक आनंद से पूर्ण थे। न शोक का भार था, न वियोग का दुःख। जैसे दो चिड़ियाँ प्रभात की अपूर्व शोभा से मग्न होकर चहक रही हों।

33

रमानाथ की चाय की दूकान खुल तो गई, पर केवल रात को खुलती थी। दिन-भर बंद रहती थी। रात को भी अधिकतर देवीदीन ही दुकान पर बैठता,पर बिक्री अच्छी हो जाती थी। पहले ही दिन तीन रुपये के पैसे आए, दूसरे दिन से चार-पाँच रुपये का औसत पड़ने लगा। चाय इतनी स्वादिष्ट होती थी कि जो एक बार यहाँ चाय पी लेता फिर दूसरी दूकान पर न जाता। रमा ने मनोरंजन की भी कुछ सामग्री जमा कर दी। कुछ रुपये जमा हो गए, तो उसने एक सुंदर मेज़ ली। चिराग़ जलने के बाद साग-भाजी की बिक्री ज़्यादा न होती थी। वह उन टोकरों को उठाकर अंदर रख देता और बरामदे में वह मेज़ लगा देता। उस पर ताश के सेट रख देता। दो दैनिक-पत्र भी मँगाने लगा। दुकान चल निकली। उन्हीं तीन-चार घंटों में छः-सात रुपये आ जाते थे और सब ख़र्च निकालकर तीन-चार रुपये बचे रहते थे।

इन चार महीनों की तपस्या ने रमा की भोग-लालसा को और भी प्रचंड कर दिया था। जब तक हाथ में रुपये न थे, वह मजबूर था। रुपये आते ही सैर-सपाटे की धुन सवार हो गई। सिनेमा की याद भी आई। रोज़ के व्यवहार की मामूली चीज़ें, जिन्हें अब तक वह टालता आया था, अब अबाध रूप से आने लगीं। देवीदीन के लिए वह एक सुंदर रेशमी चादर लाया। जग्गो के सिर में पीड़ा होती रहती थी। एक दिन सुगंधित तेल की शीशियाँ लाकर उसे दे दीं। दोनों निहाल हो गए। अब बुढ़िया कभी अपने सिर पर बोझ लाती तो डाँटता - 'काकी, अब तो मैं भी चार पैसे कमाने लगा हूँ, अब तू क्यों जान देती है? अगर फिर कभी तेरे सिर पर टोकरी देखी तो कहे देता हूँ, दूकान उठाकर फेंक दूँगा। फिर मुझे जो सज़ा चाहे दे देना।' बुढ़िया बेटे की डाँट सुनकर गद्गद हो जाती। मंडी से बोझ लाती तो पहले चुपके से देखती, रमा दुकान पर नहीं है। अगर वह बैठा होता तो किसी कुली को एक-दो पैसा देकर उसके सिर पर रख देती। वह न होता तो लपकी हुई आती और जल्दी से बोझ उतारकर शांत बैठ जाती, जिससे रमा भाँप न सके।

एक दिन 'मनोरमा थियेटर' में राधेश्याम का कोई नया ड्रामा होने वाला था। इस ड्रामे की बड़ी धूम थी। एक दिन पहले से ही लोग अपनी ज़गहें रक्षित करा रहे थे। रमा को भी अपनी ज़गह रक्षित करा लेने की धुन सवार हुई। सोचा, कहीं रात को टिकट न मिला तो टापते रह जाएँगे। तमाशे की बड़ी तारीफ़ है। उस वक़्त एक के दो देने पर भी ज़गह न मिलेगी। इसी उत्सुकता ने पुलिस के भय को भी पीछे डाल दिया। ऐसी आफ़त नहीं आई है कि घर से निकलते ही पुलिस पकड़ लेगी। दिन को न सही, रात को तो निकलता ही हूँ। पुलिस चाहती तो क्या रात को न पकड़ लेती। फिर मेरा वह हुलिया भी नहीं रहा। पगड़ी चेहरा बदल देने के लिए काफ़ी है। यों मन को समझाकर वह दस बजे घर से निकला। देवीदीन कहीं गया हुआ था। बुढ़िया ने पूछा, कहाँ जाते हो, बेटा? रमा ने कहा - 'कहीं नहीं काकी, अभी आता हूँ।'

रमा सड़क पर आया, तो उसका साहस हिम की भाँति पिघलने लगा। उसे पग-पग पर शंका होती थी, कोई कांस्टेबल न आ रहा हो। उसे विश्वास था कि पुलिस का एक-एक चौकीदार भी उसका हुलिया पहचानता है और उसके चेहरे पर निगाह पड़ते ही पहचान लेगा। इसलिए वह नीचे सिर झुकाए चल रहा था। सहसा उसे ख़याल आया, गुप्त पुलिस वाले सादे कपड़े पहने इधर-उधर घूमा करते हैं। कौन जाने, जो आदमी मेरे बग़ल में आ रहा है, कोई जासूस ही हो। मेरी ओर ध्यान से देख रहा है। यों सिर झुकाकर चलने से ही तो नहीं उसे संदेह हो रहा है। यहाँ और सभी सामने ताक रहे हैं। कोई यों सिर झुकाकर नहीं चल रहा है। मोटरों की इस रेल-पेल में सिर झुकाकर चलना मौत को न्यौता देना है। पार्क में कोई इस तरह चहलक़दमी करे, तो कर सकता है। यहाँ तो सामने देखना चाहिए। लेकिन बग़लवाला आदमी अभी तक मेरी ही तरफ़ ताक रहा है। है शायद कोई खुफ़िया ही। उसका साथ छोड़ने के लिए वह एक तंबोली की दूकान पर पान खाने लगा। वह आदमी आगे निकल गया। रमा ने आराम की लंबी साँस ली।

अब उसने सिर उठा लिया और दिल मज़बूत करके चलने लगा। इस वक़्त ट्राम का भी कहीं पता न था, नहीं उसी पर बैठ जाता। थोड़ी ही दूर चला होगा कि तीन कांस्टेबल आते दिखाई दिए। रमा ने सड़क छोड़ दी और पटरी पर चलने लगा। ख़्वामख़्वाह साँप के बिल में उँगली डालना कौन-सी बहादुरी है। दुर्भाग्य की बात, तीनों कांस्टेबलों ने भी सड़क छोड़कर वही पटरी ले ली। मोटरों के आने-जाने से बार-बार इधर-उधर दौड़ना पड़ता था। रमा का कलेजा धक-धक करने लगा। दूसरी पटरी पर जाना तो संदेह को और भी बढ़ा देगा। कोई ऐसी गली भी नहीं जिसमें घुस जाऊँ। अब तो सब बहुत समीप आ गए। क्या बात है, सब मेरी ही तरफ़ देख रहे हैं। मैंने बड़ी हिमाकत की कि यह पग्गड़ बांध लिया और बंधा भी कितना बेतुका। एक टीले-सा ऊपर उठ गया है। यह पग्गड़ आज मुझे पकड़ाएगा। बांधा थी कि इससे सूरत बदल जाएगी। यह उल्टे और तमाशा बन गया। हाँ, तीनों मेरी ही ओर ताक रहे हैं। आपस में कुछ बातें भी कर रहे हैं। रमा को ऐसा जान पड़ा जैसे उसके पैरों में शक्ति नहीं है। शायद सब मन में मेरा हुलिया मिला रहे हैं। अब नहीं बच सकता। घर वालों को मेरे पकड़े जाने की ख़बर मिलेगी, तो कितने लज्जित होंगे। जालपा तो रो-रोकर प्राण ही दे देगी। पाँच साल से कम सज़ा न होगी। आज इस जीवन का अंत हो रहा है।

इस कल्पना ने उसके ऊपर कुछ ऐसा आतंक जमाया कि उसके औसान जाते रहे। जब सिपाहियों का दल समीप आ गया, तो उसका चेहरा भय से कुछ ऐसा विकृत हो गया, उसकी आँखें कुछ ऐसी सशंक हो गई और अपने को उनकी आँखों से बचाने के लिए वह कुछ इस तरह दूसरे आदमियों की आड़ खोजने लगा कि मामूली आदमी को भी उस पर संदेह होना स्वाभाविक था, फिर पुलिस वालों की मंजी हुई आँखें क्यों चूकतीं। एक ने अपने साथी से कहा – 'यो मनई चोर न होय, तो तुमरी टांगन ते

निकर जाईब। कस चोरन की नाईं ताक़त है।' दूसरा बोला – 'कछु संदेह तो हमऊ का हुय रहा है। फुरै कह्यो पांडे, असली चोर है।'

तीसरा आदमी मुसलमान था, उसने रमानाथ को ललकारा – 'ओ जी ओ पगड़ी, ज़रा इधर आना। तुम्हारा क्या नाम है?'

रमानाथ ने सीनाजोरी के भाव से कहा – 'हमारा नाम पूछकर क्या करोगे? मैं क्या चोर हूँ?'

'चोर नहीं, तुम साह हो, नाम क्यों नहीं बताते?'

रमा ने एक क्षण आगा-पीछा में पड़कर कहा – 'हीरालाल।'

'घर कहाँ है?'

'घर!'

'हाँ, घर ही पूछते हैं।'

'शाहजहाँपुर।'

'कौन मुहल्ला?'

रमा शाहजहाँपुर न गया था, न कोई कल्पित नाम ही उसे याद आया कि बता दे। दुस्साहस के साथ बोला – 'तुम तो मेरा हुलिया लिख रहे हो!'

कांस्टेबल ने भभकी दी – 'तुम्हारा हुलिया पहले से ही लिखा हुआ है! नाम झूठ बताया, सकूनत झूठ बताई, मुहल्ला पूछा तो बग़लें झाँकने लगे। महीनों से तुम्हारी तलाश हो रही है, आज जाकर मिले हो चलो थाने पर।' यह कहते हुए उसने रमानाथ का हाथ पकड़ लिया। रमा ने हाथ छुड़ाने की चेष्टा करके कहा – 'वारंट लाओ तब हम चलेंगे। क्या मुझे कोई देहाती समझ लिया है?'

कांस्टेबल ने एक सिपाही से कहा – 'पकड़ लो जी इनका हाथ, वहीं थाने पर वारंट दिखाया जाएगा।'

शहरों में ऐसी घटनाएँ मदारियों के तमाशों से भी ज़्यादा मनोरंजक होती हैं। सैकड़ों आदमी जमा हो गए। देवीदीन इसी समय अफ़ीम लेकर लौटा आ रहा था, यह जमाव देखकर वह भी आ गया। देखा कि तीन कांस्टेबल रमानाथ को घसीटे लिए जा रहे हैं। आगे बढ़कर बोला – 'हैं-हैं, जमादार! यह क्या करते हो? यह पंडितजी तो हमारे मिहमान हैं, कहाँ पकड़े लिए जाते हो?'

तीनों कांस्टेबल देवीदीन से परिचित थे। रुक गए। एक ने कहा – 'तुम्हारे मिहमान हैं यह, कब से?'

देवीदीन ने मन में हिसाब लगाकर कहा – 'चार महीने से कुछ बेशी हुए होंगे। मुझे प्रयाग में मिल गए थे। रहने वाले भी वहीं के हैं। मेरे साथ ही तो आए थे।'

मुसलमान सिपाही ने मन में प्रसन्न होकर कहा – 'इनका नाम क्या है?'

देवीदीन ने सिटपिटाकर कहा – 'नाम इन्होंने बताया न होगा?'

सिपाहियों का संदेह दृढ़ हो गया। पांडे ने आँखें निकालकर कहा – 'जान परत है तुमहू मिले हौ, नांव काहे नाहीं बतावत हो इनका?'

देवीदीन ने आधारहीन साहस के भाव से कहा – 'मुझसे रोब न जमाना पांडे, समझे! यहाँ धमकियों में नहीं आने के।'

मुसलमान सिपाही ने मानो मध्यस्थ बनकर कहा – 'बूढ़े बाबा, तुम तो ख़्वामख़्वाह बिगड़ रहे हो इनका नाम क्यों नहीं बतला देते?'

देवीदीन ने कातर नज़रों से रमा की ओर देखकर कहा – 'हम लोग तो रमानाथ कहते हैं। असली नाम यही है या कुछ और, यह हम नहीं जानते।'

पांडे ने आँखें निकालकर हथेली को सामने करके कहा – 'बोलो पंडितजी, क्या नाम है तुम्हारा? रमानाथ या हीरालाल? या दोनों, एक घर का एक ससुराल का?'

तीसरे सिपाही ने दर्शकों को संबोधित करके कहा – 'नांव है रमानाथ, बतावत है हीरालाल? सबूत हुय गवा।' दर्शकों में कानाफूसी होने लगी। शुबहे की बात तो है।

'साफ़ है, नाम और पता दोनों ग़लत बता दिया।'

एक मारवाड़ी सज्जन बोले – 'उचक्को सो है।'

एक मौलवी साहब ने कहा – 'कोई इश्तिहारी मुलज़िम है।'

जनता को अपने साथ देखकर सिपाहियों को और भी जोश आ गया। रमा को भी अब उनके साथ चुपचाप चले जाने में ही में अपनी कुशलता दिखाई दी। इस तरह सिर झुका लिया, मानो उसे इसकी बिलकुल परवा नहीं है कि उस पर लाठी पड़ती है या तलवार। इतना अपमानित वह कभी न हुआ था। जेल की कठोरतम यातना भी इतनी ग्लानि न उत्पन्न करती।

थोड़ी देर में पुलिस स्टेशन दिखाई दिया। दर्शकों की भीड़ बहुत कम हो गई थी। रमा ने एक बार उनकी ओर लज्जित आशा के भाव से ताका। देवीदीन का पता न था। रमा के मुँह से एक लंबी साँस निकल गई। इस विपत्ति में क्या यह सहारा भी हाथ से निकल गया?

34

पुलिस स्टेशन के दफ़्तर में इस समय बड़ी मेज़ के सामने चार आदमी बैठे हुए थे। एक दारोग़ा थे, गोरे से, शौक़ीन, जिनकी बड़ी-बड़ी आँखों में कोमलता की झलक थी। उनकी बग़ल में नायब दारोग़ा थे। यह सिक्ख थे, बहुत हँसमुख, सजीवता के पुतले, गेहुँआँ रंग, सुडौल, सुगठित शरीर। सिर पर केश थे, हाथों में कड़े पर सिगार से परहेज़ न करते थे। मेज़ की दूसरी तरफ़ इंस्पेक्टर और डिप्टी सुपरिंटेंडेंट बैठे हुए थे। इंस्पेक्टर अधेड़, साँवला, लंबा आदमी था, कौड़ी की-सी आँखें, फूले हुए गाल और ठिगना क़द। डिप्टी सुपरिटेंडेंट लंबा छरहरा जवान था, बहुत ही विचारशील और अल्पभाषी। इसकी लंबी नाक और ऊँचा मस्तक उसकी कुलीनता के साक्षी थे।

डिप्टी ने सिगार का एक कश लेकर कहा - 'बाहरी गवाहों से काम नहीं चल सकेगा। इनमें से किसी को एप्रूवर बनना होगा। और कोई अल्टरनेटिव नहीं है।'

इंस्पेक्टर ने दारोग़ा की ओर देखकर कहा - 'हम लोगों ने कोई बात उठा तो नहीं रक्खी, हलफ़ से कहता हूँ। सभी तरह के लालच देकर हार गए। सबों ने ऐसी गुट कर रक्खी है कि कोई टूटता ही नहीं। हमने बाहर के गवाहों को भी आजमाया, पर सब कानों पर हाथ रखते हैं।'

डिप्टी - 'उस मारवाड़ी को फिर आज़माना होगा। उसके बाप को बुलाकर ख़ूब धमकाइए। शायद इसका कुछ दबाव पड़े।'

इंस्पेक्टर - 'हलफ़ से कहता हूँ, आज सुबह से हम लोग यही कर रहे हैं। बेचारा बाप लड़के के पैरों पर गिरा, पर लड़का किसी तरह राज़ी नहीं होता था।'

कुछ देर तक चारों आदमी विचारों में मग्न बैठे रहे। अंत में डिप्टी ने निराशा के भाव से कहा - 'मुक़दमा नहीं चल सकता। मुफ़्त का बदनामी हुआ।'

इंस्पेक्टर - 'एक हफ़्ते की मुहलत और लीजिए, शायद कोई टूट जाए।'

यह निश्चय करके दोनों आदमी यहाँ से रवाना हुए। छोटे दारोग़ा भी उसके साथ ही चले गए। दारोग़ाजी ने हुक्का मँगवाया कि सहसा एक मुसलमान सिपाही ने आकर कहा - 'दारोग़ाजी, लाइए कुछ इनाम दिलवाइए। एक मुलजिम को शुबहे पर गिरफ़्तार किया है। इलाहाबाद का रहने वाला है, नाम है रमानाथ। पहले नाम और सकूनत दोनों ग़लत बतलाई थीं। देवीदीन खटिक जो नुक्कड़ पर रहता है, उसी के घर ठहरा हुआ है। ज़रा डाँट बताइएगा तो सब कुछ उगल देगा।'

दारोग़ा - 'वही है न जिसके दोनों लड़के...'

सिपाही - 'जी हाँ, वही है।'

इतने में रमानाथ भी दारोग़ा के सामने हाज़िर किया गया। दारोग़ा ने उसे सिर से पाँव तक देखा, मानो मन में उसका हुलिया मिला रहे हों। तब कठोर दृष्टि से देखकर बोले - 'अच्छा, यह इलाहाबाद का रमानाथ है। ख़ूब मिले भाई। छः महीने से परेशान कर रहे हो। कैसा साफ़ हुलिया है कि अंधा भी पहचान ले। यहाँ कब से आए हो?'

कांस्टेबल ने रमा को परामर्श दिया - 'सब हाल सच-सच कह दो, तो तुम्हारे साथ कोई सख़्ती न की जाएगी।'

रमा ने प्रसन्नचित्त बनने की चेष्टा करके कहा - 'अब तो आपके हाथ में हूँ, रियायत कीजिए या सख़्ती कीजिए। इलाहाबाद की म्युनिसिपैलिटी में नौकर था। हिमाकत कहिए या बदनसीबी, चुंगी के चार सौ रुपये मुझसे ख़र्च हो गए। मैं वक़्त पर रुपये जमा न कर सका। शर्म के मारे घर के आदमियों से कुछ न कहा, नहीं तो इतने रुपये इंतज़ाम हो जाना कोई मुश्किल न था। जब कुछ बस न चला, तो वहाँ से भागकर यहाँ चला आया। इसमें एक हर्फ़ भी ग़लत नहीं है।'

दारोग़ा ने गंभीर भाव से कहा - 'मामला कुछ संगीन है, क्या कुछ शराब का चस्का पड़ गया था?'

'मुझसे क़सम ले लीजिए, जो कभी शराब मुँह से लगाई हो।'

कांस्टेबल ने विनोद करके कहा – 'मुहब्बत के बाज़ार में लुट गए होंगे, हुज़ूर।'

रमा ने मुस्कराकर कहा – 'मुझसे फ़ाकेमस्तों का वहाँ कहाँ गुज़र?'

दारोग़ा – 'तो क्या जुआ खेल डाला? या, बीवी के लिए ज़ेवर बनवा डाले!'

रमा झेंपकर रह गया। अपराधी मुस्कराहट उसके मुख पर रो पड़ी।

दारोग़ा – 'अच्छी बात है, तुम्हें भी यहाँ ख़ासे मोटे ज़ेवर मिल जाएँगे!'

एकाएक बूढ़ा देवीदीन आकर खड़ा हो गया। दारोग़ा ने कठोर स्वर में कहा – 'क्या काम है यहाँ?'

देवीदीन – 'हुज़ूर को सलाम करने चला आया। इन बेचारों पर दया की नज़र रहे हुज़ूर, बेचारे बड़े सीधे आदमी हैं।'

दारोग़ा – 'बचा सरकारी मुलज़िम को घर में छिपाते हो, उस पर सिफ़ारिश करने आए हो!'

देवीदीन – 'मैं क्या सिफ़ारिस करूँगा हुज़ूर, दो कौड़ी का आदमी।'

दारोग़ा – 'जानता है, इन पर वारंट है, सरकारी रुपये ग़बन कर गए हैं।'

देवीदीन – 'हुज़ूर, भूल-चूक आदमी से ही तो होती है। जवानी की उम्र है ही, ख़र्च हो गए होंगे।'

यह कहते हुए देवीदीन ने पाँच गिन्नियाँ कमर से निकालकर मेज़ पर रख दीं।

दारोग़ा ने तड़पकर कहा – 'यह क्या है?'

देवीदीन – 'कुछ नहीं है, हुज़ूर को पान खाने को।'

दारोग़ा – 'रिश्वत देना चाहता है! क्यों? कहो तो बचा, इसी इल्ज़ाम में भेज दूँ।'

देवीदीन – 'भेज दीजिए सरकार। घरवाली लकड़ी-कफ़न की फ़िकर से छूट जाएगी। वहीं बैठा आपको दुआ दूँगा।'

दारोग़ा – 'अबे इन्हें छुड़ाना है तो पचास गिन्नियाँ लाकर सामने रक्खो। जानते हो इनकी गिरफ़्तारी पर पाँच सौ रुपये का इनाम है!'

देवीदीन – 'आप लोगों के लिए इतना इनाम हुज़ूर क्या है। यह ग़रीब परदेसी आदमी हैं, जब तक जिएँगे आपको याद करेंगे।'

दारोग़ा – 'बक-बक मत कर, यहाँ धरम कमाने नहीं आया हूँ।'

देवीदीन – 'बहुत तंग हूँ हुज़ूर। दुकानदारी तो नाम की है।'

कांस्टेबल – 'बुढ़िया से माँग जाके।'

देवीदीन – 'कमाने वाला तो मैं ही हूँ हुज़ूर, लड़कों का हाल जानते ही हो। तन-पेट काटकर कुछ रुपये जमा कर रखे थे, सो अभी सातों-धाम किए चला आता हूँ। बहुत तंग हो गया हूँ।'

दारोग़ा – 'तो अपनी गिन्नियाँ उठा ले। इसे बाहर निकाल दो जी।'

देवीदीन – 'आपका हुकुम है, तो लीजिए जाता हूँ। धक्का क्यों दिलवाइएगा।'

दारोग़ा – (कांस्टेबल से) 'इन्हें हिरासत में रखो। मुंशी से कहो इनका बयान लिख लें।'

देवीदीन के होंठ आवेश से कांप रहे थे। उसके चेहरे पर इतनी व्यग्रता रमा ने कभी नहीं देखी, जैसे कोई चिड़िया अपने घोंसले में कौवे को घुसते देखकर विह्वल हो गई हो। वह एक मिनट तक थाने के द्वार पर खड़ा रहा, फिर पीछे गया और एक सिपाही से कुछ कहा, तब लपका हुआ सड़क पर चला गया, मगर एक ही पल में फिर लौटा और दारोग़ा से बोला – 'हुज़ूर, दो घंटे की मुहलत न दीजिएगा?' रमा अभी वहीं खड़ा था। उसकी यह ममता देखकर रो पड़ा। बोला – 'दादा, अब तुम हैरान न हो, मेरे भाग्य में जो कुछ लिखा है, वह होने दो। मेरे भी यहाँ होते, तो इससे ज़्यादा और क्या करते! मैं मरते दम तक तुम्हारा उपकार...'

देवीदीन ने आँखें पोंछते हुए कहा – 'कैसी बातें कर रहे हो, भैया! जब रुपये पर आई तो देवीदीन पीछे हटने वाला आदमी नहीं है। इतने रुपये तो एक-एक दिन जुए में हार-जीत गया हूँ। अभी घर बेच दूँ, तो दस हज़ार की मालियत है। क्या सिर पर लाद कर ले जाऊँगा? दारोग़ाजी, अभी भैया को हिरासत में न भेजो, मैं रुपये की फ़िकर करके थोड़ी देर में आता हूँ।'

देवीदीन चला गया तो दारोग़ाजी ने सहृदयता से भरे स्वर में कहा – 'है तो खुर्राट, मगर बड़ा नेक। तुमने इसे कौनसी बूटी सुंघा दी?'

रमा ने कहा – 'ग़रीबों पर सभी को रहम आता है।'

दारोग़ा ने मुस्कराकर कहा – 'पुलिस को छोड़कर, इतना और कहिए। मुझे तो यक़ीन नहीं कि पचास गिन्नियाँ लावे।'

रमानाथ – 'अगर लाए भी तो उससे इतना बड़ा तावान नहीं दिलाना चाहता। आप मुझे शौक़ से हिरासत में ले लें।'

दारोग़ा – 'मुझे पाँच सौ के बदले साढ़े छः सौ मिल रहे हैं, क्यों छोड़ूँ। तुम्हारी गिरफ़्तारी का इनाम मेरे किसी दूसरे भाई को मिल जाए, तो क्या बुराई है।'

रमानाथ – 'जब मुझे चक्की पीसनी है, तो जितनी जल्द पीस लूँ उतना ही अच्छा। मैंने समझा था, मैं पुलिस की नज़रों से बचकर रह सकता हूँ। अब मालूम हुआ कि यह बेकली और आठों पहर पकड़ लिए जाने का ख़ौफ़ जेल से कम जानलेवा नहीं।'

दारोग़ाजी को एकाएक जैसे कोई भूली हुई बात याद आ गई। मेज़ के दराज़ से एक मिसल निकाली, उसके पन्ने इधर-उधर उल्टे, तब नम्रता से बोले – 'अगर मैं कोई ऐसी तरकीब बतलाऊँ कि देवीदीन के रुपये भी बच जाएँ और तुम्हारे ऊपर भी आँच न आए तो कैसा रहे?'

रमा ने अविश्वास के भाव से कहा – 'ऐसी तरकीब कोई है, मुझे तो आशा नहीं।'

दारोग़ा – 'अभी साईं के सौ खेल हैं। इसका इंतज़ाम मैं कर सकता हूँ। आपको महज़ एक मुक़दमे में शहादत देनी पड़ेगी।'

रमानाथ – 'झूठी शहादत होगी।'

दारोग़ा – 'नहीं, बिलकुल सच्ची। बस समझ लो कि आदमी बन जाओगे। म्युनिसिपैलिटी के पंजे से तो छूट जाओगे, शायद सरकार परवरिश भी करे। यों अगर

चालान हो गया तो पाँच साल से कम की सज़ा न होगी। मान लो, इस वक़्त देवी तुम्हें बचा भी ले, तो बकरे की माँ कब तक ख़ैर मनाएगी। ज़िंदगी ख़राब हो जाएगी। तुम अपना नफ़ा-नुक़सान ख़ुद समझ लो। मैं ज़बरदस्ती नहीं करता।'

दारोग़ाजी ने डकैती का वृत्तांत कह सुनाया। रमा ऐसे कई मुक़दमे समाचार-पत्रों में पढ़ चुका था। संशय के भाव से बोला - 'तो मुझे मुख़बिर बनना पड़ेगा और यह कहना पड़ेगा कि मैं भी इन डकैतियों में शरीक था। यह तो झूठी शहादत हुई।'

दारोग़ा - 'मुआमला बिलकुल सच्चा है। आप बेगुनाहों को न फँसाएँगे। वही लोग जेल जाएँगे जिन्हें जाना चाहिए। फिर झूठ कहाँ रहा - डाकुओं के डर से यहाँ के लोग शहादत देने पर राज़ी नहीं होते। बस और कोई बात नहीं। यह मैं मानता हूँ कि आपको कुछ झूठ बोलना पड़ेगा, लेकिन आपकी ज़िंदगी बनी जा रही है, इसके लिहाज़ से तो इतना झूठ कोई चीज़ नहीं। ख़ूब सोच लीजिए। शाम तक जवाब दीजिएगा।'

रमा के मन में बात बैठ गई। अगर एक बार झूठ बोलकर वह अपने पिछले कर्मों का प्रायश्चित्त कर सके और भविष्य भी सुधार ले, तो पूछना ही क्या। जेल से तो बच जाएगा। इसमें बहुत आगा-पीछा की ज़रूरत ही न थी। हाँ, इसका निश्चय हो जाना चाहिए कि उस पर फिर म्युनिसिपैलिटी अभियोग न चलाएगी और उसे कोई ज़गह अच्छी मिल जाएगी।

वह जानता था, पुलिस की ग़रज़ है और वह मेरी कोई वाजिब शर्त अस्वीकार न करेगी। इस तरह बोला, मानो उसकी आत्मा धर्म और अधर्म के संकट में पड़ी हुई है - 'मुझे यही डर है कि कहीं मेरी गवाही से बेगुनाह लोग न फँस जाएँ।'

दारोग़ा - 'इसका मैं आपको इत्मीनान दिलाता हूँ।'

रमानाथ - 'लेकिन कल को म्युनिसिपैलिटी मेरी गर्दन नापे तो मैं किसे पुकारूँगा?'

दारोग़ा - 'मजाल है, म्युनिसिपैलिटी चूं कर सके। फ़ौजदारी के मुक़दमे में मुद्दई तो सरकार ही होगी। जब सरकार आपको मुआफ़ कर देगी, तो मुक़दमा कैसे चलाएगी। आपको तहरीरी मुआफ़ीनामा दे दिया जाएगा, साहब।'

रमानाथ - 'और नौकरी?'

दारोग़ा - 'वह सरकार आप इंतज़ाम करेगी। ऐसे आदमियों को सरकार ख़ुद अपना दोस्त बनाए रखना चाहती है। अगर आपकी शहादत बढ़िया हुई और उस फ़क़ीर की जिरहों के जाल से आप निकल गए, तो फिर आप पारस हो जाएँगे!'

दारोग़ा ने उसी वक़्त मोटर मँगवाई और रमा को साथ लेकर डिप्टी साहब से मिलने चल दिए। इतनी बड़ी कारगुज़ारी दिखाने में विलंब क्यों करते?

डिप्टी से एकांत में ख़ूब ज़ीट उड़ाई। इस आदमी का यों पता लगाया। इसकी सूरत देखते ही भाँप गया कि मगरूर है, बस गिरफ़्तार ही तो कर लिया! बात सोलहों आने सच निकली। निगाह कहीं चूक सकती है! हुज़ूर, मुज़रिम की आँखें पहचानता हूँ। इलाहाबाद की म्युनिसिपैलिटी के रुपये ग़बन करके भागा है। इस मामले में शहादत देने को तैयार है। आदमी पढ़ा-लिखा, सूरत का शरीफ़ और ज़हीन है।

डिप्टी ने संदिग्ध भाव से कहा – 'हाँ, आदमी तो होशियार मालूम होता है।'

'मगर मुआफ़ीनामा लिए बग़ैर इसे हमारा एतबार न होगा। कहीं इसे यह शुबहा हुआ कि हम लोग इसके साथ कोई चाल चल रहे हैं, तो साफ़ निकल जाएगा।'

डिप्टी – 'यह तो होगा ही। गवर्नमेंट से इसके बारे में बातचीत करना होगा। आप टेलीफ़ोन मिलाकर इलाहाबाद पुलिस से पूछिए कि इस आदमी पर कैसा मुक़दमा है। यह सब तो गवर्नमेंट को बताना होगा।' दारोग़ाजी ने टेलीफ़ोन डाइरेक्टरी देखी, नंबर मिलाया और बातचीत शुरू हुई।

डिप्टी – 'क्या बोला?'

दारोग़ा – 'कहता है, यहाँ इस नाम के किसी आदमी पर मुक़दमा नहीं है।'

डिप्टी – 'यह कैसा है भाई, कुछ समझ में नहीं आता। इसने नाम तो नहीं बदल दिया?'

दारोग़ा – 'कहता है, म्युनिसिपैलिटी में किसी ने रुपये ग़बन नहीं किए। कोई मामला नहीं है।'

डिप्टी – 'ये तो बड़ा ताज्जुब का बात है। आदमी बोलता है हम रुपया लेकर भागा, म्युनिसिपैलिटी बोलता है कोई रुपया ग़बन नहीं किया। यह आदमी पागल तो नहीं है?'

दारोग़ा – 'मेरी समझ में कोई बात नहीं आती, अगर कह दें कि तुम्हारे ऊपर कोई इल्ज़ाम नहीं है, तो फिर उसकी गर्द भी न मिलेगी।'

'अच्छा, म्युनिसिपैलिटी के दफ़्तर से पूछिए।'

दारोग़ा ने फिर नंबर मिलाया। सवाल-जवाब होने लगा।

दारोग़ा – 'आपके यहाँ रमानाथ कोई क्लर्क था?'

जवाब – 'जी हाँ, था।'

दारोग़ा – 'वह कुछ रुपये ग़बन करके भागा है?'

जवाब – 'नहीं। वह घर से भागा है, पर ग़बन नहीं किया। क्या वह आपके यहाँ है?'

दारोग़ा – 'जी हाँ, हमने उसे गिरफ़्तार किया है। वह ख़ुद कहता है कि मैंने रुपये ग़बन किए। बात क्या है?'

जवाब – 'पुलिस तो लाल बुझक्कड़ है। ज़रा दिमाग़ लड़ाइए।'

दारोग़ा – 'यहाँ तो अक्ल काम नहीं करती।'

जवाब – 'यहीं क्या, कहीं भी काम नहीं करती। सुनिए, रमानाथ ने मीज़ान लगाने में ग़लती की, डरकर भागा। बाद को मालूम हुआ कि तहबील में कोई कमी न थी। आई समझ में बात।'

डिप्टी – 'अब क्या करना होगा खां साहब। चिड़िया हाथ से निकल गया!'

दारोग़ा – 'निकल कैसे जाएगी हुज़ूर। रमानाथ से यह बात कही ही क्यों जाए? बस उसे किसी ऐसे आदमी से मिलने न दिया जाए जो बाहर की ख़बरें पहुँचा सके। घरवालों को उसका पता अब लग जावेगा ही, कोई न कोई ज़रूर उसकी तलाश में

आवेगा। किसी को न आने दें। तहरीर में कोई बात न लाई जाए। ज़बानी इत्मीनान दिला दिया जाए। कह दिया जाए, कमिश्नर साहब को मुआफ़ीनामा के लिए रिपोर्ट की गई है। इंस्पेक्टर साहब से भी राय ले ली जाए।'

इधर तो यह लोग सुपरिंटेंडेंट से परामर्श कर रहे थे, उधर एक घंटे में देवीदीन लौटकर थाने आया तो कांस्टेबल ने कहा – 'दारोग़ाजी तो साहब के पास गए।'

देवीदीन ने घबड़ाकर कहा – 'तो बाबूजी को हिरासत में डाल दिया?'

कांस्टेबल – 'नहीं, उन्हें भी साथ ले गए।'

देवीदीन ने सिर पीटकर कहा – 'पुलिस वालों की बात का कोई भरोसा नहीं। कह गया कि एक घंटे में रुपये लेकर आता हूँ, मगर इतना भी सबर न हुआ। सरकार से पाँच ही सौ तो मिलेंगे। मैं छः सौ देने को तैयार हूँ। हाँ, सरकार में कारगुज़ारी हो जाएगी और क्या वहीं से उन्हें परागराज भेज देंगे। मुझसे भेंट भी न होगी। बुढ़िया रो-रोकर मर जाएगी।' यह कहता हुआ देवीदीन वहीं ज़मीन पर बैठ गया।

कांस्टेबल ने पूछा – 'तो यहाँ कब तक बैठे रहोगे?'

देवीदीन ने मानो कोड़े की काट से आहत होकर कहा – 'अब तो दारोग़ाजी से दो-दो बातें करके ही जाऊँगा। चाहे जेहल ही जाना पड़े, पर फटकारूँगा ज़रूर, बुरी तरह फटकारूँगा। आख़िर उनके भी तो बाल-बच्चे होंगे! क्या भगवान से ज़रा भी नहीं डरते! तुमने बाबूजी को जाती बार देखा था? बहुत रंजीदा थे?'

कांस्टेबल – 'रंजीदा तो नहीं थे, ख़ासी तरह हँस रहे थे। दोनों जने मोटर में बैठकर गए हैं।'

देवीदीन ने अविश्वास के भाव से कहा – 'हँस क्या रहे होंगे बेचारे। मुँह से चाहे हँस लें, दिल तो रोता ही होगा।'

देवीदीन को यहाँ बैठे एक घंटा भी न हुआ था कि सहसा जग्गो आ खड़ी हुई। देवीदीन को द्वार पर बैठे देखकर बोली – 'तुम यहाँ क्या करने लगे? भैया कहाँ हैं?'

देवीदीन ने मर्माहत होकर कहा – 'भैया को ले गए सुपरीडंट के पास, न जाने भेंट होती है कि ऊपर ही ऊपर परागराज भेज दिए जाते हैं।'

जग्गो – 'दारोग़ाजी भी बड़े वह हैं। कहाँ तो कहा था कि इतना लेंगे, कहाँ लेकर चल दिए!'

देवीदीन – 'इसीलिए तो बैठा हूँ कि आवें तो दो-दो बातें कर लूँ।'

जग्गो – 'हाँ, फटकारना ज़रूर, जो अपनी बात का नहीं, वह अपने बाप का क्या होगा। मैं तो खरी कहूँगी। मेरा क्या कर लेंगे!'

देवीदीन – 'दूकान पर कौन है?'

जग्गो – 'बंद कर आई हूँ। अभी बेचारे ने कुछ खाया भी नहीं। सबेरे से वैसे ही हैं। चूल्हे में जाए वह तमासा उसी के टिकट लेने तो जाते थे। न घर से निकलते तो काहे को यह बला सिर पड़ती।'

देवीदीन – 'जो उधार ही से पराग भेज दिया तो?'

जग्गो – 'तो चिट्ठी तो आवेगी ही। चलकर वहीं देख आवेंगे?'

देवीदीन – (आँखों में आँसू भरकर) 'सज़ा हो जाएगी?'

जग्गो – 'रुपया जमा कर देंगे तब काहे को होगी। सरकार अपने रुपये ही तो लेगी?'

देवीदीन – 'नहीं पगली, ऐसा नहीं होता। चोर माल लौटा दे तो वह छोड़ थोड़े ही दिया जाएगा।'

जग्गो ने परिस्थिति की कठोरता अनुभव करके कहा – 'दारोग़ाजी।'

वह अभी बात भी पूरी न करने पाई थी कि दारोग़ाजी की मोटर सामने आ पहुँची। इंस्पेक्टर साहब भी थे। रमा इन दोनों को देखते ही मोटर से उतरकर आया और प्रसन्न मुख से बोला – 'तुम यहाँ देर से बैठे हो क्या दादा? आओ, कमरे में चलो। अम्मां, तुम कब आईं?'

दारोग़ाजी ने विनोद करके कहा – 'कहो चौधरी, लाए रुपये?'

देवीदीन – 'जब कह गया कि मैं थोड़ी देर में आता हूँ, तो आपको मेरी राह देख लेनी चाहिए थी। चलिए, अपने रुपये लीजिए।'

दारोग़ा – 'खोदकर निकाले होंगे?'

देवीदीन – 'आपके अकबाल से हज़ार-पाँच सौ अभी ऊपर ही निकल सकते हैं। ज़मीन खोदने की ज़रूरत नहीं पड़ी। चलो भैया, बुढ़िया कब से खड़ी है। मैं रुपये चुकाकर आता हूँ। यह तो इसपिट्टर साहब थे न? पहले इसी थाने में थे।'

दारोग़ा – 'तो भाई, अपने रुपये ले जाकर उसी हांड़ी में रख दो। अफ़सरों की सलाह हुई कि इन्हें छोड़ना न चाहिए। मेरे बस की बात नहीं है।'

इंस्पेक्टर साहब तो पहले ही दफ़्तर में चले गए थे। ये तीनों आदमी बातें करते उसके बग़ल वाले कमरे में गए।

देवीदीन ने दारोग़ा की बात सुनी, तो भौंहें तिरछी हो गईं। बोला – 'दारोग़ाजी, मरदों की एक बात होती है, मैं तो यही जानता हूँ। मैं रुपये आपके हुक्म से लाया हूँ। आपको अपना क़ौल पूरा करना पड़ेगा। कहके मुकर जाना नीचों का काम है।'

इतने कठोर शब्द सुनकर दारोग़ाजी को भन्ना जाना चाहिए था, पर उन्होंने ज़रा भी बुरा न माना। हँसते हुए बोले – 'भई अब चाहे, नीच कहो, चाहे दग़ाबाज़ कहो, पर हम इन्हें छोड़ नहीं सकते। ऐसे शिकार रोज़ नहीं मिलते। क़ौल के पीछे अपनी तरक़्क़ी नहीं छोड़ सकता।'

दारोग़ा के हँसने पर देवीदीन और भी तेज़ हुआ – 'तो आपने कहा किस मुँह से था?'

दारोग़ा – 'कहा तो इसी मुँह से था, लेकिन मुँह हमेशा एक-सा तो नहीं रहता। इसी मुँह से जिसे गाली देता हूँ, उसकी इसी मुँह से तारीफ़ भी करता हूँ।'

देवीदीन – (तिनककर) 'यह मूँछें मुड़वा डालिए।'

दारोग़ा - 'मुझे बड़ी ख़ुशी से मंजूर है। नीयत तो मेरी पहले ही थी, पर शर्म के मारे न मुड़वाता था। अब तुमने दिल मज़बूत कर दिया।'

देवीदीन - 'हँसिए मत दारोग़ाजी, आप हँसते हैं और मेरा ख़ून जला जाता है। मुझे चाहे जेहल ही क्यों न हो जाए, लेकिन मैं कप्तान साहब से ज़रूर कह दूँगा। हूँ तो टके का आदमी पर आपके अकबाल से बड़े अफ़सरों तक पहुँच है।'

दारोग़ा - 'अरे, यार तो क्या सचमुच कप्तान साहब से मेरी शिकायत कर दोगे?'

देवीदीन ने समझा कि धमकी कारगर हुई। अकड़कर बोला - 'आप जब किसी की नहीं सुनते, बात कहकर मुकर जाते हैं, तो दूसरे भी अपने-सी करेंगे ही। मेम साहब तो रोज़ ही दुकान पर आती हैं।'

दारोग़ा - 'कौन, देवी? अगर तुमने साहब या मेम साहब से मेरी कुछ शिकायत की, तो क़सम खाकर कहता हूँ, कि घर खुदवाकर फेंक दूँगा!'

देवीदीन - 'जिस दिन मेरा घर खुदेगा, उस दिन यह पगड़ी और चपरास भी न रहेगी, हुज़ूर।'

दारोग़ा - 'अच्छा तो मारो हाथ पर हाथ। हमारी तुम्हारी दो-दो चोटें हो जाएँ, यही सही।'

देवीदीन - 'पछताओगे सरकार, कहे देता हूँ पछताओगे।'

रमा अब ज़ब्त न कर सका। अब तक वह देवीदीन के बिगड़ने का तमाशा देखने के लिए भीगी बिल्ली बना खड़ा था। क़हक़हा मारकर बोला - 'दादा, दारोग़ाजी तुम्हें चिढ़ा रहे हैं। हम लोगों में ऐसी सलाह हो गई है कि मैं बिना कुछ लिए-दिए ही छूट जाऊँगा, ऊपर से नौकरी भी मिल जाएगी। साहब ने पक्का वादा किया है। मुझे अब यहीं रहना होगा।'

देवीदीन ने रास्ता भटके हुए आदमी की भाँति कहा - 'कैसी बात है भैया, क्या कहते हो! क्या पुलिस वालों के चकमे में आ गए? इसमें कोई न कोई चाल ज़रूर छिपी होगी।'

रमा ने इत्मीनान के साथ कहा - 'और बात नहीं, एक मुक़दमे में शहादत देनी पड़ेगी।'

देवीदीन ने संशय से सिर हिलाकर कहा - 'झूठा मुक़दमा होगा?'

रमानाथ - 'नहीं दादा, बिलकुल सच्चा मामला है। मैंने पहले ही पूछ लिया है।'

देवीदीन की शंका शांत न हुई। बोला - 'मैं इस बारे में और कुछ नहीं कह सकता भैया, ज़रा सोच-समझकर काम करना। अगर मेरे रुपयों को डरते हो, तो यही समझ लो कि देवीदीन ने अगर रुपयों की परवा की होती, तो आज लखपति होता। इन्हीं हाथों से सौ-सौ रुपये रोज़ कमाए और सब-के-सब उड़ा दिए हैं। किस मुक़दमे में सहादत देनी है? कुछ मालूम हुआ?'

दारोग़ाजी ने रमा को जवाब देने का अवसर न देकर कहा - 'वही डकैतियों वाला मुआमला है जिसमें कई ग़रीब आदमियों की जान गई थी। इन डाकुओं ने सूबे-भर

में हंगामा मचा रक्खा था। उनके डर के मारे कोई आदमी गवाही देने पर राज़ी नहीं होता।'

देवीदीन ने उपेक्षा के भाव से कहा - 'अच्छा तो यह मुख़बिर बन गए? यह बात है। इसमें तो जो पुलिस सिखाएगी वही तुम्हें कहना पड़ेगा, भैया! मैं छोटी समझ का आदमी हूँ, इन बातों का मर्म क्या जानूँ, पर मुझसे मुख़बिर बनने को कहा जाता, तो मैं न बनता, चाहे कोई लाख रुपया देता। बाहर के आदमी को क्या मालूम कौन अपराधी है, कौन बेक़सूर है। दो-चार अपराधियों के साथ दो-चार बेक़सूर भी ज़रूर ही होंगे।'

दारोग़ा - 'हरगिज़ नहीं। जितने आदमी पकड़े गए हैं, सब पक्के डाकू हैं।'

देवीदीन - 'यह तो आप कहते हैं न, हमें क्या मालूम।'

दारोग़ा - 'हम लोग बेगुनाहों को फँसाएँगे ही क्यों? यह तो सोचो।'

देवीदीन - 'यह सब भुगते बैठा हूँ, दारोग़ाजी! इससे तो यही अच्छा है कि आप इनका चालान कर दें। साल-दो साल का जेहल ही तो होगा। एक अधरम के दंड से बचने के लिए बेगुनाहों का ख़ून तो सिर पर न चढ़ेगा!'

रमा ने भीरुता से कहा - 'मैंने ख़ूब सोच लिया है दादा, सब काग़ज़ देख लिए हैं, इसमें कोई बेगुनाह नहीं है।'

देवीदीन ने उदास होकर कहा - 'होगा भाई! जान भी तो प्यारी होती है!' यह कहकर वह पीछे घूम पड़ा। अपने मनोभावों को इससे स्पष्ट रूप से वह प्रकट न कर सकता था।

एकाएक उसे एक बात याद आ गई। मुड़कर बोला - 'तुम्हें कुछ रुपये देता जाऊँ।'

रमा ने खिसियाकर कहा - 'क्या ज़रूरत है?'

दारोग़ा - 'आज से इन्हें यहीं रहना पड़ेगा।'

देवीदीन ने कर्कश स्वर में कहा - 'हाँ हुज़ूर, इतना जानता हूँ। इनकी दावत होगी, बंगला रहने को मिलेगा, नौकर मिलेंगे, मोटर मिलेगी। यह सब जानता हूँ। कोई बाहर का आदमी इनसे मिलने न पावेगा, न यह अकेले आ-जा सकेंगे, यह सब देख चुका हूँ।'

यह कहता हुआ देवीदीन तेज़ी से क़दम उठाता हुआ चल दिया, मानो वहाँ उसका दम घुट रहा हो। दारोग़ा ने उसे पुकारा, पर उसने फिर कर न देखा। उसके मुख पर पराभूत वेदना छाई हुई थी।

जग्गो ने पूछा - 'भैया नहीं आ रहे हैं?'

देवीदीन ने सड़क की ओर ताकते हुए कहा - 'भैया अब नहीं आवेंगे। जब अपने ही अपने न हुए तो बेगाने तो बेगाने हैं ही!'

वह चला गया। बुढ़िया भी पीछे-पीछे भुनभुनाती चली।

35

रुदन में कितना उल्लास, कितनी शांति, कितना बल है। जो कभी एकांत में बैठकर, किसी की स्मृति में, किसी के वियोग में, सिसक-सिसक और बिलख-बिलख नहीं रोया, वह जीवन के ऐसे सुख से वंचित है, जिस पर सैकड़ों हँसियाँ न्योछावर हैं। उस मीठी वेदना का आनंद उन्हीं से पूछो, जिन्होंने यह सौभाग्य प्राप्त किया है। हँसी के बाद मन खिन्न हो जाता है, आत्मा क्षुब्ध हो जाती है, मानो हम थक गए हों, पराभूत हो गए हों। रुदन के पश्चात एक नवीन स्फूर्ति, एक नवीन जीवन, एक नवीन उत्साह का अनुभव होता है। जालपा के पास 'प्रजा-मित्र' कार्यालय का पत्र पहुँचा, तो उसे पढ़कर वह रो पड़ी। पत्र एक हाथ में लिए, दूसरे हाथ से चौखट पकड़े, वह ख़ूब रोई। क्या सोचकर रोई, वह कौन कह सकता है। कदाचित् अपने उपाय की इस आशातीत सफलता ने उसकी आत्मा को विह्वल कर दिया, आनंद की उस गहराई पर पहुँचा दिया जहाँ पानी है, या उस ऊँचाई पर जहाँ उष्णता हिम बन जाती है। आज छः महीने के बाद यह सुख-संवाद मिला। इतने दिनों वह छलमयी आशा और कठोर दुराशा का खिलौना बनी रही। आह! कितनी बार उसके मन में तरंग उठी कि इस जीवन का क्यों न अंत कर दूँ! कहीं मैंने सचमुच प्राण त्याग दिए होते तो उनके दर्शन भी न पाती! पर उनका हिया कितना कठोर है। छः महीने से वहाँ बैठे हैं, एक पत्र भी न लिखा, ख़बर तक नहीं ली। आख़िर यही न समझ लिया होगा कि बहुत होगा रो-रोकर मर जाएगी। उन्होंने मेरी परवाह ही कब की! दस-बीस रुपये तो आदमी यार-दोस्तों पर भी ख़र्च कर देता है। वह प्रेम नहीं है। प्रेम हृदय की वस्तु है, रुपये की नहीं। जब तक रमा का कुछ पता न था, जालपा सारा इलज़ाम अपने सिर रखती थी, पर आज उनका पता पाते ही उसका मन अकस्मात कठोर हो गया। तरह-तरह के शिकवे पैदा होने लगे। वहाँ क्या समझकर बैठे हैं? इसीलिए तो कि वह स्वाधीन हैं, आज़ाद हैं, किसी का दिया नहीं खाते। इसी तरह मैं कहीं बिना कहे-सुने चली जाती, तो वह मेरे साथ किस तरह पेश आते? शायद तलवार लेकर गर्दन पर सवार हो जाते या ज़िंदगी-भर मुँह न देखते। वहीं खड़े-खड़े जालपा ने मन-ही-मन शिकायतों का दफ़्तर खोल दिया।

सहसा रमेश बाबू ने द्वार पर पुकारा – 'गोपी, गोपी, ज़रा इधर आना।'

मुंशीजी ने अपने कमरे में पड़े-पड़े कराहकर कहा – 'कौन है भाई, कमरे में आ जाओ। अरे! आप हैं रमेश बाबू! बाबूजी, मैं तो मरकर जिया हूँ। बस यही समझिए कि नई ज़िंदगी हुई। कोई आशा न थी। कोई आगे न कोई पीछे, दोनों लौंडे आवारा हैं, मैं मरूँ या जीऊँ, उनसे मतलब नहीं। उनकी मां को मेरी सूरत देखते डर लगता है। बस बेचारी बहू ने मेरी जान बचाई। वह न होती तो अब तक चल बसा होता।'

रमेश बाबू ने कृत्रिम संवेदना दिखाते हुए कहा – 'आप इतने बीमार हो गए और मुझे ख़बर तक न हुई। मेरे यहाँ रहते आपको इतना कष्ट हुआ! बहू ने भी मुझे एक पुर्ज़ा न लिख दिया। छुट्टी लेनी पड़ी होगी?'

मुंशी - 'छुट्टी के लिए दरख़्वास्त तो भेज दी थी, मगर साहब मैंने डॉक्टरी सर्टिफ़िकेट नहीं भेजी। सोलह रुपये किसके घर से लाता। एक दिन सिविल सर्जन के पास गया, मगर उन्होंने चिट्ठी लिखने से इनकार किया। आप तो जानते हैं वह बिना फ़ीस लिए बात नहीं करते। मैं चला आया और दरख़्वास्त भेज दी। मालूम नहीं मंजूर हुई या नहीं। यह तो डॉक्टरों का हाल है। देख रहे हैं कि आदमी मर रहा है, पर बिना भेंट लिए क़दम न उठावेंगे!'

रमेश बाबू ने चिंतित होकर कहा - 'यह तो आपने बुरी ख़बर सुनाई, मगर आपकी छुट्टी नामंजूर हुई तो क्या होगा?'

मुंशीजी ने माथा ठोक कर कहा - 'होगा क्या, घर बैठ रहूँगा। साहब पूछेंगे तो साफ़ कह दूँगा, मैं सर्जन के पास गया था, उसने छुट्टी नहीं दी। आख़िर इन्हें क्यों सरकार ने नौकर रक्खा है। महज़ कुर्सी की शोभा बढ़ाने के लिए? मुझे डिसमिस हो जाना मंज़ूर है, पर सर्टिफ़िकेट न दूँगा। लौंडे ग़ायब हैं। आपके लिए पान तक लाने वाला कोई नहीं। क्या करूँ?'

रमेश ने मुस्कराकर कहा - 'मेरे लिए आप तरद्दुद न करें। मैं आज पान खाने नहीं, भरपेट मिठाई खाने आया हूँ।' (जालपा को पुकारकर) 'बहूजी, तुम्हारे लिए ख़ुशख़बरी लाया हूँ। मिठाई मंगवा लो।'

जालपा ने पान की तश्तरी उनके सामने रखकर कहा - 'पहले वह ख़बर सुनाइए। शायद आप जिस ख़बर को नई-नई समझ रहे हो, वह पुरानी हो गई हो।'

रमेश - 'जी कहीं हो न! रमानाथ का पता चल गया। कलकत्ते में हैं।'

जालपा - 'मुझे पहले ही मालूम हो चुका है।'

मुंशीजी झपटकर उठ बैठे। उनका ज्वर मानो भागकर उत्सुकता की आड़ में जा छिपा! रमेश का हाथ पकड़कर बोले - 'मालूम हो गया कलकत्ते में हैं? कोई ख़त आया था?'

रमेश - 'ख़त नहीं था, एक पुलिस इंक्वायरी थी। मैंने कह दिया, उन पर किसी तरह का इलज़ाम नहीं है। तुम्हें कैसे मालूम हुआ, बहूजी?'

जालपा ने अपनी स्कीम बयान की। 'प्रजा-मित्र' कार्यालय का पत्र भी दिखाया। पत्र के साथ रुपयों की एक रसीद थी जिस पर रमा का हस्ताक्षर था।

रमेश - 'दस्तख़त तो रमा बाबू का है, बिलकुल साफ़। धोखा हो ही नहीं सकता। मान गया बहूजी तुम्हें! वाह, क्या हिकमत निकाली है! हम सबके कान काट लिए। किसी को न सूझी। अब जो सोचते हैं, तो मालूम होता है, कितनी आसान बात थी। किसी को जाना चाहिए जो बचा को पकड़कर घसीट लाए।'

यह बातचीत हो रही थी कि रतन आ पहुँची। जालपा उसे देखते ही वहाँ से निकली और उसके गले से लिपटकर बोली - 'बहन कलकत्ता से पत्र आ गया। वहीं हैं।'

रतन - 'मेरे सिर की क़सम?'

जालपा - 'हाँ, सच कहती हूँ। ख़त देखो न!'

रतन - 'तो आज ही चली जाओ।'

जालपा - 'यही तो मैं भी सोच रही हूँ। तुम चलोगी?'

रतन - 'चलने को तो मैं तैयार हूँ, लेकिन अकेला घर किस पर छोड़ूँ! बहन, मुझे मणिभूषण पर कुछ शुबहा होने लगा है। उसकी नीयत अच्छी नहीं मालूम होती। बैंक में बीस हज़ार रुपये से कम न थे। सब न जाने कहाँ उड़ा दिए। कहता है, क्रिया-कर्म में ख़र्च हो गए। हिसाब माँगती हूँ, तो आँखें दिखाता है। दफ़्तर की कुंजी अपने पास रखे हुए है। माँगती हूँ, तो टाल जाता है। मेरे साथ कोई क़ानूनी चाल चल रहा है। डरती हूँ, मैं उधर जाऊँ, इधर वह सब कुछ ले-देकर चलता बने। बंगले के ग्राहक आ रहे हैं। मैं भी सोचती हूँ, गाँव में जाकर शांति से पड़ी रहूँ। बंगला बिक जाएगा, तो नक़द रुपये हाथ आ जाएँगे। मैं न रहूँगी, तो शायद ये रुपये मुझे देखने को भी न मिलें। गोपी को साथ लेकर आज ही चली जाओ। रुपये का इंतज़ाम मैं कर दूँगी।'

जालपा - 'गोपीनाथ तो शायद न जा सकें, दादा की दवा-दारू के लिए भी तो कोई चाहिए।'

रतन - 'वह मैं कर दूँगी। मैं रोज़ सबेरे आ जाऊँगी और दवा देकर चली जाऊँगी। शाम को भी एक बार आ जाया करूँगी।'

जालपा ने मुस्कराकर कहा - 'और दिन-भर उनके पास बैठा कौन रहेगा।'

रतन - 'मैं थोड़ी देर बैठी भी रहा करूँगी; मगर तुम आज ही जाओ। बेचारे वहाँ न जाने किस दशा में होंगे। तो यही तय रही न?'

रतन मुंशीजी के कमरे में गई, तो रमेश बाबू उठकर खड़े हो गए और बोले - 'आइए देवीजी, रमा बाबू का पता चल गया!'

रतन - 'इसमें आधा श्रेय मेरा है।'

रमेश - 'आपकी सलाह से तो हुआ ही होगा। अब उन्हें यहाँ लाने की फ़िक्र करनी है।'

रतन - 'जालपा चली जाएँ और पकड़ लाएँ। गोपी को साथ लेती जावें। आपको इसमें कोई आपत्ति तो नहीं है, दादाजी?'

मुंशीजी को आपत्ति तो थी, उनका बस चलता तो इस अवसर पर दस पाँच आदमियों को और जमा कर लेते, फिर घर के आदमियों के चले जाने पर क्यों आपत्ति न होती, मगर समस्या ऐसी आ पड़ी थी कि कुछ बोल न सके।

गोपी कलकत्ते की सैर का ऐसा अच्छा अवसर पाकर क्यों न खुश होता। विशम्भर दिल में ऐंठकर रह गया। विधाता ने उसे छोटा न बनाया होता, तो आज उसकी यह हक़तलफ़ी न होती। गोपी ऐसे कहाँ के बड़े होशियार हैं, जहाँ जाते हैं कोई-न-कोई चीज़ खो आते हैं। हाँ, मुझसे बड़े हैं। इस दैवी विधान ने उसे मजबूर कर दिया।

रात को नौ बजे जालपा चलने को तैयार हुई। सास-ससुर के चरणों पर सिर झुकाकर आशीर्वाद लिया, विशम्भर रो रहा था, उसे गले लगा कर प्यार किया और मोटर पर बैठी। रतन स्टेशन तक पहुँचाने के लिए आई थी।

मोटर चली तो जालपा ने कहा – 'बहन, कलकत्ता तो बहुत बड़ा शहर होगा। वहाँ कैसे पता चलेगा?'

रतन – 'पहले 'प्रजा-मित्र' के कार्यालय में जाना। वहाँ से पता चल जाएगा। गोपी बाबू तो हैं ही।'

जालपा – 'ठहरूँगी कहाँ?'

रतन – 'कई धर्मशाले हैं। नहीं तो होटल में ठहर जाना। देखो रुपये की ज़रूरत पड़े, तो मुझे तार देना। कोई-न कोई इंतज़ाम करके भेजूँगी। बाबूजी आ जाएँ, तो मेरा बड़ा उपकार हो यह मणिभूषण मुझे तबाह कर देगा।'

जालपा – 'होटल वाले बदमाश तो न होंगे?'

रतन – 'कोई ज़रा भी शरारत करे, तो ठोकर मारना। बस, कुछ पूछना मत, ठोकर जमाकर तब बात करना। (कमर से एक छुरी निकालकर) इसे अपने पास रख लो। कमर में छिपाए रखना। मैं जब कभी बाहर निकलती हूँ, तो इसे अपने पास रख लेती हूँ। इससे दिल बड़ा मज़बूत रहता है। जो मर्द किसी स्त्री को छेड़ता है, उसे समझ लो कि पल्ले सिरे का कायर, नीच और लंपट है। तुम्हारी छुरी की चमक और तुम्हारे तेवर देखकर ही उसकी रूह फ़ना हो जाएगी। सीधा दुम दबाकर भागेगा; लेकिन अगर ऐसा मौक़ा आ ही पड़े जब तुम्हें छुरी से काम लेने के लिए मजबूर हो जाना पड़े, तो ज़रा भी मत झिझकना। छुरी लेकर पिल पड़ना। इसकी बिलकुल फ़िक्र मत करना कि क्या होगा, क्या न होगा। जो कुछ होना होगा, हो जाएगा।'

जालपा ने छुरी ले ली; पर कुछ बोली नहीं। उसका दिल भारी हो रहा था। इतनी बातें सोचने और पूछने की थीं कि उनके विचार से ही उसका दिल बैठा जाता था।

स्टेशन आ गया। कुलियों ने असबाब उतारा। गोपी टिकट लाया। जालपा पत्थर की मूर्ति की भाँति प्लेटफ़ार्म पर खड़ी रही, मानो चेतना शून्य हो गई हो किसी बड़ी परीक्षा के पहले हम मौन हो जाते हैं। हमारी सारी शक्तियाँ उस संग्राम की तैयारी में लग जाती हैं।

रतन ने गोपी से कहा – 'होशियार रहना।'

गोपी इधर कई महीनों से कसरत करता था। चलता तो मुड्ढे और छाती को देखा करता। देखने वालों को तो वह ज्यों का त्यों मालूम होता है, पर अपनी नज़र में वह कुछ और हो गया था। शायद उसे आश्चर्य होता था कि उसे आते देखकर क्यों लोग रास्ते से नहीं हट जाते, क्यों उसके डील-डौल से भयभीत नहीं हो जाते। अकड़कर बोला – 'किसी ने ज़रा चीं-चपड़ की तो तोड़ दूँगा।'

रतन मुस्कराई – 'यह तो मुझे मालूम है। सो मत जाना।'

गोपी – 'पलक तक तो झपकेगी नहीं। मजाल है नींद आ जाए।'

गाड़ी आ गई। गोपी ने एक डिब्बे में घुसकर क़ब्ज़ा जमाया। जालपा की आँखों में आँसू भरे हुए थे। बोली – 'बहन, आशीर्वाद दो कि उन्हें लेकर कुशल से लौट आऊँ।'

इस समय उसका दुर्बल मन कोई आश्रय, कोई सहारा, कोई बल ढूँढ़ रहा था और आशीर्वाद और प्रार्थना के सिवा वह बल उसे कौन प्रदान करता। यही बल और शांति का वह अक्षय भंडार है जो किसी को निराश नहीं करता, जो सबकी बाँह पकड़ता है, सबका बेड़ा पार लगाता है। इंजन ने सीटी दी। दोनों सहेलियाँ गले मिलीं। जालपा गाड़ी में जा बैठी।

रतन ने कहा – 'जाते ही जाते ख़त भेजना।' जालपा ने सिर हिलाया।

'अगर मेरी ज़रूरत मालूम हो, तो तुरंत लिखना। मैं सब कुछ छोड़कर चली आऊँगी।'

जालपा ने सिर हिला दिया।

'रास्ते में रोना मत।'

जालपा हँस पड़ी। गाड़ी चल दी।

36

देवीदीन ने चाय की दूकान उसी दिन से बंद कर दी थी और दिन-भर उस अदालत की खाक छानता फिरता था जिसमें डकैती का मुक़दमा पेश था और रमानाथ की शहादत हो रही थी। तीन दिन रमा की शहादत बराबर होती रही और तीनों दिन देवीदीन ने न कुछ खाया और न सोया। आज भी उसने घर आते ही आते कुरता उतार दिया और एक पंखिया लेकर झलने लगा। फागुन लग गया था और कुछ-कुछ गर्मी शुरू हो गई थी, पर इतनी गर्मी न थी कि पसीना बहे या पंखे की ज़रूरत हो अफ़सर लोग तो जाड़ों के कपड़े पहने हुए थे, लेकिन देवीदीन पसीने में तर था। उसका चेहरा, जिस पर निष्कपट बुढ़ापा हँसता रहता था, खिसियाया हुआ था, मानो बेगार से लौटा हो।

जग्गो ने लोटे में पानी लाकर रख दिया और बोली – 'चिलम रख दूँ? देवीदीन की आज तीन दिन से यह ख़ातिर हो रही थी। इसके पहले बुढ़िया कभी चिलम रखने को न पूछती थी। देवीदीन इसका मतलब समझता था।' बुढ़िया को सदय नेत्रों से देखकर बोला – 'नहीं, रहने दो, चिलम न पिऊँगा।'

'तो मुँह-हाथ तो धो लो। गर्द पड़ी हुई है।'

'धो लूँगा, जल्दी क्या है।'

बुढ़िया आज का हाल जानने को उत्सुक थी, पर डर रही थी कहीं देवीदीन झुंझला न पड़े। वह उसकी थकान मिटा देना चाहती थी, जिससे देवीदीन प्रसन्न होकर आप-ही-आप सारा वृत्तांत कह चले।

'तो कुछ जलपान तो कर लो। दोपहर को भी तो कुछ नहीं खाया था। मिठाई लाऊँ – लाओ, पंखी मुझे दे दो।'

देवीदीन ने पंखिया दे दी। बुढ़िया झलने लगी। दो-तीन मिनट तक आँखें बंद करके बैठे रहने के बाद देवीदीन ने कहा – 'आज भैया की गवाही ख़त्म हो गई!'

बुढ़िया का हाथ रुक गया। बोली – 'तो कल से वह घर आ जाएँगे?'

देवीदीन – 'अभी नहीं छुट्टी मिली जाती, यही बयान दीवानी में देना पड़ेगा। और अब वह यहाँ आने ही क्यों लगे! कोई अच्छी ज़गह मिल जाएगी, घोड़े पर चढ़े-चढ़े घूमेंगे, मगर है बड़ा पक्का मतलबी। पंद्रह बेगुनाहों को फँसा दिया। पाँच-छः को तो फाँसी हो जाएगी। औरों को दस-दस बारह-बारह साल की सज़ा मिली रक्खी है। इसी के बयान से मुक़दमा सबूत हो गया। कोई कितनी ही जिरह करे, क्या मजाल ज़रा भी हिचकिचाए। अब एक भी न बचेगा। किसने कर्म किया, किसने नहीं किया इसका हाल दैव जाने, पर मारे सब जाएँगे। घर से भी तो सरकारी रुपया खाकर भागा था। हमें बड़ा धोखा हुआ।'

जग्गो ने मीठे तिरस्कार से देखकर कहा – 'अपनी नेकी-बदी अपने साथ है। मतलबी तो संसार है, कौन किसके लिए मरता है।'

देवीदीन ने तीव्र स्वर में कहा – 'अपने मतलब के लिए जो दूसरों का गला काटे उसको ज़हर दे देना भी पाप नहीं है।'

सहसा दो प्राणी आकर खड़े हो गए। एक गोरा, ख़ूबसूरत लड़का था, जिसकी उम्र पंद्रह-सोलह साल से ज़्यादा न थी। दूसरा अधेड़ था और सूरत से चपरासी मालूम होता था।

देवीदीन ने पूछा – 'किसे खोजते हो?'

चपरासी ने कहा – 'तुम्हारा ही नाम देवीदीन है न? मैं प्रजा-मित्र के दफ़्तर से आया हूँ। यह बाबू उन्हीं रमानाथ के भाई हैं जिन्हें सतरंज का इनाम मिला था। यह उन्हीं की खोज में दफ़्तर गए थे। संपादकजी ने तुम्हारे पास भेज दिया। तो मैं जाऊँ न?'

यह कहता हुआ वह चला गया। देवीदीन ने गोपी को सिर से पाँव तक देखा। आकृति रमा से मिलती थी। बोला – 'आओ बेटा, बैठो। कब आए घर से?'

गोपी ने एक खटिक की दूकान पर बैठना शान के ख़िलाफ़ समझा, खड़ा-खड़ा बोला – 'आज ही तो आया हूँ। भाभी भी साथ हैं। धर्मशाले में ठहरा हुआ हूँ।'

देवीदीन ने खड़े होकर कहा – 'तो जाकर बहू को यहाँ लाओ न ऊपर तो रमा बाबू का कमरा है ही, आराम से रहो। धरमसाले में क्यों पड़े रहोगे। नहीं चलो, मैं भी चलता हूँ। यहाँ सब तरह का आराम है।'

उसने जग्गो को यह ख़बर सुनाई और ऊपर झाड़ू लगाने को कहकर गोपी के साथ धर्मशाले चल दिया। बुढ़िया ने तुरंत ऊपर जाकर झाड़ू लगाया,लपककर हलवाई की दूकान से मिठाई और दही लाई, सुराही में पानी भरकर रख दिया। फिर अपना हाथ-मुँह धोया, एक रंगीन साड़ी निकाली, गहने पहने और बन-ठनकर बहू की राह देखने लगी।

इतने में फ़िटन भी आ पहुँची। बुढ़िया ने जाकर जालपा को उतारा। जालपा पहले तो साग-भाजी की दूकान देखकर कुछ झिझकी, पर बुढ़िया का स्नेह-स्वागत देखकर

उसकी झिझक दूर हो गई। उसके साथ ऊपर गई, तो हर एक चीज़ इसी तरह अपनी ज़गह पर पाई मानो अपना ही घर हो।

जग्गो ने लोटे में पानी रखकर कहा – 'इसी घर में भैया रहते थे, बेटी! आज पंद्रह रोज़ से घर सूना पड़ा हुआ है। हाथ-मुँह धोकर दही-चीनी खा लो न, बेटी! भैया का हाल तो अभी तुम्हें न मालूम हुआ होगा।'

जालपा ने सिर हिलाकर कहा – 'कुछ ठीक-ठीक नहीं मालूम हुआ। वह जो पत्र छपता है, वहाँ मालूम हुआ था कि पुलिस ने गिरफ़्तार कर लिया है।'

देवीदीन भी ऊपर आ गया था। बोला – 'गिरफ़्तार तो किया था, पर अब तो वह एक मुक़दमे में सरकारी गवाह हो गए हैं। परागराज में अब उन पर कोई मुक़दमा न चलेगा और साइत नौकरी-चाकरी भी मिल जाए।'

जालपा ने गर्व से कहा – 'क्या इसी डर से वह सरकारी गवाह हो गए हैं? वहाँ तो उन पर कोई मामला ही नहीं है। मुक़दमा क्यों चलेगा?'

देवीदीन ने डरते-डरते कहा – 'कुछ रुपये-पैसे का मुआमला था न?'

जालपा ने मानो आहत होकर कहा – 'वह कोई बात न थी। ज्योंही हम लोगों को मालूम हुआ कि कुछ सरकारी रक़म इनसे ख़र्च हो गई है, उसी वक़्त पहुँचा दी। यह व्यर्थ घबड़ाकर चले आए और फिर ऐसी चुप्पी साधी कि अपनी ख़बर तक न दी।'

देवीदीन का चेहरा जगमगा उठा, मानो किसी व्यथा से आराम मिल गया हो। बोला – 'तो यह हम लोगों को क्या मालूम! बार-बार समझाया कि घर पर ख़त-पत्तर भेज दो, लोग घबड़ाते होंगे, पर मारे शर्म के लिखते ही न थे। इसी धोखे में पड़े रहे कि परागराज में मुक़दमा चल गया होगा। जानते तो सरकारी गवाह क्यों बनते?'

'सरकारी गवाह' का आशय जालपा से छिपा न था। समाज में उनकी जो निंदा और अपकीर्ति होती है, यह भी उससे छिपी न थी। सरकारी गवाह क्यों बनाए जाते हैं, किस तरह प्रलोभन दिया जाता है, किस भाँति वह पुलिस के पुतले बनकर अपने ही मित्रों का गला घोंटते हैं, यह उसे मालूम था। मगर कोई आदमी अपने बुरे आचरण पर लज्जित होकर भी सत्य का उद्घाटन करे, छल और कपट का आवरण हटा दे, तो वह सज्जन है, उसके साहस की जितनी प्रशंसा की जाए, कम है। मगर शर्त यही है कि वह अपनी गोष्ठी के साथ किए का फल भोगने को तैयार रहे। हँसता-खेलता फाँसी पर चढ़ जाए तो वह सच्चा वीर है, लेकिन अपने प्राणों की रक्षा के लिए स्वार्थ के नीच विचार से, दंड की कठोरता से भयभीत होकर अपने साथियों से दगा करे, आस्तीन का साँप बन जाए तो वह कायर है, पतित है, बेहया है। विश्वासघात डाकुओं और समाज के शत्रुओं में भी उतना ही हेय है जितना किसी अन्य क्षेत्र में। ऐसे प्राणी को समाज कभी क्षमा नहीं करता, कभी नहीं – जालपा इसे ख़ूब समझती थी। यहाँ तो समस्या और भी जटिल हो गई थी। रमा ने दंड के भय से अपने किए हुए पापों का परदा नहीं खोला था। उसमें कम-से-कम सच्चाई तो होती। निंदा होने पर भी आंशिक सच्चाई का एक गुण तो होता। यहाँ तो उन पापों का परदा खोला गया था, जिनकी हवा तक उसे न

लगी थी। जालपा को सहसा इसका विश्वास न आया। अवश्य कोई-न? कोई बात हुई होगी, जिसने रमा को सरकारी गवाह बनने पर मज़बूर कर दिया होगा। सकुचाती हुई बोली - 'क्या यहाँ भी कोई... कोई बात हो गई थी?'

देवीदीन उसकी मनोव्यथा का अनुभव करता हुआ बोला - 'कोई बात नहीं। यहाँ वह मेरे साथ ही परागराज से आए। जब से आए यहाँ से कहीं गए नहीं। बाहर निकलते ही न थे। बस एक दिन निकले और उसी दिन पुलिस ने पकड़ लिया। एक सिपाही को आते देखकर डरे कि मुझी को पकड़ने आ रहा है, भाग खड़े हुए। उस सिपाही को खटका हुआ। उसने शुबहे में गिरफ़्तार कर लिया। मैं भी इनके पीछे थाने में पहुँचा। दारोग़ा पहले तो रिसवत माँगते थे, मगर जब मैं घर से रुपये लेकर गया, तो वहाँ और ही गुल खिल चुका था। अफ़सरों में न जाने क्या बातचीत हुई। उन्हें सरकारी गवाह बना लिया। मुझसे तो भैया ने कहा कि इस मुआमले में बिलकुल झूठ न बोलना पड़ेगा। पुलिस का मुक़दमा सच्चा है। सच्ची बात कह देने में क्या हरज़ है। मैं चुप हो रहा। क्या करता।'

जग्गो- 'न जाने सबों ने कौन-सी बूटी सुंघा दी। भैया तो ऐसे न थे। दिन भर अम्मां-अम्मां करते रहते थे। दूकान पर सभी तरह के लोग आते हैं, मर्द भी औरत भी, क्या मजाल कि किसी की ओर आँख उठाकर देखा हो।'

देवीदीन - 'कोई बुराई न थी। मैंने तो ऐसा लड़का ही नहीं देखा। उसी धोखे में आ गए।'

जालपा ने एक मिनट सोचने के बाद कहा - 'क्या उनका बयान हो गया?'

'हाँ, तीन दिन बराबर होता रहा। आज ख़तम हो गया।'

जालपा ने उद्विग्न होकर कहा - 'तो अब कुछ नहीं हो सकता? मैं उनसे मिल सकती हूँ?'

देवीदीन जालपा के इस प्रश्न पर मुस्करा पड़ा। बोला - 'हाँ, और क्या, जिसमें जाकर भंडाफोड़ कर दो, सारा खेल बिगाड़ दो! पुलिस ऐसी गधी नहीं है। आजकल कोई भी उनसे नहीं मिलने पाता। कड़ा पहरा रहता है।'

इस प्रश्न पर इस समय और कोई बातचीत न हो सकती थी। इस गुत्थी को सुलझाना आसान न था। जालपा ने गोपी को बुलाया। वह छज्जे पर खड़ा सड़क का तमाशा देख रहा था। ऐसा शरमा रहा था, मानो ससुराल आया हो। धीरे-धीरे आकर खड़ा हो गया।

जालपा ने कहा - 'मुँह-हाथ धोकर कुछ खा तो लो। दही तो तुम्हें बहुत अच्छा लगता है।' गोपी लजा कर फिर बाहर चला गया।

देवीदीन ने मुस्कराकर कहा - 'हमारे सामने न खाएँगे। हम दोनों चले जाते हैं। तुम्हें जिस चीज़ की ज़रूरत हो, हमसे कह देना, बहूजी! तुम्हारा ही घर है। भैया को तो हम अपना ही समझते थे। और हमारे कौन बैठा हुआ है।'

जग्गो ने गर्व से कहा - 'वह तो मेरे हाथ का बनाया खा लेते थे।'

जालपा ने मुस्कराकर कहा – 'अब तुम्हें भोजन न बनाना पड़ेगा, मांजी, मैं बना दिया करूँगी।'

जग्गो ने आपत्ति की – 'हमारी बिरादरी में दूसरों के हाथ का खाना मना है, बहू, अब चार दिन के लिए बिरादरी में नक्कू क्या बनूँ!'

जालपा – 'हमारी बिरादरी में भी तो दूसरों का खाना मना है।'

जग्गो – 'यहाँ तुम्हें कौन देखने आता है। फिर पढ़े-लिखे आदमी इन बातों का विचार भी तो नहीं करते। हमारी बिरादरी तो मूरख लोगों की है।'

जालपा – 'यह तो अच्छा नहीं लगता कि तुम बनाओ और मैं खाऊँ। जिसे बहू बनाया, उसके हाथ का खाना पड़ेगा। नहीं खाना था, तो बहू क्यों बनाया।'

देवीदीन ने जग्गो की ओर प्रशंसा-सूचक नज़रों से देखकर कहा – 'बहू ने बात पते की कह दी। इसका जवाब सोचकर देना। अभी चलो। इन लोगों को ज़रा आराम करने दो।'

दोनों नीचे चले गए, तो गोपी ने आकर कहा – 'भैया इसी खटिक के यहाँ रहते थे क्या? खटिक ही तो मालूम होते हैं।'

जालपा ने फटकारकर कहा – 'खटिक हों या चमार हों, लेकिन हमसे और तुमसे सौगुने अच्छे हैं। एक परदेशी आदमी को छः महीने तक अपने घर में ठहराया, खिलाया, पिलाया। हममें है इतनी हिम्मत! यहाँ तो कोई मेहमान आ जाता है, तो वह भी भारी हो जाता है। अगर यह नीचे हैं, तो हम इनसे कहीं नीचे हैं।'

गोपी मुँह-हाथ धो चुका था। मिठाई खाता हुआ बोला – 'किसी को ठहरा लेने से कोई ऊँचा नहीं हो जाता। चमार कितना ही दान-पुण्य करे, पर रहेगा तो चमार ही।'

जालपा – 'मैं उस चमार को उस पंडित से अच्छा समझूँगी, जो हमेशा दूसरों का धन खाया करता है।'

जलपान करके गोपी नीचे चला गया। शहर घूमने की उसकी बड़ी इच्छा थी। जालपा की इच्छा कुछ खाने की न हुई। उसके सामने एक जटिल समस्या खड़ी थी, रमा को कैसे इस दलदल से निकालें। उस निंदा और उपहास की कल्पना ही से उसका अभिमान आहत हो उठता था। हमेशा के लिए वह सबकी आँखों से फिर जाएँगे, किसी को मुँह न दिखा सकेंगे।

फिर, बेगुनाहों का ख़ून किसकी गर्दन पर होगा। अभियुक्तों में न जाने कौन अपराधी है, कौन निरपराध है, कितने द्वेष के शिकार हैं, कितने लोभ के, सभी सज़ा पा जाएँगे। शायद दो-चार को फाँसी भी हो जाए। किस पर यह हत्या पड़ेगी?

उसने फिर सोचा, माना किसी पर हत्या न पड़ेगी। कौन जानता है, हत्या पड़ती है या नहीं, लेकिन अपने स्वार्थ के लिए – ओह! कितनी बड़ी नीचता है। यह कैसे इस बात पर राज़ी हुए! अगर म्युनिसिपैलिटी के मुक़दमा चलाने का भय भी था, तो दो-चार साल की क़ैद के सिवा और क्या होता, उससे बचने के लिए इतनी घोर नीचता पर उतर आए!

अब अगर मालूम भी हो जाए कि म्युनिसिपैलिटी कुछ नहीं कर सकती, तो अब हो ही क्या सकता है। इनकी शहादत तो हो ही गई। सहसा एक बात किसी भारी कील की तरह उसके हृदय में चुभ गई। क्यों न यह अपना बयान बदल दें। उन्हें मालूम हो जाए कि म्युनिसिपैलिटी उनका कुछ नहीं कर सकती, तो शायद वह ख़ुद ही अपना बयान बदल दें। यह बात उन्हें कैसे बताई जाए? किसी तरह संभव है।

वह अधीर होकर नीचे उतर आई और देवीदीन को इशारे से बुलाकर बोली – 'क्यों दादा, उनके पास कोई ख़त भी नहीं पहुँच सकता? पहरे वालों को दस-पाँच रुपये देने से तो शायद ख़त पहुँच जाए।'

देवीदीन ने गर्दन हिलाकर कहा – 'मुसकिल है। पहरे पर बड़े जंचे हुए आदमी रखे गए हैं। मैं दो बार गया था। सबों ने फाटक के सामने खड़ा भी न होने दिया।'

'उस बंगले के आसपास क्या है?'

'एक ओर तो दूसरा बंगला है। एक ओर एक क़लमी आम का बाग़ है और सामने सड़क है।'

'हाँ, शाम को घूमने-घामने तो निकलते ही होंगे?'

'हाँ, बाहर कुरसी डालकर बैठते हैं। पुलिस के दो-एक अफ़सर भी साथ रहते हैं।'

'अगर कोई उस बाग़ में छिपकर बैठे, तो कैसा हो! जब उन्हें अकेले देखे, ख़त फेंक दे। वह ज़रूर उठा लेंगे।'

देवीदीन ने चकित होकर कहा – 'हाँ, हो तो सकता है, लेकिन अकेले मिलें तब तो!'

ज़रा और अंधेरा हुआ, तो जालपा ने देवीदीन को साथ लिया और रमानाथ का बंगला देखने चली। एक पत्र लिखकर जेब में रख लिया था। बार-बार देवीदीन से पूछती, अब कितनी दूर है? अच्छा! अभी इतनी ही दूर और! वहाँ हाते में रोशनी तो होगी ही। उसके दिल में लहरें-सी उठने लगीं। रमा अकेले टहलते हुए मिल जाएँ, तो क्या पूछना। रूमाल में बांधकर ख़त को उनके सामने फेंक दूँ। उनकी सूरत बदल गई होगी।'

सहसा उसे शंका हो गई – कहीं वह पत्र पढ़कर भी अपना बयान न बदलें, तब क्या होगा? कौन जाने अब मेरी याद भी उन्हें है या नहीं। कहीं मुझे देखकर वह मुँह फेर लें तो? इस शंका से वह सहम उठी। देवीदीन से बोली – 'क्यों दादा, वह कभी घर की चर्चा करते थे?'

देवीदीन ने सिर हिलाकर कहा – 'कभी नहीं। मुझसे तो कभी नहीं की। उदास बहुत रहते थे।'

इन शब्दों ने जालपा की शंका को और भी सजीव कर दिया। शहर की घनी बस्ती से ये लोग दूर निकल आए थे। चारों ओर सन्नाटा था। दिन-भर वेग से चलने के बाद इस समय पवन भी विश्राम कर रहा था। सड़क के किनारे के वृक्ष और मैदान चन्द्रमा के मंद प्रकाश में हतोत्साह, निर्जीव-से मालूम होते थे। जालपा को ऐसा आभास होने लगा कि उसके प्रयास का कोई फल नहीं है, उसकी यात्रा का कोई लक्ष्य नहीं

है, इस अनंत मार्ग में उसकी दशा उस अनाथ की-सी है जो मुट्ठीभर आटे के लिए द्वार-द्वार फिरता हो वह जानता है, अगले द्वार पर उसे आटा न मिलेगा, गालियाँ ही मिलेंगी,फिर भी वह हाथ फैलाता है, बढ़ती मनाता है। उसे आशा का अवलंब नहीं निराशा ही का अवलंब है।

एकाएक सड़क के दाहनी तरफ़ बिजली का प्रकाश दिखाई दिया। देवीदीन ने एक बंगले की ओर उँगली उठाकर कहा - 'यही उनका बंगला है।'

जालपा ने डरते-डरते उधर देखा, मगर बिलकुल सन्नाटा छाया हुआ था। कोई आदमी न था। फाटक पर ताला पड़ा हुआ था।

जालपा बोली - 'यहाँ तो कोई नहीं है।'

देवीदीन ने फाटक के अंदर झांककर कहा - 'हाँ, शायद यह बंगला छोड़ दिया।'

'कहीं घूमने गए होंगे?'

'घूमने जाते तो द्वार पर पहरा होता। यह बंगला छोड़ दिया।'

'तो लौट चलें।'

'नहीं, ज़रा पता लगाना चाहिए, गए कहाँ?'

बंगले की दाहनी तरफ़ आमों के बाग़ में प्रकाश दिखाई दिया। शायद खटिक बाग़ की रखवाली कर रहा था। देवीदीन ने बाग़ में आकर पुकारा - 'कौन है यहाँ? किसने यह बाग़ लिया है?'

एक आदमी आमों के झुरमुट से निकल आया। देवीदीन ने उसे पहचानकर कहा - 'अरे! तुम हो जंगली? तुमने यह बाग़ लिया है?'

जंगली ठिगना-सा गठीला आदमी था, बोला - 'हाँ दादा, ले लिया, पर कुछ है नहीं। डंड ही भरना पड़ेगा। तुम यहाँ कैसे आ गए?'

'कुछ नहीं, यों ही चला आया था। इस बंगले वाले आदमी क्या हुए?'

जंगली ने इधर-उधर देखकर कनबतियों में कहा - 'इसमें वही मुख़बर टिका हुआ था। आज सब चले गए। सुनते हैं, पंद्रह-बीस दिन में आएँगे, जब फिर हाईकोर्ट में मुक़दमा पेस होगा। पढ़े-लिखे आदमी भी ऐसे दगाबाज होते हैं, दादा! सरासर झूठी गवाही दी। न जाने इसके बाल-बच्चे हैं या नहीं,भगवान को भी नहीं डरा!'

जालपा वहीं खड़ी थी। देवीदीन ने जंगली को और ज़हर उगलने का अवसर न दिया। बोला - 'तो पंद्रह-बीस दिन में आएँगे, ख़ूब मालूम है?'

जंगली - 'हाँ, वही पहरे वाले कह रहे थे।'

'कुछ मालूम हुआ, कहाँ गए हैं?'

'वही मौक़ा देखने गए हैं जहाँ वारदात हुई थी।'

देवीदीन चिलम पीने लगा और जालपा सड़क पर आकर टहलने लगी। रमा की यह निंदा सुनकर उसका हृदय टुकड़े-टुकड़े हुआ जाता था। उसे रमा पर क्रोध न आया, ग्लानि न आई, उसे हाथों का सहारा देकर इस दलदल से निकालने के लिए उसका मन विकल हो उठा। रमा चाहे उसे दुत्कार ही क्यों न दे, उसे ठुकरा ही क्यों न दे, वह उसे

अपयश के अंधेरे खड्ड में न गिरने देगी। जब दोनों यहाँ से चले तो जालपा ने पूछा – 'इस आदमी से कह दिया न कि जब वह आ जाएँ तो हमें ख़बर दे दें?'

'हाँ, कह दिया।'

37

एक महीना गुज़र गया। गोपीनाथ पहले तो कई दिन कलकत्ते की सैर करता रहा, मगर चार-पाँच दिन में ही यहाँ से उसका जी ऐसा उचाट हुआ कि घर की रट लगानी शुरू की। आख़िर जालपा ने उसे लौटा देना ही अच्छा समझा, यहाँ तो वह छिप-छिप कर रोया करता था।

जालपा कई बार रमा के बंगले तक हो आई। वह जानती थी कि अभी रमा नहीं आए हैं। फिर भी वहाँ का एक चक्कर लगा आने में उसको एक विचित्र संतोष होता था। जालपा कुछ पढ़ते-पढ़ते या लेटे-लेटे थक जाती, तो एक क्षण के लिए खिड़की के सामने आ खड़ी होती थी। एक दिन शाम को वह खिड़की के सामने आई, तो सड़क पर मोटरों की एक कतार नज़र आई। कौतूहल हुआ, इतनी मोटरें कहाँ जा रही हैं! ग़ौर से देखने लगी। छः मोटरें थीं। उनमें पुलिस के अफ़सर बैठे हुए थे। एक में सब सिपाही थे। आख़िरी मोटर पर जब उसकी निगाह पड़ी तो, मानो उसके सारे शरीर में बिजली की लहर दौड़ गई। वह ऐसी तन्मय हुई कि खिड़की से जीने तक दौड़ी आई, मानो मोटर को रोक लेना चाहती हो, पर इसी एक पल में उसे मालूम हो गया कि मेरे नीचे उतरते-उतरते मोटरें निकल जाएँगी। वह फिर खिड़की के सामने आई, रमा अब बिलकुल सामने आ गया था। उसकी आँखें खिड़की की ओर लगी हुई थीं। जालपा ने इशारे से कुछ कहना चाहा, पर संकोच ने रोक दिया। ऐसा मालूम हुआ कि रमा की मोटर कुछ धीमी हो गई है। देवीदीन की आवाज़ भी सुनाई दी, मगर मोटर रुकी नहीं। एक ही क्षण में वह आगे बढ़ गई, पर रमा अब भी रह-रहकर खिड़की की ओर ताकता जाता था।

जालपा ने जीने पर आकर कहा – 'दादा!'

देवीदीन ने सामने आकर कहा – 'भैया आ गए! वह क्या मोटर जा रही है!'

यह कहता हुआ वह ऊपर आ गया। जालपा ने उत्सुकता को संकोच से दबाते हुए कहा – 'तुमसे कुछ कहा?'

देवीदीन – 'और क्या कहते, ख़ाली राम-राम की। मैंने कुसल पूछी। हाथ से दिलासा देते चले गए। तुमने देखा कि नहीं?'

जालपा ने सिर झुकाकर कहा – 'देखा क्यों नहीं? खिड़की पर ज़रा खड़ी थी।'

'उन्होंने भी तुम्हें देखा होगा?'

'खिड़की की ओर ताकते तो थे।'

'बहुत चकराए होंगे कि यह कौन है!'

'कुछ मालूम हुआ मुक़दमा कब पेश होगा?'

'कल ही तो।'

'कल ही! इतनी जल्द, तब तो जो कुछ करना है आज ही करना होगा। किसी तरह मेरा ख़त उन्हें मिल जाता, तो काम बन जाता।'

देवीदीन ने इस तरह ताका मानो कह रहा है, तुम इस काम को जितना आसान समझती हो उतना आसान नहीं है। जालपा ने उसके मन का भाव ताड़कर कहा – 'क्या तुम्हें संदेह है कि वह अपना बयान बदलने पर राज़ी होंगे?'

देवीदीन को अब इसे स्वीकार करने के सिवा और कोई उपाय न सूझा। बोला – 'हाँ, बहूजी, मुझे इसका बहुत अंदेसा है। और सच पूछो तो है भी जोखिम। अगर वह बयान बदल भी दें, तो पुलिस के पंजे से नहीं छूट सकते। वह कोई दूसरा इलज़ाम लगा कर उन्हें पकड़ लेगी और फिर नया मुक़दमा चलावेगी।'

जालपा ने ऐसी नज़रों से देखा, मानो वह इस बात से ज़रा भी नहीं डरती। फिर बोली – 'दादा, मैं उन्हें पुलिस के पंजे से बचाने का ठेका नहीं लेती। मैं केवल यह चाहती हूँ कि हो सके तो अपयश से उन्हें बचा लूँ। उनके हाथों इतने घरों की बरबादी होते नहीं देख सकती। अगर वह सचमुच डकैतियों में शरीक होते, तब भी मैं यही चाहती कि वह अंत तक अपने साथियों के साथ रहें और जो सिर पर पड़े उसे ख़ुशी से झेलें। मैं यह कभी न पसंद करती कि वह दूसरों को दग़ा देकर मुख़बिर बन जाएँ, लेकिन यह मामला तो बिलकुल झूठ है। मैं यह किसी तरह नहीं बरदाश्त कर सकती कि वह अपने स्वार्थ के लिए झूठी गवाही दें। अगर उन्होंने ख़ुद अपना बयान न बदला, तो मैं अदालत में जाकर सारा कच्चा चिट्ठा खोल दूँगी, चाहे नतीजा कुछ भी हो। वह हमेशा के लिए मुझे त्याग दें, मेरी सूरत न देखें, यह मंजूर है, पर यह नहीं हो सकता कि वह इतना बड़ा कलंक माथे पर लगावें। मैंने अपने पत्र में सब लिख दिया है।'

देवीदीन ने उसे आदर की दृष्टि से देखकर कहा – 'तुम सब कर लोगी बहू, अब मुझे विश्वास हो गया। जब तुमने कलेजा इतना मज़बूत कर लिया है, तो तुम सब कुछ कर सकती हो।'

'तो यहाँ से नौ बजे चलें?'

'हाँ, मैं तैयार हूँ।'

38

वह रमानाथ, जो पुलिस के भय से बाहर न निकलता था, जो देवीदीन के घर में चोरों की तरह पड़ा ज़िंदगी के दिन पूरे कर रहा था, आज दो महीनों से राजसी भोग-विलास में डूबा हुआ है। रहने को सुंदर सजा हुआ बंगला है, सेवा-टहल के लिए चौकीदारों

का एक दल, सवारी के लिए मोटर। भोजन पकाने के लिए एक काश्मीरी बावरची है। बड़े-बड़े अफ़सर उसका मुँह ताका करते हैं। उसके मुँह से बात निकली नहीं कि पूरी हुई! इतने ही दिनों में उसके मिज़ाज में इतनी नफ़ासत आ गई है, मानो वह ख़ानदानी रईस हो। विलास ने उसकी विवेक-बुद्धि को सम्मोहित-सा कर दिया है। उसे कभी इसका ख़याल भी नहीं आता कि मैं क्या कर रहा हूँ और मेरे हाथों कितने बेगुनाहों का ख़ून हो रहा है। उसे एकांत-विचार का अवसर ही नहीं दिया जाता। रात को वह अधिकारियों के साथ सिनेमा या थिएटर देखने जाता है, शाम को मोटरों की सैर होती है। मनोरंजन के नित्य नए सामान होते रहते हैं। जिस दिन अभियुक्तों को मैजिस्ट्रेट ने सेशन सुपुर्द किया, सबसे ज़्यादा ख़ुशी उसी को हुई। उसे अपना सौभाग्य-सूर्य उदय होता हुआ मालूम होता था।

पुलिस को मालूम था कि सेशन जज के इजलास में यह बहार न होगी। संयोग से जज हिन्दुस्तानी थे और निष्पक्षता के लिए बदनाम। पुलिस हो या चोर, उनकी निगाह में बराबर था। वह किसी के साथ रू-रिआयात न करते थे। इसलिए पुलिस ने रमा को एक बार उन स्थानों की सैर कराना ज़रूरी समझा, जहाँ वारदातें हुई थीं। एक ज़मींदार की सजी-सजाई कोठी में डेरा पड़ा। दिन-भर लोग शिकार खेलते, रात को ग्रामोफ़ोन सुनते, ताश खेलते और बज़रों पर नदियों की सैर करते। ऐसा जान पड़ता था कि कोई राजकुमार शिकार खेलने निकला है।

इस भोग-विलास में रमा को अगर कोई अभिलाषा थी, तो यह कि जालपा भी यहाँ होती। जब तक वह पराश्रित था, दरिद्र था, उसकी विलासेंद्रियाँ मानो मूर्च्छित हो रही थीं। इन शीतल झोंकों ने उन्हें फिर सचेत कर दिया। वह इस कल्पना में मग्न था कि यह मुक़दमा ख़त्म होते ही उसे अच्छी ज़गह मिल जाएगी। तब वह जाकर जालपा को मना लावेगा और आनंद से जीवनसुख भोगेगा। हाँ, वह नए प्रकार का जीवन होगा, उसकी मर्यादा कुछ और होगी, सिद्धान्त कुछ और होंगे। उसमें कठोर संयम होगा और पक्का नियंत्रण! अब उसके जीवन का कुछ उद्देश्य होगा, कुछ आदर्श होगा। केवल खाना, सोना और रुपये के लिए हाय-हाय करना ही जीवन का व्यापार न होगा। इसी मुक़दमे के साथ इस मार्ग-हीन जीवन का अंत हो जाएगा। दुर्बल इच्छा ने उसे यह दिन दिखाया था और अब एक नए और संस्कृत जीवन का स्वप्न दिखा रही थीं। शराबियों की तरह ऐसे मनुष्य रोज़ ही संकल्प करते हैं, लेकिन उन संकल्पों का अंत क्या होता है? नए-नए प्रलोभन सामने आते रहते हैं और संकल्प की अवधि भी बढ़ती चली जाती है। नए प्रभात का उदय कभी नहीं होता।

एक महीना देहात की सैर के बाद रमा पुलिस के सहयोगियों के साथ अपने बंगले पर जा रहा था। रास्ता देवीदीन के घर के सामने से था, कुछ दूर ही से उसे अपना कमरा दिखाई दिया। अनायास ही उसकी निगाह ऊपर उठ गई। खिड़की के सामने कोई खड़ा था। इस वक़्त देवीदीन वहाँ क्या कर रहा है? उसने ज़रा ध्यान से देखा। यह तो कोई औरत है! मगर औरत कहाँ से आई? क्या देवीदीन ने वह कमरा किराए पर तो नहीं उठा दिया, ऐसा तो उसने कभी नहीं किया।

मोटर ज़रा और समीप आई तो उस औरत का चेहरा साफ़ नज़र आने लगा। रमा चौंक पड़ा। यह तो जालपा है! बेशक जालपा है! मगर नहीं, जालपा यहाँ कैसे आएगी? मेरा पता-ठिकाना उसे कहाँ मालूम! कहीं बुड्ढे ने उसे ख़त तो नहीं लिख दिया? जालपा ही है। नायब दारोग़ा मोटर चला रहा था। रमा ने बड़ी मित्रता के साथ कहा - 'सरदार साहब, एक मिनट के लिए रुक जाइए। मैं ज़रा देवीदीन से एक बात कर लूँ।' नायब ने मोटर ज़रा धीमी कर दी, लेकिन फिर कुछ सोचकर उसे आगे बढ़ा दिया।

रमा ने तेज़ होकर कहा - 'आप तो मुझे क़ैदी बनाए हुए हैं।'

नायब ने खिसियाकर कहा - 'आप तो जानते हैं, डिप्टी साहब कितनी जल्द जामे से बाहर हो जाते हैं।'

बंगले पर पहुँचकर रमा सोचने लगा, जालपा से कैसे मिलूँ। वहाँ जालपा ही थी, इसमें अब उसे कोई शुबहा न था। आँखों को कैसे धोखा देता। हृदय में एक ज्वाला-सी उठी हुई थी, क्या करूँ? कैसे जाऊँ? उसे कपड़े उतारने की सुधि भी न रही। पंद्रह मिनट तक वह कमरे के द्वार पर खड़ा रहा। कोई हिकमत न सूझी। लाचार पलंग पर लेटा रहा।

ज़रा ही देर में वह फिर उठा और सामने सहन में निकल आया। सड़क पर उसी वक़्त बिजली रोशन हो गई। फाटक पर चौकीदार खड़ा था। रमा को उस पर इस समय इतना क्रोध आया, कि गोली मार दे। अगर मुझे कोई अच्छी ज़गह मिल गई, तो एक-एक से समझूँगा। तुम्हें तो डिसमिस कराके छोड़ूँगा। कैसा शैतान की तरह सिर पर सवार है। मुँह तो देखो ज़रा। मालूम होता है बकरी की दुम है। वाह रे आपकी पगड़ी, कोई टोकरी ढोने वाला कुली है। अभी कुत्ता भूंक पड़े, तो आप दुम दबाकर भागेंगे, मगर यहाँ ऐसे डटे खड़े हैं मानो किसी किले के द्वार की रक्षा कर रहे हैं।

एक चौकीदार ने आकर कहा - 'इस पिट्टर साहब ने बुलाया है। कुछ नए तवे मँगवाए हैं।'

रमा ने झल्लाकर कहा - 'मुझे इस वक़्त फ़ुरसत नहीं है।'

फिर सोचने लगा। जालपा यहाँ कैसे आई? अकेले ही आई है या और कोई साथ है? जालिम ने बुड्ढे से एक मिनट भी बात नहीं करने दिया। जालपा पूछेगी तो ज़रूर, कि क्यों भागे थे। साफ़-साफ़ कह दूँगा, उस समय और कर ही क्या सकता था। पर इन थोड़े दिनों के कष्ट ने जीवन का प्रश्न तो हल कर दिया। अब आनंद से ज़िंदगी कटेगी। कोशिश करके उसी तरफ़ अपना तबादला करवा लूँगा। यह सोचते-सोचते रमा को ख़याल आया कि जालपा भी यहाँ मेरे साथ रहे, तो क्या हरज़ है। बाहर वालों से मिलने की रोक-टोक है। जालपा के लिए क्या रुकावट हो सकती है। लेकिन इस वक़्त इस प्रश्न को छेड़ना उचित नहीं। कल इसे तय करूँगा। देवीदीन भी विचित्र जीव है। पहले तो कई बार आया, पर आज उसने भी सन्नाटा खींच लिया। कम-से-कम इतना तो हो सकता था कि आकर पहरे वाले कांस्टेबल से जालपा के आने की ख़बर मुझे देता। फिर मैं देखता कि कौन जालपा को नहीं आने देता। पहले इस तरह की क़ैद ज़रूरी थी, पर अब तो मेरी परीक्षा पूरी हो चुकी। शायद सब लोग ख़ुशी से राज़ी हो जाएँगे।

रसोइया थाली लाया। मांस एक ही तरह का था। रमा थाली देखते ही झल्ला गया। इन दिनों रुचिकर भोजन देखकर ही उसे भूख लगती थी। जब तक चार-पाँच प्रकार का मांस न हो, चटनी-अचार न हो, उसकी तृप्ति न होती थी।

बिगड़कर बोला - 'क्या खाऊँ तुम्हारा सिर? थाली उठा ले जाओ।'

रसोइए ने डरते-डरते कहा - 'हुज़ूर, इतनी जल्द और चीज़ें कैसे बनाता! अभी कुल दो घंटे तो आए हुए हैं।'

'दो घंटे तुम्हारे लिए थोड़े होते हैं!'

'अब हुज़ूर से क्या कहूँ!'

'मत बको।'

'हुज़ूर।'

'मत बको - डैम!'

रसोइए ने फिर कुछ न कहा। बोतल लाया, बर्फ़ तोड़कर ग्लास में डाली और पीछे हटकर खड़ा हो गया।

रमा को इतना क्रोध आ रहा था कि रसोइए को नोच खाए। उसका मिज़ाज इन दिनों बहुत तेज़ हो गया था।

शराब का दौर शुरू हुआ, तो रमा का गुस्सा और भी तेज़ हो गया। लाल-लाल आँखों से देखकर बोला - 'चाहूँ तो अभी तुम्हारा कान पकड़कर निकाल दूँ। अभी, इसी दम! तुमने समझा क्या है!'

उसका क्रोध बढ़ता देखकर रसोइया चुपके-से सरक गया। रमा ने ग्लास लिया और दो-चार लुकमे खाकर बाहर सहन में टहलने लगा। यही धुन सवार थी, कैसे यहाँ से निकल जाऊँ।

एकाएक उसे ऐसा जान पड़ा कि तार के बाहर वृक्षों की आड़ में कोई है। हाँ, कोई खड़ा उसकी तरफ़ ताक रहा है। शायद इशारे से अपनी तरफ़ बुला रहा है। रमानाथ का दिल धड़कने लगा। कहीं षड्यंत्रकारियों ने उसके प्राण लेने की तो नहीं ठानी है! यह शंका उसे सदैव बनी रहती थी। इसी ख़याल से वह रात को बंगले के बाहर बहुत कम निकलता था। आत्म-रक्षा के भाव ने उसे अंदर चले जाने की प्रेरणा की। उसी वक़्त एक मोटर सड़क पर निकली। उसके प्रकाश में रमा ने देखा, वह अंधेरी छाया स्त्री है। उसकी साड़ी साफ़ नज़र आ रही है। फिर उसे ऐसा मालूम हुआ कि वह स्त्री उसकी ओर आ रही है। उसे फिर शंका हुई, कोई मर्द यह वेश बदलकर मेरे साथ छल तो नहीं कर रहा है। वह ज्यों-ज्यों पीछे हटता गया, वह छाया उसकी ओर बढ़ती गई, यहाँ तक कि तार के पास आकर उसने कोई चीज़ रमा की तरफ़ फेंकी।

रमा चीख़ मारकर पीछे हट गया, मगर वह केवल एक लिफ़ाफ़ा था। उसे कुछ तस्कीन हुई। उसने फिर जो सामने देखा, तो वह छाया अंधकार में विलीन हो गई थी। रमा ने लपककर वह लिफ़ाफ़ा उठा लिया। भय भी था और कौतूहल भी। भय कम था, कौतूहल अधिक। लिफ़ाफ़े को हाथ में लेकर देखने लगा। सिरनामा देखते ही उसके हृदय

में फुरहरियां-सी उड़ने लगीं। लिखावट जालपा की थी। उसने फ़ौरन लिफ़ाफ़ा खोला। जालपा ही की लिखावट थी। उसने एक ही साँस में पत्र पढ़ डाला और तब एक लंबी साँस ली। उसी साँस के साथ चिंता का वह भीषण भार जिसने आज छः महीने से उसकी आत्मा को दबाकर रक्खा था, वह सारी मनोव्यथा जो उसका जीवन-रक्त चूस रही थी, वह सारी दुर्बलता, लज्जा, ग्लानि मानो उड़ गई, छू मंतर हो गई। इतनी स्फूर्ति, इतना गर्व, इतना आत्म-विश्वास उसे कभी न हुआ था।

पहली सनक यह सवार हुई, अभी चलकर दारोग़ा से कह दूँ कि मुझे इस मुक़दमे से कोई सरोकार नहीं है, लेकिन फिर ख़याल आया, बयान तो अब हो ही चुका, जितना अपयश मिलना था, मिल ही चुका, अब उसके फल से क्यों हाथ धोऊँ। मगर इन सबों ने मुझे कैसा चकमा दिया है! और अभी तक मुगालते में डाले हुए हैं। सब-के-सब मेरी दोस्ती का दम भरते हैं, मगर अभी तक असली बात मुझसे छिपाए हुए हैं। अब भी इन्हें मुझ पर विश्वास नहीं। अभी इसी बात पर अपना बयान बदल दूँ, तो आटे-दाल का भाव मालूम हो। यही न होगा, मुझे कोई ज़गह न मिलेगी। बला से, इन लोगों के मनसूबे तो ख़ाक में मिल जाएँगे। इस दग़ाबाज़ी की सज़ा तो मिल जाएगी। और, यह कुछ न सही, इतनी बड़ी बदनामी से तो बच जाऊँगा। यह सब शरारत ज़रूर करेंगे, लेकिन झूठा इलज़ाम लगाने के सिवा और कर ही क्या सकते हैं। जब मेरा यहाँ रहना साबित ही नहीं तो मुझ पर दोष ही क्या लग सकता है। सबों के मुँह में कालिख लग जाएगी। मुँह तो दिखाया न जाएगा, मुक़दमा क्या चलाएँगे।

मगर नहीं, इन्होंने मुझसे चाल चली है, तो मैं भी इनसे वही चाल चलूँगा। कह दूँगा, अगर मुझे आज कोई अच्छी ज़गह मिल जाएगी, तो मैं शहादत दूँगा, वरना साफ़ कह दूँगा, इस मामले से मेरा कोई संबंध नहीं। नहीं तो पीछे से किसी छोटे-मोटे थाने में नायब दारोग़ा बनाकर भेज दें और वहाँ सड़ा करूँ। लूँगा इंस्पेक्टरी और कल दस बजे मेरे पास नियुक्ति का परवाना आ जाना चाहिए।

वह चला कि इसी वक़्त दारोग़ा से कह दूँ, लेकिन फिर रुक गया। एक बार जालपा से मिलने के लिए उसके प्राण तड़प रहे थे। उसके प्रति इतना अनुराग, इतनी श्रद्धा उसे कभी न हुई थी, मानो वह कोई दैवी-शक्ति हो जिसे देवताओं ने उसकी रक्षा के लिए भेजा हो! दस बज गए थे। रमानाथ ने बिजली गुल कर दी और बरामदे में आकर ज़ोर से किवाड़ बंद कर दिए, जिसमें पहरे वाले सिपाही को मालूम हो, अंदर से किवाड़ बंद करके सो रहे हैं। वह अंधेरे बरामदे में एक मिनट खड़ा रहा। तब आहिस्ता से उतरा और कांटेदार फेंसिंग के पास आकर सोचने लगा, उस पार कैसे जाऊँ? शायद अभी जालपा बग़ीचे में हो। देवीदीन ज़रूर उसके साथ होगा। केवल यही तार उसकी राह रोके हुए था। उसे फाँद जाना असंभव था। उसने तारों के बीच से होकर निकल जाने का निश्चय किया। अपने सब कपड़े समेट लिए और कांटों को बचाता हुआ सिर और कंधों को तार के बीच में डाला, पर न जाने कैसे कपड़े फँस गए। उसने हाथ

से कपड़ों को छुड़ाना चाहा, तो आस्तीन कांटों में फँस गई। धोती भी उलझी हुई थी। बेचारा बड़े संकट में पड़ा। न इस पार जा सकता था, न उस पार ज़रा भी असावधानी हुई और कांटे उसकी देह में चुभ जाएँगे।

मगर इस वक़्त उसे कपड़ों की परवा न थी। उसने गर्दन और आगे बढ़ाई और कपड़ों में लंबा चीरा लगाता उस पार निकल गया। सारे कपड़े तार-तार हो गए। पीठ में भी कुछ खरोंचे लगे पर इस समय कोई बंदूक का निशाना बांधकर भी उसके सामने खड़ा हो जाता, तो भी वह पीछे न हटता। फटे हुए कुरते को उसने वहीं फेंक दिया, गले की चादर फट जाने पर भी काम दे सकती थी, उसे उसने ओढ़ लिया, धोती समेट ली और बग़ीचे में घूमने लगा। सन्नाटा था। शायद रखवाला खटिक खाना खाने गया हुआ था। उसने दो-तीन बार धीरे-धीरे जालपा का नाम लेकर पुकारा भी। किसी की आहट न मिली, पर निराशा होने पर भी मोह ने उसका गला न छोड़ा। उसने एक पेड़ के नीचे जाकर देखा। समझ गया, जालपा चली गई। वह उन्हीं पैरों देवीदीन के घर की ओर चला। उसे ज़रा भी शोक न था। बला से किसी को मालूम हो जाए कि मैं बंगले से निकल आया हूँ, पुलिस मेरा कर ही क्या सकती है। मैं क़ैदी नहीं हूँ, गुलामी नहीं लिखाई है।

आधी रात हो गई थी। देवीदीन भी आधा घंटा पहले लौटा था और खाना खाने जा रहा था कि एक नंगे-धड़ंगे आदमी को देखकर चौंक पड़ा। रमा ने चादर सिर पर बांध ली थी और देवीदीन को डराना चाहता था।

देवीदीन ने सशंक होकर कहा – 'कौन है?'

सहसा पहचान गया और झपटकर उसका हाथ पकड़ता हुआ बोला – 'तुमने तो भैया खूब भेस बनाया है? कपड़े क्या हुए?'

रमानाथ – 'तार से निकल रहा था। सब उसके कांटों में उलझकर फट गए।'

देवीदीन – 'राम राम! देह में तो कांटे नहीं चुभे?'

रमानाथ – 'कुछ नहीं, दो-एक खरोंचे लग गए। मैं बहुत बचाकर निकला।'

देवीदीन – 'बहू की चिट्ठी मिल गई न?'

रमानाथ – 'हाँ, उसी वक़्त मिल गई थी। क्या वह भी तुम्हारे साथ थी?'

देवीदीन – 'वह मेरे साथ नहीं थीं, मैं उनके साथ था। जब से तुम्हें मोटर पर आते देखा, तभी से जाने-जाने की लगाए हुए थीं।'

रमानाथ – 'तुमने कोई ख़त लिखा था?'

देवीदीन – 'मैंने कोई ख़त-पत्तर नहीं लिखा भैया। जब वह आई तो मुझे आप ही अचंभा हुआ कि बिना जाने-बूझे कैसे आ गई। पीछे से उन्होंने बताया। वह सतरंज वाला नक़सा उन्हीं ने पराग से भेजा था और इनाम भी वहीं से आया था।'

रमा की आँखें फैल गईं। जालपा की चतुराई ने उसे विस्मय में डाल दिया। इसके साथ ही पराजय के भाव ने उसे कुछ खिन्न कर दिया। यहाँ भी उसकी हार हुई! इस बुरी तरह!

बुढ़िया ऊपर गई हुई थी। देवीदीन ने जीने के पास जाकर कहा - 'अरे क्या करते हो? बहू से कह दो। एक आदमी उनसे मिलने आया है।'

यह कहकर देवीदीन ने फिर रमा का हाथ पकड़ लिया और बोला - 'चलो, अब सरकार में तुम्हारी पेसी होगी। बहुत भागे थे। बिना वारंट के पकड़े गए। इतनी आसानी से पुलिस भी न पकड़ सकती!'

रमा का मनोल्लास द्रवित हो गया था। लज्जा से गड़ा जाता था। जालपा के प्रश्नों का उसके पास क्या जवाब था। जिस भय से वह भागा था, उसने अंत में उसका पीछा करके उसे परास्त ही कर दिया। वह जालपा के सामने सीधी आँखें भी तो न कर सकता था। उसने हाथ छुड़ा लिया और जीने के पास ठिठक गया। देवीदीन ने पूछा - 'क्यों रुक गए?'

रमा ने सिर खुजलाते हुए कहा - 'चलो, मैं आता हूँ।'

बुढ़िया ने ऊपर ही से कहा - 'पूछो, कौन आदमी है, कहाँ से आया है?'

देवीदीन ने विनोद किया - 'कहता है, मैं जो कुछ कहूँगा, बहू से ही कहूँगा।'

'कोई चिट्ठी लाया है?'

'नहीं!'

सन्नाटा हो गया। देवीदीन ने एक क्षण के बाद पूछा - 'कह दूँ, लौट जाए?'

जालपा जीने पर आकर बोली - 'कौन आदमी है, पूछती तो हूँ!'

'कहता है, बड़ी दूर से आया हूँ!'

'है कहाँ?'

'यह क्या खड़ा है!'

'अच्छा, बुला लो!'

रमा चादर ओढ़े, कुछ झिझकता, कुछ झेंपता, कुछ डरता, जीने पर चढ़ा। जालपा ने उसे देखते ही पहचान लिया। तुरंत दो क़दम पीछे हट गई। देवीदीन वहाँ न होता तो वह दो क़दम और आगे बढ़ी होती।

उसकी आँखों में कभी इतना नशा न था, अंगों में कभी इतनी चपलता न थी, कपोल कभी इतने न दमके थे, हृदय में कभी इतना मृदु कंपन न हुआ था। आज उसकी तपस्या सफल हुई!

39

वियोगियों के मिलन की रात बटोहियों के पड़ाव की रात है, जो बातों में कट जाती है। रमा और जालपा, दोनों ही को अपनी छः महीने की कथा कहनी थी। रमा ने अपना गौरव बढ़ाने के लिए अपने कष्टों को ख़ूब बढ़ा-चढ़ाकर बयान किया। जालपा ने अपनी कथा में कष्टों की चर्चा तक न आने दी। वह डरती थी इन्हें दुःख होगा, लेकिन रमा को

उसे रुलाने में विशेष आनंद आ रहा था। वह क्यों भागा, किसलिए भागा, कैसे भागा, यह सारी गाथा उसने करूण शब्दों में कही और जालपा ने सिसक-सिसककर सुनी वह अपनी बातों से उसे प्रभावित करना चाहता था। अब तक सभी बातों में उसे परास्त होना पड़ा था। जो बात उसे असूझ मालूम हुई, उसे जालपा ने चुटकियों में पूरा कर दिखाया। शतरंज वाली बात को वह ख़ूब नमक-मिर्च लगाकर बयान कर सकता था, लेकिन वहाँ भी जालपा ही ने नीचा दिखाया। फिर उसकी कीर्ति-लालसा को इसके सिवा और क्या उपाय था कि अपने कष्टों की राई को पर्वत बनाकर दिखाए।

जालपा ने सिसक कर कहा - 'तुमने यह सारी आफ़तें झेलीं, पर हमें एक पत्र तक न लिखा। क्यों लिखते, हमसे नाता ही क्या था! मुँह देखे की प्रीति थी! आँख ओट पहाड़ ओट।'

रमा ने हसरत से कहा - 'यह बात नहीं थी जालपा, दिल पर जो कुछ गुज़रती थी दिल ही जानता है, लेकिन लिखने का मुँह भी तो हो। जब मुँह छिपाकर घर से भागा, तो अपनी विपत्ति-कथा क्या लिखने बैठता! मैंने तो सोच लिया था, जब तक ख़ूब रुपये न कमा लूँगा, एक शब्द भी न लिखूँगा।'

जालपा ने आँसू-भरी आँखों में व्यंग्य भरकर कहा - 'ठीक ही था, रुपये आदमी से ज़्यादा प्यारे होते ही हैं! हम तो रुपये के यार हैं, तुम चाहे चोरी करो, डाका मारो, जाली नोट बनाओ, झूठी गवाही दो या भीख माँगो, किसी उपाय से रुपये लाओ। तुमने हमारे स्वभाव को कितना ठीक समझा है, कि वाह! गोसाईं जी भी तो कह गए हैं - स्वारथ लाइ करहिं सब प्रीति।'

रमा ने झेंपते हुए कहा - 'नहीं-नहीं प्रिये, यह बात न थी। मैं यही सोचता था कि इन फटे-हालों जाऊँगा कैसे। सच कहता हूँ, मुझे सबसे ज़्यादा डर तुम्हीं से लगता था। सोचता था, तुम मुझे कितना कपटी, झूठा, कायर समझ रही होगी। शायद मेरे मन में यह भाव था कि रुपये की थैली देखकर तुम्हारा हृदय कुछ तो नर्म होगा।'

जालपा ने व्यथित कंठ से कहा - 'मैं शायद उस थैली को हाथ से छूती भी नहीं। आज मालूम हो गया, तुम मुझे कितनी नीच, कितनी स्वार्थिनी, कितनी लोभिन समझते हो! इसमें तुम्हारा कोई दोष नहीं, सरासर मेरा दोष है। अगर मैं भली होती, तो आज यह दिन ही क्यों आता। जो पुरुष तीस-चालीस रुपये का नौकर हो, उसकी स्त्री अगर दो-चार रुपये रोज़ ख़र्च करे, हज़ार-दो हज़ार के गहने पहनने की नीयत रक्खे, तो वह अपनी और उसकी तबाही का सामान कर रही है। अगर तुमने मुझे इतना धनलोलुप समझा, तो कोई अन्याय नहीं किया। मगर एक बार जिस आग में जल चुकी, उसमें फिर न कूदूँगी। इन महीनों में मैंने उन पापों का कुछ प्रायश्चित्त किया है और शेष जीवन के अंत समय तक करूँगी। यह मैं नहीं कहती कि भोग-विलास से मेरा जी भर गया, या गहने-कपड़े से मैं ऊब गई, या सैर-तमाशे से मुझे घृणा हो गई। यह सब अभिलाषाएँ ज्यों की त्यों हैं। अगर तुम अपने पुरुषार्थ से, अपने परिश्रम से, अपने सदुद्योग से उन्हें पूरा कर सको तो क्या कहना लेकिन नीयत खोटी करके, आत्मा

को कलुषित करके एक लाख भी लाओ, तो मैं उसे ठुकरा दूँगी। जिस वक़्त मुझे मालूम हुआ कि तुम पुलिस के गवाह बन गए हो, मुझे इतना दुःख हुआ कि मैं उसी वक़्त दादा को साथ लेकर तुम्हारे बंगले तक गई, मगर उसी दिन तुम बाहर चले गए थे और आज लौटे हो। मैं इतने आदमियों का ख़ून अपनी गर्दन पर नहीं लेना चाहती। तुम अदालत में साफ़-साफ़ कह दो कि मैंने पुलिस के चकमे में आकर गवाही दी थी, मेरा इस मुआमले से कोई संबंध नहीं है।'

रमा ने चिंतित होकर कहा - 'जब से तुम्हारा ख़त मिला, तभी से मैं इस प्रश्न पर विचार कर रहा हूँ, लेकिन समझ में नहीं आता क्या करूँ। एक बात कहकर मुकर जाने का साहस मुझमें नहीं है।'

'बयान तो बदलना ही पड़ेगा।'

'आख़िर कैसे?'

'मुश्किल क्या है। जब तुम्हें मालूम हो गया कि म्युनिसिपैलिटी तुम्हारे ऊपर कोई मुक़दमा नहीं चला सकती, तो फिर किस बात का डर?'

'डर न हो, झेंप भी तो कोई चीज़ है। जिस मुँह से एक बात कही, उसी मुँह से मुकर जाऊँ, यह तो मुझसे न होगा। फिर मुझे कोई अच्छी ज़गह मिल जाएगी। आराम से ज़िंदगी बसर होगी। मुझमें गली-गली ठोकर खाने का बूता नहीं है।'

जालपा ने कोई जवाब न दिया। वह सोच रही थी, आदमी में स्वार्थ की मात्रा कितनी अधिक होती है। रमा ने फिर धृष्टता से कहा - 'और कुछ मेरी ही गवाही पर तो सारा फ़ैसला नहीं हुआ जाता। मैं बदल भी जाऊँ, तो पुलिस कोई दूसरा आदमी खड़ा कर देगी। अपराधियों की जान तो किसी तरह नहीं बच सकती। हाँ, मैं मुफ़्त में मारा जाऊँगा।'

जालपा ने त्योरी चढ़ाकर कहा - 'कैसी बेशर्मी की बातें करते हो जी! क्या तुम इतने गए-बीते हो कि अपनी रोटियों के लिए दूसरों का गला काटो। मैं इसे नहीं सह सकती। मुझे मज़दूरी करना, भूखे मर जाना मंजूर है, बड़ी-से-बड़ी विपत्ति जो संसार में है, वह सारी सिर पर ले सकती हूँ, लेकिन किसी का बुरा करके स्वर्ग का राज भी नहीं ले सकती।'

रमा इस आदर्शवाद से चिढ़कर बोला - 'तो क्या तुम चाहती कि मैं यहाँ कुलीगीरी करूँ?

जालपा - 'नहीं, मैं यह नहीं चाहती; लेकिन अगर कुलीगीरी भी करनी पड़े तो वह ख़ून से तर रोटियाँ खाने से कहीं बढ़कर है।'

रमा ने शांत भाव से कहा - 'जालपा, तुम मुझे जितना नीच समझ रही हो, मैं उतना नीच नहीं हूँ। बुरी बात सभी को बुरी लगती है। इसका दुःख मुझे भी है कि मेरे हाथों इतने आदमियों का ख़ून हो रहा है, लेकिन परिस्थिति ने मुझे लाचार कर दिया है। मुझमें अब ठोकरें खाने की शक्ति नहीं है। न मैं पुलिस से बैर मोल ले सकता हूँ। दुनिया में सभी थोड़े ही आदर्शों पर चलते हैं। मुझे क्यों उस ऊँचाई पर चढ़ाना चाहती

हो, जहाँ पहुँचने की शक्ति मुझमें नहीं है।'

जालपा ने तीक्ष्ण स्वर में कहा – 'जिस आदमी में हत्या करने की शक्ति हो, उसमें हत्या न करने की शक्ति का न होना अचंभे की बात है। जिसमें दौड़ने की शक्ति हो, उसमें खड़े रहने की शक्ति न हो इसे कौन मानेगा। जब हम कोई काम करने की इच्छा करते हैं, तो शक्ति आप ही आप आ जाती है। तुम यह निश्चय कर लो कि तुम्हें बयान बदलना है, बस और बातें आप आ जाएँगी।'

रमा सिर झुकाए हुए सुनता रहा। जालपा ने और आवेश में आकर कहा – 'अगर तुम्हें यह पाप की खेती करनी है, तो मुझे आज ही यहाँ से विदा कर दो। मैं मुँह में कालिख लगाकर यहाँ से चली जाऊँगी और फिर तुम्हें दिक करने न आऊँगी। तुम आनंद से रहना। मैं अपना पेट मेहनत-मजूरी करके भर लूँगी। अभी प्रायश्चित्त पूरा नहीं हुआ है, इसीलिए यह दुर्बलता हमारे पीछे पड़ी हुई है। मैं देख रही हूँ, यह हमारा सर्वनाश करके छोड़ेगी।'

रमा के दिल पर कुछ चोट लगी। सिर खुजलाकर बोला – 'चाहता तो मैं भी हूँ कि किसी तरह इस मुसीबत से जान बचे।'

'तो बचाते क्यों नहीं। अगर तुम्हें कहते शर्म आती हो, तो मैं चलूँ। यही अच्छा होगा। मैं भी चली चलूँगी और तुम्हारे सुपरंडंट साहब से सारा वृत्तांत साफ़-साफ़ कह दूँगी।'

रमा का सारा पसोपेश ग़ायब हो गया। अपनी इतनी दुर्गति वह न कराना चाहता था कि उसकी स्त्री जाकर उसकी वकालत करे। बोला – 'तुम्हारे चलने की ज़रूरत नहीं है जालपा, मैं उन लोगों को समझा दूँगा।'

जालपा ने ज़ोर देकर कहा – 'साफ़ बताओ, अपना बयान बदलोगे या नहीं?' रमा ने मानो कोने में दबकर कहा – 'कहता तो हूँ, बदल दूँगा।'

'मेरे कहने से या अपने दिल से?'

'तुम्हारे कहने से नहीं, अपने दिल से मुझे ख़ुद ही ऐसी बातों से घृणा है। सिर्फ़ ज़रा हिचक थी, वह तुमने निकाल दी।'

फिर और बातें होने लगीं। कैसे पता चला कि रमा ने रुपये उड़ा दिए हैं? रुपये अदा कैसे हो गए? और लोगों को ग़बन की ख़बर हुई या घर ही में दबकर रह गई? रतन पर क्या गुज़री? गोपी क्यों इतनी जल्द चला गया? दोनों कुछ पढ़ रहे हैं या उसी तरह आवारा फिरा करते हैं? आख़िर में अम्मां और दादा का ज़िक्र आया। फिर जीवन के मनसूबे बाँधे जाने लगे। जालपा ने कहा – 'घर चलकर रतन से थोड़ी-सी ज़मीन ले लें और आनंद से खेती-बारी करें।'

रमा ने कहा – 'कहीं उससे अच्छा है कि यहाँ चाय की दुकान खोलें।' इस पर दोनों में मुबाहसा हुआ। आख़िर रमा को हार माननी पड़ी। यहाँ रहकर वह घर की देखभाल न कर सकता था, भाइयों को शिक्षा न दे सकता था और न माता-पिता की सेवा-सत्कार कर सकता था। आख़िर घरवालों के प्रति भी तो उसका कुछ कर्तव्य है। रमा निरुत्तर हो गया।

40

रमा मुँह-अंधेरे अपने बंगले जा पहुँचा। किसी को कानों-कान ख़बर न हुई। नाश्ता करके रमा ने ख़त साफ़ किया, कपड़े पहने और दारोग़ा के पास जा पहुँचा। त्योरियाँ चढ़ी हुई थीं। दारोग़ा ने पूछा – 'ख़ैरियत तो है, नौकरों ने कोई शरारत तो नहीं की।'

रमा ने खड़े-खड़े कहा – 'नौकरों ने नहीं, आपने शरारत की है, आपके मातहतों, अफ़सरों और सबने मिलकर मुझे उल्लू बनाया है।'

दारोग़ा ने कुछ घबड़ाकर पूछा – 'आख़िर बात क्या है, कहिए तो?'

रमानाथ – 'बात यही है कि इस मुआमले में अब कोई शहादत न दूँगा। उससे मेरा ताल्लुक नहीं। आप ने मेरे साथ चाल चली और वारंट की धमकी देकर मुझे शहादत देने पर मजबूर किया। अब मुझे मालूम हो गया कि मेरे ऊपर कोई इलज़ाम नहीं। आप लोगों का चकमा था। पुलिस की तरफ़ से शहादत नहीं देना चाहता, मैं आज जज साहब से साफ़ कह दूँगा। बेगुनाहों का ख़ून अपनी गर्दन पर न लूँगा।'

दारोग़ा ने तेज़ होकर कहा – 'आपने ख़ुद ग़बन तस्लीम किया था।'

रमानाथ – 'मीज़ान की ग़लती थी। ग़बन न था। म्युनिसिपैलिटी ने मुझ पर कोई मुक़दमा नहीं चलाया।'

'यह आपको मालूम कैसे हुआ?'

'इससे आपको कोई बहस नहीं। मैं शहादत न दूँगा। साफ़-साफ़ कह दूँगा, पुलिस ने मुझे धोखा देकर शहादत दिलवाई है। जिन तारीख़ों का वह वाकया है, उन तारीख़ों में मैं इलाहाबाद में था। म्युनिसिपल ऑफ़िस में मेरी हाज़िरी मौजूद है।'

दारोग़ा ने इस आपत्ति को हँसी में उड़ाने की चेष्टा करके कहा – 'अच्छा साहब, पुलिस ने धोखा ही दिया, लेकिन उसका ख़ातिरख़्वाह इनाम देने को भी तो हाज़िर है। कोई अच्छी ज़गह मिल जाएगी, मोटर पर बैठे हुए सैर करोगे। खुफ़िया पुलिस में कोई ज़गह मिल गई, तो चैन ही चैन है। सरकार की नज़रों में इज्ज़त और रूसूख कितना बढ़ गया, यों मारे-मारे फिरते। शायद किसी दफ़्तर में क्लर्की मिल जाती, वह भी बड़ी मुश्किल से यहाँ तो बैठे-बिठाए तरक़्क़ी का दरवाज़ा खुल गया। अच्छी तरह कारगुज़ारी होगी, तो एक दिन रायबहादुर मुंशी रमानाथ डिप्टी सुपरिंटेंडेंट हो जाओगे। तुम्हें हमारा एहसान मानना चाहिए और आप उल्टे ख़फा होते हैं।'

रमा पर इस प्रलोभन का कुछ असर न हुआ। बोला – 'मुझे क्लर्क बनना मंजूर है, इस तरह की तरक़्क़ी नहीं चाहता। यह आप ही को मुबारक रहे।' इतने में डिप्टी साहब और इंस्पेक्टर भी आ पहुँचे। रमा को देखकर इंस्पेक्टर साहब ने फ़रमाया – 'हमारे बाबू साहब तो पहले ही से तैयार बैठे हैं। बस इसी की कारगुज़ारी पर वारा-न्यारा है।'

रमा ने इस भाव से कहा, मानो मैं भी अपना नफ़ा-नुक़सान समझता हूँ – 'जी हाँ, आज वारा-न्यारा कर दूँगा। इतने दिनों तक आप लोगों के इशारे पर चला, अब अपनी आँखों से देखकर चलूँगा।'

इंस्पेक्टर ने दारोग़ा का मुँह देखा, दारोग़ा ने डिप्टी का मुँह देखा, डिप्टी ने इंस्पेक्टर का मुँह देखा। यह कहता क्या है? इंस्पेक्टर साहब विस्मित होकर बोले – 'क्या बात है? हलफ़ से कहता हूँ, आप कुछ नाराज़ मालूम होते हैं!'

रमानाथ – 'मैंने फ़ैसला किया है कि आज अपना बयान बदल दूँगा। बेगुनाहों का ख़ून नहीं कर सकता।'

इंस्पेक्टर ने दया-भाव से उसकी तरफ़ देखकर कहा – 'आप बेगुनाहों का ख़ून नहीं कर रहे हैं, अपनी तक़दीर की इमारत खड़ी कर रहे हैं। हलफ़ से कहता हूँ, ऐसे मौक़े बहुत कम आदमियों को मिलते हैं। आज क्या बात हुई कि आप इतने ख़फ़ा हो गए? आपको कुछ मालूम है, दारोग़ा साहब? आदमियों ने तो कोई शोखी नहीं की? अगर किसी ने आपके मिज़ाज़ के ख़िलाफ़ कोई काम किया हो, तो उसे गोली मार दीजिए, हलफ़ से कहता हूँ!'

दारोग़ा – 'मैं अभी जाकर पता लगाता हूँ।'

रमानाथ – 'आप तक़लीफ़ न करें। मुझे किसी से शिकायत नहीं है। मैं थोड़े से फ़ायदे के लिए अपने ईमान का ख़ून नहीं कर सकता।'

एक मिनट सन्नाटा रहा। किसी को कोई बात न सूझी। दारोग़ा कोई दूसरा चकमा सोच रहे थे, इंस्पेक्टर कोई दूसरा प्रलोभन। डिप्टी एक दूसरी ही फ़िक्र में था। रूखेपन से बोला – 'रमा बाबू, यह अच्छा बात न होगा।'

रमा ने भी गर्म होकर कहा – 'आपके लिए न होगी। मेरे लिए तो सबसे अच्छी यही बात है।'

डिप्टी – 'नहीं, आपका वास्ते इससे बुरा दोसरा बात नहीं है। हम तुमको छोड़ेगा नहीं, हमारा मुक़दमा चाहे बिगड़ जाए, लेकिन हम तुमको ऐसा लेसन दे देगा कि तुम उमिर भर न भूलेगा। आपको वही गवाही देना होगा जो आप दिया। अगर तुम कुछ गड़बड़ करेगा, कुछ भी गोलमाल किया तो हम तोमारे साथ दोसरा बर्ताव करेगा। एक रिपोर्ट में तुम यों (कलाइयों को ऊपर-नीचे रखकर) चला जाएगा।'

यह कहते हुए उसने आँखें निकालकर रमा को देखा, मानो कच्चा ही खा जाएगा। रमा सहम उठा। इन आतंक से भरे शब्दों ने उसे विचलित कर दिया। यह सब कोई झूठा मुक़दमा चलाकर उसे फँसा दें, तो उसकी कौन रक्षा करेगा। उसे यह आशा न थी कि डिप्टी साहब जो शील और विनय के पुतले बने हुए थे, एकबारगी यह रुद्र रूप धारणा कर लेंगे; मगर वह इतनी आसानी से दबने वाला न था। तेज़ होकर बोला – 'आप मुझसे ज़बरदस्ती शहादत दिलाएँगे?'

डिप्टी ने पैर पटकते हुए कहा – 'हाँ, ज़बरदस्ती दिलाएगा!'

रमानाथ – 'यह अच्छी दिल्लगी है!'

डिप्टी – 'तोम पुलिस को धोखा देना दिल्लगी समझता है। अभी दो गवाह देकर साबित कर सकता है कि तुम राजद्रोह की बात कर रहा था। बस चला जाएगा सात साल के लिए। चक्की पीसते-पीसते हाथ में गड्ढा पड़ जाएगा। यह चिकना-चिकना गाल नहीं रहेगा।'

रमा जेल से डरता था। जेल-जीवन की कल्पना ही से उसके रोएँ खड़े होते थे। जेल ही के भय से उसने यह गवाही देनी स्वीकार की थी। वही भय इस वक़्त भी उसे कातर करने लगा। डिप्टी भाव-विज्ञान का ज्ञाता था। आसन का पता पा गया। बोला – 'वहाँ हलवा पूरी नहीं पाएगा। धूल मिला हुआ आटा का रोटी, गोभी के सड़े हुए पत्तों का रस, और अरहर के दाल का पानी खाने को पावेगा। काल-कोठरी का चार महीना भी हो गया, तो तुम बच नहीं सकता वहीं मर जाएगा। बात-बात पर वार्डन गाली देगा, जूतों से पीटेगा, तुम समझता क्या है!'

रमा का चेहरा फीका पड़ने लगा। मालूम होता था, प्रतिक्षण उसका ख़ून सूखता चला जाता है। अपनी दुर्बलता पर उसे इतनी ग्लानि हुई कि वह रो पड़ा। काँपती हुई आवाज़ से बोला – 'आप लोगों की यह इच्छा है, तो यही सही! भेज दीजिए जेल। मर ही जाऊँगा न, फिर तो आप लोगों से मेरा गला छूट जाएगा। जब आप यहाँ तक मुझे तबाह करने पर आमादा हैं, तो मैं भी मरने को तैयार हूँ। जो कुछ होना होगा, होगा।'

उसका मन दुर्बलता की उस दशा को पहुँच गया था, जब ज़रा-सी सहानुभूति, ज़रा-सी सहृदयता सैकड़ों धमकियों से कहीं कारगर हो जाती है। इंस्पेक्टर साहब ने मौक़ा ताड़ लिया। उसका पक्ष लेकर डिप्टी से बोले – 'हलफ़ से कहता हूँ, आप लोग आदमी को पहचानते तो हैं नहीं, लगते हैं रोब जमाने। इस तरह गवाही देना हर एक समझदार आदमी को बुरा मालूम होगा। यह कुदरती बात है। जिसे ज़रा भी इज़्ज़त का ख़याल है, वह पुलिस के हाथों की कठपुतली बनना पसंद न करेगा। बाबू साहब की ज़गह मैं होता तो मैं भी ऐसा ही करता, लेकिन इसका मतलब यह नहीं है कि यह हमारे खिलाफ़ शहादत देंगे। आप लोग अपना काम कीजिए, बाबू साहब की तरफ़ से बेफ़िक्र रहिए, हलफ़ से कहता हूँ।'

उसने रमा का हाथ पकड़ लिया और बोला – 'आप मेरे साथ चलिए, बाबूजी! आपको अच्छे-अच्छे रिकार्ड सुनाऊँ।'

रमा ने रूठे हुए बालक की तरह हाथ छुड़ाकर कहा – 'मुझे दिक न कीजिए इंस्पेक्टर साहब। अब तो मुझे जेलखाने में मरना है।'

इंस्पेक्टर ने उसके कंधों पर हाथ रखकर कहा – 'आप क्यों ऐसी बातें मुँह से निकालते हैं साहब जेलखाने में मरें आपके दुश्मन।'

डिप्टी ने तसमा भी बाक़ी न छोड़ना चाहा। बड़े कठोर स्वर में बोला, मानो रमा से कभी का परिचय नहीं है – 'साहब, यों हम बाबू साहब के साथ सब तरह का सलूक करने को तैयार हैं, लेकिन जब वह हमारा ख़िलाफ़ गवाही देगा, हमारा जड़ खोदेगा, तो हम भी कार्रवाई करेगा। ज़रूर से करेगा। कभी छोड़ नहीं सकता।'

इसी वक़्त सरकारी एडवोकेट और बैरिस्टर मोटर से उतरे।

41

रतन पत्रों में जालपा को तो ढाढ़स देती रहती थी पर अपने विषय में कुछ न लिखती थी। जो आप ही व्यथित हो रही हो, उसे अपनी व्यथाओं की कथा क्या सुनाती! वही रतन जिसने रुपयों की कभी कोई हक़ीक़त न समझी, इस एक ही महीने में रोटियों को भी मुहताज हो गई थी। उसका वैवाहिक जीवन बहुत सुखी न हो, पर उसे किसी बात का अभाव न था। मरियल घोड़े पर सवार होकर भी यात्रा पूरी हो सकती है अगर सड़क अच्छी हो, नौकर-चाकर, रुपये-पैसे और भोजन आदि की सामग्री साथ हो। घोड़ा भी तेज़ हो, तो पूछना ही क्या! रतन की दशा उसी सवार की-सी थी। उसी सवार की भाँति वह मंदगति से अपनी जीवन-यात्रा कर रही थी।

कभी-कभी वह घोड़े पर झुंझलाती होगी, दूसरे सवारों को उड़े जाते देखकर उसकी भी इच्छा होती होगी कि मैं भी इसी तरह उड़ती, लेकिन वह दुखी न थी, अपने नसीबों को रोती न थी। वह उस गाय की तरह थी, जो एक पतली-सी पगहिया के बंधन में पड़कर, अपनी नाद के भूसे-खली में मगन रहती है। सामने हरे-हरे मैदान हैं, उसमें सुगंधमय घासें लहरा रही हैं, पर वह पगहिया तुड़ाकर कभी उधर नहीं जाती। उसके लिए उस पगहिया और लोहे की जंज़ीर में कोई अंतर नहीं।

यौवन को प्रेम की इतनी क्षुधा नहीं होती, जितनी आत्म-प्रदर्शन की। प्रेम की क्षुधा पीछे आती है। रतन को आत्म-प्रदर्शन के सभी उपाय मिले हुए थे। उसकी युवती आत्मा अपने शृंगार और प्रदर्शन में मग्न थी। हँसी-विनोद, सैर-सपाटा, खाना-पीना, यही उसका जीवन था, जैसा प्रायः सभी मनुष्यों का होता है। इससे गहरे जल में जाने की न उसे इच्छा थी, न प्रयोजन। संपन्नता बहुत कुछ मानसिक व्यथाओं को शांत करती है। उसके पास अपने दुखों को भुलाने के कितने ही ढंग हैं, सिनेमा है, थिएटर है, देश-भ्रमण है, ताश है, पालतू जानवर हैं, संगीत है; लेकिन विपन्नता को भुलाने का मनुष्य के पास कोई उपाय नहीं, इसके सिवा कि वह रोए, अपने भाग्य को कोसे या संसार से विरक्त होकर आत्म-हत्या कर ले। रतन की तक़दीर ने पलटा खाया था। सुख का स्वप्न भंग हो गया था और विपन्नता का कंकाल अब उसे खड़ा घूर रहा था। और यह सब हुआ अपने ही हाथों!

पंडितजी उन प्राणियों में थे, जिन्हें मौत की फ़िक्र नहीं होती। उन्हें किसी तरह यह भ्रम हो गया था कि दुर्बल स्वास्थ्य के मनुष्य अगर पथ्य और विचार से रहें, तो बहुत दिनों तक जी सकते हैं। वह पथ्य और विचार की सीमा के बाहर कभी न जाते। फिर मौत को उनसे क्या दुश्मनी थी, जो ख़्वामख़्वाह उनके पीछे पड़ती। अपनी वसीयत लिख डालने का ख़याल उन्हें उस वक़्त आया, जब वह मरणासन्न हुए, लेकिन रतन वसीयत का नाम सुनते ही इतनी शोकातुर, इतनी भयभीत हुई कि पंडितजी ने उस वक़्त टाल जाना ही उचित समझा। तब से फिर उन्हें इतना होश न आया कि वसीयत लिखवाते।

पंडितजी के देहावसान के बाद रतन का मन इतना विरक्त हो गया कि उसे किसी बात की भी सुध-बुध न रही। यह वह अवसर था, जब उसे विशेष रूप से सावधान रहना चाहिए था। इस भाँति सतर्क रहना चाहिए था, मानो दुश्मनों ने उसे घेर रक्खा हो, पर उसने सब कुछ मणिभूषण पर छोड़ दिया और उसी मणिभूषण ने धीरे-धीरे उसकी सारी संपत्ति अपहरण कर ली। ऐसे-ऐसे षड्यंत्र रचे कि सरल रतन को उसके कपट-व्यवहार का आभास तक न हुआ। फंदा जब ख़ूब कस गया, तो उसने एक दिन आकर कहा – 'आज बंगला ख़ाली करना होगा। मैंने इसे बेच दिया है।'

रतन ने ज़रा तेज़ होकर कहा – 'मैंने तो तुमसे कहा था कि मैं अभी बंगला न बेचूँगी।'

मणिभूषण ने विनय का आवरण उतार फेंका और त्योरी चढ़ाकर बोला – 'आपमें बातें भूल जाने की बुरी आदत है। इसी कमरे में मैंने आपसे यह ज़िक्र किया था और आपने हामी भरी थी। जब मैंने बेच दिया, तो आप यह स्वांग खड़ा करती हैं! बंगला आज ख़ाली करना होगा और आपको मेरे साथ चलना होगा।'

'मैं अभी यहीं रहना चाहती हूँ।'

'मैं आपको यहाँ न रहने दूँगा।'

'मैं तुम्हारी लौंडी नहीं हूँ।'

'आपकी रक्षा का भार मेरे ऊपर है। अपने कुल की मर्यादा-रक्षा के लिए मैं आपको अपने साथ ले जाऊँगा।'

रतन ने होंठ चबाकर कहा – 'मैं अपनी मर्यादा की रक्षा आप कर सकती हूँ। तुम्हारी मदद की ज़रूरत नहीं। मेरी मर्ज़ी के बग़ैर तुम यहाँ कोई चीज़ नहीं बेच सकते।'

मणिभूषण ने वज्र-सा मारा – 'आपका इस घर पर और चाचाजी की संपत्ति पर कोई अधिकार नहीं। वह मेरी संपत्ति है। आप मुझसे केवल गुज़ारे का सवाल कर सकती हैं।'

रतन ने विस्मित होकर कहा – 'तुम कुछ भांग तो नहीं खा गए हो?'

मणिभूषण ने कठोर स्वर में कहा – 'मैं इतनी भांग नहीं खाता कि बेसिर-पैर की बातें करने लगूँ। आप तो पढ़ी-लिखी हैं, एक बड़े वकील की धर्मपत्नी थीं। क़ानून की बहुत-सी बातें जानती होंगी। सम्मिलित परिवार में विधवा का अपने पुरुष की संपत्ति पर कोई अधिकार नहीं होता। चाचाजी और मेरे पिताजी में कभी अलगौझा नहीं हुआ। चाचाजी यहाँ थे, हम लोग इंदौर में थे, पर इससे यह नहीं सिद्ध होता कि हममें अलगौझा था। अगर चाचा अपनी संपत्ति आपको देना चाहते, तो कोई वसीयत अवश्य लिख जाते और यद्यपि वह वसीयत क़ानून के अनुसार कोई चीज़ न होती, पर हम उसका सम्मान करते। उनका कोई वसीयत न करना साबित कर रहा है कि वह क़ानून के साधारण व्यवहार में कोई बाधा न डालना चाहते थे। आज आपको बंगला ख़ाली करना होगा। मोटर और अन्य वस्तुएँ भी नीलाम कर दी जाएँगी। आपकी इच्छा हो, मेरे साथ चलें या रहें। यहाँ रहने के लिए आपको दस-ग्यारह रुपये का मकान काफ़ी होगा। गुज़ारे

के लिए पचास रुपये महीने का प्रबंध मैंने कर दिया है। लेना-देना चुका लेने के बाद इससे ज़्यादा की गुंजाइश ही नहीं।'

रतन ने कोई जवाब न दिया। कुछ देर वह हतबुद्धि-सी बैठी रही, फिर मोटर मँगवाई और सारे दिन वकीलों के पास दौड़ती फिरी। पंडितजी के कितने ही वकील मित्र थे। सभी ने उसका वृत्तांत सुनकर खेद प्रकट किया और वकील साहब के वसीयत न लिख जाने पर हैरत करते रहे। अब उसके लिए एक ही उपाय था। वह यह सिद्ध करने की चेष्टा करे कि वकील साहब और उनके भाई में अलहदगी हो गई थी। अगर यह सिद्ध हो गया और सिद्ध हो जाना बिलकुल आसान था, तो रतन उस संपत्ति की स्वामिनी हो जाएगी। अगर वह यह सिद्ध न कर सकी, तो उसके लिए कोई चारा न था। अभागिनी रतन लौट आई। उसने निश्चय किया, जो कुछ मेरा नहीं है, उसे लेने के लिए मैं झूठ का आश्रय न लूँगी। किसी तरह नहीं। मगर ऐसा क़ानून बनाया किसने? क्या स्त्री इतनी नीच, इतनी तुच्छ, इतनी नगण्य है? क्यों?

दिन-भर रतन चिंता में डूबी, मौन बैठी रही। इतने दिनों वह अपने को इस घर की स्वामिनी समझती रही। कितनी बड़ी भूल थी। पति के जीवन में जो लोग उसका मुँह ताकते थे, वे आज उसके भाग्य के विधाता हो गए! यह घोर अपमान रतन-जैसी मानिनी स्त्री के लिए असह्य था। माना, कमाई पंडितजी की थी, पर यह गाँव तो उसी ने ख़रीदा था, इनमें से कई मकान तो उसके सामने ही बने, उसने यह एक क्षण के लिए भी न ख़याल किया था कि एक दिन यह जायदाद मेरी जीविका का आधार होगी। इतनी भविष्य-चिंता वह कर ही न सकती थी। उसे इस जायदाद के ख़रीदने में, उसके संवारने और सजाने में वही आनंद आता था, जो माता अपनी संतान को फलते-फूलते देखकर पाती है। उसमें स्वार्थ का भाव न था, केवल अपनेपन का गर्व था, वही ममता थी, पर पति की आँखें बंद होते ही उसके पाले और गोद के खेलाए बालक भी उसकी गोद से छीन लिए गए। उसका उन पर कोई अधिकार नहीं!

अगर वह जानती कि एक दिन यह कठिन समस्या उसके सामने आएगी, तो वह चाहे रुपये को लुटा देती या दान कर देती, पर संपत्ति की कील अपनी छाती पर न गाड़ती। पंडितजी की ऐसी कौन बहुत बड़ी आमदनी थी। क्या गर्मियों में वह शिमले न जा सकती थी? क्या दो-चार और नौकर न रक्खे जा सकते थे? अगर वह गहने ही बनवाती, तो एक-एक मकान के मूल्य का एक-एक गहना बनवा सकती थी, पर उसने इन बातों को कभी उचित सीमा से आगे न बढ़ने दिया। केवल यही स्वप्न देखने के लिए! यही स्वप्न! इसके सिवा और था ही क्या! जो कल उसका था उसकी ओर आज आँखें उठाकर वह देख भी नहीं सकती! कितना महँगा था वह स्वप्न! हाँ, वह अब अनाथिनी थी। कल तक दूसरों को भीख देती थी, आज उसे ख़ुद भीख माँगनी पड़ेगी। और कोई आश्रय नहीं! पहले भी वह अनाथिनी थी, केवल भ्रम-वश अपने को स्वामिनी समझ रही थी। अब उस भ्रम का सहारा भी नहीं रहा!

सहसा विचारों ने पलटा खाया। मैं क्यों अपने को अनाथिनी समझ रही हूँ? क्यों दूसरों के द्वार पर भीख माँगूँ? संसार में लाखों ही स्त्रियाँ मेहनत-मज़दूरी करके जीवन का निर्वाह करती हैं। क्या मैं कोई काम नहीं कर सकती? क्या मैं कपड़ा नहीं सी सकती? किसी चीज़ की छोटी-मोटी दूकान नहीं रख सकती? लड़के भी पढ़ा सकती हूँ। यही न होगा, लोग हँसेंगे, मगर मुझे उस हँसी की क्या परवा! वह मेरी हँसी नहीं है, अपने समाज की हँसी है। शाम को द्वार पर कई ठेले वाले आ गए। मणिभूषण ने आकर कहा, 'चाचीजी, आप जो-जो चीज़ें कहें लदवाकर भिजवा दूँ। मैंने एक मकान ठीक कर लिया है।'

रतन ने कहा – 'मुझे किसी चीज़ की ज़रूरत नहीं। न तुम मेरे लिए मकान लो। जिस चीज़ पर मेरा कोई अधिकार नहीं, वह मैं हाथ से भी नहीं छू सकती। मैं अपने घर से कुछ लेकर नहीं आई थी। उसी तरह लौट जाऊँगी।'

मणिभूषण ने लज्जित होकर कहा – 'आपका सब कुछ है, यह आप कैसे कहती हैं कि आपका कोई अधिकार नहीं। आप वह मकान देख लें। पंद्रह रुपया किराया है। मैं तो समझता हूँ आपको कोई कष्ट न होगा। जो-जो चीज़ें आप कहें, मैं वहाँ पहुँचा दूँ।'

रतन ने व्यंग्यमय आँखों से देखकर कहा – 'तुमने पंद्रह रुपये का मकान मेरे लिए व्यर्थ लिया! इतना बड़ा मकान लेकर मैं क्या करूँगी! मेरे लिए एक कोठरी काफ़ी है, जो दो रुपये में मिल जाएगी। सोने के लिए ज़मीन है ही। दया का बोझ सिर पर जितना कम हो, उतना ही अच्छा!'

मणिभूषण ने बड़े विनम्र भाव से कहा – 'आख़िर आप चाहती क्या हैं? उसे कहिए तो!'

रतन उत्तेजित होकर बोली – 'मैं कुछ नहीं चाहती। मैं इस घर का एक तिनका भी अपने साथ न ले जाऊँगी। जिस चीज़ पर मेरा कोई अधिकार नहीं, वह मेरे लिए वैसी ही है जैसी किसी ग़ैर आदमी की चीज़। मैं दया की भिखारिणी न बनूँगी। तुम इन चीज़ों के अधिकारी हो, ले जाओ। मैं ज़रा भी बुरा नहीं मानती! दया की चीज़ न ज़बरदस्ती ली जा सकती है, न ज़बरदस्ती दी जा सकती है। संसार में हज़ारों विधवाएँ हैं, जो मेहनत-मजूरी करके अपना निर्वाह कर रही हैं। मैं भी वैसे ही हूँ। मैं भी उसी तरह मजूरी करूँगी और अगर न कर सकूँगी, तो किसी गड्ढे में डूब मरूँगी। जो अपना पेट भी न पाल सके, उसे जीते रहने का, दूसरों का बोझ बनने का कोई हक़ नहीं है।'

यह कहती हुई रतन घर से निकली और द्वार की ओर चली। मणिभूषण ने उसका रास्ता रोककर कहा – 'अगर आपकी इच्छा न हो, तो मैं बंगला अभी न बेचूँ।'

रतन ने जलती हुई आँखों से उसकी ओर देखा। उसका चेहरा तमतमाया हुआ था। आँसुओं के उमड़ते हुए वेग को रोककर बोली – 'मैंने कह दिया, इस घर की किसी चीज़ से मेरा नाता नहीं है। मैं किराए की लौंडी थी। लौडी का घर से क्या संबंध है! न जाने किस पापी ने यह क़ानून बनाया था। अगर ईश्वर कहीं है और उसके यहाँ कोई न्याय होता है, तो एक दिन उसी के सामने उस पापी से पूछूँगी, क्या तेरे घर में

माँ-बहनें न थीं? तुझे उनका अपमान करते लज्जा न आई? अगर मेरी ज़बान में इतनी ताक़त होती कि सारे देश में उसकी आवाज़ पहुँचती, तो मैं सब स्त्रियों से कहती, बहनो, किसी सम्मिलित परिवार में विवाह मत करना और अगर करना तो जब तक अपना घर अलग न बना लो, चैन की नींद मत सोना। यह मत समझो कि तुम्हारे पति के पीछे उस घर में तुम्हारा मान के साथ पालन होगा। अगर तुम्हारे पुरुष ने कोई तरका नहीं छोड़ा, तो तुम अकेली रहो चाहे परिवार में, एक ही बात है। तुम अपमान और मजूरी से नहीं बच सकतीं। अगर तुम्हारे पुरुष ने कुछ छोड़ा है तो अकेली रहकर तुम उसे भोग सकती हो, परिवार में रहकर तुम्हें उससे हाथ धोना पड़ेगा। परिवार तुम्हारे लिए फूलों की सेज नहीं, कांटों की शय्या है, तुम्हारा पार लगाने वाली नौका नहीं, तुम्हें निगल जाने वाला जंतु।'

संध्या हो गई थी। गर्द से भरी हुई फागुन की वायु चलने वालों की आँखों में धूल झोंक रही थी। रतन चादर संभालती सड़क पर चली जा रही थी। रास्ते में कई परिचित स्त्रियों ने उसे टोका, कई ने अपनी मोटर रोक ली और उसे बैठने को कहा, पर रतन को उनकी सहृदयता इस समय बाण-सी लग रही थी। वह तेज़ी से क़दम उठाती हुई जालपा के घर चली जा रही थी। आज उसका वास्तविक जीवन आरंभ हुआ था।

42

ठीक दस बजे जालपा और देवीदीन कचहरी पहुँच गए। दर्शकों की काफ़ी भीड़ थी। ऊपर की गैलरी दर्शकों से भरी हुई थी। कितने ही आदमी बरामदों में और सामने के मैदान में खड़े थे। जालपा ऊपर गैलरी में जा बैठी। देवीदीन बरामदे में खड़ा हो गया।

इजलास पर जज साहब के एक तरफ़ अहलमद था और दूसरी तरफ़ पुलिस के कई कर्मचारी खड़े थे। सामने कठघरे के बाहर दोनों तरफ़ के वकील खड़े मुक़दमा पेश होने का इंतज़ार कर रहे थे। मुलजिमों की संख्या पंद्रह से कम न थी। सब कठघरे के बग़ल में ज़मीन पर बैठे हुए थे। सभी के हाथों में हथकड़ियाँ थीं, पैरों में बेड़ियाँ। कोई लेटा था, कोई बैठा था, कोई आपस में बातें कर रहा था। दो पंजे लड़ा रहे थे। दो में किसी विषय पर बहस हो रही थी। सभी प्रसन्नचित्त थे। घबराहट, निराशा या शोक का किसी के चेहरे पर चिह्न भी न था।

ग्यारह बजते-बजते अभियोग की पेशी हुई। पहले जाब्ते की कुछ बातें हुई, फिर दो-एक पुलिस की शहादतें हुई। अंत में कोई तीन बजे रमानाथ गवाहों के कठघरे में लाया गया। दर्शकों में सनसनी-सी फैल गई। कोई तंबोली की दूकान से पान खाता हुआ भागा, किसी ने समाचार-पत्र को मरोड़कर जेब में रक्खा और सब इजलास के कमरे में जमा हो गए। जालपा भी संभलकर बारजे में खड़ी हो गई। वह चाहती थी कि एक बार रमा की आँखें उठ जातीं और वह उसे देख लेती, लेकिन रमा सिर झुकाए खड़ा

था, मानो वह इधर-उधर देखते डर रहा हो। उसके चेहरे का रंग उड़ा हुआ था। कुछ सहमा हुआ, कुछ घबराया हुआ इस तरह खड़ा था, मानो उसे किसी ने बांध रक्खा है और भागने की कोई राह नहीं है। जालपा का कलेजा धक-धक कर रहा था, मानो उसके भाग्य का निर्णय हो रहा हो।

रमा का बयान शुरू हुआ। पहला ही वाक्य सुनकर जालपा सिहर उठी, दूसरे वाक्य ने उसकी त्योरियों पर बल डाल दिए, तीसरे वाक्य ने उसके चेहरे का रंग फीका कर दिया और चौथा वाक्य सुनते ही वह एक लंबी साँस खींचकर पीछे रखी हुई कुरसी पर टिक गई, मगर फिर दिल न माना। जंगले पर झुककर फिर उधर कान लगा दिए। वही पुलिस की सिखाई हुई शहादत थी जिसका आशय वह देवीदीन के मुँह से सुन चुकी थी। अदालत में सन्नाटा छाया हुआ था। जालपा ने कई बार खांसा कि शायद अब भी रमा की आँखें ऊपर उठ जाएँ, लेकिन रमा का सिर और भी झुक गया। मालूम नहीं, उसने जालपा के खांसने की आवाज़ पहचान ली या आत्म-ग्लानि का भाव उदय हो गया। उसका स्वर भी कुछ धीमा हो गया।

एक महिला ने जो जालपा के साथ ही बैठी थी, नाक सिकोड़कर कहा – 'जी चाहता है, इस दुष्ट को गोली मार दें। ऐसे-ऐसे स्वार्थी भी इस देश में पड़े हैं जो नौकरी या थोड़े-से धन के लोभ में निरपराधों के गले पर छुरी उधरने से भी नहीं हिचकते!' जालपा ने कोई जवाब न दिया।

एक दूसरी महिला ने जो आँखों पर ऐनक लगाए हुए थी, निराशा के भाव से कहा – 'इस अभागे देश का ईश्वर ही मालिक है। गवर्नरी तो लाला को कहीं नहीं मिल जाती! अधिक-से-अधिक कहीं क्लर्क हो जाएँगे। उसी के लिए अपनी आत्मा की हत्या कर रहे हैं। मालूम होता है, कोई मरभुखा, नीच आदमी है; पल्ले सिरे का कमीना और छिछोरा।'

तीसरी महिला ने ऐनक वाली देवी से मुस्कराकर पूछा – 'आदमी फ़ैशनेबुल है और पढ़ा-लिखा भी मालूम होता है। भला, तुम इसे पा जाओ तो क्या करो?'

ऐनकबाज़ देवी ने उद्दंडता से कहा – 'नाक काट लूँ! बस नकटा बनाकर छोड़ दूँ।'

'और जानती हो, मैं क्या करूँ?'

'नहीं! शायद गोली मार दोगी!'

'ना! गोली न मारूँ। सरे बाज़ार खड़ा करके पाँच सौ जूते लगवाऊँ। चाँद गंजी हो जाए!'

'उस पर तुम्हें ज़रा भी दया नहीं आएगी?'

'यह कुछ कम दया है? उसकी पूरी सज़ा तो यह है कि किसी ऊँची पहाड़ी से ढकेल दिया जाए! अगर यह महाशय अमेरीका में होते, तो ज़िन्दा जला दिए जाते!'

एक वृद्धा ने इन युवतियों का तिरस्कार करके कहा – 'क्यों व्यर्थ में मुँह ख़राब करती हो? वह घृणा के योग्य नहीं, दया के योग्य है। देखती नहीं हो, उसका चेहरा कैसा पीला हो गया है, जैसे कोई उसका गला दबाए हुए हो। अपनी माँ या बहन को

देख ले, तो ज़रूर रो पड़े। आदमी दिल का बुरा नहीं है। पुलिस ने धमकाकर उसे सीधा किया है। मालूम होता है, एक-एक शब्द उसके हृदय को चीर-चीरकर निकल रहा हो।'

ऐनक वाली महिला ने व्यंग किया – 'जब अपने पाँव कांटा चुभता है, तब आह निकलती है...'

जालपा अब वहाँ न ठहर सकी। एक-एक बात चिंगारी की तरह उसके दिल पर फफोले डाले देती थी। ऐसा जी चाहता था कि इसी वक़्त उठकर कह दे, यह महाशय बिलकुल झूठ बोल रहे हैं, सरासर झूठ, और इसी वक़्त इसका सबूत दे दे। वह इस आवेश को पूरे बल से दबाए हुए थी। उसका मन अपनी कायरता पर उसे धिक्कार रहा था। क्यों वह इसी वक़्त सारा वृत्तांत नहीं कह सुनाती। पुलिस उसकी दुश्मन हो जाएगी, हो जाए। कुछ तो अदालत को ख़याल होगा। कौन जाने, इन ग़रीबों की जान बच जाए! जनता को तो मालूम हो जाएगा कि यह झूठी शहादत है। उसके मुँह से एक बार आवाज़ निकलते-निकलते रह गई। परिणाम के भय ने उसकी ज़बान पकड़ ली। आख़िर उसने वहाँ से उठकर चले आने ही में कुशल समझी।

देवीदीन उसे उतरते देखकर बरामदे में चला आया और दया से सने हुए स्वर में बोला – 'क्या घर चलती हो, बहूजी?'

जालपा ने आँसुओं के वेग को रोककर कहा – 'हाँ, यहाँ अब नहीं बैठा जाता।'

हाते के बाहर निकलकर देवीदीन ने जालपा को सांत्वना देने के इरादे से कहा – 'पुलिस ने जिसे एक बार बूटी सुंघा दी, उस पर किसी दूसरी चीज़ का असर नहीं हो सकता।'

जालपा ने घृणा-भाव से कहा – 'यह सब कायरों के लिए है।'

कुछ दूर दोनों चुपचाप चलते रहे। सहसा जालपा ने कहा – 'क्यों दादा, अब और तो कहीं अपील न होगी? क़ैदियों का यहीं फ़ैसला हो जाएगा।' देवीदीन इस प्रश्न का आशय समझ गया।

बोला – 'नहीं, हाईकोर्ट में अपील हो सकती है।'

फिर कुछ दूर तक दोनों चुपचाप चलते रहे। जालपा एक वृक्ष की छांह में खड़ी हो गई और बोली – 'दादा, मेरा जी चाहता है, आज जज साहब से मिलकर सारा हाल कह दूँ। शुरू से जो कुछ हुआ, सब कह सुनाऊँ। मैं सबूत दे दूँगी, तब तो मानेंगे?'

देवीदीन ने आँखें फाड़कर कहा – 'जज साहब से!'

जालपा ने उसकी आँखों से आँखें मिलाकर कहा – 'हाँ!'

देवीदीन ने दुविधा में पड़कर कहा – 'मैं इस बारे में कुछ नहीं कह सकता, बहूजी! हाकिम का वास्ता। न जाने चित पड़े या पट।'

जालपा बोली – 'क्या पुलिस वालों से यह नहीं कह सकता कि तुम्हारा गवाह बनाया हुआ है?

'कह तो सकता है।'

'तो आज मैं उससे मिलूँ। मिल तो लेता है?'

'चलो, दरियाफ़्त करेंगे, लेकिन मामला जोखिम का है।'

'क्या जोखिम है, बताओ।'

'भैया पर कहीं झूठी गवाही का इलज़ाम लगाकर सज़ा कर दे तो?'

'तो कुछ नहीं। जो जैसा करे, वैसा भोगे।'

देवीदीन ने जालपा की इस निर्ममता पर चकित होकर कहा – 'एक दूसरा खटका है। सबसे बड़ा डर उसी का है।'

जालपा ने उद्यत भाव से पूछा – 'वह क्या?'

देवीदीन – 'पुलिस वाले बड़े काफ़र होते हैं। किसी का अपमान कर डालना तो इनकी दिल्लगी है। जज साहब पुलिस कमिसनर को बुलाकर यह सब हाल कहेंगे ज़रूर। कमिसनर सोचेंगे कि यह औरत सारा खेल बिगाड़ रही है। इसी को गिरफ़्तार कर लो। जज अंगरेज़ होता तो निडर होकर पुलिस को तंबीह करता। हमारे भाई तो ऐसे मुक़दमों में चूं करते डरते हैं कि कहीं हमारे ही ऊपर न बगावत का इलज़ाम लग जाए। यही बात है। जज साहब पुलिस कमिसनर से ज़रूर कह सुनावेंगे। फिर यह तो न होगा कि मुक़दमा उठा लिया जाए। यही होगा कि क़लई न खुलने पावे। कौन जाने तुम्हीं को गिरफ़्तार कर लें। कभी-कभी जब गवाह बदलने लगता है, या क़लई खोलने पर उतारू हो जाता है, तो पुलिस वाले उसके घर वालों को दबाते हैं। इनकी माया अपरंपार है।'

जालपा सहम उठी। अपनी गिरफ़्तारी का उसे भय न था, लेकिन कहीं पुलिस वाले रमा पर अत्याचार न करें। इस भय ने उसे कातर कर दिया। उसे इस समय ऐसी थकान मालूम हुई मानो सैकड़ों कोस की मंज़िल मारकर आई हो। उसका सारा उत्साह बर्फ़ के समान पिघल गया।

कुछ दूर आगे चलने के बाद उसने देवीदीन से पूछा – 'अब तो उनसे मुलाक़ात न हो सकेगी?'

देवीदीन ने पूछा – 'भैया से?'

'हाँ।'

'किसी तरह नहीं। पहरा और कड़ाकर दिया गया होगा। चाहे उस बंगले को ही छोड़ दिया हो और अब उनसे मुलाक़ात हो भी गई तो क्या फ़ायदा! अब किसी तरह अपना बयान नहीं बदल सकते। दरोग़हलफ़ी में फँस जाएँगे।'

कुछ दूर और चलकर जालपा ने कहा – 'मैं सोचती हूँ, घर चली जाऊँ। यहाँ रहकर अब क्या करूँगी।'

देवीदीन ने करुणा भरी हुई आँखों से उसे देखकर कहा – 'नहीं बहू, अभी मैं न जाने दूँगा। तुम्हारे बिना अब हमारा यहाँ पल-भर भी जी न लगेगा। बुढ़िया तो रो-रोकर परान ही दे देगी। अभी यहाँ रहो, देखो क्या फ़ैसला होता है। भैया को मैं इतना कच्चे दिल का आदमी नहीं समझता था। तुम लोगों की बिरादरी में सभी सरकारी नौकरी पर जान देते हैं। मुझे तो कोई सौ रुपया भी तलब दे, तो नौकरी न करूँ। अपने रोज़गार

की बात ही दूसरी है। इसमें आदमी कभी थकता ही नहीं। नौकरी में जहाँ पाँच से छः घंटे हुए कि देह टूटने लगी, जम्हाइयाँ आने लगीं।'

रास्ते में और कोई बातचीत न हुई। जालपा का मन अपनी हार मानने के लिए किसी तरह राज़ी न होता था। वह परास्त होकर भी दर्शक की भाँति यह अभिनय देखने से संतुष्ट न हो सकती थी। वह उस अभिनय में सम्मिलित होने और अपना पार्ट खेलने के लिए विवश हो रही थी। क्या एक बार फिर रमा से मुलाक़ात न होगी? उसके हृदय में उन जलते हुए शब्दों का एक सागर उमड़ रहा था, जो वह उससे कहना चाहती थी। उसे रमा पर ज़रा भी दया न आती थी, उससे रत्ती-भर सहानुभूति न होती थी। वह उससे कहना चाहती थी - 'तुम्हारा धन और वैभव तुम्हें मुबारक हो, जालपा उसे पैरों से ठुकराती है। तुम्हारे ख़ून से रंगे हुए हाथों के स्पर्श से मेरी देह में छाले पड़ जाएँगे। जिसने धन और पद के लिए अपनी आत्मा बेच दी, उसे मैं मनुष्य नहीं समझती। तुम मनुष्य नहीं हो, तुम पशु भी नहीं, तुम कायर हो! कायर!'

जालपा का मुखमंडल तेजमय हो गया। गर्व से उसकी गर्दन तन गई। यह शायद समझते होंगे, जालपा जिस वक़्त मुझे झब्बेदार पगड़ी बांध घोड़े पर सवार देखेगी, फूली न समाएगी। जालपा इतनी नीच नहीं है। तुम घोड़े पर नहीं, आसमान में उड़ो, मेरी आँखों में हत्यारे हो, पूरे हत्यारे, जिसने अपनी जान बचाने के लिए इतने आदमियों की गर्दन पर छुरी चलाई! मैंने चलते-चलते समझाया था, उसका कुछ असर न हुआ! ओह, तुम इतने धन-लोलुप हो, इतने लोभी! कोई हरज़ नहीं। जालपा अपने पालन और रक्षा के लिए तुम्हारी मुहताज नहीं। इन्हीं संतप्त भावनाओं में डूबी हुई जालपा घर पहुँची।

43

एक महीना गुज़र गया। जालपा कई दिन तक बहुत विकल रही। कई बार उन्माद-सा हुआ कि अभी सारी कथा किसी पत्र में छपवा दूँ, सारी क़लई खोल दूँ, सारे हवाई किले ढा दूँ; पर यह सभी उद्वेग शांत हो गए। आत्मा की गहराइयों में छिपी हुई कोई शक्ति उसकी ज़बान बंद कर देती थी।

रमा को उसने हृदय से निकाल दिया था। उसके प्रति अब उसे क्रोध न था, द्वेष न था, दया भी न थी, केवल उदासीनता थी। उसके मर जाने की सूचना पाकर भी शायद वह न रोती। हाँ, इसे ईश्वरीय विधान की एक लीला, माया का एक निर्मम हास्य, एक क्रूर क्रीड़ा समझकर थोड़ी देर के लिए वह दुखी हो जाती। प्रणय का वह बंधन जो उसके गले में दो-ढाई साल पहले पड़ा था, टूट चुका था, पर उसका निशान बाक़ी था। रमा को इस बीच में उसने कई बार मोटर पर अपने घर के सामने से जाते देखा। उसकी आँखें किसी को खोजती हुई मालूम होती थीं। उन आँखों में कुछ लज्जा थी, कुछ क्षमा-याचना, पर जालपा ने कभी उसकी तरफ़ आँखें न उठाईं। वह शायद

इस वक़्त आकर उसके पैरों पर पड़ता, तो भी वह उसकी ओर न ताकती। रमा की इस घृणित कायरता और महान स्वार्थपरता ने जालपा के हृदय को मानो चीर डाला था, फिर भी उस प्रणय-बंधन का निशान अभी बना हुआ था।

रमा की वह प्रेम-विह्वल मूर्ति, जिसे देखकर एक दिन वह गद्‌गद हो जाती थी, कभी-कभी उसके हृदय में छाए हुए अंधेरे में क्षीण, मलिन, निरानंद ज्योत्स्ना की भाँति प्रवेश करती, और एक क्षण के लिए वह स्मृतियाँ विलाप कर उठतीं। फिर उसी अंधकार और नीरवता का परदा पड़ जाता। उसके लिए भविष्य की मृदु स्मृतियाँ न थीं, केवल कठोर, नीरस वर्तमान विकराल रूप से खड़ा घूर रहा था।

वह जालपा, जो अपने घर बात-बात पर मान किया करती थी, अब सेवा, त्याग और सहिष्णुता की मूर्ति थी। जग्गो मना करती रहती, पर वह मुँह-अंधेरे सारे घर में झाड़ू लगा आती, चौका-बरतन कर डालती, आटा गूंधकर रख देती, चूल्हा जला देती। तब बुढ़िया का काम केवल रोटियाँ सेंकना था। छूत-विचार को भी उसने ताक़ पर रख दिया था। बुढ़िया उसे ठेल-ठालकर रसोई में ले जाती और कुछ न कुछ खिला देती। दोनों में माँ-बेटी का-सा प्रेम हो गया था।

मुक़दमे की सब कार्रवाई समाप्त हो चुकी थी। दोनों पक्ष के वकीलों की बहस हो चुकी थी। केवल फ़ैसला सुनाना बाक़ी था। आज उसकी तारीख़ थी। आज बड़े सबरे घर के काम-धंधों से फुर्सत पाकर जालपा दैनिक-पत्र वाले की आवाज़ पर कान लगाए बैठी थी, मानो आज उसी का भाग्य-निर्णय होने वाला है। इतने में देवीदीन ने पत्र लाकर उसके सामने रख दिया। जालपा पत्र पर टूट पड़ी और फ़ैसला पढ़ने लगी। फ़ैसला क्या था, एक ख़याली कहानी थी, जिसका प्रधान नायक रमा था। जज ने बार-बार उसकी प्रशंसा की थी। सारा अभियोग उसी के बयान पर अवलंबित था।

देवीदीन ने पूछा – 'फ़ैसला छपा है?'

जालपा ने पत्र पढ़ते हुए कहा – 'हाँ, है तो!'

'किसकी सजा हुई?'

'कोई नहीं छूटा, एक को फाँसी की सज़ा मिली। पाँच को दस-दस साल और आठ को पाँच-पाँच साल। उसी दिनेश को फाँसी हुई।'

यह कहकर उसने समाचार-पत्र रख दिया और एक लंबी साँस लेकर बोली – 'इन बेचारों के बाल-बच्चों का न जाने क्या हाल होगा!'

देवीदीन ने तत्परता से कहा – 'तुमने जिस दिन मुझसे कहा था, उसी दिन से मैं इन बातों का पता लगा रहा हूँ। आठ आदमियों का तो अभी तक ब्याह ही नहीं हुआ और उनके घर वाले मज़े में हैं। किसी बात की तकलीफ़ नहीं है। पाँच आदमियों का विवाह तो हो गया है, पर घर के ख़ुश हैं। किसी के घर रोज़गार होता है, कोई जमींदार है, किसी के बाप-चचा नौकर हैं। मैंने कई आदमियों से पूछा। यहाँ कुछ चंदा भी किया गया है। अगर उनके घर वाले लेना चाहें तो तो दिया जाएगा। ख़ाली दिनेस तबाह है। दो छोटे-छोटे बच्चे हैं, बुढ़िया, माँ और औरत, यहाँ किसी स्कूल में मास्टर

था। एक मकान किराए पर लेकर रहता था। उसकी ख़राबी है।'

जालपा ने पूछा - 'उसके घर का पता लगा सकते हो?'

'हाँ, उसका पता कौन मुसकिल है?'

जालपा ने याचना - भाव से कहा - 'तो कब चलोगे? मैं भी तुम्हारे साथ चलूँगी। अभी तो वक़्त है। चलो, ज़रा देखें।'

देवीदीन ने आपत्ति करके कहा - 'पहले मैं देख तो आऊँ। इस तरह मेरे साथ कहाँ-कहाँ दौड़ती फिरोगी?'

जालपा ने मन को दबाकर लाचारी से सिर झुका लिया और कुछ न बोली।

देवीदीन चला गया। जालपा फिर समाचार-पत्र देखने लगी, पर उसका ध्यान दिनेश की ओर लगा हुआ था। बेचारा फाँसी पा जाएगा। जिस वक़्त उसने फाँसी का हुक्म सुना होगा, उसकी क्या दशा हुई होगी। उसकी बूढ़ी मां और स्त्री यह ख़बर सुनकर छाती पीटने लगी होंगी। बेचारा स्कूल-मास्टर ही तो था, मुश्किल से रोटियाँ चलती होंगी। और क्या सहारा होगा? उनकी विपत्ति की कल्पना करके उसे रमा के प्रति उत्तेजना, पूर्ण घृणा हुई कि वह उदासीन न रह सकी। उसके मन में ऐसा उद्वेग उठा कि इस वक़्त वह आ जाएँ तो ऐसा धिक्कारूँ कि वह भी याद करें। तुम मनुष्य हो! कभी नहीं। तुम मनुष्य के रूप में राक्षस हो, राक्षस! तुम इतने नीच हो कि उसको प्रकट करने के लिए कोई शब्द नहीं है। तुम इतने नीच हो कि आज कमीने से कमीना आदमी भी तुम्हारे ऊपर थूक रहा है। तुम्हें किसी ने पहले ही क्यों न मार डाला। इन आदमियों की जान तो जाती ही, पर तुम्हारे मुँह में तो कालिख न लगती। तुम्हारा इतना पतन हुआ कैसे! जिसका पिता इतना सच्चा, इतना ईमानदार हो, वह इतना लोभी, इतना कायर!

शाम हो गई; पर देवीदीन न आया। जालपा बार-बार खिड़की पर खड़ी हो-होकर इधर-उधर देखती थी, पर देवीदीन का पता न था। धीरे-धीरे आठ बज गए और देवी न लौटा। सहसा एक मोटर द्वार पर आकर रुकी और रमा ने उतरकर जग्गो से पूछा - 'सब कुशल-मंगल है न दादी! दादा कहाँ गए हैं?'

जग्गो ने एक बार उसकी ओर देखा और मुँह उधर लिया। केवल इतना बोली - 'कहीं गए होंगे, मैं नहीं जानती।'

रमा ने सोने की चार चूड़ियाँ जेब से निकालकर जग्गो के पैरों पर रख दीं और बोला - 'यह तुम्हारे लिए लाया हूँ दादी, पहनो, ढीली तो नहीं हैं?

जग्गो ने चूड़ियाँ उठाकर ज़मीन पर पटक दीं और आँखें निकालकर बोली - 'जहाँ इतना पाप समा सकता है, वहाँ चार चूड़ियों की ज़गह नहीं है! भगवान की दया से बहुत चूड़ियाँ पहन चुकी और अब भी सेर-दो सेर सोना पड़ा होगा, लेकिन जो खाया, पहना, अपनी मिहनत की कमाई से, किसी का गला नहीं दबाया, पाप की गठरी सिर पर नहीं लादी, नीयत नहीं बिगाड़ी। उस कोख में आग लगे जिसने तुम जैसे कपूत को जन्म दिया। यह पाप की कमाई लेकर तुम बहू को देने आए होगे! समझते होगे, तुम्हारे रुपयों की थैली देखकर वह लट्टू हो जाएगी। इतने दिन उसके साथ रहकर भी

तुम्हारी लोभी आँखें उसे न पहचान सकीं। तुम जैसे राक्षस उस देवी के जोग न थे। अगर अपनी कुसल चाहते हो, तो इन्हीं पैरों जहाँ से आए हो वहीं लौट जाओ, उसके सामने जाकर क्यों अपना पानी उतरवाओगे। तुम आज पुलिस के हाथों जख़्मी होकर, मार खाकर आए होते, तुम्हें सज़ा हो गई होती, तुम जेहल में डाल दिए गए होते तो बहू तुम्हारी पूजा करती, तुम्हारे चरन धो-धोकर पीती। वह उन औरतों में है जो चाहें मजूरी करें, उपास करें, फटे-चीथड़े पहनें, पर किसी की बुराई नहीं देख सकतीं। अगर तुम मेरे लड़के होते, तो तुम्हें ज़हर दे देती। क्यों खड़े मुझे जला रहे हो चले क्यों नहीं जाते। मैंने तुमसे कुछ ले तो नहीं लिया है?'

रमा सिर झुकाए चुपचाप सुनता रहा। तब आहत स्वर में बोला – 'दादी, मैंने बुराई की है और इसके लिए मरते दम तक लज्जित रहूँगा, लेकिन तुम मुझे जितना नीच समझ रही हो, उतना नीच नहीं हूँ। अगर तुम्हें मालूम होता कि पुलिस ने मेरे साथ कैसी-कैसी सख्तियाँ कीं, मुझे कैसी-कैसी धमकियाँ दीं, तो तुम मुझे राक्षस न कहतीं।'

जालपा के कानों में इन आवाज़ों की भनक पड़ी। उसने जीने से झांककर देखा। रमानाथ खड़ा था। सिर पर बनारसी रेशमी साफ़ा था, रेशम का बढ़िया कोट, आँखों पर सुनहली ऐनक। इस एक ही महीने में उसकी देह निखर आई थी। रंग भी अधिक गोरा हो गया था। ऐसी कांति उसके चेहरे पर कभी न दिखाई दी थी। उसके अंतिम शब्द जालपा के कानों में पड़ गए, बाज की तरह टूटकर धम-धम करती हुई नीचे आई और ज़हर में बुझे हुए बाणों का उस पर प्रहार करती हुई बोली – 'अगर तुम सख़्तियों और धमकियों से इतना दब सकते हो, तो तुम कायर हो तुम्हें अपने को मनुष्य कहने का कोई अधिकार नहीं। क्या सख़्तियाँ की थीं? ज़रा सुनूँ! लोगों ने तो हँसते-हँसते सिर कटा लिए हैं, अपने बेटों को मरते देखा है, कोल्हू में पेले जाना मंजूर किया है, पर सच्चाई से जौ भर भी नहीं हटे। तुम भी तो आदमी हो, तुम क्यों धमकी में आ गए? क्यों नहीं छाती खोलकर खड़े हो गए कि इसे गोली का निशाना बना लो, पर मैं झूठ न बोलूँगा। क्यों नहीं सिर झुका? देह के भीतर इसीलिए आत्मा रक्खी गई है कि देह उसकी रक्षा करे। इसलिए नहीं कि उसका सर्वनाश कर दे। इस पाप का क्या पुरस्कार मिला? ज़रा मालूम तो हो!'

रमा ने दबी हुई आवाज़ से कहा – 'अभी तो कुछ नहीं।'

जालपा ने सर्पिणी की भाँति फुंकारकर कहा – 'यह सुनकर मुझे बड़ी ख़ुशी हुई! ईश्वर करे, तुम्हें मुँह में कालिख लगाकर भी कुछ न मिले! मेरी यह सच्चे दिल से प्रार्थना है, लेकिन नहीं, तुम – जैसे मोम के पुतलों को पुलिस वाले कभी नाराज़ न करेंगे। तुम्हें कोई ज़गह मिलेगी और शायद अच्छी ज़गह मिले, मगर जिस जाल में तुम फँसे हो, उसमें से निकल नहीं सकते। झूठी गवाही, झूठे मुक़दमे बनाना और पाप का व्यापार करना ही तुम्हारे भाग्य में लिख गया। जाओ शौक़ से ज़िंदगी के सुख लूटो। मैंने तुमसे पहले ही कह दिया था और आज फिर कहती हूँ कि मेरा तुमसे कोई नाता नहीं है। मैंने समझ लिया कि तुम मर गए। तुम भी समझ लो कि मैं मर गई। बस, जाओ।

मैं औरत हूँ। अगर कोई धमकाकर मुझसे पाप कराना चाहे, तो चाहे उसे न मार सकूँ, अपनी गर्दन पर छुरी चला दूँगी। क्या तुममें औरतों के बराबर भी हिम्मत नहीं है?'

रमा ने भिक्षुकों की भाँति गिड़गिड़ाकर कहा – 'तुम मेरा कोई उज्र न सुनोगी?'

जालपा ने अभिमान से कहा – 'नहीं!'

'तो मैं मुँह में कालिख लगाकर कहीं निकल जाऊँ?'

'तुम्हारी ख़ुशी!'

'तुम मुझे क्षमा न करोगी?'

'कभी नहीं, किसी तरह नहीं!'

रमा एक क्षण सिर झुकाए खड़ा रहा, तब धीरे-धीरे बरामदे के नीचे जाकर जग्गो से बोला – 'दादी, दादा आएँ तो कह देना, मुझसे ज़रा देर मिल लें। जहाँ कहें, आ जाऊँ?

जग्गो ने कुछ पिघलकर कहा – 'कल यहीं चले आना।'

रमा ने मोटर पर बैठते हुए कहा – 'यहाँ अब न आऊँगा, दादी!'

मोटर चली गई तो जालपा ने कुत्सित भाव से कहा – 'मोटर दिखाने आए थे, जैसे ख़रीद ही तो लाए हों!'

जग्गो ने भर्त्सना की – 'तुम्हें इतना बेलगाम न होना चाहिए था, बहू! दिल पर चोट लगती है, तो आदमी को कुछ नहीं सूझता।'

जालपा ने निष्ठुरता से कहा – 'ऐसे हयादार नहीं हैं, दादी! इसी सुख के लिए तो आत्मा बेची। उनसे यह सुख भला क्या छोड़ा जाएगा। पूछा नहीं, दादा से मिलकर क्या करोगे? वह होते तो ऐसी फटकार सुनाते कि छठी का दूध याद आ जाता।'

जग्गो ने तिरस्कार के भाव से कहा – 'तुम्हारी ज़गह मैं होती तो मेरे मुँह से ऐसी बातें न निकलतीं। तुम्हारा हिया बड़ा कठोर है। दूसरा मर्द होता तो इस तरह चुपका-चुपका सुनता? मैं तो थर-थर काँप रही थी कि कहीं तुम्हारे ऊपर हाथ न चला दे, मगर है बड़ा गमखोर।'

जालपा ने उसी निष्ठुरता से कहा – 'इसे गमखोरी नहीं कहते दादी, यह बेहयाई है।'

देवीदीन ने आकर कहा – 'क्या यहाँ भैया आए थे? मुझे मोटर पर रास्ते में दिखाई दिए थे।'

जग्गो ने कहा – 'हाँ, आए थे। कह गए हैं, दादा मुझसे ज़रा मिल लें।'

देवीदीन ने उदासीन होकर कहा – 'मिल लूँगा। यहाँ कोई बातचीत हुई?'

जग्गो ने पछताते हुए कहा – 'बातचीत क्या हुई, पहले मैंने पूजा की, मैं चुप हुई तो बहू ने अच्छी तरह फूल-माला चढ़ाई।'

जालपा ने सिर नीचा करके कहा – 'आदमी जैसा करेगा, वैसा भोगेगा।'

जग्गो – 'अपना ही समझकर तो मिलने आए थे।'

जालपा – 'कोई बुलाने तो न गया था। कुछ दिनेश का पता चला, दादा!'

देवीदीन – 'हाँ, सब पूछ आया। हाबड़े में घर है। पता-ठिकाना सब मालूम हो गया।'

जालपा ने डरते-डरते कहा - 'इस वक़्त चलोगे या कल किसी वक़्त?'

देवीदीन - 'तुम्हारी जैसी मरजी जी। चाहे इसी बखत चलो, मैं तैयार हूँ।'

जालपा - 'थक गए होगे?'

देवीदीन - 'इन कामों में थकान नहीं होती बेटी।'

आठ बज गए थे। सड़क पर मोटरों का तांता बंधा हुआ था। सड़क की दोनों पटरियों पर हज़ारों स्त्री-पुरुष बने-ठने, हँसते-बोलते चले जाते थे। जालपा ने सोचा, दुनिया कैसी अपने राग-रंग में मस्त है। जिसे उसके लिए मरना हो मरे, वह अपनी टेव न छोड़ेगी। हर एक अपना छोटा-सा मिट्टी का घरौंदा बनाए बैठा है। देश बह जाए, उसे परवा नहीं। उसका घरौंदा बचा रहे! उसके स्वार्थ में बाधा न पड़े। उसका भोला-भाला हृदय बाज़ार को बंद देखकर ख़ुश होता। सभी आदमी शोक से सिर झुकाए, त्योरियाँ बदले उन्मत्त-से नज़र आते। सभी के चेहरे भीतर की जलन से लाल होते। वह न जानती थी कि इस जन-सागर में ऐसी छोटी-छोटी कंकड़ियों के गिरने से एक हल्कोरा भी नहीं उठता, आवाज़ तक नहीं आती।

44

रमा मोटर पर चला, तो उसे कुछ सूझता न था, कुछ समझ में न आता था, कहाँ जा रहा है। जाने हुए रास्ते उसके लिए अनजाने हो गए थे। उसे जालपा पर क्रोध न था, ज़रा भी नहीं। जग्गो पर भी उसे क्रोध न था। क्रोध था अपनी दुर्बलता पर, अपनी स्वार्थलोलुपता पर, अपनी कायरता पर। पुलिस के वातावरण में उसका औचित्य-ज्ञान भ्रष्ट हो गया था। वह कितना बड़ा अन्याय करने जा रहा है, उसका उसे केवल उस दिन ख़याल आया था, जब जालपा ने समझाया था। फिर यह शंका मन में उठी ही नहीं। अफ़सरों ने बड़ी-बड़ी आशाएँ बंधाकर उसे बहला रक्खा। वह कहते, अजी बीबी की कुछ फ़िक्र न करो। जिस वक़्त तुम एक जड़ाऊ हार लेकर पहुँचोगे और रुपयों की थैली नज़र कर दोगे, बेगम साहब का सारा गुस्सा भाग जाएगा। अपने सूबे में किसी अच्छी-सी ज़गह पर पहुँच जाओगे, आराम से ज़िंदगी कटेगी। कैसा गुस्सा! इसकी कितनी ही आँखों-देखी मिसालें दी गईं।

रमा चक्कर में फँस गया। फिर उसे जालपा से मिलने का अवसर ही न मिला। पुलिस का रंग जमता गया। आज वह जड़ाऊ हार जेब में रखे जालपा को अपनी विजय की ख़ुशख़बरी देने गया था। वह जानता था जालपा पहले कुछ नाक-भौं सिकोड़ेगी पर यह भी जानता था कि यह हार देखकर वह ज़रूर ख़ुश हो जाएगी। कल ही संयुक्त प्रांत के होम सेक्रेटरी के नाम कमिश्नर पुलिस का पत्र उसे मिल जाएगा। दो-चार दिन यहाँ ख़ूब सैर करके घर की राह लेगा। देवीदीन और जग्गो को भी वह अपने साथ ले जाना चाहता था। उनका एहसान वह कैसे भूल सकता था। यही मनसूबे मन में बांधकर वह

जालपा के पास गया था, जैसे कोई भक्त फल और नैवेद्य लेकर देवता की उपासना करने जाए, पर देवता ने वरदान देने के बदले उसके थाल को ठुकरा दिया, उसके नैवेद्य को पैरों से कुचल डाला; उसे कुछ कहने का अवसर ही न मिला।

आज पुलिस के विषैले वातावरण से निकलकर उसने स्वच्छ वायु पाई थी और उसकी सुबुद्धि सचेत हो गई थी। अब उसे अपनी पशुता अपने यथार्थ रूप में दिखाई दी - कितनी विकराल, कितनी दानवी मूर्ति थी। वह स्वयं उसकी ओर ताकने का साहस न कर सकता था। उसने सोचा, इसी वक़्त जज के पास चलूँ और सारी कथा कह सुनाऊँ। पुलिस मेरी दुश्मन हो जाए, मुझे जेल में सड़ा डाले, कोई परवा नहीं। सारी क़लई खोल दूँगा। क्या जज अपना फ़ैसला नहीं बदल सकता? अभी तो सभी मुज़िलम हवालात में हैं। पुलिस वाले ख़ूब दाँत पीसेंगे, ख़ूब नाचे-कूदेंगे, शायद मुझे कच्चा ही खा जाएँ। खा जाएँ! इसी दुर्बलता ने तो मेरे मुँह में कालिख लगा दी।

जालपा की वह क्रोधोन्मत्त मूर्ति उसकी आँखों के सामने फिर गई। ओह, कितने गुस्से में थी! मैं जानता कि वह इतना बिगड़ेगी, तो चाहे दुनिया इधर से उधर हो जाती, अपना बयान बदल देता। बड़ा चकमा दिया इन पुलिस वालों ने। अगर कहीं जज ने कुछ नहीं सुना और मुलज़िमों को बरी न किया, तो जालपा मेरा मुँह न देखेगी। मैं उसके पास कौन मुँह लेकर जाऊँगा। फिर ज़िंदा रहकर ही क्या करूँगा। किसके लिए?

उसने मोटर रोकी और इधर-उधर देखने लगा। कुछ समझ में न आया, कहाँ आ गया। सहसा एक चौकीदार नज़र आया। उसने उससे जज साहब के बंगले का पता पूछा। चौकीदार हँसकर बोला - 'हुज़ूर तो बहुत दूर निकल आए। यहाँ से तो छः-सात मील से कम न होगा, वह उधर चौरंगी की ओर रहते हैं।'

रमा चौरंगी का रास्ता पूछकर फिर चला। नौ बज गए थे। उसने सोचा, जज साहब से मुलाक़ात न हुई, तो सारा खेल बिगड़ जाएगा। बिना मिले हटूँगा ही नहीं। अगर उन्होंने सुन लिया तो ठीक ही है, नहीं कल हाईकोर्ट के जजों से कहूँगा। कोई तो सुनेगा। सारा वृत्तांत समाचार-पत्रों में छपवा दूँगा, तब तो सबकी आँखें खुलेंगी।

मोटर तीस मील की चाल से चल रही थी। दस मिनट ही में चौरंगी आ पहुँची। यहाँ अभी तक वही चहल-पहल थी, मगर रमा उसी ज़न्नाटे से मोटर लिए जाता था। सहसा एक पुलिसमैन ने लाल बत्ती दिखाई। वह रुक गया और बाहर सिर निकालकर देखा, तो वही दारोग़ाजी!

दारोग़ा ने पूछा - 'क्या अभी तक बंगले पर नहीं गए? इतनी तेज़ मोटर न चलाया कीजिए। कोई वारदात हो जाएगी। कहिए, बेगम साहब से मुलाक़ात हुई? मैंने तो समझा था, वह भी आपके साथ होंगी। ख़ुश तो ख़ूब हुई होंगी!'

रमा को ऐसा क्रोध आया कि मूँछें उखाड़ लूँ, पर बात बनाकर बोला - 'जी हाँ, बहुत ख़ुश हुईं। बेहद!'

'मैंने कहा था न, औरतों की नाराज़ी की वही दवा है। आप कांपे जाते थे।'

'मेरी हिमाकत थी।'

'चलिए, मैं भी आपके साथ चलता हूँ। एक बाज़ी ताश उड़े और ज़रा सरूर जमे। डिप्टी साहब और इंस्पेक्टर साहब आएँगे। ज़ोहरा को बुलवा लेंगे। दो घड़ी की बहार रहेगी। अब आप मिसेज़ रमानाथ को बंगले ही पर क्यों नहीं बुला लेते। वहाँ उस खटिक के घर पड़ी हुई हैं।'

रमा ने कहा – 'अभी तो मुझे एक ज़रूरत से दूसरी तरफ़ जाना है। आप मोटर ले जाएँ। मैं पाँव-पाँव चला आऊँगा।'

दारोग़ा ने मोटर के अंदर जाकर कहा – 'नहीं साहब, मुझे कोई जल्दी नहीं है। आप जहाँ चलना चाहें, चलिए। मैं ज़रा भी मुख़िल न हूँगा।'

रमा ने कुछ चिढ़कर कहा – 'लेकिन मैं अभी बंगले पर नहीं जा रहा हूँ।'

दारोग़ा ने मुस्कराकर कहा – 'मैं समझ रहा हूँ, लेकिन मैं ज़रा भी मुख़िल न हूँगा। वही बेगम साहब...'

रमा ने बात काटकर कहा – 'जी नहीं, वहाँ मुझे नहीं जाना है।'

दारोग़ा – 'तो क्या कोई दूसरा शिकार है? बंगले पर भी आज कुछ कम बहार न रहेगी। वहीं आपके दिल-बहलाव का कुछ सामान हाज़िर हो जाएगा।'

रमा ने एकबारगी आँखें लाल करके कहा – 'क्या आप मुझे शोहदा समझते हैं? मैं इतना जलील नहीं हूँ।'

दारोग़ा ने कुछ लज्जित होकर कहा – 'अच्छा साहब, गुनाह हुआ, माफ़ कीजिए। अब कभी ऐसी गुस्ताखी न होगी लेकिन अभी आप अपने को ख़तरे से बाहर न समझें। मैं आपको किसी ऐसी ज़गह न जाने दूँगा, जहाँ मुझे पूरा इत्मीनान न होगा। आपको ख़बर नहीं, आपके कितने दुश्मन हैं। मैं आप ही के फ़ायदे के ख़याल से कह रहा हूँ।'

रमा ने होंठ चबाकर कहा – 'बेहतर हो कि आप मेरे फ़ायदे का इतना ख़याल न करें। आप लोगों ने मुझे मलियामेट कर दिया और अब भी मेरा गला नहीं छोड़ते। मुझे अब अपने हाल पर मरने दीजिए। मैं इस गुलामी से तंग आ गया हूँ। मैं माँ के पीछे-पीछे चलने वाला बच्चा नहीं बनना चाहता। आप अपनी मोटर चाहते हैं; शौक़ से ले जाइए। मोटर की सवारी और बंगले में रहने के लिए पंद्रह आदमियों को कुर्बान करना पड़ा है। कोई ज़गह पा जाऊँ, तो शायद पंद्रह सौ आदमियों को कुर्बान करना पड़े। मेरी छाती इतनी मज़बूत नहीं है। आप अपनी मोटर ले जाइए।'

यह कहता हुआ वह मोटर से उतर पड़ा और जल्दी से आगे बढ़ गया। दारोग़ा ने कई बार पुकारा, ज़रा सुनिए, बात तो सुनिए, लेकिन उसने पीछे फिरकर देखा तक नहीं। ज़रा और आगे चलकर वह एक मोड़ से घूम गया। इसी सड़क पर जज का बंगला था। सड़क पर कोई आदमी न मिला। रमा कभी इस पटरी पर और कभी उस पटरी पर जा-जाकर बंगलों के नंबर पढ़ता चला जाता था। सहसा एक नंबर देखकर वह रुक गया। एक मिनट तक खड़ा देखता रहा कि कोई निकले तो उससे पूछूँ साहब हैं या नहीं। अंदर जाने की उसकी हिम्मत न पड़ती थी। ख़याल आया, जज ने पूछा, तुमने क्यों झूठी गवाही दी, तो क्या जवाब दूँगा। यह कहना कि पुलिस ने मुझसे ज़बरदस्ती

गवाही दिलवाई, प्रलोभन दिया, मारने की धमकी दी, लज्जास्पद बात है। अगर वह पूछे कि तुमने केवल दो-तीन साल की सज़ा से बचने के लिए इतना बड़ा कलंक सिर पर ले लिया, इतने आदमियों की जान लेने पर उतारू हो गए, उस वक़्त तुम्हारी बुद्धि कहाँ गई थी, तो उसका मेरे पास क्या जवाब है? ख़्वामख़्वाह लज्जित होना पड़ेगा। बेवक़ूफ़ बनाया जाऊँगा। वह लौट पड़ा। इस लज्जा का सामना करने की उसमें सामर्थ्य न थी। लज्जा ने सदैव वीरों को परास्त किया है। जो काल से भी नहीं डरते, वे भी लज्जा के सामने खड़े होने की हिम्मत नहीं करते। आग में झुंक जाना, तलवार के सामने खड़े हो जाना, इसकी अपेक्षा कहीं सहज है। लाज की रक्षा ही के लिए बड़े-बड़े राज्य मिट गए हैं, रक्त की नदियाँ बह गई हैं, प्राणों की होली खेल डाली गई है। उसी लाज ने आज रमा के पग भी पीछे हटा दिए। शायद जेल की सज़ा से वह इतना भयभीत न होता।

45

रमा आधी रात गए सोया, तो नौ बजे दिन तक नींद न खुली। वह स्वप्न देख रहा था - दिनेश को फाँसी हो रही है। सहसा एक स्त्री तलवार लिए हुए फाँसी की ओर दौड़ी और फाँसी की रस्सी काट दी। चारों ओर हलचल मच गई। वह औरत जालपा थी। जालपा को लोग घेरकर पकड़ना चाहते थे,पर वह पकड़ में न आती थी। कोई उसके सामने जाने का साहस न कर सकता था। तब उसने एक छलांग मारकर रमा के ऊपर तलवार चलाई। रमा घबड़ाकर उठ बैठा। देखा तो दारोग़ा और इंस्पेक्टर कमरे में खड़े हैं, और डिप्टी साहब आरामकुर्सी पर लेटे हुए सिगार पी रहे हैं।

दारोग़ा ने कहा - 'आज तो आप ख़ूब सोए बाबू साहब! कल कब लौटे थे?'

रमा ने एक कुर्सी पर बैठकर कहा - 'ज़रा देर बाद लौट आया था। इस मुक़दमे की अपील तो हाईकोर्ट में होगी न?'

इंस्पेक्टर - 'अपील क्या होगी, ज़ाब्ते की पाबंदी होगी। आपने मुक़दमे को इतना मज़बूत कर दिया है कि वह अब किसी के हिलाए हिल नहीं सकता। हलफ़ से कहता हूँ, आपने कमाल कर दिया। अब आप उधर से बेफ़िक्र हो जाइए। हाँ, अभी जब तक फ़ैसला न हो जाए, यह मुनासिब होगा कि आपकी हिफ़ाज़त का ख़याल रक्खा जाए। इसलिए फिर पहरे का इंतज़ाम कर दिया गया है। इधर हाईकोर्ट से फ़ैसला हुआ, उधार आपको ज़गह मिली।'

डिप्टी साहब ने सिगार का धुआं फेंक कर कहा - 'यह डी.ओ. कमिश्नर साहब ने आपको दिया है, जिसमें आपको कोई तरह की शक न हो। देखिए, यू.पी. के होम सेक्रेटरी के नाम है। आप वहाँ ज्योंही यह डी.ओ. दिखाएँगे, वह आपको कोई बहुत अच्छी ज़गह दे देगा।

इंस्पेक्टर - 'कमिश्नर साहब आपसे बहुत ख़ुश हैं, हलफ़ से कहता हूँ।'

डिप्टी – 'बहुत ख़ुश हैं। वह यू.पी. को अलग डायरेक्ट भी चिट्ठी लिखेगा। तुम्हारा भाग्य खुल गया।'

यह कहते हुए उसने डी.ओ. रमा की तरफ़ बढ़ा दिया। रमा ने लिफ़ाफ़ा खोलकर देखा और एकाएक उसको फाड़कर पुर्जे-पुर्जे कर डाला। तीनों आदमी विस्मय से उसका मुँह ताकने लगे।

दारोग़ा ने कहा – 'रात में बहुत पी गए थे क्या? आपके हक़ में अच्छा न होगा!'

इंस्पेक्टर – 'हलफ़ से कहता हूँ, कमिश्नर साहब को मालूम हो जाएगा, तो बहुत नाराज़ होंगे।'

डिप्टी – 'इसका कुछ मतलब हमारे समझ में नहीं आया। इसका क्या मतलब है?'

रमानाथ – 'इसका यह मतलब है कि मुझे इस डी.ओ. की ज़रूरत नहीं है और न मैं नौकरी चाहता हूँ। मैं आज ही यहाँ से चला जाऊँगा।'

डिप्टी – 'जब तक हाईकोर्ट का फ़ैसला न हो जाए, तब तक आप कहीं नहीं जा सकता।'

रमानाथ – 'क्यों?'

डिप्टी – 'कमिश्नर साहब का यह हुक्म है।'

रमानाथ – 'मैं किसी का गुलाम नहीं हूँ।'

इंस्पेक्टर – 'बाबू रमानाथ, आप क्यों बना-बनाया खेल बिगाड़ रहे हैं? जो कुछ होना था, वह हो गया। दस-पाँच दिन में हाईकोर्ट से फ़ैसले की तसदीक़ हो जाएगी। आपकी बेहतरी इसी में है कि जो सिला मिल रहा है, उसे ख़ुशी से लीजिए और आराम से ज़िंदगी के दिन बसर कीजिए। ख़ुदा ने चाहा, तो एक दिन आप भी किसी ऊँचे ओहदे पर पहुँच जाएँगे। इससे क्या फ़ायदा कि अफ़सरों को नाराज़ कीजिए और क़ैद की मुसीबतें झेलिए। हलफ़ से कहता हूँ, अफ़सरों की ज़रा-सी निगाह बदल जाए, तो आपका कहीं पता न लगे। हलफ़ से कहता हूँ, एक इशारे में आपको दस साल की सज़ा हो जाए। आप हैं किस ख़याल में? हम आपके साथ शरारत नहीं करना चाहते। हाँ, अगर आप हमें सख़्ती करने पर मजबूर करेंगे, तो हमें सख़्ती करनी पड़ेगी। जेल को आसान न समझिएगा। ख़ुदा दोज़ख में ले जाए, पर जेल की सज़ा न दे। मार-धाड़, गाली-गुफ़्ता वह तो वहाँ की मामूली सज़ा है। चक्की में जोत दिया तो मौत ही आ गई। हलफ़ से कहता हूँ, दोज़ख से बदतर है जेल!'

दारोग़ा – 'यह बेचारे अपनी बेगम साहब से माज़ूर हैं। वह शायद इनके जान की गाहक हो रही हैं। उनसे इनकी कोर दबती है।'

इंस्पेक्टर – 'क्या हुआ, कल तो वह हार दिया था न? फिर भी राज़ी नहीं हुई?'

रमा ने कोट की जेब से हार निकालकर मेज़ पर रख दिया और बोला – 'वह हार यह रक्खा हुआ है।'

इंस्पेक्टर – 'अच्छा, इसे उन्होंने नहीं क़बूल किया।'

डिप्टी – 'कोई प्राउड लेडी है।'

इंस्पेक्टर - 'कुछ उनकी भी मिज़ाज़-पुरसी करने की ज़रूरत होगी।'

दारोग़ा - 'यह तो बाबू साहब के रंग-ढंग और सलीके पर मुनहसर है। अगर आप ख़्वामख़्वाह हमें मज़बूर न करेंगे, तो हम आपके पीछे न पड़ेंगे।'

डिप्टी - 'उस खटिक से भी मुचलका ले लेना चाहिए।'

रमानाथ के सामने एक नई समस्या आ खड़ी हुई, पहली से कहीं जटिल, कहीं भीषण। संभव था, वह अपने को कर्तव्य की वेदी पर बलिदान कर देता, दो-चार साल की सज़ा के लिए अपने को तैयार कर लेता। शायद इस समय उसने अपने आत्म-समर्पण का निश्चय कर लिया था, पर अपने साथ जालपा को भी संकट में डालने का साहस वह किसी तरह न कर सकता था। वह पुलिस के शिकंजे में कुछ इस तरह दब गया था कि अब उसे बेदाग़ निकल जाने का कोई मार्ग दिखाई न देता था। उसने देखा कि इस लड़ाई में मैं पेश नहीं पा सकता। पुलिस सर्वशक्तिमान है, वह मुझे जिस तरह चाहे दबा सकती है। उसके मिज़ाज़ की तेज़ी ग़ायब हो गई। विवश होकर बोला - 'आख़िर आप लोग मुझसे क्या चाहते हैं?'

इंस्पेक्टर ने दारोग़ा की ओर देखकर आँखें मारीं, मानो कह रहे हों, 'आ गया पंजे में,' और बोले - 'बस इतना ही कि आप हमारे मेहमान बने रहें, और मुक़दमे के हाईकोर्ट में तय हो जाने के बाद यहाँ से रुख़सत हो जाएँ। क्योंकि उसके बाद हम आपकी हिफ़ाज़त के ज़िम्मेदार न होंगे। अगर आप कोई सर्टिफ़िकेट लेना चाहेंगे, तो वह दे दी जाएगी, लेकिन उसे लेने या न लेने का आपको पूरा अख़्तियार है। अगर आप होशियार हैं, तो उसे लेकर फ़ायदा उठाएँगे, नहीं इधर-उधर के धक्के खाएँगे। आपके ऊपर गुनाह बेलज़्ज़त की मसल सादिक आएगी। इसके सिवा हम आपसे और कुछ नहीं चाहते। हलफ़ से कहता हूँ, हर एक चीज़ जिसकी आपको ख़्वाहिश हो, यहाँ हाज़िर कर दी जाएगी, लेकिन जब तक मुक़दमा ख़त्म हो जाए, आप आज़ाद नहीं हो सकते।'

रमानाथ ने दीनता के साथ पूछा - 'सैर करने तो जा सकूँगा, या वह भी नहीं?'

इंस्पेक्टर ने सूत्र रूप से कहा - 'जी नहीं!'

दारोग़ा ने उस सूत्र की व्याख्या की - 'आपको वह आज़ादी दी गई थी, पर आपने उसका बेजा इस्तेमाल किया। जब तक इसका इत्मीनान न हो जाए कि आप उसका जायज इस्तेमाल कर सकते हैं या नहीं, आप उस हक़ से महरूम रहेंगे।

दारोग़ा ने इंस्पेक्टर की तरफ़ देखकर मानो इस व्याख्या की दाद देनी चाही, जो उन्हें सहर्ष मिल गई।

तीनों अफ़सर रुख़सत हो गए और रमा एक सिगार जलाकर इस विकट परिस्थिति पर विचार करने लगा।

46

एक महीना और निकल गया। मुक़दमे के हाईकोर्ट में पेश होने की तिथि नियत हो गई है। रमा के स्वभाव में फिर वही पहले की-सी भीरुता और ख़ुशामद आ गई है। अफ़सरों के इशारे पर नाचता है। शराब की मात्रा पहले से बढ़ गई है, विलासिता ने मानो पंजे में दबा लिया है। कभी-कभी उसके कमरे में एक वेश्या ज़ोहरा भी आ जाती है, जिसका गाना वह बड़े शौक़ से सुनता है।

एक दिन उसने बड़ी हसरत के साथ ज़ोहरा से कहा – 'मैं डरता हूँ, कहीं तुमसे प्रेम न बढ़ जाए। उसका नतीजा इसके सिवा और क्या होगा कि रो-रोकर ज़िंदगी काटूँ। तुमसे वफ़ा की उम्मीद और क्या हो सकती है!'

ज़ोहरा दिल में ख़ुश होकर अपनी बड़ी-बड़ी रतनारी आँखों से उसकी ओर ताकती हुई बोली – 'हाँ साहब, हम वफ़ा क्या जानें, आख़िर वेश्या ही तो ठहरीं! बेवफ़ा वेश्या भी कहीं वफ़ादार हो सकती है?'

रमा ने आपत्ति करके पूछा – 'क्या इसमें कोई शक है?'

ज़ोहरा – 'नहीं, ज़रा भी नहीं आप लोग हमारे पास मुहब्बत से लबालब भरे दिल लेकर आते हैं, पर हम उसकी ज़रा भी क़द्र नहीं करतीं। यही बात है न?'

रमानाथ – 'बेशक।'

ज़ोहरा – 'मुआफ़ कीजिएगा, आप मरदों की तरफ़दारी कर रहे हैं। हक़ यह है कि वहाँ आप लोग दिल-बहलाव के लिए जाते हैं, महज़ ग़म ग़लत करने के लिए, महज़ आनंद उठाने के लिए। जब आपको वफ़ा की तलाश ही नहीं होती, तो वह मिले क्यों? लेकिन इतना मैं जानती हूँ कि हममें जितनी बेचारियाँ मरदों की बेवफ़ाई से निरास होकर अपना आराम-चैन खो बैठती हैं, उनका पता अगर दुनिया को चले, तो आँखें खुल जाएँ। यह हमारी भूल है कि तमाशबीनों से वफ़ा चाहते हैं, चील के घोंसले में मांस ढूँढ़ते हैं, पर प्यासा आदमी अंधे कुएँ की तरफ़ दौड़े। तो मेरे ख़याल में उसका कोई क़सूर नहीं।'

उस दिन रात को चलते वक़्त ज़ोहरा ने दारोग़ा को ख़ुशख़बरी दी, आज तो हज़रत ख़ूब मज़े में आए। ख़ुदा ने चाहा – 'तो दो-चार दिन के बाद बीवी का नाम भी न लें।'

दारोग़ा ने ख़ुश होकर कहा – 'इसीलिए तो तुम्हें बुलाया था। मज़ा तो जब है कि बीवी यहाँ से चली जाए। फिर हमें कोई ग़म न रहेगा। मालूम होता है स्वराज्यवालों ने उस औरत को मिला लिया है। यह सब एक ही शैतान हैं।'

ज़ोहरा की आमदोरफ़्त बढ़ने लगी, यहाँ तक कि रमा ख़ुद अपने चकमे में आ गया। उसने ज़ोहरा से प्रेम जताकर अफ़सरों की नज़र में अपनी साख जमानी चाही थी, पर जैसे बच्चे खेल में रो पड़ते हैं, वैसे ही उसका प्रेमाभिनय भी प्रेमोन्माद बन बैठा। ज़ोहरा उसे अब वफ़ा और मुहब्बत की देवी मालूम होती थी। वह जालपा की-सी सुंदरी

न सही, बातों में उससे कहीं चतुर, हाव-भाव में कहीं कुशल, सम्मोहन-कला में कहीं पटु थी। रमा के हृदय में नए-नए मनसूबे पैदा होने लगे।

एक दिन उसने ज़ोहरा से कहा - 'ज़ोहरा, जुदाई का समय आ रहा है। दो-चार दिन में मुझे यहाँ से चला जाना पड़ेगा। फिर तुम्हें क्यों मेरी याद आने लगी?'

ज़ोहरा ने कहा - 'मैं तुम्हें न जाने दूँगी। यहीं कोई अच्छी-सी नौकरी कर लेना। फिर हम-तुम आराम से रहेंगे।'

रमा ने अनुरक्त होकर कहा - 'दिल से कहती हो ज़ोहरा? देखो, तुम्हें मेरे सिर की क़सम, दग़ा मत देना।'

ज़ोहरा - 'अगर यह ख़ौफ हो तो निकाह पढ़ा लो। निकाह के नाम से चिढ़ हो, तो ब्याह कर लो। पंडितों को बुलाओ। अब इसके सिवा मैं अपनी मुहब्बत का और क्या सबूत दूँ।'

रमा निष्कपट प्रेम का यह परिचय पाकर विह्वल हो उठा। ज़ोहरा के मुँह से निकलकर इन शब्दों की सम्मोहक-शक्ति कितनी बढ़ गई थी। यह कामिनी, जिस पर बड़े-बड़े रईस फ़िदा हैं, मेरे लिए इतना बड़ा त्याग करने को तैयार है! जिस खान में औरों को बालू ही मिलता है, उसमें जिसे सोने के डले मिल जाएँ, क्या वह परम भाग्यशाली नहीं है? रमा के मन में कई दिनों तक संग्राम होता रहा। जालपा के साथ उसका जीवन कितना नीरस, कितना कठिन हो जाएगा। वह पग-पग पर अपना धर्म और सत्य लेकर खड़ी हो जाएगी और उसका जीवन एक दीर्घ तपस्या, एक स्थायी साधना बनकर रह जाएगा। सात्विक जीवन कभी उसका आदर्श नहीं रहा। साधारण मनुष्यों की भाँति वह भी भोग-विलास करना चाहता था। जालपा की ओर से हटकर उसका विलासासक्त मन प्रबल वेग से ज़ोहरा की ओर खिंचा। उसको व्रत-धारिणी वेश्याओं के उदाहरण याद आने लगे। उसके साथ ही चंचल वृत्ति की गृहिणियों की मिसालें भी आ पहुँचीं। उसने निश्चय किया, यह सब ढकोसला है। न कोई जन्म से निर्दोष है, न कोई दोषी। यह सब परिस्थिति पर निर्भर है।

ज़ोहरा रोज़ आती और बंधन में एक गाँठ और देकर जाती। ऐसी स्थिति में संयमी युवक का आसन भी डोल जाता। रमा तो विलासी था। अब तक वह केवल इसलिए इधर-उधर न भटक सका था कि ज्योंही, उसके पंख निकले, जालिये ने उसे अपने पिंजरे में बंद कर दिया। कुछ दिन पिंजरे से बाहर रहकर भी उसे उड़ने का साहस न हुआ। अब उसके सामने एक नवीन दृश्य था, वह छोटा-सा कुल्हियों वाला पिंज़रा नहीं, बल्कि एक गुलाबों से लहराता हुआ बाग़, जहाँ की क़ैद में स्वाधीनता का आनंद था। वह इस बाग़ में क्यों न क्रीड़ा का आनंद उठाए!

47

रमा ज्यों-ज्यों ज़ोहरा के प्रेम-पाश में फँसता जाता था, पुलिस के अधिकारी वर्ग उसकी ओर से निश्शंक होते जाते थे। उसके ऊपर जो क़ैद लगाई गई थी, धीरे-धीरे ढीली होने लगी। यहाँ तक कि एक दिन डिप्टी साहब शाम को सैर करने चले तो रमा को भी मोटर पर बिठा लिया। जब मोटर देवीदीन की दूकान के सामने से होकर निकली, तो रमा ने अपना सिर इस तरह भीतर खींच लिया कि किसी की नज़र न पड़ जाए। उसके मन में बड़ी उत्सुकता हुई कि जालपा है या चली गई, लेकिन वह अपना सिर बाहर न निकाल सका। मन में वह अब भी यही समझता था कि मैंने जो रास्ता पकड़ा है, वह कोई बहुत अच्छा रास्ता नहीं है, लेकिन यह जानते हुए भी वह उसे छोड़ना न चाहता था। देवीदीन को देखकर उसका मस्तक आप-ही-आप लज्जा से झुक जाता, वह किसी दलील से अपना पक्ष सिद्ध न कर सकता था। उसने सोचा, मेरे लिए सबसे उत्तम मार्ग यही है कि इनसे मिलना-जुलना छोड़ दूँ। उस शहर में तीन प्राणियों को छोड़कर किसी चौथे आदमी से उसका परिचय न था, जिसकी आलोचना या तिरस्कार का उसे भय होता।

मोटर इधर-उधर घूमती हुई हाबड़ा-ब्रिज की तरफ़ चली जा रही थी, कि सहसा रमा ने एक स्त्री को सिर पर गंगा-जल का कलसा रक्खे घाटों के ऊपर आते देखा। उसके कपड़े बहुत मैले हो रहे थे और कृशांगी ऐसी थी कि कलसे के बोझ से उसकी गरदन दबी जाती थी। उसकी चाल कुछ-कुछ जालपा से मिलती हुई जान पड़ी। सोचा, जालपा यहाँ क्या करने आवेगी; मगर एक ही पल में कार और आगे बढ़ गई और रमा को उस स्त्री का मुँह दिखाई दिया। उसकी छाती धक-से हो गई। यह जालपा ही थी। उसने खिड़की के बग़ल में सिर छिपाकर गौर से देखा। बेशक जालपा थी, पर कितनी दुर्बल! मानो कोई वृद्धा, अनाथ हो। न वह कांति थी, न वह लावण्य, न वह चंचलता, न वह गर्व। रमा हृदयहीन न था। उसकी आँखें सजल हो गईं। जालपा इस दशा में और मेरे जीते जी! अवश्य देवीदीन ने उसे निकाल दिया होगा और वह टहलनी बनकर अपना निर्वाह कर रही होगी। नहीं, देवीदीन इतना बेमुरौवत नहीं है। जालपा ने ख़ुद उसके आश्रय में रहना स्वीकार न किया होगा। मानिनी तो है ही। कैसे मालूम हो, क्या बात है?

मोटर दूर निकल आई थी। रमा की सारी चंचलता, सारी भोगलिप्सा ग़ायब हो गई थी। मलिन वसना, दुःखिनी जालपा की वह मूर्ति आँखों के सामने खड़ी थी। किससे कहे? क्या कहे? यहाँ कौन अपना है? जालपा का नाम ज़बान पर आ जाए, तो सब-के-सब चौंक पड़ें और फिर घर से निकलना बंद कर दें। ओह! जालपा के मुख पर शोक की कितनी गहरी छाया थी, आँखों में कितनी निराशा! आह, उन सिमटी हुई आँखों में जले हुए हृदय से निकलने वाली कितनी आहें सिर पीटती हुई मालूम होती थीं, मानो उन पर हँसी कभी आई ही नहीं, मानो वह कली बिना खिले ही मुरझा गई। कुछ देर के बाद ज़ोहरा आई, इठलाती, मुस्कराती, लचकती, पर रमा आज उससे भी कटा-कटा रहा।

ज़ोहरा ने पूछा – 'आज किसी की याद आ रही है क्या?'

यह कहते हुए उसने अपनी गोल नर्म मक्खन-सी बाँह उसकी गरदन में डालकर उसे अपनी ओर खींचा। रमा ने अपनी तरफ़ ज़रा भी ज़ोर न किया। उसके हृदय पर अपना मस्तक रख दिया, मानो अब यही उसका आश्रय है।

ज़ोहरा ने कोमलता में डूबे हुए स्वर में पूछा - 'सच बताओ, आज इतने उदास क्यों हो? क्या मुझसे किसी बात पर नाराज़ हो?'

रमा ने आवेश से काँपते हुए स्वर में कहा - 'नहीं ज़ोहरा, तुमने मुझ अभागे पर जितनी दया की है, उसके लिए मैं हमेशा तुम्हारा एहसानमंद रहूँगा। तुमने उस वक़्त मुझे सँभाला, जब मेरे जीवन की टूटी हुई किश्ती गोते खा रही थी। वे दिन मेरी ज़िंदगी के सबसे मुबारक दिन हैं और उनकी स्मृति को मैं अपने दिल में बराबर पूजता रहूँगा। मगर अभागों को मुसीबत बार-बार अपनी तरफ़ खींचती है! प्रेम का बंधन भी उन्हें उस तरफ़ खिंच जाने से नहीं रोक सकता। मैंने जालपा को जिस सूरत में देखा है, वह मेरे दिल को भालों की तरह छेद रहा है। वह आज फटे-मैले कपड़े पहने, सिर पर गंगा-जल का कलसा लिए जा रही थी। उसे इस हालत में देखकर मेरा दिल टुकड़े-टुकड़े हो गया। मुझे अपनी ज़िंदगी में कभी इतना रंज न हुआ था। ज़ोहरा, कुछ नहीं कह सकता, उस पर क्या बीत रही है।'

ज़ोहरा ने पूछा - 'वह तो उस बुड्ढे मालदार खटिक के घर पर थी?'

रमानाथ - 'हाँ थी तो, पर नहीं कह सकता, क्यों वहाँ से चली गई। इंस्पेक्टर साहब मेरे साथ थे। उनके सामने मैं उससे कुछ पूछ तक न सका। मैं जानता हूँ, वह मुझे देखकर मुँह उधर फेर लेती और शायद मुझे जलील समझती, मगर कम-से-कम मुझे इतना तो मालूम हो जाता कि वह इस वक़्त इस दशा में क्यों है। ज़ोहरा, तुम मुझे चाहे दिल में जो कुछ समझ रही हो, लेकिन मैं इस ख़याल में मगन हूँ कि तुम्हें मुझसे प्रेम है। और प्रेम करने वालों से हम कम-से-कम हमदर्दी की आशा करते हैं। यहाँ एक भी ऐसा आदमी नहीं, जिससे मैं अपने दिल का कुछ हाल कह सकूँ। तुम भी मुझे रास्ते पर लाने ही के लिए भेजी गई थीं; मगर तुम्हें मुझ पर दया आई। शायद तुमने गिरे हुए आदमी पर ठोकर मारना मुनासिब न समझा, अगर आज हम और तुम किसी वज़ह से रूठ जाएँ, तो क्या कल तुम मुझे मुसीबत में देखकर मेरे साथ ज़रा भी हमदर्दी न करोगी? क्या मुझे भूखों मरते देखकर मेरे साथ उससे कुछ भी ज़्यादा सलूक न करोगी, जो आदमी कुत्तों के साथ करता है? मुझे तो ऐसी आशा नहीं। जहाँ एक बार प्रेम ने वास किया हो, वहाँ उदासीनता और विराग चाहे पैदा हो जाए, हिंसा का भाव नहीं पैदा हो सकता। क्या तुम मेरे साथ ज़रा भी हमदर्दी न करोगी ज़ोहरा? तुम अगर चाहो, तो जालपा का पूरा पता लगा सकती हो - वह कहाँ है, क्या करती है, मेरी तरफ़ से उसके दिल में क्या ख़याल है, घर क्यों नहीं जाती, यहाँ कब तक रहना चाहती है? अगर तुम किसी तरह जालपा को प्रयाग जाने पर राज़ी कर सको ज़ोहरा-तो मैं उम्र-भर तुम्हारी ग़ुलामी करूँगा। इस हालत में मैं उसे नहीं देख सकता। शायद आज ही रात को मैं यहाँ से भाग जाऊँ। मुझ पर क्या गुज़रेगी, इसका मुझे ज़रा भी भय नहीं हैं। मैं

बहादुर नहीं हूँ,बहुत ही कमज़ोर आदमी हूँ। हमेशा ख़तरे के सामने मेरा हौसला पस्त हो जाता है, लेकिन मेरी बेग़ैरती भी यह चोट नहीं सह सकती।'

ज़ोहरा वेश्या थी, उसको अच्छे-बुरे सभी तरह के आदमियों से साबिका पड़ चुका था। उसकी आँखों में आदमियों की परख थी। उसको इस परदेशी युवक में और अन्य व्यक्तियों में एक बड़ा फ़र्क़ दिखाई देता था। पहले वह यहाँ भी पैसे की गुलाम बनकर आई थी, लेकिन दो-चार दिन के बाद ही उसका मन रमा की ओर आकर्षित होने लगा। प्रौढ़ा स्त्रियाँ अनुराग की अवहेलना नहीं कर सकतीं।

रमा में और सब दोष हों, पर अनुराग था। इस जीवन में ज़ोहरा को यह पहला आदमी ऐसा मिला था जिसने उसके सामने अपना हृदय खोलकर रख दिया, जिसने उससे कोई परदा न रक्खा। ऐसे अनुराग रत्न को वह खोना नहीं चाहती थी। उसकी बात सुनकर उसे ज़रा भी ईर्ष्या न हुई, बल्कि उसके मन में एक स्वार्थमय सहानुभूति उत्पन्न हुई। इस युवक को, जो प्रेम के विषय में इतना सरल था, वह प्रसन्न करके हमेशा के लिए अपना गुलाम बना सकती थी। उसे जालपा से कोई शंका न थी। जालपा कितनी ही रूपवती क्यों न हो, ज़ोहरा अपने कला-कौशल से, अपने हाव-भाव से उसका रंग फ़ीका कर सकती थी। इसके पहले उसने कई महान सुंदरी खत्रानियों को रुलाकर छोड़ दिया था। फिर जालपा किस गिनती में थी।

ज़ोहरा ने उसका हौसला बढ़ाते हुए कहा - 'तो इसके लिए तुम क्यों इतना रंज करते हो, प्यारे! ज़ोहरा तुम्हारे लिए सब कुछ करने को तैयार है। मैं कल ही जालपा का पता लगाऊँगी और वह यहाँ रहना चाहेगी, तो उसके आराम के सब सामान कर दूँगी। जाना चाहेगी, तो रेल पर भेज दूँगी।'

रमा ने बड़ी दीनता से कहा - 'एक बार मैं उससे मिल लेता, तो मेरे दिल का बोझ उतर जाता।'

ज़ोहरा चिंतित होकर बोली - 'यह तो मुश्किल है प्यारे! तुम्हें यहाँ से कौन जाने देगा?'

रमानाथ - 'कोई तदबीर बताओ।'

ज़ोहरा - 'मैं उसे पार्क में खड़ी कर आऊँगी। तुम डिप्टी साहब के साथ वहाँ जाना और किसी बहाने से उससे मिल लेना। इसके सिवा तो मुझे और कुछ नहीं सूझता।'

रमा अभी कुछ कहना ही चाहता था कि दारोग़ाजी ने पुकारा - 'मुझे भी खिलवत में आने की इजाज़त है?'

दोनों संभल बैठे और द्वार खोल दिया। दारोग़ाजी मुस्कराते हुए आए और ज़ोहरा की बग़ल में बैठकर बोले - 'यहाँ आज सन्नाटा कैसा! क्या आज ख़ज़ाना ख़ाली है? ज़ोहरा, आज अपने दस्ते-हिनाई से एक जाम भर कर दो। रमानाथ, भाईजान नाराज़ न होना।'

रमा ने कुछ तुर्श होकर कहा - 'इस वक़्त तो रहने दीजिए, दारोग़ाजी। आप तो पिए हुए नज़र आते हैं।'

दारोग़ा ने ज़ोहरा का हाथ पकड़कर कहा – 'बस, एक जाम ज़ोहरा – और एक बात और, आज मेरी मेहमानी क़बूल करो!'

रमा ने तेवर बदलकर कहा – 'दारोग़ाजी, आप इस वक़्त यहाँ से जाएँ। मैं यह गवारा नहीं कर सकता।'

दारोग़ा ने नशीली आँखों से देखकर कहा – 'क्या आपने पट्टा लिखा लिया है?'

रमा ने कड़ककर कहा – 'जी हाँ, मैंने पट्टा लिखा लिया है!'

दारोग़ा – 'तो आपका पट्टा ख़ारिज!'

रमानाथ – 'मैं कहता हूँ, यहाँ से चले जाइए।'

दारोग़ा – 'अच्छा! अब तो मेंढकी को भी जुकाम पैदा हुआ! क्यों न हो, चलो ज़ोहरा, इन्हें यहाँ बकने दो।'

यह कहते हुए उन्होंने ज़ोहरा का हाथ पकड़कर उठाया।

रमा ने उनके हाथ को झटका देकर कहा – 'मैं कह चुका, आप यहाँ से चले जाएँ। ज़ोहरा इस वक़्त नहीं जा सकती। अगर वह गई, तो मैं उसका और आपका–दोनों का ख़ून पी जाऊँगा। ज़ोहरा मेरी है, और जब तक मैं हूँ, कोई उसकी तरफ़ आँख नहीं उठा सकता।'

यह कहते हुए उसने दारोग़ा साहब का हाथ पकड़कर दरवाज़े के बाहर निकाल दिया और दरवाज़ा ज़ोर से बंद करके सिटकनी लगा दी। दारोग़ाजी बलिष्ठ आदमी थे, लेकिन इस वक़्त नशे ने उन्हें दुर्बल बना दिया था। बाहर बरामदे में खड़े होकर वह गालियाँ बकने और द्वार पर ठोकर मारने लगे।

रमा ने कहा – 'कहो तो जाकर बचा को बरामदे के नीचे ढकेल दूँ। शैतान का बच्चा!'

ज़ोहरा – 'बकने दो, आप ही चला जाएगा।'

रमानाथ – 'चला गया।'

ज़ोहरा ने मगन होकर कहा – 'तुमने बहुत अच्छा किया, सुअर को निकाल बाहर किया। मुझे ले जाकर दिक करता। क्या तुम सचमुच उसे मारते?'

रमानाथ – 'मैं उसकी जान लेकर छोड़ता। मैं उस वक़्त अपने आपे में न था। न जाने मुझमें उस वक़्त कहाँ से इतनी ताक़त आ गई थी।'

ज़ोहरा – 'और जो वह कल से मुझे न आने दे तो?'

रमानाथ – 'कौन, अगर इस बीच में उसने ज़रा भी भांजी मारी, तो गोली मार दूँगा। वह देखो, ताक पर पिस्तौल रक्खा हुआ है। तुम अब मेरी हो, ज़ोहरा! मैंने अपना सब कुछ तुम्हारे क़दमों पर निसार कर दिया और तुम्हारा सब कुछ पाकर ही मैं संतुष्ट हो सकता हूँ। तुम मेरी हो, मैं तुम्हारा हूँ। किसी तीसरी औरत या मर्द को हमारे बीच में आने का मजाज़ नहीं है – जब तक मैं मर न जाऊँ।'

ज़ोहरा की आँखें चमक रही थीं, उसने रमा की गरदन में हाथ डालकर कहा – 'ऐसी बात मुँह से न निकालो, प्यारे!'

48

सारे दिन रमा उद्वेग के जंगलों में भटकता रहा। कभी निराशा की अंधकारमय घाटियाँ सामने आ जातीं, कभी आशा की लहराती हुई हरियाली। ज़ोहरा गई भी होगी? यहाँ से तो बड़े लंबे-चौड़े वादे करके गई थी। उसे क्या ग़रज़ है? आकर कह देगी, मुलाक़ात ही नहीं हुई। कहीं धोखा तो न देगी? जाकर डिप्टी साहब से सारी कथा कह सुनाए। बेचारी जालपा पर बैठे-बिठाए आफ़त आ जाए। क्या ज़ोहरा इतनी नीच प्रकृति की हो सकती है? कभी नहीं, अगर ज़ोहरा इतनी बेवफ़ा, इतनी दग़ाबाज़ है, तो यह दुनिया रहने के लायक़ ही नहीं। जितनी जल्द आदमी मुँह में कालिख लगाकर डूब मरे, उतना ही अच्छा। नहीं, ज़ोहरा मुझसे दग़ा न करेगी।

उसे वह दिन याद आए, जब उसके दफ़्तर से आते ही जालपा लपककर उसकी जेब टटोलती थी और रुपये निकाल लेती थी। वही जालपा आज इतनी सत्यवादिनी हो गई। तब वह प्यार करने की वस्तु थी, अब वह उपासना की वस्तु है। जालपा मैं तुम्हारे योग्य नहीं हूँ। जिस ऊँचाई पर तुम मुझे ले जाना चाहती हो, वहाँ तक पहुँचने की शक्ति मुझमें नहीं है। वहाँ पहुँचकर शायद चक्कर खाकर गिर पड़ूँ। मैं अब भी तुम्हारे चरणों में सिर झुकाता हूँ। मैं जानता हूँ, तुमने मुझे अपने हृदय से निकाल दिया है, तुम मुझसे विरक्त हो गई हो, तुम्हें अब मेरे डूबने का दुःख है न तैरने की ख़ुशी, पर शायद अब भी मेरे मरने या किसी घोर संकट में फँस जाने की ख़बर पाकर तुम्हारी आँखों से आँसू निकल आएँगे। शायद तुम मेरी लाश देखने आओ। हा! प्राण ही क्यों नहीं निकल जाते कि तुम्हारी निगाह में इतना नीच तो न रहूँ।

रमा को अब अपनी उस ग़लती पर घोर पश्चाताप हो रहा था, जो उसने जालपा की बात न मानकर की थी। अगर उसने उसके आदेशानुसार जज के इजलास में अपना बयान बदल दिया होता, धमकियों में न आता, हिम्मत मज़बूत रखता, तो उसकी यह दशा क्यों होती? उसे विश्वास था, जालपा के साथ वह सारी कठिनाइयाँ झेल जाता। उसकी श्रद्धा और प्रेम का कवच पहनकर वह अजेय हो जाता। अगर उसे फाँसी भी हो जाती, तो वह हँसते-खेलते उस पर चढ़ जाता।

मगर पहले उससे चाहे जो भूल हुई, इस वक़्त तो वह भूल से नहीं, जालपा की ख़ातिर ही यह कष्ट भोग रहा था। क़ैद जब भोगना ही है, तो उसे रो-रोकर भोगने से तो यह कहीं अच्छा है कि हँस-हँसकर भोगा जाए। आख़िर पुलिस अधिकारियों के दिल में अपना विश्वास जमाने के लिए वह और क्या करता! यह दुष्ट जालपा को सताते, उसका अपमान करते, उस पर झूठे मुक़दमे चलाकर उसे सज़ा दिलाते। वह दशा तो और भी असह्य होती। वह दुर्बल था, सब अपमान सह सकता था, जालपा तो शायद प्राण ही दे देती।

उसे आज ज्ञात हुआ कि वह जालपा को छोड़ नहीं सकता, और ज़ोहरा को त्याग देना भी उसके लिए असंभव-सा जान पड़ता था। क्या वह दोनों रमणियों को

प्रसन्न रख सकता था? क्या इस दशा में जालपा उसके साथ रहना स्वीकार करेगी? कभी नहीं। वह शायद उसे कभी क्षमा न करेगी! अगर उसे यह मालूम भी हो जाए कि उसी के लिए वह यह यातना भोग रहा है, तो वह उसे क्षमा न करेगी। वह कहेगी, मेरे लिए तुमने अपनी आत्मा को क्यों कलंकित किया? मैं अपनी रक्षा आप कर सकती थी।

वह दिन-भर इसी उधेड़-बुन में पड़ा रहा। आँखें सड़क की ओर लगी हुई थीं। नहाने का समय टल गया, भोजन का समय टल गया। किसी बात की परवा न थी। अख़बार से दिल बहलाना चाहा, उपन्यास लेकर बैठा, मगर किसी काम में भी चित्त न लगा। आज दारोग़ाजी भी नहीं आए। या तो रात की घटना से रूष्ट या लज्जित थे। या कहीं बाहर चले गए। रमा ने किसी से इस विषय में कुछ पूछा भी नहीं।

सभी दुर्बल मनुष्यों की भाँति रमा भी अपने पतन से लज्जित था। वह जब एकांत में बैठता, तो उसे अपनी दशा पर दुःख होता, क्यों उसकी विलासवृत्ति इतनी प्रबल है? वह इतना विवेक-शून्य न था कि अधोगति में भी प्रसन्न रहता, लेकिन ज्योंही और लोग आ जाते, शराब की बोतल आ जाती, ज़ोहरा सामने आकर बैठ जाती, उसका सारा विवेक और धर्म-ज्ञान भ्रष्ट हो जाता।

रात के दस बज गए, पर ज़ोहरा का कहीं पता नहीं। फाटक बंद हो गया। रमा को अब उसके आने की आशा न रही, लेकिन फिर भी उसके कान लगे हुए थे। क्या बात हुई? क्या जालपा उसे मिली ही नहीं या वह गई ही नहीं? उसने इरादा किया अगर कल ज़ोहरा न आई, तो उसके घर पर किसी को भेजूँगा। उसे दो-एक झपकियाँ आईं और सबेरा हो गया। फिर वही विकलता शुरू हुई। किसी को उसके घर भेजकर बुलवाना चाहिए। कम-से-कम यह तो मालूम हो जाए कि वह घर पर है या नहीं।

दारोग़ा के पास जाकर बोला - 'रात को तो आप आपे में न थे।'

दारोग़ा ने ईर्ष्या को छिपाते हुए कहा - 'यह बात न थी। मैं महज़ आपको छेड़ रहा था।'

रमानाथ - 'ज़ोहरा रात आई नहीं, ज़रा किसी को भेजकर पता तो लगवाइए, बात क्या है। कहीं नाराज़ तो नहीं हो गई?'

दारोग़ा ने बेदिली से कहा - 'उसे गरज़ होगा ख़ुद आएगी। किसी को भेजने की ज़रूरत नहीं है।'

रमा ने फिर आग्रह न किया। समझ गया, यह हज़रत रात बिगड़ गए। चुपके से चला आया। अब किससे कहे? सबसे यह बात कहना लज्जास्पद मालूम होता था। लोग समझेंगे, यह महाशय एक ही रसिया निकले। दारोग़ा से तो थोड़ी-सी घनिष्ठता हो गई थी।

एक हफ़्ते तक उसे ज़ोहरा के दर्शन न हुए। अब उसके आने की कोई आशा न थी। रमा ने सोचा, आख़िर बेवफ़ा निकली। उससे कुछ आशा करना मेरी भूल थी। या मुमकिन है, पुलिस-अधिकारियों ने उसके आने की मनाही कर दी हो। कम-से-कम मुझे एक पत्र तो लिख सकती थी। मुझे कितना धोखा हुआ। व्यर्थ उससे अपने दिल की

बात कही। कहीं इन लोगों से न कह दे, तो उल्टी आंतें गले पड़ जाएँ, मगर ज़ोहरा बेवफ़ाई नहीं कर सकती। रमा की अंतरात्मा इसकी गवाही देती थी। इस बात को किसी तरह स्वीकार न करती थी। शुरू के दस-पाँच दिन तो ज़रूर ज़ोहरा ने उसे लुब्ध करने की चेष्टा की थी। फिर अनायास ही उसके व्यवहार में परिवर्तन होने लगा था। वह क्यों बार-बार सजल-नेत्र होकर कहती थी, देखो बाबूजी, मुझे भूल न जाना। उसकी वह हसरत भरी बातें याद आ-आकर कपट की शंका को दिल से निकाल देतीं। ज़रूर कोई न कोई नई बात हो गई है। वह अक्सर एकांत में बैठकर ज़ोहरा की याद करके बच्चों की तरह रोता। शराब से उसे घृणा हो गई। दारोग़ाजी आते, इंस्पेक्टर साहब आते पर, रमा को उनके साथ दस-पाँच मिनट बैठना भी अखरता। वह चाहता था, मुझे कोई न छेड़े, कोई न बोले। रसोइया खाने को बुलाने आता, तो उसे घुड़क देता। कहीं घूमने या सैर करने की उसकी इच्छा ही न होती। यहाँ कोई उसका हमदर्द न था, कोई उसका मित्र न था, एकांत में मन-मारे बैठे रहने में ही उसके चित्त को शांति होती थी। उसकी स्मृतियों में भी अब कोई आनंद न था। नहीं, वह स्मृतियाँ भी मानो उसके हृदय से मिट गई थीं। एक प्रकार का विराग उसके दिल पर छाया रहता था।

सातवाँ दिन था। आठ बज गए थे। आज एक बहुत अच्छा फ़िल्म होने वाला था। एक प्रेम-कथा थी। दारोग़ाजी ने आकर रमा से कहा, तो वह चलने को तैयार हो गया। कपड़े पहन रहा था कि ज़ोहरा आ पहुँची। रमा ने उसकी तरफ़ एक बार आँख उठाकर देखा, फिर आईने में अपने बाल संवारने लगा। न कुछ बोला, न कुछ कहा। हाँ, ज़ोहरा का वह सादा, आचरणहीन स्वरूप देखकर उसे कुछ आश्चर्य अवश्य हुआ। वह केवल एक सफ़ेद साड़ी पहने हुए थी। आभूषण का एक तार भी उसकी देह पर न था। होंठ मुरझाए हुए और चेहरे पर क्रीड़ामय चंचलता की ज़गह तेजमय गंभीरता झलक रही थी।

वह एक मिनट खड़ी रही, तब रमा के पास जाकर बोली – 'क्या मुझसे नाराज़ हो? बेक़सूर, बिना कुछ पूछे-ताछे?'

रमा ने फिर भी कुछ जवाब न दिया। जूते पहनने लगा। ज़ोहरा ने उसका हाथ पकड़कर कहा – 'क्या यह खफ़गी इसलिए है कि मैं इतने दिनों आई क्यों नहीं!'

रमा ने रुखाई से जवाब दिया – 'अगर तुम अब भी न आतीं, तो मेरा क्या अख़्तियार था। तुम्हारी दया थी कि चली आई!'

यह कहने के साथ उसे ख़याल आया कि मैं इसके साथ अन्याय कर रहा हूँ। लज्जित नज़रों से उसकी ओर ताकने लगा।

ज़ोहरा ने मुस्कराकर कहा – 'यह अच्छी दिल्लगी है। आपने ही तो एक काम सौंपा और जब वह काम करके लौटी तो आप बिगड़ रहे हैं। क्या तुमने वह काम इतना आसान समझा था कि चुटकी बजाने में पूरा हो जाएगा। तुमने मुझे उस देवी से वरदान लेने भेजा था, जो ऊपर से फूल है, पर भीतर से पत्थर, जो इतनी नाजुक होकर भी इतनी मज़बूत है।'

रमा ने बेदिली से पूछा – 'है कहाँ? क्या करती है?'

ज़ोहरा - 'उसी दिनेश के घर हैं, जिसको फाँसी की सज़ा हो गई है। उसके दो बच्चे हैं, औरत है और माँ है। दिनभर उन्हीं बच्चों को खिलाती है, बुढ़िया के लिए नदी से पानी लाती है। घर का सारा काम-काज करती है और उनके लिए बड़े-बड़े आदमियों से चंदा माँग लाती है। दिनेश के घर में न कोई जायदाद थी, न रुपये थे। लोग बड़ी तकलीफ़ में थे। कोई मददगार तक न था, जो जाकर उन्हें ढाढ़स तो देता। जितने साथी-सोहबती थे, सब-के-सब मुँह छिपा बैठे। दो-तीन फाक़े तक हो चुके थे। जालपा ने जाकर उनको जिला लिया।'

रमा की सारी बेदिली काफूर हो गई। जूता छोड़ दिया और कुर्सी पर बैठकर बोले - 'तुम खड़ी क्यों हो, शुरू से बताओ, तुमने तो बीच में से कहना शुरू किया। एक बात भी मत छोड़ना। तुम पहले उसके पास कैसे पहुँची? पता कैसे लगा?'

ज़ोहरा - 'कुछ नहीं, पहले उसी देवीदीन खटिक के पास गई। उसने दिनेश के घर का पता बता दिया। चटपट जा पहुँची।'

रमानाथ - 'तुमने जाकर उसे पुकारा - तुम्हें देखकर कुछ चौंकी नहीं? कुछ झिझकी तो ज़रूर होगी!'

ज़ोहरा मुस्कराकर बोली - 'मैं इस रूप में न थी। देवीदीन के घर से मैं अपने घर गई और ब्रह्मा-समाजी लेडी का स्वांग भरा। न जाने मुझमें ऐसी कौन-सी बात है, जिससे दूसरों को फ़ौरन पता चल जाता है कि मैं कौन हूँ, या क्या हूँ। और ब्रह्मो लेडियों को देखती हूँ, कोई उनकी तरफ़ आँखें तक नहीं उठाता। मेरा पहनावा-ओढ़ावा वही है, मैं भड़कीले कपड़े या फ़ज़ूल के गहने बिलकुल नहीं पहनती। फिर भी सब मेरी तरफ़ आँखें फाड़-फाड़कर देखते हैं। मेरी असलियत नहीं छिपती। यही ख़ौफ़ मुझे था कि कहीं जालपा भाँप न जाए; लेकिन मैंने दाँत ख़ूब साफ़ कर लिए थे। पान का निशान तक न था। मालूम होता था किसी कालेज की लेडी टीचर होगी। इस शक्ल में मैं वहाँ पहुँची। ऐसी सूरत बना ली कि वह क्या, कोई भी न भाँप सकता था। परदा ढँका रह गया। मैंने दिनेश की माँ से कहा - मैं यहाँ यूनिवर्सिटी में पढ़ती हूँ। अपना घर मुंगेर बतलाया। बच्चों के लिए मिठाई ले गई थी। हमदर्द का पार्ट खेलने गई थी, और मेरा ख़याल है कि मैंने ख़ूब खेला। दोनों औरतें बेचारी रोने लगीं। मैं भी ज़ब्त न कर सकी। उनसे कभी-कभी मिलते रहने का वादा किया। जालपा इसी बीच में गंगाजल लिए पहुँची। मैंने दिनेश की माँ से बंगला में पूछा - क्या यह कहारिन है? उसने कहा - नहीं, यह भी तुम्हारी ही तरह हम लोगों के दुःख में शरीक होने आ गई है। यहाँ इनका शौहर किसी दफ़्तर में नौकर है। और तो कुछ नहीं मालूम। रोज़ सबेरे आ जाती हैं और बच्चों को खेलाने ले जाती हैं। मैं अपने हाथ से गंगाजल लाया करती थी। मुझे रोक दिया और खुद लाती हैं। हमें तो इन्होंने जीवन-दान दिया। कोई आगे-पीछे न था। बच्चे दाने-दाने को तरसते थे। जब से यह आ गई हैं, हमें कोई कष्ट नहीं है। न जाने किस शुभ कर्म का यह वरदान हमें मिला है।'

'उस घर के सामने ही एक छोटा-सा पार्क है। मुहल्ले-भर के बच्चे वहीं खेला करते हैं। शाम हो गई थी, जालपा देवी ने दोनों बच्चों को साथ लिया और पार्क की तरफ़ चलीं। मैं जो मिठाई ले गई थी, उसमें से बूढ़ी ने एक-एक मिठाई दोनों बच्चों को दी थी। दोनों कूद-कूदकर नाचने लगे। बच्चों की इस ख़ुशी पर मुझे रोना आ गया। दोनों मिठाइयाँ खाते हुए जालपा के साथ हो लिए। जब पार्क में दोनों बच्चे खेलने लगे, तब जालपा से मेरी बातें होने लगीं!'

रमा ने कुर्सी और क़रीब खींच ली, और आगे को झुक गया। बोला - 'तुमने किस तरह बातचीत शुरू की।'

ज़ोहरा - 'कह तो रही हूँ। मैंने पूछा - जालपा देवी, तुम कहाँ रहती हो? घर की दोनों औरतों से तुम्हारी बड़ाई सुनकर तुम्हारे ऊपर आशिक़ हो गई हूँ।'

रमानाथ - 'यही लफ़्ज़ कहा था तुमने?'

ज़ोहरा - 'हाँ, ज़रा मज़ाक करने की सूझी। मेरी तरफ़ ताज्जुब से देखकर बोली - तुम तो बंगालिन नहीं मालूम होतीं। इतनी साफ़ हिंदी कोई बंगालिन नहीं बोलती। मैंने कहा - मैं मुंगेर की रहने वाली हूँ और वहाँ मुसलमानी औरतों के साथ बहुत मिलती-जुलती रही हूँ। आपसे कभी-कभी मिलने का जी चाहता है। आप कहाँ रहती हैं। कभी-कभी दो घड़ी के लिए चली आऊँगी। आपके साथ घड़ी भर बैठकर मैं भी आदमीयत सीख जाऊँगी।'

'जालपा ने शरमाकर कहा - तुम तो मुझे बनाने लगीं, कहाँ तुम कालेज की पढ़ने वाली, कहाँ मैं अपढ़ गंवार औरत। तुमसे मिलकर मैं अलबत्ता आदमी बन जाऊँगी। जब जी चाहे, यहीं चले आना। यही मेरा घर समझो।'

'मैंने कहा - तुम्हारे स्वामीजी ने तुम्हें इतनी आज़ादी दे रक्खी है। बड़े अच्छे ख़यालों के आदमी होंगे। किस दफ़्तर में नौकर हैं?'

'जालपा ने अपने नाख़ूनों को देखते हुए कहा - पुलिस में उम्मेदवार हैं।'

'मैंने ताज्जुब से पूछा - पुलिस के आदमी होकर वह तुम्हें यहाँ आने की आज़ादी देते हैं?'

'जालपा इस प्रश्न के लिए तैयार न मालूम होती थी। कुछ चौंककर बोली - वह मुझसे कुछ नहीं कहते... मैंने उनसे यहाँ आने की बात नहीं कही... वह घर बहुत कम आते हैं। वहीं पुलिस वालों के साथ रहते हैं।'

'उन्होंने एक साथ तीन जवाब दिए। फिर भी उन्हें शक हो रहा था कि इनमें से कोई जवाब इत्मीनान के लायक़ नहीं है। वह कुछ खिसियानी-सी होकर दूसरी तरफ़ ताकने लगी।'

'मैंने पूछा - तुम अपने स्वामी से कहकर किसी तरह मेरी मुलाक़ात उस मुख़बिर से करा सकती हो, जिसने इन क़ैदियों के ख़िलाफ़ गवाही दी है?'

रमानाथ की आँखें फैल गई और छाती धक्-धक् करने लगी। जोहरा बोली - 'यह सुनकर जालपा ने मुझे चुभती हुई आँखों से देखकर पूछा, तुम उनसे मिलकर क्या करोगी?'

'मैंने कहा – तुम मुलाक़ात करा सकती हो या नहीं, मैं उनसे यही पूछना चाहती हूँ कि तुमने इतने आदमियों को फँसाकर क्या पाया? देखूँगी वह क्या जवाब देते हैं?'

'जालपा का चेहरा सख़्त पड़ गया। बोली – वह यह कह सकता है, मैंने अपने फ़ायदे के लिए किया! सभी आदमी अपना फ़ायदा सोचते हैं। मैंने भी सोचा। जब पुलिस के सैकड़ों आदमियों से कोई यह प्रश्न नहीं करता, तो उससे यह प्रश्न क्यों किया जाए? इससे कोई फ़ायदा नहीं।'

'मैंने कहा – अच्छा, मान लो तुम्हारा पति ऐसी मुख़बिरी करता, तो तुम क्या करतीं?'

'जालपा ने मेरी तरफ़ सहमी हुई आँखों से देखकर कहा – तुम मुझसे यह सवाल क्यों करती हो, तुम खुद अपने दिल में इसका जवाब क्यों नहीं ढूँढ़तीं?'

'मैंने कहा – मैं तो उनसे कभी न बोलती, न कभी उनकी सूरत देखती।'

'जालपा ने गंभीर चिंता के भाव से कहा – शायद मैं भी ऐसा ही समझती – या न समझती – कुछ कह नहीं सकती। आख़िर पुलिस के अफ़सरों के घर में भी तो औरतें हैं, वे क्यों नहीं अपने आदमियों को कुछ कहतीं? जिस तरह उनके हृदय अपने मरदों के-से हो गए हैं, संभव है, मेरा हृदय भी वैसा ही हो जाता।'

'इतने में अंधेरा हो गया। जालपादेवी ने कहा – मुझे देर हो रही है। बच्चे साथ हैं। कल हो सके तो फिर मिलिएगा। आपकी बातों में बड़ा आनंद आता है।'

'मैं चलने लगी, तो उन्होंने चलते-चलते मुझसे कहा – ज़रूर आइएगा। वहीं मैं मिलूँगी। आपका इंतज़ार करती रहूँगी।'

'लेकिन दस ही क़दम के बाद फिर रुककर बोलीं – मैंने आपका नाम तो पूछा ही नहीं। अभी तुमसे बातें करने से जी नहीं भरा। देर न हो रही हो तो आओ, कुछ देर गप-शप करें।'

'मैं तो यह चाहती ही थी। अपना नाम ज़ोहरा बतला दिया।'

रमा ने पूछा – 'सच!'

ज़ोहरा – 'हाँ, हरज़ क्या था। पहले तो जालपा भी ज़रा चौंकी, पर कोई बात न थी। समझ गई, बंगाली मुसलमान होगी। हम दोनों उसके घर गईं। उस ज़रा-से कठघरे में न जाने वह कैसे बैठती हैं। एक तिल भी ज़गह नहीं। कहीं मटके हैं, कहीं पानी, कहीं खाट, कहीं बिछावन। सील और बदबू से नाक फटी जाती थी। खाना तैयार हो गया था। दिनेश की बहू बरतन धो रही थी। जालपा ने उसे उठा दिया – जाकर बच्चों को खिलाकर सुला दो, मैं बरतन धोए देती हूँ। और ख़ुद बरतन मांजने लगीं। उनकी यह खिदमत देखकर मेरे दिल पर इतना असर हुआ कि मैं भी वहीं बैठ गई और मांजे हुए बरतनों को धोने लगी। जालपा ने मुझे वहाँ से हट जाने के लिए कहा, पर मैं न हटी। बराबर बरतन धोती रही। जालपा ने तब पानी का मटका अलग हटाकर कहा, मैं पानी न दूँगी, तुम उठ जाओ, मुझे बड़ी शर्म आती है, तुम्हें मेरी क़सम, हट जाओ, यहाँ

आना तो तुम्हारी सज़ा हो गई, तुमने ऐसा काम अपनी ज़िंदगी में क्यों किया होगा! मैंने कहा - तुमने भी तो कभी नहीं किया होगा, जब तुम करती हो, तो मेरे लिए क्या हरज़ है।'

'जालपा ने कहा - मेरी और बात है।'

'मैंने पूछा - क्यों? जो बात तुम्हारे लिए है, वही मेरे लिए भी है। कोई महरी क्यों नहीं रख लेती हो?'

'जालपा ने कहा - महरियाँ आठ-आठ रुपये माँगती हैं।'

'मैं बोली - मैं आठ रुपये महीना दे दिया करूँगी।'

'जालपा ने ऐसी निगाहों से मेरी तरफ़ देखा, जिसमें सच्चे प्रेम के साथ सच्चा उल्लास, सच्चा आशीर्वाद भरा हुआ था। वह चितवन! आह! कितनी पाकीज़ा थी, कितनी पाक करने वाली। उनकी इस बेगरज ख़िदमत के सामने मुझे अपनी ज़िंदगी कितनी जलील, कितनी क़ाबिले नफ़रत मालूम हो रही थी। उन बरतनों के धोने में मुझे जो आनंद मिला, उसे मैं बयान नहीं कर सकती।'

'बरतन धोकर उठीं, तो बुढ़िया के पाँव दबाने बैठ गईं। मैं चुपचाप खड़ी थी। मुझसे बोलीं - तुम्हें देर हो रही हो तो जाओ, कल फिर आना।'

'मैंने कहा - नहीं, मैं तुम्हें तुम्हारे घर पहुँचाकर उधर ही से निकल जाऊँगी।'

'गरज नौ बजे के बाद वह वहाँ से चलीं। रास्ते में मैंने कहा - जालपा-तुम सचमुच देवी हो।'

'जालपा ने छूटते ही कहा - ज़ोहरा, ऐसा मत कहो मैं ख़िदमत नहीं कर रही हूँ, अपने पापों का प्रायश्चित्त कर रही हूँ। मैं बहुत दुःखी हूँ। मुझसे बड़ी अभागिनी संसार में न होगी।'

'मैंने अनजान बनकर कहा - इसका मतलब मैं नहीं समझी।'

'जालपा ने सामने ताकते हुए कहा - कभी समझ जाओगी। मेरा प्रायश्चित्त इस जन्म में न पूरा होगा। इसके लिए मुझे कई जन्म लेने पड़ेंगे।'

'मैंने कहा - तुम तो मुझे चक्कर में डाले देती हो, बहन! मेरी समझ में कुछ नहीं आ रहा है। जब तक तुम इसे समझा न दोगी, मैं तुम्हारा गला न छोड़ूँगी।'

'जालपा ने एक लंबी साँस लेकर कहा - ज़ोहरा, किसी बात को ख़ुद छिपाए रहना इससे ज़्यादा आसान है कि दूसरों पर वह बोझ रक्खूँ। मैंने आर्त्त कंठ से कहा - हाँ, पहली मुलाक़ात में अगर आपको मुझ पर इतना एतबार न हो, तो मैं आपको इलज़ाम न दूँगी, मगर कभी न कभी आपको मुझ पर एतबार करना पड़ेगा। मैं आपको छोड़ूँगी नहीं।'

'कुछ दूर तक हम दोनों चुपचाप चलती रहीं, एकाएक जालपा ने कांपती हुई आवाज़ में कहा - ज़ोहरा, अगर इस वक़्त तुम्हें मालूम हो जाए कि मैं कौन हूँ, तो शायद तुम नफ़रत से मुँह फेर लोगी और मेरे साए से भी दूर भागोगी।'

'इन लफ़्ज़ों में न मालूम क्या जादू था कि मेरे सारे रोएँ खड़े हो गए। यह एक रंज और शर्म से भरे हुए दिल की आवाज़ थी और इसने मेरी स्याह ज़िंदगी की सूरत

मेरे सामने खड़ी कर दी। मेरी आँखों में आँसू भर आए। ऐसा जी में आया कि अपना सारा स्वांग खोल दूँ। न जाने उनके सामने मेरा दिल क्यों ऐसा हो गया था। मैंने बड़े-बड़े काइएँ और छंटे हुए शोहदों और पुलिस-अफ़सरों को चपर-गट्टू बनाया है, पर उनके सामने मैं जैसे भीगी बिल्ली बनी हुई थी। फिर मैंने जाने कैसे अपने को संभाल लिया।'

'मैं बोली तो मेरा गला भी भरा हुआ था - यह तुम्हारा ख़याल ग़लत है देवी! शायद तब मैं तुम्हारे पैरों पर गिर पड़ूँगी। अपनी या अपनों की बुराइयों पर शर्मिन्दा होना सच्चे दिलों का काम है।'

जालपा ने कहा - 'लेकिन तुम मेरा हाल जानकर करोगी क्या। बस, इतना ही समझ लो कि एक ग़रीब अभागिन औरत हूँ, जिसे अपने ही जैसे अभागे और ग़रीब आदमियों के साथ मिलने-जुलने में आनंद आता है।'

'इसी तरह वह बार-बार टालती रही, लेकिन मैंने पीछा न छोड़ा, आख़िर उसके मुँह से बात निकाल ही ली।'

रमा ने कहा - 'यह नहीं, सब कुछ कहना पड़ेगा।'

ज़ोहरा - 'अब आधी रात तक की कथा कहाँ तक सुनाऊँ। घंटों लग जाएँगे। जब मैं बहुत पीछे पड़ी, तो उन्होंने आख़िर में कहा - मैं उसी मुख़बिर की बदनसीब औरत हूँ, जिसने इन क़ैदियों पर यह आफ़त ढाई है। यह कहते-कहते वह रो पड़ीं। फिर ज़रा आवाज़ को संभालकर बोलीं - हम लोग इलाहाबाद के रहने वाले हैं। एक ऐसी बात हुई कि इन्हें वहाँ से भागना पड़ा। किसी से कुछ कहा न सुना, भाग आए। कई महीनों में पता चला कि वह यहाँ हैं।'

रमा ने कहा - 'इसका भी क़िस्सा है। तुमसे बताऊँगा कभी, जालपा के सिवा और किसी को यह न सूझती।'

ज़ोहरा बोली - 'यह सब मैंने दूसरे दिन जान लिया। अब मैं तुम्हारे रग-रग से वाक़िफ़ हो गई। जालपा मेरी सहेली है। शायद ही अपनी कोई बात उन्होंने मुझसे छिपाई हो। कहने लगीं - ज़ोहरा मैं बड़ी मुसीबत में फँसी हुई हूँ। एक तरफ़ तो एक आदमी की जान और कई खानदानों की तबाही है, दूसरी तरफ़ अपनी तबाही है। मैं चाहूँ, तो आज इन सबों की जान बचा सकती हूँ। मैं अदालत को ऐसा सबूत दे सकती हूँ कि फिर मुख़बिर की शहादत की कोई हक़ीक़त ही न रह जाएगी, पर मुख़बिर को सज़ा से नहीं बचा सकती। बहन, इस दुविधा में मैं पड़ी नरक का कष्ट झेल रही हूँ। न यही होता है कि इन लोगों को मरने दूँ, और न यही हो सकता है कि रमा को आग में झोंक दूँ। यह कहकर वह रो पड़ीं और बोलीं - बहन, मैं ख़ुद मर जाऊँगी, पर उनका अनिष्ट मुझसे न होगा। न्याय पर उन्हें भेंट नहीं कर सकती। अभी देखती हूँ, क्या फ़ैसला होता है। नहीं कह सकती, उस वक़्त मैं क्या कर बैठूँ। शायद वहीं हाईकोर्ट में सारा क़िस्सा कह सुनाऊँ, शायद उसी दिन जहर खाकर सो रहूँ।'

'इतने में देवीदीन का घर आ गया। हम दोनों विदा हुईं। ज़ालपा ने मुझसे बहुत इसरार किया कि कल इसी वक़्त फिर आना। दिन-भर तो उन्हें बात करने की

फ़ुरसत नहीं रहती। बस वही शाम को मौक़ा मिलता था। वह इतने रुपये जमा कर देना चाहती हैं कि कम-से-कम दिनेश के घर वालों को कोई तकलीफ़ न हो। दो सौ रुपये से ज़्यादा जमा कर चुकी हैं। मैंने भी पाँच रुपये दिए। मैंने दो-एक बार ज़िक्र किया कि आप इन झगड़ों में न पड़िए, अपने घर चली जाइए, लेकिन मैं साफ़-साफ़ कहती हूँ, मैंने कभी जोर देकर यह बात न कही। जब-जब मैंने इसका इशारा किया, उन्होंने ऐसा मुँह बनाया, गोया वह यह बात सुनना भी नहीं चाहतीं। मेरे मुँह से पूरी बात कभी न निकलने पाई। एक बात है, कहो तो कहूँ?'

रमा ने मानो ऊपरी मन से कहा – 'क्या बात है?'

ज़ोहरा – 'डिप्टी साहब से कह दूँ, वह जालपा को इलाहाबाद पहुँचा दें। उन्हें कोई तकलीफ़ न होगी। बस दो औरतें उन्हें स्टेशन तक बातों में लगा ले जाएँगी। वहाँ गाड़ी तैयार मिलेगी, वह उसमें बैठा दी जाएँगी, या कोई और तदबीर सोचो।'

रमा ने ज़ोहरा की आँखों से आँख मिलाकर कहा – 'क्या यह मुनासिब होगा?'

ज़ोहरा ने शरमाकर कहा – 'मुनासिब तो न होगा।'

रमा ने चटपट जूते पहन लिए और ज़ोहरा से पूछा – 'देवीदीन के ही घर पर रहती है न?'

ज़ोहरा उठ खड़ी हुई और उसके सामने आकर बोली – 'तो क्या इस वक़्त जाओगे?'

रमानाथ – 'हाँ ज़ोहरा, इसी वक़्त चला जाऊँगा। बस, उनसे दो बातें करके उस तरफ़ चला जाऊँगा। जहाँ मुझे अब से बहुत पहले चला जाना चाहिए था।'

ज़ोहरा – 'मगर कुछ सोच तो लो, नतीजा क्या होगा।'

रमानाथ – 'सब सोच चुका, ज़्यादा-से-ज़्यादा तीन-चार साल की क़ैद दरोग़बयानी के जुर्म में। बस अब रुख़सत। भूल मत जाना ज़ोहरा – शायद फिर कभी मुलाक़ात हो!'

रमा बरामदे से उतरकर सहन में आया और एक क्षण में फाटक के बाहर था। दरबान ने कहा – 'हुज़ूर ने दारोग़ाजी को इत्तला कर दी है?'

रमनाथ – 'इसकी कोई ज़रूरत नहीं।'

चौकीदार – 'मैं ज़रा उनसे पूछ लूँ। मेरी रोज़ी क्यों ले रहे हैं, हुज़ूर?'

रमा ने कोई जवाब न दिया। तेज़ी से सड़क पर चल खड़ा हुआ। ज़ोहरा निस्पंद खड़ी उसे हसरत-भरी आँखों से देख रही थी। रमा के प्रति ऐसा प्यार, ऐसा विकल करने वाला प्यार उसे कभी न हुआ था। जैसे कोई वीरबाला अपने प्रियतम को समरभूमि की ओर जाते देखकर गर्व से फूली न समाती हो।

चौकीदार ने लपककर दारोग़ा से कहा। वह बेचारे खाना खाकर लेटे ही थे। घबराकर निकले, रमा के पीछे दौड़े और पुकारा – 'बाबू साहब, ज़रा सुनिए तो, एक मिनट रुक जाइए, इससे क्या फ़ायदा – कुछ मालूम तो हो, आप कहाँ जा रहे हैं?' आख़िर बेचारे एक बार ठोकर खाकर गिर पड़े। रमा ने लौटकर उन्हें उठाया और पूछा – 'कहीं चोट तो नहीं आई?'

दारोग़ा - 'कोई बात न थी, ज़रा ठोकर खा गया था। आख़िर आप इस वक़्त कहाँ जा रहे हैं? सोचिए तो इसका नतीज़ा क्या होगा?'

रमानाथ - 'मैं एक घंटे में लौट आऊँगा। जालपा को शायद मुख़ालिफ़ों ने बहकाया है कि हाईकोर्ट में एक अर्ज़ी दे दे। ज़रा उसे जाकर समझाऊँगा।'

दारोग़ा - 'यह आपको कैसे मालूम हुआ?'

रमानाथ - 'ज़ोहरा कहीं सुन आई है।'

दारोग़ा - 'बड़ी बेवफ़ा औरत है। ऐसी औरत का तो सिर काट लेना चाहिए।'

रमानाथ - 'इसीलिए तो जा रहा हूँ। या तो इसी वक़्त उसे स्टेशन पर भेजकर आऊँगा, या इस बुरी तरह पेश आऊँगा कि वह भी याद करेगी। ज़्यादा बातचीत का मौक़ा नहीं है। रात-भर के लिए मुझे इस क़ैद से आज़ाद कर दीजिए।'

दारोग़ा - 'मैं भी चलता हूँ, ज़रा ठहर जाइए।'

रमानाथ - 'जी नहीं, बिलकुल मामला बिगड़ जाएगा। मैं अभी आता हूँ।'

दारोग़ा लाजवाब हो गए। एक मिनट तक खड़े सोचते रहे, फिर लौट पड़े और ज़ोहरा से बातें करते हुए पुलिस स्टेशन की तरफ़ चले गए। उधर रमा ने आगे बढ़कर एक तांगा किया और देवीदीन के घर जा पहुँचा।

जालपा दिनेश के घर से लौटी थी और बैठी जग्गो और देवीदीन से बातें कर रही थी। वह इन दिनों एक ही वक़्त ख़ाना खाया करती थी। इतने में रमा ने नीचे से आवाज़ दी। देवीदीन उसकी आवाज़ पहचान गया। बोला - 'भैया हैं सायत।'

जालपा - 'कह दो, यहाँ क्या करने आए हैं। वहीं जाएँ।'

देवीदीन - 'नहीं बेटी, ज़रा पूछ तो लूँ, क्या कहते हैं। इस बख़त कैसे उन्हें छुट्टी मिली?'

जालपा - 'मुझे समझाने आए होंगे और क्या! मगर मुँह धो रक्खें।'

देवीदीन ने द्वार खोल दिया। रमा ने अंदर आकर कहा - 'दादा, तुम मुझे यहाँ देखकर इस वक़्त ताज्जुब कर रहे होगे। एक घंटे की छुट्टी लेकर आया हूँ। तुम लोगों से अपने बहुत से अपराधों को क्षमा कराना था। जालपा ऊपर हैं?'

देवीदीन बोला - 'हाँ, हैं तो। अभी आई हैं, बैठो, कुछ खाने को लाऊँ!'

रमानाथ - 'नहीं, मैं खाना खा चुका हूँ। बस, जालपा से दो बातें करना चाहता हूँ।'

देवीदीन - 'वह मानेंगी नहीं, नाहक शर्मिन्दा होना पड़ेगा। मानने वाली औरत नहीं है।'

रमानाथ - 'मुझसे दो-दो बातें करेंगी या मेरी सूरत ही नहीं देखना चाहतीं? ज़रा जाकर पूछ लो।'

देवीदीन - 'इसमें पूछना क्या है, दोनों बैठी तो हैं, जाओ। तुम्हारा घर जैसे तब था वैसे अब भी है।'

रमानाथ - 'नहीं दादा, उनसे पूछ लो। मैं यों न जाऊँगा।'

देवीदीन ने ऊपर जाकर कहा - 'तुमसे कुछ कहना चाहते हैं, बहू!'

जालपा मुँह लटकाकर बोली – 'तो कहते क्यों नहीं, मैंने कुछ ज़बान बंद कर दी है? जालपा ने यह बात इतने ज़ोर से कही थी कि नीचे रमा ने भी सुन ली। कितनी निर्ममता थी! उसकी सारी मिलन-लालसा मानो उड़ गई। नीचे ही से खड़े-खड़े बोला, वह अगर मुझसे नहीं बोलना चाहतीं, तो कोई ज़बरदस्ती नहीं। मैंने जज साहब से सारा कच्चा चिट्ठा कह सुनाने का निश्चय कर लिया है। इसी इरादे से इस वक़्त चला हूँ। मेरी वज़ह से इनको इतने कष्ट हुए, इसका मुझे खेद है। मेरी अक्ल पर परदा पड़ा हुआ था। स्वार्थ ने मुझे अंधा कर रक्खा था। प्राणों के मोह ने, कष्टों के भय ने बुद्धि हर ली थी। कोई ग्रह सिर पर सवार था। इनके अनुष्ठानों ने उस ग्रह को शांत कर दिया। शायद दो-चार साल के लिए सरकार की मेहमानी खानी पड़े। इसका भय नहीं। जीता रहा तो फिर भेंट होगी। नहीं मेरी बुराइयों को माफ़ करना और मुझे भूल जाना। तुम भी देवी दादा और दादी, मेरे अपराध क्षमा करना। तुम लोगों ने मेरे ऊपर जो दया की है, वह मरते दम तक न भूलूँगा। अगर जीता लौटा, तो शायद तुम लोगों की कुछ सेवा कर सकूँ। मेरी तो ज़िंदगी सत्यानाश हो गई। न दीन का हुआ न दुनिया का। यह भी कह देना कि उनके गहने मैंने ही चुराए थे। सर्राफ़ को देने के लिए रुपये न थे। गहने लौटाना ज़रूरी था, इसीलिए वह कुकर्म करना पड़ा। उसी का फल आज तक भोग रहा हूँ और शायद जब तक प्राण न निकल जाएँगे, भोगता रहूँगा। अगर उसी वक़्त सफ़ाई से सारी कथा कह दी होती, तो चाहे उस वक़्त इन्हें बुरा लगता, लेकिन यह विपत्ति सिर पर न आती। तुम्हें भी मैंने धोखा दिया था। दादा, मैं ब्राह्मण नहीं हूँ, कायस्थ हूँ, तुम जैसे देवता से मैंने कपट किया। न जाने इसका क्या दंड मिलेगा। सब कुछ क्षमा करना। बस, यही कहने आया था।'

रमा बरामदे के नीचे उतर पड़ा और तेज़ी से क़दम उठाता हुआ चल दिया। जालपा भी कोठे से उतरी, लेकिन नीचे आई तो रमा का पता न था। बरामदे के नीचे उतरकर देवीदीन से बोली – 'किधर गए हैं दादा?'

देवीदीन ने कहा – 'मैंने कुछ नहीं देखा, बहू! मेरी आँखें आँसू से भरी हुई थीं। वह अब न मिलेंगे। दौड़ते हुए गए थे।'

जालपा कई मिनट तक सड़क पर निस्पंद-सी खड़ी रही। उन्हें कैसे रोक लूँ! इस वक़्त वह कितने दुखी हैं, कितने निराश हैं! मेरे सिर पर न जाने क्या शैतान सवार था कि उन्हें बुला न लिया। भविष्य का हाल कौन जानता है। न जाने कब भेंट होगी। विवाहित जीवन के इन दो-ढाई सालों में कभी उसका हृदय अनुराग से इतना प्रकंपित न हुआ था। विलासिनी रूप में वह केवल प्रेम आवरण के दर्शन कर सकती थी। आज त्यागिनी बनकर उसने उसका असली रूप देखा, कितना मनोहर, कितना विशुद्ध, कितना विशाल, कितना तेजोमय। विलासिनी ने प्रेमोद्यान की दीवारों को देखा था, वह उसी में खुश थी। त्यागिनी बनकर वह उस उद्यान के भीतर पहुँच गई थी – कितना रम्य दृश्य था, कितनी सुगंध, कितना वैचित्र्य, कितना विकास। इसकी सुगंध में, इसकी रम्यता का देवत्व भरा हुआ था। प्रेम अपने उच्चतर स्थान पर पहुँचकर देवत्व से मिल जाता

है। जालपा को अब कोई शंका नहीं है, इस प्रेम को पाकर वह जन्म-जन्मांतरों तक सौभाग्यवती बनी रहेगी। इस प्रेम ने उसे वियोग, परिस्थिति और मृत्यु के भय से मुक्त कर दिया - उसे अभय प्रदान कर दिया। इस प्रेम के सामने अब सारा संसार और उसका अखंड वैभव तुच्छ है।

इतने में ज़ोहरा आ गई। जालपा को पटरी पर खड़े देखकर बोली - 'वहाँ कैसे खड़ी हो, बहन। आज तो मैं न आ सकी। चलो, आज मुझे तुमसे बहुत-सी बातें करनी हैं।'

दोनों ऊपर चली गईं।

49

दारोग़ा को भला कहाँ चैन? रमा के जाने के बाद एक घंटे तक उसका इंतज़ार करते रहे, फिर घोड़े पर सवार हुए और देवीदीन के घर जा पहुँचे। वहाँ मालूम हुआ कि रमा को यहाँ से गए आधा घंटे से ऊपर हो गया। फिर थाने लौटे। वहाँ रमा का अब तक पता न था। समझे देवीदीन ने धोखा दिया। कहीं उन्हें छिपा रक्खा होगा। सरपट साइकिल दौड़ाते हुए फिर देवीदीन के घर पहुँचे और धमकाना शुरू किया। देवीदीन ने कहा - 'विश्वास न हो, घर की खाना-तलाशी ले लीजिए और क्या कीजिएगा। कोई बहुत बड़ा घर भी तो नहीं है। एक कोठरी नीचे है, एक ऊपर।'

दारोग़ा ने साइकिल से उतरकर कहा - 'तुम बतलाते क्यों नहीं, वह कहाँ गए?'

देवीदीन - 'मुझे कुछ मालूम हो तब तो बताऊँ साहब! यहाँ आए, अपनी घरवाली से तकरार की और चले गए।'

दारोग़ा - 'वह कब इलाहाबाद जा रही हैं?'

देवीदीन - 'इलाहाबाद जाने की तो बाबूजी ने कोई बातचीत नहीं की। जब तक हाईकोर्ट का फ़ैसला न हो जाएगा, वह यहाँ से न जाएँगी।'

दारोग़ा - 'मुझे तुम्हारी बातों का यक़ीन नहीं आता।'

यह कहते हुए दारोग़ा नीचे की कोठरी में घुस गए और हर एक चीज़ को ग़ौर से देखा। फिर ऊपर चढ़ गए। वहाँ तीन औरतों को देखकर चौंके, ज़ोहरा को शरारत सूझी, तो उसने लंबा-सा घूंघट निकाल लिया और अपने हाथ साड़ी में छिपा लिए। दारोग़ाजी को शक हुआ। शायद हजरत यह भेस बदले तो नहीं बैठे हैं!

देवीदीन से पूछा - 'यह तीसरी औरत कौन है?'

देवीदीन ने कहा - 'मैं नहीं जानता। कभी-कभी बहू से मिलने आ जाती है।'

दारोग़ा - 'मुझी से उड़ते हो बचा! साड़ी पहनाकर मुलज़िम को छिपाना चाहते हो! इनमें कौन जालपा देवी हैं। उनसे कह दो, नीचे चली जाएँ। दूसरी औरत को यहीं रहने दो।'

जालपा हट गई, तो दारोग़ाजी ने ज़ोहरा के पास जाकर कहा – 'क्यों हजरत, मुझसे यह चालें! क्या कहकर वहाँ से आए थे और यहाँ आकर मज़े में आ गए। सारा गुस्सा हवा हो गया। अब यह भेस उतारिए और मेरे साथ चलिए, देर हो रही है।'

यह कहकर उन्होंने ज़ोहरा का घूंघट उठा दिया। ज़ोहरा ने ठट्टा मारा। दारोग़ाजी मानो फिसलकर विस्मय-सागर में पड़े। बोले – 'अरे, तुम हो ज़ोहरा! तुम यहाँ कहाँ?'

ज़ोहरा – 'अपनी ड्यूटी बजा रही हूँ।'

'और रमानाथ कहाँ गए? तुम्हें तो मालूम ही होगा?'

'वह तो मेरे यहाँ आने के पहले ही चले गए थे। फिर मैं यहीं बैठ गई और जालपा देवी से बात करने लगी।'

'अच्छा, ज़रा मेरे साथ आओ। उनका पता लगाना है।'

ज़ोहरा ने बनावटी कौतूहल से कहा – 'क्या अभी तक बंगले पर नहीं पहुँचे?'

'ना! न जाने कहाँ रह गए।'

रास्ते में दारोग़ा ने पूछा – 'जालपा कब तक यहाँ से जाएगी?'

ज़ोहरा – 'मैंने ख़ूब पट्टी पढ़ाई है। उसके जाने की अब ज़रूरत नहीं है। शायद रास्ते पर आ जाए। रमानाथ ने बुरी तरह डाँटा है। उनकी धमकियों से डर गई है।'

दारोग़ा – 'तुम्हें यक़ीन है कि अब यह कोई शरारत न करेगी?'

ज़ोहरा – 'हाँ, मेरा तो यही ख़याल है।'

दारोग़ा – 'तो फिर यह कहाँ गया?'

ज़ोहरा – 'कह नहीं सकती।'

दारोग़ा – 'मुझे इसकी रिपोर्ट करनी होगी। इंस्पेक्टर साहब और डिप्टी साहब को इत्तला देना ज़रूरी है। ज़्यादा पी तो नहीं गया था?'

ज़ोहरा – 'पिए हुए तो थे।'

दारोग़ा – 'तो कहीं फिर-गिरा पड़ा होगा। इसने बहुत दिक किया! तो मैं ज़रा उधर जाता हूँ। तुम्हें पहुँचा दूँ, तुम्हारे घर तक।'

ज़ोहरा – 'बड़ी इनायत होगी।'

दारोग़ा ने ज़ोहरा को मोटर साइकिल पर बिठा लिया और उसको ज़रा देर में घर के दरवाज़े पर उतार दिया, मगर इतनी देर में मन चंचल हो गया। बोले – 'अब तो जाने का जी नहीं चाहता, ज़ोहरा! चलो, आज कुछ गप-शप हो। बहुत दिन हुए, तुम्हारी करम की निगाह नहीं हुई।'

ज़ोहरा ने जीने के ऊपर एक क़दम रखकर कहा – 'जाकर पहले इंस्पेक्टर साहब से इत्तला तो कीजिए। यह गप-शप का मौक़ा नहीं है।'

दारोग़ा ने मोटर साइकिल से उतरकर कहा – 'नहीं, अब न जाऊँगा, ज़ोहरा! सुबह देखी जाएगी। मैं भी आता हूँ।'

ज़ोहरा – 'आप मानते नहीं हैं। शायद डिप्टी साहिब आते हों। आज उन्होंने कहला भेजा था।'

दारोग़ा – 'मुझे चकमा दे रही हो ज़ोहरा, देखो, इतनी बेवफ़ाई अच्छी नहीं।'

ज़ोहरा ने ऊपर चढ़कर द्वार बंद कर लिया और ऊपर जाकर खिड़की से सिर निकालकर बोली – 'आदाब अर्ज़।'

50

दारोग़ा घर जाकर लेट रहे। ग्यारह बज रहे थे। नींद खुली, तो आठ बज गए थे। उठकर बैठे ही थे कि टेलीफ़ोन पर पुकार हुई। जाकर सुनने लगे। डिप्टी साहब बोल रहे थे – 'इस रमानाथ ने बड़ा गोलमाल कर दिया है। उसे किसी दूसरी ज़गह ठहराया जाएगा। उसका सब सामान कमिश्नर साहब के पास भेज देना होगा। रात को वह बंगले पर था या नहीं?'

दारोग़ा ने कहा – 'जी नहीं, रात मुझसे बहाना करके अपनी बीवी के पास चला गया था।'

टेलीफ़ोन – 'तुमने उसको क्यों जाने दिया? हमको ऐसा डर लगता है, कि उसने जज से सब हाल कह दिया है। मुक़दमा का जाँच फिर से होगा। आपसे बड़ा भारी ब्लंडर हुआ है। सारा मेहनत पानी में फिर गया। उसको ज़बरदस्ती रोक लेना चाहिए था।'

दारोग़ा – 'तो क्या वह जज साहब के पास गया था?'

डिप्टी – 'हाँ साहब, वहीं गया था, और जज भी क़ायदा को तोड़ दिया। वह फिर से मुक़दमा का पेशी करेगा। रमा अपना बयान बदलेगा। अब इसमें कोई डाउट नहीं है और यह सब आपका बंगलिंग है। हम सब उस बाढ़ में बह जाएगा। ज़ोहरा भी दगा दिया।'

दारोग़ा उसी वक़्त रमानाथ का सब सामान लेकर पुलिस-कमिश्नर के बंगले की तरफ़ चले। रमा पर ऐसा गुस्सा आ रहा था कि पावें तो समूचा ही निगल जाएँ। कमबख़्त को कितना समझाया, कैसी-कैसी ख़ातिर की, पर दग़ा कर ही गया। इसमें ज़ोहरा की भी सांठ-गांठ है। बीवी को डाँट-फटकार करने का महज बहाना था। ज़ोहरा बेगम की तो आज ही ख़बर लेता हूँ। कहाँ जाती है। देवीदीन से भी समझूँगा।'

एक हफ़्ते तक पुलिस-कर्मचारियों में जो हलचल रही उसका ज़िक्र करने की कोई ज़रूरत नहीं। रात की रात और दिन के दिन इसी फ़िक्र में चक्कर खाते रहते थे। अब मुक़दमे से कहीं ज़्यादा अपनी फ़िक्र थी। सबसे ज़्यादा घबराहट दारोग़ा को थी। बचने की कोई उम्मीद नहीं नज़र आती थी। इंस्पेक्टर और डिप्टी, दोनों ने सारी ज़िम्मेदारी उन्हीं के सिर डाल दी और खुद बिलकुल अलग हो गए।

इस मुक़दमे की फिर पेशी होगी, इसकी सारे शहर में चर्चा होने लगी। अंगरेज़ी न्याय के इतिहास में यह घटना सर्वथा अभूतपूर्व थी। कभी ऐसा नहीं हुआ। वकीलों में इस पर कानूनी बहसें होतीं। जज साहब ऐसा कर भी सकते हैं? मगर जज दृढ़ था।

पुलिसवालों ने बड़े-बड़े ज़ोर लगाए, पुलिस कमिश्नर ने यहाँ तक कहा कि इससे सारा पुलिस-विभाग बदनाम हो जाएगा, लेकिन जज ने किसी की न सुनी। झूठे सबूतों पर पंद्रह आदमियों की ज़िंदगी बरबाद करने की ज़िम्मेदारी सिर पर लेना उसकी आत्मा के लिए असह्य था। उसने हाईकोर्ट को सूचना दी और गवर्नमेंट को भी।

इधर पुलिस वाले रात-दिन रमा की तलाश में दौड़-धूप करते रहते थे, लेकिन रमा न जाने कहाँ जा छिपा था कि उसका कुछ पता ही न चलता था।

हफ़्तों सरकारी कर्मचारियों में लिखा-पढ़ी होती रही। मनों काग़ज़ स्याह कर दिए गए। उधार समाचार-पत्रों में इस मामले पर नित्य आलोचना होती रहती थी। एक पत्रकार ने जालपा से मुलाक़ात की और उसका बयान छाप दिया। दूसरे ने ज़ोहरा का बयान छाप दिया। इन दोनों बयानों ने पुलिस की बखिया उधेड़ दी। ज़ोहरा ने तो लिखा था कि मुझे पचास रुपये रोज़ इसलिए दिए जाते थे कि रमानाथ को बहलाती रहूँ और उसे कुछ सोचने या विचार करने का अवसर न मिले। पुलिस ने इन बयानों को पढ़ा, तो दाँत पीस लिए। ज़ोहरा और जालपा दोनों कहीं और जा छिपीं, नहीं तो पुलिस ने ज़रूर उनकी शरारत का मज़ा चखाया होता।

आख़िर दो महीने के बाद फ़ैसला हुआ। इस मुक़दमे पर विचार करने के लिए एक सिविलियन नियुक्त किया गया। शहर के बाहर एक बंगले में विचार हुआ, जिसमें ज़्यादा भीड़-भाड़ न हो। फिर भी रोज़ दस-बारह हज़ार आदमी जमा हो जाते थे। पुलिस ने एड़ी-चोटी का ज़ोर लगाया कि मुलज़िमों में कोई मुख़बिर बन जाए, पर उसका उद्योग न सफल हुआ। दारोग़ाजी चाहते तो नई शहादतें बना सकते थे, पर अपने अफ़सरों की स्वार्थपरता पर वह इतने खिन्न हुए कि दूर से तमाशा देखने के सिवा और कुछ न किया। जब सारा यश अफ़सरों को मिलता और सारा अपयश मातहतों को, तो दारोग़ाजी को क्या गरज़ पड़ी थी कि नई शहादतों की फ़िक्र में सिर खपाते। इस मुआमले में अफ़सरों ने सारा दोष दारोग़ा ही के सिर मढ़ा। उन्हीं की बेपरवाही से रमानाथ हाथ से निकला। अगर ज़्यादा सख़्ती से निगरानी की जाती, तो जालपा कैसे उसे ख़त लिख सकती, और वह कैसे रात को उससे मिल सकता था।

ऐसी दशा में मुक़दमा उठा लेने के सिवा और क्या किया जा सकता था। तबेले की बला बंदर के सिर गई। दारोग़ा तनज़्ज़ुल हो गए और नायब दारोग़ा का तराई में तबादला कर दिया गया।

जिस दिन मुलज़िमों को छोड़ा गया, आधा शहर उनका स्वागत करने को जमा था। पुलिस ने दस बजे रात को उन्हें छोड़ा, पर दर्शक जमा हो ही गए। लोग जालपा को भी खींच ले गए। पीछे-पीछे देवीदीन भी पहुँचा। जालपा पर फूलों की वर्षा हो रही थी और 'जालपादेवी की जय!' से आकाश गूँज रहा था।

मगर रमानाथ की परीक्षा अभी समाप्त न हुई थी। उस पर दरोग़बयानी का अभियोग चलाने का निश्चय हो गया।

51

उसी बंगले में ठीक दस बजे मुक़दमा पेश हुआ। सावन की झड़ी लगी हुई थी। कलकत्ता दलदल हो रहा था, लेकिन दर्शकों का एक अपार समूह सामने मैदान में खड़ा था। महिलाओं में दिनेश की पत्नी और माता भी आई हुई थीं। पेशी से दस-पंद्रह मिनट पहले जालपा और ज़ोहरा भी बंद गाड़ियों में आ पहुँचीं। महिलाओं को अदालत के कमरे में जाने की आज्ञा मिल गई।

पुलिस की शहादतें शुरू हुई। डिप्टी सुपरिंटेंडेंट, इंस्पेक्टर, दारोग़ा, नायब दारोग़ा - सभी के बयान हुए। दोनों तरफ़ के वकीलों ने जिरहें भी कीं, पर इन कार्रवाइयों में उल्लेखनीय कोई बात न थी। जाब्ते की पाबंदी की जा रही थी। रमानाथ का बयान हुआ, पर उसमें भी कोई नई बात न थी। उसने अपने जीवन के गत एक वर्ष का पूरा वृत्तांत कह सुनाया। कोई बात न छिपाई। वकील के पूछने पर उसने कहा - 'जालपा के त्याग, निष्ठा और सत्य-प्रेम ने मेरी आँखें खोलीं और उससे भी ज़्यादा ज़ोहरा के सौजन्य और निष्कपट व्यवहार ने। मैं इसे अपना सौभाग्य समझता हूँ कि मुझे उस तरफ़ से प्रकाश मिला जिधर औरों को अंधकार मिलता है। विष में मुझे सुधा प्राप्त हो गई।'

इसके बाद सफ़ाई की तरफ़ से देवीदीन - जालपा और ज़ोहरा के बयान हुए। वकीलों ने इनसे भी सवाल किया, पर सच्चे गवाह क्या उखड़ते। ज़ोहरा का बयान बहुत ही प्रभावोत्पादक था। उसने देखा, जिस प्राणी को जंज़ीरों से जकड़ने के लिए वह भेजी गई है, वह ख़ुद दर्द से तड़प रहा है, उसे मरहम की ज़रूरत है, जंज़ीरों की नहीं। वह सहारे का हाथ चाहता है, धक्के का झोंका नहीं। 'जालपा देवी के प्रति उसकी श्रद्धा, उसका अटल विश्वास देखकर मैं अपने को भूल गई। मुझे अपनी नीचता, अपनी स्वार्थांधता पर लज्जा आई। मेरा जीवन कितना अधम, कितना पतित है, यह मुझ पर उस वक़्त ख़ुला, और जब मैं जालपा से मिली, तो उसकी निष्काम सेवा, उसका उज्ज्वल तप देखकर मेरे मन के रहे-सहे संस्कार भी मिट गए। विलास-युक्त जीवन से मुझे घृणा हो गई। मैंने निश्चय कर लिया, इसी अंचल में मैं भी आश्रय लूँगी।'

मगर उससे भी ज़्यादा मार्के का बयान जालपा का था। उसे सुनकर दर्शकों की आँखों में आँसू आ गए। उसके अंतिम शब्द ये थे - 'मेरे पति निर्दोष हैं! ईश्वर की दृष्टि में ही नहीं, नीति की दृष्टि में भी वह निर्दोष हैं। उनके भाग्य में मेरी विलासासक्ति का प्रायश्चित्त करना लिखा था, वह उन्होंने किया। वह बाज़ार से मुँह छुपाकर भागे। उन्होंने मुझ पर अगर कोई अत्याचार किया, तो वह यही कि मेरी इच्छाओं को पूरा करने में उन्होंने सदैव कल्पना से काम लिया। मुझे प्रसन्न करने के लिए, मुझे सुखी रखने के लिए उन्होंने अपने ऊपर बड़े से बड़ा भार लेने में कभी संकोच नहीं किया। वह यह भूल गए कि विलास-वृत्ति संतोष करना नहीं जानती। जहाँ मुझे रोकना उचित था, वहाँ उन्होंने मुझे प्रोत्साहित किया, और इस अवसर पर भी मुझे पूरा विश्वास है, मुझ पर अत्याचार करने की धमकी देकर ही उनकी ज़बान बंद की गई थी। अगर अपराधिनी हूँ,

तो मैं हूँ, जिसके कारण उन्हें इतने कष्ट झेलने पड़े। मैं मानती हूँ कि मैंने उन्हें अपना बयान बदलने के लिए मज़बूर किया। अगर मुझे विश्वास होता कि वह डाकों में शरीक हुए, तो सबसे पहले मैं उनका तिरस्कार करती। मैं यह नहीं सह सकती थी कि वह निरपराधियों की लाश पर अपना भवन खड़ा करें। जिन दिनों यहाँ डाके पड़े, उन तारीख़ों में मेरे स्वामी प्रयाग में थे। अदालत चाहे तो टेलीफ़ोन द्वारा इसकी जाँच कर सकती है। अगर ज़रूरत हो, तो म्युनिसिपल बोर्ड के अधिकारियों का बयान लिया जा सकता है। ऐसी दशा में मेरा कर्तव्य इसके सिवा कुछ और हो ही नहीं सकता था, जो मैंने किया।'

अदालत ने सरकारी वकील से पूछा - 'क्या प्रयाग से इस मुआमले की कोई रिपोर्ट माँगी गई थी?'

वकील ने कहा - 'जी हाँ, मगर हमारा उस विषय पर कोई विवाद नहीं है।'

सफ़ाई के वकील ने कहा - 'इससे यह तो सिद्ध हो जाता है कि मुलज़िम डाके में शरीक नहीं था। अब केवल यह बात रह जाती है कि वह मुख़बिर क्यों बना?'

वादी वकील - 'स्वार्थ-सिद्धि के सिवा और क्या हो सकता है!'

सफ़ाई का वकील - 'मेरा कथन है, उसे धोखा दिया गया और जब उसे मालूम हो गया कि जिस भय से उसने पुलिस के हाथों की कठपुतली बनना स्वीकार किया था। वह उसका भ्रम था, तो उसे धमकियाँ दी गईं।'

अब सफ़ाई का कोई गवाह न था। सरकारी वकील ने बहस शुरू की - 'योर ऑनर, आज आपके सम्मुख एक ऐसा अभियोग उपस्थित हुआ है जैसा सौभाग्य से बहुत कम हुआ करता है। आपको जनकपुर की डकैती का हाल मालूम है। जनकपुर के आस-पास कई गाँवों में लगातार डाके पड़े और पुलिस डकैतों की खोज करने लगी। महीनों पुलिस कर्मचारी अपनी जान हथेलियों पर लिए, डकैतों को ढूँढ़ निकालने की कोशिश करते रहे। आख़िर उनकी मेहनत सफल हुई और डाकुओं की ख़बर मिली। यह लोग एक घर के अंदर बैठे पाए गए। पुलिस ने एकबारगी सबों को पकड़ लिया, लेकिन आप जानते हैं, ऐसे मामलों में अदालतों के लिए सबूत पहुँचाना कितना मुश्किल होता है। जनता इन लोगों से कितना डरती है। प्राणों के भय से शहादत देने पर तैयार नहीं होती। यहाँ तक कि जिनके घरों में डाके पड़े थे, वे भी शहादत देने का अवसर आया तो साफ़ निकल गए।'

'महानुभावों, पुलिस इसी उलझन में पड़ी हुई थी कि एक युवक आता है और इन डाकुओं का सरगना होने का दावा करता है। वह उन डकैतियों का ऐसा सजीव, ऐसा प्रमाणपूर्ण वर्णन करता है कि पुलिस धोखे में आ जाती है। पुलिस ऐसे अवसर पर ऐसा आदमी पाकर ग़ैबी मदद समझती है। यह युवक इलाहाबाद से भाग आया था और यहाँ भूखों मरता था। अपने भाग्य-निर्माण का ऐसा सुअवसर पाकर उसने अपना स्वार्थ-सिद्ध करने का निश्चय कर लिया। मुख़बिर बनकर सज़ा का तो उसे कोई भय था ही नहीं, पुलिस की सिफ़ारिश से कोई अच्छी नौकरी पा जाने का विश्वास था। पुलिस ने उसका ख़ूब आदर-सत्कार किया और उसे अपना मुख़बिर बना लिया। बहुत

संभव था कि कोई शहादत न पाकर पुलिस इन मुलजिमों को छोड़ देती और उन पर कोई मुक़दमा न चलाती; पर इस युवक के चकमे में आकर उसने अभियोग चलाने का निश्चय कर लिया। उसमें चाहे और कोई गुण हो या न हो, उसकी रचना-शक्ति की प्रखरता से इनकार नहीं किया जा सकता। उसने डकैतियों का ऐसा यथार्थ वर्णन किया कि जंज़ीर की एक कड़ी भी कहीं से ग़ायब न थी। अंकुर से फल निकलने तक की सारी बातों की उसने कल्पना कर ली थी। पुलिस ने मुक़दमा चला दिया।'

'पर ऐसा मालूम होता है कि इस बीच में उसे स्वभाग्य-निर्माण का इससे भी अच्छा अवसर मिल गया। बहुत संभव है, सरकार की विरोधिनी संस्थाओं ने उसे प्रलोभन दिए हों और उन प्रलोभनों ने उसे स्वार्थ-सिद्धि का यह नया रास्ता सुझा दिया हो, जहाँ धन के साथ यश भी था, वाह-वाही भी थी, देश-भक्ति का गौरव भी था। वह अपने स्वार्थ के लिए सब कुछ कर सकता है। वह स्वार्थ के लिए किसी के गले पर छुरी भी चला सकता है और साधु-वेश भी धारण कर सकता है, यही उसके जीवन का लक्ष्य है। हम ख़ुश हैं कि उसकी सद्‌बुद्धि ने अंत में उस पर विजय पाई, चाहे उनका हेतु कुछ भी क्यों न हो। निरपराधियों को दंड देना पुलिस के लिए उतना ही आपत्तिजनक है, जितना अपराधियों को छोड़ देना। वह अपनी कारगुजारी दिखाने के लिए ही ऐसे मुक़दमे नहीं चलाती। न गवर्नमेंट इतनी न्याय-शून्य है कि वह पुलिस के बहकावे में आकर सारहीन मुक़दमे चलाती फिरे; लेकिन इस युवक की चकमेबाज़ियों से पुलिस की जो बदनामी हुई और सरकार के हज़ारों रुपये ख़र्च हो गए, इसका जिम्मेदार कौन है? ऐसे आदमी को आदर्श दंड मिलना चाहिए, ताकि फिर किसी को ऐसी चकमेबाज़ी का साहस न हो। ऐसे मिथ्या का संसार रचने वाले प्राणी के लिए मुक्त रहकर समाज को ठगने का मार्ग बंद कर देना चाहिए। उसके लिए इस समय सबसे उपयुक्त स्थान वह है, जहाँ उसे कुछ दिन आत्म-चिंतन का अवसर मिले। शायद वहाँ के एकांतवास में उसको आंतरिक जागृति प्राप्त हो जाए। आपको केवल यह विचार करना है कि उसने पुलिस को धोखा दिया या नहीं। इस विषय में अब कोई संदेह नहीं रह जाता कि उसने धोखा दिया। अगर धमकियाँ दी गई थीं, तो वह पहली अदालत के बाद जज की अदालत में अपना बयान वापस ले सकता था, पर उस वक़्त भी उसने ऐसा नहीं किया। इससे यह स्पष्ट है कि धमकियों का आक्षेप मिथ्या है। उसने जो कुछ किया, स्वेच्छा से किया। ऐसे आदमी को यदि दंड न दिया गया, तो उसे अपनी कुटिल नीति से काम लेने का फिर साहस होगा और उसकी हिंसक मनोवृत्तियाँ और भी बलवान हो जाएँगी।'

फिर सफ़ाई के वकील ने जवाब दिया - 'यह मुक़दमा अंगरेज़ी इतिहास ही में नहीं, शायद सर्वदेशीय न्याय के इतिहास में एक अदभुत घटना है। रमानाथ एक साधारण युवक है। उसकी शिक्षा भी बहुत मामूली हुई है। वह ऊँचे विचारों का आदमी नहीं है। वह इलाहाबाद के म्युनिसिपल ऑफ़िस में नौकर है। वहाँ उसका काम चुंगी के रुपये वसूल करना है। वह व्यापारियों से प्रथानुसार रिश्वत लेता है और अपनी आमदनी की परवा न करता हुआ अनाप-शनाप ख़र्च करता है। आख़िर एक दिन मीज़ान में ग़लती

हो जाने से उसे शक होता है कि उससे कुछ रुपये उठ गए। वह इतना घबड़ा जाता है कि किसी से कुछ नहीं कहता, बस घर से भाग खड़ा होता है। वहाँ दफ़्तर में उस पर शुबहा होता है और उसके हिसाब की जाँच होती है। तब मालूम होता है कि उसने कुछ ग़बन नहीं किया, सिर्फ़ हिसाब की भूल थी।'

'फिर रमानाथ के पुलिस के पंजे में फँसने, फ़रजी मुख़बिर बनने और शहादत देने का ज़िक्र करते हुए उसने कहा – 'अब रमानाथ के जीवन में एक नया परिवर्तन होता है, ऐसा परिवर्तन जो एक विलास-प्रिय, पद-लोलुप युवक को धर्मनिष्ठ और कर्तव्यशील बना देता है। उसकी पत्नी जालपा, जिसे देवी कहा जाए तो अतिशयोक्ति न होगी, उसकी तलाश में प्रयाग से यहाँ आती है और यहाँ जब उसे मालूम होता है कि रमा एक मुक़दमे में पुलिस का मुख़बिर हो गया है, तो वह उससे छिपकर मिलने आती है। रमा अपने बंगले में आराम से पड़ा हुआ है। फाटक पर संतरी पहरा दे रहा है। जालपा को पति से मिलने में सफलता नहीं होती। तब वह एक पत्र लिखकर उसके सामने फेंक देती है और देवीदीन के घर चली जाती है। रमा यह पत्र पढ़ता है और उसकी आँखों के सामने से परदा हट जाता है। वह छिपकर जालपा के पास जाता है। जालपा उससे सारा वृत्तांत कह सुनाती है और उससे अपना बयान वापस लेने पर ज़ोर देती है। रमा पहले शंकाएँ करता है, पर बाद को राज़ी हो जाता है और अपने बंगले पर लौट जाता है। वहाँ वह पुलिस-अफ़सरों से साफ़ कह देता है, कि मैं अपना बयान बदल दूँगा। अधिकारी उसे तरह-तरह के प्रलोभन देते हैं, पर जब इसका रमा पर कोई असर नहीं होता और उन्हें मालूम हो गया है कि उस पर ग़बन का कोई मुक़दमा नहीं है, तो वे उसे जालपा को गिरफ़्तार करने की धमकी देते हैं। रमा की हिम्मत टूट जाती है। वह जानता है, पुलिस जो चाहे कर सकती है, इसलिए वह अपना इरादा तबदील कर देता है और वह जज के इजलास में अपने बयान का समर्थन कर देता है। अदालत में रमा से सफ़ाई ने कोई जिरह नहीं की थी। यहाँ उससे जिरहें की गईं, लेकिन इस मुक़दमे से कोई सरोकार न रखने पर भी उसने जिरहों के ऐसे जवाब दिए कि जज को भी कोई शक न हो सका और मुलज़िमों को सज़ा हो गई। रमानाथ की और भी ख़ातिरदारियाँ होने लगीं। उसे एक सिफ़ारिशी ख़त दिया गया और शायद उसकी यू.पी. गवर्नमेंट से सिफ़ारिश भी की गई।'

'फिर जालपादेवी ने फाँसी की सज़ा पाने वाले मुलज़िम दिनेश के बाल-बच्चों का पालन-पोषण करने का निश्चय किया। इधर-उधर से चंदे माँग-माँगकर वह उनके लिए ज़िंदगी की ज़रूरतें पूरी करती थीं। उसके घर का काम-काज अपने हाथों करती थीं। उसके बच्चों को खिलाने को ले जाती थीं।'

'एक दिन रमानाथ मोटर पर सैर करता हुआ जालपा को सिर पर एक पानी का मटका रक्खे देख लेता है। उसकी आत्म-मर्यादा जाग उठती है। ज़ोहरा को पुलिस-कर्मचारियों ने रमानाथ के मनोरंजन के लिए नियुक्त कर दिया है। ज़ोहरा युवक की मानसिक वेदना देखकर द्रवित हो जाती है और वह जालपा का पूरा समाचार लाने

के इरादे से चली जाती है। दिनेश के घर उसकी जालपा से भेंट होती है। जालपा का त्याग, सेवा और साधना देखकर इस वेश्या का हृदय इतना प्रभावित हो जाता है कि वह अपने जीवन पर लज्जित हो जाती है और दोनों में बहनापा हो जाता है। वह एक सप्ताह के बाद जाकर रमा से सारा वृत्तांत कह सुनाती है। रमा उसी वक़्त वहाँ से चल पड़ता है और जालपा से दो-चार बातें करके जज के बंगले पर चला जाता है। उसके बाद जो कुछ हुआ, वह हमारे सामने है।'

'मैं यह नहीं कहता कि उसने झूठी गवाही नहीं दी, लेकिन उस परिस्थिति और उन प्रलोभनों पर ध्यान दीजिए, तो इस अपराध की गहनता बहुत कुछ घट जाती है। उस झूठी गवाही का परिणाम अगर यह होता, कि किसी निरपराध को सज़ा मिल जाती तो दूसरी बात थी। इस अवसर पर तो पंद्रह युवकों की जान बच गई। क्या अब भी वह झूठी गवाही का अपराधी है? उसने ख़ुद ही तो अपनी झूठी गवाही का इक़बाल किया है। क्या इसका उसे दंड मिलना चाहिए? उसकी सरलता और सज्जनता ने एक वेश्या तक को मुग्ध कर दिया और वह उसे बहकाने और बहलाने के बदले उसके मार्ग का दीपक बन गई। जालपादेवी की कर्तव्यपरायणता क्या दंड के योग्य है? जालपा ही इस ड्रामा की नायिका है। उसके सदनुराग, उसके सरल प्रेम, उसकी धर्मपरायणता, उसकी पतिभक्ति, उसके स्वार्थ-त्याग, उसकी सेवा-निष्ठा, किस-किस गुण की प्रशंसा की जाए! आज वह रंगमंच पर न आती, तो पंद्रह परिवारों के चिराग गुल हो जाते। उसने पंद्रह परिवारों को अभयदान दिया है। उसे मालूम था कि पुलिस का साथ देने से सांसारिक भविष्य कितना उज्ज्वल हो जाएगा, वह जीवन की कितनी ही चिंताओं से मुक्त हो जाएगी। संभव है, उसके पास भी मोटरकार हो जाएगी, नौकर-चाकर हो जाएँगे, अच्छा-सा घर हो जाएगा, बहुमूल्य आभूषण होंगे। क्या एक युवती रमणी के हृदय में इन सुखों का कुछ भी मूल्य नहीं है? लेकिन वह यह यातना सहने के लिए तैयार हो जाती है। क्या यही उसके धर्मानुराग का उपहार होगा कि वह पति-वंचित होकर जीवन? पथ पर भटकती फिरे? एक साधारण स्त्री में, जिसने उच्चकोटि की शिक्षा नहीं पाई, क्या इतनी निष्ठा, इतना त्याग, इतना विमर्श किसी दैवी प्रेरणा का परिचायक नहीं है? क्या एक पतिता का ऐसे कार्य में सहायक हो जाना कोई महत्त्व नहीं रखता? मैं तो समझता हूँ, रखता है। ऐसे अभियोग रोज़ नहीं पेश होते। शायद आप लोगों को अपने जीवन में फिर ऐसा अभियोग सुनने का अवसर न मिले। यहाँ आप एक अभियोग का फ़ैसला करने बैठे हुए हैं; मगर इस कोर्ट के बाहर एक और बहुत बड़ा न्यायालय है, जहाँ आप लोगों के न्याय पर विचार होगा। जालपा का वही फ़ैसला न्यायानुकूल होगा जिसे बाहर का विशाल न्यायालय स्वीकार करे। वह न्यायालय क़ानूनों की बारीकियों में नहीं पड़ता जिनमें उलझकर, जिनकी पेचीदगियों में फँसकर, हम अकसर पथ-भ्रष्ट हो जाया करते हैं, अकसर दूध का पानी और पानी का दूध कर बैठते हैं। अगर आप झूठ पर पश्चाताप करके सच्ची बात कह देने के लिए, भोग-विलासयुक्त जीवन को ठुकराकर फटेहालों जीवन व्यतीत करने के लिए किसी को अपराधी ठहराते हैं, तो आप संसार के

सामने न्याय का कोई ऊँचा आदर्श नहीं उपस्थित कर रहे हैं।'

सरकारी वकील ने इसका प्रत्युत्तर देते हुए कहा – 'धर्म और आदर्श अपने स्थान पर बहुत ही आदर की चीज़ें हैं; लेकिन जिस आदमी ने जान-बूझकर झूठी गवाही दी, उसने अपराध अवश्य किया और इसका उसे दंड मिलना चाहिए। यह सत्य है कि उसने प्रयाग में कोई ग़बन नहीं किया था और उसे इसका भ्रम-मात्र था, लेकिन ऐसी दशा में एक सच्चे आदमी का यह कर्तव्य था कि वह गिरफ़्तार हो जाने पर अपनी सफ़ाई देता। उसने सज़ा के भय से झूठी गवाही देकर पुलिस को क्यों धोखा दिया? यह विचार करने की बात है। अगर आप समझते हैं कि उसने अनुचित काम किया, तो आप उसे अवश्य दंड देंगे।'

अब अदालत के फ़ैसला सुनाने की बारी आई। सभी को रमा से सहानुभूति हो गई थी, पर इसके साथ ही यह भी मानी हुई बात थी कि उसे सज़ा होगी। क्या सज़ा होगी, यही देखना था। लोग बड़ी उत्सुकता से फ़ैसला सुनने के लिए और सिमट आए, कुर्सियाँ और आगे खींच ली गईं, और कनबतियाँ भी बंद हो गईं।

'मुआमला केवल यह है कि एक युवक ने अपनी प्राण-रक्षा के लिए पुलिस का आश्रय लिया और जब उसे मालूम हो गया कि जिस भय से वह पुलिस का आश्रय ले रहा है, वह सर्वथा निर्मूल है, तो उसने अपना बयान वापस ले लिया। रमानाथ में अगर सत्यनिष्ठा होती, तो वह पुलिस का आश्रय ही क्यों लेता, लेकिन इसमें कोई संदेह नहीं कि पुलिस ने उसे रक्षा का यह उपाय सुझाया और इस तरह उसे झूठी गवाही देने का प्रलोभन दिया। मैं यह नहीं मान सकता कि इस मुआमले में गवाही देने का प्रस्ताव स्वतः उसके मन में पैदा हो गया। उसे प्रलोभन दिया गया, जिसे उसने दंड-भय से स्वीकार कर लिया। उसे यह भी अवश्य विश्वास दिलाया गया होगा कि जिन लोगों के विरुद्ध उसे गवाही देने के लिए तैयार किया जा रहा था, वे वास्तव में अपराधी थे। क्योंकि रमानाथ में जहाँ दंड का भय है, वहाँ न्यायभक्ति भी है। वह उन पेशेवर गवाहों में नहीं है, जो स्वार्थ के लिए निरपराधियों को फँसाने से भी नहीं हिचकते। अगर ऐसी बात न होती, तो वह अपनी पत्नी के आग्रह से बयान बदलने पर कभी राज़ी न होता।

यह ठीक है कि पहली अदालत के बाद ही उसे मालूम हो गया था कि उस पर ग़बन का कोई मुक़दमा नहीं है और जज की अदालत में वह अपने बयान को वापस ले सकता था। उस वक़्त उसने यह इच्छा प्रकट भी अवश्य की, पर पुलिस की धमकियों ने फिर उस पर विजय पाई। पुलिस को बदनामी से बचने के लिए इस अवसर पर उसे धामकियाँ देना स्वाभाविक है, क्योंकि पुलिस को मुलज़िमों के अपराधी होने के विषय में कोई संदेह न था। रमानाथ धमकियों में आ गया, यह उसकी दुर्बलता अवश्य है, पर परिस्थिति को देखते हुए क्षम्य है। इसलिए मैं रमानाथ को बरी करता हूँ।'

52

चैत की शीतल, सुहावनी, स्फूर्तिमयी संध्या, गंगा का तट, टेसुओं से लहलहाता हुआ ढाक का मैदान, बरगद का छायादार वृक्ष, उसके नीचे बंधी हुई गाएँ, भैंसें, कद्दू और लौकी की बेलों से लहराती हुई झोंपड़ियाँ, न कहीं गर्द न गुबार, न शोर न गुल, सुख और शांति के लिए क्या इससे भी अच्छी ज़गह हो सकती है? नीचे स्वर्णमयी गंगा लाल, काले, नीले आवरण से चमकती हुई, मंद स्वरों में गाती, कहीं लपकती, कहीं झिझकती, कहीं चपल, कहीं गंभीर, अनंत अंधकार की ओर चली जा रही है, मानो बहुरंजित बालस्मृति क्रीड़ा और विनोद की गोद में खेलती हुई, चिंतामय, संघर्षमय, अंधकारमय भविष्य की ओर चली जा रही हो। देवी और रमा ने यहीं, प्रयाग के समीप आकर आश्रय लिया है।

तीन साल गुज़र गए हैं, देवीदीन ने ज़मीन ली, बाग़ लगाया, खेती जमाई, गाय-भैंसें ख़रीदीं और कर्मयोग में, अविरत उद्योग में सुख, संतोष और शांति का अनुभव कर रहा है। उसके मुख पर अब वह जर्दी, झुर्रियाँ नहीं हैं, एक नई स्फूर्ति, एक नई कांति झलक रही है।

शाम हो गई है, गाएँ-भैंसें हार से लौटीं जग्गो ने उन्हें खूँटे से बांधा और थोड़ा-थोड़ा भूसा लाकर उनके सामने डाल दिया। इतने में देवी और गोपी भी बैलगाड़ी पर डांठें लादे हुए आ पहुँचे दयानाथ ने बरगद के नीचे ज़मीन साफ़ कर रखी है। वहीं डांठें उतारी गईं। यही इस छोटी-सी बस्ती का खलिहान है। दयानाथ नौकरी से बरख़ास्त हो गए थे और अब देवी के असिस्टेंट हैं। उनको समाचार-पत्रों से अब भी वही प्रेम है, रोज़ कई पत्र आते हैं, और शाम को फुर्सत पाने के बाद मुंशीजी पत्रों को पढ़कर सुनाते और समझाते हैं। श्रोताओं में बहुधा आस-पास के गाँवों के दस-पाँच आदमी भी आ जाते हैं और रोज़ एक छोटी-मोटी सभा हो जाती है।

रमा को तो इस जीवन से इतना अनुराग हो गया है कि अब शायद उसे थानेदारी ही नहीं, चुंगी की इंस्पेक्टरी भी मिल जाए, तो शहर का नाम न ले। प्रातःकाल उठकर गंगा-स्नान करता है, फिर कुछ कसरत करके दूध पीता है और दिन निकलते-निकलते अपनी दवाओं का संदूक लेकर आ बैठता है। उसने वैद्यक की कई क़िताबें पढ़ ली हैं और छोटी-मोटी बीमारियों की दवा दे देता है। दस-पाँच मरीज़ रोज़ आ जाते हैं और उसकी कीर्ति दिन-दिन बढ़ती जाती है। इस काम से छुट्टी पाते ही वह अपने बगीचे में चला जाता है। वहाँ कुछ साक-भाजी भी लगी हुई है, कुछ फल-फूलों के वृक्ष हैं और कुछ जड़ी-बूटियाँ हैं। अभी तो बाग़ से केवल तरकारी मिलती है, पर आशा है कि तीन-चार साल में नींबू, अमरूद, बेर, नारंगी, आम, केले, आंवले, कटहल, बेल आदि फलों की अच्छी आमदनी होने लगेगी।

देवी ने बैलों को गाड़ी से खोलकर खूंटे से बांध दिया और दयानाथ से बोला – 'अभी भैया नहीं लौटे?'

दयानाथ ने डांठों को समेटते हुए कहा – 'अभी तो नहीं लौटे। मुझे तो अब इनके अच्छे होने की आशा नहीं है। ज़माने का फेर है। कितने सुख से रहती थीं, गाड़ी थी, बंगला था, दरजनों नौकर थे। अब यह हाल है। सामान सब मौजूद है, वकील साहब ने अच्छी संपत्ति छोड़ी था, मगर भाई-भतीजों ने हड़प ली।'

देवीदीन – 'भैया कहते थे, अदालत करतीं तो सब मिल जाता, पर कहती हैं, मैं अदालत में झूठ न बोलूँगी। औरत बड़े ऊँचे विचार की है।'

सहसा जागेश्वरी एक छोटे-से शिशु को गोद में लिए हुए एक्र झोंपड़े से निकली और बच्चे को दयानाथ की गोद में देती हुई देवीदीन से बोली – 'भैया, ज़रा चलकर रतन को देखो, जाने कैसी हुई जाती है। ज़ोहरा और बहू, दोनों रो रही हैं! बच्चा न जाने कहाँ रह गए!'

देवीदीन ने दयानाथ से कहा – 'चलो लाला, देखें।'

जागेश्वरी बोली – 'यह जाकर क्या करेंगे, बीमार को देखकर तो इनकी नानी पहले ही मर जाती है।'

देवीदीन ने रतन की कोठरी में जाकर देखा। रतन बांस की एक खाट पर पड़ी थी। देह सूख गई थी। वह सूर्यमुखी का-सा खिला हुआ चेहरा मुरझाकर पीला हो गया था। वह रंग जिन्होंने चित्र को जीवन और स्पंदन प्रदान कर रक्खा था, उड़ गए थे, केवल आकार शेष रह गया था। वह श्रवण-प्रिय, प्राणप्रद, विकास और आह्लाद में डूबा हुआ संगीत मानो आकाश में विलीन हो गया था, केवल उसकी क्षीण उदास प्रतिध्वनि रह गई थी। ज़ोहरा उसके ऊपर झुकी उसे करुण, विवश, कातर, निराश तथा तृष्णामय नज़रों से देख रही थी। आज साल-भर से उसने रतन की सेवा-शुश्रूषा में दिन को दिन और रात को रात न समझा था।

रतन ने उसके साथ जो स्नेह किया था, उस अविश्वास और बहिष्कार के वातावरण में जिस खुले निःसंकोच भाव से उसके साथ बहनापा निभाया था, उसका एहसान वह और किस तरह मानती। जो सहानुभूति उसे जालपा से भी न मिली, वह रतन ने प्रदान की। दुःख और परिश्रम ने दोनों को मिला दिया, दोनों की आत्माएँ संयुक्त हो गईं। यह घनिष्ठ स्नेह उसके लिए एक नया ही अनुभव था, जिसकी उसने कभी कल्पना भी न की थी। इस मैत्री में उसके वंचित हृदय ने पति-प्रेम और पुत्र-स्नेह दोनों ही पा लिया।

देवीदीन ने रतन के चेहरे की ओर सचिंत नज़रों से देखा, तब उसकी नाड़ी हाथ में लेकर पूछा – 'कितनी देर से नहीं बोलीं?'

जालपा ने आँखें पोंछकर कहा – 'अभी तो बोलती थीं। एकाएक आँखें ऊपर चढ़ गईं और बेहोश हो गईं। वैद्य जी को लेकर अभी तक नहीं आए?'

देवीदीन ने कहा – 'इनकी दवा वैद्य के पास नहीं है।' यह कहकर उसने थोड़ी-सी राख ली, रतन के सिर पर हाथ फेरा, कुछ मुँह में बुदबुदाया और एक चुटकी राख उसके माथे पर लगा दी। तब पुकारा – 'रतन बेटी, आँखें खोलो।'

रतन ने आँखें खोल दीं और इधर-उधर सकपकाई हुई आँखों से देखकर बोली - 'मेरी मोटर आई थी न? कहाँ गया वह आदमी? उससे कह दो, थोड़ी देर के बाद लाए। ज़ोहरा, आज मैं तुम्हें अपने बग़ीचे की सैर कराऊँगी। हम दोनों झूले पर बैठेंगी।'

ज़ोहरा फिर रोने लगी। जालपा भी आँसुओं के वेग को न रोक सकी। रतन एक क्षण तक छत की ओर देखती रही। फिर एकाएक जैसे उसकी स्मृति जाग उठी हो, वह लज्जित होकर एक उदास मुस्कराहट के साथ बोली - 'मैं सपना देख रही थी, दादा!'

लोहित आकाश पर कालिमा का परदा पड़ गया था। उसी वक़्त रतन के जीवन पर मृत्यु ने परदा डाल दिया। रमानाथ वैद्यजी को लेकर पहर रात को लौटे, तो यहाँ मौत का सन्नाटा छाया हुआ था। रतन की मृत्यु का शोक वह शोक न था, जिसमें आदमी हाय-हाय करता है, बल्कि वह शोक था जिसमें हम मूक रुदन करते हैं, जिसकी याद कभी नहीं भूलती, जिसका बोझ कभी दिल से नहीं उतरता।

रतन के बाद ज़ोहरा अकेली हो गई। दोनों साथ सोती थीं, साथ बैठती थीं, साथ काम करती थीं। अकेले ज़ोहरा का जी किसी काम में न लगता। कभी नदी-तट पर जाकर रतन को याद करती और रोती, कभी उस आम के पौधों के पास जाकर घंटों खड़ी रहती, जिसे उन दोनों ने लगाया था। मानो उसका सुहाग लुट गया हो जालपा को बच्चे के पालन और भोजन बनाने से इतना अवकाश न मिलता था कि उसके साथ बहुत उठती-बैठती, और बैठती भी तो रतन की चर्चा होने लगती और दोनों रोने लगतीं।

भादों का महीना था। पृथ्वी और जल में रण छिड़ा हुआ था। जल की सेनाएँ वायुयान पर चढ़कर आकाश से जल-शरों की वर्षा कर रही थीं। उसकी थल-सेनाओं ने पृथ्वी पर उत्पात मचा रक्खा था। गंगा गाँवों और कस्बों को निगल रही थी। गाँव के गाँव बहते चले जाते थे। ज़ोहरा नदी के तट पर बाढ़ का तमाशा देखने लगी। वह कृशांगी गंगा इतनी विशाल हो सकती है, इसका वह अनुमान भी न कर सकती थी। लहरें उन्मुक्त होकर गरजतीं, मुँह से फन निकालतीं, हाथों उछल रही थीं। चतुर डकैतों की तरह पैंतरे बदल रही थीं। कभी एक क़दम आतीं, फिर पीछे लौट पड़तीं और चक्कर खाकर फिर आगे को लपकतीं। कहीं कोई झोंपड़ा डगमगाता तेज़ी से बहा जा रहा था, मानो कोई शराबी दौड़ा जाता हो कहीं कोई वृक्ष डाल-पत्तों समेत डूबता-उतराता किसी पाषाणयुग के जंतु की भाँति तैरता चला जाता था। गाएँ और भैंसें, खाट और तख़्ते मानो तिलस्मी चित्रों की भाँति आँखों के सामने से निकले जाते थे।

सहसा एक किश्ती नज़र आई। उस पर कई स्त्री-पुरुष बैठे थे। बैठे क्या थे, चिमटे हुए थे। किश्ती कभी ऊपर जाती, कभी नीचे आती। बस यही मालूम होता था कि अब उलटी, अब उलटी; पर वाह रे साहस सब अब भी 'गंगा माता की जय' पुकारते जाते थे। स्त्रियाँ अब भी गंगा के यश के गीत गाती थीं। जीवन और मृत्यु का ऐसा संघर्ष किसने देखा होगा।

दोनों तरफ़ के आदमी किनारे पर, एक तनाव की दशा में हृदय को दबाए खड़े थे। जब किश्ती करवट लेती, तो लोगों के दिल उछल-उछलकर होंठों तक आ जाते। रस्सियाँ फेंकने की कोशिश की जाती, पर रस्सी बीच ही में गिर पड़ती थी। एकाएक एक बार किश्ती उलट ही गई। सभी प्राणी लहरों में समा गए। एक क्षण कई स्त्री-पुरुष, डूबते-उतराते दिखाई दिए, फिर निगाहों से ओझल हो गए। केवल एक उजली-सी चीज़ किनारे की ओर चली आ रही थी। वह एक रेले में तट से कोई बीस गज़ तक आ गई। समीप से मालूम हुआ, स्त्री है। ज़ोहरा-जालपा और रमा - तीनों खड़े थे। स्त्री की गोद में एक बच्चा भी नज़र आता था। दोनों को निकाल लाने के लिए तीनों विकल हो उठे, पर बीस गज़ तक तैरकर उस तरफ़ जाना आसान न था। फिर रमा तैरने में बहुत कुशल न था। कहीं लहरों के ज़ोर में पाँव उखड़ जाएँ, तो फिर बंगाल की खाड़ी के सिवा और कहीं ठिकाना न लगे।

ज़ोहरा ने कहा - 'मैं जाती हूँ!'

रमा ने लजाते हुए कहा - 'जाने को तो मैं तैयार हूँ, लेकिन वहाँ तक पहुँच भी सकूँगा, इसमें संदेह है। कितना तोड़ है!'

ज़ोहरा ने एक क़दम पानी में रखकर कहा - 'नहीं, मैं अभी निकाल लाती हूँ।'

वह कमर तक पानी में चली गई। रमा ने सशंक होकर कहा - 'क्यों नाहक जान देने जाती हो वहाँ शायद एक गड्ढा है। मैं तो जा ही रहा था।'

ज़ोहरा ने हाथों से मना करते हुए कहा - 'नहीं-नहीं, तुम्हें मेरी क़सम, तुम न आना। मैं अभी लिए आती हूँ। मुझे तैरना आता है।'

जालपा ने कहा - 'लाश होगी और क्या!'

रमानाथ - 'शायद अभी जान हो।'

जालपा - 'अच्छा, तो ज़ोहरा तो तैर भी लेती है। जभी हिम्मत हुई।'

रमा ने ज़ोहरा की ओर चिंतित आँखों से देखते हुए कहा - 'हाँ, कुछ-कुछ जानती तो हैं। ईश्वर करे लौट आएँ। मुझे अपनी कायरता पर लज्जा आ रही है।'

जालपा ने बेहयाई से कहा - 'इसमें लज्जा की कौन-सी बात है। मरी लाश के लिए जान को जोखिम में डालने से फ़ायदा? जीती होती, तो मैं ख़ुद तुमसे कहती, जाकर निकाल लाओ।'

रमा ने आत्म-धिक्कार के भाव से कहा - 'यहाँ से कौन जान सकता है, जान है या नहीं। सचमुच बाल-बच्चों वाला आदमी नामर्द हो जाता है। मैं खड़ा रहा और ज़ोहरा चली गई।'

सहसा एक ज़ोर की लहर आई और लाश को फिर धारा में बहा ले गई। ज़ोहरा लाश के पास पहुँच चुकी थी। उसे पकड़कर खींचना ही चाहती थी कि इस लहर ने उसे दूर कर दिया। ज़ोहरा ख़ुद उसके ज़ोर में आ गई और प्रवाह की ओर कई हाथ बह गई। वह फिर संभली पर एक दूसरी लहर ने उसे फिर ढकेल दिया।

रमा व्यग्र होकर पानी में कूद पड़ा और ज़ोर-ज़ोर से पुकारने लगा – 'ज़ोहरा ज़ोहरा! मैं आता हूँ।'

मगर ज़ोहरा में अब लहरों से लड़ने की शक्ति न थी। वह वेग से लाश के साथ ही धारे में बही जा रही थी। उसके हाथ-पाँव हिलना बंद हो गए थे।

एकाएक एक ऐसा रेला आया कि दोनों ही उसमें समा गईं। एक मिनट के बाद ज़ोहरा के काले बाल नज़र आए। केवल एक क्षण तक यही अंतिम झलक थी। फिर वह नज़र न आई।

रमा कोई सौ गज़ तक ज़ोरों के साथ हाथ-पाँव मारता हुआ गया, लेकिन इतनी ही दूर में लहरों के वेग के कारण उसका दम फूल गया। अब आगे जाए कहाँ? ज़ोहरा का तो कहीं पता भी न था। वही आख़िरी झलक आँखों के सामने थी।

किनारे पर जालपा खड़ी हाय-हाय कर रही थी। यहाँ तक कि वह भी पानी में कूद पड़ी। रमा अब आगे न बढ़ सका। एक शक्ति आगे खींचती थी, एक पीछे। आगे की शक्ति में अनुराग था, निराशा थी, बलिदान था। पीछे की शक्ति में कर्तव्य था, स्नेह था, बंधन था। बंधन ने रोक लिया। वह लौट पड़ा।

कई मिनट तक जालपा और रमा घुटनों तक पानी में खड़े उसी तरफ़ ताकते रहे। रमा की ज़बान आत्म-धिक्कार ने बंद कर रक्खी थी, जालपा की, शोक और लज्जा ने।

आख़िर रमा ने कहा – 'पानी में क्यों खड़ी हो? सर्दी हो जाएगी।'

जालपा पानी से निकलकर तट पर खड़ी हो गई, पर मुँह से कुछ न बोली – मृत्यु के इस आघात ने उसे पराभूत कर दिया था। जीवन कितना अस्थिर है, यह घटना आज दूसरी बार उसकी आँखों के सामने चरितार्थ हुई। रतन के मरने की पहले से आशंका थी। मालूम था कि वह थोड़े दिनों की मेहमान है, मगर ज़ोहरा की मौत तो वज्राघात के समान थी। अभी आध घड़ी पहले तीनों आदमी प्रसन्नचित्त, जल-क्रीड़ा देखने चले थे। किसे शंका थी कि मृत्यु की ऐसी भीषण क्रीड़ा उनको देखनी पड़ेगी।

इन चार सालों में जोहरा ने अपनी सेवा, आत्मत्याग और सरल स्वभाव से सभी को मुग्ध कर लिया था। उसके अतीत को मिटाने के लिए, अपने पिछले दागों को धो डालने के लिए, उसके पास इसके सिवा और क्या उपाय था। उसकी सारी कामनाएँ, सारी वासनाएँ सेवा में लीन हो गईं। कलकत्ते में वह विलास और मनोरंजन की वस्तु थी। शायद कोई भला आदमी उसे अपने घर में न घुसने देता। यहाँ सभी उसके साथ घर के प्राणी का-सा व्यवहार करते थे। दयानाथ और जागेश्वरी को यह कहकर शांत कर दिया गया था कि वह देवीदीन की विधवा बहू है। ज़ोहरा ने कलकत्ता में जालपा से केवल उसके साथ रहने की भिक्षा माँगी थी। अपने जीवन से उसे घृणा हो गई थी। जालपा की विश्वासमय उदारता ने उसे आत्मशुद्धि के पथ पर डाल दिया। रतन का पवित्र, निष्काम जीवन उसे प्रोत्साहित किया करता था।

थोड़ी देर के बाद रमा भी पानी से निकला और शोक में डूबा हुआ घर की ओर चला। मगर अकसर वह और जालपा नदी के किनारे आ बैठते और जहाँ ज़ोहरा

डूबी थी उस तरफ़ घंटों देखा करते। कई दिनों तक उन्हें यह आशा बनी रही कि शायद ज़ोहरा बच गई हो और किसी तरफ़ से चली आए। लेकिन धीरे-धीरे यह क्षीण आशा भी शोक के अंधकार में खो गई। मगर अभी तक ज़ोहरा की सूरत उनकी आँखों के सामने फिरा करती है। उसके लगाए हुए पौधे, उसकी पाली हुई बिल्ली, उसके हाथों के सिले हुए कपड़े, उसका कमरा, यह सब उसकी स्मृति के चिह्न हैं और उनके पास जाकर रमा की आँखों के सामने ज़ोहरा की तस्वीर खड़ी हो जाती है।